D1542275

Claude Lanzmann

Le lièvre
de Patagonie

Gallimard

Né à Paris le 27 novembre 1925, Claude Lanzmann fut un des organisateurs de la Résistance au lycée Blaise-Pascal à Clermont-Ferrand en 1943. Il participa à la lutte clandestine urbaine, puis aux combats des maquis d'Auvergne. Il est médaillé de la Résistance, commandeur de la Légion d'honneur, grand officier de l'Ordre national du Mérite. Il est également docteur honoris causa en philosophie de l'université hébraïque de Jérusalem et de l'université d'Amsterdam.

Lecteur à l'université de Berlin pendant le blocus de Berlin, il rencontre en 1952 Jean-Paul Sartre et Simone de Beauvoir, dont il devient l'ami. Il n'a jamais cessé depuis lors de collaborer à la revue *Les Temps modernes* : il en est aujourd'hui le directeur. Jusqu'en 1970, il partage son activité entre *Les Temps modernes* et le journalisme, écrivant de nombreux articles et reportages, vivant sans contradiction sa fidélité à Israël, où il s'est rendu pour la première fois en 1952, et son engagement anticolonialiste. Signataire du Manifeste des 121, qui dénonçait, en appelant à l'insoumission, la répression en Algérie, il fut l'un des dix inculpés ; il dirigea ensuite un numéro spécial des *Temps modernes* de plus de mille pages consacré au « Conflit israélo-arabe », dans lequel, pour la première fois, Arabes et Israéliens exposaient ensemble leurs raisons, et qui demeure aujourd'hui encore un ouvrage de référence.

En 1970, Claude Lanzmann se consacre exclusivement au cinéma : il réalise le film *Pourquoi Israël*, destiné en partie à répondre à ses anciens compagnons de luttes anticolonialistes qui se refusaient à comprendre qu'on puisse, ayant voulu l'indépendance de l'Algérie, vouloir la survie d'Israël. Cette œuvre présentait d'Israël une image vraie et non manichéenne. Elle obtint dans le monde entier un succès critique et public considérable. La première eut lieu aux États-Unis, au Festival de New York, le 7 octobre 1973, quelques heures après le déclenchement de la guerre du Kippour.

Claude Lanzmann a commencé à travailler à *Shoah* au cours de l'été 1973 : la réalisation du film l'a occupé à plein temps pendant douze ans. Dès sa sortie dans le monde entier, à partir de 1985, ce film a été considéré comme un événement majeur, historique et cinématographique tout à la fois. Le retentissement de *Shoah* n'a pas, depuis, cessé de croître. Des milliers d'articles, d'études, de livres, de séminaires dans les universités lui sont consacrés. *Shoah* a obtenu les plus hautes distinctions et a été couronné dans de nombreux festivals.

Après *Pourquoi Israël*, *Shoah*, *Tsahal* et *Un vivant qui passe*, Claude Lanzmann a réalisé *Sobibor, 14 octobre 1943, 16 heures*, consacré à la révolte du camp d'extermination de Sobibor, présenté pour la première fois en sélection officielle hors compétition au Festival de Cannes en mai 2001.

FILMOGRAPHIE :

Pourquoi Israël, 1973
Shoah, 1985
Tsahal, 1994
Un vivant qui passe, 1997
Sobibor, 14 octobre 1943, 16 heures, 2001
Le rapport Karski, 2010

Pour mon fils Felix
Pour Dominique

Au cœur de l'après-midi, le soleil l'illuminait tel un holocauste sur les gravures de l'histoire sacrée. Tous les lièvres ne se ressemblent pas, Jacinto, et ce n'était pas son pelage, crois-moi, qui le distinguait des autres lièvres, pas plus que ses yeux de Tartare ou la forme capricieuse de ses oreilles. C'était quelque chose qui allait bien au-delà de ce que nous, les hommes, appelons personnalité. Les innombrables transmigrations de son âme lui avaient appris à se rendre invisible ou visible dans les moments propices à la complicité avec Dieu ou quelques anges audacieux. Pendant cinq minutes, à midi, il faisait toujours une halte au même endroit dans la campagne. Les oreilles dressées, il écoutait quelque chose.

Le bruit assourdissant d'une cataracte qui fait fuir les oiseaux et le crépitement d'un bois en feu qui effraie les animaux les plus téméraires n'auraient pas dilaté autant ses yeux. La rumeur fantasque du monde qu'il gardait en mémoire, peuplée d'animaux préhistoriques, de temples semblables à des arbres secs, de guerres vaines et inopportunes, le rendait plus capricieux et plus sagace. Un jour il s'arrêta comme à l'accoutumée, à l'heure où le soleil donnant à pic empêche les arbres de faire de l'ombre, et il entendit aboyer non pas un chien, mais beaucoup de chiens, dans une course folle à travers la campagne. D'un bond le lièvre traversa le chemin et se mit à courir. Les chiens le prirent en chasse dans la plus grande confusion. « Où allons-nous ? » criait le lièvre d'une voix tremblante, vive comme l'éclair. « À la fin de ta vie » criaient les chiens d'une voix de chien [...].

La Liebre dorada, de Silvina Ocampo
Le Lièvre doré, traduit de l'espagnol (Argentine)
par Élisabeth Pagnoux

AVANT-PROPOS

J'ai beaucoup écrit, la main à la plume, au long de ma vie. Pourtant j'ai entièrement dicté ce livre, pour sa majeure partie à la philosophe Juliette Simont, mon adjointe à la direction de la revue *Les Temps modernes*, en même temps ma très proche amie, et, quand Juliette était empêchée par son propre travail, à ma secrétaire, Sarah Streliski, talentueux écrivain. C'est qu'il m'est arrivé une étrange et, je crois, assez rare aventure : au contraire de la plupart des amis de ma génération qui persistent à s'en tenir orgueilleusement à leur stylo et à leurs pattes de mouche, j'ai découvert, lorsqu'on m'a offert un ordinateur après la sortie de mon film *Shoah*, les possibilités formidables et ludiques de cette machine, dont j'ai appris lentement à me servir, puis acquis la maîtrise, non pas dans tout ce qu'elle proposait, mais au moins dans les fonctions qui m'étaient utiles. Lorsque je dictais à Juliette assise auprès de moi, tous deux devant un large écran, je trouvais miraculeuse l'objectivation immédiate de ma pensée, parfaite au mot près, sans ratures ni brouillon. Finis les problèmes que m'a toujours posés ma propre écriture, changeante à mes yeux selon l'humeur, la nervosité ou la fatigue, quoi que m'en aient dit ceux qui la jugeaient belle. Il m'arrivait souvent d'être écœuré par ma graphie, que je trouvais, pour reprendre un mot de Sartre à propos de la sienne, « gluante de tous mes sucs » — il a tant écrit qu'il devait tout de même savoir de quoi il parlait. Un défaut dirimant m'interdisait pourtant le passage plénier à la modernité. Sautant sans médiation de la plume à l'ordinateur, ayant radicalement ignoré les machines à écrire, je travaillais, lorsque je m'y essayais seul, beaucoup trop lentement : je tapais d'un seul doigt sur les touches du clavier, je parvenais peut-être à l'objectivation, mais ce qui est possible pour un rapport de police ne l'était pas pour l'ouvrage que je projetais, mes hachures désynchronisaient ma pensée, en tuaient l'élan. Si je voulais mener à bien la tâche effrayante devant laquelle je renâclais année après année, il me fallait un prolongement de moi-même, c'est-à-dire d'autres doigts. Ce furent ceux de Juliette Simont. Mais le rôle de Juliette ne s'arrête pas à la frappe, sauf à donner à ce mot son plein sens. Il est vrai, on m'a dit mille fois, de mille côtés, que je devais à tout prix écrire ma vie, qu'elle était assez riche, multiple et unique pour mériter d'être rapportée. J'en étais d'accord, j'en avais le désir, mais après l'effort colossal de la réalisation de *Shoah*, je n'étais pas sûr d'avoir la force de m'attaquer à un travail de si grande ampleur, de le vouloir vraiment. C'est alors que Juliette se mit à frapper ou, ce qui est pareil, à insister pour que je passe à l'acte, en finisse avec l'atermoiement illimité. Je lui dictai donc un jour la première page avec facilité, mais attendis des mois pour atteindre la seconde, d'autres tâches importantes et urgentes prenaient le dessus. Je m'y remis mais ne travaillai à fond qu'au cours des deux dernières années. Juliette, tandis que je dictais, faisait preuve d'une patience infinie, respectait mes silences réflexifs, fort longs parfois, sa propre présence silencieuse et complice étant elle-même inspirante. On comprend que je viens de lui témoigner ma gratitude.

Je dois dire aussi ma reconnaissance à Sarah, qui sut être aussi patiente que Juliette, et à mes premiers lecteurs, Dominique, Antoine Gallimard, Éric Marty et Ran Halévi, qui m'encouragèrent de leur approbation.

CHAPITRE I

La guillotine — plus généralement la peine capitale et les différents modes d'administration de la mort — aura été la grande affaire de ma vie. Cela a commencé très tôt. Je devais avoir à peine douze ans, le souvenir de cette salle de cinéma dc la rue Legendre, dans le XVIIᵉ arrondissement de Paris, avec ses fauteuils rouges et ses dorures ternies, demeure en moi étonnamment présent. Une bonne avait profité de l'absence de mes parents pour m'y emmener. Le film qu'on donnait ce jour-là était *L'Affaire du courrier de Lyon*, avec Pierre Blanchar et Dita Parlo. Je n'ai jamais su ni cherché à savoir le nom du metteur en scène, il était sûrement très efficace car certaines scènes ne m'ont jamais quitté : l'attaque de la patache du courrier de Lyon dans une sombre forêt, le procès de Lesurques, innocent et condamné à mort, l'échafaud dressé au centre d'une grande place, blanche dans ma mémoire, le couperet qui s'abat. On guillotinait alors, comme sous la Révolution, en public. Pendant des mois, vers minuit, je me réveillais en proie à des terreurs effroyables, mon père devait se lever, venir dans ma chambre, me caresser le front et les cheveux baignes d'angoisse, me parler, me calmer. On ne me coupait pas que la tête, il arrivait aussi qu'on me guillotinât « en longueur », si je puis dire, au sens où l'on dit « scieur de long » pour les bûcherons ou « hommes 40 — chevaux (en long) 8 », étonnante prescription affichée aux portes des wagons de marchandises qui, en 1914, servirent à acheminer hommes et bêtes au front et à partir de 1941 les Juifs vers les lointaines chambres de leur dernier supplice. On me débitait en tranches, plates comme des planches, d'une épaule à l'autre, en passant par le sommet du crâne. La violence de ces cauchemars avait été telle qu'adolescent et même adulte, craignant de les ressusciter, je détournais ou fermais superstitieusement les yeux chaque fois que dans un manuel d'histoire, un livre, un journal, la guillotine était représentée. Je ne suis pas sûr de ne pas le faire encore aujourd'hui. En 1938 — j'avais treize ans —, l'arrestation et les aveux d'un assassin allemand, Eugen Weidmann, tinrent la France entière en haleine. Je sais toujours, sans avoir aucun besoin de rafraîchir ma mémoire, le nom de quelques-unes de ses victimes (il tuait froidement pour voler et ne pas laisser de témoins) : la danseuse Jean de Koven, un certain Roger Leblond, d'autres encore qu'il enterrait dans la forêt de Fontainebleau ou dans les bois, bien nommés, de Fausses-Reposes. Les actualités cinématographiques montraient avec un grand luxe de détails les enquêteurs fouillant les taillis, exhumant les corps. Weidmann fut condamné à mort et guillotiné devant la porte de la prison de Versailles au cours de l'été qui précéda la guerre. Il y a des photos célèbres de cette décapitation. J'ai voulu, bien plus tard, les regarder, je l'ai fait longuement. Ce fut la dernière exécution publique en France. L'échafaud désormais — et ce jusqu'en 1981, année où, à l'instigation de François Mitterrand et de Robert Badinter, la peine de mort fut abolie — serait dressé dans la cour des prisons. Mais à treize ans, Weidmann, Lanzmann, la terminaison identique de son nom et du mien me faisait présager un funeste destin. Rien d'ailleurs, à l'instant où j'écris ces lignes et à un âge en principe avancé, ne me garantit absolument contre cette issue : la peine de mort peut toujours être rétablie, il suffit d'un changement de majorité, d'un vote, d'une grande peur. Et elle est loin d'être abolie partout dans le monde, voyager est dangereux. Je me souviens avoir parlé avec Jean Genet (à cause de la dédicace de *Notre-Dame-des-Fleurs* à un guillotiné de vingt ans : « Sans Maurice Pilorge dont la mort n'a pas fini d'empoisonner ma vie… », à cause de Weidmann aussi puisque le livre s'ouvre par son nom même : « Weidmann vous apparut dans une édition de cinq heures, la tête emmaillotée de bandelettes blanches, religieuse et encore aviateur blessé… ») de ma hantise ancienne de mourir entre les bois dits de justice. Il m'avait sèchement répondu : « Il est encore temps. » Il avait raison. Il ne m'aimait guère, je le lui rendais bien.

Je n'ai pas de cou. Je me suis souvent demandé, dans une nocturne cénesthésie anticipatrice du pire, où le couperet, pour m'étêter proprement, devrait s'abattre. Je ne trouvais que mes épaules et la posture de défense agressive, forgée nuit après nuit dans les cauchemars qui suivirent la scène primitive de la mort de Lesurques, les avait changées en *morrillo* de taureau de combat, tellement impénétrable qu'il faisait rebondir la lame, la renvoyant à son point de départ, affaiblissant, de rebond en rebond, son efficace originaire. Tout se passe comme si, au fil du temps, je m'étais « raccourci » pour ne pas laisser au tranchant de la « veuve » un lieu opportun et la chance de le faire lui-même. On exprime cela autrement dans le langage de la boxe : j'ai grandi en *crouch*, courbure du torse si prononcée que les poings adverses glissent sans cogner vraiment.

La vérité est que, tout au long de ma vie et sans aucun répit, les veilles (si j'étais averti, ce qui fut souvent le cas pendant la guerre d'Algérie) ou les lendemains d'exécution capitale furent des nuits et des jours d'alarme, au cours desquels je me contraignais à devancer ou à revivre pour moi-même les derniers moments, heures, minutes, secondes des condamnés, quelles qu'eussent été les raisons du verdict fatal. Les pantoufles de feutre des matons glissant silencieusement dans le couloir de la mort, le claquement soudain des verrous de la cellule, le réveil en sursaut du prisonnier hagard, le directeur, le procureur, l'avocat, le prêtre, le « soyez courageux », le verre de rhum, la remise au bourreau et à ses aides avec le passage immédiat à la violence nue et l'accélération brutale de la séquence ultime : bras retournés à force et ligotés dans le dos, chevilles grossièrement entravées d'un bout de corde, chemise échancrée en trois coups de ciseaux pour dégager le cou, l'homme empoigné, arraisonné, traîné plus que marchant, pieds raclant le sol, jusqu'à la porte brusquement ouverte sur la Machine, dressée, haute, en attente, dans l'aube blême de la cour de prison. Oui, je sais tout cela. Avec Simone de Beauvoir, convoqués vers neuf heures du soir par Jacques Vergès, qui nous apprenait qu'un Algérien serait exécuté au petit jour à Fresnes, à la Santé, à Oran ou à Constantine, nous avons passé des nuits à chercher quelqu'un qui puisse intercéder au téléphone auprès d'un autre qui à son tour... oserait réveiller le général de Gaulle et le supplier d'épargner à la dernière seconde le malheureux auquel, précisément, il avait refusé la grâce, l'envoyant en pleine conscience à l'échafaud. Vergès était alors à la tête d'un « collectif » d'avocats du FLN qui pratiquaient ce qu'ils appelaient « la défense de rupture », ne reconnaissant pas aux tribunaux français le droit de juger les combattants algériens, ce qui avait pour conséquence d'expédier plus prestement certains de leurs clients à la guillotine. Une nuit, très tard, le Castor et moi, habités de la même extrême urgence, réussîmes, sous l'œil froid de Vergès, à alerter François Mauriac. Un homme allait mourir, il fallait le sauver, ce qui avait été fait pouvait encore être défait. Mauriac comprit tout, mais il savait qu'on ne réveillait pas de Gaulle et que de toute façon cela n'aurait rien changé. Il était trop tard, absolument. Pour Vergès, qui connaissait parfaitement la vanité de nos démarches, notre présence dans son cabinet, ces nuits d'exécution, ressortissait à une stratégie politique. Nous y consentions puisque nous militions depuis le début pour l'indépendance de l'Algérie, mais le sentiment de l'irrémédiable l'emportait chez moi sur tout le reste, croissant insupportablement à mesure qu'approchait l'heure fatidique. Le temps se dédoublait et s'opposait à lui-même tel le galop au ralenti : cette mort programmée n'en finissait pas d'advenir. Comme dans l'espace où Achille ne rattrapera jamais la tortue, minutes et secondes se divisaient à l'infini, portant à son acmé la torture de l'imminence. Vergès, prévenu par téléphone, y mettait fin, nous nous retrouvions au petit matin sous la pluie, Simone de Beauvoir et moi, défaits, vidés, coupés de tout projet, comme si la guillotine avait aussi décapité notre avenir.

Lorsque, pour terrifier son peuple et décourager toute tentative ultérieure de complot contre lui, Hitler ordonna d'exécuter à la chaîne les conjurés du 20 juillet (1944), il s'avéra que la cadence à laquelle les bourreaux seraient alors contraints d'officier compromettrait la précision et la concentration requises par l'antique geste de la décapitation à la hache, mode ordinaire d'administration de la peine capitale en Allemagne. Le 22 février 1943, les héros de La Rose blanche (Die Weisse Rose), Hans Scholl, sa sœur Sophie et leur ami Christoph Probst, moururent à vingt ans sous la hache du bourreau de la prison de Stadelheim à Munich après un procès expéditif de trois heures conduit par l'accusateur public du Reich, le sinistre Roland Freisler, venu tout exprès de Berlin. Ils furent mis à mort dans une cave de Stadelheim aussitôt le verdict prononcé et Hans, en posant sa tête sur le billot rouge du sang de sa sœur, hurla : « Vive la liberté ! » Je ne puis voir aujourd'hui encore leurs beaux visages pensifs, à tous trois, sans que les larmes me montent aux yeux : le sérieux, la gravité, la détermination, la force spirituelle, le courage inouï de la solitude qui émanent de chacun d'eux disent à l'évidence qu'ils sont le meilleur et l'honneur de l'Allemagne, le meilleur de l'humanité. Les conjurés du 20 juillet étrennèrent, eux, la guillotine allemande : au contraire de la française, étroite, haute, spectaculaire, propice aux drapés esthétiques et à la littérature, l'allemande est mastoc, trapue, carrée, elle tient aisément dans une pièce au plafond bas ; sa lame, qui n'a pas le temps de prendre de la vitesse, est d'une pesanteur énorme et je ne suis pas certain qu'elle soit, comme la nôtre, biseautée. Son efficience est dans son seul poids. C'est encore Freisler qui fut, à Berlin, le procureur du « 20 juillet ». En vérité, il tint tous les rôles, celui d'accusateur public et de président du tribunal, conduisant les débats, menant les interrogatoires et requérant de la façon la plus révoltante. Un film de ce « procès » a été tourné pour les besoins de la propagande nazie, destiné à édifier ses spectateurs et à ridiculiser les futurs guillotinés.

Le Fouquier-Tinville de la Grande Terreur, Vychinski, le procureur des procès de Moscou, Urvalek, l'aboyeur tchèque du procès Slansky, Freisler, c'est la même ligne et la même lignée de bureaucrates bouchers servant sans faillir les maîtres de l'heure, ne laissant aucune chance aux inculpés, refusant de les entendre, les insultant, ordonnant les débats vers une sentence rendue avant même leur ouverture. Sur les images du film du 20 juillet, on peut voir Freisler, le visage tordu et convulsé d'une rage feinte, coupant la parole aux officiers et généraux de l'élite aristocratique de la Wehrmacht tout occupés à remonter et rajuster leurs pantalons qui, sans ceinture et non boutonnés, ne cessent de leur tomber comiquement aux genoux, tandis que le procureur passe de la rage à des imprécations menaçantes pour outrage à magistrat. Mais on ne rit pas : les tortures subies par les malheureux juste avant le procès et la certitude, inscrite sur leur visage, qu'ils mourront dans les heures qui viennent leur font le masque le plus tragique qui soit, où l'incompréhension le dispute à la détresse. La relation de leur décapitation dans un sous-sol de la prison de Moabit à Berlin (elle existe toujours dans le quartier d'Alte Moabit) est abominable : les condamnés de Freisler faisaient la queue pour mourir, mains liées, chevilles entravées par leur propre pantalon, soudain saisis par des gros bras aides-bourreaux qui les dirigeaient soit à droite soit à gauche — selon la manière SS éprouvée par ailleurs —, car deux guillotines fonctionnaient en même temps, côte à côte sous le plafond bas, dans les cris de terreur, les ultimes proférations de défi, l'odeur du sang et de la merde. À Moabit, il n'y avait aucune place pour le très et trop beau travelling du *Danton* de Wajda : la calèche qui, d'Arcis-sur-Aube où il a passé en pleine Terreur quelques jours d'amour fou auprès de sa maîtresse, ramène Danton à Paris, débouche, à l'aube justement, sur la place de Grève et décrit un arc parfait autour de la guillotine endormie, élégamment voilée d'un long bandeau de nuit qui, ne la recouvrant pas en entier, permet à l'« Indulgent » d'apercevoir le biseau dénudé de la lame, lourde vision prémonitoire. Alejo Carpentier, dans les pages splendides qui ouvrent *El Siglo de las Luces*, *Le Siècle des Lumières*, est, sans jeu de mots, d'une autre trempe : Victor Hugues, commissaire de la République, ancien accusateur public à Rochefort et admirateur fervent de Robespierre, apporte aux Antilles le décret du 16 pluviôse de l'an II, qui abolit l'esclavage, et aussi la première guillotine : « Mais la porte-sans-battant était dressée à la proue, réduite au linteau et aux jambages, avec son équerre, son demi-fronton inversé, son noir triangle au biseau acéré et froid, suspendu aux montants [...]. La porte était seule, face à la nuit [...], éclairée par les reflets de son tranchant en diagonale, avec le bâti en bois qui devenait l'encadrement d'un panorama d'astres. »

Tant de derniers regards me hanteront pour toujours. Ceux des officiers marocains, généraux, colonels, capitaines, accusés d'avoir fomenté — ou de ne pas avoir prévu — la mutinerie contre Hassan II et ses invités au palais royal de Skhirat, conduits au lieu de leur exécution dans des véhicules militaires bâchés et ouverts à l'arrière. Ils se font face, assis sur deux bancs, et le photographe a capturé leur regard au moment où, par grand soleil, ils découvrent le peloton qui va les fusiller. Photo inoubliable, publiée dans *Paris Match*, qui saisit ce que Cartier-Bresson appelait « l'instant décisif » : on ne voit pas le peloton, on voit les yeux de ceux qui le voient, qui vont tomber sous ses balles et le savent. Malgré *La Mort du père de famille* de Greuze, *Le Laboureur et ses enfants* de La Fontaine, fables du passage paisible de la vie au trépas, toute mort « naturelle » est d'abord mort violente. Mais je n'ai jamais éprouvé la violence absolue de la mort violente autant que sur ce cliché, cet *instantané*. Dans cette fulgurance, des vies entières se lisent et se dévoilent : ces hommes sont des privilégiés du régime, des nantis, ils n'avaient pas pris le risque de mourir, contrairement aux héros de la Résistance qui, refusant le bandeau, se tenaient droits devant les fusils et demeuraient crânes jusqu'à la salve. Pourquoi me souviens-je si particulièrement d'un visage et d'un nom — dont je ne chercherai même pas à vérifier l'exactitude — : Medbou, il était, je crois, général et dévoué à son roi, mais la férocité et le large spectre de la répression n'allaient pas l'épargner. Il fait très chaud, des gouttelettes de sueur perlent à son front, l'irréparable va s'accomplir, l'ultime regard de Medbou, éperdu d'effroi et d'incrédulité, inspire la plus grande pitié.

Autre dernier regard, dans *Paris Match* encore : celui de la jeune Chinoise au dur visage qui crie sa révolte devant ses juges à l'instant où elle apprend qu'ils la condamnent à mort. Visage disloqué, écartelé de douleur et de refus, tandis que des mains policières s'emparent d'elle et l'entraînent. En Chine, l'exécution, elle le sait, intervient très vite après le prononcé du jugement et la série de photographies publiées par *Match* atteste l'enchaînement inexorable des moments de la mise à mort. Sur le deuxième cliché, on voit une autre main qui, d'une pression irrésistible, courbe sa tête vers la terre, tout à la fois pour dégager le cou et la contraindre à mourir dans une posture de pénitente. Et, puisqu'on exécute là-bas publiquement, pour l'exemple, les derniers clichés montrent le pistolet qui tire dans la nuque et la lente glissade au sol du corps martyrisé, dérisoire amas de chiffons. Entre le verdict et la mort, trente minutes à peine se sont écoulées. De Chine encore, d'autres photographies, des films aussi, nous sont réguliè rement délivrés, tout aussi pétrifiants : alignements de jeunes hommes en noire tenue de prisonnier qu'un policier bourreau, ganté de blanc, en casquette et grand uniforme, abat l'un après l'autre d'une balle dans le bulbe après avoir forcé chaque tête a la même pénitente inclinaison, comme si la peine de mort était la rééducation suprême.

Toujours la Chine, la même Chine, Chine d'aujourd'hui : il y a à Nankin un Yad Vashem chinois, grave, simple, émouvant, qui commémore le grand massacre de 1937 au cours duquel l'armée impériale japonaise, dès la prise de la ville, assassina de mille façons, toutes plus inhumaines les unes que les autres, 300 000 civils et soldats. Le but était de terroriser le pays entier et, au-delà, toute l'Asie du Sud-Est, jusqu'en Nouvelle-Guinée. Il fut atteint. Parcourant le mémorial de Nankin avec son curateur qui, par sa pudeur, son calme, son absence d'emphase devant l'évidence écrasante des faits, sa piété, incarnation au présent des anciennes douleurs, me rappelait irrésistiblement les survivants d'Israël qui avaient accompagné mes premières recherches à Lohamé Ha-ghettaot, en Galilée, ou à Yad Vashem, je vérifiais une nouvelle fois qu'il y a une universalité des victimes comme des bourreaux. Toutes se ressemblent, tous se ressemblent. À Nankin, pour entraîner la soldatesque nipponne au combat corps à corps, baïonnette au canon, le réalisme avait été poussé jusqu'à ligoter des cibles vivantes à des poteaux, tandis que des instructeurs décomposaient pour leurs hommes le geste de l'enfoncement de la lame à des endroits vitaux du corps, au cou, au cœur, au ventre, à la face, sous les yeux terrifiés du cobaye. Des récits, des photos témoignent de cela, qui montrent le visage des soldats passant, à l'instant où ils plongent la baïonnette, du rire gras à la férocité ou le contraire. D'autres ligotés, sur des poteaux voisins, attendaient leur tour, il venait dès que la cible précédente avait expiré : on ne s'entraînait pas sur des cadavres, les morts ne souffrent pas.

Passés maîtres, par une longue tradition, une pointilleuse codification, dans la technique — l'art, disent-ils — de la décapitation au sabre, les Japonais (on voit cela aussi au mémorial de Nankin) organisaient des concours entre les plus doués de leurs hommes. Comment décrire, sous le jaunâtre uniforme d'été des troupes du Mikado, à la bordure de l'insolite pare-soleil de flottante toile qui prolonge sur la nuque un couvre-chef à visière, le stupéfiant ramassé musculaire du dos des sabreurs, dur dos d'acier qui semble ne faire qu'un avec l'arme elle-même au moment où celle-ci, fermement tenue des deux mains, haut levée, brandie à la verticale, va s'abattre d'un seul jet un millième de millième de millième de seconde plus tard ? Tout se passe si vite que l'épée se trouve déjà de l'autre côté du cou qu'elle a tranché de part en part alors que la tête demeure en place : elle n'a pas eu le temps de tomber. Quelle fierté, quelle satisfaction de la perfection accomplie, quel sourire d'importance sur les traits des gagnants du concours lorsque, dans la minute qui suit, ils se rengorgent pour le photographe devant les corps sans tête, les têtes sans corps !

Pourtant, ce n'est pas à Nankin, mais huit mille kilomètres plus au sud, à Canberra, en Australie, que l'horreur a pour moi culminé. Il y a à Canberra un extraordinaire musée de la guerre, comme il n'en existe nulle part au monde. Cela tient peut-être à ce que, les Australiens n'étant pas nombreux, chaque vie leur est précieuse, au fait également qu'ils n'ont jamais combattu chez eux, mais toujours dans des terres lointaines : pendant la Première Guerre mondiale, le corps expéditionnaire australien perdit — qui s'en souvient encore ? — des dizaines de milliers d'hommes à Gallipoli, dans les Dardanelles et sur le front français. Beaucoup plus c'est sûr, entre 39 et 45, où, sur tous les fronts et dans toutes les armes, ils versèrent leur sang sans compter pour libérer l'Europe et l'Asie de la barbarie. À Canberra donc, dans une des salles du musée consacrées à la Seconde Guerre mondiale, je n'ai pu m'arracher à la contemplation fascinée d'une extraordinaire photographie qui conjuguait le travail de deux artistes de l'armée japonaise : le photographe lui-même et l'exécuteur. En une contre-plongée d'une audace inouïe, le premier réussit à enserrer dans le même cadre le bourreau et sa victime, un grand Australien agenouillé, les mains liées dans le dos, les yeux bandés de blanc. Il porte un collier de barbe, son buste est droit, son cou long comme un col de cygne, sa tête à peine penchée, hiératique et masquée d'une extatique douleur, tels les visages du Greco dans *L'Enterrement du comte d'Orgaz*. Au-dessus de lui, en haut du cadre, dans l'uniforme jaune que j'ai déjà décrit, le tueur, face crispée d'un rictus de concentration intense, bras tendus sur le ciel, phalanges qui blanchissent à la garde du sabre, celui-ci enfin, sommet de cette foudroyante trinité. Pourtant si elle commence verticalement sa course, c'est à l'horizontale que la lame la terminera, après avoir décrit dans l'espace un arc d'une sûreté parfaite. Telle est la maîtrise : à Canberra, à côté des deux photos du prisonnier australien, l'une avant la décapitation, l'autre après, on peut lire, conservée comme une très précieuse relique, la lettre que, du théâtre d'opérations de Nouvelle-Guinée où il sévissait, le bourreau adressa à ses proches au Japon et dans laquelle il leur conte les détails de l'exploit, vantant les vertus extrêmes qu'il a, pour l'accomplir, dû et su mobiliser (les idéogrammes japonais des pages originales sont accompagnés, à Canberra, de leur traduction anglaise).

Mais puisque j'ai parlé du dos des sabreurs, puisque je viens d'évoquer le Greco, c'est à Goya aussitôt que je pense, le Goya des *Fusilamientos del 3 de Mayo* que j'ai tant de fois regardé dans une salle du Prado et chaque fois quitté à grand-peine, comme si partir signait le renoncement à un suprême et inexprimable savoir, tout entier offert, tout entier dérobé. Tout se dit, tout se lit, tout se voit pourtant dans ce tableau génial : le mur impénétrable formé par les dos serrés des fusilleurs saxons de la Grande Armée, avec leurs shakos noirs enfoncés jusqu'aux yeux, l'estoc qui bat leur cuisse, le mollet bien pris dans la guêtre sombre, la jambe gauche avancée, légèrement fléchie comme le veut la posture du tireur à l'exercice, l'alignement des fusils, baïonnette au canon. Les exécuteurs sont anonymes, on ne voit que leur dos alourdi du fourniment militaire d'une troupe en campagne et l'inclinaison des shakos rivés sur la hausse des armes indique clairement qu'ils sont aveugles aux visages éblouis, éblouissants, de ceux qu'ils sont en train de faucher de leurs salves. Entre les tueurs et les condamnés, la source de lumière, fanal quadrilatère posé à même le sol, qui embrase l'assassinat nocturne d'une vivace et irréelle clarté. Le génie de Goya, c'est, face au falot, aux shakos, aux fusils, se détachant au premier plan sur les ténèbres des collines de Príncipe Pío et au-delà sur la ville indistincte, la blancheur véritablement surnaturelle de la chemise du personnage central, qui semble elle-même éclairer toute la scène. Deux sources lumineuses rivales sont à la lutte, celle des fusillés, celle des tueurs, la première si irradiante et éclatante qu'elle change le fanal en une lanterne sourde. Autour de l'homme à la chemise de lumière, les *morituri* nous apparaissent gris ou noirs, courbés, tassés, recroquevillés, comme s'ils voulaient donner moins de prise aux balles. C'est une masse compacte qui monte en procession sur un chemin resserré vers le lieu du supplice. Soudain, parvenus au sommet, ils découvrent tout : les cadavres ensanglantés des compagnons qui les ont précédés, les autres qui, déjà

31

touchés, sont en train de tomber et, leur faisant face, le peloton des fusilleurs qui ajuste sans relâche chaque groupe de nouveaux arrivants. Pour ne pas voir, pour ne pas entendre, ils plaquent leurs mains sur leurs yeux, sur leurs oreilles, dans d'ultimes postures de dénégation et de supplication. Mais au centre, au milieu de ceux qui reçoivent les décharges et s'affaissent, cœur absolu vers qui tout converge, agenouillé mais immense, plus immense encore d'être agenouillé, à l'instant d'être lui-même frappé, sa chemise de lumière toujours immaculée, l'homme en blanc regarde, lui, de tous ses yeux sa mort imminente. Comment le décrire ? Comment dire la poitrine qui s'expose magnifiée au canon des fusils et la blancheur inouïe, telle une armure de sa dernière heure, comment dire les yeux fous exorbités sous le charbon des sourcils, les bras levés, pas à la verticale, pas en croix, mais obliquement, dans un geste final de bravade et d'offrande, de révolte et d'impuissance, de désespoir et de pitié, comment dire la proféfrom muette, l'adresse à ses bourreaux exprimées par chaque trait du visage et le corps entier ? Cent trente ans plus tard, en 1942, au fort du mont Valérien, à Paris, s'inscrivant dans la même cohorte des héros de la nuit, le communiste Valentin Feldman apostrophait d'une parole inoubliable les soldats allemands qui le fusillaient : « Imbéciles, c'est pour vous que je meurs. »

Mais pourquoi cela ne finit-il jamais ? Vingt ans encore et nous traversions à la course la place de l'Alma vers l'ambassade d'Espagne lourdement gardée par des cordons de police, criant grâce, sans illusion aucune, pour Julián Grimau, condamné à mort par un tribunal spécial pour d'imaginaires crimes remontant à la guerre civile, mais en vérité parce qu'il était un militant du Parti communiste espagnol clandestin, qualité qu'il avait fièrement et publiquement revendiquée lors de son arrestation avant de se jeter dans le vide d'une hauteur de six mètres au cours de son interrogatoire. Cruellement torturé malgré ses poignets brisés, Julián Grimau fut fusillé en pleine nuit, à la sauvette et à la lumière de phares d'automobiles, dans une cour de la prison madrilène de Campamento, quelques heures après notre manifestation parisienne. C'était le 20 avril 1963. Le Caudillo avait la férocité opiniâtre et, jusqu'à ce qu'il entre dans son agonie interminable — on sait qu'il fut maintenu branché et tuyauté pendant des mois, l'Espagne retenant son souffle —, il expédia des hommes à la mort. Le 2 mars 1974, l'anarchiste catalan Salvador Puig Antich fut exécuté par garrottage dans la prison Modelo de Barcelone. Ce mode d'administration de la peine capitale était codifié sous l'appellation de « *garrote vil* », ce qui peut se traduire par « garrot d'infamie », mais « vil », en français aussi, parle de soi : le condamné meurt assis sur une chaise au haut dossier droit, les pieds et les mains pris dans des étaux durement serrés, qui lui interdisent tout mouvement ; son cou est cerclé d'un collier de fer qu'une vis sans fin manœuvrée sur l'arrière du dossier rétrécit de plus en plus — lentement ou vite selon la cruauté ou le professionnalisme du bourreau —, broyant la carotide, puis les vertèbres. Il y a, du *garrote vil*, une variante proprement catalane : le collier est agrémenté d'une pointe qui perfore la nuque en même temps qu'il l'écrase. Puig Antich fut le dernier garrotté du franquisme, pour lui aussi nous manifestâmes en vain. La peine de mort fut abolie en Espagne en 1978, cela finit donc quelquefois, quelque part.

Pourtant, à l'heure où j'écris, elle prospère dans le monde. Je n'ai rien dit des États antiabolitionnistes d'Amérique du Nord — chacun entêté dans son inhumanité singulière, chaise électrique, injection létale, gaz, pendaison —, rien des pays arabes, des bourreaux saoudiens qui arrivent en Mercedes blanche et en majesté sur le lieu du supplice, où le condamné, déjà agenouillé, tête à peine inclinée, attend l'éclair blanc du sabre courbe qui le décapitera sous les yeux du public. Au moins ceux-là sont des experts, capables de concourir avec les Japonais dont j'ai parlé plus haut. Aujourd'hui le temps des bouchers est venu — et que les bouchers me pardonnent, car ils exercent le plus noble des métiers et sont les moins barbares des hommes : pourquoi nous a-t-on caché les images atroces des mises à mort d'otages perpétrées sous la loi islamique en Irak ou en Afghanistan ? Minables vidéos d'amateurs tournées par les tueurs eux-mêmes, qui se voulaient terrorisantes et le sont en effet. Était-ce une raison pour les censurer au nom d'une suspecte déontologie dont le seul résultat fut de faire silence sur un saut qualitatif sans précédent dans l'histoire de la barbarie mondialisée, d'occulter l'avènement d'une espèce mutante dans la relation de l'homme à la mort ? Elles ont donc circulé sous le manteau et nous sommes très peu nombreux à avoir pu prendre la pleine mesure de l'horreur, en luttant pour ne pas détourner le regard.

Cela se passe ainsi : en ouverture, mélopée sans fin de versets du Coran qui s'inscrivent sur l'écran en même temps qu'ils sont récités. Comme dans les films pornographiques, le montage ici n'existe pas, les liaisons entre les plans sont supprimées, une posture succède abruptement à l'autre : soudain le Tribunal est là, se détachant sur un fond noir qui emplit tout le cadre. Au premier plan, à genoux, chevilles entravées, mains liées, l'accusé. Derrière lui, le Grand Juge et ses assesseurs, noirs fantômes colossaux et encagoulés, la poitrine bardée de kalachnikovs qui se croisent en quinconce à hauteur du sternum, canon vers le haut. Seul le Grand Juge parle. Il le fait à voix forte et monocorde, il lit ou ne lit pas, c'est selon. Il parle très longtemps et la voix se fait de plus en plus furieuse et *sentencieuse*, comédie qui va crescendo (à la lettre, il « se met » en colère) à mesure qu'approche le moment de rendre la sentence et de l'exécuter. Qu'il entende ou non l'arabe, l'accusé sait que son sort est joué et qu'à la fin de l'enchaînement grandiloquent des attendus du verdict on lui ôtera la vie. Sait-il comment ? Le pressent-il ? Sur la vingtaine de « films » que j'ai pu voir, tous abominables, j'en retiendrai un seul : pendant la longue profération furibonde du noir procureur, l'otage est resté rigoureusement immobile : pas un mouvement, pas un battement de cils, le regard perdu et vide, comme s'il était déjà hors de la vie et qu'il lui faille en passer par le pire pour se rejoindre. La résignation même. C'est un homme encore jeune, à la chevelure frisée, au visage hâve, qui a manifestement déjà enduré les plus grandes souffrances physiques et psychiques, les tortures infernales de l'espoir avant de le perdre à jamais. Nul signe de peur, mais tout entier peur, rigidifié par la peur. Dès le dernier mot de la sentence, le Grand Juge, qui s'est tenu depuis le début juste derrière le captif, porte la main droite à sa ceinture et la ressort armée d'un énorme couteau, vrai coutelas de boucher qu'il brandit devant la caméra en vociférant le « *Allah akbar* » du passage à l'acte, en même temps qu'il saisit par les cheveux le condamné et le jette à terre, tandis qu'un des sbires cagoulés lui maintient les chevilles afin qu'il ne se débatte pas. C'est donc au coutelas qu'il va décapiter, attentif d'abord à ce que le malheureux regarde la caméra, c'est-à-dire nous. Nous verrons ainsi à plusieurs reprises pendant l'opération les yeux de l'égorgé rouler follement dans leurs orbites. Mais un cou humain, même amaigri, n'est pas fait seulement de chair tendre : il y a des cartilages et les vertèbres cervicales. Le tueur est grand et baraqué, il peine pourtant à frayer le bon passage pour sa lame. Il s'en sert alors à la façon d'une scie, il scie autant qu'il le faut, dans des jets et des éclaboussures de sang, insoutenable va-et-vient qui nous fait vivre jusqu'au bout l'égorgement d'un homme comme celui d'un animal, porc ou mouton. Lorsque la tête enfin se détache du corps et que la main du scieur masqué signe démonstrativement son travail en la déposant, face à nous, sur le tronc étêté, une ultime révulsion des yeux marque que tout est terminé, à notre inavouable soulagement. Mais la caméra n'a pas cessé de tourner, les encagoulés ont quitté la scène, un zoom maladroit recadre tête et tronc qui demeurent, seuls, en gros plan sur l'écran, pendant une longue minute, pour notre édification et notre gouverne. Le visage de l'égorgé et celui du vivant qu'il était se ressemblent irréellement. C'est le même visage et c'est à peine croyable : la sauvagerie de cette mise à mort était telle qu'elle semblait ne pouvoir se sceller que d'une radicale défiguration.

CHAPITRE II

De même que j'ai pris rang dans l'interminable cortège des guillotinés, des pendus, des fusillés, des garrottés, des torturés de toute la terre, de même je suis cet otage au regard vide, cet homme sous le couteau. On aura compris que j'aime la vie à la folie et que, proche de la quitter, je l'aime plus encore, au point de ne même pas croire à ce que je viens d'énoncer, proposition d'ordre statistique, donc de pure rhétorique, à laquelle rien ne répond dans mes os et mon sang. Je ne sais ni quel sera mon état ni comment je me tiendrai quand sonnera l'heure du dernier appel. Je sais par contre que cette vie si déraisonnablement aimée aura été empoisonnée par une crainte de même hauteur, celle de me conduire lâchement si je devais la perdre en une des sinistres occurrences que j'ai décrites plus haut. Combien de fois me suis-je interrogé sur l'attitude qui eût été la mienne devant la torture? Et, toujours, ma réponse est que j'aurais été incapable de me donner la mort pour y échapper, comme l'a fait Pierre Brossolette, comme a voulu le faire avec une détermination fulgurante André Postel-Vinay qui, à l'instar de Julián Grimau, se jeta dans le vide du deuxième étage de la prison de la Santé tandis qu'on l'emmenait à l'interrogatoire, comme l'ont fait d'autres moins connus mais d'un héroïsme égal, tel Baccot. Je dois parler de lui car il m'est sans cesse présent, je suis d'une certaine façon responsable de sa mort. C'était à la fin novembre 1943, après l'étude, dans la cour des internes du lycée Blaise-Pascal, à Clermont-Ferrand. Baccot, élève de la classe de philosophie, alors que j'étais, moi, en lettres supérieures, savait que, depuis la rentrée d'octobre, je dirigeais la résistance au lycée. En vérité, c'est moi qui avais créé le réseau à partir de rien. Devenu membre des Jeunesses communistes l'été précédent, j'avais réussi en moins de deux mois à faire adhérer quarante internes — khâgneux, taupins, agros — au noyau dur des Jeunesses et, avec leur aide, à en enrôler deux cents autres dans une organisation de masse contrôlée à leur insu par le Parti, les FUJP, Forces unies de la jeunesse patriote. Telles étaient alors les consignes et la politique du PCF clandestin. Baccot, que jusque-là j'avais à peine entrevu, m'aborda frontalement. Yeux noirs brûlants, enfoncés sous d'épais sourcils, chevelure rejetée en arrière qui dégageait la falaise du front, râblé, ramassé, une concentration, une force sombre émanaient de lui : « Je veux joindre la Résistance, me dit-il simplement, mais ce que vous faites ne m'intéresse pas. Je sais que des groupes d'action existent, c'est ce qu'il me faut. » Je lui demandai son âge. « Dix-huit ans », je n'étais même pas son aîné ! Puis : « Les groupes d'action, tu sais ce que cela veut dire, tu connais les risques ? » Il savait, il connaissait. Je lui dis alors :

« Réfléchis pendant une semaine, réfléchis bien, tu me reparles après. »

Que faisions-nous qui ne l'intéressait pas ? Il y avait à Blaise-Pascal des caves longues, profondément enterrées, qui communiquaient entre elles comme des catacombes. Mon seul contact avec l'extérieur, avec le Parti, était une femme, une certaine Aglaé, je ne la connaissais que sous ce pseudonyme. Elle avait fait entrer dans le lycée trois revolvers avec leurs munitions, qui étaient sous ma seule garde. Avec quelques camarades, ceux que j'aimais le plus, nous quittions la nuit notre dortoir, sans faire un seul bruit — grâce à mon père, j'étais dressé à cela —, descendions dans les caves et nous entraînions au tir sur des cibles de fortune. Nul n'a jamais entendu les détonations assourdissantes qui résonnaient dans les profondeurs, nul n'a jamais rien su et peu de gens d'ailleurs connaissaient l'existence de ces souterrains. Mais il m'arrivait aussi, certains jours d'alarme où des avertissements de prudence m'avaient été transmis par Aglaé, de venir en salle de cours avec le revolver dans la poche de la longue blouse grise qui était l'uniforme des internes. Cette époque est difficile à évoquer et rares sont ceux qui en ont bien parlé : il y avait, parmi les externes, des vichystes, des proches de la milice et même des miliciens, qui nous avaient identifiés. Ils nous connaissaient, nous les connaissions, il faut imaginer la grande cour de Blaise-Pascal pendant les récréations, les groupes s'épiaient, se croisaient, se soupesaient, se scrutaient, se détournaient. Les enfants des familles collabos ou miliciennes avaient le même âge que nous, Clermont-

41

Ferrand alors était occupée depuis un an (novembre 1942, date du débarquement anglo-américain en Afrique du Nord) par les troupes allemandes, Wehrmacht et Gestapo, la milice de Darnand sévissait, mais les groupes d'action du Parti communiste, ceux que Baccot voulait rallier, leur menaient aussi la vie dure : la menace, la vigilance, la peur étaient dans les deux camps. Nous nous étions procuré les clés de toutes les portes du lycée, que nous possédions en double ou en triple, particulièrement celle du portail à deux battants de la cour centrale, qui ouvrait directement sur la ville et nous évitait toute question des concierges ou des surveillants. Par Aglaé, je recevais des paquets de tracts, appels à la résistance, dénonciations des crimes nazis, consignes, informations sur le déroulement de la guerre, poèmes d'Aragon, d'Eluard, textes de Vercors, des Éditions de Minuit, etc. Nous avions divisé Clermont-Ferrand en secteurs et, par groupes de cinq, le samedi et le dimanche, le jeudi aussi, nous nous faufilions hors du lycée pour gagner les quartiers qui nous avaient été assignés · nous agissions avec calme et rapidité, glissions nos tracts dans les boîtes aux lettres ou sous les portes. Dans chaque groupe de cinq, il y avait deux guetteurs, nous renouvelions ces opérations en évitant toute régularité, car une distribution alertait presque aussitôt la police et la milice. Il était très difficile d'agir la nuit et nous ne le faisions qu'en cas de force majeure, le couvre-feu était souvent en vigueur et, même lorsqu'il ne l'était pas, la ville était sillonnée de patrouilles allemandes.

Ce qui m'étonne toujours et me demeure presque

incompréhensible, c'est que, dans cette peu nombreuse hypokhâgne de 1943, il y avait trois Juifs, mon très cher ami André Wormser, fils de Georges Wormser, le directeur de cabinet de Clemenceau — il ne resta pas plus de deux mois —, une fille, Hélène Hoffnung, et moi, tous trois inscrits sous nos noms véritables et sans la mention obligatoire et infamante en quatre lettres rouges, JUIF, sur nos cartes d'identité. Nous étions donc dans une parfaite illégalité. Or, depuis l'été 1941, les Juifs français avaient été contraints de se faire recenser et j'avais possédé une carte ainsi tamponnée. Je la cherche encore aujourd'hui, elle s'est égarée, probablement à la suite d'un changement de vie, mais je suis sûr que quelqu'une l'a gardée et qu'elle resurgira à son heure. Je me souviens de mon visage d'adolescent — j'allais écrire « d'innocence » — barré en diagonale de cette estampille de malédiction venue du fond des âges. Nous ne savions pas alors s'il était préférable d'obéir aux nouveaux décrets ou de les ignorer. Pendant un temps très bref, mon père pencha pour l'obéissance, mais il était désormais certain que le pire allait advenir et ce marquage de lui-même et des siens lui fut bientôt, nous fut à tous, insupportable. Nous eûmes des cartes à notre nom, mais sans le sceau scélérat. Nous étions réfugiés à Brioude, sous-préfecture de la Haute-Loire, où nous avions déjà vécu, avant guerre, entre 1934 et 1938, après la séparation de mes parents. Mon père adorait cette région où ses poumons avaient été soignés à la fin du premier conflit mondial : engagé volontaire à l'âge de dix-sept ans en 1917, tandis que son propre père combattait en première ligne depuis août 1914, il avait été gazé à l'ypérite sur la Somme. Séparé de ma mère et nanti d'une nouvelle femme, il choisit donc Brioude pour refaire sa vie, emmenant avec lui ses trois enfants, ma sœur Évelyne, mon frère Jacques et moi — j'étais l'aîné, j'avais neuf ans. Nous revînmes pourtant à Paris au début de l'année scolaire 1938, où j'entrai en cinquième au lycée Condorcet (le petit lycée). J'eus le temps d'être ébranlé en mon tréfonds et terrorisé par la force et la violence de l'antisémitisme dans ce lycée parisien. La guerre, qui allait me faire affronter bien d'autres dangers, me libéra, paradoxalement, de ces paniques : nous quittâmes Paris, dès octobre 39, après la déclaration de guerre, pour regagner Brioude.

Parce qu'il avait presque quarante ans, trois enfants à charge et était un ancien combattant de 14-18, mon père ne fut pas mobilisé dans l'armée d'active, mais enrôlé comme « affecté spécial » — c'était l'expression consacrée — à des travaux relevant de la défense nationale. On lui laissa le choix de la région et c'est Brioude qu'il élut. Pour moi, c'était comme un retour à des années heureuses. Mais notre statut avait considérablement changé : mon père avait dû abandonner sa situation et le peu de biens qu'il possédait. Il conduisit, jusqu'à la débâcle, des camions de charbon et revenait chaque soir noir comme un ramoneur. Je retrouvais, moi, improbablement, le collège Lafayette où j'avais étudié entre 1934 et 1938 : mon père, qui était venu me chercher chez mes grands-parents, en Normandie, où j'avais passé les dernières vacances de paix, m'avait pourtant expliqué pendant le voyage que j'allais devoir, comme lui vingt ans plus tôt et pour les mêmes raisons, ne plus fréquenter collège ou lycée, mais gagner ma vie. C'était la nuit, je me souviens du ciel étoilé au-dessus de ma tête, je guettais les avions allemands et il me disait avoir résolu de me faire entrer dans les Postes et Télégraphes. Quelque chose se révoltait en moi, je ne voulais pour rien au monde être receveur. Mon refus radical conjugué au dégoût que cette idée inspirait au proviseur de Lafayette, très heureux de me voir revenir, eut raison de la raison paternelle et je pus, pour un temps au moins, continuer. On comprend que nous étions fort connus dans cette petite ville, et connus comme Juifs, sans que les Brivadois attachent à ce prédicat une particulière importance. Mon père y avait des amis dont la plupart ne se détournèrent pas de nous avec l'avènement de l'« État français » et les sinistres chevrotements du Maréchal. La défaite et la division de la France entre la zone occupée et la zone dite « libre » amenèrent à Brioude un certain nombre de réfugiés juifs, presque tous étrangers, ne jouissant d'aucune protection légale. À prononcer, comme l'écrivit Aragon, leurs noms étaient, pour moi, difficiles, plus même que le mien (il m'arrivait le plus souvent, lorsqu'on me demandait mon nom, de l'épeler plutôt que de le dire et de le faire à grande allure l-a-n-z-m-a-n-n, cela m'arrive encore aujourd'hui quand je me rends compte que ma gloire n'est pas universelle et n'a pas atteint mes interlocuteurs, téléphoniques surtout), j'étais stupéfié par le nombre d'enfants dans chaque famille, la formidable puissance de travail et le talent des parents dans leurs divers métiers — tailleurs, fourreurs, bottiers, etc. —, leur capacité d'adaptation aux conditions les plus adverses et l'amour éclatant que tous portaient à tous. Un génie juif, d'origine polonaise, était mon condisciple en classe de première, il devint mon ami, il se montrait si brillant, tellement au-dessus du lot en toute matière et naturellement arrogant tant il se savait le plus fort — comment eût-il pu ne pas l'être ? — qu'il suscitait l'envie nue des fils de paysans ou de commerçants auvergnats qui formaient la majorité de la population scolaire. Je le découvris un jour ligoté à un des platanes de la cour de récréation, les autres tournaient autour de lui dans une danse du scalp effrénée, lui lançant des bourrades ponctuées de hurlements sauvages et indistincts qu'il accueillait avec son éternel sourire de défi et de supériorité. Les adolescents du collège Lafayette n'étaient ni haineux ni antisémites comme ceux que j'avais connus à Condorcet. C'était autre chose, Freiman devait payer pour son excellence. Je me précipitai, insultai les tourmenteurs, qui me respectaient car j'étais un ancien du collège, et le délivrai sans échanger un seul horion.

Un jour de l'été 1942, Freiman, sa famille et la plupart des Juifs étrangers réfugiés à Brioude furent raflés au matin par la police française. Soudain, ils n'étaient plus là, ce fut un choc inouï, un vide brutal et incompréhensible, ressenti par la petite ville tout entière tant ils en faisaient désormais partie et la rendaient par leur présence plus vivante qu'elle ne l'avait jamais été. Mon père, qui était déjà, à mon insu, membre de la Résistance, nous fit alors établir des faux papiers qui pourraient se révéler nécessaires si nous avions par exemple à nous déplacer ou si nous devions exhiber notre identité en cas de rafle subite, car la distinction entre Juif étranger et Juif français devenait de mois en mois plus inconsistante. Je me souviens m'être nommé Claude Bassier, né à Langeac, ou encore Claude Chazelle, de Brassac-les-Mines : on pouvait vérifier dans les registres d'état civil de chacune de ces localités l'exactitude des informations portées sur les fausses cartes d'identité, dates et lieux de naissance inclus. Des employés ou des secrétaires de mairie avaient choisi, à leurs risques et périls, d'authentifier les faux. On les appellerait aujourd'hui des « Justes ». Ils n'y pensaient pas, je n'ai jamais connu leur nom, ils se moquaient de la postérité et accomplissaient sans esbroufe leur devoir de solidarité, au titre humain tout simplement.

Pourquoi mon père me fit-il inscrire comme interne à Blaise-Pascal sous mon nom véritable après le baccalauréat, à la rentrée 1943 ? Il était d'accord pour que je poursuive mes études — je ne serais décidément pas receveur — , mais l'université lui semblait trop dangereuse et l'internat au contraire un lieu qui m'assurerait une meilleure protection. De même que je n'avais rien su de son appartenance aux MUR (Mouvements unis de la Résistance), de même il ignorait, lorsqu'il prit la décision de m'envoyer à Clermont-Ferrand, que j'étais déjà, depuis quatre mois, membre des Jeunesses communistes. Recrutement de hasard, nous étions de gauche dans la famille, mais je n'avais lu ni Marx, ni Engels, ni Lénine. Vivre au lycée sous un autre nom que le mien eût été, dans la pratique, très difficile sinon impossible et gros sûre-

47

ment de plus grands dangers. Ce qui est sûr, c'est que le proviseur de Blaise-Pascal, le censeur, le surveillant général et un certain nombre de professeurs savaient parfaitement à quoi s'en tenir sur Wormser, Hélène Hoffnung et moi. Le fait même d'avoir accepté notre inscription était à soi seul garantie de sauvegarde. Jean Perus, notre professeur principal, enseignait la littérature en lettres supérieures : j'ai su, la guerre terminée, qu'il était lui-même membre du Parti communiste, engagé dans une intense activité de résistance, mais jamais un seul mot ou un seul clin d'œil de connivence ne fut échangé entre lui et moi. C'était un professeur magnifique et je n'ai jamais oublié la moue dédaigneuse de ses lèvres lorsqu'il récusait d'une seule phrase une de nos interprétations. Il me guérit à jamais du comparatisme le jour où, ayant à commenter à voix haute devant lui et mes condisciples un passage de Rabelais, j'évoquai stupidement Bergson, que j'avais à peine lu. Le dédain de sa célèbre moue se fit carrément dégoût : « Mon petit, Rabelais ne connaissait pas Bergson. »

Une des missions que le Parti avait assignées au « petit » était très dangereuse : la réception de valises d'armes — revolvers et grenades — à la gare de Clermont-Ferrand. Je l'accomplissais avec Hélène Hoffnung, que j'avais moi-même recrutée et qui faisait partie du noyau dur des Jeunesses communistes. Hélène était pleinement consciente du risque encouru, elle était aussi inventive, audacieuse, d'un grand sang-froid. Pour tromper les miliciens formés à la chasse au faciès, qui débusquaient dans les rues de la ville les passants supposés juifs, Hélène, à ma prière instante, s'efforçait de masquer autant que possible les traits irréductiblement sémites de son visage. Je lui demandais d'adoucir des boucles rousses de sa chevelure le saillant franchement hébraïque de son nez et de se farder les lèvres sans pudibonderie ni outrance. Nous marchions au crépuscule vers la gare, tendrement ou passionnément enlacés, comme deux étudiants rieurs et très amoureux, chacun de nous tenant à la main une petite valise. Je mourais de peur. À la gare, nous nous postions sur le quai convenu, à un endroit précis, et guettions l'arrivée du train. Nos valises, posées à nos pieds, étaient échangées contre deux autres, de mêmes format et couleur, mais beaucoup plus lourdes, à une vitesse et avec une habileté de prestidigitation. Tout se passait sans un mot et si rapidement que je n'ai pas gardé la mémoire d'un seul visage des courriers du Parti qui nous livraient les armes. Hélène et moi fûmes par contre à plusieurs reprises témoins, dans la même gare, d'arrestations foudroyantes par les hommes en imperméable et chapeau mou de la Gestapo : à peine descendus du wagon, ceux qu'ils attendaient pistolet soudain dégainé étaient ceinturés, menottés, irrésistiblement entraînés. Effrayant spectacle, les malheureux comprenaient à l'instant qu'ils étaient tombés dans le pire des pièges, ils blêmissaient et sur leurs traits livides se lisait déjà toute la suite implacable des tortures qu'ils savaient devoir endurer. Gestapo (Geheime Staatspolizei, Police secrète d'État) était synonyme de terreur et le demeurera toujours, il y a des raisons à cela. On ne trouvait pas dans les chambres d'inquisition de la Gestapo de caporale Lynndie England pour prendre des photographies à envoyer aux familles ou aux copains, pas de trophées de guerre, tableaux vivants de prisonniers humiliés pour et devant l'objectif, dans des postures pornographiques ou scatologiques. Abou Ghraib cumule assurément le grotesque et l'ignoble, mais on n'y pratiquait pas la torture physique, ongles arrachés, yeux crevés, os rompus, toute l'escalade des violences les plus meurtrières, qui brisaient à jamais ceux qui en étaient les victimes quand ils n'y avaient pas succombé. La Gestapo se moquait des images, elle travaillait en secret, réellement et non virtuellement. Impavide, apparemment indifférente à l'arrestation qui me pétrifiait, Hélène m'enveloppait d'un regard enamouré, m'étreignait, m'embrassait à pleine bouche comme si nous venions de nous retrouver. Nous nous mettions en marche, nos valises chargées à la main, nous passions, extasiés l'un de l'autre, devant toutes sortes de préposés avec ou sans uniforme qui vibrionnaient à la gare et commencions notre lente remontée vers la ville, jusqu'au lieu du rendez-vous où on nous débarrasserait avec la même magique promptitude de ce que nous avions convoyé. Chaque rencontre d'une patrouille, chaque mouvement suspect était l'occasion d'un baiser, plus ou moins fouillé selon le degré de l'alerte. Le « rouge baiser » était rare en ces temps très lointains et nous regagnions le lycée, mission accomplie, barbouillés des signes de la plus évidente passion, alors que rien de sexuel n'exista jamais entre nous : nous étions deux militants disciplinés du Parti communiste français, baptisé plus tard par lui-même le Parti des 75 000 fusillés.

J'en étais sûr : la semaine de réflexion que j'avais imposée à Baccot ne le fit pas changer d'avis. J'informai Aglaé, il quitta très vite Blaise-Pascal, nous n'entendîmes plus parler de lui. Jusqu'à son suicide, quatre mois plus tard. Pendant quatre mois, Baccot, membre des groupes d'action du PCF, avait abattu des Allemands et des miliciens dans les rues de Clermont-Ferrand. Pour le Parti, exclu des parachutages anglo-américains destinés à la seule Résistance gaulliste, il n'y avait qu'un moyen de se procurer des armes : les prendre sur l'ennemi. Chaque Allemand descendu signifiait un revolver, un pistolet, une mitraillette. Baccot, pendant cette brève période, fit montre d'extraordinaires qualités de courage, de hardiesse, de patience, d'astuce, de détermination. Repéré, identifié, poursuivi, il se fit cerner place de Jaude, la place centrale de Clermont-Ferrand : se voyant encerclé sans aucune échappatoire, il se réfugia dans une vespasienne — urinoir public en forme de limaçon dont les parois de fer masquaient les usagers aux yeux des passants — et au cœur même du limaçon se fit sauter la cervelle pour ne pas être pris vivant. Il y a une brève allusion à sa mort dans *Le Chagrin et la Pitié* : interrogés à la va-vite, deux pions retraités qui ne surent jamais rien de la Résistance à Blaise-Pascal ni d'une façon plus générale à Clermont-Ferrand ont gardé un vague souvenir de l'épisode Baccot. Je m'en suis ouvert plusieurs fois à mon ami Marcel Ophuls, qui n'y peut rien puisque, s'il est absolument le réalisateur, ce n'est pas lui qui a mené l'enquête préparatoire, mais faire de Clermont-Ferrand, comme le propose le film, une ville symbole de la collaboration est une heresie : Clermont, où l'université de Strasbourg était repliée, fut au contraire un haut lieu de la Résistance en Auvergne et en France.

Baccot est un héros indiscutable que j'admire sans réserve. Mais je sais que je n'aurais jamais pu, comme lui, me tirer une balle dans la tête à l'instant d'être capturé et ce savoir a plombé toute ma vie. Qu'aurais-je fait si on avait demandé à Hélène Hoffnung et moi d'ouvrir nos valises d'armes ? J'ai mené beaucoup d'actions objectivement dangereuses pendant la lutte clandestine urbaine, mais je me reproche de ne pas les avoir accomplies en pleine conscience, car elles ne s'accompagnaient pas de l'acceptation du prix ultime à payer en cas d'arrestation : la mort. Aurais-je agi si j'en avais pris, avant l'action, l'entière mesure ? Et même si on soutient que l'inconscience est aussi une forme de courage, agir sans être intérieurement prêt au sacrifice suprême relève finalement de l'amateurisme, voilà ce que je ne cesse pas de me dire encore aujourd'hui. La question du courage et de la lâcheté, on l'aura compris sans doute, est le fil rouge de ce livre, le fil rouge de ma vie. Sartre aimait à citer une formule de Michel Leiris qui, pour qualifier le suicide d'officiers ayant failli à leur mission, parlait de « courage militaire ». À certains des conjurés du complot anti-hitlérien du 20 juillet 1944 que j'ai évoqué plus haut, quelques-uns de leurs pairs, voulant leur éviter la torture, le procès, la mort ignominieuse sur l'échafaud, tendaient sans un mot un revolver en entrant dans leur bureau. Ils sortaient et, aussitôt, le coup de feu éclatait : les gradés allemands, obéissant à un code d'honneur infrangible, se donnaient la mort presque mécaniquement et comme par réflexe, sans balancer un instant, ce qui est peut-être la meilleure façon de procéder. On assiste spectaculairement à un épisode identique dans le film de Jean-Jacques Annaud, *Stalingrad* : un commissaire politique de l'Armée rouge démet de son commandement un officier général soviétique dont les hommes se sont repliés sous une pluie de feu sans en avoir reçu l'ordre. Il pose en même temps devant lui, sur la table des cartes d'état-major, un pistolet chargé et se retire. La détonation retentit avant même que la porte ait été refermée. Tel est le « courage militaire » codifié et je ne peux l'évoquer sans penser irrésistiblement au monologue final des *Séquestrés d'Altona* de Sartre : « Tout sera mort, les yeux, les juges, le temps. » Dans *La Phénoménologie de l'esprit*, le maître devient le maître parce qu'il a mis sa vie en jeu, parce qu'il a pris le risque de la perdre — le risque du néant — tandis que l'esclave, attaché à son corps, à ses désirs, à ses besoins, à ce que Hegel appelle le « vitalo-corporel » — traduction affreuse mais littérale —, a préféré la soumission à l'honneur, a privilégié le seul bien qui vaille à ses yeux : sa peau, la vie, même humiliée, même mutilée, *sa* vie. Un des héros inoubliables de *Shoah*, Filip Müller, membre pendant presque trois ans du « commando spécial » (Sonderkommando) d'Auschwitz, me disait au terme d'une très éprouvante journée de tournage : « Je voulais vivre, vivre à toute force, une minute de plus, un jour de plus, un mois de plus. Comprenez-vous : vivre. » Comme je le comprenais ! Les autres membres du commando spécial, qui partagèrent le calvaire de Filip Müller, nobles figures, fossoyeurs de leur peuple, héros et martyrs tout à la fois, étaient comme lui des hommes simples, intelligents et bons. Pour la plupart, dans l'enfer des bûchers et des crématoires — cet « *anus mundi* », selon le mot du Dr Thilo, médecin SS —, ils n'abdiquèrent jamais leur humanité. Il m'importe, dans ce livre, de les nommer : Yossele Warszawski, de Varsovie, arrivé de Paris ; Lajb Panusz, de Lomza ; Ajzyk Kalniak, de Lomza également ; Josef Deresinski, de Grodno ; Lajb Langfus, de Makow Mazowiecki ; Jankiel Handelsman, de Radom, arrivé de Paris ; Kaminski, le kapo ; Dov Paisikovich, de Transylvanie ; Stanislaw Jankowski, dit Feinsilber, de Varsovie, arrivé de Paris, un ancien des Brigades internationales ; Salmen Gradowski et Salmen Lewental, les deux chroniqueurs du commando spécial, qui, nuit après nuit — et parce qu'ils pensaient qu'aucun ne survivrait —, s'astreignirent à tenir le journal de la géhenne et enterrèrent leurs feuillets dans la glaise des crématoires II et III, la veille même de la révolte avortée du Sonderkommando (7 octobre 1944), où ils laissèrent leur vie : manuscrits en yiddish, d'une haute et ferme écriture, retrouvés rongés et piqués d'humidité — l'un en 1945, l'autre en 1962 —, manuscrits aux trois quarts indéchiffrables et plus bouleversants encore de l'être. À la question obscène : « Comment ont-ils pu ? Pourquoi ne se sont-ils pas suicidés ? », il faut les laisser répondre et respecter absolument leur réponse. Pour commencer, ils l'ont fait, ils se sont, nombreux, donné la mort, au premier choc, sautant vivants dans les fosses où rageait l'incendie, ou suppliant qu'on les tue. Quel choc en effet ! Ce sont de tout jeunes hommes, ils ont dix-huit ans, vingt ans, vingt-cinq ans ; de Pologne, de Hongrie, de Grèce, ils arrivent à Auschwitz, après des mois ou des années de ghetto, de misère et d'humiliation, après un atroce voyage (onze jours et onze nuits de Salonique à Auschwitz, dix-neuf de Rhodes ou de Corfou par mer et par terre) : ils meurent de faim, de soif, à peine sur la rampe on les « sélectionne », on les arrache à leurs familles, on les rase, on les tatoue, on les fouette, on les assomme, on les conduit, à travers les maigres bois de bouleaux de Birkenau, sous les coups et les morsures des chiens policiers, jusqu'aux palissades du crématoire V ou de la petite ferme. Et soudain — mais peut-on jamais se préparer à ce spectacle-là ? — ils découvrent tout : les fosses, les rugissements des flammes, la cascade de cadavres enchevêtrés, bleuis, qui déferle par les portes tout à coup ouvertes de la chambre à gaz, torsades de corps qu'ils ont à dénouer et où ils reconnaissent les visages écrasés, défigurés, de leur mère, leur petite sœur, leur frère, débarqués avec eux il y a quelques heures à peine. C'était le premier choc. Les Juifs des rivages ensoleillés de la mer Ionienne, doux Juifs, tendres Juifs d'Albert Cohen, ne le supportaient pas : ils se jetaient dans la fournaise, bras ouverts comme des plongeurs. Les mêmes (je veux dire ceux d'entre eux qui n'avaient pas sauté) accomplissaient deux mois plus tard leur tâche monotone : armés de lourdes dames de bouleau, ils pilonnaient sur une plaque de béton les fémurs, les tibias, les os les plus durs, que le feu n'avait pas entièrement réduits ; ils le faisaient en chantant tout au long du jour, sous le ciel blanc d'Auschwitz : « *Mamma, son tanto felice* [1]. » Mais c'est Salmen Lewental, ce Froissart admirable du commando spécial, qui, de sa haute écriture, a le mieux répondu à la question obscène : « La vérité, a-t-il écrit, est qu'on veut vivre à n'importe quel prix, on veut vivre parce qu'on vit, parce que le monde entier vit. Il n'y a que la vie... » Non, mes frères, vous n'étiez pas, je vous le dis, les cadets de l'École de cavalerie de Saumur en 1940, capables de mourir hégéliennement pour l'honneur et la guerre des consciences, vous haïssiez la mort et, en son royaume, vous avez sanctifié la vie, absolument.

La guerre des consciences et l'horreur qu'elle m'a toujours inspirée appellent derechef à mon esprit un autre Goya, celui d'une salle des monstres noirs du musée du Prado, dans laquelle je redoute à chaque fois de pénétrer tant ce tableau du grand peintre, *Duelo a garrotazos* (« Duel à coups de bâton »), exerce sur moi la même inlassable fascination. Ce n'est pas un duel, c'est une lutte à mort, on sait d'un seul regard qu'il n'y aura pas de quartier, pas d'arrêt au premier sang : le paysage est désolé, désertique, pierreux, lunaire, de commencement ou de fin du monde, rien à gagner, rien à conquérir, deux créatures humaines se combattent au gourdin, deux hommes, à peine hommes, tout entiers hommes, enlisés jusqu'aux genoux dans un sol de tourbe ou de sables mouvants. Ces immobiles, ces hommes-troncs, ces

---

1 « Maman, je suis si heureux... »

tueurs-troncs, prennent leur élan, se lancent l'un vers l'autre de toutes leurs jambes ensevelies, paralysie stupéfiante qui redouble la volonté meurtrière dont chacun est animé. Le mouvement, inouï, s'est réfugié dans les bras, l'un haut levé pour le gladiateur de gauche au visage déjà tuméfié, l'autre rejeté loin en arrière pour son adversaire — en vérité, son arme n'est pas un bâton, plutôt une massue renflée à une extrémité. Dans les bras mais aussi dans le torse, le dos, la taille, la tête. Pas de jeu de jambes ici, par où on pourrait rompre ou esquiver, mais des rotations, des avancées, des reculs, des effacements fous de la poitrine. On aurait pourtant tort de croire que ces culs-de-jatte cherchent d'abord à se protéger, à survivre, ce qu'ils veulent au premier chef, c'est tuer, et la poursuite, par chaque conscience, de la mort de l'autre est si primordiale ici qu'il n'y aura — c'est l'enseignement insoutenable de ce tableau — ni maître ni esclave, ni vainqueur ni vaincu, mais qu'aucun d'eux n'ayant pu préférer la vie à la mort, seuls deux cadavres roués de coups, ensanglantés, défigurés demeureront sur la scène, sous un grand ciel d'angoisse sombre et lumineux, ciel d'Aragon ou de Castille, avec ses fauchées de turquoise qui s'entrevoient par-delà des nuées noires. La grandeur de Goya, c'est d'avoir enlisé les « duellistes », rendant ainsi toute pitié, toute imploration, toute reddition, tout pardon, toute fuite impossibles. L'un d'eux est de trop. Avant d'être inexorablement engloutis par les sables mouvants, ils soldent, dans un paroxysme de violence, le compte du scandale absolu de l'altérité. Le peintre nous présente ainsi la guerre des consciences dans sa plus extrême pureté, éternelle aube inhumaine de toute humanité. « Le siècle eût été bon », écrit Sartre, toujours dans le monologue final des *Séquestrés d'Altona*, « si l'homme n'eût été guetté par son ennemi cruel, immémorial, par l'espèce carnassière qui avait juré sa perte, par la bête sans poil et maligne, par l'homme. »

C'est sur le *Duelo a garrotazos* que j'avais apagogiquement envisagé d'inscrire le générique de début de mon film *Tsahal*, consacré à l'armée d'Israël et aux guerres qu'elle dut livrer. Je tentais de montrer dans ce film, parce que c'est ma conviction intime, que les jeunes combattants de cette jeune armée, les fils ou les petits-fils de Filip Müller et de ses compagnons du désastre, sont demeurés en leur tréfonds les mêmes que leurs pères. Malgré le changement radical et la conquête immense qu'a inaugurés la création *ex nihilo* d'une armée juive, malgré l'entraînement au courage, l'enseignement du courage, la lutte sans merci contre le « naturel », dont j'ai donné mille exemples, malgré ce que j'ai appelé ailleurs « la réappropriation de la violence par les Juifs », Tsahal n'est pas une armée comme les autres et, dans la relation des soldats d'Israël à la vie, à la mort, s'entend encore à pleine force l'écho, si peu lointain en vérité, des paroles de Salmen Lewental, que je citais il y a un instant. Ils n'ont pas la violence dans le sang et le privilège accordé à la vie, qui fait de sa sauvegarde un principe fondateur, est à l'origine de tactiques militaires spécifiques propres à cette armée et à nulle autre. Ce choix de la vie contre le néant n'a pas empêché les combattants juifs de consentir, lors de chacune de leurs guerres, les plus grands sacrifices, le sacrifice suprême lorsqu'il le fallait. Tant d'hommes, tant d'officiers, par exemple, sont tombés héroïquement dans les terribles combats du Golan en 1973, alors qu'il en allait de la survie même de la Nation, ou dans la féroce bataille de chars dite « de la ferme chinoise » en plein Sinaï, où les tanks de Tsahal, antiques Centurion britanniques de la Seconde Guerre mondiale, modernisés par les Israéliens, tiraient à bout portant de tous leurs canons sur les T-72 soviétiques flambant neufs, livrés à profusion par l'URSS à l'armée égyptienne. Ils n'ont pas la violence dans le sang, ils savent donner leur vie, mais ils ne la mettent pas en jeu pour l'honneur, pour la montre, pour demeurer fidèles à une geste et à des traditions de caste. Dans une interview que j'avais accordée au moment de la sortie de *Tsahal*, en 1994, après qu'une bombe lacrymogène eut explosé dans la salle de cinéma dès la première séance, la rendant irrespirable pendant plus d'une semaine, j'ajoutais à tout ce que je viens d'écrire, comme pour mieux l'illustrer : « Les parachutistes israéliens sont d'une autre sorte que les paras français de l'opération Turquoise [1]. La preuve, c'est qu'ils ont leurs cheveux. » Cela se voit en effet dans des séquences très fortes du film, avant et pendant le premier saut de recrues parachutistes. Il y a pour commencer un long et lent travelling, au bord d'une piste de décollage, sur les soldats en attente d'embarquer dans les Hercules ventrus qui vont les emmener en

---

1. Elle venait d'avoir lieu au Rwanda.

plein ciel, là où il leur faudra se jeter, à la course, dans le vide. C'est l'aube, le jour point à peine, ils dorment presque tous, morts de fatigue ou de peur. Peur, fatigue, c'est pareil : la peur fatigue, la fatigue est signe de peur. Et de toute façon, les adolescents en armes d'Israël sont toujours à bout de fatigue. La dureté des trois années de service militaire auxquelles ils sont astreints puise dans leurs forces vives : lorsqu'on les prend en auto-stop, ils s'endorment, aussitôt assis, à la place du passager ou sur le siège arrière, et plongent dans le plus profond sommeil. L'extraordinaire est qu'ils se réveillent toujours, avec une infaillible sûreté, à quelques dizaines de mètres du carrefour auquel ils ont demandé d'être déposés. En bord de piste donc, assis, couchés, adossés l'un à l'autre, embrassés tête-bêche dans d'attendrissantes postures d'innocence, de jeunesse, d'amitié, les parachutistes de cette séquence d'ouverture — garçons et filles puisque ce sont celles-ci qui sautent en premier — ont en effet gardé leurs cheveux, ou leur chevelure, et cela change tout : sur leur visage, la gravité le dispute à la douceur, l'humanité à l'ascèse, l'anxiété à la confiance. Et c'est la belle voix chaude de David Grossman qu'on entend *off*, tandis que la caméra balaie, en panoramiques réguliers et sûrs, les visages des soldats qui vont sauter ce matin-là. Grossman, dont j'apprends à l'instant, écrivant ces lignes, que son fils aîné, Uri, âgé de vingt-huit ans, vient d'être tué au Liban, le dernier jour de la guerre contre le Hezbollah. J'ai connu Uri — c'était un enfant blond, sérieux et rieur, d'une dizaine d'années — pendant le tournage de *Tsahal*, quand j'interviewais son père, ignorant encore que je monterais une partie de cet entretien sur le premier saut des parachutistes. « Nous naissons vieux, me disait David. Nous naissons avec toute cette histoire sur nous. Nous avons un énorme passé, très chargé. Nous avons un présent très intense, très âpre. Il faut un renoncement, un engagement, pour s'investir dans cette gageure qu'est Israël aujourd'hui. Mais si nous envisageons l'avenir, difficile de trouver un Israélien qui parle librement d'Israël, disons en 2025, de la moisson en 2025. Parce que nous sentons peut-être que nous ne disposons pas d'autant d'avenir. Et quand je dis : "Israël en 2025", je sens le tranchant glacé de la mémoire, comme si je violais un tabou. Comme si était gravée dans mes gènes l'interdiction de penser aussi loin. Je crois qu'en réalité ce que nous avons dans l'esprit est essentiellement la peur. La peur de l'annihilation… »

La soldatesque mondialisée, professionnalisée, mercenarisée, se rase le crâne au plus près, porte la boule à zéro pour signifier la force et la virilité, la mort à la peur et au sentiment, pour se rendre effrayante. Elle effraie en effet, par sa laideur d'abord, par l'uniformité désespérante des mentons et des occiputs. Chacun apparaît ainsi comme le clone de l'autre et la boule à zéro est sans doute le plus commun dénominateur de cette police internationale dépêchée par les États aux quatre coins de la terre, au nom de l'humanitaire et du nouvel ordre pacifiant, baptisé encore devoir d'ingérence. Le cheveu est réputé féminin et à ce titre étrangement laissé aux armées de conscription, qui disparaissent à grande allure de la surface du globe. Tsahal est l'une des dernières. Après la parution de l'interview dont j'ai parlé, je reçus une lettre indignée d'un général français, commandant d'une division de parachutistes, qui me menaçait d'un procès si je ne m'excusais pas publiquement. On me fit savoir, par divers canaux, que des paras de je ne sais quel REP me cherchaient pour me faire éprouver l'efficace de leur coup de boule à zéro. Je répondis au général que je n'avais en rien voulu blesser ses paras, attenter à leur moral, mais que cette question de la chevelure me semblait importante et qu'on pouvait faire montre du plus grand courage tout en gardant la singularité du visage humain vivant, c'est-à-dire pourvu de cheveux, au lieu des masques monotones des marines américains, des spetzai russes ou des légionnaires français (rien ne les différencie), lugubre préfiguration des alignements de crânes aux orbites vides qu'on trouve, par milliers, sur les étagères des cryptes de couvents d'Italie. Bref, je plaidais pour la vie contre la mort et je conseillais au général de lire un des plus beaux livres de guerre qui soient, *Le Dernier Ennemi*, de Richard Hillary, qui raconte comment la bataille d'Angleterre fut gagnée par les pilotes de Spitfire de la Royal Air Force, jeunes hommes de vingt ans, frais émoulus d'Oxford, de Cambridge, après Shrewsbury School ou Eton, entrés à jamais dans l'histoire des héros sous le nom de « garçons à cheveux longs ». Entre juillet et octobre 1940, quatre cent quinze de ces ébouriffés perdirent la vie en combattant les Messerschmitt de la Luftwaffe et sauvèrent la Grande-Bretagne : « *Never in the field of human conflict was so much owed by so many to so few* [1] », déclara dès le 20 août, devant la Chambre des communes, le Premier ministre Winston Churchill, exprimant, dans le style magnifique qui sera celui de ses *Mémoires*, la reconnaissance des Britanniques à leur égard — Churchill, comme de Gaulle, est un des grands mémorialistes du XXᵉ siècle. Le général des parachutistes lut grâce à moi *Le Dernier Ennemi*, je fis des excuses sans me renier, un cessez-le-feu fut conclu entre nous, strictement observé.

1. « Jamais dans l'histoire des conflits humains tant de gens n'ont dû autant à si peu. »

CHAPITRE III

Richard Hillary étrenna en juillet 40 son premier Spitfire. Je n'avais pas encore quinze ans. Quand je relis aujourd'hui *Le Dernier Ennemi*, je me dis que nous avons été absolument contemporains. Cela est superficiellement faux, puisque je suis entré dans la Résistance alors qu'il venait de mourir, mais essentiellement vrai. Hillary, un des as de la Royal Air Force, fut abattu en combat aérien par un Messerschmitt Bf 109 après avoir lui-même descendu cinq appareils ennemis. Repêché en pleine mer, grièvement brûlé sur le corps entier mais surtout au visage et aux mains, il endura pendant trois mois l'enfer de la chirurgie réparatrice avec le seul dessein de reprendre la lutte. Il fit quelques conférences aux États-Unis, eut le temps d'écrire son bref chef-d'œuvre et retourna au service actif dans une unité d'entraînement de bombardiers. La bataille d'Angleterre proprement dite était terminée et gagnée, la RAF commençait ses raids en profondeur dans le ciel allemand. Les mains d'Hillary, de toute façon, avaient perdu la souplesse et l'agilité nécessaires au pilotage d'un avion de chasse. Mais en vérité elles ne pouvaient pas non plus contrôler pleinement un lourd avion de bombardement. Au cours d'un vol d'entraînement nocturne, le 8 janvier 1943, il s'écrasa aux commandes d'un Bristol Blenheim, emportant dans la mort son navigateur Wilfred Fison. J'ai tant lu et relu *Le Dernier Ennemi*, je sais que si peu aujourd'hui connaissent ce livre que je m'en éprouve tout à la fois le curateur et le témoin, et que sa mémoire en moi intacte m'autorise à me revendiquer le contemporain de Richard Hillary, le garçon aux cheveux longs. Le récit — que je traduis ici — de sa première rencontre, dans la brume matinale d'une base du Gloucestershire, avec des alignements de Spitfire sortis la veille des chaînes de montage, dernier cri de la technologie aéronautique britannique, appareils jamais encore engagés, jalousement gardés pour cette bataille d'Angleterre que Churchill savait inéluctable et décisive, machines merveilleuses dont rêvaient tous les jeunes pilotes du Commonwealth, est à l'origine de la passion pour les avions qui m'habite encore aujourd'hui :

« Les Spitfire nous attendaient sur deux rangs, devant la porte de la salle des pilotes désignés pour voler ce matin-là. Le gris-brun éteint de leur camouflage ne parvenait pas à occulter leur précise beauté, la simplicité méchante de leur silhouette. Je sanglai mon parachute et grimpai maladroitement dans le bas cockpit. Je fus surpris par l'étroitesse de mon champ de vision. Kilmartin, d'un rétablissement, se glissa à la nervure de l'aile et commença à passer en revue les instruments de bord. J'avais conscience qu'il me parlait, mais n'entendais rien de ce qu'il me disait. J'allais voler sur un Spitfire! C'était ce que j'avais désiré le plus durant les longs mois lugubres de ma formation. Si je pouvais un jour piloter un Spitfire, alors cela valait la peine. Eh bien, j'étais sur le point de satisfaire mon ambition et je ne ressentais rien. J'étais anesthésié, ni exalté ni terrifié. Je remarquai le bouton blanc émaillé du train d'atterrissage. "Comme la chasse d'eau des toilettes", pensai-je.

« Kilmartin m'avait dit : "Vois si tu peux le faire parler." Cela signifiait déballer tout le sac de trucs, de pièges, de défis, de tests poussés à la limite, et je voulais du temps pour les erreurs et l'éventuel voile noir. Avec un ou deux mouvements très secs sur le manche, je perdis conscience pour quelques secondes, mais la machine était plus douce à conduire qu'aucune autre pilotée par moi auparavant. Je fis passer le Spitfire par toutes les manœuvres que je connaissais et il répondait magnifiquement. Je terminai par deux tonneaux commandés du bout du doigt et je retournai vers la base. J'étais empli soudain d'une grisante confiance. Je pouvais faire voler un Spitfire : je le maîtrisais absolument. Il restait à voir si je serais capable d'en faire autant au combat. »

Le passé, décidément, n'est pas mon fort. Relisant ce que je viens d'écrire, d'autres images, d'autres souvenirs profondément enfouis et comme oubliés, forés par le trépan de la mémoire, reviennent avec leur force première, au point qu'il me semble confondre les strates de mon existence et l'avoir tout entière offerte, présente devant moi. Sartre, dans la préface de son Flaubert, *L'Idiot de la famille*, écri vait : « On entre dans un mort comme dans un moulin. » Alors je suis peut-être mort car la chronologie de ma vie s'est complètement abolie, je pénètre dans ses circulaires spirales par mille chemins.

Un jour de la « drôle de guerre », au printemps 1940, avant l'attaque allemande du 10 mai, un appareil de chasse français — il y en avait, et de très bons — survole, dans un bruit d'enfer, le faîte du toit de notre maison de Brioude et le bruit nous atteint alors que l'avion est déjà loin. Mais il revient, s'amuse à effectuer plusieurs passes à la même très basse altitude et à battre des ailes, quelques centaines de mètres plus loin, au-dessus d'une autre maison. Mon père m'explique que le lieutenant aux commandes de la machine est le fils d'une femme que nous connaissons et que c'est sa façon à lui de saluer sa mère. L'avion, me dit-il, est un Morane 406, un des meilleurs de la chasse française. J'avais déjà rencontré le pilote, j'ai oublié son nom aujourd'hui, mais j'avais été frappé par sa haute taille. J'apprendrais, bien plus tard, que les pilotes de chasse ne sont généralement pas grands, et pour d'évidentes raisons. Je me souviens avoir été émerveillé par la vitesse prodigieuse du Morane, son rugissement, l'audace du pilote. Je me suis promis alors que je volerais moi aussi : les Spitfire pourtant n'étaient pas apparus dans le ciel de France et j'ignorais tout de Richard Hillary.

Alarme sur Clermont-Ferrand, sirènes hurlantes, qui annoncent un raid de l'aviation alliée. C'est le cœur de la nuit, dans nos dortoirs, au dernier étage de Blaise-Pascal, en février ou mars 1944, nous tous, les internes, nous ruons aux fenêtres, tandis que surgissent, au ras des toits du lycée, les escadrilles de bombardiers anglaises et américaines, immenses ombrures noires en formation serrée, qui défient la Flak allemande et illuminent le ciel et la terre, les changeant en un grand jour de grand soleil au-dessus de leur objectif, les usines Michelin, qu'ils circonscrivent exactement de leurs marqueurs multicolores, afin d'éviter de toucher les habitations civiles. Le tonnerre formidable du bombardement, qui semble très proche, couvre soudain nos applaudissements. Entre le rougeoiement de l'incendie des usines au-delà de Montferrand et le défilé impassible et sans fin, à trente mètres au-dessus de nous, des Blenheim, des B-17 ou des B-29 chargés de bombes, nous ne savons plus où donner du regard. Nulle peur, une exaltation pure, l'annonciation d'événements grandioses. Nous n'imaginions pas qu'après cette nuit blanche nous serions réquisitionnés dès l'aube pour déblayer les décombres brûlants, tâche exténuante dont nous fûmes récompensés vers midi par une visite de Pétain, suivie d'un discours vengeur du même, dans lequel il dénonçait la barbarie anglo-américaine, alors que nous avions été les témoins directs des risques pris par les équipages pour ne lâcher leurs grappes de bombes que sur la cible assignée.

Savais-je alors qu'à peine cinq années plus tard j'embarquerais sur l'aéroport militaire américain de Francfort dans une identique « forteresse volante » — l'autre nom du vaillant B-17 —, un des milliers d'appareils du pont aérien ayant pour mission de ravitailler l'ex-capitale allemande, dont le blocus avait été décrété par les Soviétiques en juin 48 ? Après un an passé à Tübingen, je venais d'être nommé lecteur à la Freie Universität Berlin — la nouvelle université créée à Berlin-Ouest puisque l'ancienne, la Humboldt, était située dans le secteur russe, sous la loi soviétique. Je gagnais mon poste par un matin glacial de novembre, c'était la première fois que je prenais l'avion et l'émotion de ce rude baptême de l'air se conjuguait à celle de ma destination : j'allais voler vers l'Est. À bord du B-17, nous étions assis comme des parachutistes, sur des filets qui couraient le long de la carlingue, dans le bombage ou le bombement de l'appareil. J'étais très ému. Aujourd'hui encore, les raisons et circonstances de ce séjour de deux ans en Allemagne, si peu de temps après la guerre, me demeurent mystérieuses. J'en parlerai plus loin, mais je ne les clarifierai jamais tout à fait. Le B-17 s'est posé à Tempelhof, l'aéroport où Hitler avait atterri à son retour de Munich, après avoir fait liquider à Bad Wiessee les SA homosexuels de Ernst Röhm, qui l'avait tant aidé à prendre le pouvoir. On a vu cela plus tard dans une scène magnifique du film de Visconti, *Les Damnés*. Tempelhof est un aéroport périlleux, situé au centre même de Berlin, cerné de hauts immeubles. J'avais regardé par un des hublots, très chiches — il n'y avait presque pas de hublots dans l'avion militaire — , et survoler Berlin, c'était survoler un univers de ruines, de moignons et de pans de murs. Mon émotion intense se redoublait d'une réelle frayeur : Berlin était pour moi le grand Est et j'ai toujours eu peur de l'Est. Je me sentais bien quand j'allais vers l'Ouest. C'était idiot, car j'ai vécu de grands bonheurs à l'Est et puis la terre est ronde, même si j'ai mis du temps à m'en persuader. Mais dans le même moment quelque chose en moi savait obscurément que partir vers l'Est, c'était transgresser, affronter l'angoisse des hauts lieux de mort, mettre mes pas dans les traces des millions qui n'étaient jamais revenus. Le protocole de la conférence de Wannsee du 20 janvier 1942, rassemblement de bureaucrates nazis qui codifièrent, pour l'étendre à l'Europe entière, la Solution finale déjà en cours d'accomplissement à l'Est, stipulait clairement : « *Vom Westen nach Osten durchkämmen* », « Peigner d'ouest en est ». Je ne connaissais alors ni la conférence de Wannsee ni son protocole, mais ma conscience ne pouvait pas ne pas pressentir ce que je mettrais tant d'années à apprendre, à découvrir, à dévoiler : il y avait quelque raison à mon effroi. J'habitais au nord de Berlin où, peu de temps après mon arrivée, les Américains ouvrirent, quasiment en pleine campagne, un nouveau terrain d'aviation, celui de Tegel, bien plus accessible et moins dangereux que Tempelhof, pour les avions du pont aérien qui, de nuit comme de jour, atterrissaient et décollaient toutes les quarante-cinq secondes. Les premières semaines, au lieu de dormir, je passais mes nuits en bout de piste, dans la neige et le froid mordant de la Prusse, à guetter l'instant où les phares puissants des avions troueraient soudain les ténèbres, avant de m'aplatir quand l'appareil, train sorti et verrouillé, me scalpait presque à l'instant de toucher le sol. Tegel est aujourd'hui l'aéroport inter-national de Berlin, la ville a grandi autour de lui.

Mon père, la paix revenue, avait continué à vivre à Brioude. Il y demeura encore plus d'une décennie et je passais là-bas, auprès de lui, deux mois de va-cances d'été en 1945. Sur un terrain herbu, sans piste asphaltée, des instructeurs donnaient des cours de pilotage, d'avion à moteur et de planeur. C'est le planeur que je choisis parce que les deux Stamp du club, biplan réputé pour ses qualités de voltige et son aptitude au pilotage extrême qui en faisaient la vedette sans rivale des meetings aériens, étaient, quand je m'inscrivis, l'un en panne, l'autre en lon-gue révision. J'ai obtenu à Brioude, en trois semai-nes, mes trois premiers brevets de vol à voile. Le planeur d'entraînement était à peine un avion, on l'appelait la « poutre ». C'était une poutre en effet, pourvue de roulettes caoutchoutées, une à l'avant, une à l'arrière, et deux autres très rapprochées, au centre, sous le siège du pilote. Pas de carlingue, l'élève était assis en plein air sur un siège rudimen-taire, un manche à balai entre les cuisses, un palon-nier à deux pédales sous les pieds, et, devant lui, pour seuls instruments de vol, un altimètre et une bulle indiquant la position de l'avion par rapport à l'horizontale — le clinomètre ; dans le dos une paire d'ailes et, bien entendu, les deux dérives de queue, direction et profondeur. L'apprentissage du pilotage en planeur imposait une discipline très particulière et je ne suis pas sûr que cela ait beaucoup changé aujourd'hui : il fallait arriver tôt le matin sur le terrain, y passer la journée, observer, interroger le moins possible, et surtout assurer la maintenance et la préparation pour le vol de tous les appareils. On ne savait jamais si et quand on volerait. J'oublie de dire que les poutres d'entraînement comportaient deux sièges, l'instructeur se trouvant derrière l'élève, et des doubles commandes. La poutre n'était pas, comme les planeurs actuels, tractée au décollage par un avion, mais par un treuil situé en bout de piste, à plusieurs centaines de mètres de l'appareil : le câble du treuil se fixait par un mousqueton à un piton vissé au nez de la poutre. L'instructeur et le préposé au treuil se parlaient par gestes : soudain le treuil se mettait à enrouler le câble sur son tambour à une vitesse grandissante, on faisait décoller la poutre en ramenant légèrement le manche vers soi et on se maintenait à un mètre du sol, parallèlement à lui, jusqu'à ce que le câble ait atteint une vitesse suffisante qui permettait alors à cette primitive machine de se hisser à 45 degrés vers le ciel. À la verticale du treuil, il était important d'avoir atteint une altitude minimum de 150 mètres, on actionnait alors une poignée décrochant brutalement la poutre du câble tracteur, qui retombait sur le sol en fouettant l'air comme un serpent d'acier. Même avec ce lourd engin, peu manœuvrable, difficile à conduire, le sentiment de libération et de liberté qu'on éprouvait à cet instant était extraordinaire, accru encore par le sifflement musical de l'air sur les intrados de l'aile. Mais il était interdit de rêver plus d'une seconde : il fallait faire voler la poutre, sinon elle tomberait comme une pierre et s'écraserait au sol. Contrairement aux avions à moteur, un planeur vole nez incliné vers le bas même s'il monte, puisque c'est la vitesse seule, donc la pente imprimée par le pilote à la machine, qui lui permet de se maintenir en l'air, de rester *airborne*, comme disent les Américains. Mais il s'agissait d'une poutre d'entraînement, il n'était pas question de monter, on ne pouvait que descendre en décrivant des figures imposées et c'est la capacité à les exécuter parfaitement qui déciderait de la réussite de l'élève. L'obtention du brevet était à ce prix. Par ailleurs, le site de Brioude n'était pas du tout propice au vol à voile : les ascendances étaient rares et imprévisibles, il fallait « gratter », « gratter » durement pour gagner quelques mètres en altitude. Un matin, après trois semaines de cours théoriques et de vol en double commande, l'instructeur me dit, sans avertissement : « C'est à toi. » Cela voulait dire que j'allais être lâché seul, sur la poutre, avec l'espace pour unique carlingue et sans parachute car je ne m'élèverais jamais assez haut pour qu'il ait le temps de s'ouvrir. J'étais anxieux de bien faire mais confiant et fier, je n'avais pas peur, je n'ai jamais eu peur des choses. Sanglé à mon siège, j'étais tout entier concentré, me répétant intérieurement les leçons et les figures que j'avais apprises. On me donna, je crois, un casque. La première figure consistait à voler assez loin en ligne droite en perdant le moins d'altitude possible, après être passé à la verticale du treuil et m'être libéré du serpent, puis à effectuer un virage sur l'aile à 180 degrés pour me présenter dans l'axe du terrain et atterrir dans le sens contraire à celui du décollage. Toutes mes manœuvres furent parfaites, j'avais si peu peur qu'à l'instant de virer je surveillais mal la bulle qui marque l'horizon et j'inclinai beaucoup trop, presque à la verticale, la pesante et rudimentaire machine volante, l'amenant à la limite du décrochage. Je compris vite, corrigeai ma faute qui n'avait pas échappé à l'œil expérimenté de l'instructeur et terminai mon atterrissage par un arrondi impeccable. Il ne me sanctionna pas, considérant que mon intrépidité pouvait, en ce métier et en certaines occurrences, être un atout. Il me décerna sur-le-champ mon premier brevet. La deuxième figure était plus complexe : on devait décrire et boucler entièrement un 8, autrement dit atterrir dans le sens du décollage. Cela impliquait d'être parvenu à une altitude plus élevée avant de lâcher le câble, donc d'être treuillé beaucoup plus vite. La poutre en effet perdait rapidement de la hauteur et il eût été impossible de boucler le 8 en terminant trop bas. Je ne commis pas une faute, j'exultais. J'obtins *ex templo* mon deuxième brevet et me portai volontaire pour le troisième. Il fallait abandonner la poutre et recommencer une instruction de trois jours sur un C-800 pansu, un planeur véritable, davantage configuré pour la vitesse et capable d'atteindre des hauteurs sérieuses. C'est le gain d'altitude qui décide du succès à l'examen : je le passai brillamment et quittai Brioude avec mes trois brevets et les félicitations du jury dans la poche.

Je me promettais de continuer. Je ne l'ai jamais fait. Ma vie a été happée par d'autres urgences, par une relation au temps et à autrui antagonique de la discipline et de la sédentarité qu'implique la passion du vol à voile, passion de solitude. Il m'eût fallu une autre vie. Les planeurs modernes sont affûtés, effilés, avec des ailes d'oiseau de grande envergure, ils sont dessinés pour monter très haut et voler très vite. J'ai volé sur l'un d'eux il y a quelques années, décollant d'un aéroport d'une rive de la Durance. J'occupais bien sûr le siège arrière, celui du passager, j'étais admiratif, mais je n'ai pas retrouvé l'émotion de la poutre première. Ce qui, dans mon aventureuse existence, s'en est le plus approché est une récente glissade-décollage, skis aux pieds, en parapente et en double commande : à 2 000 mètres au-dessus du sol, on traverse la vallée vers la haute paroi montagneuse qui la ferme jusqu'à ce qu'on attrape un courant ascendant. C'est l'exact principe du planeur : on tournoie nez en bas dans la spirale quelquefois étroite de l'ascendance, en veillant à ne pas en sortir, on se penche de virage en virage, presque à raser un asphalte imaginaire comme des motocyclistes de compétition, et on grimpe périlleusement à toute vitesse le long de la paroi. J'ai atteint ainsi presque 4 000 mètres. Le moniteur, conquis par mon absence de peur et mon insensibilité au vertige, m'assura que trois semaines me suffiraient pour obtenir mon brevet de pilote de parapente et voler seul. Hélas, je ne pouvais rester : il m'eût fallu, là encore, une autre vie.

Cette parenthèse, non préméditée à cet instant de mon récit, sur ma passion des avions — seul le souci du vrai m'a animé : contrairement à ce que j'ai écrit, ni les Spitfire ni Richard Hillary n'en furent l'origine — ne peut se fermer sans que, de l'aéroclub de Brioude, je bondisse quarante années plus tard, jusqu'en Israël, durant le tournage de *Tsahal*, qui vit le couronnement de ma carrière d'aviateur. Réalisant un film sur l'armée juive, il était normal que je veuille en savoir le plus possible, me familiariser avec toutes les armes, artillerie, infanterie, parachutistes, gardes-frontières, blindés, marine, aviation bien sûr, m'approcher au plus près des conditions réelles de la bataille, que j'avais déjà connues pendant la « guerre d'usure » entre l'Égypte et Israël en 1968 et 1969. Au cours d'un reportage sur le canal de Suez, dans les bunkers de la ligne Bar-Lev, j'avais subi les très durs bombardements de l'artillerie égyptienne. Et je me souviens aussi, à la même époque, de longues patrouilles nocturnes dans la vallée du Jourdain, prises soudain sous le feu de Palestiniens qui, de Jordanie, tentaient de pénétrer en Israël, « accrochages » parfois très meurtriers. Les pertes d'Israël, pendant cette guerre étrange, étaient telles que, chaque matin, les photographies des tués de la veille étaient publiées dans tous les journaux, proches souvent de la dizaine ou de la vingtaine.

C'est Itzhak Rabin, alors ministre de la Défense, qui, en 1987, après avoir vu *Shoah*, m'avait demandé si je pourrais envisager de réaliser un film sur la guerre d'Indépendance. J'avais réfléchi et, après quelques jours, je lui avais répondu « non ». Il y a en effet deux récits possibles de cette guerre, le récit israélien et le récit arabe. Ce n'est même pas la question de la vérité qui se joue ici, mais aucun des récits ne peut ignorer l'autre et il n'est pas possible d'entrer dans les raisons des deux camps à la fois, sauf à faire du très mauvais cinéma, ce qui est arrivé à certains, depuis, sur le même sujet. En revanche, j'ai proposé à Rabin le film sur la réappropriation de la force et de la violence par les Juifs d'Israël, dont j'ai déjà parlé. Il a accepté et m'a répondu : « Nous n'avons pas un shekel à vous offrir, mais je mets l'armée à votre disposition, on ne vous cachera rien, elle vous ouvrira ses secrets. » Et il est vrai qu'elle m'en a ouvert bien plus que je n'en ai montré. Je savais tout par exemple sur les drones, les avions sans pilote, bien avant que ne commence la première guerre du Golfe. Les drones américains sont d'abord une merveilleuse invention israélienne. J'ai vu fabriquer les fusées, les missiles et les armes les plus sophistiqués, dont je ne peux rien dire. Mais j'ai également partagé la vie quotidienne des équipages de tanks, participé à leurs exercices, j'ai piloté des Merkava, j'ai occupé la place du tireur de char, j'ai tiré sur des cibles char arrêté, mais aussi char lancé à grande vitesse, ce qui est autrement plus difficile. J'ai pris part à des manœuvres combinées en plein désert, qui duraient quarante-huit heures sans interruption et impliquaient l'infanterie, les parachutistes, les chars, l'artillerie, les hélicoptères Cobra et Apache, les chasseurs bombardiers. Avancer kilomètre après kilomètre avec les fantassins de première ligne déchaînant les miaulements d'enfer des balles réelles de leurs mitrailleuses ou de leurs pistolets-mitrailleurs, tandis que les obus d'une préparation mobile d'artillerie explosent à deux cents mètres devant les troupes d'assaut au fur et à mesure de leur progression pour « nettoyer » le terrain devant elles, est une épreuve physique épuisante et impressionnante. Il n'est pas rare, tant le scénario et le dessein de l'exercice se veulent réalistes, que des accidents, souvent terribles, surviennent. Chacun, du général au simple soldat, en est conscient et cela ajoute encore à la tension, à la fatigue qui creuse les visages ravinés de sueur et de sable dès les premières heures. Par fierté imbécile et voulant faire le jeune homme, j'avais refusé de protéger mes oreilles comme on m'avait proposé et même ordonné de le faire. Je le paie aujourd'hui.

Avoir rendez-vous à Sdé-Dov, l'aéroport domestique de Tel-Aviv, à deux heures du matin, avec Uri Sagi, chef de l'Aman (les renseignements militaires de l'armée), ou avec Mitzna, commandant en chef des forces du centre, qui concourut plus tard pour le poste de leader du Parti travailliste, ou encore avec Vilnaï, Yossi Ben Hanan, Talik, embarquer avec un ou deux d'entre eux au mitan de la nuit dans un appareil à hélices capable d'atterrir court et n'importe où, demeurer en vol le seul éveillé avec le jeune pilote qui navigue aux instruments dans le noir pur et profond du Sinaï ou du Néguev, le seul alerté alors que les généraux d'Israël, sachant ce qui les attend, grappillent chaque seconde de sommeil possible, me bouleversait intensément, comme si j'avais, moi, la charge de veiller sur eux, comme si le précieux repos de ces guerriers complètement dépourvus de forfanterie, et tous plus jeunes que moi, dépendait de ma seule vigilance. La nuit de cette péninsule a à peine le temps de blanchir, le dur soleil surgit brutalement à l'est, par-delà les monts de Moab, et semble commencer sa course à grande allure : on le voit littéralement gravir les degrés du ciel alors que le petit avion entame sa dernière procédure d'atterrissage dans le fracas, soudain perceptible, des armes. Les manœuvres, j'allais écrire la bataille, ont déjà commencé.

Si les embarquements à Sdé-Dov m'émouvaient tellement, que dire alors de mon premier vol sur Phantom, à partir de Tel-Nof, ou, plus tard, de mon baptême en F-16 depuis Ramat-David, dans le nord d'Israël ? Le ciel, ce matin-là, était belliqueux et le contrôleur de vol tardait à autoriser mon pilote, Eytan Ben Éliahou, pourtant commandant en second de l'Air Force israélienne (il devint l'année suivante commandant en chef), à libérer la formidable puissance du réacteur Pratt & Whitney de l'appareil. Nous restâmes longtemps en bout de piste, Eytan se rattrapa en faisant du décollage un fulgurant lancer de torpille doublé de deux tonneaux en pleine ascension ! J'ai connu d'Israël la plupart des bases aériennes, j'ai interrogé cent pilotes, je me souviens d'un religieux, ashkénaze taciturne et deux fois plus âgé que ses camarades, à qui il était difficile d'arracher une parole, mais dont je savais par eux qu'il était un lion en combat aérien et avait à lui seul descendu en quarante-huit heures six Mig syriens en 1982. Je n'imaginais pas de réaliser ce film sans voler moi-même, j'avais besoin d'éprouver dans mon corps la nature du « voile noir », la perte de conscience dont parle Richard Hillary et que connaissent tous les pilotes de chasse, malgré la plus moderne des combinaisons anti-g. Les autorités de l'Air Force comprirent mes raisons et accédèrent à ma requête à la condition que je subisse avec succès un examen médical. J'avais soixante-sept ans. L'examen dura un jour entier, incroyablement sérieux et minutieux, chacun de mes organes fut inspecté à la loupe par des spécialistes et chaque fois, après que mon cœur, mes reins ou mon cerveau eurent été sondés, on me renvoyait d'une tape amicale sur l'épaule en me prédisant cent vingt ans d'une vie ardente, sauf accident. Il convenait de l'envisager, en effet : la dernière station de cette longue journée eut lieu chez un dentiste de l'armée de l'air, qui ne soignait ni n'arrachait, mais photographiait et filmait mes mâchoires sous tous les angles possibles, tout cela sans un mot. Ne comprenant rien de ce qu'il faisait, je m'inquiétai et l'interrogeai à la fin sur les motifs de ces plongées et contre-plongées proprement cinématographiques. Il me répondit d'une voix neutre : « Les machines sur lesquelles vous allez voler sont dangereuses. Il arrive qu'elles explosent. Et votre avion, s'il passe une frontière, s'il mord de quelques miles sur l'espace aérien ennemi, ce qui ici est facile, peut également être abattu par un missile sol-air : vos dents seront tout ce qui restera de vous, ces photographies seront le seul moyen de vous identifier. » Je dus bien entendu signer des décharges qui exonéraient de toute responsabilité l'État, le Gouvernement et l'Armée. Je le fis d'un cœur léger.

J'arrivai au matin, par grand soleil, à Tel-Nof, base aérienne du centre d'Israël, une des plus importantes, après avoir franchi de sévères barrages. C'est Relik Shafir, un vétéran de trente-trois ans, commandant les escadrilles de Phantom, qui m'accueillit. Il m'entraîna dans le vaste et confortable lounge des pilotes, aux profonds fauteuils de cuir, et commença à me raconter combien la guerre de Kippour, en octobre 1973, avait été dure et meurtrière pour les équipages des Phantom. Relik était bien trop jeune pour y avoir pris part, mais ces lourdes pertes soudaines et le désarroi des premiers jours du combat avaient laissé des traces ineffaçables et formaient l'histoire de l'escadre de Tel-Nof. Habitués à la maîtrise du ciel depuis la guerre des Six-Jours de 1967, les chasseurs israéliens, six ans plus tard, étaient abattus, dès qu'ils approchaient du canal de Suez, par les terribles missiles Sam-6, dernier cri de la technologie soviétique, délivrés à l'Égypte en grande quantité et d'ailleurs souvent servis par des spécialistes venus tout exprès d'URSS. Le traumatisme de Kippour était encore très vivant à Tel-Nof : la moitié des appareils avaient explosé en vol, leurs pilotes et leurs navigateurs n'étaient pas revenus. Il fallut improviser en grande hâte des contre-mesures, apprendre à virer sèchement dans les dernières secondes qui précédaient l'impact du missile, ce qui le désorientait, le rendait inopérant et permettait à sa cible de l'abattre à son tour. Les pilotes inventèrent bien d'autres leurres et astuces pour tromper les Sam : dans la seconde moitié de la guerre, ceux-ci furent le plus souvent neutralisés. Relik était d'une belle stature, plus grand que la moyenne des pilotes, son visage était grave et malicieux, il avait participé au raid sur le réacteur nucléaire irakien, Osirak, qui requérait un long trajet aller-retour au-dessus de territoires ennemis. « Selon nos estimations, me dit-il, un ou deux de nos avions seraient descendus sur les huit de cette mission. J'étais l'un des deux derniers de la formation et j'avais donc de grandes chances d'être abattu… » J'ai oublié de dire qu'il avait vu *Shoah* et semblait le connaître par cœur. Il continua : « Tous, en prenant l'air, nous sentions la gravité du moment et que dans nos mains reposait le destin de l'État d'Israël. Et soudain, j'ai su pour qui je volais. Je porte le prénom de mon grand-père et ma fille celui de la sœur de mon père. Tous deux ont péri dans la Shoah. Ils ont été déportés de Vilna et ont été tués, dans la forêt de Ponari probablement. Soudain j'ai su que je volais pour eux. J'avais besoin de cela. Cela m'a aidé, en montant dans l'avion, de penser que même si la destinée devait en venir à sa fin la plus triste, ma mort, inscrite dans cette lignée d'innocents sans défense, serait un accomplissement. »

Je fus déçu lorsque Relik m'annonça qu'il ne serait pas mon pilote. Il me le présenta, je ne connus que son prénom : Gad, de petite taille, doux d'apparence, mais dur et musclé, né et élevé dans un kibboutz, comme un grand nombre d'aviateurs israéliens. En vérité je n'en menais pas large et, tandis que Gad m'entraînait vers ce que je n'ose appeler un vestiaire, je tentai de le circonvenir en lui disant que je préférais un vol en ligne droite, sans acrobaties. Il me répondit qu'on verrait et qu'il déciderait selon mes réactions, clairement et justement vexé que je lui demande de changer un Phantom en avion de transport. Dans le « vestiaire » donc, les vers du Rimbaud des *Chercheuses de poux* remontèrent à ma mémoire : « Il vient près de son lit deux grandes sœurs charmantes / Avec de frêles doigts aux ongles argentins », puisque trois jeunes filles ravissantes s'affairèrent aussitôt autour de moi, entreprenant de me déshabiller entièrement, ne me laissant qu'un slip, ce dont à la réflexion et avec le recul du temps je ne suis même plus sûr. La cérémonie d'adoubement du chevalier moderne pouvait commencer : on me donna des sous-vêtements conçus tout exprès pour absorber la transpiration, des bottes de vol, un casque, des lunettes, mais surtout la combinaison anti-g, qui empêche le sang de fuir le cerveau quand l'avion vire brutalement sur l'aile à la verticale, se ressource après un piqué, exécute, s'il doit combattre, mille figures impossibles. La combinaison alors comprime automatiquement et très fortement les mollets, les cuisses, le ventre et permet à une quantité raisonnable de sang de demeurer dans le cerveau. Mais le voile noir, malgré cette invention salvatrice, n'est jamais vraiment aboli : les pilotes très entraînés perdent connaissance à 10 g, quand l'accélération est telle qu'ils pèsent dix fois leur poids.

Gad et moi fûmes escortés jusqu'au Phantom par les jeunes habilleuses, qui portaient mon casque. Le Phantom est un monstre, un des avions les plus rapides du monde, avec ses deux turboréacteurs General Electric J 79-GE-15, qui ressemblent à des mâchoires de requin à demi ouvertes. Il atteint 2 500 kilomètres à l'heure, plafonne à 19 000 mètres, est d'une solidité légendaire et apte à toutes les formes d'affrontement. On me fit monter par une échelle jusqu'au siège du navigateur, sis derrière celui du

pilote, d'autres jeunes filles en uniforme me sanglè-
rent, m'attachèrent, posèrent sur mon crâne une
blanche calotte destinée à absorber la sueur, qu'elles
recouvrirent de mon casque. Gad vérifia que tout
était en ordre, m'expliqua le fonctionnement du
siège éjectable, m'indiquant quels gestes j'aurais à
faire en cas de danger et s'il me le commandait :
« Vous êtes assis sur une véritable bombe, ne touchez à cette poignée pour rien au monde. » Il me
montra aussi la position et l'ouverture des micros et
écouteurs qui nous permettraient de communiquer à
tout instant et me tendit pour finir un sac de papier :
« Si vous devez vomir, allez-y, n'ayez ni peur ni
honte, nous le faisons tous, même les plus chevron-
nés. Vomissez dans ce sac. » Il s'installa à son tour,
se sangla rapidement, lança les moteurs, échangea
quelques mots avec la tour de contrôle, leva un pouce
pour signifier aux rampants que nous étions prêts et
qu'ils pouvaient retirer les cales. Nous commençâmes à rouler et arrivâmes en bout de piste dans un
extraordinaire encombrement de cent autres Phantom, habités de jeunes hommes qui, tous, attendaient
leur tour de décoller. C'était Chicago O'Hare, Dul-
les Airport à Washington, McCarran à Las Vegas ou
encore Kennedy et Charles-de-Gaulle aux heures de
pointe et les navigateurs du siège arrière devaient se
demander quel était cet étrange collègue au beau
casque blanc, qui les regardait avec une curiosité
intense et une égale tendresse. Le collègue était aussi
incroyablement concentré sur l'imminence du grand
élancement, conscient du don rarissime que Tsahal
lui faisait. Gad m'emmena en quelques minutes et à

haute altitude au-dessus de Jérusalem, il descendit jusqu'à la limite autorisée, et je me sentais au début un peu comme le paysan du film *Sierra de Teruel*, de Malraux, qui, du ciel, ne reconnaît pas les paysages les plus familiers de sa vie entière. Mais je pris vite mes repères et retrouvai tout à la perfection. Gad fonça alors vers la mer Rouge et décida, au-dessus de la dépression de l'Arava, que le bon temps avait assez duré et qu'il convenait de me tester. Par une série de sèches manœuvres, de basculements de soudaine alarme, il me fit éprouver un début de voile noir, que je trouvai plutôt agréable. Nous rentrâmes à Tel-Nof après avoir survolé une fois et demie Israël, il m'annonça que j'avais subi 4 g, ce qui n'était pas mal pour un premier voyage dans le monstre. En outre, je n'avais ni vomi ni eu envie de le faire. Le Phantom gagna son parking, le couvercle coulissa au-dessus de moi, immédiatement de souriants rampants me détachèrent, me firent lever, enjamber le cockpit. Je me dressai sur le dernier degré de l'échelle et les applaudissements de deux cents personnes assemblées saluèrent mon retour sur terre, avec flashes de photographes, caméras et surtout, surtout, aspersion de mousseux israélien en plein visage, que je reçus bras levés, tel un Schumacher après une victoire de Grand Prix.

Tel-Nof et le Phantom étaient un défi que je m'étais lancé à moi-même. Le vol sur F-16, à partir de Ramat-David, fut tout autre chose : il eut lieu au cours du tournage de *Tsahal* et mobilisa deux appareils, l'un filmant l'autre, tandis que, sanglé au siège arrière d'un F-16 biplace, je tentais de commenter au magnétophone l'enchaînement rapide des événements et les phases diverses du vol. Eytan Ben Éliahou, le commandant en second de l'Air Force, qu'on m'avait assigné comme pilote, était un aviateur brillantissime, audacieux, d'une liberté rare, rejeton d'un Juif irakien et d'une Juive serbe, avec à son actif les plus hauts faits de l'arme aérienne. Le F-16 effraie autant que le Phantom, mais différemment, plus encore peut-être. En un sens, le F-16 est comme la poutre de Brioude : le cockpit est si perché sur le nez de l'avion, si parfaitement transparent, qu'on se croit sans protection dans l'espace, même à 30 000 pieds. Livrée par un F-16 ou par un Phantom, la bataille n'est pas d'identique nature : le F-16 dans sa version de chasseur bombardier n'a pas besoin de voir son objectif, les ordinateurs de bord, dont le pilote doit maîtriser absolument les modes opératoires, sont capables de lui indiquer une cible éloignée de 50 kilomètres, qu'il ne peut pas voir malgré son lumineux cockpit. Dans sa version de chasse pure, il bat tous les rivaux qu'on lui suscite, par la virtuosité stupéfiante que son dessin et le spectre de ses performances autorisent aux pilotes d'élite qui le mènent et le malmènent à leur gré, sûrs que cette merveille des airs leur obéira toujours. Les déshabilleuses-habilleuses de Ramat-David étaient un peu moins charmantes que celles de Tel-Nof, la procédure était la même, mais Eytan, lui, était autre que Gad. Comme on me sanglait à mon siège, il me dit : « Êtes-vous vraiment sûr de le vouloir ? Vous pouvez toujours dire "non", il n'y a pas de honte. » J'aimais son visage bronzé et busqué, je lui répondis : « Allons-y », crânant alors que ses propos faisaient croître mes appréhensions. Il commença, je l'ai dit, par deux valdingues à me mettre sens dessus dessous en pleine ascension dès le décollage. Je demeurai calme, la terre et le ciel se giflaient dans des bascules véhémentes, Eytan consentit un instant à voler civilement, il me dit soudain par le circuit audio : « Prends le manche et incline-le à fond vers la droite » dans un anglais parfait et guttural. J'obéis, trop timidement, le F-16 bascula, décrivant un demi-tonneau, impardonnable faute qui signe le manque de décision et d'audace, il acheva pour moi le tonneau manqué et m'ordonna, sur un ton très militaire, de recommencer. Je réussis cette fois, sans brevet ni apprentissage, à faire de mon chef rouler le F-16 bord sur bord, effectuant un tonneau complet, à la satisfaction du commandant en second. Un autre F-16, piloté — je le dis car c'est la vérité — par un grand échalas juif natif du Cap en Afrique du Sud, qui avait embarqué mon cameraman presque incapable de faire son travail tant il avait le cœur sur les lèvres, nous escortait. C'est alors qu'Eytan Ben Éliahou décida de m'infliger la punition suprême — on voit cela dans *Tsahal* — en virant brutalement et plongeant aussitôt dans un vertigineux piqué suivi d'une ressource de dernière minute. Fier de moi, de mon impassibilité, de mes calmes entrailles, il me récompensa en m'emmenant au-dessus du Liban, jusqu'à Beyrouth, en quelques minutes, ce qu'il n'aurait évidemment pas dû faire. Au retour, longeant la côte, nous survolâmes, dans un bruit d'enfer je l'espère, le quartier général de la Finul et je crois que nous battîmes des ailes. Même si les Français trouvent ces survols « intolérables », ils ne cesseront pas tant que la menace durera. Au retour à Ramat-David, je n'eus pas droit aux éclaboussures de champagne car j'avais déjà « passé la ligne », mais j'obtins quelque chose de bien plus important pour moi : les félicitations et accolades des plus grands pilotes du pays. J'avais pris en effet 7 g, pesé donc sept fois mon poids, soit 600 kilos, avec une perte de conscience relativement brève, sans broncher ni protester ni hurler ni vomir. Ils tenaient cela pour énorme Moi aussi.

CHAPITRE IV

Le mois de juin 1940 fut d'une implacable beauté : chaque jour était plus éclatant, plus glorieux que l'autre. Nous habitions, à la lisière de la petite ville auvergnate de Brioude, au-delà de la gare où mon père chargeait du charbon depuis le début de la guerre, en bordure d'une route secondaire, une maison à deux étages pourvue d'une arrière-cour et d'un long jardin pentu. Le flot incessant des réfugiés qui descendaient vers le sud empruntait l'artère principale de cette sous-préfecture de la Haute-Loire et seuls les malins en quête d'essence, matière alors infiniment précieuse, parvenaient jusqu'à notre seuil, car une haute citerne de grande contenance, arborant fièrement le nom de son propriétaire — Desmarest : c'est aujourd'hui le patronyme du président de Total —, nonchalamment et mal gardée par de changeantes sentinelles de l'armée en déroute, jouxtait notre demeure. Il arrivait que les sentinelles se laissassent acheter, les malins repartaient alors avec leur réservoir et leurs bidons pleins à ras bord.

Dès qu'il le pouvait, mon père écoutait les nouvelles à la radio. Je me souviens avoir entendu avec lui deux discours de Hitler au moment de Munich en 1938 — nous habitions alors Paris, mais passions nos vacances à Saint-Chély-d'Apcher, en Lozère, chez un directeur d'école républicain, Marcel Galtier, que j'adorais parce qu'il m'instruisait de tout et d'abord de la pêche à la mouche dans les étroites et serpentines rivières à truites des hauts plateaux de l'Aubrac. Galtier, mon père et moi écoutâmes donc les menaces et les transes du Führer, mon père dit d'une voix sourde, presque pour lui-même : « C'est la guerre. » Il n'éprouva aucun « lâche soulagement » après les prétendus accords de Munich, qui l'ancrèrent au contraire dans sa certitude que le conflit serait inévitable.

Le 17 juin 1940 était un autre jour magnifique : nous déjeunions dans la cour quand nous entendîmes l'annonce solennelle de l'allocution du Maréchal et aussitôt, pour la première fois, la voix chevrotante du « vainqueur de Verdun » en grand apparat : « Je fais à la France le don de ma personne… C'est le cœur serré que je vous dis aujourd'hui qu'il faut cesser le combat. Je me suis adressé cette nuit à l'adversaire… » et, un peu plus tard, dans la même journée : « L'esprit de jouissance l'a emporté sur l'esprit de sacrifice. On a revendiqué plus qu'on a servi. On a voulu épargner l'effort : on rencontre aujourd'hui le malheur… » Je ne sais si je saisissais alors toutes les implications de cette coulpe battue, je continuais à jouer avec mon chien, un chiot de trois mois qui fonçait à pleine puissance sur tous les cailloux que je lançais pour le faire courir : c'était un danois au pelage blanc tacheté de noir qui, adulte, se changerait en un molosse énorme, un dogue terrible, identique à ceux que nous avions connus et qui nous effrayaient tant, mon frère, ma sœur et moi, quand, habitant encore Vaucresson avant la séparation de nos parents, nous remontions la longue côte conduisant de l'école à notre villa en longeant une immense propriété gardée de jour comme de nuit par les monstres dont ne nous séparait qu'une simple grille ajourée, au long de laquelle leur course et leurs aboiements féroces escortaient chacun de nos pas. Mon chien s'appelait Draggy, il était de pure race, mon père avait toujours aimé les chiens, il me l'avait offert avant l'attaque allemande, dans un de ses rares moments d'optimisme, voulant oublier ce dont il n'avait jamais cessé d'être convaincu, à savoir que le pire était sûr.

Les discours de Pétain le rappelèrent à la réalité et à ses urgences : il me prit à part le soir même et me dit : « Tu ne peux plus garder Draggy. » Je questionnai, protestai, implorai, tempêtai, il fut inflexible, me montra le mur gris de la maison mitoyenne : « Nous devons désormais être gris comme ce mur, passer inaperçus, ne pas nous faire remarquer. Ton chien, dans quelques mois, sera trop voyant pour nous. » Il avait raison, je le savais, mais le suppliais d'attendre encore un peu. Il confia Draggy dès le lendemain à un vétérinaire, un homme corpulent au visage rouge et brutal, afin qu'il lui trouve un autre maître et qu'il le vaccine aussi contre la maladie puisque le temps de le faire était venu. Mais le vétérinaire buvait trop : il se trompa et, au lieu du vaccin, administra à mon chien une piqûre mortelle. Mon père apprit la nouvelle en même temps que moi, je pus lire dans ses yeux de la détresse, je n'osai lui faire aucun reproche. Mais peut-être, si je m'interroge aujourd'hui, condamna-t-il lui-même Draggy à mort en ordonnant au vétérinaire de le piquer, je ne le saurai jamais. Et, adulte, la bête, vorace et difficile à rassasier en viande fraîche, eût coûté très cher à nourrir. Avait-il aussi pensé à cela ?

L'argent était rare à la maison, le travail de force de mon père lui rapportait insuffisamment pour nous faire vivre. Nous apprîmes, au cours de l'été, que des recruteurs cherchaient de la main-d'œuvre pour les vendanges dans les vastes vignobles du sud de la France, le Gard, l'Hérault, le Roussillon, autour de Nîmes, Montpellier, Narbonne. En vérité, il s'agissait d'une coutume bien établie : chaque automne, les grands propriétaires, dont les domaines comptaient des centaines, voire des milliers d'hectares, faisaient descendre du Massif central des saisonniers, embauchés soit comme « coupeurs », soit comme « porteurs ». Cela s'appelait — s'appelle toujours, je le pense — une « colle » de vendangeurs, le mot vient peut-être de « collecte ». Il y avait un âge minimum, on ne prenait personne au-dessous de seize ans. Mon frère et moi — il avait treize ans et demi, moi pas encore quinze —, qui avions une allure costaude, trichâmes sans vergogne sur notre âge, poussant le culot jusqu'à nous faire engager comme porteurs — porteurs de bacholes — parce que c'était mieux payé. La tricherie ne fut possible qu'à cause de la débâcle, de la désorganisation générale qui suivit la défaite et du manque de bras virils : les Français étaient en fuite ou massivement prisonniers de guerre. Nous embar·

quâmes dans un train dont tous les wagons étaient occupés par de jeunes Auvergnats chantant à tue-tête comme s'ils partaient pour la guerre, et par Langeac, Langogne, Alès, gagnâmes en une nuit le plat pays du Gard, au-delà des Cévennes. Le domaine, sans limites, sis sur la commune de Junas-Aujargues, était la propriété d'un aristocrate botté, marquis si je me souviens, qui nous jaugeait comme du bétail. On nous assigna pour dortoir une grange immense mais sur-peuplée, nous y laissâmes nos baluchons et fûmes immédiatement jetés *in medias res*, sans avoir pu prendre un instant de repos, sous l'œil exercé et sour-cilleux des contremaîtres. Il y avait donc les cou-peurs, qui, d'un geste sec de leur gouet, tranchaient la tige des lourdes grappes de raisin aramon, lesquel-les tombaient dans leurs panières. Celles-ci, une fois remplies, étaient déversées dans les bacholes, larges hottes de zinc — certaines étaient d'osier — déjà assujetties aux épaules des porteurs. Pour Jacques et moi, la fatigue du voyage, le dépaysement de tout, l'ivresse du soleil et de ces énormes grappes juteuses et goûteuses auxquelles, pendant le chargement, il nous fut impossible de résister (ce qui se conclut, dès la première nuit, d'une « chiasse fabuleuse », pour reprendre un mot de *Notre-Dame-des-Fleurs*) firent que nous nous écroulâmes, sous les yeux de tous, nos hottes emplies seulement aux deux tiers, après une lutte héroïque et vaine pour rester droits panière après panière. Les autres porteurs, leurs cinquante kilos de raisin sur le dos, galopaient comme des portefaix pro-fessionnels.

Cela se passa fort mal . nous dûmes avouer notre

âge, le marquis, qui surveillait tout, voulut nous chasser sur l'heure. Nous réussîmes pourtant, par nos larmes sincères et en expliquant combien nous voulions aider notre père, à apitoyer l'un des contremaîtres, qui consentit à nous faire changer de statut : nous devînmes coupeurs, condition plus appropriée à nos forces et au nombre de nos ans. Nous dormions sur une litière de paille. Mon frère était à ma gauche et à ma droite se trouvait Jacky le marin, qui était très beau, plus âgé que nous tous, avait bourlingué dans la marine dès avant la guerre et nous avait pris, Jacques et moi, sous sa protection. Une nuit, à la clarté rasante de la lune qui s'encadrait dans la porte laissée grande ouverte de la grange, Jacky le marin commença à se branler, m'exhortant à l'accompagner. Je m'y refusai, malgré la sympathie vive qu'il m'inspirait, et surtout parce que son vit, trapu, épais, de couleur mate, forçait tellement mon respect que mon regard ne pouvait se laisser distraire par une autre activité : c'était la première fois que je voyais cela.

Il y eut, les vendanges terminées après trois semaines, une autre première fois : nos premiers gages, notre premier argent, gagné à la sueur de nos reins, j'en éprouvai une fierté si neuve que le dépenser ou l'entamer d'un seul franc me paraissait sacrilège. Il fallait rapporter la somme entière à la maison et l'offrir, intacte, à notre père. Attendant, en gare de Nîmes, le train du retour vers Brioude, je ne cédai pas aux supplications de mon frère, qui, comme moi, mourait de soif. Nous fîmes tout le voyage sans dépenser un sou pour boire ou manger. Nous étions, si j'y réfléchis, d'étranges enfants, « soumis, obéissants et purs » — comme le dit quelque part Sartre de Genet — malgré les traverses peu ordinaires auxquelles nous fûmes très tôt affrontés, à cause d'elles peut-être. La remise solennelle, presque cérémonieuse, des billets à mon père me paya de tout.

Peu après notre retour, Papa sous-loua deux chambres à un certain M. Legendre, cadre supérieur dans une entreprise repliée à Brioude, et à son assistante secrétaire, Mlle Bordelet. M. Legendre, la cinquantaine, grande moustache grise en croc, lissée, peignée, brossée, un vrai Français sûr de sa légitimité et de son bon droit, occupait la chambre du premier étage, au-dessus de la salle à manger familiale. Celle de son assistante lui faisait vis-à-vis de l'autre côté du palier, par-delà l'escalier. Mon frère Jacques et moi, qui résidions à l'étage supérieur, comprîmes vite la nature des fréquentes et mystérieuses allées et venues entre la chambre de Mlle Bordelet et celle de M. Legendre. Il y avait peu à faire, les distractions étaient rares et la vie nocturne nulle dans la France de Vichy, nos locataires rentraient tôt, leur travail achevé, et ne ressortaient pas. Ils cuisinaient dans la chambre patronale, équipée d'un réchaud et d'un poêle à charbon. Nous commencions à dîner, plus tard qu'eux, nous, c'est-à-dire Jacques, Évelyne et moi, mon père et sa compagne, Hélène, une belle, plantureuse et sensuelle Normande, originaire de Caen, et pas juive du tout. Il y eut là encore une première fois : le sommier du lit de M. Legendre commença à grincer alors que nous venions tous les cinq de prendre place à table, les grincements s'amplifièrent, s'accélérèrent, se cadencèrent à un rythme de croisière, suivi d'un sprint fulgurant et terminal, lui-même conclu par une formidable quinte de toux bien-heureuse qui signait une expectoration généralisée. En trois minutes, tout était consommé ! Jacques, Éve-lyne et moi nous regardions sans oser affronter le sourire de notre père, Hélène laissa tomber un : « Ils pourraient attendre, il n'est pas si tard. » D'autres bruits se firent aussitôt percevoir : petits pas hâtifs et précipités, tintement de casserole, ouverture de robi-net, chasse d'eau tirée…

Cela recommença la semaine suivante alors que mon frère et moi étions seuls à la maison. Jacques bondit dès le couinement inaugural du sommier de M. Legendre et grimpa comme une fusée l'escalier qui conduisait à sa chambre. Je suivis aussitôt mon cadet, m'efforçant hypocritement à un maintien plus dignifié. Cela ne dura pas : les martèlements de M. Legendre avaient atteint leur acmé, sans parvenir à étouffer le contre-chant, bien plus bouleversant pour nous, des gémissements de Mlle Bordelet. C'était la première fois aussi que nous entendions le plaisir d'une femme. Jacques, l'œil rivé au trou de la serrure, se masturbait furieusement, bestialement. Je tentai de le repousser pour prendre sa place, mais il était fermement arrimé de l'œil et des pieds. Suivi-rent dans une très rapide séquence le sprint et la quinte de toux terminale, je compris d'un même mou-vement que Mlle Bordelet s'arrachait du lit et que mon frère *voyait*. Et ce qu'il voyait était si nouveau, si impressionnant, méritait tellement d'être consi-déré en soi, que sa main, un instant, s'interrompit d'étonnement. Il ne pouvait garder pour lui seul pareil secret, pareil trésor, et me fit signe que mon tour était venu de coller mon œil à la serrure. Malgré l'étroitesse de celle-ci, le champ de vision, selon une loi optique établie, était vaste. Le poêle en faïence, sur lequel l'assistante réchauffait aussi bien les aliments que la casserole d'eau dont nous venions d'entendre le tintement, occupait le centre du cadre et j'assistai soudain à la découverte inouïe que mon frère avait voulu me faire partager : *elle* revenait. Je la vis nue, une fesse d'abord tandis qu'elle reposait son récipient sur le poêle, puis le cul entier, callipyge dirais-je aujourd'hui, cambrure impeccable. S'inclinant à nouveau vers le poêle, elle offrit son profil, son sein, le gauche toujours, la disposition réciproque des objets dans la pièce et celle de la serrure le voulant ainsi, un sein haut et pointé. Elle était précise dans chacun de ses gestes, rapide, organisée, disciplinée : l'eau, dans la casserole, avait la bonne température ; dès qu'elle quittait l'étreinte de M. Legendre, elle s'en saisissait, courait vers le bidet de la salle de bains où elle se délivrait sans regret ni attendrissement des humeurs et sucs du tousseur : la contraception était chose inconnue *in illo tempore.* J'ai un souvenir imprécis du visage de Mlle Bordelet. Ce que j'ai entrevu de son corps demeure par contre inscrit à jamais dans mes artères et ma mémoire. Chaque fois que nous le pouvions, nous reprenions, mon frère et moi, notre poste, veillant à ne pas nous faire surprendre par nos parents ou par Mlle Bordelet elle-même : il arrivait en effet qu'elle ouvrît brusquement la porte pour regagner sa propre chambre, afin d'y dormir ou de chercher un dossier oublié. Nous avions à peine le temps de nous élancer de trois marches dans la spirale de l'escalier qui conduisait à l'étage supérieur. Elle traversait le palier à toute vitesse, en regardant droit devant elle, à peine vêtue d'une translucide nuisette qui me rendait fou. Ma conviction est qu'elle savait que nous nous tenions au garde-à-vous à leur seuil, tandis qu'elle se faisait couvrir. Elle le savait, elle ne pouvait pas ne pas le savoir et ces passages éclair étaient sa façon d'attiser son désir en excitant le nôtre. Me suis-je moi-même, sur ce palier, masturbé ? Honnêtement, je l'ai dû, mais n'étais pas, dès cet âge, on l'aura compris, porté vers l'onanisme. J'ai imaginé en revanche tous les viols possibles de la demoiselle, élaboré des plans très méticuleux, avec ou sans la complicité et l'aide fraternelles. Je confesse avoir failli passer à l'acte et même avoir pénétré dans sa chambre pendant son sommeil. Il y avait trop de monde dans cette maison, cette seule considération a arrêté ma criminelle entreprise. L'eussé-je menée à bien, je reste persuadé que Mlle Bordelet m'aurait dépucelé avec joie, je n'aurais de toute façon pas pu concevoir qu'on me condamnât pour viol. Mais tout cela se passait, n'est-ce pas, en des temps très lointains. À l'instant, son prénom me revient : elle s'appelait Denise. M. Legendre et Mlle Denise furent rappelés par leur siège au printemps 1941 — la vie en France avait repris son train ordinaire — et quittèrent Brioude, donc notre maison. Les choses sérieuses pouvaient commencer.

Avec les premières lois raciales d'octobre 1940, celles, plus draconiennes, de juin 1941, l'enflure quotidienne, à la radio, de la propagande et des injures antijuives, le pessimisme de mon père trouvait, s'il en avait été besoin, de quoi s'alimenter et croître. Sans rien savoir alors des déportations à venir et évidemment de la Solution finale, mais averti sûrement des arrestations de Juifs étrangers, qui commencèrent dans le Sud dès la promulgation des lois d'octobre, et des rafles massives de mai, août et décembre 1941 en zone occupée, il était animé des plus noirs pressentiments. Sauver ses trois enfants, je ne l'ai vraiment compris que plus tard, était son souci majeur. Pendant plusieurs nuits, il avait creusé, seul, au fond du jardin, une cache souterraine profonde dans laquelle nous aurions à nous réfugier en cas d'alarme. L'ouverture de cette « grotte », située à environ cent cinquante mètres de l'arrière de la maison, était masquée par des branchages. Un jour — une nuit plutôt —, l'entraînement commença. Mon frère et moi partagions la même chambre, ma sœur Évelyne occupait une pièce contiguë. J'oublie de dire que notre père, armé d'une burette à huile, avait graissé chaque porte, chaque gond, chaque serrure de chaque étage avec un soin maniaque, on pouvait se déplacer sans un bruit dans cette demeure surnaturellement silencieuse, il avait même trouvé le moyen, car il était bricoleur et adroit de ses mains, d'étouffer les crissements des lattes des parquets et le gémissement des escaliers. Et depuis le départ de M. Legendre la question des sommiers ne se posait plus. Quand venait l'heure de nous coucher et de nous mettre en pyjama, il restait près de nous et nous apprenait à disposer nos vêtements dans l'ordre très exact du rhabillage. Il nous avertissait, nous savions que la cloche de la porte extérieure nous réveillerait en plein sommeil et que nous aurions à fuir, comme si la Gestapo surgissait. « Votre temps sera chronométré », disait-il, nous ne prîmes pas très longtemps la chose pour un jeu. C'était une cloche au timbre puissant et clair, actionnée par une chaîne. Et soudain, cet inoubliable carillon impérieux de l'aube, les allers-retours du battant de la cloche sur ses parois marquant sans équivoque qu'on ne sonnait pas dans l'attente polie d'une ouverture, mais pour annoncer une brutale effraction. Sursaut du réveil, l'un de nous secouait notre petite sœur lourdement endormie, nous nous vêtions dans le noir, à grande vitesse, avec des gestes de plus en plus mécanisés au fil des progrès de l'entraînement, dévalions les deux étages, sans un bruit et dans l'obscurité totale, ouvrions comme par magie la porte de la cour et foncions vers la lisière du jardin, écartions les branchages, les remettions en place après nous être glissés l'un derrière l'autre dans la protectrice anfractuosité, et attendions souffle perdu, hors d'haleine. Nous l'attendions, nous le guettions, il était lent ou rapide, cela dépendait, il faisait semblant de nous chercher et nous trouvait sans jamais faillir. À travers les branchages, nous apercevions ses bottes de SS et nous entendions sa voix angoissée de père juif : « Vous avez bougé, vous avez fait du bruit. — Non, Papa, c'est une branche qui a craqué. — Vous avez parlé, je vous ai entendus, ils vous auraient découverts. » Cela continuait jusqu'à ce qu'il nous dise de sortir. Il ne jouait pas. Il jouait les SS et leurs chiens. Les entraînements avaient lieu de façon irrégulière, les heures du réveil en sursaut étaient changeantes, mais l'exercice payait : nous battions des records absolus de vitesse, nous pulvérisions chaque fois la performance précédente. Le dernier chronométrage indiquait qu'entre le saut du lit et le blottissement dans la caverne une minute vingt-neuf secondes s'était écoulée !

Ni la milice ni la Gestapo ne sonnèrent la cloche du portail. Il est vrai que mon père, engagé tôt dans la Résistance — ce que j'ignorais alors —, avait pris d'autres contre-mesures après les grandes rafles de l'été 1942. Avec quelques Juifs volontaires, soigneusement sélectionnés par lui et dont j'étais, il avait organisé des patrouilles nocturnes, à bicyclette, qui sillonnaient Brioude, faisaient le guet à ses abords, sur la route de Clermont-Ferrand ou sur celle du Puy-en-Velay. À partir de novembre 1942, des unités de la Wehrmacht et de la police allemande s'étaient en effet installées à demeure dans notre sous-préfecture, avec une Kommandantur et tous les services afférents. Un signe de l'imminence d'une rafle, qui ne trompait jamais, c'étaient les camions, les camions gris-vert, « la couleur des Allemands », comme le dit dans *Shoah* Michael Podchlebnik, un des deux survivants de Chelmno, mort hélas aujourd'hui — pareils hommes ne devraient jamais mourir. Une concentration de quelques véhicules indiquait que les Juifs recensés comme tels seraient saisis dès l'aube à leur domicile. Nous connaissions nous aussi leurs adresses et la patrouille se dispersait pour avertir chacun de ceux que nous pensions menacés d'avoir à se cacher ou à fuir. Nous savons qu'à deux reprises et grâce à nous ceux qui vinrent les arrêter en furent pour leurs frais.

Chaque fois que je pense à Monny de Boully et à son apparition si tôt le matin, non pas au portail d'entrée, mais sur l'arrière de notre demeure, à la porte de la cour, comme s'il surgissait du jardin, ce sont les vers du *Corbeau* d'Edgar Poe qui s'imposent à ma mémoire : l'heure exceptée (ce n'était pas minuit, mais la pointe du jour), ils décrivent au mieux ce que j'ai ressenti.

Once upon a midnight dreary, while I pondered,
    weak and weary,
Over many a quaint and curious volume of for-
    gotten lore,
While I nodded, nearly napping, *suddenly there*
    came a tapping,
As of someone gently rapping, rapping at my
    chamber door
« *'Tis some visitor* », I muttered, « *tapping at my*
    chamber door —
Only this, and nothing more ».

Soit, dans la traduction de Baudelaire :

Une fois, sur le minuit lugubre, pendant que je mé-
    ditais, faible et fatigué,
Sur maint précieux et curieux volume d'une doc-
    trine oubliée,
Pendant que je donnais de la tête, presque assoupi,
    soudain il se fit un tapotement

Comme de quelqu'un frappant doucement, frap-
   pant à la porte de ma chambre.
« C'est quelque visiteur, murmurai-je, qui frappe
   à la porte de ma chambre ;
Ce n'est que cela et rien de plus. »

C'était une aube du printemps 1942. Mes « petites perceptions », alertées chaque nuit par le dressage paternel dans l'attente du carillon mortel, devaient veiller encore. Comment se réveillerait-on jamais si on n'était pas déjà éveillé ? J'ai appris cela plus tard à Tübingen, en Allemagne, de Gottfried Wilhelm Leibniz, sur lequel j'ai fait mon diplôme d'études supérieures de philosophie. Et Monny, lui, était encore en deçà du gentil tapotement du *Corbeau*, de sa douce frappe. Il caressait la porte arrière de la maison avec une délicatesse tellement paradoxale qu'elle me contraignit à quitter ma chambre, à descendre pieds nus les escaliers insonores, comme si c'était moi qui devais surprendre quelqu'un, le prendre au piège, à prêter l'oreille la tête contre la porte pour élucider la nature de cet effleurement ininterrompu, contraire à toutes les violences promises, à ouvrir enfin. Devant moi, un inconnu, une légère valise à la main, la quarantaine, haute stature, front immense, les yeux rayonnants de bonté et d'intelligence, la crainte peinte sur tout le visage. Il murmure : « Tu es Claude ? », et ce n'est pas une question, puis porte un doigt à ses lèvres et chuchote : « Chut, je suis M. Sylvestre. » Je ne savais rien de M. Sylvestre, Amédée Sylvestre selon sa carte d'identité, qu'il exhiba plusieurs fois devant mon père, levé à son tour. Ses papiers étaient faux, il était arrivé à Brioude par le train du matin, ayant subi pendant la nuit les tatillons et sévères contrôles allemands au passage de la ligne de démarcation entre la France occupée et la zone dite « libre », l'État français de Vichy. C'était un acte de courage immense, qui aurait pu lui coûter la vie. L'angoisse et l'orgueil, la conscience des risques qu'il venait de courir, la fierté et le soulagement d'avoir réussi, se combattaient encore en chacun de ses traits. L'amour seul — l'amour fou qu'il portait à ma mère — lui avait insufflé la force d'affronter pareil danger. Ils sortaient à peine tous les deux des griffes de la Gestapo. En allant voir, à Saint-Benoît-sur-Loire, leur ami Max Jacob, ils avaient été arrêtés, sur un quai de la gare d'Orléans, par des miliciens qui chassaient au faciès. Ils ne se trompèrent pas : ma mère était juive de la façon la plus éclatante. Comme me l'a écrit Marthe Robert à sa mort, en 1995 : « Mon cher Claude, j'apprends la mort de Paulette par *Le Monde* d'aujourd'hui. Vous savez que je l'ai bien connue. À une certaine époque, j'allais très souvent la voir et je me plaisais beaucoup en sa compagnie. Surtout j'admirais sa beauté, elle me semblait incarner toute la noblesse des antiques filles d'Israël. » Relisant ces lignes de Marthe, je ne peux m'empêcher de me remémorer les félicitations de M. Lebègue, professeur en Sorbonne, devant qui j'eus à faire un commentaire d'une tragédie de la Renaissance, *Les Juives*, de Garnier, pour un certificat de licence ès lettres classiques : « Ceste ancienne femme qui marche la première est quelque grande Dame, Je voy qu'on la respecte… »

Les miliciens orléanais avaient emmené ma mère et son amant, le poète Monny de Boully, au siège de la Gestapo, où ils furent cuisinés un jour entier. Monny avait, lors de l'arrestation, des papiers au nom de Claude Pascal (Amédée Sylvestre était sa plus récente identité, vieille de quelques jours, c'est pourquoi il ne cessait de se la répéter, à la fois pour l'apprendre et s'en convaincre). Ma mère, quant à elle, avec une inconscience qui n'avait d'égale que sa radicale inculture en matière de patronymie juive, s'appelait Aïcha Bensoussan. Aïcha sonnait peut-être arabe, mais tous les Bensoussan sont juifs. Elle avait peut-être quelque excuse à l'ignorer : les Bensoussan, si nombreux fussent-ils, se trouvaient alors pour la plupart de l'autre côté de la Méditerranée, la guerre d'Algérie n'avait pas eu lieu ! À Paris, ce nom était seulement exotique, c'est ce qu'elle voulait, croyant que cette étrangeté la protégerait. Monny me raconta que, devant ses tourmenteurs allemands, elle s'était montrée indomptable, leur tenant tête sans jamais se laisser démonter, niant avec superbe toute appartenance au peuple élu, désignant une photographie de Goering qui ornait le bureau où se déroulait l'interrogatoire : « Voyez votre maréchal, s'était-elle écriée, il a l'air plus juif que moi ! » À l'automne précédent, elle avait réussi à entraîner Monny à l'Opéra de Paris dont presque tous les fauteuils, de l'orchestre aux balcons, étaient occupés par des officiers nazis en grand uniforme. Parlant et comprenant couramment l'allemand, Monny saisissait au vol les propos incrédules de ceux qu'il voyait se retourner, rangée après rangée, pour dévisager ma mère .

« *Guck mal, es gibt eine Jüdin dort ! — Ach ! Quatsch, das ist ganz unmöglich. Dummheit ! Sie ist wahrscheinlich eine Tscherkessin* », « Regarde, il y a une Juive là-bas ! — Mais non, c'est complètement impossible. Connerie ! C'est certainement une Circassienne », etc. Sa façon de lutter pied à pied devant la Gestapo d'Orléans ébranlait par instants certains des interrogateurs, Monny, qui attendait son tour, le déduisait de leurs réflexions. Parce que lui aussi niait farouchement être juif, on lui infligea le test suprême. Il avait déclaré être incirconcis, l'Obersturmführer qui menait l'enquête ordonna : « *Rufen sie die Ärzte an* », « Appelez les médecins ». Monny vit à la dérobée deux sbires enfiler chacun une blouse blanche, entendant en même temps ce dialogue : « *Kennst du etwas in Schwänzen ? — Ein bisschen* », « Tu t'y connais, toi, en queues ? — Un peu ». Il nous raconta tout cela, le premier soir, à Brioude, son talent de narrateur venu d'un autre monde, le génie surréaliste qui l'habitait et éclatait dès qu'il commençait à raconter, sa maîtrise unique de dix langues, son français d'une richesse admirable, comme seuls les étrangers parviennent à le parler, nous firent passer de l'effroi au rire, de la joie à l'angoisse. Des années plus tard, la paix revenue, il enchanta tant de mes amis en mimant, de la voix et du geste, cet insolite examen médical qu'il me faut ici poursuivre son récit. Inutile de dire que, Juif de Belgrade — fils de riches banquiers déjà dépouillés et assassinés sans qu'il le sût encore lors de cette noire journée d'Orléans —, il était bel et bien circoncis. « Mais j'avais si peur, disait-il, qu'il n'y avait pratiquement rien à voir, rien à montrer » et, saisissant, entre l'index et le majeur de sa dextre, l'auriculaire de sa main gauche, il imitait le coup d'œil ultrarapide d'un des prétendus médecins et la conclusion sentencieuse de l'examen, verdict de mort ou de vie : « *Alles ist in Ordnung. Der Herr ist nicht beschnitten* », « Tout est en ordre. Le monsieur n'est pas coupé ».

Cette victorieuse épreuve n'était pourtant pas décisive, les doutes les plus graves subsistaient et l'interrogatoire aurait sûrement repris au cours de la nuit ou le lendemain matin, Monny et ma mère restant gardés à vue, si une fée miraculeuse ou un *deus ex machina* n'était intervenu à la fin du jour en la personne du commissaire de police d'Orléans, qui connaissait non seulement Max Jacob, mais aussi Monny et Paulette, car il était lui-même poète. Il se porta garant d'eux auprès du chef de la Gestapo et arracha leur libération avec hardiesse et autorité. Il les emmena lui-même à la gare, les mit dans un train en partance pour Paris, leur dit : « Ne restez pas ici une minute de plus. Dans une demi-heure, ils comprendront, vont se remettre en chasse et ne vous lâcheront plus, quittez immédiatement Orléans et, arrivés à Paris, n'allez pas chez vous, à l'adresse portée sur vos papiers. » Les papiers étaient faux, mais l'adresse vraie. Monny et Paulette, qui vécurent à Paris pendant toute l'Occupation, sous des noms d'emprunt, sans cartes d'alimentation et changeant trente fois de domicile, reprirent, cette nuit-là, leur parisienne errance. C'était vraiment la fraternité des poètes, le commissaire de police s'appelait Jean Rousselot, il était talentueux, très beau, plaisait aux femmes et finit par abandonner la police pour ne plus se consacrer qu'à la poésie, ce dont je lui fis reproche quand je le rencontrai pour la première fois. Je ne voulais pas dire qu'il était un mauvais poète, mais au contraire que la police avait besoin de compter dans ses rangs des hommes de sa trempe. Car il était véritablement, comme le disent les Juifs ashkénazes, lorsqu'ils veulent concentrer en un seul mot les plus hautes vertus d'un homme, un *mensch*.

Orléans fut pour ma mère un saut qualitatif : elle garda entiers son courage et sa vitalité, sa capacité à affronter l'extrême sans jamais envisager de reddition, sûre qu'elle argumenterait et ferait valoir jusqu'au bout ses raisons, intraitable sur la raison même, mais elle perdit l'insouciance. Elle comprit que la mort, en ces occurrences, pouvait être la sanction la plus directe de l'optimisme ou d'un mauvais calcul. La présence de Monny à Brioude et les risques courus par lui attestaient cette conscience neuve, cette prise de conscience. Elle avait consulté une voyante, diseuse de mauvaise aventure, qui lui avait annoncé qu'elle ne reverrait plus ses trois enfants. Elle n'eut de cesse que Monny, dont nous ignorions tout, arrive jusqu'à nous : il était ses yeux, ses mains, ses oreilles, son cœur, sa chair, son esprit, il était elle. Jamais pareille fusion n'exista, j'en témoigne. Si Monny réussissait, alors la voyante était une aveugle, âpre au gain et vivant de mensonges : il était facile, recevant ma mère dans je ne sais quelle roulotte, en 1942, et la faisant parler, de comprendre ce qui la torturait et de l'amener, par d'aussi sinistres prédictions, à un paroxysme d'angoisse. Est-il permis d'avoir une vie privée compliquée quand la grande Histoire elle-même se complique à son tour et devient folle? C'était cette rencontre entre l'Histoire et son histoire personnelle, la nôtre, qui mettait ma mère au rouet et dont Monny fut le messager cathartique.

J'avais neuf ans quand, revenant de l'école avec mon frère et ma sœur, je trouvai notre maison de Vaucresson déserte, avec un mot bref de ma mère laissé en évidence sur la table de la cuisine, dans lequel elle assurait ses « enfants chéris » qu'elle n'avait pas d'autre choix que partir, mais qu'elle nous aimait et nous retrouverait bientôt. Ma première réaction fut plus de soulagement que de chagrin : les scènes entre mes parents étaient si nombreuses et violentes depuis des années que je vivais dans la crainte du pire, meurtre ou suicide, que sais-je? Cela se passait en 1934. Les femmes qui, par horreur de la condition qui leur était faite, osaient abandonner prudences, sécurités, mari et enfants étaient rarissimes à cette époque : il fallait être d'acier pour supporter la stigmatisation et l'héroïsme quotidien auxquels elles se condamnaient. Ma mère quitta le foyer sans un sou et partit travailler un an en usine, où elle sertissait des boîtes de sardines. Elle vécut, jusqu'à sa rencontre avec Monny, dans un hôtel garni du XVIIIe arrondissement, rue Myrha, face au quartier de la Goutte d'Or.

Le jour où Monny tapota à la porte de la cour brivadoise, cela faisait huit ans que nous ne vivions plus avec notre mère et plus de trois ans que nous ne l'avions pas revue — les quelques rares lettres que nous avions échangées ne disaient rien d'important. Elle s'était estompée dans ma mémoire, était devenue lointaine, elle ne me manquait pas et s'il m'arrivait de penser à elle ou de l'imaginer, ce n'était pas sous la figure de la caresse et du gazouillis tendre que je l'évoquais, mais au contraire par tout ce qui, dans son être, démentait les représentations ordinaires de l'amour maternel, par tout ce qui, en elle et par elle, avait fait honte à l'enfant conformiste que j'étais. Son bégaiement terrible, inexpugnable, son énorme nez, que j'ai mis bien longtemps à considérer comme celui d'« une antique fille d'Israël », mais que je percevais d'abord comme emblématiquement, spectaculairement juif, ses colères qui faisaient rouler dans leurs orbites ses beaux grands yeux, mais qui étaient seules capables de dompter son bégaiement — la fulmination chez elle désentravait la parole —, sa radicale absence de pitié : comme elle forçait, en me pinçant au sang, le barrage de mes dents serrées pour me faire avaler des cuillerées à soupe d'huile de foie de morue, élixir alors très « tendance », que je rendais aussitôt, ou une soupe au pain immonde, tendance également et appelée panade, que je vomissais illico derechef !

Et soudain, en pleine guerre, au cœur des pires dangers, cette mère des hontes et des craintes se présentifiait à moi tout autre, par l'amour que lui vouait un extraordinaire magicien. Elle m'apparaissait comme une inconnue mystérieuse, auprès de laquelle, pendant les neuf années où elle s'évertua à la maternité, je serais passé sans la voir, sans pressentir sa richesse, sans comprendre qui elle était vraiment. Contrairement à moi, mon père et Monny partageaient le même savoir : l'un aimait Paulette, l'autre

112

l'avait aimée, il l'aimait peut-être encore, il ne cessa jamais tout à fait de l'aimer. Monny se montra éblouissant pendant toute la semaine qu'il passa à Brioude, logé dans la chambre de M. Legendre. Mon père était subjugué par lui autant que moi-même. Il comprit que Monny apportait à ma mère tout un univers dont elle avait un besoin vital et qu'il n'avait pas eu, lui, les moyens de lui donner. Quelque chose d'incroyablement fraternel, dû peut-être aussi aux circonstances, se noua entre nous trois (mon frère Jacques travaillait depuis peu comme valet de ferme chez des paysans) : Monny ne contait pas seulement la Gestapo, mais les jours et les nuits passés par ma mère dans un placard, les déménagements, les fuites, l'entraide, les héros, les trahisons. Il incarnait Paris, la grande ville, la culture, la poésie et la pensée dans cette sous-préfecture endormie et alarmée tout à la fois.

Chaque soir, Monny écrivait à Paulette, devenant de plus en plus soucieux au fur et à mesure qu'approchait le moment de partir, car il allait devoir affronter au retour les mêmes périls qu'à l'aller. Assis à la table de mon père, il rédigeait, de sa belle écriture calligraphiée de poète et d'étranger, des cartes et des lettres qu'il terminait invariablement par ce serment d'amour : « À toi, Paulette, à toi seule, éternellement. » Et après chacune, il me demandait : « Veux-tu ajouter quelque chose pour ta mère ? » Je ne pouvais ajouter que des banalités ou professer un attachement filial auquel il faudrait laisser le temps de devenir vrai. Pendant huit jours, mon adolescente et timide plume hésita à inscrire des pensées faibles ou fausses sous ce

« À toi Paulette, à toi seule, éternellement ». Mais j'ai fait graver sans peur ce défi immortel sur la stèle qui surplombe la tombe de ma mère, au cimetière du Montparnasse. Ils y sont enterrés côte à côte, auprès de ma sœur, qui disparut la première en se donnant la mort à l'âge de trente-six ans, le 18 novembre 1966. Deux ans plus tard, Monny fut terrassé par une crise cardiaque en traversant, au bras de ma mère, l'avenue des Champs-Élysées. Sur la même stèle, on peut donc lire aussi quatre vers d'un de ses poèmes, déchirant poème sur la mort et le néant impensables, impensable pensée :

Passé, présent, avenir, où êtes-vous passés
Ici n'est nulle part
Là-haut jeter le harpon
Là-haut parmi les astres monotones

CHAPITRE V

Ce voyage aura marqué toute ma vie. La peur, la honte et le remords furent si intenses que son événement central s'est inscrit en moi avec la netteté et la violence d'une scène primitive, emportant tout, dégradant l'avant et l'après, brouillant ou effaçant les circonstances qui présidèrent à mon départ. J'ai beau, à l'instant d'en donner la relation, faire tournoyer follement la toupie de la mémoire, je ne sais plus qui décida, comment il fut décidé que j'irais à Paris sous une fausse identité : malgré ce que Monny lui avait rapporté, les craintes superstitieuses nourries par ma mère s'avivaient au lieu de s'apaiser. La pression sur mon père, pour qu'il consente à pareille prise de risque, dut être très forte. Je passai à Vierzon la ligne de démarcation, je m'appelais Claude Bassier, mes papiers étaient parfaits et je savais quoi répondre si on m'interrogeait : j'allais voir (c'était le temps des vacances) mes grands-parents paternels en Normandie. Je me souviens de la longue attente nocturne en gare de Vierzon, des projecteurs qui illuminaient les quais et les wagons du train, des chiens, des bruits de bottes, de la brutalité avec laquelle les portes de chaque compartiment étaient ouvertes, de l'examen très minutieux de mes papiers par des Allemands en uniforme et des policiers français, de l'interrogatoire conduit par les premiers. Ma réponse à la question qui me fut en effet posée leur donna satisfaction.

J'arrivai tôt le matin à Paris, persuadé que Monny serait à la gare. Il n'y avait personne, j'attendis longtemps. Mais cette possibilité, comme il était de règle dans la vie clandestine de l'époque, avait été envisagée : je disposais d'une adresse à laquelle me rendre si on ne venait pas m'accueillir. Malgré tout ce qui, de ce voyage étrange, s'est estompé ou aboli, le nom de la rue et le numéro restent intacts dans mon esprit : 97, rue Compans, dans le XIXe arrondissement, une longue rue large, calme, pentue, d'une pente assez raide. Je me rappelle aussi le nom du Suédois propriétaire de cet abri, qu'il avait prêté gracieusement à Monny et à ma mère, en pleine connaissance de leur condition de Juifs, de leur situation de fugitifs chroniques : Hans Eckegaard. Je sonnai au 97 et fus sur-le-champ kidnappé : le concierge de l'immeuble était averti de mon arrivée et, avant même de s'assurer que j'étais bien celui qu'il attendait, il me plaqua une main sur la bouche et m'entraîna jusqu'au dernier étage, dans une grande pièce très claire, d'où l'on dominait, par de vastes baies, Paris sur trois points cardinaux, puisque la rue Compans culmine aux Buttes-Chaumont. Le concierge, sans me laisser le temps d'admirer, m'expliqua d'une voix haletante que des Allemands en civil étaient venus la veille, sur dénonciation, arrêter Paulette, alors seule dans l'appartement, mais qu'ils lui avaient proposé d'acheter sa liberté : contre une considérable somme d'argent — qu'elle n'avait pas —, ils accepteraient de surseoir à l'arrestation. Ce sport immonde se pratiquait de plus en plus souvent à l'époque, les « sportifs » étant soit des corrompus appartenant à des services de la Gestapo en rapport avec le Commissariat aux questions juives, soit des crapules de la Gestapo française, les fameux tortionnaires de la rue Lauriston. Je ne jurerais pas que des policiers parisiens ordinaires ne se soient pas livrés eux aussi à ce jeu répugnant. Le concierge, très ami de ma mère et de Monny, avait été mis au courant par elle. Elle avait gardé son sang-froid devant les deux Allemands, avait négocié âprement une somme moins élevée, dont elle n'avait pas davantage le premier sou, promettant de se la procurer s'ils lui donnaient un délai de deux à trois jours. Ils avaient consenti, un rendez-vous avait été fixé pour le surlendemain non pas rue Compans, mais dans un café où elle avait juré qu'elle se rendrait. Pendant toute la discussion, ma mère était tenaillée par l'angoisse d'un retour prématuré de Monny, ce qui eût risqué de stopper net, pour le pire, le marchandage. Il gagnait leur vie comme courtier en livres anciens, se faisant confier, par de grands libraires que sa culture, ses connaissances de bibliophile, son talent de vendeur impressionnaient, des ouvrages précieux — ou parfois sans prix — qu'il proposait à leurs pairs comme s'il les avait découverts dans des bibliothèques particulières. Mais les stations privilégiées de son carrousel d'incunables étaient toujours les mêmes : Thomas Scheler, rue de Tournon, qui les protégea à plusieurs reprises, Eugène Rossignol, rue

Bonaparte, Blaizot, Bérès, j'en oublie. Le fils des banquiers de Belgrade est considéré aujourd'hui comme le Rimbaud serbe. Il avait été mandé à Paris par André Breton et Louis Aragon qui, après avoir lu ses poèmes de jeunesse, voulurent absolument l'intégrer au surréalisme français. On le porta aux nues, on l'excommunia, il revint en faveur, fut de toutes les factions et fractions, de toutes les aventures. Il n'en avait cure : chaque mois, le chèque de la banque paternelle lui arrivait ponctuellement. À cette liberté formidable, la guerre mit une fin brutale, qui coïncida, à quelques mois près, avec la rencontre de ma mère et leur foudroiement réciproque, sur une rouge banquette de la Coupole, boulevard du Montparnasse. L'amour fou lui insuffla alors le courage et l'imagination de s'inventer le nouveau métier qui leur permit de survivre à Paris dans une clandestinité totale pendant les cinq années de l'Occupation. C'était la première fois qu'il avait à gagner sa vie.

À peine les maîtres chanteurs étaient-ils partis que Paulette, craignant leur retour et voulant surtout protéger Monny, se saisit du bagage toujours préparé pour une fuite immédiate et quitta au plus vite l'appartement, laissant au concierge la double consigne d'avertir Monny dès qu'il rentrerait et moi, si j'arrivais seul le lendemain matin. Elle se réfugia chez sa sœur Sophie, qui habitait Clichy, berceau de ma famille maternelle, et passa elle aussi toute la guerre à Paris sans être inquiétée car elle était mariée à un Vénitien pur sucre, Antonio (dit Toni) Gaggio. Sophie, aînée de ma mère, était une grande beauté aux yeux sombres, elle n'avait ni bégaiement ni nez juif, et je verse des larmes chaque fois que, dans l'album d'Auschwitz, qui rassemble les photographies prises par les nazis sur la rampe même du camp d'extermination, au débarquement des convois de Juifs de Hongrie, promis pour la plupart à la chambre à gaz, je revois le portrait d'un hallucinant sosie de ma tante, attendant son tour de passer à la sélection. Elle est Sophie même, son beau visage est empreint de soupçon et d'angoisse, elle sait qu'elle va mourir et ne peut ni ne veut le croire.

Entre Monny et Toni, nulle comparaison n'est possible, sauf celle-ci : Toni aimait Sophie autant que Monny Paulette. Il le prouva en acceptant de se faire circoncire à l'âge de trente-cinq ans, après des années d'une cour assidue et inaboutie, pour complaire à mon grand-père, Yankel Grobermann, Juif de stricte observance — « de simagrées », traduisait mon intraitable génitrice —, ancien éleveur de chevaux ou palefrenier, je ne sais, un mètre quatre-vingt-quatorze, né à Kichinev, la ville des pogroms, en Bessarabie, qui eût tenu pour le pire sacrilège de donner sa fille aînée à un incirconcis. Le traumatisme de cette tardive entrée dans l'Alliance fut tel, pour mon oncle par alliance, qu'il passa le reste de son âge à jouer aux cartes, belote surtout, dans les bistrots de Clichy, où il devint champion de grande renommée.

Le concierge du 97 ne me laissa pas dans la belle pièce claire, mais m'entraîna, de terrasse en terrasse, de toit en toit, vers un autre immeuble dont l'entrée se trouvait loin de la rue Compans. Il ouvrit la porte d'une chambre de bonne sommairement meublée d'un lit et me dit que je devais attendre là jusqu'à ce qu'il ait reçu de plus amples instructions. Je m'endormis de fatigue et d'incompréhension, m'éveillai au soir, sans aucun repère qui mette un terme à mon égarement. Un inconnu vint me quérir enfin pour m'emmener, par des procédures et des chemins dont je ne garde nul souvenir, vers ma mère, *extra muros*, dans un appartement lui aussi évanoui. Je me souviens seulement d'un excès de dorures et de mollesses. Toutes, tous étaient là, Sophie, ses filles, mes deux cousines, Micheline et Jacqueline, aux longues chevelures blond vénitien, belles, bien faites, attirantes, Toni que je crois avoir vu ce soir-là pour la première fois, Monny, mon étoile fixe au lourd masque de crainte, ma mère dont je subis la puissante étreinte, les baisers plus forts que la mort, avant même d'avoir pu la regarder. Elle n'avait pas changé, ses lèvres très grandes qui m'embrassaient publiquement et voracement rapetissaient son nez. Je notai à peine le bégaiement tant il avait été tenu en lisière par les circonstances — le sang-froid dont elle avait dû faire preuve, le chantage à l'argent, le rendez-vous du lendemain avec les Allemands, la nécessité de trouver une fois de plus un autre havre.

L'urgence la plus immédiate était de décider si ma mère devait honorer, le lendemain après-midi, au lieu et à l'heure prévus, le rendez-vous allemand. Elle le voulait, contre l'avis de tous, elle était seule à le vouloir. Elle voulait en outre apporter de l'argent, un montant dérisoire par rapport à ce qui avait été convenu, mais ce serait pris, selon elle, comme un acompte de bonne volonté qui désarmerait son persécuteur tout en le compromettant. Monny, Toni et moi-même lui objectâmes les risques courus : qu'il se fâche et l'embarque sur-le-champ. Et pourquoi se jeter à nouveau dans la gueule du loup, puisque, de toute façon, le refuge de la rue Compans était brûlé et qu'il allait falloir reprendre l'errance ? Je suis incapable de dire aujourd'hui les nom et lieu de l'établissement où la rencontre devait se tenir. Paulette savait que le café était vaste, avec des tables nombreuses et beaucoup d'espace. Mais il n'était pas question de la laisser aller seule là-bas : Monny et moi la précéderions et nous installerions à une table, comme un père et son fils. Cela nous permettrait en outre d'observer l'endroit et de déceler les prémices d'un éventuel guet-apens. Ma mère fit son entrée, maquillée, féminine, séduisante dans la gloire de ses trente-neuf ans, embrassa la salle d'un seul regard circulaire, passant sur nous sans s'y arrêter, et se dirigea droit vers une table lointaine, à laquelle nous n'avions pas prêté attention, où *il* l'attendait. Nous ne voulûmes pas voir, tout se passa vite, il partit le premier, elle avait demandé un délai supplémentaire de quarante-huit heures pour apporter une autre partie de la somme, il lui faudrait deux semaines pour tout rassembler, elle le paierait à la même place tous les deux jours. Elle ne revint jamais.

Ma mère décida, le lendemain, que j'étais fagoté comme un paysan, que mes chaussures à semelles de bois sentaient leur province, qu'il fallait aux pieds de son aîné quelque chose d'autrement élégant, d'une touche plus parisienne, malgré les inévitables semelles de bois. Nous allâmes au magasin « Chaussures André », boulevard des Capucines, un célèbre établissement juif, mais aryanisé, avec une vaste clientèle, de nombreux vendeurs et vendeuses, qui offrait un grand choix. Et ce fut l'origine du drame. Car choisir c'est tuer. Ma mère était incapable de choisir, elle voulait tout. Je suis comme elle. J'ai pris pour sujet de diplôme d'études supérieures de philosophie : « Les possibles et les incompossibles dans la philosophie de Leibniz ». Incompossible, cela veut dire qu'il y a des choses qui ne sont pas possibles ensemble, élire l'une, c'est interdire à l'autre d'exister. Tout choix est un meurtre, on reconnaît, paraît-il, les chefs à leur capacité meurtrière, on les appelle des « décideurs », on les paie pour cela très cher. Ce n'est pas un hasard si *Shoah* dure neuf heures trente. Les vendeuses s'adressaient à moi, mais c'est ma mère qui répondait à ma place — pour elle, j'étais encore le gamin qu'elle n'avait pas revu depuis presque quatre ans —, elle le faisait en bégayant de plus en plus, c'est-à-dire en prenant de plus en plus de temps, car elle tenait absolument à achever chacune de ses phrases, ne supportant pas d'être comprise avant de les avoir terminées elle-même ni qu'on osât le faire pour elle : il fallait qu'elle aille jusqu'au bout des syllabes, jusqu'à la profération dernière. Les cartons s'amoncelaient autour du tabouret d'essayage, rien ne lui plaisait, et si d'aventure elle commençait à hésiter entre deux modèles, l'angoisse du choix, du va-et-vient entre les possibles, intensifiait le bégaiement et la force de sa voix. Hagarde, épuisée, la malheureuse vendeuse transportait son escabeau d'une étagère à l'autre, se saisissait d'un nouveau carton, en sortait une autre paire, que ma mère récusait.

J'essayais, j'essayais, je m'épuisais moi aussi à essayer. Des souliers m'avaient plu, qu'elle avait éliminés, je voulais tellement en finir que je m'extasiais devant chaque nouveau modèle. Le temps passait, s'écoulait de plus en plus lentement. Les collègues de notre vendeuse s'étaient arrêtées de travailler, elles regardaient, nous regardaient, les clients regardaient aussi, Paulette ne voyait rien de ce qui advenait. La panique commença à me gagner : je voyais et entendais ce qu'ils entendaient et voyaient tous, le bégaiement spectaculaire, l'énorme nez juif de ma mère, complètement inconsciente de la situation, du danger objectif qu'elle nous faisait courir à tous deux. Un chef de rayon arriva, l'air hostile, la dévisagea longuement et lui demanda : « Quelque chose ne va pas, madame ? » Je retrouvai, au bas d'une pile, mes brodequins provinciaux et, cédant à mon affolement maintenant incontrôlable, slalomai à toutes jambes à travers le magasin jusqu'à une sortie : je pris la fuite. Je ne cessai de courir que loin du magasin, tant j'avais peur qu'elle me rattrape, d'avoir à cheminer à ses côtés, à prendre avec elle le métro en essuyant les manifestations fulminantes de sa colère.

Il y eut, dans l'histoire de la question en France, un supplice fameux dit « des brodequins », destiné à briser les tibias de ceux qu'on voulait faire avouer : quatre coins enfoncés au marteau entre l'os et l'étau de planches qui enserrait le mollet pour la « question ordinaire », huit coins pour la « question extraordinaire ». Longtemps, évoquant ce sinistre épisode des « Chaussures André », je l'appelai par-devers moi la journée du supplice des brodequins. Il n'y a pas à rire : je n'ai pu m'empêcher d'abandonner ma mère, de la laisser seule, dans une situation très dangereuse, parce qu'elle me mettait moi-même en danger. Elle me faisait peur, elle me faisait honte, je me suis conduit cet après-midi-là en véritable antisémite, dans sa variante à mes yeux la plus répugnante, le Juif antisémite. Il n'y a pas à ergoter là-dessus, aucune de mes excuses ne tient et toute la scène du magasin, que je viens de décrire comme si je cherchais à expliquer et justifier ma lâcheté, à engendrer ma fuite par une concaténation de raisons, ne lavera pas plus l'horreur de mon acte que les parfums de l'Arabie ne purifieront les mains sanglantes de Lady Macbeth.

J'ai écrit plus haut que pendant l'année 1938, la seule qu'entre deux séjours à Brioude nous passâmes à Paris avec mon père et la belle Hélène, sa nouvelle compagne, j'avais pu mesurer la force et la violence de l'antisémitisme au lycée Condorcet. Mais je pris aussi la mesure de la terreur et de la lâcheté qui m'habitaient. Caché derrière un pilier de la cour de récréation, j'assistai, pétrifié, sans intervenir et craignant d'être découvert, au quasi-lynchage d'un grand rouquin juif nommé Lévy, qui avait tous les traits des caricatures antisémites d'avant-guerre. Ils étaient vingt contre un, le mettaient en sang, Lévy tentait seulement d'esquiver sans se défendre ni rendre les coups, les surveillants laissaient faire et c'était devenu un rituel : un jour par semaine au moins, ils « se faisaient » le Juif. La peur régnait. Je me souviens qu'en classe, tandis qu'un professeur commentait « la livre de chair » de Shylock, dans *Le Marchand de*

Venise, un de mes condisciples se retourna vers moi et me susurra, dans un sifflement de ses dents serrées : « Mais toi aussi, tu es un petit Juif. » Au lieu de bondir sur lui et de le gifler, je protestai et niai, écartant l'insulte, comme si je répondais à une question de fait, objectivement et gentiment posée : « Mais non, je ne suis pas juif. »

Tout cela n'est pas neuf, c'est une très ancienne histoire, inscrite dans nos gènes, difficile à comprendre aujourd'hui tant les circonstances sont autres. De Groutel, hameau primitif d'une dizaine de fermes, entre Le Mans et Alençon, où mes grands-parents paternels s'étaient retirés, ma grand-mère Anna, native de Riga, parfaitement analphabète en français, demanda à mon père, dès mon entrée en classe de sixième, que je lui écrive des lettres en latin, qu'elle ne savait pas plus lire que le français. J'étais, je l'ai dit, un enfant docile et je m'exécutai : j'adressai donc à Anna, née Ratut, des missives en latin de cuisine. Qu'en faisait-elle ? Elle parcourait les six kilomètres de la route, détrempée ou poussiéreuse, qui reliait Groutel à la paroisse la plus proche, Champfleur, demandait, dans l'inimitable sabir qui était le sien lorsqu'elle s'exprimait autrement qu'en yiddish, à voir M. le curé. Elle exhibait alors en rosissant de fierté ma dernière catilinaire : « Rigardez, monsieur le curé, mon pitit-fils, il écrit le latin. » Mon latin de cuisine décernait à Anna je ne sais quel brevet de vieille francité, marquait d'éclatante façon que les diastases de l'assimilation étaient à l'œuvre, nimbait le chef de ma terrible grand-mère d'une auréole de conformité.

Mais d'Anna je dois revenir à Paulette : le procès qui me fut intenté lorsque, n'ayant ni argent ni asile, je réapparus tard le soir, traînant les pieds dans mes brodequins laids et usés, fut absolument sans indulgences. Et je ne cherchai pas à en acheter, j'acquiesçai à tout, elle ne bégaya pas une seule fois et la perfection de son élocution, qui disait mieux que tout son bouleversement intérieur, me jeta dans les sanglots, les hoquets, les reniflements. La question de l'amour filial, qui fut lancinante tout au long de notre vie, se posa cette nuit-là dans une radicalité sans fard, qui ne pouvait se payer ni de mots ni de faux-semblants. Elle le savait, je le savais : c'était abandon contre abandon, inépuisable réserve de conversations, conflits, serments et tentatives de paix ultérieurs. Monny fut un diplomate délicat et subtil, c'est à lui que je dois de n'avoir pas vécu le rouge au front quand, après avoir quitté Paris, je suis rentré en Auvergne. Mais celui qui m'a guéri et délivré de la honte en me faisant comprendre ce qui m'était arrivé et en décrivant au mot près ce que j'avais éprouvé le jour des brodequins s'appelle Jean-Paul Sartre. Quand je lus, quatre ans plus tard et la guerre terminée, les *Réflexions sur la question juive*, je dévorai d'abord le « Portrait de l'antisémite », me sentant littéralement revivre à chacune de ses lignes ou, pour être plus précis, autorisé à *vivre*. Mais je tombai plus loin sur la description de ce que Sartre nomme l'inauthenticité juive et c'était soudain mon portrait, à moi, brossé et dressé de pied en cap, que je découvrais avec une émotion d'autant plus grande que, si Sartre, le plus grand écrivain français, nous comprenait comme per-

sonne ne l'avait jamais fait, il ne condamnait jamais :
« […] mais puisqu'il y a un autre Juif avec lui, il se
sent en danger là-bas, *sur l'autre* […]. Voilà qu'il
épie son coreligionnaire avec les yeux d'un antisémite […]. Il a si peur des découvertes que les chré-
tiens vont faire qu'il se hâte de les prévenir : antisémite par impatience et pour le compte des autres.
Et chaque trait juif qu'il croit déceler est pour lui
comme un coup de poignard, car il lui semble le
trouver en lui-même mais hors d'atteinte, objectif,
incurable et donné […] ».

Paulette bégayait parce que, comme cela s'est passé
bien plus tard dans les ghettos de Pologne pendant
les « actions » nazies, où on bâillonnait les nouveau-
nés au fond des « malines » pour empêcher que leurs
cris ne fassent découvrir des familles entières, on
l'avait étouffée avec un oreiller afin qu'elle puisse
embarquer clandestinement dans le port d'Odessa,
où elle naquit, sur un navire à destination de Marseille. C'était en 1903, elle avait trois mois. Après
le terrible pogrom de Kichinev, Yankel, mon grand-
père géant, s'était résolu, comme beaucoup d'autres
Juifs, à fuir vers l'ouest. Cela lui éviterait aussi d'être
enrôlé pour sept ans dans l'armée du tsar et de servir
de chair à canon, aux confins de l'Empire, dans la
guerre russo-japonaise. C'est ce à quoi, outre les pogroms, les Juifs étaient promis. Ils parvinrent à Paris
après de haletantes péripéties, sans un sou vaillant, à
peine aidés par un lointain parent qui les avait précédés de plusieurs années. Ils vécurent dans une grande
misère sur la barrière de Clichy, qu'on appelait alors
« la zone ». « Ils », cela veut dire Yankel, dur à la

peine, bourreau de travail, juif observant, méprisant les femmes, indifférent à ses deux filles Paulette et Sophie, vouant un culte à ses deux fils, surtout à l'aîné, Robert, dit Bobby, Perl ou Perla enfin, ma grand-mère, dont je ne garde qu'un confus souvenir de petite enfance, grands yeux sombres dans un visage pâle au fond de corridors ou alors allongée plus pâle encore et douloureuse, sa main lourde sur mes cheveux, dans un lit aux draps blancs, son lit de mort peut-être, mais elle vivait. Je prétends me souvenir de Yankel et de son enterrement, ma mère m'a répété que c'était impossible parce que j'étais trop jeune, mais mon père, doublement aimé de Yankel car il était mâle et juif, m'a tant parlé de lui que j'imagine peut-être l'avoir connu. J'ai des photographies de lui, il a des épaules carrées anormalement larges et aussi peu de cou que moi. Sa tête semble s'enfoncer dans sa poitrine. Mon père m'a raconté qu'ils se soulageaient tous les deux côte à côte un jour d'été après un pique-nique quand grand-père soudain se mit à pisser du sang. Un cancer de la vessie l'emporta dans de grandes souffrances.

Chaque jour, Yankel et son fils aîné quittaient Clichy pour l'hôtel des ventes, rue Drouot, en tirant une charrette à bras. Il achetait à très bas prix des lits-cages déglingués, qu'il rafistolait et ravaudait avec patience au cours de la nuit, les rendant présentables et aptes à servir encore. Travaillant comme un forçat de la faim, économisant sou après sou — il refusa paraît-il de payer les linges dont ses filles avaient besoin pour étancher leurs premières règles —, il vécut dans sa chair ce que Karl Marx appelle l'accumulation primitive du capital. La charrette à bras fut remplacée par une voiture à cheval, les achats et les ventes se diversifièrent, on cessa de vivre au jour le jour, il fallut louer des entrepôts, etc. Le nom de Yankel Grobermann devint respecté dans le monde singulier de la brocante à l'hôtel des ventes. Mais un véritable saut qualitatif se produisit pendant la Première Guerre mondiale, fin 1916 ou début 1917 : un marchand américain débarqua à Paris, cherchant un correspondant capable de fournir en nombre des salons, des salles à manger, des fauteuils, des commodes, des trumeaux, des lits à baldaquin, que sais-je encore, tout un mobilier authentique pour les premiers studios de cinéma qui, aux États-Unis, éclosaient comme des fleurs printanières. Contrairement à ce qui était arrivé à Itzhak Lanzmann, mon grand-père paternel, naturalisé français en 1913, à l'âge de trente-neuf ans, mobilisé donc en août 1914, dans un régiment d'infanterie, avec les appelés de la classe 1914, jeunes hommes de vingt ans, le jour même où les vitrines de son magasin de meubles du 70 rue Lamarck, dans le XVIIIe arrondissement, étaient fracassées à coups de pierres à cause de la consonance germanique de notre nom, Yankel ne résidait pas depuis assez longtemps en France pour prétendre à la citoyenneté française. Ce fut sa chance : il n'avait pas été mobilisé et, après avoir rencontré l'Américain, il commença à écumer les châteaux de France, achetant à tour de bras meubles anciens de tous styles et de toutes époques chez des aristocrates qui se laissaient incrédulement payer en espèces sonnantes par cet escogriffe aux épaules en portemanteau et à l'inidentifiable accent. Le patrimoine français séjournait plus ou moins longtemps dans les entrepôts Grobermann à Clichy, avant d'être expédié par wagons, trains entiers et bateaux jusqu'au Nouveau Monde. Ma mère m'a raconté que, dans les années vingt, voyant au côté de Yankel un film de Chaplin ou de Buster Keaton, il lui arrivait d'être frappée au cœur et de s'écrier en pleine salle de cinéma . « Papa, regarde, le salon rouge ! »

Le vrai prénom de ma mère n'était pas Paulette, mais Pauline, et je n'ai jamais compris pourquoi Pauline est demeuré inusité. Pauline donc et sa sœur Sophie étaient des élèves brillantes, Pauline était très forte en maths et en sciences, tout en ayant une inclination ardente pour les mots et les livres. Mais Yankel ne se souciait aucunement des talents de ses filles, refusant de signer leurs bulletins et livrets scolaires. C'était pour elles comme un fait de nature : chacune des sœurs signait du nom du père le livret de l'autre. Un grand malheur les frappa pendant la guerre. À seize ans, Bobby, le fils aîné, le fils aimé, en paraissait dix de plus, il était baraqué comme son père, avec un rude visage et une virilité de traits qui retenait les femmes. Une Bretonne, enceinte de lui, l'assassina d'une balle dans la tête pendant son sommeil. Elle avait trente-cinq ans, fut arrêtée, emprisonnée, condamnée à une longue peine. Elle accoucha en prison. Yankel fut brisé à jamais par le meurtre de son fils et la famille ne consentit jamais à rencontrer l'enfant du crime. Sauf Pauline : elle le vit, s'occupa de lui, prétendant qu'il payait déjà assez cher, et je me souviens d'un après-midi passé avec ma mère en sa compagnie à Luna Park. Il avait un air doux, trop doux, je devais être âgé d'une douzaine d'années. C'était mon cousin, mais nous n'avions rien à nous dire, j'ai oublié son prénom, je n'ai jamais su son nom, je ne l'ai pas revu. Ma mère me fit savoir un jour qu'il avait été tué dans la Seconde Guerre mondiale.

Au contraire de Yankel, Itzhak, mon grand-père paternel, n'était pas très grand. Je l'ai connu longtemps et aimé aussi longtemps que je l'ai connu. Il ressemblait trait pour trait à Charlie Chaplin, nous faisait rire, enfants, par toutes sortes de mimiques et grimaces empruntées à coup sûr à son illustre modèle Mes rires étaient inextinguibles et je ne pouvais les étouffer qu'en enfouissant mon visage dans les cheveux de mon aïeul, dont l'odeur de pain frais imprègne encore mes narines. Comme beaucoup de commerçants juifs avant guerre, Itzhak avait changé son prénom barbare en celui, plus policé et complètement gratuit, de Léon, qui était devenu en vérité un quasi-patronyme. Rue Drouot, à l'hôtel des ventes, ses relations d'affaires l'appelaient M. Léon. André, des chaussures, devait, j'en suis certain, se prénommer originellement Moishe ou Itzhak, Yankel, pourquoi pas? Ma grand-mère Anna, pour qui je cuisinais le latin, était connue comme Mme Léon. Léon, donc, avait vu le jour en 1874 à Wilejka — shtetl à l'orthographe incertaine et changeante —, aux environs de Minsk, en Biélorussie. Bric-à-brac juif ordinaire : son père, mon arrière-grand-père, tenait — mais je n'en suis même pas sûr — une boucherie casher, treize enfants, grande pauvreté, antisémitisme, appel de l'Ouest, auquel Itzhak céda à l'âge de treize ans, quittant famille et village en compagnie d'un frère aîné. Escale de plusieurs années à Berlin, où il apprend le métier de tailleur. J'ignore le destin et jusqu'au prénom de son frère, mon grand-oncle après tout. Les bribes d'informations auxquelles le ouï-dire m'a donné accès m'apprennent qu'Itzhak abandonna l'Allemagne pour la France, où il croyait ne faire que passer, sa destination finale étant l'Amérique. Pour le meilleur ou pour le pire, il rencontra à Paris une autre « passante », Anna. Nouvelle version du bric-à-brac : Anna était née à Riga, son père, mon arrière-grand-père paternel donc, embarqua femme et enfants pour Amsterdam, où, selon Anna, il officia comme rabbin. Dans la maison de Groutel, il y avait, au-dessus du lit de mes grands-parents, à la place du crucifix dans les chambres à coucher normandes, une impressionnante photographie de lui . long visage apaisé d'ascétisme, noire barbe fluviale, mon arrière-grand-père se donnait à voir à mes yeux de petit Français comme la sentinelle d'un monde étrange et lointain, auquel je ne pouvais accéder que par transgression, chaque fois que j'avais le privilège, rarissime en vérité, d'être admis dans ce saint des saints. Anna, lorsqu'elle croisa le chemin d'Itzhak, qui n'était pas encore M. Léon, avait, elle aussi, Ellis Island et les États-Unis comme but. Ils s'aimèrent, aimèrent Paris, choisirent de s'y arrêter, eurent divers métiers, furent, un bref temps, restaurateurs. Mais c'est rue Drouot, à l'hôtel des ventes, qu'ils trouvèrent leur ancrage définitif. À force de travail, d'écoute, d'attention, de pratique, ils devinrent fins

connaisseurs et experts en mobilier ancien, se taillè-
rent une place dans le monde des marchands juifs,
alors très important dans ce quartier de Paris. J'ai
mesuré, tout enfant, lorsqu'elle m'emmenait avec
elle rue Drouot, le respect dont ma grand-mère Anna
était entourée. Il arrivait qu'au cours de la vente
publique les marchands s'entendissent entre eux pour
ne pas pousser les enchères et que la pièce fût adju-
gée à l'un d'eux à un prix plus bas que sa valeur,
réelle ou irréelle, puisque les enchères, comme le
poker, reposent sur le bluff et le virtuel. La vente
officielle terminée, le bluff et le poker reprenaient
leurs droits dans les arrière-salles ou les sous-sols
des bistrots avoisinant l'hôtel des ventes, afin d'atteindre et de prononcer la valeur « réelle » de l'objet :
les conspirateurs se réunissaient autour d'une longue
table ovale, les enchères reprenaient et montaient à
partir du prix payé par celui qui avait emporté l'adju-
dication. Cela s'appelait la « révision », l'opération
était clandestine, bien que tolérée, disait-on. Aujour-
d'hui, la « révision » est strictement interdite, appa-
rentée à un « délit d'initié » inversé. J'observais,
caché derrière les jupes noires d'Anna, la tension
visible sur les visages des joueurs, le sang-froid et
les traits complètement inexpressifs de ma grand-
mère — *poker face* exemplaire. L'objet sous-payé
— meuble, tableau, tapis, bijou — revenait à celui
au-delà duquel, autour de la table, plus personne ne
renchérissait, mais le vainqueur devait alors payer
immédiatement, en argent liquide, selon un système
de calcul sophistiqué, tous ceux qui, avant lui, avaient
pris le risque de miser. Anna repartait souvent avec

de l'argent frais et craquant dans son sac. Peut-être les Lanzmann et les Grobermann révisèrent-ils ensemble, ils étaient de toute façon voués à se connaître et à s'allier. Mais la guerre retarda cette destinale rencontre : Itzhak Lanzmann combattit en tant que fantassin de première ligne d'août 1914 à novembre 1918, on le trouve sur la Marne, à Verdun, dans la Somme, il fut blessé trois fois, décoré de la médaille militaire et de la croix de guerre avec palmes. Les rares fois où il revint en permission ou en convalescence après l'hôpital, il dormait sur le plancher tant son corps, habitué à la dure des tranchées, refusait la mollesse des lits. Anna, restée seule avec ses deux fils, mon père Armand, son cadet Michel, assuma la guerre avec vaillance et colère, tenant le magasin, éduquant ses fils comme elle le pouvait, dans ce pays pour elle illisible et indéchiffrable, dont elle ne connaissait ni les clés, ni les codes, ni la langue, dans une déréliction formidable. Mon père vécut si durement cette « étrangeté de vivre », pour reprendre un mot de Saint-John Perse, et cette difficulté d'être français en France qu'il se porta volontaire à l'âge de dix-sept ans. J'ai déjà dit que l'ypérite lui avait mangé les poumons, et comment cela nous lia pour longtemps à l'Auvergne. Je ne sais quel scribouillard d'état civil, distrait et xénophobe, changea en « u » le « n » de Lanzmann à la naissance de son frère. Michel, mon oncle, s'appela Lauzmann, épousa une aryenne moustachue et détesta tant son aîné qu'il ne voulut jamais rétablir la vérité de son nom. J'ai une cousine, enfant anorexique, puis femme de préfet, charmante au demeurant, avec laquelle je me suis entretenu une fois de cette guerre des noms.

Mon père et ma mère furent mariés sans se connaître ni l'avoir voulu. Un *shatran*, marieur ou entremetteur — entremetteuse peut-être —, se chargea de tout. Le ou la Frosine juive appariait, évaluait les biens, décidait du montant de la dot. Les Grobermann étaient largement plus nantis que les Lanzmann : Yankel donna à chacune de ses filles 200 000 francs-or de l'époque — il paraît que c'est beaucoup — et mon père se trouva à la tête d'un vaste magasin de « copie d'ancien », juste en face de l'hôtel des ventes, au coin de la rue Drouot et de la rue Rossini. Il existe toujours, sa structure n'a pas changé, mais c'est aujourd'hui une étude de commissaire-priseur. Armand et Pauline se virent deux fois avant les noces et ne se déplurent pas. Mon père était bel homme, il demeura mince toute sa vie, aimait le sexe et les femmes autant qu'il leur plaisait et regardait si peu à la dépense que le magasin passa après quelques années à son cadet Lauzmann, avaricieux célèbre chez les Lanzmann, négociant sans charisme que j'ai à peine connu tant les frères s'ignoraient. Ma mère, jusqu'à sa mort, menaçait de me révéler un lourd et terrible secret qui me ferait comprendre quel monstre avait été mon père et l'origine de la haine inexpiable qu'elle ne cessa de lui porter. Elle mit sa menace à exécution peu de temps avant de disparaître, comme si elle m'administrait un ultime sacrement, mais, par déductions, recoupements, intuition, comparaisons, je crois que je connaissais déjà l'inavouable crime paternel. Je ne m'étais pas trompé : non content de l'avoir déflorée, mon barbare géniteur tenta de sodo-miser Pauline au cours de la nuit de noces. Je ne l'approuve pas. Mais, tout en ne voyant dans la reli-gion que « simagrées », comme je l'ai dit, ma mère n'en demeurait pas moins une Juive de la Torah, pudique à l'extrême malgré sa liberté de langage, haïssant tout ce qui, dans l'accointance charnelle, était pour elle contre nature. Ses pareilles dans notre peuple sont encore très nombreuses : prises non pas dans la position dite « du missionnaire » ou dans une latéralité paresseuse, mais bestialement, à front ren-versé, par exemple dans la posture dite « du duc d'Au-male », elles refusent la saillie, écrasées qu'elles sont par la Loi et le Surmoi, arquant leur corps entier, lui imprimant une courbure tellement énergique que toute cambrure (j'évoque ici Mlle Bordelet) et tout orifice s'abolissent, le violeur en étant pour ses frais.

Avant Vaucresson, nous habitions place des Bati-gnolles, un appartement au troisième étage, dans le XVII⁵ arrondissement de Paris, lié pour moi à des souvenirs sans gaieté. Un monde plein de bruit et de fureur, qui me parvenaient par je ne sais quels tru-chements, avec des noms qui émergent comme des repères inoubliés : Aristide Briand, traité de Rapallo, affaire Stavisky, élection d'Albert Lebrun, les Croix-de-Feu, les Ligues, un assassin en bandana guettant nuitamment ses victimes dans les portes cochères et les poignardant à mort, la guerre entre mon père et ma mère, qui s'étaient rendus fous mutuellement. Elle, avec Monny, lui, avec la belle Hélène, vécurent chacun à sa façon une relation passionnée et pacifi-que. L'un avec l'autre, de surprenantes périodes d'accalmie mises à part, ce fut une tempête sans répit, une escalade de défis et de provocations, mon père cherchant à asseoir son autorité sur une créature indomptable, à terrifier une femme qui n'avait peur de rien et qui crânerait jusqu'à la mort. J'ai sept ans, six peut-être, Jacques, Évelyne et moi dormons dans la même chambre (Évelyne est toute petite, elle a un an ou deux), je suis éveillé, je sais que mon père attend ma mère dans le corridor d'entrée, j'ouvre sans bruit la porte et, le cœur battant, je guette mon père guettant : le bandana en moins, il ressemble à l'homme des portes cochères, sa main se referme sur le manche d'un long couteau à viande et j'attends l'inéluctable, incapable de manifester ma présence. La clé tourne dans la serrure, la porte s'ouvre, c'est elle, avec ses longs cheveux noirs, elle ne revient pas de chez un amant, elle ne le trompait pas, il fallait qu'elle sorte, elle n'en pouvait plus, le confinement du mariage et de la maternité l'étouffait. Elle le découvre, couteau haut levé comme s'il allait l'abattre sur elle, elle ricane, elle bégaye et son bégaiement têtu exaspère mon père plus encore : « Tu-tu… n'o-n'o-se-ras pas… Va-vas-y », elle l'injurie : « Tu n'es qu'un lâche. » Il n'abat pas le couteau, mais plonge son autre main dans une poche, en sort un pistolet et se met à tirer non sur ma mère, mais un peu partout dans les murs de la salle à manger. Petites détonations sèches, le revolver est un faible calibre, un 6,35, mais les balles sont réelles, les murs vraiment criblés, il faudra des jours pour colmater les trous. Ayant choisi la jalousie et la violence, Armand ne pouvait que tuer ou jouer la comédie. Elle ne se privait pas de le traiter de « comédien ».

Un autre jour — je crois qu'il fait encore clair —, il la guette dans le couloir d'entrée de l'immeuble et, de la rambarde du palier, j'assiste, pétrifié, à une montée au calvaire. Elle rentre, elle le voit, elle veut fuir, il la rattrape, empoigne ses longs cheveux noirs et la déhale de marche en marche jusqu'à notre étage sans qu'elle ait consenti, un seul instant, à ne pas se laisser traîner.

Une nuit encore : les cris, les gémissements dans leur lit sont tels que je suis persuadé que l'un d'eux va mourir. Je me précipite dans leur chambre, je crois apercevoir des poignards sous un oreiller, j'ouvre grande la fenêtre et j'avertis, de ma voix la plus calme et la plus adulte : « Si vous ne cessez pas immédiatement, j'appelle au secours. » La chambre donnait sur la place des Batignolles.

Très tôt, à six ans, à sept ans, je me sentais responsable de tous, de mes parents, de mon frère, de ma sœur. Il m'arriva plus tard, quand j'avais, le soir, la garde de mes cadets, qui chahutaient et se moquaient, d'ouvrir quinze fois les robinets de la cuisinière à gaz pour m'assurer que je les avais bien refermés et même, déjà couché, presque endormi, de me relever pour les rouvrir encore et les reverrouiller. Ou, dans le grand salon, de me glisser sous les jupes des fauteuils et derrière chaque tenture, pour vérifier, tous sens alertés, qu'aucun bandit au bandana n'y était tapi.

Nous quittâmes Paris pour Vaucresson, une nouvelle vie commençait, avec un jardin, un grand chien

de montagne aux longs poils d'une blancheur immaculée, si puissant, si affectueux, si débonnaire que
mon père l'avait harnaché de telle sorte qu'il puisse
nous promener dans une carriole fabriquée de ses
mains. À cause de Flaherty et de son célèbre film, notre chien avait été baptisé Nanouk. Vaucresson, c'est
Nanouk, les terrifiants dogues danois dont j'ai parlé,
mon père qui rentre très tard un soir, couvert de poussière, ensanglanté, pris et matraqué dans les émeutes
du 6 février 1934, la lettre de ma mère, un jour, sur la
table de la cuisine, au retour de l'école, qui marquait
la fin de la brève nouvelle vie.

Jacques et moi passâmes près d'un an sans père ni
mère, mis en pension chez une veuve du Perche, aux
environs de Nogent-le-Rotrou. Évelyne était dans
une ferme voisine. Nous descendions une longue côte
pour nous rendre à l'école communale de Mâle, l'instituteur s'appelait M. Étournay, notre père venait
nous voir irrégulièrement dans une voiture américaine, ma mère ignorait où nous nous trouvions, tous les
liens étaient rompus. Un jour, Armand arriva dans
une autre belle auto avec, à ses côtés, une belle dame.
C'était Hélène. Ils nous invitèrent au restaurant et,
pendant le trajet, Hélène se retourna vers nous, blot-
tis sur le siège arrière, et nous demanda : « Voulez-
vous que je sois votre Manou ? » Nous répondîmes
« oui » avec un bel ensemble. La séparation d'avec
M. Étournay fut déchirante, il dit à mon père sur un
ton de reproche et me désignant · « Vous m'enlevez
mon meilleur élève. » Pédalant dans les sévères pentes du Perche à la recherche des lieux de mon enfance,
j'ai revu, à Mâle, M. Étournay, il y a quelques années.

Il était toujours aussi grand, aussi droit, il avait largement dépassé les quatre-vingt-dix ans, il me dit : « Je te suis par les journaux, par la télévision. » Il « suivait » aussi mon frère Jacques. J'ai appris sa mort il y a peu. Sur la route de Paris, nous prîmes au passage, dans sa ferme, notre petite sœur. Commença alors notre première émigration vers Brioude et l'Auvergne. Hélène, par amour, se chargeait donc de trois enfants qui n'étaient pas les siens.

Les liens avec ma mère se renouèrent forcément. Nous allions la voir par le train, une ou deux fois l'an, pour un seul jour. Elle nous attendait gare de Lyon. Ses amis, qu'elle connaissait par Toni, le circoncis de Venise, étaient des antifascistes italiens, exilés depuis que Mussolini avait pris le pouvoir. Je me souviens de l'un d'eux, qui l'avait accompagnée sur le quai, son amant probablement, un anarchiste aussi farouche que Lacenaire dans *Les Enfants du paradis*, prénommé Giulio. À peine étais-je descendu du wagon qu'il me demanda avec un âpre accent : « Qu'est-ce que tu veux faire plus tard ? » Interloqué, n'ayant aucune idée de ce que serait mon avenir, je répondis de la façon la plus conformiste : « Professeur. » Giulio, entre ses dents serrées de mépris, laissa tomber pour lui-même un presque inaudible : « Petit con. » La fête, chez notre mère, dans le garni de la rue Myrha, c'étaient les steaks de cheval — viande moins chère que le bœuf —, hachés, crus, salés et poivrés, que nous mangions dans les douze mètres carrés de sa chambre d'ouvrière d'usine et qui étaient pour moi un délice : ils constituent aujourd'hui encore mon ordinaire. Cheval cru, sorbet cassis à la terrasse d'un café du boulevard Barbès, séance de cinéma, telle était la routine des retrouvailles, sans oublier la grande émotion qui nous saisissait mon frère et moi lorsque, bras haut levés, elle parfumait ses aisselles ou se déshabillait sans gêne ni pudeur derrière un paravent, ne prenant pas garde que l'armoire à glace la reflétait tout entière dans les yeux de ses fils.

Nous quittions notre mère pour Groutel et les grands-parents paternels, les cheveux de bon pain de M. Léon et Anna, que sa jeunesse à Amsterdam, associée à sa prise de pouvoir tandis que son mari faisait la guerre, avait changée en une despote maniaque de la propreté. De jour comme de nuit, elle briquait les deux maisons, la grande, où nous pénétrions rarement, et la vieille, la maison à vivre, avec pour idéalité les cuivres astiqués et la porcelaine de Delft des intérieurs hollandais. C'était son point d'honneur et il est vrai qu'avec son petit nez retroussé et malgré l'accent yiddish elle ressemblait bien plus à une paysanne des polders qu'à une Juive d'Europe de l'Est. Ses scènes, lorsque nous rentrions boueux et crottés, les ongles terreux, nous inspiraient effroi et fou rire, ce dernier encouragé par les clins d'œil de connivence que nous faisait notre grand-père. Elle s'en apercevait, s'exaspérait plus encore et, un jour, voulant prouver à son fils Armand que son engeance avait la crasse dans le sang, elle entreprit de nous couper les ongles des mains, en glissa les noirâtres rognures dans une enveloppe qu'elle lui fit adresser. Anna et Itzhak s'étaient retirés très tôt à Groutel, ils n'allaient jamais à Paris et, hormis quelques rentes qu'ils touchaient sous forme de « coupons » — c'était le mot —, vivaient là-bas, en autarcie complète, des pommes de terre, des haricots, des salades, des tomates, des fruits de saison, bref des produits d'un immense jardin potager tout en longueur, qu'il cultivait entièrement seul, plantant, bêchant, binant, sarclant, cueillant. Il était un vrai paysan, expérimenté, et cela lui valait l'estime des gros fermiers normands, gros par les bedaines et les hectares, les Lebrasseur, les Roustaing, les Clouet, qui savaient Grand-Père ancien de la Marne et de Verdun et avaient accepté sans chercher plus avant la fable de l'origine alsacienne des Lanzmann. Outre le jardin, Itzhak possédait une basse-cour fermière comme on n'en trouve plus aujourd'hui, avec poules pondeuses, œufs pris au nid gobés aussitôt, coqs batailleurs et éveilleurs de l'aube, canards, canetons, une cinquantaine de cages à lapins, blancs de neige ou gris, à qui il ligotait les pattes arrière avant de les estourbir d'une fulgurante manchette de karatéka sur la nuque et de les saigner à la carotide. Il les vidait, plongeant ses mains dans les entrailles fumantes et palpitantes, les écorchait et faisait sécher les peaux sur des équerres de bois. Je n'aurais manqué pour rien au monde la mise à mort du lapin, l'égorgement des poulets, la décapitation des canards à la hache sur un billot de bois. Une seule dérogation à l'autarcie : le marché d'Alençon chaque semaine, dans la Matis noire, pour acheter des graines, des outils, quelquefois de la viande rouge et toujours du jambon blanc qu'Anna, coiffée d'un chapeau-cloche, marchandait systématiquement dans son impayable franco-yid-

142

dish, expliquant, pour obtenir les meilleurs prix, que c'était « pour une pension de famille ». Quoi qu'il en soit, pareil jambon n'existe plus de nos jours : le goût était exquis, ma grand-mère le conservait dans un garde-manger finement grillagé pendu au plafond de la fraîche cave qui jouxtait la « vieille maison ». Un réfrigérateur aujourd'hui ne permet pas de garder plus de deux jours le meilleur des jambons, la saveur des tranches qu'achetait ma grand-mère restait intacte pendant toute une semaine.

Mon aïeul de Wilejka, mû peut-être par une étrange prescience, avait coupé tout lien avec le monde juif et ses anciennes connaissances. Sauf un Joseph Katz, camarade de guerre et de la même origine biélorusse que lui, dont j'adorais l'accent et le visage, qui parut deux ou trois fois à Groutel, il ne vit, une fois installé là-bas, aucun Parisien, ses enfants et petits-enfants exceptés. Lorsque Anna et lui voulaient se cacher de nous, ils se parlaient en une langue incompréhensible, rauque et gutturale avec des douceurs, langue du secret, de la honte peut-être. C'était le yiddish. Des énormes familles de douze ou treize enfants dont ils provenaient, nous ne connûmes jamais aucun membre, sinon une fois, à Paris, un rouquin anglais, boxeur professionnel de son état, qui me fut présenté comme le cousin Harry. Beaucoup ont dû périr dans la Shoah, mais pas tous. L'assimilation est aussi une destruction, un triomphe de l'oubli. Un chagrin très réel pour moi est la perte d'une lettre, reçue en Israël tandis que je réalisais *Shoah* : une émigrante de fraîche date, née en Australie, me prouvait que nous étions de la même famille, que son grand-père et le mien portaient le même nom et étaient originaires du même shtetl. Sa lettre s'est perdue dans le chaos du tournage, je ne l'ai jamais retrouvée et n'ai évidemment pas retenu le nom de ma parente. Je la supplie de m'appeler si un jour elle lit ces lignes.

Le fait qu'Itzhak Lanzmann ait coupé tout lien avec le passé pour se changer en paysan français au moins cinq ans avant la guerre explique sans doute que ma grand-mère et lui aient réussi à survivre, en gardant leur patronyme, au cœur même de la zone occupée, pendant cinq années sous la loi nazie. Groutel, je l'ai dit, ne compte que quelques fermes et malgré enquêtes et incursions allemandes ou policières, les agriculteurs maintinrent la loi du silence et sauvèrent leurs « Alsaciens ». D'eux aussi, on dirait aujourd'hui qu'ils sont des Justes, ils ne s'en souciaient guère. Le souvenir de l'énorme Mme Lebrasseur, qui mêlait aux biberons qu'elle préparait pour son dernier-né quelques gouttes de calvados, car « c'est bon pour la santé », demeure en moi indestructible. J'aime ces Normands.

CHAPITRE VI

Je suis incapable de dire aujourd'hui qui commença, qui, de mon père ou de moi, s'ouvrit à l'autre le premier. Il me raccompagnait en gare de Brioude, c'était un dimanche après-midi, je rejoignais l'internat de Blaise-Pascal après avoir passé deux jours à la maison. Ce devait être en février 1944 : tandis que nous marchions, nous apprîmes l'un de l'autre ce que nous faisions. Il me confia, sous le sceau du secret, être un des chefs départementaux des MUR (Mouvements unis de la Résistance), pour la Haute-Loire, il participait, je crois, à la réception des parachutages d'armes ou à l'accueil nocturne, sur des pistes en plein champ, des petits avions britanniques Lysander, qui amenaient, d'Angleterre ou d'Alger, agents ou personnalités importantes et en exfiltraient d'autres. Les MUR, c'était de Gaulle, Jean Moulin, déjà mort, toute la puissance des Alliés à quatre ou cinq mois du *D-Day*, c'était la préparation active de la montée au maquis et de la création d'un véritable territoire libéré sur les hauts plateaux de la Margeride, vaste comme le Vercors, à partir duquel les colonnes allemandes envoyées en renfort vers les lieux du débarquement seraient attaquées. Tour de mémoire : je ne corrige pas la première phrase de ce chapitre, mais écrivant ces lignes, je sais que c'est mon père qui parla le premier. Lorsqu'il eut terminé, ce fut à moi, je lui révélai tout : les Jeunesses communistes, les FUJP, Aglaé, l'entraînement dans les caves du lycée, la distribution des tracts, l'échange des valises, la perspective de combattre avec les maquis FTP (maquis communistes, Francs-tireurs et partisans), la lancinante question du manque d'armes. Papa pâlit dès que je me mis à parler, son visage, à l'entrée du train en gare, était entièrement blanc. Il eut juste le temps de me dire : « Fais très attention, je t'en prie. Reviens vite. Il faut que nous parlions. »

C'est le moment de dire que les FUJP n'existaient plus. Elles s'étaient débandées quelques semaines auparavant en deux folles journées dans la cour de Blaise-Pascal et les dortoirs des différentes « prépas » aux Grandes Écoles. L'annonciateur de la mauvaise nouvelle — ou de la vérité, puisque, obéissant aux consignes du Parti, je l'avais celée — était un autre Juif, que j'avais connu à Brioude, où sa famille fut pour un temps réfugiée. Marcovici, Claude lui aussi de son prénom, avait surgi un jour à la récréation de la mi-journée et était passé de groupe en groupe, tenant aparté sur aparté. Bien sapé, plein d'assurance, exhibant même ostensiblement quelques liasses de billets, il s'introduisait comme un représentant de l'AS (l'Armée secrète), bras armé des MUR, vouée à des actions de choc. Mais surtout, il expliqua que les FUJP étaient noyautées par le Parti communiste, ce qui fit horreur à la plupart de ceux que mon talent avait recrutés. Il faut imaginer ces très jeunes hommes, moi-même et les quarante communistes qui me resteraient fidèles, courant nous aussi d'un groupe à l'autre pour retenir nos troupes, contester Marcovici, sa personne, ses méthodes, son débauchage que je trouvais odieux, élevant le débat, clamant et démontrant que je ne leur avais pas menti sur le fond, que les communistes étaient le cœur actif de la Résistance française et que leur entreprise valait bien celle des militaires professionnels de l'AS, dont la réputation droitière était connue. Et Stalingrad, un an plus tôt, les sacrifices et l'héroïsme de l'Armée rouge, le tournant, que nous savions décisif, de la guerre, la reconquête ! Tout cela en nous cachant au maximum des vichystes, fils de miliciens et futurs miliciens, qui observaient, pressentant que quelque chose de neuf et de jamais vu advenait. Chaque fois qu'à Venise je revois, Scuola di San Giorgio degli Schiavoni, un des huit tableaux de Vittore Carpaccio, qui dépeint la course éperdue des moines compagnons de saint Jérôme, se débandant, toutes soutanes volantes, devant l'apparition d'un lion dans leur irénique cloître, je ne peux m'empêcher — comme c'est étrange ! — d'évoquer ces deux jours d'allées et venues à bout de souffle, de paroles implorantes, pour que tous ne nous abandonnent pas. Ils le firent pourtant, à deux exceptions près. Dégraissés, nous resserrâmes nos rangs et restâmes entre purs, pour le meilleur, croyais-je.

Deux semaines plus tard, j'étais de retour à

Brioude où mon père m'annonça d'emblée qu'il avait une offre très sérieuse à me faire. Il avait pris sur lui de parler à ses pairs et à ses supérieurs et voici ce qu'il me proposait en leur nom et au sien : quand serait venu le temps du rassemblement général pour la montée au maquis, les quarante membres de mon groupe de Blaise-Pascal rejoindraient les MUR, seraient intégrés à leurs forces, combattraient les Allemands avec eux. Nous garderions notre identité de Jeunesses communistes, notre liberté de parole et même de propagande, à la condition d'accepter la discipline générale et d'obéir, comme tous les autres, aux ordres que nous recevrions. Il m'expliqua qu'il lui avait été très difficile d'obtenir cela, je n'en doutais pas. Il le faisait à l'évidence pour me protéger, préférant veiller sur moi lui-même et être à mes côtés aux heures de danger. Revenu à Clermont, je rapportai tout à Aglaé, ma responsable. Elle m'écouta gravement, m'interrogeant sur mon père et prenant des notes. Et dès le lendemain, elle me transmit les ordres du Parti. Pas seulement les ordres, mais d'abord et surtout les félicitations des hauts responsables du Parti communiste français. Ce que j'avais accompli grâce à mon père était sans précédent et de la plus grande importance, il fallait absolument accepter, j'avais la bénédiction du Parti tout entier. Me relatant cela, Aglaé rosissait de plaisir, comme si elle m'adoubait. J'étais incrédule et heureux, partageai la nouvelle avec mes camarades et fis savoir à Brioude que la proposition était approuvée, qu'un accord non écrit mais formel était conclu et que nous étions prêts à passer à l'action aussitôt que l'ordre nous en serait donné.

Il y eut le bombardement massif des usines Michelin, la tension montait dans la ville et à l'intérieur du lycée. Des rumeurs, des avertissements, des conseils de grande prudence relayés par le Parti ne cessaient de me parvenir. Je devais prendre garde, la Gestapo allait m'arrêter d'un moment à l'autre. On savait qui j'étais, où j'étais, ce que je faisais. Le Parti d'un côté, mon père de l'autre se mirent d'accord pour nous faire quitter le lycée le plus rapidement possible. Nous partîmes un dimanche matin très tôt, en plusieurs petits groupes, emportant avec nous les casques de la défense passive qui nous avaient été distribués, pour nous protéger des bombardements, par les autorités de Vichy. À la gare, nous attendîmes le premier train pour le sud en faisant semblant de ne pas nous connaître et en montant dans des wagons différents. Aglaé était là, elle n'était pas seule. Trois camarades du PCF, des adultes, des hommes de poids, qu'elle me présenta sous des pseudonymes comme de hauts responsables, l'accompagnaient et j'observai que se trouvaient également sur le quai d'autres inconnus, en alerte, chargés de veiller sur les premiers. Ils avaient tenu à venir, me dirent-ils, pour me témoigner solennellement la reconnaissance du Parti. L'un d'eux, le plus élevé dans la hiérarchie, cela se voyait, me parla ainsi : « Il faut nous réjouir, camarade, de ce que tu as réussi. Ton initiative et ta fidélité au Parti seront récompensées. » Ce « Il faut nous réjouir », je devais l'entendre, bien des années plus tard, comme une antienne, dans la bouche de Raymond Guyot, membre du Bureau politique du PCF, beau-frère, par sa femme, d'Artur London, ex-vice-ministre des Affaires étrangères de Tchécoslovaquie, un des condamnés et rares survivants du procès Slansky, auteur de ce livre admirable : *L'Aveu*. Dans les pires situations, Raymond Guyot commençait immanquablement ses prises de parole par « Il faut nous réjouir ». Je me réjouissais : j'avais été pratiquement décoré de l'ordre de Lénine sur le quai de la gare de Clermont-Ferrand.

Je l'ai su plus tard : une demi-heure après que le train se fut ébranlé, la Gestapo fit irruption à Blaise-Pascal pour m'arrêter. Les salles de classe et d'étude, les dortoirs, tout fut fouillé, sans qu'ils découvrissent — et sans que les préposés du lycée qui assistaient à la fouille s'en aperçussent, car c'était dimanche — que je n'étais pas parti seul. À notre arrivée en gare de Brioude, de sévères précautions avaient également été prises. Mon père nous attendait, botté, sans uniforme, mais l'allure déjà militaire. Nous nous parlâmes à peine. Toujours par petits groupes, nous dûmes rejoindre à pied des camions à gazogène qui, par des routes secondaires, retrouvèrent la départementale Brioude-Saint-Flour, avant d'obliquer à droite vers Saint-Beauzire, puis de plonger dans un petit val vers les maisons blotties les unes contre les autres du village de Saint-Laurent-Chabreuges, tout à la fois protégé et écrasé par un château féodal intact, magique, hanté, avec ses tours maîtresses, son donjon trapu, ses mâchicoulis, ses larges douves, cerné de forêts profondes et de prairies. Le châtelain, vicomte Aymery de Pontgibaud, nous accueillit par un discours bravache, nous expliquant que jusqu'à présent notre vie avait été une rigolade, mais que les choses, nous allions le vérifier, changeaient aujourd'hui même. Nous étions là pour nous entraîner, pour nous préparer à la guerre, la vraie. Aymery de Pontgibaud était d'une ascétique maigreur, les joues creuses, les orbites enfoncées, brûlé tout entier par une flamme française : il fut tué sur le Rhin quelques mois plus tard. Nous logeâmes donc dans les chambres du château, les chambres nobles et non pas les combles, sous les baldaquins des marquises et des vicomtesses. Le château de Chabreuges avait été mis par lui à la disposition de la Résistance. Mais ce n'était pas exactement la vie de château : Aymery surgissait sans avertissement à toute heure de la nuit, un candélabre dans la main gauche, un revolver dans la dextre, suivi d'une sempiternelle chèvre blanche qui ne le quittait jamais. « Debout, bande de cons ! » criait-il, brandissant son arme, nous réveillant tous en sursaut et de chambre en chambre. Commençait alors dans la forêt humide une gymnastique d'enfer, marcher des kilomètres, courir, ramper, sauter, crapahuter, entrer dans le lit d'une rivière tourmentée comme l'Alagnon, avec des rapides et des trous d'eau profonds qui ne s'annonçaient pas. Nous mangions peu, nous devenions nous-mêmes une troupe ascétique, mais la révolte ne grondait pas puisque le chef partageait notre sort.

Le jour tant attendu arriva : des camions passèrent le pont-levis et s'offrit à nos yeux l'inoubliable et bouleversant spectacle de containers chargés d'armes parachutées d'Angleterre. Ils furent ouverts avec un respect infini : les mitraillettes Sten, les impressionnants fusils-mitrailleurs Bren à chargeur courbe, les grenades défensives avec leur goupille et leur cuiller qui exploseraient, une fois armées, en gerbes d'éclats meurtriers, les colts 11,43, les charges de plastic Gamon, en forme de grosses poires noires, destinées à faire sauter les ponts ou les blindés, furent alignés sur des bâches. Mais j'oublie l'essentiel : la graisse. Tous ces engins de mort luisaient d'une couche de graisse protectrice jaune d'or ou verte, qui attestait qu'ils étaient flambant neufs, enduit dont il faudrait les nettoyer avant de s'en servir. Seule une petite partie de ces armes reviendrait à notre groupe, le reste serait entreposé dans des caches du château, jusqu'à la montée en masse vers la Margeride, prochaine disait-on, et leur attribution aux autres unités.

Le lendemain de cette historique journée, un de mes hommes, placé en sentinelle à la porte du château qui s'ouvrait sur la départementale de Saint-Beauzire et qui n'était jamais utilisée, débaula à la course, essoufflé, me disant que deux types me mandaient devant cette entrée toujours fermée, il semblait inquiet. Je montai donc, vers l'autre bout du parc, le chemin qui conduisait à la porte et j'entrevis les messagers avant même de l'atteindre, ils m'attendaient derrière un grillage et nous nous parlâmes eux dehors, moi dedans. Ou plutôt, ils parlèrent. C'étaient deux costauds, deux blocs de pierre, visages typiques de communistes ignorant le doute, durcis par la conviction : « Camarade, nous sommes venus t'apporter les ordres du Parti : nous savons que les armes sont arrivées, tu t'empares de la plus grande quantité possible, tu les charges sur les camions et, avec ton groupe, vous rejoignez le maquis FTP du commandant Raffy à La Chaise-Dieu. Il faut agir cette nuit même ou au plus tard demain, à la première occasion, les armes vont rester ici très peu de temps. » J'écoutais pétrifié, ne pouvant croire ce que j'entendais : c'était la rupture sauvage d'un accord, d'un contrat, d'un pacte. Je tentai de discuter : « Ce n'est pas ce qu'on m'a dit à Clermont, le Parti m'a approuvé et félicité là-bas, il n'a jamais été question que je trahisse les engagements pris avec mon père. — La situation a changé, camarade, la lutte entre dans une autre phase, le Parti sait ce qu'il fait, tu dois obéir au Parti. » Je répondis que c'était techniquement très difficile à réaliser, le vicomte étant sans cesse présent avec des gens à lui, que les armes étaient déjà cachées dans les souterrains du château, je ne savais pas où, que, si mes hommes ont maintenant de l'endurance physique, ils n'ont pas encore d'entraînement militaire, ils sont inaptes à utiliser les armes et on ne pourra ni s'en emparer ni quitter le château sans avoir à se battre, il y aura des pertes. J'ajoutai qu'il me semblait extraordinairement risqué d'entreprendre avec des véhicules chargés d'armes le voyage Chabreuges-La Chaise-Dieu, au moins soixante kilomètres de difficiles routes de montagne, avec des contingents allemands stationnés à Brioude même et dans d'autres petites agglomérations qu'il faudrait traverser. Ils me rétorquèrent que le Parti avait des guides qui seraient mis à notre disposition pour nous conduire jusqu'au maquis du héros des Francs-tireurs et partisans français, Raffy. Ma seule idée était de gagner du temps et que ces types disparaissent, je leur dis que je devais réfléchir et que je ferais ce que je pourrais. Il y avait dans leur regard, dans leur immobilité, quelque chose de buté et comme une menace. Ils partirent. Par-devers moi et dès le premier instant, je n'avais jamais eu l'intention d'obtempérer. J'étais révolté et la pensée de trahir mon père, de le jeter dans les plus graves ennuis, me faisait horreur. Je n'ai pas balancé une seconde, je l'ai prévenu le jour même afin que toutes les mesures soient prises pour sécuriser les armes. Il informa le vicomte et le château se transforma pour un temps en forteresse. Je décidai par ailleurs de mettre au courant les Jeunesses communistes de Blaise-Pascal et leur tins le discours suivant : « Pour moi, ce que le Parti me demande est une forfaiture et une félonie. Ce n'est pas seulement déchirer l'accord passé avec les MUR en tant qu'organisation, c'est moi qui duperais mon propre père et lui ferais courir de grands dangers. Je n'obéirai pas et remplirai ma part du contrat. Maintenant, ceux d'entre vous qui veulent partir peuvent le faire, mais à leurs risques et périls, sans armes et à pied. » Ils discutèrent longtemps, je refusai de me mêler à leur débat et même d'y assister. La moitié choisit de rejoindre La Chaise-Dieu ou de rentrer à Clermont-Ferrand, les autres restèrent avec moi. Mon père était encore plus étonné que moi par le cynisme glacé du Parti. Comme Albert Camus qui, condamnant, au cours de la guerre d'Algérie, le terrorisme aveugle dont sa propre mère pourrait être la victime, disait : « Je crois à la justice, mais je défendrai ma mère avant la justice », j'avais spontanément choisi la loyauté à mon père contre ma loyauté au Parti, qui ne respectait pas la parole donnée. Quelques jours plus tard, on me fit savoir que ma condamnation à mort avait été prononcée par le PCF et que des tueurs des usines Michelin étaient chargés d'exécuter la sentence. Je ne pouvais que prendre cela très au sérieux et chaque jour qui passait avant la montée au maquis accusait le risque. Le maquis ne serait pas pour moi qu'un lieu de combat contre les Allemands, mais aussi une protection contre les exécuteurs. J'attendais avec une impatience croissante le moment du départ.

Je connaissais déjà un peu la Margeride, grandiose massif qui culmine à 1 500 mètres d'altitude, aux confins des départements de la Haute-Loire, du Cantal et de la Lozère, tous trois propices aux embuscades, qui se prolonge vers l'ouest par le verdoyant désert de l'Aubrac. L'automne précédent, soit moins d'un an auparavant, un décret, ministériel ou préfectoral je ne sais plus, m'avait nommé « contrôleur des battages » dans la région de Saugues, en bordure du massif. J'avais passé en juin le baccalauréat de philosophie au Puy-en-Velay, la propagande pour le STO (Service du travail obligatoire en Allemagne) était de plus en plus active et la fonction de contrôleur des battages — étaient recrutés pour ce poste ceux qui avaient été reçus avec des mentions au bac — permettait de suspendre ou de retarder l'appel du STO. C'est d'ailleurs en partie pour m'en garder que mon père avait pris la décision de me faire entrer comme interne à Blaise-Pascal. Un de mes condisciples chers, Armand Monnier, dont le père, conducteur de locomotives à vapeur au dépôt de Langeac, ressemblait, à la fois par les traits et par la visière de sa casquette portée sur la nuque, au Carette du film de Renoir, *La Bête humaine*, fut nommé en même temps que moi dans un village voisin. Officiellement, nous étions les représentants de l'ordre, notre fonction consistait à veiller à ce que les paysans ne détournassent pas les quintaux de grain exigés par les réquisitions allemandes. La batteuse s'installait au même endroit pour plusieurs jours, les paysans de toutes les fermes alentour apportaient leurs gerbes, nous avions des cahiers spécialement préparés avec diverses colonnes et nous étions censés assister à toute l'opération de battage, notant le nombre de gerbes apportées par chacun et la quantité de grain lui revenant. Les paysans nous regardaient, à notre arrivée, sans aménité aucune, le maire nous donnait une chambre ou une soupente et devait nous procurer de quoi nous nourrir. Monnier et moi mîmes d'emblée à l'aise tous ceux qui se trouvaient sous notre juridiction : « C'est vous qui décidez, vous nous donnez les chiffres que vous souhaitez qu'on inscrive, nous ne contrôlerons rien du tout. » L'entente fut alors parfaite, nous fîmes ripaille, nous passions nos journées à nous promener sous ce grand ciel libre, à nous étirer au soleil, à apprendre de la poésie par cœur, à la réciter, à pêcher à la main dans les trous des ruisseaux poissonneux des hauts plateaux d'Auvergne. Ce fut pour moi une fin de vacances exaltée, j'étais déjà inscrit aux Jeunesses communistes, Clermont-Ferrand m'attendait, les fermiers reconnaissants nous chargeaient de victuailles, saucissons exquis, saucisses sèches, tripoux, jambon, beurre, œufs, etc., et la longue redescente Saugues-Langeac, Saugues-Brioude, se faisait à fond de train, en roue libre, sac à dos gonflé de biens alors infiniment précieux, en hurlant à tue-tête *La Légende des siècles* ou *Le Bateau ivre*. J'étais un spécialiste de la désobéissance : au début 1941, le ministère de l'Éducation nationale du gouvernement de Vichy avait eu la grande idée de faire rédiger une dissertation à la gloire du Maréchal par tous les élèves des lycées et collèges. Le collège Lafayette n'y échappa pas. Assez inconscient des risques courus, je restai les bras croisés pendant tout le temps consacré à la rédaction et remis ostentatoirement une copie blanche. Le proviseur était un homme de bien, il me convoqua le lendemain avec mon père : « Je ne peux pas ne pas te sanctionner, dit-il, tu dois quitter le collège, je ferai en sorte que tu reviennes. N'en parle pas, que tout ceci reste entre nous ! » Il tint parole, je retrouvai ma classe un mois plus tard.

La montée en masse de six mille hommes à la Margeride, répartis entre le mont Mouchet, Venteuges, Chamblard, la Truyère, le Plomb du Cantal, au nez et à la barbe des Allemands et de la Milice, eux-mêmes en état d'alerte, commença autour du 15 mai 1944 et ne fut pas une affaire simple. Nous avions quitté notre château et étions cantonnés en des lieux d'attente divers, à partir desquels le rassemblement et l'embarquement seraient plus faciles. En ce qui nous concernait, nous fûmes dispersés dans les cabanons des vignobles qui surplombaient la route Brioude-Vieille-Brioude, les camions devaient venir nous prendre à la nuit tombée et nous emmener, par Vieille-Brioude, Saint-Ilpize, Lavoûte-Chilhac, en suivant les lacets et les épingles à cheveux de la vallée du haut Allier, vers les contreforts du grand massif. J'attendais là, avec ceux de mon groupe, quand je reçus l'ordre de retourner en ville, jusqu'à la maison de mon père, car il y avait encore du matériel à transporter. J'arrivai là-bas, je trouvai mon père, prêt lui-même à partir mais très affairé : une grosse remorque de bicyclette, chargée en son fond de munitions et de grenades, recouvertes de vêtements et d'objets variés d'allure innocente, devait immédiatement être conduite au cabanon d'où je venais. Était là aussi un certain Bagelman, que j'avais entrevu une fois, à l'évidence juif, la douceur et la non-violence mêmes, une trouille intense imprégnant son visage. Il avait une trentaine d'années. Je ne sais ce qui motiva mon père dans sa décision imbécile : l'aînesse de Bagelman ou encore sa volonté de me protéger à tout prix. C'est à Bagelman, pas à moi, qu'il confia le revolver chargé, destiné à nous défendre ou à nous permettre de nous échapper si quelque chose se produisait. Il fallait en effet retraverser tout Brioude, étirée en longueur sur plusieurs kilomètres, et c'était courir un grand danger. Bagelman glissa le revolver dans la poche intérieure de sa veste, comme un portefeuille. Nous partîmes, je craignais le pire. Tout se passa sans encombre jusqu'à environ une centaine de mètres de la sortie de la ville quand soudain une sorte de gnome chapeauté, incroyablement agité, bondissant autour de nous comme s'il était environné de mille ennemis, nous apostropha, brandissant un document : « Milice, les mains en l'air ! » En même temps, il sortit d'un holster de hanche un pistolet automatique, hurlant : « Où allez-vous ? Que transportez-vous ? », et se mit à débâcher la remorque, à la fouiller en fauchant l'espace avec son arme. C'était le moment de le tuer, le seul moment, le tuer sur-le-champ était la seule solution. Sans quoi nous étions perdus. Bagelman était littéralement vert de peur, paralysé, incapable de passer à l'acte, je maudissais mon père de lui avoir donné l'arme. Je lui dis à deux reprises, en lui portant des coups de pied au mollet : « Fais-le, fais-le ! » Mais il gardait les bras obstinément levés, j'avais baissé les miens, prêt à fuir, c'est à cet instant que le milicien découvrit les grenades, il se jeta sur moi, m'enfonça son pistolet dans l'estomac en criant « Bras en l'air ! », tandis que, fouillant de l'autre main Bagelman, il s'emparait de son revolver. Il entreprit, alors que nous apercevions déjà les platanes de la route de Vieille-Brioude, de nous faire rebrousser chemin, nous devant, poussant la remorque, et lui derrière, nous menaçant du pistolet et du revolver. Il criait, tentant d'ameuter d'autres miliciens qu'il savait ne pas être loin : la prise était belle, il en était fier, il voulait l'exhiber. Mon père — c'était mon ultime espoir et il se réalisa — apparut soudain à bicyclette, débouchant du dernier tournant de la ville, il comprit tout, lâcha son vélo, dégaina le gros colt 11,43 qu'il affectionnait — et que je possède toujours — et se mit immédiatement à tirer. Tout se passa très vite, le milicien stupéfait se réfugia derrière un platane et fit feu lui aussi, manquant mon père, manquant Bagelman qui courut dans les vignes, chiant dans son froc. Je sautai, moi, de platane en platane, pour rejoindre mon père, l'échange de tirs se poursuivit jusqu'à ce que le milicien, écœuré, décrochât. La nuit était venue, nous réussîmes même à récupérer la remorque et son contenu. Sans l'arrivée de mon père, nous aurions été soit exécutés sur place, soit torturés puis tués ou déportés. Tout le centre de Brioude fut d'ailleurs incendié par les nazis quelques semaines plus tard, avec des otages fusillés, d'autres expédiés en camp de concentration. J'ai revu une fois Bagelman après la guerre. Il avait supprimé le « man » de son nom, se faisait appeler Bagel, cela n'effaçait pas son criminel manque de courage, son incapacité d'agir pour sauver nos vies, mission qui lui avait été formellement assignée. Il tenta de me parler, je ne réussis pas à articuler un seul mot. Je n'ai jamais pu lui pardonner.

Le 6 juin 1944, à l'aube, j'étais à Venteuges — ou à Chamblard, je ne sais plus —, dans une tranchée où j'avais passé toute la nuit derrière un fusil-mitrailleur Bren. Nous attendions les Allemands qui avaient déjà attaqué à plusieurs reprises les jours précédents, avec des blindés, de l'artillerie et même de l'aviation, subissant eux-mêmes des pertes malgré leur supériorité en matériel, en hommes et en expérience. Mon frère Jacques, qui nous avait rejoints, se trouvait dans une tranchée de deuxième ligne. Vers cinq heures du matin, Papa, fringant, arriva jusqu'à moi et me dit : « Les Alliés sont en train de débarquer en Normandie. » À partir du Débarquement, les Allemands de tout le sud de la France reçurent l'ordre d'atteindre la Normandie à marche forcée et en y mettant le prix, c'est-à-dire en faisant sauter le verrou du « territoire libéré » de la Margeride. Ils attaquèrent le 10 juin par l'ouest, le nord et l'est et durent se retirer après de violents combats. Ils attaquèrent le 11 avec d'importants renforts et ma compagnie dut se replier avant d'avoir pu combattre. Le retour vers Saint-Beauzire, qui nous avait été désigné comme point de ralliement, par Monistrol-d'Allier, à pied et en chemin de fer sur quelques kilomètres, fut une odyssée. Il y eut encore une autre bataille le 20 juin dans le réduit de la Truyère, mais c'en était fini de la Margeride, moins tragiquement qu'au Vercors, pourtant avec, comme là-bas, des villages détruits, des habitants fusillés sur place en représailles, à Ruynes-en-Margeride, à Clavières, à Pinols, à Auvers, des otages froidement exécutés, comme ceux du pont de Soubizergues, à la sortie de Saint-Flour. Le repli, c'était chacun pour soi, je me souviens de deux Corses maigres, les frères Léandri, qui n'avaient peur de rien et m'impressionnaient par les couteaux à cran d'arrêt de leur île de Beauté. Les compagnies du maquis de la Margeride éclatèrent en vingt zones de guérillas plus ou moins autonomes, ayant à vivre en autarcie pendant la fin juin et tout juillet, attaquant les bureaux de tabac, rançonnant les cultivateurs arme au poing en leur remettant contre de la nourriture des reçus dépourvus de valeur. Notre base était Saint-Beau-zire, nous tendîmes des embuscades mal conduites contre des éléments de divisions SS qui, attaquées un peu partout, tournaient en rond sur ces routes d'Auvergne, véritables pièges. Il est vrai que nous n'avions pas le loisir de penser et de préparer ces guets-apens comme il l'eût fallu car nous étions avertis très peu de temps à l'avance de l'arrivée de l'ennemi, qui surgissait parfois sans que nous l'attendions. Nous agissions en petits groupes infor-mels, réunis par affinités, sans véritable leader. Cer-taines embuscades étaient un défi à ce que doit être une action de guérilla convenablement menée : har-celer, se retirer avant que l'adversaire ait eu le temps de réagir — et les Allemands, soldats profession-nels, étaient incroyablement prompts, après leurs premières pertes, à occuper des positions d'où ils nous arrosaient à la mitrailleuse et au mortier —, avoir toujours des arrières où se replier. Je me sou-viens d'un traquenard organisé à la va-vite, en ter-rain plat, dans la plaine de la Limagne : à peine camouflés dans les fossés qui bordaient la nationale 102, sans le moindre monticule derrière lequel nous abriter, armés seulement de mitraillettes et de grena-des, nous attendions un long convoi, avec éclaireurs motocyclistes, une distance calculée entre les véhi-cules qui le composaient, prêt à toute éventualité. La conscience de notre faiblesse et de notre amateu-risme l'emporta au dernier instant : nous regardâmes les voitures et les camions allemands passer lente-ment devant nous, plaqués au sol en priant pour ne pas être vus. Certains, au retour, manifestèrent leur

162

dépit en faisant exploser leurs grenades dans les rivières que nous longions : seuls des poissons moururent ce jour-là.

Mon père, après la dispersion, avait été appelé ailleurs et ne se trouvait plus avec nous. Mon frère disparut un beau jour et nous ne devions le revoir que beaucoup plus tard, après qu'il eut vécu d'incroyables et mortelles aventures, qu'il a racontées dans certains de ses livres. Avec quelques-uns des rescapés de Blaise-Pascal, nous décidâmes, vers la mi-juillet, de rejoindre dans les monts du Cantal, entre Aurillac et Saint-Flour, ceux que Marcovici nous avait enlevés. C'était un maquis de l'AS, mais peu importait, on disait grand bien de leurs capacités organisationnelles et de leur commandement. Nous finîmes par les rencontrer très haut dans la montagne, après trois journées de marche ininterrompue. Les retrouvailles, des deux côtés, furent chaleureuses et émues. Nous vivions tous ensemble dans des burons d'altitude, cabanes de berger où mûrissait, sur des claies, le cantal, fromage délicieux dont nous nous gavions et qui, avec des steaks de vaches fraîchement tuées, constituait notre unique nourriture, ce qui entraîna à terme de spectaculaires furonculoses, inguérissables jusqu'à l'arrivée de la pénicilline apportée par les Américains. J'ai failli mourir d'anthrax à l'intérieur des narines, le visage complètement déformé, ayant doublé de volume. Je fus sauvé lorsqu'on décida de m'injecter dans le nez des doses massives d'antibiotique.

Enfin, vint pour moi le jour d'une embuscade véritable, paradigmatique, eidétique même, très bien préparée. C'est celle dont je me souviens le mieux. J'ai des raisons, on le verra, de ne l'avoir jamais oubliée. Nous descendîmes longtemps la pente de la montagne dès la fin du jour pour occuper des positions surplombant les lacets de la route Aurillac-Saint-Flour. Un très long convoi de la Wehrmacht, de plusieurs milliers d'hommes, étiré sur deux kilomètres, devait quitter Aurillac à l'aube et franchir le tunnel du Lioran. Nous les attendions en deçà du tunnel, dans un lieu dit *Pas de Compaing*, parfaitement choisi, car la route à cet endroit montait — c'était presque un col —, ralentissant considérablement la marche des véhicules. Il y avait plusieurs postes d'embuscade, espacés les uns des autres et à partir desquels les camions allemands pourraient être pris sous notre feu, soit sur leur avant, soit sur leur arrière. J'ai oublié le nombre des postes d'embuscade, mais je me souviens que le mien était le dernier. Nous étions deux derrière un fusil-mitrailleur Bren, mon compagnon, que je n'avais jamais rencontré avant mon arrivée dans les burons, était un homme de trente-cinq ans, portait un béret et ne prononçait pas une parole. Il avait l'expérience du feu, avait combattu en 39-40, il occupait la fonction de tireur, j'étais, moi, ce jour-là, chargeur, je devais alimenter le fusil-mitrailleur en éjectant le chargeur vide pour en introduire et en verrouiller aussitôt un autre, plein, afin que le tir soit pratiquement ininterrompu. Notre embuscade était parfaite, avait été sérieusement pensée, nous infligerions des pertes à l'ennemi. Des voltigeurs, au cours de la nuit, allaient de poste en poste pour donner les consignes. Nous ne devions commencer à tirer que lorsque le premier poste d'embuscade ouvrirait le feu : tant que cela ne se produirait pas, nous devions laisser passer les camions allemands sans intervenir, même si nous avions le sentiment de laisser échapper notre proie. Tout se déroula en effet ainsi, les ordres furent respectés. Hélas, la longueur de l'embuscade était bien moindre que celle de la colonne allemande !

Quelle émotion ! Nous les entendîmes avant de les voir : le premier camion surgit lentement d'un virage comme une apparition et nous eûmes tout le loisir de l'observer, débâché, avec une plate-forme à quatre bancs, les soldats casqués se faisant vis-à-vis, la crosse de leur fusil entre les cuisses, reposant sur le plancher. Le deuxième, le troisième, un autre encore, mon tireur, l'œil rivé à la hausse du FM, les suivait par le canon de l'arme, son excitation croissait au fur et à mesure que se présentaient les véhicules, à un point tel que je crus qu'il allait enfreindre la consigne et se mettre à tirer. J'avais devant moi, à portée de bras, une musette noire bourrée de chargeurs. Et soudain, loin en amont, la sourde et ample détonation d'une grosse poire de plastic Gamon, qui explosait sur le premier camion, le stoppant net, suivie immédiatement d'autres explosions identiques et des rafales rageuses et assourdissantes de tous les fusils-mitrailleurs en batterie dans les différents postes. Mon tireur, si calme et taciturne, se révéla tout à coup un autre homme : tirant sans désemparer — et moi nourrissant de même notre arme —, il criait : « Tiens ! Salaud ! Prends ça dans ta gueule, c'est pour Papa ! Pour Papa encore ! » Son père, je l'appris plus tard, avait été tué en 14, il le vengeait. Pas mal d'Allemands gisaient dans les camions ou sur la route, d'autres, avec un sang-froid et une détermination qui attestaient un entraînement et un courage à toute épreuve, avaient dévalé au fond du ravin et remontaient déjà le versant opposé, d'où ils commencèrent à nous allumer avec précision. Ils n'étaient pas les seuls : tout l'arrière de la colonne, qui n'avait pas été pris dans l'embuscade, réagit comme à la parade, escaladant lui aussi à toute vitesse le penchant adverse de la montagne et y installant immédiatement des mitrailleuses et des mortiers. L'ordre de repli, comme il arrive toujours en ces occurrences, fut donné trop tard, et mon tireur, qui se croyait là pour l'éternité, était trop excité pour décrocher même après qu'on nous eut hurlé de le faire. Portant nos armes, nous grimpâmes hors d'haleine la pente raide au-dessus de nous, tandis que les balles sifflaient, que des obus explosaient un peu partout et que quelques-uns des nôtres semblaient fauchés en pleine course. Nous atteignîmes la première crête, à une centaine de mètres au-dessus de la route, et remîmes le FM en batterie. Mais il y avait deux corps couchés dans la pente, l'un de ceux qui se trouvaient avec nous à l'abri de la crête cria : « C'est Rouchon ! » et il se précipita pour le secourir. Il fut fauché lui aussi, après quelques mètres, il s'appelait Schuster, un troisième, Lheritier, bondit, mais fut tué aussitôt. La pente tout entière était un nid de guêpes mortel. J'aurais dû y aller moi aussi, j'ai hésité une seconde, une seconde de trop, j'ai eu peur, je ne l'ai pas fait. J'aimais Rouchon, il était en classe de philo à Blaise-Pascal, interne comme moi, nous partagions la même salle d'étude. De Riom, sa mère lui envoyait sans arrêt des fougasses et des clafoutis qu'il gardait dans son casier et partageait avec nous. Il avait un grand corps un peu enrobé et ondoyant, un sourire d'angelot, on l'appelait Gaz, car les friandises de sa mère le nourrissaient trop et lui donnaient des vents. J'aurais dû me porter à son secours, il n'y avait aucune chance de réussir et d'en réchapper, mais j'aurais dû le faire, me précipiter et ne pas réfléchir, comme Schuster et Lheritier. Je me le suis reproché toute ma vie, je me le reproche encore. Est-ce de la lâcheté? Peut-être. Mais elle n'est ni du même ordre ni de la même nature que celle de Bagelman. J'aurais tué le milicien, de cela je suis certain.

Le feu allemand ne cessait de s'intensifier, des canons de plus lourd calibre et de plus longue portée entrèrent en action et d'autres pièces de mitrailleuses se mirent à balayer une contre-pente au-delà de la crête derrière laquelle nous avions pris position. L'embuscade de guérilla allait changer de nature et nous aurions à livrer une bataille pour laquelle nous n'étions ni préparés ni armés. La retraite fut une équipée folle et sauvage, qui dura tout le jour et la nuit entière, dévalant et escaladant de très raides pentes, vallée après vallée, craignant d'être poursuivis ou même contournés par les Allemands. Nous avions dû laisser nos morts sur le terrain, mais nous portions, en nous relayant, les blessés sur des civières ou des brancards improvisés. Je me souviens d'une halte à la nuit, dans un fond de vallée, près d'une fraîche rivière. Nous avions faim, rien à manger sauf un peu de cantal, et nous étanchâmes notre soif, que l'arrière-goût du fromage rendait encore plus âpre, en nous désaltérant bouche ouverte sous une cascatelle. Un des blessés — il s'appelait Faubert — demanda à boire lui aussi et l'étudiant en médecine de la compagnie autorisa à ce qu'on lui donnât de l'eau. Faubert, qui avait reçu une balle dans le ventre, dit alors : « Je croyais que les blessés du ventre ne devaient pas boire. » L'étudiant haussa les épaules, répondit : « Mais si, mais si… » Faubert avait compris qu'il était condamné, il mourut dans la nuit. Nous arrivâmes au petit jour, exténués, en vue de Salers, après avoir marché pendant vingt-quatre heures et parcouru soixante kilomètres dans la montagne. Il suffit de regarder une carte pour mesurer les difficultés extrêmes de notre itinéraire. Nous nous effondrâmes pratiquement sur place au fond d'étables abandonnées, sans paille ni foin, sans même songer à manger ou boire, et dormîmes jusqu'au soir. La fatigue l'avait emporté.

Je ne sais plus comment, une semaine plus tard, le 14 août 1944 (la première embuscade date du 7 août), nous étions de retour dans les mêmes parages, mais sur l'autre versant de la route, guettant une nouvelle colonne allemande en provenance elle aussi d'Aurillac. Nous avions probablement été emmenés là-bas par camions, en empruntant des voies secondaires compliquées. Mais la situation avait radicalement changé : les Allemands avaient appris et tiré les conclusions de notre assaut précédent. Avant de faire passer leurs véhicules, ils nettoyaient maintenant systématiquement le terrain sur les flancs gauche et droit de la route, attaquant avant d'être attaqués, ne nous permettant pas de le faire, déployant dans la montagne des troupes aguerries, bien pourvues en mitrailleuses lourdes, mortiers, et même artillerie tractée. De notre côté aussi, les choses étaient autres : celui qui avait commandé jusque-là notre groupe, respecté et très aimé de ses hommes, avait été démis (on nous avait dit « muté », mais c'était en vérité un blâme qu'on lui infligeait pour d'obscures raisons) et remplacé par quelqu'un que personne ne connaissait, qui avait été imposé d'en haut, alors que l'existence même et les conditions de vie des maquisards impliquaient une fraternité entre les chefs et les combattants. Très vite, nous comprîmes qu'une embuscade identique à celle du 7 août était impossible. C'était un jour d'été magnifique, nous reçûmes l'ordre de nous poster sur une hauteur dominant le petit village de Saint-Jacques-des-Blats, à environ cinq kilomètres de l'entrée ouest du tunnel du Lioran, d'où nous pouvions voir à l'œil nu les Allemands nous observant eux-mêmes très calmement, de l'œil aussi et de la jumelle, mettant des pièces en batterie, lançant des détachements sur plusieurs lignes de pente dans ce qui ressemblait fort à une opération de contournement. L'ennemi semblait avoir tout son temps et le prendre. Notre nouveau chef était un grand type aux cheveux en brosse, il demeurait d'une immobilité minérale et il était clair qu'il voulait nous impressionner par son impassibilité. Ce que nous savions de lui ne nous disposait pas en sa faveur : il provenait d'une organisation appelée « Jeunesse et Montagne », créée en 1940 après la défaite par des chasseurs alpins et quelques aviateurs, qui se donnait pour fin la régénération du pays et des esprits par l'air pur des monts, le travail agricole et physique, très proche en vérité des Chantiers de jeunesse du Maréchal, avec son siège et tout un fonctionnariat à Vichy, dont la devise était « Faire face », ce qui signifiait subir d'une âme forte, se plier à la destinée, sans impliquer en rien l'esprit de résistance. Ils ne se joignirent aux maquisards que très tard et firent dans nos rangs une percée due à leurs passé et formation militaires. Ce que j'attendais depuis un bon moment se produisit : les Allemands, en ayant assez d'être pris pour d'inoffensifs touristes, se mirent à nous arroser d'obus de mortier incroyablement précis et de rafales de mitrailleuses qui paraissaient provenir de plusieurs points cardinaux. Ils voulaient à l'évidence nous déloger, il ne servait à rien de rester là puisque nous n'avions aucune possibilité de nous opposer frontalement à eux ni de les attaquer. Le camarade de Jeunesse et Montagne ne l'entendait pas de cette oreille, il « fit face » sous la mitraille et les explosions, sa grande carcasse ne tremblait pas, les balles saluaient son stoïque courage en l'évitant, la peur de mourir bêtement et pour rien gagnait les vieux résistants, dont j'étais. À vingt mètres de l'éperon nu où le chef se voyait gagner galons, admiration et carrière, se trouvait un pan rocheux, qui nous abriterait de la mitraille d'enfer, nous y courûmes sans concertation. « Jeunesse et Montagne » n'eut d'autre choix que nous rejoindre, aboya « abandon de poste devant l'ennemi » et autres balivernes, mais il fut contraint de nous conduire dans une longue retraite à travers massifs et forêts, sous les lâchers de bombes d'un avion allemand teigneux et efficace, qui blessèrent plusieurs d'entre nous, jusqu'à un havre de paix : jamais le ciel, la nature, le bruissement de l'eau des ruisseaux d'altitude ne me parurent aussi précieux qu'en cet instant-là.

Fin août 1944, l'Auvergne tout entière était libérée. Mon père entra dans Brioude à la tête de deux colonnes de maquisards, je ne regarde jamais sans émotion la photo prise alors, il avait quarante-quatre ans. Avant de se retirer, les Allemands, je l'ai dit, incendièrent les bâtiments de la place centrale de la petite ville, fusillèrent des otages, en emmenèrent d'autres avec eux, qui furent déportés. Tous ne sont pas revenus.

L'épuration fut très violente, à la mesure de tout ce qui avait été souffert pendant les quatre années de l'Occupation : tribunaux d'exception, cours martiales champêtres suivies de l'application immédiate de la peine. Les amateurs se bousculaient pour participer aux mises à mort. J'ai assisté une fois à cela, le condamné était un jeune bourgeois, de vingt-cinq ans au plus, engagé dans la Milice par tradition familiale d'extrême droite, il implorait, suppliait, ne voulait pas mourir. L'exécuteur — j'ai oublié son nom, mais ses yeux fiévreux, ses joues creuses, sa maigreur et la formidable rapidité de ses gestes demeurent intacts dans ma mémoire — l'attrapa soudain par le lobe d'une oreille, l'entraîna à toute vitesse sur une vingtaine de mètres, se recula pour le considérer et l'abattit d'une longitudinale rafale de mitraillette qui le coutura de sang du sexe au visage. La réputation de l'exécuteur enfiévré était grande, il fut fait appel à lui souvent et même de très loin.

Les maquisards d'Auvergne furent bientôt intégrés aux Forces françaises de l'intérieur (FFI) et constituèrent des unités rattachées à la Ire armée des Forces françaises libres, commandées par le général de Lattre de Tassigny. Mon frère était réapparu, après avoir échappé en Provence à un peloton d'exécution allemand, il a raconté tout cela. Par train ou à pied, nous fûmes dirigés vers le nord-est et prîmes cantonnement dans un maigre village aux confins de la Bourgogne qui porte le joli nom de Perrigny-sur-l'Ognon. C'est à Perrigny que je rencontrai mon premier camion militaire américain, piloté par un énorme Noir rieur, qui me fit monter à bord, m'offrit un paquet de cigarettes Camel opiacées, tout en conduisant comme un fou sous la pluie battante d'une nuit de septembre. Je ne sais plus si j'avais fumé auparavant, mais c'étaient mes premières américaines et je les enchaînais sans contrôle. Je fis signe à mon pilote de me lâcher au prochain village, me réfugiai dans le seul café ouvert, on me fit boire du vin, je sortis sous une pluie redoublée, je ne sentais rien. Une patrouille de la Police militaire me retrouva au matin couché de tout mon long au bord de la route, à moitié noyé par les eaux déferlantes d'un caniveau. Les Américains nous éblouissaient par la beauté et la variété de leur matériel, par le défilé interminable de leurs blindés, le nombre et la riche palette de leurs véhicules qui montaient vers

Belfort où se trouvait le front. Nous y allions aussi, mais étions un peu des soldats de troisième zone, car les Français libres de la Ire armée étaient infiniment mieux équipés que nous et l'osmose avec les ex-maquisards était loin d'être parfaite. Sous Belfort, il nous fut annoncé que notre intégration ne deviendrait réelle que si nous signions un engagement pour toute la durée de la guerre, y compris la guerre avec le Japon. C'était en novembre, nous avions quinze jours pour décider, mais en attendant nous avions droit à une permission. Jacques et moi bondîmes sur l'occasion et nous joignîmes à une vingtaine d'autres qui avaient résolu d'aller voir Paris. Nous portions des fusils soviétiques, marqués de la faucille et du marteau, pris à des mercenaires ukrainiens de l'armée Vlassov, qui était passée tout entière, avec armes et bagages, à l'ennemi, c'est-à-dire aux Allemands, leur fournissant au passage les plus gros contingents de gardes des camps d'extermination de Pologne. Nous gagnâmes Paris, serrés les uns contre les autres sur la plate-forme d'un camion, grelottant sous nos capotes. L'un des nôtres entreprit malgré tout de nettoyer son revolver et se tira une balle en pleine cuisse. Enfin ce fut Paris. Ma mère et Monny habitaient alors un petit appartement près de l'École militaire. Nous nous y rendîmes, mon frère et moi, sans avertir. Paulette-Pauline ouvrit la porte et ce fut comme si elle tombait du haut mal. Elle fondit en intarissables larmes. Je sus que la guerre était finie pour nous.

CHAPITRE VII

Les quinze jours de permission passés à Paris avant de retourner dans notre unité pour annoncer que, non, décidément, nous n'irions pas jusqu'au bout de la guerre, furent, pour Jacques et moi, la découverte d'un autre monde. Quelle drôlerie, quelle fête, quel étonnement de chaque minute ! Paris était libéré depuis trois mois seulement et l'ajustement intérieur à cette liberté recouvrée n'allait pas de soi. Ma mère devenait blanche lorsqu'elle entendait la sirène d'une voiture de police et j'avais du mal à comprendre qu'il lui fallait du temps pour maîtriser tous ces retours, celui de ses fils devenus des hommes, celui de la paix, l'avènement d'une vie entièrement neuve, privée comme publique, où tout allait devoir être réinventé à partir de la *tabula rasa* de l'Occupation. Le premier décret de Paulette fut qu'elle ne nous supportait pas dans ces capotes militaires mal coupées et qu'il fallait nous habiller. Monny reçut la mission de nous emmener, dès le lendemain de notre arrivée, chez un grand tailleur de la place Saint-Augustin, Paquito San Miguel, à qui il avait vendu des éditions originales l'année précédente. Ma mère ne trouvait pas excessif de faire faire à ses fils, qui n'avaient pas vingt ans, des costumes sur mesure, et fort chers malgré les prix que Paquito, un Espagnol délicieux et vivace, consentait à Monny, qui l'éblouissait et qu'il semblait affectionner. Paulette avait pris sur elle de nous démobiliser : comment en effet repartir pour la guerre, après nous être réfléchis sapés et cravatés comme des infants d'Espagne dans les grands miroirs des salons Paquito ? Nous repartîmes pourtant, avec nos vieilles capotes, avertir que nous redevenions des civils, notre mère se montrant incapable de supporter encore une fois la séparation et insistant pour que je reprenne mes études. La bataille de Belfort allait commencer, j'étais impatient d'en finir avec tout cela, Paris m'appelait.

Je découvris tout en même temps, la magnifique éloquence, le brio, la verve de Monny, le génie surréaliste qui structurait sa parole et ses relations avec autrui, sa générosité sans limites envers nous, aussi illimitée que l'amour qu'il portait à ma mère. Car notre survenue dans ce petit appartement de deux pièces de la rue Alexandre-Cabanel, encombré de tableaux, de livres, d'objets précieux, aurait pu être vécue par lui comme l'intrusion insupportable d'un passé où il n'avait nulle part, lui conférant brutalement une lourde charge, une responsabilité que d'autres eussent rejetée, esquivée, assumée à contrecœur. Cela ne fut pas le cas, ne se discuta jamais dans son esprit, les enfants de Paulette seraient les siens, il ferait tout pour nous. Outre l'amour, le ciment de cette miraculeuse entente était l'intelligence, la liberté aussi, l'accord de tous pour placer au-dessus de tout ces cardinales vertus, le refus des tabous dans les conduites et dans les paroles. Paulette tenait à examiner de près sa progéniture, l'ajustement ne s'était décidément pas fait, elle ne tenait aucun compte de notre pudeur de jeunes mâles et se jetait, d'une façon à la fois farouche et désespérée, dans une abolissante recherche du temps perdu : toutes ces années pendant lesquelles elle n'avait pas pu donner à ses enfants le bain, comme le font les mères, devaient se rattraper. Je nous revois debout, nus comme des vers, au cours de notre première semaine parisienne, Monny, Jacques et moi, faisant la queue à la porte de l'étroite salle de bains comme pour un conseil de révision. Nous entrions chacun à notre tour : elle officiait, nous lavant, nous savonnant de la tête aux pieds, nous pansant, nous étrillant, nous bouchonnant, nous inspectant sous toutes les coutures, lippe écœurée devant une épaule trop basse, un testicule haut perché. « Tu tiens cela du père Lanzmann », maugréait-elle. Le père Lanzmann était évidemment son impardonnable sodomite de mari. Mais l'entente pouvait être aussi orageuse que miraculeuse. Notre mère se mit en tête de nous conduire dans un salon de coiffure à la mode. Elle tint à assister à la séance de coupe, imposant ses vues, de plus en plus bégayantes, au garçon coiffeur, nous traitant en gamins de dix ans devant les autres clients médusés, piétinant sans pitié notre narcissisme et l'image que nous désirions avoir et donner de nous-mêmes. Je revivais les heures noires du supplice des brodequins. C'est Jacques qui craqua le premier, il s'empara d'une paire de ciseaux qu'il brandit, esquissant le geste de la poignarder dans le dos. Il retint son mouvement, mais elle sentit la lame, se mit à rouler des yeux fous, je me saisis à mon tour de l'arme, mimai l'égorgement et criai à mon frère : « Viens ! » Nous nous enfuîmes comme je l'avais fait le jour des « Chaussures André ». Il fallut du temps et encore une fois la diplomatie infinie de Monny pour que la réconciliation ait lieu.

En janvier 1945, je fus inscrit comme interne en classe de lettres supérieures au lycée Louis-le-Grand. Entrer en cours d'année, après déjà tout un trimestre, était un tour de force : Monny était intervenu auprès de son ami Ferdinand Alquié, qui avait participé avec lui aux grandes batailles du surréalisme et occupait alors à Louis-le-Grand la chaire de philosophie pour les classes préparatoires à l'École normale. On avait fait valoir que je sortais de la Résistance, des maquis, de la guerre et que j'avais suivi à Blaise-Pascal une hypokhâgne qui, même mutilée, remplaçait bien un premier trimestre à Louis-le-Grand. Il y avait au lycée deux classes de lettres supérieures et deux de première supérieure, baptisées K1 et K2. La salle d'étude et de travail était commune aux internes des deux khâgnes et des deux hypokhâgnes. Le soir de mon arrivée, une réunion s'y organisa presque spontanément pour protester contre le procès de Robert Brasillach, qui devait s'ouvrir dans les tout prochains jours. À ma stupéfaction, la majorité des internes des deux khâgnes de Louis-le-Grand, suivie moutonnièrement par les hypokhâgneux, proposa de donner le nom de

Brasillach à une de nos salles, la mienne en l'occurrence, celle de K1. Le fait que Brasillach, lui-même ancien khâgneux de Louis-le-Grand, ait étudié sur les bancs mêmes où nous étions assis l'emportait absolument sur les appels abominables au meurtre des Juifs proférés par l'écrivain collabo dans *Je suis partout* et d'autres feuilles à la solde des nazis. Cela ne pesait rien, ne comptait pas, et je compris alors d'emblée, avec un dégoût qui ne m'a peut-être jamais plus quitté, que le grand vaisseau France avait poursuivi impassiblement sa route, insensible à ce que d'autres éprouvaient comme un désastre, la destruction de millions de vies et de tout un monde. C'était mon premier jour, je ne connaissais personne, j'étais angoissé, intimidé, je ne comprenais rien aux lauriers dont on couvrait le talent de Brasillach, qui l'absolvait du pire, et je n'osai intervenir au milieu de ces jeunes bourgeois qui suintaient la légitimité par tous leurs orifices, regards, façons de respirer. Ils étaient passés à côté de la guerre, en avaient peu souffert, la France avait continué à « fonctionner » et eux avec. C'était là l'essentiel. Une voix tout à la fois sèche et lyrique, avec un accent du Midi dompté par un mode d'articuler et une gestuelle démonstrative acharnée à convaincre, gestes de prière en vérité, s'éleva soudain, imposa le silence, s'empara de la parole, libérant du même coup la mienne. C'était celle de Jean Cau : je le revois, maigre comme un loup dans sa blouse noire, joues creuses, pommettes hautes, nez et narines de loup, oreilles décollées. Nous commençâmes non pas à argumenter ou débattre, mais à les insulter, les défier et, très vite, à cogner, à leur jeter au visage tout ce qui nous tombait sous la main. Plusieurs furent blessés, un géant puant et ensanglanté dont je tairai le nom me frappa en pleine face. Alerté par le bruit, le surveillant général, un petit homme du nom de Louvet, à qui nous menâmes plus tard la vie très dure, ouvrit la porte à la volée. Nous lui annonçâmes que cette khâgne était un ramassis de traîtres, que si la salle était en effet baptisée du nom de Brasillach nous porterions plainte et traduirions en justice les meneurs.

Le procès de Brasillach eut lieu le 19 janvier, il fut, comme prévu, condamné à mort et, malgré une pétition d'intellectuels de renom, fusillé le 6 février au fort de Montrouge. Aucune salle de Louis-le-Grand ne porta jamais son nom. Mais, à propos de sa mort, de Gaulle a écrit quelque chose de superbe, que je ne connaissais pas quand je rédigeais le premier chapitre de ce livre, et qui, j'ose le dire sans scandaliser je l'espère, nous apparente en profondeur, le Général et moi. À un correspondant qui lui reprochait de ne pas avoir gracié Brasillach, le général de Gaulle se confia d'une bouleversante façon : « Robert Brasillach fut effectivement le seul traître écrivain, parmi ceux qui n'avaient pas activement servi l'ennemi, pour lequel j'ai dérogé au principe que je m'étais fixé : je n'ai pas commué sa peine. S'il a été fusillé en ce matin glacial, triste et brumeux du 6 février 1945, malgré les appels de ses confrères les plus méritants, c'est que, *lui*, j'estimais *le* devoir à la France. Cela ne s'explique pas. Dans les Lettres aussi, le talent est un titre de responsabilité et il fallait que je rejette ce recours-là, peut-être, après tout, parce qu'il m'était apparu que Brasillach s'était irrémédiablement égaré [...]. *Si je me rappelle si bien ce matin-là, c'est qu'à chaque dernière nuit d'un homme que je pouvais gracier, je ne fermais pas l'œil. À ma manière, il fallait que je l'accompagne*[1]. » Ainsi le Général ne dormait pas plus que moi la nuit qui précédait une exécution capitale et, de ce que j'ai écrit (« Mauriac savait qu'on ne réveillait pas de Gaulle et que de toute façon cela n'aurait rien changé »), seul le deuxième membre de la phrase est vrai. Il n'y aurait pas eu besoin de réveiller de Gaulle puisque celui-ci ne dormait pas. Si on connaissait — et cela se pourrait — le nombre de grâces par lui non accordées, on aurait le savoir exact du nombre minimum de ses nuits blanches.

Il n'est pas difficile d'inférer que Jean Cau devint mon plus proche ami. Bien qu'il fût en K2 et moi en K1, nous ne nous quittâmes plus : nous occupions au dortoir deux lits voisins ; fils d'un cheminot de Carcassonne et d'une mère qui faisait des ménages, il ne connaissait personne à Paris et, comme il fallait aux internes un « correspondant » pour qu'ils soient autorisés à sortir le samedi et le dimanche — rentrée obligatoire à dix-neuf heures —, ma mère devint tout naturellement sa correspondante. Elle m'avait meublé une chambre de bonne au sixième étage de la rue Alexandre-Cabanel et, Cau n'ayant pas un sou, je lui offrais ma maigre hospitalité : quand l'un de nous dormait dans le lit, l'autre cou-

1. C'est moi qui souligne.

chait par terre sur un matelas disposé à cet effet. Nous alternions semaine après semaine. Paulette aima Cau tout de suite, qui le lui rendit par un acte radical de nomination. Il avait la manie de baptiser les gens et donnait des surnoms à tous. Ma mère devint « La Mère », être générique, Alma Mater, non pas la mienne seule, mais celle de tous mes amis, les provinciaux qui furent admis en khâgne à Louis-le-Grand à la rentrée suivante, celle de 1946, qu'elle aimait comme des fils, autrement et plus que les siens propres, puisqu'elle entretenait avec sa descendance, on l'a vu, une relation spectaculairement dépourvue d'indulgence. À la suite de Cau, tous l'appelèrent « La Mère », ils ne se sentirent jamais en danger sur elle, ne souffrirent ni de son nez juif ni de son bégaiement, mais n'étaient sensibles qu'à la curiosité formidable qu'elle avait de la vie, du passé et des amours de chacun d'eux, à la façon dont elle attirait, attisait leurs confidences à tous avec une géniale avidité. Elle les fascinait par sa tranchante intelligence qui débusquait les compromis, les faux-semblants, le mensonge à soi, par sa culture qu'elle enrichissait chaque nuit, car elle lisait jusqu'à l'aube, un livre planté entre les omoplates de Monny endormi qui lui servaient de lutrin, son humour, sa vitalité. Elle les recevait le plus souvent en robe de chambre, se déplaçant avec une souplesse et une rapidité de tigre dans le petit appartement. Jamais à Carcassonne, à Luçon, à Mâcon, dans leur ville d'origine, il n'avait été donné à René Guyonnet ou à Maurice Bouvet, dont le père avait été assassiné sous ses yeux par la Milice, de rencontrer une « mère » d'une pareille trempe. Tous lui sont restés fidèles, gardant avec elle d'infracassables relations même quand se distendait leur lien avec moi.

Dans la salle d'étude de nos deux khâgnes, chaque interne avait son casier. Celui de Cau devint bientôt une véritable épicerie, qu'il ouvrait et fermait à heures fixes, au nez et à la barbe des surveillants. Paris pullulait de GI américains en permission, qui vendaient cartouches de cigarettes, chocolat, friandises, chewing-gum, conserves variées, chemises, pantalons, blousons, tous les uniformes imaginables. Il y avait des lieux d'échange très précis, il suffisait de les connaître. Cau les connaissait et ce futur écrivain déploya des dons certains pour le marché noir, revendant au lycée, aux internes comme aux externes, aux khâgneux mais aussi aux taupins, à des prix qui lui permirent d'amasser rapidement un véritable magot, tout ce qu'il achetait aux Américains. Il procédait avec un acharnement sombre, se moquait du jugement que les « talas » (dans le langage codifié des khâgneux, ceux qui « von *tala* messe ») portaient sur lui, mais il était si brillant en classe de lettres et en dissertation française qu'ils le regardaient avec un respect égal au dégoût que le négociant en lui leur inspirait. Il me fut très vite clair que mon meilleur ami se fichait éperdument de passer le concours d'entrée à Normale supérieure. Il avait dans la vie deux intérêts exclusifs et non contradictoires, la littérature et les femmes. Cela nous rapprocha plus encore. Il serait écrivain, jamais vocation, je le montrerai plus loin, ne fut aussi décidée, proclamée, tôt réalisée. Nous vivions chaque samedi soir un conflit proprement cornélien entre la parole et la chasse aux femmes, qui, elle-même, requérait d'ailleurs une parole d'un autre ordre et cela d'autant plus que les mots devaient suppléer au manque d'argent, à l'impossibilité d'offrir un dîner ou, souvent, même un verre. Cau était un parleur intarissable, il avait une très bonne culture classique, aimait déclamer Valéry ou Péguy, je me souviens d'une nuit, peu avant l'aube, au débouché des Champs-Élysées sur la Concorde, avec déjà pour chacun de nous au moins vingt-cinq kilomètres dans les jambes, où il commença, de sa voix la plus lyrique qui s'enchantait d'elle-même et s'adressait d'abord à lui, à me réciter : « Mères, voici vos fils qui se sont tant battus. Heureux ceux qui sont morts pour la terre charnelle, mais pourvu que ce fût dans une juste guerre, etc. » Il était machiste pur et dur, son écrivain préféré en ce premier hiver de chasse était Montherlant, le Montherlant des *Jeunes Filles*, du *Démon du bien*, de *Pitié pour les femmes*, de *La Reine morte*, « Le Portugal couché comme une femme nue au flanc de l'Espagne ». Tout l'été qui suivit cette hypokhâgne, tandis qu'en vacances à Brioude je passais sur la poutre mes brevets de pilote de planeur, je recevais de Cau et de Carcassonne de longues lettres fiévreuses dans lesquelles il s'évertuait à m'insuffler sa juste passion pour Henry de Montherlant. J'ai donc lu celui-ci, j'ai aimé certains de ses livres, mais j'étais bien moins systématique que mon ami, qui suivait seul son chemin et à qui il était pratiquement impossible de faire changer d'avis. J'ai perdu, c'est dommage, les lettres de

Cau. J'ai rencontré plus tard Montherlant, très droit dans son appartement au très bas plafond, quai Voltaire, peu de temps avant son suicide, hiératique, se tenant dans un véritable garde-à-vous intérieur, masqué de solitude et du savoir orgueilleux de sa mort, et j'ai eu de la peine lorsqu'elle fut annoncée. Mais je m'aperçois que ces dernières phrases auraient pu aussi bien s'appliquer à Cau lui-même, après qu'il eut appris qu'une inexorable maladie allait l'emporter, il y a près de quinze ans. Il se barricada avec le même orgueil, refusant de se montrer diminué, craignant par-dessus tout la pitié que son état pourrait inspirer. Montherlant et Cau avaient tous deux affaire à la mort. Nous fûmes lui et moi brouillés pendant une longue période ou plutôt la vie nous brouilla, mais je lus un jour, dans un vol Paris-New York, le portrait magnifique, exact, intelligent, tendre et hilarant qu'il brossa de Sartre dans son livre *Croquis de mémoire* et la première chose que je fis en arrivant dans la chambre d'un hôtel de Manhattan fut de l'appeler pour lui dire mon admiration, mon amitié inaltérée et que je l'étreignais. Il fut, je crois, aussi ému que moi, nous nous revîmes dès mon retour à Paris, la brouille avait pris fin.

Mais je me suis précipité, pourquoi donc?, je reviens maintenant à nos vingt ans. Les Champs-Élysées étaient notre territoire de chasse préféré, nous les descendions, les remontions inlassablement, la « plus belle avenue du monde » méritait largement ce titre, tant par le luxe sans ostentation, le chic et le raffinement des magasins qui la bordaient que par les raisons qu'on avait de la fréquen-

185

ter. On y venait pour s'y promener, émerveillé, chaque fois comme si c'était la première, par la grandiose percée d'un seul jet qui unit la Concorde à l'Arc de triomphe. Aujourd'hui, on ne « voit » plus les Champs-Élysées, gangrenés par les fast-foods, la laideur des boutiques, le surpeuplement des trottoirs, qui interdit toute flânerie, le vacarme ininterrompu de la circulation. On trouvait alors sur les Champs flâneuses et promeneuses, solitaires ou par deux, elles prenaient leur temps, elles avaient du temps, on pouvait les repérer, les considérer, les suivre ou les croiser, les aborder. Nous avions, Cau et moi, élaboré un système hautement démocratique, perfectionné au fil des jours de sortie. La règle fondamentale en était l'alternance. Quels que soient l'attrait ou le sex-appeal de la proie convoitée, seul celui dont c'était le tour de tenter sa chance avait le droit de le faire, même si la tentative précédente s'était soldée pour l'autre par un échec. Si c'était par exemple à Cau d'y aller, je restais en arrière, les suivant à une distance respectueuse, pas trop loin afin de pouvoir lire et interpréter les signes qu'il m'adressait, selon un code dont nous étions convenus et toujours strictement observé. Se gratter l'oreille droite signifiait : « Par pitié, continue à suivre, ça ne marchera pas », la main sur la cuisse : « Doute ! Doute ! Ne pars pas », le poing fermé : « Espoir… mais reste encore », la main gauche haut levée, doigts écartés : « Victoire, je la lève, vis ta vie ». Ce dernier cas de figure était le plus rare, mais la proportion de réussites, tant pour lui que pour moi, ne fut pas, tout compte fait, négligeable. J'ai dit que nous n'avions pas d'argent ou si peu, il fallait suppléer à ce manque par la parole, une étourdissante parole, afin d'étourdir littéralement l'objet du désir. Cau et moi étions passés maîtres en cet art, mais combien de fois — très souvent en vérité —, décelant chez la quasi-conquise une trace de bêtise ou de dirimante vulgarité, nous arriva-t-il de la planter là, dans l'espoir que l'ami serait encore dans les parages et de reprendre avec lui la conversation échevelée et interminable qui formait l'écheveau de notre jeunesse.

Mais comme les lionnes entraînent leurs lionceaux à la chasse, Monny nous instruisait lui aussi, mon frère et moi (Cau quelquefois se joignait à nous), des manèges de la séduction, de mille ruses et stratagèmes, tous fondés sur l'effet de surprise créé par son maniement éblouissant du langage et son don proprement surréaliste de la provocation. Il lui arrivait, les soirs d'été, après le dîner, de dire à Paulette, qui sinuait dans l'appartement à son accoutumée : « Je les emmène, il faut les éduquer un peu », elle nous bénissait de son beau regard enveloppant et nous piaffions de joie, tant Monny, nous l'avions expérimenté, était imaginatif et radicalement dépourvu de ce qu'on appelle à tort le respect humain, autre nom du conformisme. Nous allions donc dans les calmes avenues, proches de l'École militaire, éclairées par des réverbères qui projetaient sur les trottoirs notre ombre portée. Une grande belle femme, trentenaire au sévère visage, accompagnée de sa suivante, allait nous croiser et soudain la sombre voix sépulcrale de Monny l'arrêta net, l'interloquant dans sa marche, irrésistiblement : « Ô madame, ne marchez pas sur mon ombre, elle a mal ! » Alors, sans lui laisser le temps de passer son chemin et de reprendre contenance, Monny lui prit la main, la baisa avec cérémonie et, me désignant : « Je vous présente Claude, mon beau-fils, un garçon génial, interne au lycée Louis-le-Grand, qui revient de la guerre » — j'étais seul avec lui cette nuit-là. La dame était complètement désarmée par le caractère inhabituel de la situation : on ne drague pas en famille. Monny seul parlait, je me taisais, il me glorifiait pour faire de moi un objet de convoitise. Nous sûmes vite le prénom de la belle, Élise, et qu'elle possédait un grand salon de coiffure avec vingt employées, au cœur du XVIe arrondissement. Monny proposa alors — c'était la règle, il était d'une fidélité absolue, il n'a jamais trompé ma mère — d'aller prendre un verre rue Alexandre-Cabanel, Paulette serait enchantée de la connaître. Ainsi fut fait : Élise, tourneboulée, tout à la fois complimentée et mise à la question par ma mère, tomba amoureuse de la famille en bloc et ne put résister aux couronnes de louanges qui m'étaient tressées. Elle devint ma maîtresse le samedi suivant, cela dura une année : nous nous retrouvions, soit dans ma chambre de bonne, ce qui excitait fort la grande bourgeoise qu'elle était, soit dans un boudoir de l'immense appartement de la rue de Longchamp, qu'elle partageait avec un mari désaimé, et même haï, comme il arrive souvent quand les femmes se sont résolues à prendre un amant. Le rituel du boudoir différait de celui de la chambre de bonne.

Celle-ci en vérité ne se prêtait ni aux langueurs ni aux préliminaires, à peine à la parole. Le boudoir au contraire était une étroite mais confortable bonbonnière aux murs tapissés de tissu, avec des fauteuils et des sofas profonds, une porte d'acajou qui s'ouvrait sur un bar richement pourvu en alcools forts. Puisque je faisais de la philosophie, ma belle patronne tenait à ce que je lui en enseignasse. Il était impératif, lors de nos rencontres rue de Longchamp, de commencer par des conversations élevées, avec objections et, de ma part, réponses qui devaient emporter l'adhésion. Élise, sur les cimes, s'élevait plus encore en buvant un vieil armagnac qu'elle dégustait verre après verre jusqu'au moment où elle se penchait, inclinant sa blonde tête et son assez forte mâchoire vers mon sexe bandé qu'elle mordillait longtemps, longuement, sur toute sa longueur, à travers mon pantalon, dans un va-et-vient torturant, sans que — c'était l'apogée du rituel — je cessasse de philosopher. Je n'étais autorisé à me taire que lorsqu'elle entreprenait brusquement de me violer, me défaisant pour me libérer sans elle-même se déshabiller, la jupe en corolle masquant le délit. Et, tandis qu'elle me chevauchait, elle répétait avec une ardeur croissante : « Vous êtes beau, Claude, vous êtes beau, oh, Claude, vous êtes beau. » J'ignorais être doué de tant de beauté et je ne compris que bien plus tard, dans ma chambre de bonne, le sens véritable de ce « vous êtes beau ». Un matin, après une rude nuit, ayant, une fois n'est pas coutume, perdu ma maîtrise, le visage d'Élise se fit tout à coup presque laid et méchant, violente métamorphose ponctuée d'un dépité : « Oh! Claude, vous n'êtes plus beau! » Ainsi la beauté était turgescence, détumescence la non-beauté, tel est l'idéalisme. J'étais probablement dans l'état de Monny examiné par les faux médecins de la Gestapo. Je racontai le soir même la chose au cours du dîner. Le « vous êtes beau », « vous n'êtes plus beau » fut pendant des années une antienne fondatrice du roman familial.

En vérité, même si j'ai dit tout à l'heure que Cau et moi étions passés maîtres dans l'art de la séduction par les mots, je hais profondément, de tout mon être, les figures obligées de la roucoulade, temps perdu, paroles convenues, du vent. Plus j'ai avancé en âge, moins je m'y suis prêté et, aujourd'hui, je vais droit, comme dirait Husserl, à « la chose même », *die Sache selbst*, ce qui d'ailleurs me réussit. Cette répugnance explique sans doute mon goût pour les femmes-femmes et mon peu d'attrait pour les vierges. Je n'aime pas séduire. J'en avais déjà compris les raisons en octobre 1943, quinze mois avant ma rencontre avec Cau. Dans la salle d'étude des internes de Blaise-Pascal, à Clermont-Ferrand, un élève un peu plus âgé que moi, au vaste front, aux yeux très bleus, légèrement globuleux, aux cheveux déjà blancs, à la silhouette diaphane et à la voix très douce, avec une démarche qui procédait par silencieuses glissades plus que par enjambées, vint vers moi et me présenta dans un geste d'offrande un gros et lourd livre, en me disant : « Tu dois le lire d'urgence. » C'était *L'Être et le Néant* de Sartre, qui venait de paraître. Mon condisciple s'appelait Granger, Gilles-Gaston. On sait qu'il est devenu un grand philosophe épistémologue. Un seul, plus tard — dans notre khâgne de Louis-le-Grand précisément —, me donna le même sentiment que j'avais affaire à un philosophe-né, c'était un autre Gilles, Deleuze. Je me jetai dans *L'Être et le Néant* avec crainte et tremblement, perdant courage à la lecture des trente pages de l'Introduction, assommé par le *cogito* préréflexif, l'être du *percipi* et du *percipere*, et je me serais à jamais dégoûté de la philosophie si le livre n'était soudain devenu formidablement concret, lumineux et illuminant, particulièrement le chapitre sur la « mauvaise foi », qui me fournit plus tard la matière d'un de mes cours à l'université de Berlin sur la séduction justement, dans lequel j'associais Sartre et Stendhal, *L'Être et le Néant* et *Le Rouge et le Noir*. Sartre a toute une page sur la roucoulade entre une femme qui se rend à un premier rendez-vous et l'homme qui la courtise. Elle sait parfaitement que le but est la fornication, mais, écrit Sartre, « le désir cru et nu l'humilierait et lui ferait horreur ». Il faut lui témoigner admiration et respect, s'adresser à sa personne entière et à sa liberté, mais en même temps lui faire éprouver l'émoi que son corps sexué inspire. Elle ne veut pas l'un sans l'autre, l'admiration et le respect doivent signifier le désir, le désir charnel n'est acceptable que s'il se pare d'une spiritualité délivrée de toutes les chaînes terrestres. « Mais voici qu'on lui prend la main, continue Sartre. Cet acte de son interlocuteur risque de changer la situation en appelant une décision immédiate : abandonner cette main, c'est consentir de soi-même au flirt, c'est s'engager. La retirer, c'est rompre cette harmonie trouble et instable qui fait le charme de l'heure. Il s'agit de reculer le plus loin possible l'instant de la décision. On sait ce qui se produit alors : la jeune femme abandonne sa main, mais ne s'aperçoit pas qu'elle l'abandonne […] parce qu'il se trouve par hasard qu'elle est, à ce moment, tout esprit. Elle entraîne son interlocuteur jusqu'aux régions les plus élevées de la spéculation sentimentale […]. Et pendant ce temps, le divorce du corps et de l'âme est accompli ; la main repose inerte entre les mains chaudes de son partenaire : ni consentante ni résistante — une chose. »

Sus à l'idéalisme. Même si *L'Être et le Néant* est une œuvre de philosophie *hard*, l'exemple choisi par Sartre reste très *soft*, ou, pour reprendre un mot d'Engels, « un exemple de jardin d'enfants » si on le compare aux euphémismes extrêmes de ma mordillante Élise : avec la dame de Sartre, on n'en est encore qu'à la main dans la main, à la petite aube des préliminaires. Avec Élise, nous étions dans « la chose même », *in medias res*, au cœur de l'action, la licence idéaliste et poétique (le « beau ») étant alors la condition même, la permission de la pire licence, du licencieux sans frein. La mauvaise foi, on le voit, ne connaît ni limites ni frontières.

Comme Cau, Ferdinand Alquié, notre maître de philosophie en K1, était de Carcassonne. Comme Cau, il s'était efforcé de dompter son accent languedocien, mais au contraire de mon ami qui l'avait presque perdu, Alquié l'avait gardé en inventant une combinatoire unique du geste et de la parole : il articulait chaque mot, chaque syllabe, déconstruisant ses phrases pour mieux se faire comprendre, mais reliant, réunissant les savoureux cailloux épars de l'occitan par un extraordinaire jeu des bras et des mains, avec des arrondis de *bailadora* sévillane ou d'anguleuses poussées des coudes, à la façon des danseuses princières d'Asie du Sud-Est. Je me rappellerai jusqu'à ma dernière heure la manière dont, dans un de ses cours sur les perversions sexuelles, il combinait, en ouvrant et refermant ses longs doigts incroyablement expressifs, le geste de l'étranglement d'un pigeon avec le vocable « jouir », qu'il étirait sous sa langue jusqu'à l'élongation. Il nous parlait d'une femme (je ne sais plus s'il se référait à Krafft-Ebing, Freud ou André Breton) qui ne pouvait atteindre à l'orgasme qu'en étranglant une tourterelle. Je l'adorais, nous l'adorions : major de l'agrégation en 1931, il était petit, fort mince, toujours élégant, avec d'immenses yeux très noirs aux lourdes paupières bistrées et nous étions tous conscients de notre chance insigne d'avoir, à vingt ans, un tel maître, impeccable historien de la philosophie, philosophe lui-même, dédaigneux des modes, des brigues ou intrigues, et qui, nous instruisant sérieusement avec une totale absence d'esprit de sérieux, nous enseignait du même coup à penser librement et à ne pas plier. J'aimais aussi sa femme, une belle Normande blonde et plantureuse, bien plus grande que lui, pleine d'esprit, et je me plaisais parfois à imaginer mon professeur englouti, lui aussi tourterelle, dans l'étreinte des beaux bras blancs de Denise.

Ferdinand avait, dans sa studieuse jeunesse, fréquenté et aimé les putains car il travaillait très dur et n'avait pas de temps pour séduire. Il nous assurait avoir connu auprès d'elles des formes de tendresse et d'amour authentiques, dans lesquelles chacun, chacune gardait sa liberté tout en respectant l'autre. Le contraire même de ce qui se dit et s'entend aujourd'hui sur l'esclavage sexuel. *O tempora, o mores !* Notre maître nous vantait en classe de lettres ou de première supérieure ce qu'il appelait « l'amour abstrait », abstrait des enfers conjugaux, des devoirs, revendications, ressentiments, habitudes et ennui. Il était normal qu'un élève bien né veuille éprouver les délices promises par pareil précepteur. Je m'en ouvris à Monny qui, malgré l'austérité surréaliste, ne fut pas scandalisé. Le résultat fut que, à l'occasion d'un passage de mon père à Paris, après un dîner rue Alexandre-Cabanel — ma mère ayant pour une fois consenti à recevoir aimablement le sodomite —, je me retrouvai en compagnie de mon géniteur et de mon « beau-père » dans la grande salle d'un des bordels les plus luxueux de Paris, le Sphinx, boulevard Edgar-Quinet, dans le XIVe arrondissement. La caissière de l'établissement — peut-être aussi la sous-maîtresse — était la sœur d'un célèbre chansonnier et comique d'avant-guerre, O'Dett, qui avait fait rire tout Paris en imitant Hitler et que nous avions connu en Auvergne où il avait dû se cacher après la victoire allemande. Les courtisanes du Sphinx, qui évoluaient entre les tables, au milieu des consommateurs dont beaucoup ne venaient que pour regarder, étaient toutes à mes yeux d'une envoûtante beauté et la sœur d'O'Dett m'assigna à une sculpturale brune qui m'entraîna vers les étages sous les regards attendris de mes pères, tous deux dans la force de l'âge. Je disparus longtemps tant la sous-maîtresse m'avait recommandé et je tiens de Monny le dialogue qu'il répéta à l'envi pendant des années. Comme lui et mon père trouvaient insolite une si longue absence, ils demandèrent à l'unisson : « Mais enfin, que fait-il ? — Laissez, laissez, il est heurr-reux », leur répondit la sœur d'O'Dett en roulant le « r » d'« heureux ». Le récit que je fis à Cau le déchaîna, il voulut à toute force connaître lui aussi un bordel de luxe. Je lui remontrai que cela coûtait fort cher (pour le présent qu'ils m'avaient fait, mes deux pères avaient bénéficié d'un prix de faveur) et que ni lui ni moi n'avions le premier sou. Qu'im-porte, s'emporta-t-il. Il fut décidé que nous n'irions pas au Sphinx, une vieillerie, mais au One-Two-Two ou au Chabanais, les deux rivaux de la même classe. Ce fut le One-Two-Two, 122 rue de Provence, un immeuble aveugle de sept étages, proche des Gale-ries Lafayette. Je passe sur le cérémonial d'entrée : la porte à peine ouverte, on était conduit dans une niche, sorte de confessionnal où il fallait attendre, le cœur battant. Au contraire du Sphinx, le One-Two-Two n'avait pas de salle commune, les clients ne s'y rencontraient pas, toutes les prudences des cabinets de psychanalyste y étaient strictement observées, le secret régnait en maître. C'est pourquoi les grands de ce monde, du « monde d'hier » plutôt, pour reprendre le titre du livre déchirant de Stefan Zweig, choisissaient, contre le Sphinx, le One-Two-Two, où l'incognito leur était garanti. Après le confessionnal, l'ascenseur, qui montait au « salon de choix », vers lequel nous guidait une petite dame en noir, à la jupe courte. Fabienne Jamet, la propriétaire — non de la « maison close », mais de l'« immeuble clos » (son époux, Marcel, l'avait surélevée de quatre étages au début des années trente) —, décrit ainsi le dernier moment de la procédure :

« Ayant précédé le client jusqu'à une grande pièce, la dame en noir s'effaçait. Quel homme n'a pas rêvé de trente jeunes filles en fleur offertes à son bon plaisir ? Eh bien, là, soudain, le fantasme devenait réalité. Imaginez un gigantesque salon circulaire dont le parquet était recouvert d'un tapis vert imitant la mousse, entouré de colonnades montant vers un velum, ébauche de temple grec. Dans chaque intervalle, un socle éclairé par un projecteur. Sur chacun des supports, une femme, mince ou bien en chair, grande, parée, en robe du soir, figée comme une statue, épaules nues, un sein parfois totalement à découvert. D'autres jeunes personnes étaient assises sur la mousse, leur jupe gracieusement étalée en corolle. Tissus rouges, roses, bleus, jaunes. Lumières. Peaux blanches. Bras nus. Maquillages éclatants. Longue jambe gainée de soie que découvrait une jupe fendue. Seins dressés. Merveilleux déjeuner de campagne. Il en venait à l'homme une moiteur aux mains et une excitation soudaine. Derrière lui la dame en noir susurrait : "Monsieur a-t-il fait son choix ?" Un instant un désir boulimique l'envahissait. Toutes. Et puis la raison l'emportait. Il lui aurait fallu les forces d'un Hercule. Il n'était hélas qu'un homme… »

« Ces messieurs ont-ils fait leur choix ? » nous fut-il susurré par la dame en noir. Nous étions déjà passés très lentement, par deux fois, sur le front des femmes-objets qui, nous ayant d'abord regardés de tous leurs sourires, mimiques, aguicheries, changements de postures, commençaient maintenant à nous dévisager avec leurs yeux de sujets et leur regard de liberté. Ils semblaient se durcir au fur et à mesure de notre examen muet, masque sévère, baissé et oblique de Cau, qui jouait les marchands de chair, n'inspectant que les jambes, les ventres, les seins, ne s'aventurant jamais au-delà du cou vers les visages, et le mien au contraire en proie à une panique manifeste, car je ne voyais que leurs yeux, j'avais oublié la chair. Nous fîmes encore deux passages et Cau eut le culot de laisser tomber d'une voix sans timbre : « Non, ça ne convient pas. » Trente beautés triées sur le volet et choisies entre toutes, que têtes couronnées, présidents, ambassadeurs et maîtres de forges se disputaient et retenaient des mois à l'avance, étaient insultées dans leur être par deux morveux de vingt ans. Nous nous enfuîmes la queue basse, sous les huées, dans un concert d'injures hurlées *crescendo* : « Petits cons, pédés, enculés, minables, fauchés, impuissants, couilles molles, voyeurs, sales petits mateurs. » Les forces herculéennes n'étaient pas du tout notre problème, mais elles avaient raison : faire les dégoûtés, ne pas choisir au « salon de choix » était une goujaterie sans nom, un vrai crime, qui me fait encore rougir de honte quand je le confesse aujourd'hui.

À quelques semaines près, cette équipée sauvage

eût été évitée : Marthe Richard, une ancienne prostı tuée nancéenne, dévoreuse et veuve de très riches époux, aviatrice, mythomane, espionne, résistante et amie des Allemands, soutenue par les gros bataillons serrés du parti catholique, le MRP (Mouvement républicain populaire), alors fort puissant, convainquit la municipalité parisienne et le préfet Luizet de faire fermer les maisons (déjà) closes. Le Sphinx, le Chabanais, le One-Two-Two disparurent à jamais, mais aussi les maisons d'abattage dont les propriétaires s'empressèrent d'ouvrir, sur des rues entières, des hôtels de passe. Marthe Richard y gagna le surnom de « Veuve qui clôt », contrepèterie due à Antoine Blondin, talentueux écrivain dit « de droite », mais la prostitution demeura florissante, s'inventant inlassablement de nouvelles figures, jusqu'au pire esclavage des prostituées mondialisées. À cet instant, un numéro des *Temps modernes*, de décembre 1947, surgit à ma mémoire, avec un témoignage intitulé « Vie d'une prostituée ». Elle racontait comment elle était passée d'un bordel pour soldats allemands qui garnisonnaient en France, à un autre, peu éloigné du front, pour GI américains. Allemands ou Américains s'alignaient identiquement à sa porte, encadrés, pour le maintien du bon ordre, par leurs polices militaires : elle ne quittait jamais son lit, expliquait-elle, ne refermait même pas ses jambes, les gardant ouvertes des journées entières afin de gagner du temps. Je me rappelle une conversation avec Deleuze, dans l'appartement de sa mère, rue Daubigny. Son acuité éclatait à chacune de ses phrases, il savait ramasser d'une formule de marbre le déchiffrement du monde : « Là où il y a commerce des choses, me disait-il, il y a commerce des hommes. » Les formules de Deleuze ne mettaient pas un point final à la pensée, mais l'ouvraient au contraire, dévoilant et illuminant chaque fois tout un horizon de concepts. À vingt ans, c'était une joie immense, un bienfait dont nous avions pleine conscience. Mais voir Deleuze écrire était pour moi la source d'un étonnement infini : il avait une grosse écriture ronde, il semblait appuyer sa plume sur le papier de toutes ses forces, il écrivait sans marges ni interlignes, souvent à pleine vitesse, comme s'il obéissait à une impérieuse dictée intérieure qui ne tolérait ni arrêt ni suspens. Voir ses doigts aux ongles anormalement longs et affûtés recouvrir presque entièrement le stylo dans sa course folle était un spectacle extraordinaire qui à mes yeux attestait son génie.

CHAPITRE VIII

Mais j'ai assisté, en ces premiers mois d'après guerre, à de longues séances d'écriture d'un tout autre genre : j'ai vu écrire Paul Eluard, de sa belle calligraphie bleue comme ses yeux, Aragon, Cocteau, Francis Ponge, d'autres encore. Ceux-là étaient les plus célèbres. Les grands poètes avaient besoin d'argent, Monny aussi. Comme il avait passé toute la guerre à acheter et vendre des livres précieux, il connaissait non seulement les bibliophiles et les libraires parisiens que j'ai cités plus haut, mais également les marchands d'autographes, de lettres et manuscrits. Il avait donc inventé de faire commerce d'originaux de poèmes, soit entiers s'ils n'étaient pas trop longs, soit de pages séparées. Tout ceci, avec le consentement ou plutôt la complicité des écrivains eux-mêmes, à qui il remettait le produit de la vente, gardant pour lui une commission. J'ai ainsi vu, dans la même matinée, Eluard rédiger dix fois la même page de « J'écris ton nom, liberté… » avec des ratures et des ajouts toujours différents. Cela prenait beaucoup de temps, il fallait réfléchir, on ne pouvait pas faire n'importe quoi. Monny évidemment ne vendait pas les dix originaux différents au même marchand. C'était une arnaque si l'on veut, mais parfaitement morale puisque tous y gagnaient, Monny, Eluard, le marchand et le collectionneur, tout heureux de posséder un original d'Eluard. Car c'en était vraiment un, le véritable original ayant disparu depuis longtemps, soit par négligence, soit parce que Eluard — ou les autres — ignorait qu'il aurait un jour une cote sur le marché de l'art. C'est Monny qui, littéralement, leur ajoutait de la valeur ou l'inventait quand elle n'existait pas encore. Chacun avait son style : Eluard, méticuleux et serein, Aragon, pressé et n'osant pas regarder en face les témoins de ce que son surmoi considérait comme une action suspecte. Après la séance de « J'écris ton nom, liberté… », Nush, la femme d'Eluard, l'ayant rejoint, ma mère improvisa un déjeuner délicieux dans la pièce unique, couverte de livres et de bibliothèques, jonchée des graffitis des aèdes, originaux rejetés par Monny comme « pas assez authentiques » (l'autre pièce était la chambre à coucher). Nush avait des lèvres ciselées et peintes dont le rouge sang soulignait la voracité, sa longue chevelure noire, la structure de son visage, tout son corps, sa démarche dégageaient une sensualité brûlante. Eluard, avec sa grande stature un peu maladroite, ses yeux bleus étonnés, presque délavés, lui était visiblement soumis. La conversation, à un certain moment, porta sur Jésus, Nush, qui n'avait encore rien dit, sembla tout à coup se réveiller d'un long sommeil, reconnaissant — donc connaissant — ce dont il était question. Elle s'écria avec flamme : « Ah oui, Jésus de Saint-

Nazaire ! » Un jour, Monny m'envoya remettre à Eluard, chez lui, une enveloppe lourde de billets. Il me reçut dans sa cuisine, qui donnait sur la rue, et j'entendis des gémissements qui montaient de la pièce voisine dont la porte était ouverte. J'eus le temps d'apercevoir dans un miroir biseauté le pompon rouge d'un marin militaire. Eluard semblait avoir, pour m'ouvrir, revêtu à la hâte un pyjama.

Pour Paulette, en adoration devant tout ce qui avait trait à la culture, ces années-là furent de bonheur. Elle tint donc, chaque samedi, un véritable salon littéraire où j'étais fermement convié, ce qui entrait en conflit avec les parties de chasse projetées en compagnie de Cau au cours de nos ascétiques semaines d'internat. Un soir, l'invité d'honneur était Jean Cocteau qui s'était emparé de la parole, à sa façon éblouissante, et ne l'avait plus quittée. Ma mère me reprocha après son départ d'être demeuré muet, ce qui pour un khâgneux orgueilleux et intimidé, sacrifiant à contrecœur sa permission nocturne, pouvait bien se comprendre. J'avais écouté, c'est tout, et de toute façon Cocteau ne laissait aucune place à une réplique possible. Se mesurer à lui, comme elle le souhaitait probablement, eût été ridicule. Monny, lui, y parvenait, il faisait jeu égal avec l'enchanteur lorsqu'il décidait de jouter avec lui. Mais Paulette n'en resta pas aux reproches, elle explosa soudain : « Ses pieds, as-tu vu ses pieds, les petits pieds de Jean, les as-tu observés ? » me dit-elle, les dents serrées de rage et de regret. Elle, elle les avait regardés et je compris qu'en son for intérieur elle les comparait aux miens, qui devaient lui sembler vagues et bêtes, tandis que ceux de Jean lui apparaissaient informés, orteil après orteil, et cambrure de la voûte plantaire incluse, par l'intelligence la plus déliée.

J'aimais beaucoup l'auteur du *Parti pris des choses*, un autre des faussaires de Monny. Francis Ponge, ce formidable poète, parlait peu, il était le plus souvent vêtu de tweed anglais, avait le teint très rouge, front, joues et cou. Son corps était massif sans une once de graisse et ses postures indiquaient une mobilisation permanente d'énergie. Il venait accompagné de sa femme, une longue blonde chlorotique et douloureuse avec un air de crucifiée, les yeux toujours tournés vers le ciel, dans une muette prière. Les Ponge se sentaient bien auprès de Monny et de Paulette, qui savaient mettre les gens en confiance et avaient tous deux le don de susciter les confidences les plus intimes. Nous apprîmes ainsi de quelle maladie souffrait le couple Ponge, nous l'apprîmes en même temps d'elle et de lui, ils partageaient la même souffrance, en discutaient ensemble et s'en cachaient à peine. Francis Ponge était atteint de priapisme, il était en érection quasi perpétuelle et il devait la rougeur remarquable de son teint à une constante dilatation des vaisseaux sanguins, comme s'il était sous perfusion continue de Viagra ou de Cialis, drogues parfaitement inexistantes à l'époque. Ponge aimait sa femme et ne la trompait pas. Les médecins, eux, étaient impuissants.

Cau était habité par la ferme conviction qu'un jeune homme de province, s'il voulait réussir dans les Lettres, devait devenir le secrétaire d'un écrivain célèbre. C'était pour lui un passage obligé, un défilé étroit et balzacien, un rite initiatique dont il me parla pendant des semaines pour se donner le courage d'agir. Il commença en salle d'étude un après-midi à rédiger une dizaine de lettres destinées à Sartre, à Malraux, à Camus, à Gide, à Mauriac, à Paulhan, à Julien Benda qu'il admirait beaucoup à cause de *La Trahison des clercs*, à Montherlant, à Aragon, j'en oublie, missives dont la structure et le contenu étaient identiques, mais avec des variantes selon ce qu'il savait ou avait lu du destinataire. Il me les montra, je les trouvai excellentes et donnai mon imprimatur, avec un peu de jalousie je l'avoue, car, après tout, l'idée de gagner ma vie en exerçant un métier si rare ne me déplaisait pas. Nous étions alors en 1946, non pas en hypokhâgne, mais en khâgne, et tout en jouissant intensément de l'enseignement d'Alquié — j'eus un jour la meilleure note en dissertation de philosophie, juste devant Deleuze et d'autres grosses pointures tel Le Goff, futur pape de l'histoire médiévale, je n'étais pas peu fier; je précise que cela n'arriva qu'une seule fois et j'eus le sentiment qu'une formidable injustice avait été commise envers Deleuze —, je ne me voyais pas plus que Cau embrasser, après cette longue parenthèse d'aventure et de guerre, un cursus académique, malgré les admirables historiens de la philosophie et philosophes dont je suivis plus tard les cours, comme Martial Gueroult, Jean Hyppolite, Jean Laporte, Georges Canguilhem ou Gaston Bachelard.

Aux lettres qu'il avait envoyées, Cau ne reçut qu'une seule réponse, celle de Sartre, qui lui donnait rendez-vous n'importe quel jour, à sa convenance, au Café de Flore, entre quatorze et quinze heures. Il a sûrement écrit lui-même le récit de cette rencontre destinale, mais je me souviens de la relation qu'il m'en fit : la simplicité de Sartre, qui contrastait avec sa gloire déferlante, que personne aujourd'hui n'est capable de se représenter, son abord fraternel, sa totale absence d'esprit de sérieux frappèrent Cau au cœur. Sartre, devant lui, exhuma de ses poches de veston et de pantalon une bonne centaine de lettres froissées, qu'il tendit à mon ami en lui disant : « Voyez ce que vous pouvez faire avec ça. » C'est dans la salle d'étude de la khâgne de Louis-le-Grand, j'en témoigne, que se tint le premier secrétariat de Sartre. Ni Sartre ni Cau n'avaient la moindre idée du rôle d'un secrétaire et de son champ d'intervention. Cau inventa tout à la fois la méthode et son objet, contraignant peu à peu Sartre à mettre de l'ordre dans ses poches, ses finances (il distribuait à n'importe qui, avec une largesse folle, l'argent fraîchement gagné), son emploi du temps, lui dégageant impitoyablement les grandes plages de travail dont il avait besoin. Il fut clair assez rapidement que Cau devait s'aménager un vrai bureau auprès de Sartre, dans le petit appartement qu'il occupait avec sa mère, Mme Mancy, au quatrième étage du 42 rue Bonaparte, avec fenêtres donnant sur la place Saint-Germain-des-Prés et le carrefour qui porte aujourd'hui son nom et celui de Simone de Beauvoir. Au cours de l'année 1946, Cau abandonna la khâgne, prit une chambre dans un hôtel de la rue des Écoles et, secrétaire d'un grand écrivain, entreprit de se faire lui-même écrivain. Après son départ, je quittai moi-même l'internat sans quitter la khâgne et m'installai au sixième étage de la rue Alexandre-Cabanel, dans la chambre de bonne dont j'ai déjà parlé. Mes rapports avec Cau restèrent inaltérés, nous passâmes probablement ensemble plus de temps qu'auparavant, mais je nouai avec Deleuze une amitié très forte fondée de ma part sur l'admiration que je lui portais et de la sienne sur ma capacité d'écoute, d'étonnement, de compréhension aiguë et d'enthousiasme proprement philosophique. D'un an et demi mon aîné, il entretenait avec moi un lien de maître à disciple, nous parlions des heures rue Daubigny, il me conseillait des livres et constitua même pendant un temps un petit groupe fréquenté également par Tournier, Butor, Robert Genton, Bamberger, auquel, avec une totale absence d'avarice, il faisait des exposés lumineux, sur mille sujets, pour nous préparer à l'agrégation.

J'ai oublié de dire que, l'année précédente, en hypokhâgne, ayant appris qu'il y avait à Louis-le-Grand une cellule d'élèves communistes, je m'étais présenté à son secrétaire. C'était un beau jeune homme au visage intelligent et ouvert, aux cheveux très noirs. Il crut d'abord que je venais pour m'informer et m'inscrire peut-être, tant l'aura du Parti — le Parti des 75 000 fusillés, répétait jour après jour *L'Humanité* — était immense alors. Je le détrompai en lui déclarant, pince-sans-rire : « Je suis venu, camarade, pour demander que soit exécutée la sentence de mort prononcée contre moi par le Parti. J'attends depuis plus d'un an et cette attente est insupportable. » Le beau secrétaire, qui se préparait au métier d'historien et à la politique, comprit d'emblée qu'il avait affaire à un jeune homme en colère, à quelqu'un qui n'avait en vérité aucune envie de mourir et souhaitait la réparation d'une grave et scandaleuse erreur judiciaire. Je lui racontai tout dans le plus grand détail, il m'écouta longuement, il connaissait Aglaé, dont il me révéla la véritable identité, Annie Blanchard, qui fut plus tard professeur à l'université de Bordeaux. « Les cons », me dit-il, à peine étonné, quand j'eus terminé, « ne t'en fais pas, j'arrange tout aujourd'hui même », et il me proposa de reprendre ma carte du Parti. « On verra ça, lui répondis-je, il n'y a pas urgence. » Il me convoqua le lendemain pour me présenter solennellement les excuses d'un Parti qu'il ne tarderait d'ailleurs pas à quitter lui-même. Il s'appelait Jean Poperen, connut la célébrité au Parti socialiste, dont il devint, sous les septennats de François Mitterrand, un éléphant considérable. C'était aussi un homme adorable, je l'ai revu souvent.

Cette année de khâgne, comme externe, fut pour moi non seulement d'études, mais aussi de frasques et d'étranges folies. J'imagine que mon enfance, ma responsabilité d'aîné avaient été trop lourdes, trop lourdes aussi les années de guerre, la peur, le périlleux équilibre entre la vie et la mort. La liberté neuve, qui se révélait à moi, avait besoin, comme preuves de sa propre existence, d'actes gratuits. Je lisais Gide et Sartre et en commettre était à mes yeux une obligation intérieure qui sanctionnerait véritablement le passage à l'âge d'homme. Étais-je guéri de la guerre ? Je vivais les transgressions comme un acte de courage et j'aurais eu honte de passer pour un dégonflé en y renonçant. Après une violente dispute, ma mère m'avait coupé les vivres et j'avais pris la ferme résolution de ne plus dépendre d'elle. Au bout de quelques jours, ma situation matérielle était devenue intenable : je n'étais plus interne et me découvrais incapable de pourvoir à mes besoins vitaux, me nourrir par exemple. Cau et moi passâmes en revue pendant des heures les moyens les plus fous de me procurer de l'argent, nous persuadant sottement qu'il fallait le prendre là où il se trouvait : chez les riches. Je louai avec mes derniers sous un uniforme de curé au complet, soutane, couvre-chef, col et rabat, j'achetai un missel et j'entreposai le tout pour une nuit rue des Écoles, dans la chambre de Cau, qui pensait à l'évidence que je n'oserais pas. J'étudiai toute la soirée des plans des beaux quartiers et choisis de commencer ma quête — car c'est d'une quête qu'il s'agissait — par la rue de l'Alboni, une rue très courte du XVIe arrondissement, dont les immeubles s'alignent tous côté impair et, ce qui était vital pour moi, très proche de la station de métro Passy, au débouché du pont de Bir-Hakeim, sur la ligne Étoile-Nation, qui desservait également l'appartement de ma mère. Le lendemain matin, Cau me vêtit, m'adouba, un peu comme devaient le faire tant d'années plus tard les jeunes habilleuses de l'Air Force israélienne qui me sanglaient de la combinaison anti-g. Celle-ci me changerait en pilote de chasse, l'habit de moine, tandis que nous m'examinions tous deux dans la glace de son armoire, faisait le moine. Nul doute, j'étais un jeune abbé, grave, doux et pénétré, mon missel à la main plus un gros cahier dont j'avais fait l'emplette au dernier instant afin d'y inscrire le nom des bienfaitrices, qui donneraient une pièce, un billet peut-être, pour l'institution des sourds et muets de la rue Saint-Jacques que j'allais prétendre représenter. Il était maintenant trop tard pour reculer.

Dès le premier immeuble, au numéro 1 de la rue de l'Alboni, le passage vers l'ascenseur me fut barré par la concierge : « Où allez-vous, monsieur l'abbé ? — Je quête, madame, pour les sourds et muets… » Je n'eus pas le temps d'achever ma phrase, la virago hurla presque : « Les quêtes sont interdites ici ! » Je ne me le fis pas dire deux fois, quittai l'immeuble et la rue, comprenant que c'était la mauvaise heure, celle où la concierge est dans l'escalier, fait le ménage ou distribue le courrier. Je descendis avec onction le boulevard Delessert, prenant soudain conscience que mes souliers de daim beige étaient visibles sous la soutane à chacun de mes pas. Je revins rue de l'Alboni une heure plus tard et décidai de commencer par son autre bout. Nul ne m'arrêta, je pris l'ascenseur, m'arrêtai au dernier étage, le sixième, et sonnai à l'unique porte, qui fut ouverte au jeune abbé par une apparition merveilleuse, une femme très belle et souriante. Elle écouta ma requête avec gravité, me dit : « Attendez un instant, monsieur l'abbé », et revint très vite avec un billet d'un montant appréciable. Je pris mon cahier, lui demandai son nom « afin de vous inscrire sur la liste de nos bienfaitrices ». Elle déclina. « Nous prierons pour vous », lui dis-je en la quittant. Je descendis à l'étage du dessous, calculant rapidement qu'à ce montant et à ce rythme-là je serais bientôt à la tête d'une fortune. Châteaux en Espagne, veaux, vaches, cochons, couvées, une imposante matrone s'encadra dans le chambranle du cinquième et me répondit : « Monsieur le curé, nous avons nos œuvres, nous donnons directement à l'archevêché. Personne ne quête jamais ici. » Je répondis, gardant tout mon calme : « Madame, l'institution des sourds et muets de la rue Saint-Jacques est complètement indépendante de l'archevêché, nous ne sommes pas liés. — Attendez, voulez-vous bien, monsieur le curé », et elle disparut dans les entrailles d'un appartement à l'évidence immense, me laissant à son seuil, porte entrebâillée. Attendre ou fuir, ce fut vite la question. Les minutes s'égrenaient de plus en plus lentement, chacune plus longue que l'autre, et il me sembla entendre au fond des couloirs la voix pendue au téléphone. Le curé ne balança plus : relevant le bas de sa soutane, démasquant le daim de ses chaussures, il dévala les cinq étages, passa la loge, remonta à grands pas pressés la rue de l'Alboni, jusqu'à la station Passy, où il s'engouffra. Quatre stations plus loin, il reprenait souffle dans sa chambre de bonne, se demandant s'il fallait poursuivre ou abandonner.

Je décidai que je ne pouvais en rester là, que l'expérience était peu concluante, je m'entêtai à tenter le sort une nouvelle fois. Je n'eus pas besoin d'aller loin, pénétrai sans encombre dans un immeuble de l'avenue de Suffren où une première porte me fut ouverte par deux bonnes espagnoles qui, à ma seule vue, sortirent leur porte-monnaie et me donnèrent des pièces, et une deuxième par une dame charmante, petite et enrobée, qui me pria immédiatement d'entrer, me fit asseoir dans une grande pièce claire sans mettre un instant en doute ma qualité d'homme d'Église. Elle m'interrogea sur l'institution pour laquelle je quêtais et sur mon cursus de prêtre. Elle semblait vraiment s'y connaître et me dit soudain : « Mon cher abbé, restez à déjeuner avec nous, mon frère, qui est chanoine à Saint-François-Xavier, va arriver d'un instant à l'autre. » J'agis sans perdre une seconde, rapide comme la foudre, j'acquiesçai, me levai en disant « excusez-moi, j'ai oublié quelque chose », fonçai dans le couloir, ouvris la porte et, sans la refermer, dégringolai quatre à quatre les escaliers.

Je racontai mes exploits à Cau dans l'après-midi, nous nous rendîmes à l'évidence que mes rêves d'enrichissement se concluaient par un solde totalement négatif : ma mendicité ne m'avait même pas rapporté de quoi amortir la location de la soutane, la réconciliation avec Paulette devenait impérative. Cau s'entremit, il annonça à ma mère que j'avais pour elle une formidable surprise, qu'elle ne devinerait jamais. Il me devança rue Alexandre-Cabanel et m'aida à passer l'uniforme de prêtre dans l'escalier afin que je ne sois pas vu de la gardienne espagnole. Il sonna à la porte, ma mère, qui était seule ce jour-là, lui ouvrit et je sonnai moi-même après quelques instants. Je ne m'attendais pas à ce qui se produisit : elle ouvrit, me regarda sans dire un mot et me balança deux gifles retentissantes en hurlant sans bégayer : « Cela, chez moi, jamais ! » Au lieu de me calmer, les taloches maternelles m'éperonnèrent, il fallait redoubler le scandale, aller jusqu'au bout du défi, j'étais ainsi : je revêtis la soutane dès le lendemain après-midi et me présentai dans la salle de khâgne de Louis-le-Grand, à l'heure de l'étude des internes, quand les futures élites de la République travaillent d'arrache-pied. L'ébahissement devant cette inimaginable irruption se marqua par un silence total de plusieurs longues secondes, brusquement rompu par les applaudissements et les sifflets de mes condisciples, aussitôt divisés en camps ennemis. J'amenai la classe au bord de la guerre civile en sortant une bouteille de champagne de la vaste poche de ma soutane, afin, annonçai-je, de fêter ma conversion.

Un autre jour de dèche fabuleuse et après en avoir délibéré pendant des heures, dans sa chambre d'hôtel, avec le tout nouveau secrétaire de Sartre, il fut décidé que je me rendrais à Deauville, me posterais à la porte du casino et solliciterais les joueurs chanceux. Je ne connaissais pas Deauville, n'avais jamais vu un casino, que je tenais pour un lieu d'immoralité absolue puisqu'on y mettait en jeu l'argent, « sanction économique du travail », nous disait Deleuze dans une de ses formules dévoilantes dont j'ai parlé plus haut. Mais l'argent et la vie sont en vérité une seule et même chose : plaie d'argent peut être mortelle, dette de jeu, dette d'honneur, on se donne la mort pour ne pas être déshonoré. J'étais fou, j'avais faim et je n'avais pas l'expérience du monde. Je croyais les riches naturellement généreux, je n'avais pas encore lu Albert Cohen ni le récit amer et désopilant qu'il fait de la métamorphose des Valeureux, les cousins céphaloniens de Solal, sous-secrétaire général de la Société des Nations, après que celui-ci leur eut remis un gros chèque, tiré sur une banque genevoise. Mangeclous, Saltiel, Mattathias, Salomon et Michaël, qui figuraient l'innocence, la crédulité, l'imagination, la fantaisie, la rêverie, la bonté et l'imprévoyance ioniennes deviennent soudain, le chèque (qu'ils appellent « tchèque ») empoché, de sombres oiseaux guetteurs, des vigiles en permanente alarme, ayant perdu entrain et gaieté, et cherchant, pour se nourrir, les plus sinistres troquets : « Ils étaient, écrit Albert Cohen, atteints de la maladie des riches, ils se croyaient pauvres. » Le gentleman rutilant de ses gains, auquel, vers deux heures du matin, fatigué, affamé et crevant de soif — j'avais fait le voyage Paris-Deauville en auto-stop —, je débitai une mendiante prière bien tournée, passa son chemin sans me regarder, mais en me disant : « Je suis navré, cher ami. » C'était la première fois que j'entendais le mot « navré » proféré par une bouche humaine et cela sonnait tout à fait autrement que le « Mais vrai, j'ai trop pleuré, les aubes sont navrantes... » du *Bateau ivre*. Cette tentative demeura la seule, je n'insistai plus et allai m'allonger sous les arcades de plâtre qui bordent « les planches » de la plage, grelottant, enroulé sur moi-même jusqu'à l'aube normande, en effet navrante.

En cette année de frasques et de défis de plus en plus insensés que je me lançais à moi-même, le vol d'ouvrages de philosophie à la librairie des Presses universitaires de France, place de la Sorbonne, fut une culmination. La fauche de livres était à la fois une mode et une obligation d'ordre presque moral auxquelles nous étions un certain nombre à souscrire. Y déroger était regardé comme une couardise, les voleurs se vantaient de leurs exploits à leurs condisciples voleurs — tous les khâgneux ne volaient pas — en racontant dans le plus grand détail les péripéties qui précédaient le passage à l'acte. La concurrence entre voleurs était rude. Il importe de comprendre qu'ils étaient d'abord des lecteurs fervents. Comment rendre aujourd'hui la voracité avec laquelle nous nous jetâmes littéralement sur les deux premiers volumes des *Chemins de la liberté* de Sartre, dès leur parution, à la fin de 1945, *L'Âge de raison* et *Le Sursis*? Au contraire de ce que ressasse à l'envi la doxa antisartrienne, ce n'étaient pas des illustrations littéraires de thèses philosophiques, mais de véritables romans, avec un foisonnement de personnages ambigus, contradictoires et formidablement vivants, aux prises avec le *conatus* indomptable de la liberté, son immortelle jeunesse, sa fragilité et l'éternel retour d'angoisse qu'elle ne cesse de susciter. À vingt ans, pour nous, *Les Chemins de la liberté* étaient une littérature d'injonction, qui réclamait une *imitation*, au sens où saint François de Sales parle de *L'Imitation de Jésus-Christ*, un comble de la dévotion, et devait se prolonger par une action, notre action. Boris, dans *L'Âge de raison*, volait des livres à la librairie Garbure, « au coin de la rue de Vaugirard et du boulevard Saint-Michel », très exactement donc place de la Sorbonne, où se trouvaient les PUF (Presses universitaires de France), théâtre unique de mes exploits. Je relayais Boris, j'étais moi-même le héros d'un roman sartrien, Cau et les autres, qui resteront ici innommés, l'étaient eux aussi. Sartre décrit longuement les hésitations, les tactiques, la montée de l'anxiété, les comptes à rebours que s'impose Boris avant le geste fulgurant de l'appropriation, comme Malraux, dans les trois pages inaugurales de *La Condition humaine*, épie et détaille, dans une étouffante tension d'imminence, les résistances intérieures que Tchen doit vaincre pour poignarder, à travers la moustiquaire, celui qu'il est chargé de tuer.

Je n'ai volé que des livres de philosophie. Je me suis constitué, dans ma chambre de bonne de la rue Alexandre-Cabanel, une véritable bibliothèque d'ouvrages très ardus, à plusieurs tomes parfois, tels *La Phénoménologie de l'esprit* de Hegel, traduite par Jean Hyppolite, les deux volumes de *L'Évolution et la structure de la* Doctrine de la science *chez Fichte*, par Martial Gueroult, ou, dans un autre registre, *L'Action*, de Maurice Blondel, ou encore, car j'étais éclectique, *Le Moi, le Monde et Dieu*, de Lachièze-Rey. Ce dernier avait été élève de Jean Laporte, le directeur de mon diplôme d'études supérieures de philosophie, à qui il avait adressé son livre et qui l'avait remercié par ces mots : « Mon cher ami, j'accuse sans attendre réception de *Le Moi, le Monde et Dieu*. Je ne peux pourtant m'empêcher de me demander avec une certaine anxiété quel sera le sujet de votre prochain ouvrage. » Laporte en riait encore lorsqu'il me raconta cette histoire. Il me faut confesser que j'étais un voleur très habile, d'un grand sang-froid, bon observateur des lieux, connaissant parfaitement tous les recoins et rayons au rez-de-chaussée et au premier étage des PUF, capable de repérer les nombreux agents de sécurité chargés spécialement par la direction de neutraliser mes pareils, tant l'industrie du vol y était florissante. Mais j'avais aussi l'esprit de décision, j'étais apte à agir très vite, à glisser le livre convoité dans ma serviette ou entre les pages d'un journal avec le doigté d'un prestidigitateur napolitain. J'en vins à me croire invincible, je ne doutais pas de mériter le titre de meilleur larron de Louis-le-Grand. C'est Hegel — Georg Wilhelm Friedrich — qui me perdit. Tandis que Ferdinand Alquié enseignait la philosophie en K1, Jean Hyppolite était son homologue en K2. Condisciple de Sartre à l'École normale supérieure, il était non seulement le traducteur de Hegel, mais regardé comme un hégélien de grande renommée, et nous attendions tous la gorge sèche la parution longtemps annoncée, longtemps différée, de son *opus magnum* : *Genèse et structure de la Phénoménologie de l'esprit*. Enfin, l'éditeur Aubier annonça la sortie de l'ouvrage. Je me précipitai et demeurai saisi d'une crainte révérencieuse, tant il était beau, épais, lourd, tant il me semblait, dès que je me mis à parcourir sa première page, le seul à ouvrir les accès, à donner les clés de la pensée fondatrice du grand Allemand. Il me fallait ce livre qui représentait pour moi un ultime défi et après lequel je cesserais, j'en étais sûr, de voler, car rien ne l'égalerait jamais. C'était là mon saint Graal. Je me suis avisé plus tard que sa quête en vérité m'importait plus que sa lecture et sa possession davantage que son contenu. Si la lecture avait été primordiale, j'aurais pu passer des heures tranquilles et studieuses en bibliothèque. Mais Georg Wilhelm Friedrich et Jean Hyppolite appelaient les risques. L'ennui est que je mis des jours, des semaines peut-être, à les prendre et qu'après avoir longtemps fureté aux PUF, gravement examiné d'autres bouquins pour donner le change, une force puissante et incontrôlable retenait mon bras à l'instant de passer à l'acte. J'avais peur, je n'y arrivais pas, j'atermoyais sans fin, mes manœuvres et ma pusillanimité me faisaient repérer au lieu de me rendre invisible. N'en pouvant plus, ne supportant pas ma lâcheté, incapable aussi de renoncer, je procédai de la pire des façons. Un après-midi, vers quinze heures, j'entrai aux PUF, montai à l'étage, allai droit au rayon philosophie où je savais trouver les *Genèse et structure*, m'emparai sans coup férir d'un exemplaire, le glissai dans ma serviette, redescendis, passai sans m'arrêter devant les caisses du rez-de-chaussée, ouvris la porte qui donnait sur la place de la Sorbonne et, à l'air libre, je respirai pour la première fois, me croyant pendant quelques secondes triomphant et libre moi-même. Je n'avais pas fait trois pas qu'une main brutale s'enfonça dans la poche droite de ma veste, m'empoignant la hanche, m'arrêtant net. Je me retournai et fis face à mon agresseur, un quadragénaire de petite taille coiffé d'un chapeau mou : « Dites- moi, jeune homme, susurra-t-il, vous n'auriez pas oublié de payer un livre, par hasard ? » Il me tenait ferme, je n'avais pas un sou, et, ne pouvant prétendre à rien, incapable d'inventer un mensonge, je n'eus pas d'autre choix que la vérité. « Non, je n'ai pas oublié, je n'ai pas d'argent, je l'ai volé, mais le voilà, votre livre, je vous le rends, je m'en fous », lui dis-je en le sortant de mon cartable et en le lui tendant avec insolence tandis qu'il affermissait durement sa prise de hanche. « Si tu crois que ça va se passer comme ça, mon bonhomme, tends tes bras », ordonna-t-il, exhibant sur-le-champ une paire de menottes, me passant avec une dextérité foudroyante un des bracelets autour d'un poignet. Je suppliai : « Non, je vous en prie, pas les menottes, pas ici, tout le monde me connaît, je ne me sauverai pas. » Il me regarda, me jaugea, me dit : « Bon, je vois que tu n'es pas un voyou », m'ôta le bracelet, me prit le bras au biceps et, collé à moi, me fit traverser la place de la Sorbonne jusqu'à la rue du même nom que nous descendîmes vers la rue des Écoles. De loin, cela eût pu passer pour une étreinte paternelle, mais nul père ne serra jamais aussi fort la chair de son enfant. Lui savait où nous allions, moi pas. Il entreprit alors, de sa douce voix, de m'expliquer combien j'étais nul et de me donner un véritable cours de vol en librairie : il m'enseignait avec orgueil tout ce que je savais déjà en vérité, tout ce que j'avais pratiqué à la perfection dans mes larcins antérieurs avant d'être paralysé, cloué sur place, par la maléfique nitescence du Graal hégélien. Il m'annonça tout à trac : « Après le commissariat, nous irons chez toi, je dois vérifier que tu n'en as pas volé d'autres. » Je pilai net, comme un bourricot qui refuse d'avancer, réalisant soudain qu'Alquié et sa blonde épouse venaient dîner à la maison le soir même. Je lui dis : « Vous avez vu à quel point je suis maladroit, vous m'avez pris à mon premier essai, je n'en ai pas volé d'autres. — Je te crois, mais nous irons quand même. » Je jouai alors mon va-tout : « Allons-y tout de suite, plus tard ma mère sera rentrée et apprendre que j'ai volé la tuera, elle a beaucoup souffert de la guerre. » Il me pinça au sang, m'obligea à repartir, m'entraînant vers la rue Saint-Jacques et le boulevard Saint-Germain. « Non, reprit-il, nous le ferons après. — Il faut y aller tout de suite, insistai-je, je préfère vous dire la vérité : j'en ai volé deux autres, mais c'est un livre en deux tomes, *L'Action*, de Blondel, c'est comme si je n'en avais volé qu'un. » Durant cet échange, nous avions atteint le commissariat de la rue Dante, il en ouvrit la porte à la volée, me projeta à l'intérieur d'une violente bourrade et la douce voix du Dr Jekyll se changea en un hurlement sauvage de Mister Hyde, qui, devant ses collègues de la Police nationale, ramena à force mes bras en arrière, balança sur un comptoir *Genèse et structure* en vociférant : « Regardez-moi ce salaud, encore un. Je l'ai eu. » Un grand flic s'approcha, me fit face, arrondit ostensiblement de ses lèvres un glaviot qu'il me cracha au visage en m'étourdissant d'un formidable aller et retour du plat de la main.

Pendant un temps qui me sembla infini, j'ai attendu, assis sur une banquette, qu'un officier de la Police judiciaire consente à m'interroger. Mister Hyde, qui était un privé payé par les PUF, paraissait calmé, les flics qui se trouvaient là à mon arrivée avaient tous disparu, remplacés par d'autres dans des allées et venues ininterrompues. L'un des nouveaux s'empara de *Genèse et structure*, tenta d'en lire la première page — parfaitement incompréhensible pour un profane —, passa à la deuxième, à la troisième, feuilletant de plus en plus nerveusement et de plus en plus vite le livre entier, le reposant d'un air dégoûté là où il l'avait pris et, se plantant devant moi, me gifla à son tour avec ce commentaire sacrificiel : « Eh bien, tu vois, mon salaud, moi, je préférerais me passer de lire toute ma vie plutôt que de voler un livre. » Ce fut enfin le moment de l'interrogatoire, vite expédié car le jour faiblissait et tous avaient hâte d'en finir. Je réitérai mes déclarations, l'officier me dit : « Vous rapporterez demain aux Presses les autres livres volés, remerciez la Maison, qui ne vous poursuivra pas. Vous avez beaucoup de chance. » Je n'en revenais pas, signai ma déposition, Mister Hyde reprit d'une main *Genèse et structure*, mon bras de l'autre, nous quittâmes le commissariat pour la place de la Sorbonne et le Dr Jekyll réapparut, tout charme et tout sourire. Je lui dis : « Allons vite chez moi, ma mère ne sera peut-être pas rentrée. — Non, non, je te fais confiance, tu rapporteras demain matin les deux tomes de *L'Action*. » Mais la série des métamorphoses n'était pas terminée : à peine franchie la porte de la librairie, bondée à pareille heure, Hyde ressuscita, me saisit au collet, tonitrua, pour que tous, clients et vendeurs, l'entendissent : « Encore un, je l'ai eu ! » Il gesticulait et bondissait autour de moi un peu comme le milicien de Brioude, me fit grimper les escaliers en me bousculant, glapit au premier étage devant des philosophes éberlués, me poussa enfin dans un petit bureau occupé par le gérant et une secrétaire très gironde. Elle dévisagea avec mépris mon visage marqué de crachats et encore rouge des gifles reçues, le gérant regarda immédiatement le prix du livre, haussa les épaules d'un air à la fois excédé et fataliste, je bredouillai le vol du Blondel, que je promis de rendre dès le lendemain. Jekyll-Hyde m'enjoignit : « Remerciez la Maison. » Je le fis.

Lavé d'eau lustrale, purifié, guéri à jamais, je passai en compagnie d'Alquié, de sa femme, de Monny, de ma mère, une joyeuse soirée amicale et philosophique, ne manquai pas de m'humilier une seconde fois en retournant *L'Action*, oubliai dans mes tréfonds cette sale histoire sans imaginer qu'elle resurgirait quelques mois plus tard. Un après-midi, à mon retour de Louis-le-Grand, ma mère m'accueillit par ces mots : « Dis-moi, tu ne me caches rien ? » Je répondis « non » puis, sous son lourd regard inquisiteur, « Maman, je te cache tellement de choses que c'est comme si je te disais tout. — Et ça ? » répliqua-t-elle en brandissant un papier qu'elle me mit sous les yeux et que je lus, incrédule : c'était une convocation comminatoire à comparaître devant le tribunal correctionnel pour « vol au préjudice de la librairie Les Presses universitaires de France ». Contrairement à tout ce qui m'avait été assuré, la « Maison » avait porté plainte. Je racontai à ma mère le détail des circonstances, la suppliant de ne rien révéler à Monny. Elle me répondit que c'était grave, qu'elle ne pourrait le lui cacher et que la première chose à faire était de prendre un avocat. Je rétorquai que je n'en voulais pas, que j'étais capable de me défendre seul, que voler des livres de philo était autre chose qu'arracher le sac d'une vieille dame ou commettre un hold-up. Monny, à qui elle parla dès son retour, fut de son avis et me taxa d'inconscience. Nous habitions au 11, il y avait un avocat au 11 *bis*. Il était tard, mais Monny m'entraîna immédiatement. L'avocat nous reçut, Monny lui exposa de quelle maladive passion philosophique j'étais la proie, nomma mon maître, son ami Ferdinand Alquié, et Jean Hyppolite, l'auteur de l'ouvrage dérobé, qui habitait — je le savais car il m'avait déjà convié chez lui — cinquante mètres plus loin, au numéro 7 de la rue Alexandre-Cabanel. L'avocat, dont j'ai oublié le nom, suggéra que des attestations de ces deux philosophes seraient, pour le procès à venir, de très grande importance. Une condamnation ferme entraînerait *ipso facto* l'ouverture d'un casier judiciaire, qui m'interdirait l'accès aux concours. Je demandai un rendez-vous à Hyppolite, qu'il m'accorda volontiers, et je dois dire que je n'aurais jamais imaginé que pareille complicité puisse s'établir entre un volé et son voleur. « Alors, vous aimez à ce point mon livre ? » fut sa première parole. « Il le mérite, répondis-je. Il mérite même qu'on l'achète, ce que j'ai dû, pour le lire, me résoudre à faire. » Et je prouvai à son auteur que je l'avais vraiment lu. Jean Hyppolite exultait, exsudait par tous ses pores une joie transcendantale, se rengorgeant de fierté. Jamais encore personne ne lui avait fait pareil don : le vol, par un khâgneux, de *Genèse et structure* était la reconnaissance suprême, cela valait tous les best-sellers. Parce qu'il le devait, il tenta mollement, au cours de notre entretien, de me morigéner en prenant l'air sévère, mais le plaisir l'emportait chaque fois. Ce grand hégélien était un homme délicieux, avec un cheveu sur la langue, il avait coutume, dans les joutes qui l'opposaient à Sartre au temps de leur jeunesse, de lui lancer un : « Si tu veux raffiner, raffinons », que Sartre imitait à la perfection. Hyppolite consentit à m'adresser une longue lettre circonstanciée, témoignant de ma génialité philosophique, et tellement belle qu'elle seule eût suffi à me faire acquitter. Qu'un volé atteste la grandeur d'esprit de son voleur n'est pas fréquent dans les annales judiciaires.

Avec Alquié, il en alla tout autrement. Il me jugeait avec sévérité et je n'ai pas osé penser qu'il était mû par de basses raisons, envie ou jalousie, car ses livres, de clarté française, n'étaient ni assez gros ni assez rébarbatifs pour qu'on les volât. Il me retint chez lui, dans son bureau, pendant plusieurs heures, démarrant sèchement avec l'impératif catégorique kantien, me demandant si j'avais la capacité d'universaliser, de façon argumentée, la maxime de ma mauvaise action, etc. J'eus droit à une véritable leçon particulière de philosophie morale. Alquié m'aimait réellement, il adressa lui aussi au tribunal une lettre tellement élogieuse qu'elle eût été, jusqu'à la fin de mes jours et dans les pires traverses, un viatique inépuisable pour mon ego, si je l'avais gardée.

Le procès fut très décevant, je fus appelé le premier, mon avocat s'avança vers le tribunal, des papiers à la main, probablement les lettres, qu'il avait déjà versées au dossier. J'entendis : « Monsieur le président, je vous… », ce dernier, déjà circonvenu, l'interrompit, se pencha vers ses assesseurs, et prononça immédiatement la sentence, qui ne fut pour moi qu'un incompréhensible bredouillis. L'affaire suivante fut appelée, le tout n'avait pas duré trois minutes, mon avocat, qui avait l'oreille fine, m'annonça que j'étais condamné à 4 800 francs d'amende avec sursis. La conspiration philosophique avait réussi, je n'aurais pas de casier judiciaire, je pouvais me présenter à tous les concours. Cela, au bout du compte, ne s'avéra pas utile : mon existence se jouerait autrement.

CHAPITRE IX

Deux événements autour desquels ma vie devait se nouer advinrent en cette tumultueuse année 1946 : la venue à Paris de ma sœur Évelyne et ma rencontre avec Judith Magre. Une âme bien née, si elle avait la chance de croiser un jour Monny et Paulette, ne pouvait pas ne pas être ensorcelée et tomber immédiatement sous leur charme. Le foudroiement en vérité fut réciproque, ils se connurent par hasard au Café de Flore et s'enchantèrent tant l'une des autres et les autres de l'une qu'après plusieurs heures de conversation Judith revint avec eux dîner rue Alexandre-Cabanel. Je me trouvais là, je fus présenté, couvert comme à l'accoutumée de lauriers et d'éloges tandis que j'étais à mon tour et d'emblée foudroyé par cette nerveuse liane de vingt ans, au corps mince et dur, à la voix profonde et riche de toutes les inflexions, par ce visage aux pommettes hautes, ce regard de feu, cette bouche rouge et sensuelle sous un nez puissant. Elle ne s'appelait alors ni Judith ni Magre : obéissant à un appel intérieur impérieux, elle avait fui sans un sou la province et ses parents industriels, s'était inscrite au cours

Simon où elle apprenait à devenir la très grande actrice que l'on sait. Nous nous étreignîmes dans l'ascenseur qui conduisait de l'étage maternel au rez-de-chaussée, puis remontâmes, sans interrompre cette muette et folle étreinte, jusqu'au sixième étage par celui des livreurs, qu'il fallait emprunter pour gagner ma chambre de bonne. Nulle parole n'avait été prononcée entre nous, tout allait de soi. Nous vécûmes pendant près de six mois une passion torrentielle, fîmes l'amour toute la nuit qui précéda le concours d'entrée à l'École normale, j'échouai évidemment. Judith partit en tournée, me laissa sans nouvelles, je souffris comme une bête. Elle disparut de ma vie pendant quinze ans. Au début des années soixante, nous nous heurtâmes sur un trottoir de la rue des Saints-Pères. Je l'épousai en 1963, elle fut ma première épouse. J'y reviendrai peut-être, ce n'est pas sûr.

Évelyne, qui vivait encore à Brioude auprès de mon père et d'Hélène, vint passer quelques jours de vacances à Paris en cours d'année. C'est par moi que Deleuze et elle se connurent, j'eus le sentiment, au premier regard qu'ils échangèrent, d'être le témoin impuissant de l'inéluctable. Elle avait seize ans, un corps de pin-up, d'immenses yeux bleu cobalt, un beau nez sémite. Je n'avais pas revu ma sœur depuis des mois, l'adolescente anguleuse et gauche s'était changée en une attirante jeune fille, rayonnante d'intelligence, de vivacité et d'humour. Elle tomba amoureuse de Deleuze dès les premières paroles qu'il prononça, amoureuse de la philosophie, de l'ironie et du rire philosophiques inséparables chez lui des grandes gifles de dévoilement du monde par lesquelles il balayait la bêtise, métamorphosant son interlocuteur en complice, témoin, disciple, producteur de pensée, instruisant autrui par une curiosité et un étonnement formidables devant tout ce qui semblait aller de soi. Évelyne, à seize ans, se jeta dans cet amour sans prudence ni retenue, éblouie par les concepts, se mettant à parler, à raisonner, à railler, comme Deleuze lui-même. Elle était sous emprise, comme tant d'autres, hommes ou femmes, le furent tout au long de la vie du philosophe. J'en ai connu, à Vincennes et ailleurs, qui imitaient sans s'en rendre compte le timbre, le rythme, les modulations de la voix deleuzienne. Ma sœur le fut plus que d'autres car elle était très jeune, ne trichait pas, ignorait le compromis, était en proie au démon de l'absolu. En pleine guerre, pour la protéger, Hélène la Normande avait obtenu de mon père qu'Évelyne fût convertie au catholicisme et baptisée. Elle fit sa première communion dans la basilique de Brioude, bijou de l'art roman, et je me souviens encore de sa gravité, de son air pénétré lorsqu'elle reçut l'hostie sous son voile blanc. Elle se donna tout entière à la chrétienté, elle était Blandine dans la fosse aux lions, aima de toute son âme l'abbé Goergé qui fut son directeur spirituel et elle était fermement résolue à partir évangéliser en des terres lointaines. Évelyne prolongea son séjour à Paris ou revint très vite, je ne me souviens pas. Deleuze et elle en tout cas ne se quittaient plus, il était accueilli par Paulette avec une chaleur excessive, qui l'arrêtait à la première syllabe de son prénom : « Gi-gi-gi… » Comme sa fille, elle s'extasiait devant le génie manifeste de Gilles. Un jour, nous traversions lui et moi sous un ciel maussade le pont de Bir-Hakeim, il me demanda si je serais prêt à lui rendre un immense et très difficile service. Inquiet, n'osant pressentir qu'il allait me demander l'impossible, je répondis pourtant : « Oui, bien sûr », mais refusai net après qu'il se fut ouvert à moi. Il désirait rompre avec ma sœur et voulait que je le lui annonçasse moi-même. Le choc fut très dur : je craignis et entrevis aussitôt le pire pour Évelyne. Mais j'étais également blessé et incrédule devant la lâcheté de mon ami, qui se servait et se jouait de moi tout à la fois. À cet instant-là, sur ce pont, accoudé près de lui à la rambarde qui surplombe la Seine, dans le fracas des passages du métro aérien, quelque chose de mon lien à Deleuze se brisa irrémédiablement. Le pire advint en effet. La petite repartit pour Brioude sans rien savoir, j'avertis ma mère, Monny et mon père, les préparant à toute éventualité, demandant qu'on veillât sur elle sans la laisser jamais seule. Elle reçut à Brioude la lettre de rupture, maladroite comme elles le sont toutes, plus que toutes, car l'intelligence tentait d'y lutter contre la violence, à armes inégales. J'ai lu cette lettre des années plus tard, dans un grand malaise, après qu'Évelyne l'eut montrée à Sartre. Elle voulut mourir, il fallut ne pas la lâcher un instant.

C'est Serge Rezvani qui la ramena à la vie, nous le connûmes par mon frère : ces futurs écrivains avaient choisi la peinture, ils se voulaient peintres et le furent en effet ; avec le Russe Dmitrienko, le Gallois Raymond Mason, ils avaient fondé un groupe, baptisé « Jouir », ou encore « École de Boulogne », car ils vivaient tous les quatre dans une « folie » délabrée au bord de la Seine, d'une vie spartiate, laborieuse et créatrice. Leurs jeunes talents de peintres et de sculpteurs furent tôt reconnus puisque la galerie Maeght les réunit tous les quatre, en novembre 1947, dans une exposition intitulée « Les mains éblouies ». La rue Alexandre-Cabanel, Paulette et Monny devinrent inévitablement pour Serge un havre et son seul foyer. Avec le consentement et, plus encore, la bénédiction familiale, il entraîna Évelyne dans le sud de la France, sur les côtes alors encore vierges des Maures et du Var, où ils restèrent des mois, dormant à la belle étoile et se nourrissant des produits de leur pêche. Revenus à Paris, Serge et Évelyne avaient décidé de se marier, la noce eut lieu à Brioude, Serge m'assure que j'étais présent, je n'en garde nul souvenir. Avec son œil de peintre, il portait un jugement très sûr et admiratif sur la beauté et l'expressivité du visage, sur le corps absolument parfait de sa femme et la convainquit de devenir actrice. Dans ce dur travail de remémoration auquel je m'astreins aujourd'hui, quarante ans après son suicide, je retrouve une ancienne photographie, prise sûrement par Serge, d'Évelyne entièrement nue, assise, dans un midi sans ombre, sur un rocher de bord de mer. Elle est de profil, les bras enlaçant son genou gauche, on ne voit pas son visage, tourné vers le lointain, masqué d'une chevelure d'or. Femme nue assise de profil, il faut en effet qu'un corps soit frappé d'un sceau divin pour supporter pareille posture en restant exemplaire en chacune de ses parties : le posé des pieds au sol, le musclé souple des mollets, les longues cuisses, les fesses dures comme le roc lui-même, le plat du ventre, la taille étroite, le sein haut, ferme, charnu, un vrai sein de femme plus que de jeune fille, la ligne impeccable du dos et des épaules, le délié des bras. Quel âge a-t-elle ? Dix-sept ans, dix-huit peut-être. La regardant, deux vers chantés de Gombrowicz, dans *Opérette*, une pièce jouée par Judith au petit théâtre de Chaillot, surgissent à pleine force de ma mémoire :

> *Ô nudité jeune à jamais, salut !*
> *Salut, jeunesse à jamais nue !*

L'idée d'être actrice enthousiasma Évelyne, elle semblait heureuse et s'inscrivit à son tour au cours Simon. Je ne sais plus si elle connut alors Judith ou si leur rencontre fut plus tardive. René Simon, le fondateur et l'animateur du cours, exerçait sur ses élèves des deux sexes un ascendant très fort. Il avait résolu que ma sœur, avec son corps idéal, devait faire carrière au cinéma, mais que son nez d'intellectuelle juive était un obstacle dirimant. Il fut franchi. Elle n'eut de cesse, contre l'avis de son mari, que de se livrer à la chirurgie esthétique, victime elle aussi du problème ontologique que le nez de Pauline posa à toute sa progéniture. Se faire refaire le nez était une mode naissante et fiévreuse à l'époque, une aventure libératrice, vécue comme telle par ses pionnières, liée probablement, par des médiations vagabondes mais intelligibles, à la libération du pays et à celle des femmes, dont *Le Deuxième*

Sexe de Simone de Beauvoir fut l'acte inaugural. Le maître chirurgien alors était si couru par les dames qu'il donna éponymement son nom à la chose : on disait « le nez Claoué », qui n'était pas toujours une réussite absolue. Juliette Gréco eut un nez Claoué, Évelyne Rey — ce fut le nom de scène que ma sœur se choisit — eut le sien, ravissant en vérité. Je ne le découvris que plus tard, me trouvant la plupart du temps en Allemagne, à Tübingen puis à Berlin, pendant les années de sa vie avec Serge.

Au cours d'un de mes passages à Paris, j'avais rendez-vous un soir avec elle et son mari au Royal, un café très animé de Saint-Germain-des-Prés — un vrai bistrot avec un grand comptoir courbe, de hauts tabourets rouges et une large arrière-salle —, situé juste en face des Deux Magots, au coin de la rue de Rennes et du boulevard Saint-Germain. Nul n'aurait pu alors imaginer que le Royal ne serait pas éternel, qu'il serait remplacé par le Drugstore Saint-Germain, lequel nous apparaîtrait à son tour enraciné dans la nuit des temps et voué à une existence pérenne. Mais le Drugstore est mort, tout à la fois de sa belle mort et des bombes de la terreur. Une boutique du roi de la fringue transalpine lui a succédé, avec un restaurant chic et cher au premier étage. Permanence et défiguration des lieux sont la scansion du temps de nos vies. Je l'ai vérifié autrement, dans le désespoir, pendant la réalisation de *Shoah*, lorsque je fus confronté aux paysages de l'extermination en Pologne. Ce combat, cet écartèlement entre la défiguration et la permanence furent alors pour moi un bouleversement inouï, une véritable déflagration, la source de tout. Saint-Germain-des-Prés ou le Quartier latin ne sont certes pas des hauts lieux de massacre : que le Royal, la librairie Le Divan, au coin de la rue Bonaparte, à l'autre bout de la place, ou encore, boulevard Saint-Michel, les Presses universitaires de France, théâtre de mes larcins, aient dû, avec tant d'autres, céder à la pandémie de la mode, est simplement triste. Davantage peut-être : vivants, nous ne reconnaissons plus les lieux de nos vies et éprouvons que nous ne sommes plus les contemporains de notre propre présent. Je ne partage pas avec beaucoup le savoir que le Royal a existé et je pense toujours, dans l'admiration et le scepticisme absolu, à la plaque mémorielle apposée sur la façade du 1 quai aux Fleurs, immeuble où vécut Vladimir Jankélévitch et où j'ai habité moi-même quelque temps. On peut y lire cette pensée du philosophe, extraite d'un de ses livres, que j'appris aussitôt par cœur tant elle m'émouvait et que je me récite souvent la nuit ou quand il m'arrive de passer quai aux Fleurs : « Celui qui a été ne peut plus désormais ne pas avoir été. Désormais, le fait mystérieux et profondément obscur d'avoir vécu est son viatique pour l'éternité. » Au Royal donc, j'avais à peine retrouvé Rezvani et ma sœur que Deleuze entra dans mon champ de vision, ou plutôt dans notre champ de vision à tous trois. Nous nous vîmes tous les quatre dans la même seconde, quatre regards s'échangèrent en un éclair, mais plus encore le mien sur Évelyne qui voyait Deleuze, sur Deleuze qui voyait Évelyne, sur Serge qui les voyait se voir, etc., miroitante et destinale mise en abyme. Je sus, nous sûmes tous à l'instant qu'elle allait inéluctablement retourner à Deleuze. Dans *Scarface*, le splendide film noir de Howard Hawks, deux bras se tendent, deux briquets s'allument simultanément pour offrir leur flamme à la cigarette qu'une beauté fatale vient de porter à ses lèvres. Ils sont trois, le vieux gangster dont elle est la maîtresse, le jeune loup qui veut à la fois la femme et l'empire de son maître. C'est elle qui va trancher : elle hésite entre les deux flammes. Suspense infernal, pas un mot n'est échangé, pas une seconde de trop, elle se décide, comme on tue, pour le plus jeune. On sait que son choix est une condamnation à mort et que la même main qui tend le briquet élu abattra celui dont la flamme a été dédaignée. Du cinéma pur.

Deleuze continua à habiter avec sa mère rue Daubigny, mais il installa Évelyne dans une rue voisine et également sinistre du XVIIe arrondissement, pour elle éloigné de tout et d'abord des lieux que l'apprentie actrice qu'elle était devait professionnellement fréquenter. Je lui rendis un jour visite dans le deux-pièces meublé qu'il avait loué, je la trouvai malheureuse et comme exilée, j'eus le sentiment qu'il la cachait, la contraignant à une existence clandestine, allant la voir furtivement à ses heures, comme on va au bordel. Je ne sais combien de temps exactement dura cette seconde liaison — séquestration serait plus juste — et je ne puis faire état de ce que ma sœur me confia par la suite sur le comportement amoureux de son amant, sur les moyens et les entremises utilisés par lui lorsqu'il lui apparut nécessaire d'en finir, la subversion philosophique et désirante ayant besoin, pour s'épanouir et se donner libre carrière, d'une respectabilité bourgeoise qu'Évelyne ne pouvait pas lui apporter. Cette rupture entraîna la mienne, je n'ai jamais revu Deleuze, sauf en passant. L'admiration resta intacte et s'accrut même, l'amitié n'était plus. La violence de son propre suicide la ressuscita.

Évelyne, en son tréfonds, demeura sûrement blessée à jamais, mais le théâtre — non pas le cinéma — la délivra, elle commença vraiment à jouer, apprit son métier à la dure, engagée au Centre dramatique de l'Ouest, qui tournait dans les villes de Bretagne et de Normandie. J'ai retrouvé une lettre d'elle à Paulette et Monny où elle énumère les dates et les lieux de représentation, jour après jour, pratiquement sans relâche ni repos, le Cinéma familial à Lannion, le théâtre Comœdia à Brest, les salles des fêtes de Loudéac et Vitré, la salle NEF de Vannes, la salle des Concerts du Mans, celle des Beaux-Arts de Cherbourg, les théâtres de Quimper, Pontivy, Mayenne, Saint-Lô, Coutances. C'est l'Illustre Théâtre de Molière, qui va de ville en ville dans la pluie, le gel, la canicule, mais, comme elle l'écrit, quel que soit le temps, les théâtres sont toujours glacials et les loges insalubres, souvent puantes. Peu importe, poursuit-elle, « cette vie me passionne, j'en pleurerais de la quitter ». Revenue à Paris, elle ne cessa plus de jouer, soit pour le théâtre, soit pour la télévision. Je l'ai vue parfaite, émouvante et subtile, dans *Les Trois Sœurs*, dans *Soledad*, de Colette Audry, *Le Ouallou*, d'Audiberti, *Ping-Pong*, d'Arthur Adamov. En 1953, elle interpréta magistralement le rôle d'Estelle l'infanticide, dans *Huis clos* de Sartre, à la Comédie Caumartin, avec Christiane Lénier et François Chaumette, rôle qu'elle reprit d'ailleurs plusieurs fois dans d'autres salles, avec d'autres comédiens, durant les années qui suivirent, et même à la télévision avec Judith qui était Inès et Michel Auclair Garcin, dans une mise en scène de Michel Mitrani. Je rappelle tout ceci non pas pour exposer le cursus de ma sœur, carrière normale d'une jeune actrice douée, mais pour rétablir simplement la vérité. Où serait-elle dite sinon dans ce livre? Depuis son suicide, le 18 novembre 1966, la doxa la concernant veut en effet qu'elle n'ait jamais joué que dans les pièces de Sartre, écrites spécialement pour elle. L'utilisation de formules ambiguës — par exemple dans le volume de la Pléiade consacré à l'œuvre théâtrale de Sartre — laisse croire que c'est Sartre qui l'a imposée pour ce rôle à la Comédie Caumartin. Je témoigne que cela est faux, Sartre ne connaissait pas ma sœur, ne l'avait jamais vue jouer, et c'est moi qui, un matin — je vivais alors depuis un an avec Simone de Beauvoir —, ai reçu un appel de Sartre, me disant textuellement : « Il paraît que votre sœur est très bonne dans *Huis clos*, je voudrais y aller, organisez cela avec le Castor, on l'invitera à dîner après. » Rapportant au Castor les termes de l'impérative requête de Sartre, je lui citai pour tout commentaire ces mots du comte Mosca dans *La Chartreuse de Parme*, lorsqu'il apprend la prochaine rencontre de la Sanseverina avec Fabrice : « Si jamais le mot amour est prononcé entre eux, je suis perdu. » Une histoire entre Sartre et Évelyne était inévitable, tout y concourait, le goût de Sartre pour la séduction, l'inclination de ma sœur à la philosophie — il fallait un penseur de la stature de Sartre pour panser les plaies ouvertes par Deleuze —, mais aussi la symétrie en miroir entre la relation du frère avec Beauvoir et celle que la sœur entretiendrait avec Sartre. Les conséquences pour Évelyne nous effrayaient beaucoup, le Castor et moi, j'irais jusqu'à dire que, personnellement, elles me terrorisaient tant je la savais éprise d'absolu et incapable de ne pas se donner tout entière. Je mesurais les périls que lui ferait courir pareille aventure, pour ne rien dire des complications qu'elle entraînerait dans la vie amoureuse de Sartre, déjà passablement tortueuse puisqu'il ne rompait jamais et gardait toutes ses maîtresses, même quand la passion et le sexe avaient depuis longtemps déserté leurs rapports. Le Castor et moi fîmes l'impossible pour retarder l'échéance, mais il tenait véritablement à voir cette Estelle, ne céda pas, devint pressant, il fallut s'exécuter. Si j'insiste sur ma résistance et ma crainte, c'est que le contraire a été allégué dans plusieurs livres et prétendues biographies, qui se précipitent, toujours avec la même avidité, sur ce formidable paradoxe des Lanzmann, incestueux carriéristes se faisant la courte échelle pour monter à l'assaut des cimes : j'aurais livré ma sœur à Sartre comme, auparavant, à Deleuze. À l'origine de cette grande trouvaille, il y a deux livres de Serge Rezvani, *Les Années-lumière*, paru en 1967, quelques mois après la mort d'Évelyne, et *Le Testament amoureux*, en 1981. Les raisons du ressentiment qui poussa Rezvani à salir une famille entière, à plonger ma mère dans une longue dépression, sont trop évidentes et je ne m'y appesantirai pas. J'ai intenté un procès — que j'ai gagné — à l'éditeur et à l'auteur du *Testament* : le livre a été expurgé d'un grand nombre de passages dont j'avais réclamé la suppression. Il a été réédité avec des « blancs ». Vingt-deux ans plus tard, en septembre 2003, j'ai reçu de Serge une lettre dont je reproduis ici quelques extraits, avec son consentement :

« Claude, brusquement, sans que j'en comprenne la profonde raison, j'éprouve le besoin de t'écrire. Bien des années ont passé. Vingt ans et plus depuis mon livre *Le Testament amoureux*, et combien de décennies depuis notre rencontre ; notre amitié ; nos liens de famille ; Évelyne, avec toutes les souffrances qu'elle a représentées pour moi, pour toi, pour Jacques, pour Paulette… Depuis, de nouvelles souffrances sont venues dans ma vie intime… Tant de perte m'a "réveillé" en quelque sorte… C'est pour cela sans doute que j'ai eu ce matin ce soudain besoin de réconciliation avec toi car j'ai pris conscience — après tant d'années — à quel point je t'ai blessé. Je t'en demande très sérieusement pardon. Peut-être qu'il te sera impossible d'apaiser ton ressentiment. Alors paix ! Tout au moins aurai-je fait ce geste vers toi… Je veux te serrer malgré tout aux épaules, en frère repentant… »

J'ai su gré à Serge de m'avoir adressé cette lettre complètement inattendue, je lui ai répondu mais jusqu'à présent nous ne nous sommes pas revus. Les exemplaires de son livre déjà vendus avant le procès n'ont évidemment pas pu être rapatriés et le venin peut continuer à agir dans de pauvres cervelles. Une énième biographie, américaine, du « tête-à-tête » Sartre-Beauvoir, faite exclusivement de petitesses et de ragots rancis, à destination d'un public ignorant, s'appuie sur la version première du *Testament amoureux* et a trouvé, hélas, un éditeur français pour la traduire et la publier. Je n'ai même pas eu à ester en justice, l'éditeur a vite reconnu son tort, arrêté la diffusion du livre et l'a réimprimé en supprimant les passages les plus insupportables de bassesse et de sottise. Je lui avais écrit, citant Hegel : « Il n'y a pas de grand homme pour son valet de chambre, pas du tout parce que le grand homme n'est pas un grand homme, mais parce que le valet de chambre est un valet de chambre. » Trois mois après la mort, le 21 juin 2006, de mon frère Jacques, j'ai reçu une deuxième lettre de Serge :

« Mon très cher Claude, j'ai appris tardivement la mort de Jacquot ! J'en ai été très très peiné. Tant de souvenirs de jeunesse nous ont liés et nous lieront à jamais ! Une très grande tristesse s'ajoute aujourd'hui à celle-là : le livre de Hazel Rowley… J'avais refusé de lui parler d'Évelyne, de toi, de nos souvenirs communs. Tu sais combien j'ai été désolé du *Testament amoureux* !… Je ne voulais pas négliger ce triste prétexte pour te dire mon inaltérée et très profonde affection. Je t'embrasse en frère. »

Évelyne Rey, devant l'auteur de la célèbre pièce, fut brillantissime ce soir-là à la Comédie Caumartin. Le Castor était assise entre Sartre et moi, lui à sa dextre, moi à sa gauche, j'étais divisé, en guerre contre moi-même, très fier de la performance de ma sœur mais terrifié parce que chacune de ses répliques, de ses attitudes, sa façon de bouger, les moues de mauvaise foi proprement sartrienne de l'infanticide qui cherche des accommodements avec la vérité, scellaient l'inéluctable en train de s'accomplir. Au fur et à mesure que s'en imposait pour moi l'évidence, je pressais, de ma main, le genou du Castor, façon de lui dire : « Oh là là, catastrophe ! », qu'elle entendait parfaitement puisqu'à d'autres moments c'est sa main à elle qui serrait le mien, signifiant un « nous sommes perdus », comme si nous étions, à nous deux, un seul comte Mosca. Le souper, dans un restaurant sis non loin du théâtre, fut aux chandelles et idéal en tout point. Ma sœur rayonnait, belle à couper le souffle, et Sartre faisait le joli cœur didactique, expliquant, de sa définitive voix métallique, qu'elle était la meilleure Estelle qu'il eût jamais vue, écrasant la créatrice du rôle, Gaby Sylvia si je me souviens bien. Sartre avait tout ce qu'il fallait pour séduire Évelyne, il la complimentait par des raisons articulées, emboîtées, verrouillées les unes aux autres. Voir à l'œuvre cette formidable machine à penser, ces bielles et pistons fabuleusement huilés montant en puissance jusqu'au plein régime, laissait chacun pantois d'admiration, et plus encore si le dessein de cette logique imparable et passionnée était de vous louanger. Les ennemis de Sartre se sont gaussés de sa laideur, de son strabisme, l'ont caricaturé en crapaud, en gnome, en créature immonde et maléfique, que sais-je… Je lui trouvais, moi, de la beauté, un charme puissant, j'aimais l'énergie extrême de sa démarche, son courage physique, et par-dessus tout cette voix d'acier trempé, incarnation d'une intelligence sans réplique. Je n'ai donc pas été étonné que mes prédictions se vérifient et que ma sœur se mette à l'aimer. Il l'aima, lui, follement. Je l'ai vu, alors que nous étions en voyage, le Castor, lui et moi, piétiner d'impatience comme un enfant, attendant qu'elle lui téléphone, de rage si elle tardait à le faire, et la maudire, par insultes et imprécations, quand elle ne le faisait pas. En ces occurrences, c'est à moi d'ailleurs qu'il lançait des regards mauvais, primitivisme justifié puisque Évelyne et moi étions du même sang. Il était jaloux sans sublimation aucune et si naturellement qu'il ne cherchait même pas à donner le change. Lorsque la jalousie le taraudait, son humeur était exécrable et cette passion triste changeait la souveraine voix métallique en voix hargneuse de grand inquisiteur. Si les réponses le satisfaisaient, il revenait rasséréné et ne tarissait pas d'éloges sur celle qui lui avait fait nourrir les plus graves soupçons. Il passait avec elle des heures au téléphone, lui parlant des pièces qu'elle interprétait, jugeant les auteurs, l'interrogeant sur les acteurs, décortiquant la mise en scène jusqu'au noyau. Cela ne l'empêchait pas de lui écrire le lendemain de longues lettres dans lesquelles il reprenait en les développant les arguments exposés oralement. Mais surtout ses lettres étaient de magnifiques missives d'amour et de littérature, indissociablement. Je le vois encore, sous la charmille d'un jardin d'hôtel à Albi, lui écrire pendant deux après-midi sans désemparer un inoubliable morceau de prose sur Albi la rouge et sa cathédrale, qu'il nous lisait, le soir, à Simone de Beauvoir et moi. Nous avions la primeur des déclarations d'amour à ma sœur et des pensées de Sartre sur Albi. Pour nous, cela allait de soi, pour elle aussi. Où est passée cette lettre d'Albi? Qui s'en est emparé, l'a gardée ou vendue après la mort d'Évelyne? Je ne le saurai jamais.

Comme Deleuze, Sartre avait installé ma sœur à deux pas de chez lui, au 26 de la rue Jacob, dans un hôtel particulier au charme aristocratique dont il louait le grand appartement du premier étage, qui donnait par la façade et ses deux ailes sur la cour d'honneur tandis que l'arrière du bâtiment s'ouvrait, passé le porche d'entrée, sur un jardin mélancolique, avec un quinconce de grands arbres aux fûts élancés. J'ai découvert que cet appartement fit plus tard scandale puisqu'un de ses occupants ultérieurs fut Alain Juppé, Premier ministre de la République, accusé de payer un loyer bien plus bas que les prix du marché. L'hôtel particulier du 26 rue Jacob était en effet la propriété de la Ville de Paris et les attributions de logements dépendaient de la Mairie. Je me demande quels étaient les liens de Sartre avec l'Hôtel de Ville, je me dis aussi — et j'en suis heureux — que le coût de la location ne devait pas être pour lui exorbitant. Quoi qu'il en soit, les cent quatre-vingts mètres carrés de ce nid d'amour étaient merveilleusement accueillants car ma sœur avait le sens de l'hospitalité, c'était un plaisir d'y passer, d'y dîner en sa compagnie et celle de Sartre, dans l'immense pièce de façade qui était en même temps la chambre à coucher, ou dans la cuisine, pièce à vivre chaleureuse et équipée dernier cri. La différence avec Deleuze, c'est d'abord que Saint-Germain-des-Prés, et davantage encore à cette époque, était plus attrayant que les mornes plaines, mornes artères du XVIIe arrondissement et que Sartre, s'il continuait à travailler à trois cents mètres de là, dans le minuscule logis du 42 rue Bonaparte, vivait pratiquement avec Évelyne, du moins au début, dans le feu de leur relation. Elle l'admirait sans réserve, mais ne fut jamais sous emprise comme avec Deleuze. Les enfantines crises de jalousie de Sartre n'empêchaient pas que, philosophe de la liberté, il eût d'emblée placé leur union sous ce signe, ce qui avait permis à ma sœur d'instaurer et de maintenir envers lui une distance critique, intime et sarcastique, moyen de supporter ce qui lui était imposé et de s'en défendre. Michelle Vian étant la maîtresse en titre, la clandestinité fut la loi d'airain pour la nouvelle venue, quelle que fût la flamme dont le sultan de la rue Bonaparte brûlait pour elle. Elle ne devait pas accéder au devant de la scène, au statut de favorite, elle aurait à se satisfaire de l'ombre propice et de l'idée que le secret de cette relation, jalousement gardé et partagé seulement par les familiers du premier cercle — le Castor et moi par exemple —, nantissait et auréolait celle-ci d'une qualité essentielle et très précieuse à laquelle la pleine lumière d'une liaison officielle ne saurait atteindre.

Ce qui reste pour moi le plus vivace quand je pense à ces premières années de la rue Jacob, c'est la grande gaieté de leur relation. Avec Sartre comme avec le Castor, le seul sujet de conversation, inépuisable en vérité, était le monde. Le monde, c'était ce qu'on avait lu dans les journaux, dans les livres, c'était la politique, ou encore les gens qu'on connaissait, qu'on rencontrait, les amis, les ennemis, une sorte de commérage infini, rosse, marrant, partial, pas du tout « enculturé » pour reprendre un mot de Sartre, clabaudage interminable qu'on poursuivait, reprenait après les heures de travail. Évelyne y excellait, avec son esprit aigu, caustique, son œil perçant, ses drôleries de langage. Les gens étaient sensibles chez elle à cette rare alliance de la beauté et de l'intelligence, elle avait beaucoup d'amis, hommes et femmes. Sartre payait l'appartement et lui donnait de l'argent, comme à toutes les autres, quand elle n'en gagnait pas. « Voilà le sou » était la formule consacrée lorsqu'il lui envoyait un chèque. Pendant ces années, ma sœur fut heureuse, elle jouait au théâtre, elle avait Sartre, à qui elle resta fidèle jusqu'à ce qu'elle décidât de le quitter. Cela advint en effet car la clandestinité, facile au commencement, devint intenable au fil du temps. Les vacances de Sartre étaient statutairement réservées au Castor et à Michelle Vian, Évelyne résolut d'arrêter lorsqu'elle comprit le caractère inaltérable de ce dispositif. Au bout de deux ans, ou trois peut-être, je n'en suis pas sûr. Mais chacun tenait à la relation privilégiée qui les liait, elle resta dans l'appartement de la rue Jacob où Sartre lui rendait visite plusieurs fois par semaine, il la conseillait en tout et il était son confident le plus proche et le plus écouté. C'était à la fois un changement et une permanence, le terme de rupture est inadéquat si on le prend dans son sens ordinaire. Ma sœur, qui était la loyauté et la délicatesse mêmes, ne dérogea pas à la promesse qu'elle avait faite à Sartre : Michelle Vian, par elle, ne sut jamais rien. Beaucoup de gens, forcément, étaient au courant, pourtant le secret fut maintenu jusqu'à son suicide, sans qu'elle fasse rien pour le trahir. Dans ses *Mémoires*, Simone de Beauvoir se plie à l'omerta, le rapport amoureux d'Évelyne et Sartre est passé sous silence, je sais qu'elle en souffrit, un moment important de son histoire était annihilé ; on m'a rapporté tout récemment que Michelle Vian n'apprit qu'après la mort de Sartre l'existence de sa liaison avec ma sœur : il faut savoir s'aveugler ! La délicatesse d'Évelyne se marqua encore en ceci : alors qu'elle avait autour d'elle une véritable cour d'hommes beaux et attirants, acteurs, metteurs en scène ou intellectuels, le successeur de Sartre ne fut ni plus beau ni plus grand que lui et pas du tout un nabab. C'était Robert Dupuy, pour qui elle avait inventé un diminutif, « Roro », un avocat chaleureux et d'une vive intelligence, Sartre, qui fut plusieurs fois convié à dîner avec eux, l'aimait beaucoup. En vérité, je crois que ma sœur se sentait bien avec les hommes laids, ils la rassuraient, l'amour étant à ses yeux autre chose que le double mirage de belles apparences, d'abord amour de l'âme, car elle vivait contradictoirement sa beauté, évidente sous le regard des autres, problématique pour elle : elle ne s'en éprouvait pas propriétaire, elle ne se tint jamais pour une « belle de souche » et c'était la source constante d'une incertitude, d'une interrogation inquiète à laquelle il n'y aurait jamais de réponse avérée. Une belle femme n'est rien d'autre qu'une laide déguisée, a écrit quelque part Sartre lui-même, et ce n'est pas pour rien qu'elle lisait et relisait sans fin *Belle du Seigneur* d'Albert Cohen, dont le matérialisme féroce l'enchantait. Avant de séduire la belle Ariane en lui exposant dans un étourdissant détail les théorèmes, lemmes et scolies qui fondent sa haine de la séduction, le beau Solal avait commencé par se rendre horrible à sa vue — *horribile visu* — en masquant toutes ses dents sauf ses deux canines d'un enduit noir, qui le changeait en vieillard édenté. « Deux canines, pouvait-il plus tard ricaner alors qu'elle était rendue pieds et poings liés, voilà ce que pèse votre amour. »

Toute cette période de la vie d'Évelyne, avec et après Sartre, coïncide avec la guerre d'Algérie. Comme nous tous, elle avait pris parti pour l'Indépendance et milita, à sa façon, ardente. Elle fut de toutes les manifestations, matraquée à plusieurs reprises par la police. Il nous arriva d'être arrêtés ensemble et de passer une nuit entière dans une cellule du commissariat de la place Saint-Sulpice, nous récitant l'un à l'autre stichomythiquement des distiques de tragédie ou des strophes alternées de *La Légende des siècles*, avec un élan tel que, comme dans *Booz endormi*, l'« immense bonté [qui] tombait du firmament » embuait, vers quatre heures du matin, les yeux las et humains de nos gardes. Des Algériens recherchés furent abrités rue Jacob au moment où elle répétait *Les Séquestrés d'Altona*, magnifique pièce de Sartre sur la haine de l'homme pour l'homme, qui transpose dans l'Allemagne post-hitlérienne la dénonciation des crimes et tortures que nous commettions de l'autre côté de la Méditerranée. La première eut lieu au Théâtre de la Renaissance, en septembre 1959, et le rôle de Johanna, qu'elle tenait, avait été véritablement écrit pour elle. Toutes les pièces de Sartre, on le sait, furent écrites pour des femmes et, comme le dit joliment Cau, dans *Croquis de mémoire* : « Plutôt que d'offrir des fleurs, il leur offrait des pièces. » Mais *Les Séquestrés* furent la seule et unique pièce qu'il conçut pour Évelyne, avec laquelle il n'avait plus de relation amoureuse depuis plusieurs années. C'était un très beau bouquet : le rôle de Johanna était un grand rôle de femme, celui d'une actrice que le mariage a contrainte à abandonner son métier, fascinée par la folie à demi jouée du fils de famille séquestré, son beau-frère Frantz, amoureuse de lui mais incarnant aussi la lucidité et la force, vertus cardinales qui la conduisent au refus de vivre cet amour pour un tortionnaire. *Les Séquestrés* connurent des problèmes dès les répétitions, Sartre dut couper, puis couper encore la pièce, beaucoup trop longue, et assumer lui-même une part de la mise en scène tant les malentendus avec François Darbon qui en était chargé s'accumulaient. Tout se déroula dans une grandissante tension, le spectacle dans l'ensemble ne fut pas compris, Poirot-Delpech, le papal critique du journal *Le Monde*, parla sottement de « soutenance de thèse illustrée » et, à l'exception de Serge Reggiani qui restait en scène pendant trois heures, les autres comédiens, ma sœur y compris, furent pardonnés de ne pas avoir réussi à donner la vie à une œuvre aussi « glaciale et désincarnée ». Sartre n'avait rien écrit pour le théâtre depuis quatre ans, on lui faisait payer ses prises de position politiques dans un climat de pré-guerre civile. La pièce devait être reprise six ans plus tard, en 1965, avec les mêmes interprètes, dans une mise en scène de François Périer.

La politique eut l'année suivante, en 1960, de dures conséquences sur la carrière et la vie de ma sœur : elle signa avec nous tous — et contre mon avis car je prévoyais ce qui arriverait — le Manifeste des 121, appelant les conscrits à refuser de servir en Algérie, et les représailles ne tardèrent pas. Elle travaillait alors beaucoup à la télévision, télévision d'État, qui la sanctionna immédiatement en annulant tous ses engagements et en lui fermant ses portes pour plusieurs années. Elle avait trente ans. Signer le Manifeste était un acte grave : Jean Pouillon, membre du comité de rédaction des *Temps modernes*, mais en même temps fonctionnaire puisqu'il était secrétaire des débats à l'Assemblée nationale, fut suspendu sur-le-champ. Simone Signoret que j'allai voir pour la convaincre de signer elle aussi, car son nom était emblématique et c'était une amie, comprit aussitôt les dangers qu'elle encourrait si elle le faisait. Elle me cita un dialogue entre Jean Gabin, les techniciens et autres acteurs moins fameux d'un film qu'il était en train de tourner au moment où la guerre éclata en septembre 1939. Tous se désolaient, certains pleuraient, et Gabin les apostropha : « Pourquoi pleurnichez-vous, vous n'avez pas grand-chose à perdre. Tandis que moi… » En me rapportant cette histoire, elle entendait me signifier que les intellectuels, travailleurs de la plume, ne dépendaient que d'eux-mêmes, tandis qu'elle se verrait interdite de télévision publique, où elle apparaissait beaucoup, et également de théâtre ou de cinéma. Il me fallut trois jours pour la convaincre On peut dire qu'elle signa le Manifeste en connaissance de cause et en pleine conscience. Cela est d'autant plus méritoire. Évelyne, selon moi, le fit avec trop de légèreté.

L'Histoire s'accéléra, l'appartement du 42 rue Bonaparte fut plastiqué une première fois en juillet 1961 par l'OAS (Organisation armée secrète, groupes armés des partisans de l'Algérie française, qui voulaient faire régner la terreur en Métropole), Sartre et Beauvoir s'expatrièrent dans un lugubre trois-pièces de l'avenue de Versailles où j'allais les voir en pratiquant comme un professionnel la rupture de filature, que j'avais apprise pendant la Résistance. Les soirées étaient délicieuses, l'humeur excellente, ni elle ni lui ne cédèrent à une quelconque panique. Tant qu'il pouvait écrire, Sartre demeurait impavide. Évelyne dut quitter le futur bel appartement d'Alain Juppé, qui coûtait trop cher à Sartre en cavale et à elle-même chômeuse. Elle resta au 26 rue Jacob, mais sur l'arrière, dans un logement du deuxième étage, très plaisant quoique trois fois plus petit, qui donnait sur la cour jardin mélancolique aux grands arbres en quinconce. Elle fut aimée de Norbert Bensaïd, médecin réputé et psychanalyste, qui ne réussit jamais à quitter sa femme comme il le lui avait tant de fois promis, j'ai lu ses lettres, embarrassées, fuyantes et lourdes, ennuyeuses au bout du compte, comme le sont celles de tous les hommes en posture de lâcheté. Elle eut d'autres amours, plus que de raison sans doute, et chaque fois que j'en étais averti, je me récitais ces deux vers de Musset, dans *Namouna Toi !* :

> *C'est que croyant voir, sur ses amours nouvelles,*
> *Se lever le soleil de ses nuits éternelles...*

Quand les Algériens sortirent des prisons françaises, avant et après la signature des accords d'Évian, nous les recueillîmes et la rue Jacob fut pour certains d'entre eux un relais et un havre. Ahmed Taleb Ibrahimi, qui serait ministre des Affaires étrangères du premier gouvernement algérien et ensuite ministre de l'Éducation nationale, partisan de l'arabisation à outrance, du plus strict enseignement islamique et de la polygamie, fut son amant pendant les quelques jours qu'il passa chez elle. Je l'ai connu, sa barbe était bien taillée, son corps élancé, il avait un très fin visage d'intellectuel consumé de l'intérieur. Il se gardait de dire le fond de sa pensée. Je l'ai aidé, je l'aimais bien et j'ai cru qu'il me le rendait, mais je n'ai plus jamais eu de ses nouvelles. Quelques messages de moi sont restés sans réponse. Sur les photos de cette époque, ma sœur est toujours belle, mais elle paraît éprouvée, l'effroi se lit dans son regard.

En septembre 1965, pour la reprise des *Séquestrés* au Théâtre de l'Athénée, je me trouvais dans sa loge, le soir de la première, avec Sartre et Simone de

Beauvoir, quelques instants avant son entrée en scène. La salle était bondée, on entendait nettement les piaffements d'impatience du public, car la représentation prenait de plus en plus de retard. Évelyne, qui était de la première scène, ne voulait pas jouer. Habillée de la luxueuse robe blanche de Johanna, les cheveux tressés en couronne allemande, elle tremblait de tout son corps, tremblement qui culmina et explosa soudain en sanglots convulsifs, en hurlements coupés d'une longue plainte déchirante couvrant le bruit de la salle. Nous l'entourions tous les trois, l'embrassant à tour de rôle, lui parlant, tentant de la convaincre que tout irait bien, qu'elle était et serait merveilleuse. La catastrophe, pour elle, pour Sartre, pour la pièce, pour le théâtre, me semblait inévitable. L'annonce d'un incident technique fut faite, elle se reprit tout à coup, incompréhensiblement, sécha ses yeux, fut repoudrée et entra en scène. Elle joua très bien, la voix sèche et comme sans émotion, je ne l'avais jamais vue, dans *Les Séquestrés*, aussi bonne. Sartre dut lui en vouloir beaucoup, je le comprends. J'ai retrouvé une lettre d'elle, adressée à notre mère, au temps du Centre dramatique de l'Ouest. Elle y annonce que la troupe va donner deux représentations à Paris, et elle écrit : « Vous y serez tous, toi, Monny, Claude et Jacques, je serai malade de peur. C'est dommage, le trac me paralyse absolument. Je fais toujours les meilleures représentations dans les petits patelins sans importance, où je ne crains ni amis ni parents. » Au Théâtre de l'Athénée, tout Paris la guettait, elle jouait très gros, et le trac, au lieu de la mobiliser comme c'est

252

le cas pour la plupart des acteurs — ce le fut toujours pour Judith —, redoublait sa peur du public et du jugement d'autrui. Cette crise terrifiante était annonciatrice d'une défaite existentielle dont elle tira sans faillir les conséquences. Elle tomba malade aussitôt la fin des représentations, il était prévu qu'elle partît, avec la pièce, en janvier 1966, pour une longue tournée européenne, mais il fallut, au lieu de cela, l'hospitaliser d'urgence à Claude-Bernard. On diagnostiqua une pleurésie purulente du poumon droit. Elle resta à l'hôpital du 17 janvier au 5 mars 1966, dans de grandes souffrances de jour comme de nuit, elle continua à présenter des séquelles et des infiltrations pendant les mois suivants, ne put se passer de soins et fut même réadmise à Claude-Bernard au début août. Presque toujours, quand j'allais la voir à l'hôpital, je croisais dans les couloirs ou rencontrais dans sa chambre Claude Roy, qui lui rendait visite quotidiennement et même plusieurs fois par jour. Il se disait éperdument amoureux d'elle, le lui déclarait, l'en persuadait et attestait cette passion par une avalanche de lettres, billets doux, poèmes, télégrammes, pneumatiques, etc. Quittant sa chambre, il s'arrêtait dans le bureau de l'infirmière en chef et troussait un madrigal sur du papier à en-tête de l'Assistance publique, avec prière de le délivrer illico à Évelyne. J'ai en main chacune des lettres de Claude, écrivain de race, la poésie sourdait de lui comme son langage le plus naturel, il avait toutes les facilités, se montrait incroyablement talentueux, inventif, vraie boîte à surprises, magicien éblouissant. Relisant tant d'années après ce qu'il lui écrivait, je demeure admiratif de tous ses dons et je me demande comment une femme affaiblie physiquement, se battant pour vivre — parce qu'elle était allergique à l'antibiotique efficace en pareille occurrence, les médecins, pour la traiter, étaient contraints de prendre des biais —, pouvait résister à un tel bombardement d'amour, surtout si elle était aussi amoureuse des mots que l'envoyeur, et sensible aux coq-à-l'âne, aux associations folles, aux jeux de langage du poète, qui lui affirmait en même temps qu'elle était sa muse, son inspiratrice, la raison de cette créativité spectaculaire dont elle s'étonnait. Ils se connaissaient depuis longtemps, mais c'est lorsqu'il la vit gisante sur un lit d'hôpital que son étrange passion se révéla. Entre eux, dans les mois qui suivirent, il fut question de vie commune, mais elle ne voyait pas aussi loin. Elle était convaincue que, dès sa guérison, ils passeraient l'été ensemble au bord de la mer, c'est ce qu'il n'avait cessé de lui promettre et qui lui importait. Lorsque le temps des vacances arriva et que la question se fit urgente, la femme de Claude, l'actrice Loleh Bellon, lui posa le plus binaire des ultimatums : « C'est elle ou moi. » Il était profondément attaché à Loleh et elle représentait en outre l'institution face à laquelle le déferlement d'annonces poético-amoureuses adressées à ma sœur ne pesait pas lourd. Claude le civilisé extrême rompit avec une brutalité barbare. J'ai sous les yeux deux lettres de lui, l'une non datée, encore tendre, d'une tendresse qui sonne creux, où il prend ses distances, la prévient qu'il ne pourra pas la voir les jours prochains et écrit : « Tu as rudement bien fait de ne pas avaler ta capsule de cyanure ni de te jeter sur les barbelés électriques, parce que tu vas faire dans la vie des choses très intéressantes et très belles… » Elle avait donc déjà envisagé le suicide comme une sérieuse possibilité, cela n'empêcha pas Claude de lui envoyer sa dernière lettre le 27 juillet 1966, avant de partir au soleil avec sa légitime épouse et de se rendre invisible. On comprend, le lisant, qu'Évelyne lui avait dit « Je te maudis » : il se défend piteusement contre cet anathème. Elle comptait que ces vacances avec Claude marqueraient pour elle le seuil d'une nouvelle vie, lui ouvriraient d'autres chemins. Elle avait eu trente-six ans le 9 juillet. Je ne l'ai jamais vue aussi désespérée, hagarde, violente qu'après cette rupture, ce manquement à la parole et ce déni d'amour dont elle n'avait pas eu le moindre pressentiment.

Elle ne voulait plus entendre parler de théâtre, mais pensa — nous le pensions tous — qu'elle serait très capable de réaliser des films et, d'abord, des reportages pour la télévision. Elle était curieuse de tout, instaurait avec les gens un rapport de confiance, savait les faire parler et révéler d'eux-mêmes le plus essentiel. Éliane Victor, qui dirigeait alors une célèbre émission de télévision, « Les femmes aussi », et qui l'aimait beaucoup, lui confia la réalisation d'un film sur les femmes tunisiennes. Elle partit en août puis en septembre faire là-bas des repérages, en octobre pour le tournage proprement dit et elle commença le montage de l'émission dès son retour. Avec Beya, une des femmes tunisiennes qu'elle avait choisie comme héroïne de son film, elle noua une relation de tendresse bouleversante et fut littéralement adoptée par toute une famille. Elle avait le sentiment d'avoir découvert quelque chose de central, qui ne serait pas fugitif.

Dans l'après-midi du 18 novembre 1966, Pierre Lazareff, directeur de *France-Soir*, *Elle* et de tous les journaux du groupe, à cette époque le premier en importance de la presse française — j'écrivais alors un grand reportage par mois dans *Elle*, dirigé par sa femme Hélène, et un après-midi et une nuit par semaine, je faisais partie de la célèbre équipe des rewriters de *France Dimanche* —, m'appela lui-même de son bureau du deuxième étage de l'immeuble de la rue Réaumur : « Claude, venez me voir, c'est urgent », sa voix était pleine d'angoisse car c'était un homme bon. Il me dit : « Allez tout de suite rue Jacob, un malheur est arrivé. » C'est Norbert Bensaïd qui m'ouvrit, le visage décomposé, il avait découvert une heure auparavant le corps de ma sœur. Je me ruai vers son lit, elle était allongée sur le flanc, avec un très beau, très doux, très paisible visage, j'écartai couvertures et draps, son corps brûlait et il était impossible de se faire à l'idée que le souffle de vie l'avait quitté à jamais. Incrédule, je demandai à Norbert s'il y avait quelque chose à faire, si on pouvait la ranimer. Il me répondit qu'elle était morte depuis plusieurs heures ; si son corps brûlait ainsi, c'est parce que l'appartement était surchauffé. Elle avait absorbé non seulement des barbituriques, mais aussi un poison qui agissait irréversiblement. Elle ne s'était d'ailleurs donné aucune chance, ayant interdit à sa femme de ménage de venir comme celle-ci en avait l'habitude et averti Norbert, qui s'inquiétait beaucoup pour elle et lui téléphonait presque tous les jours, qu'elle ne serait pas à Paris. Elle avait combiné les choses d'une façon telle qu'on ne pourrait la découvrir que morte.

Elle avait laissé trois lettres, bien en évidence, chacune avec son enveloppe et une adresse, écrites au crayon, pour Sartre, pour son amie Dolores Ruspoli, pour moi. Les lettres étaient brèves, mais c'est à Dolores qu'elle a dû écrire en dernier, car soudain, au milieu d'une ligne, l'écriture plonge, s'effondre, passant de l'horizontale à la verticale, signe que le poison fait son œuvre et lui ôte la force de continuer. Elle avait probablement fait le geste fatal au cœur de la nuit, vers quatre heures du matin. Ses lettres prouvent qu'elle l'accomplit en pleine lucidité, elles sont sans pathos, elle met rapidement ses affaires en ordre, elle sait qu'elle est en train de mourir. À moi : « Mon Claudie, je t'en supplie, il y a les textes là de toute l'émission, je veux que tu dises à Eliane qu'elle regarde bien le montage du film, que les textes essentiels soient dits ; si tu pouvais y aller, qu'au moins j'aie fait quelque chose de bien. Claude, mon frère mon frérot je t'embrasse. É. » À Dolores : « Ma Dodo, qu'on me tape pas trop dessus c'est tout. Je ne m'arrange plus avec moi bien que tout extérieurement aille très bien. J'aurai au moins réussi ça. Je t'aime. Je veux que tu aies l'appartement. Robert t'en parlera. » Je ne sais plus si j'ai lu ces lettres aussitôt après l'avoir vue dans son lit ou si je l'ai fait plus tard. Je n'ai pas sa lettre à Sartre, mais je me souviens qu'elle était tendre. Comme chaque jour à cette heure, le Castor et lui travaillaient ensemble dans son nouveau petit appartement, au 222 boulevard Raspail. Norbert et moi nous étreignîmes en sanglotant, c'était complètement insupportable.

Norbert partit, je restai auprès d'elle, il n'était pas question de la laisser seule et, dans ce tête-à-tête avec ma sœur morte, un remords commença à m'envahir, qui depuis ne m'a jamais quitté : si elle avait pu m'appeler avant de s'empoisonner, j'eusse accouru et peut-être aurais-je pu empêcher cela. Mais elle ne le fit pas, elle savait que Judith, qui vivait avec moi, ne l'aimait pas, elle n'aurait pas osé, elle n'avait pas osé. Je me disais qu'il fallait que je prévienne tout le monde, mon frère, Paulette, Monny, mon père, le Castor et Sartre, mais je demeurai longtemps incapable d'action tant me faire l'annonciateur de la tragédie me coûtait, tant cela allait faire mal. J'appelai le Castor qui fondit en larmes, je lui dis : « Il faut que tu viennes », et j'entendis qu'elle parlait à Sartre. Elle me dit : « Je vais venir, Sartre ne veut pas. » J'insistai : « Il est impossible qu'il ne le fasse pas, il n'a pas le droit. » Il vint. La première parole de mon frère, à son arrivée — il était alors une vedette des médias et très occupé —, fut étonnante. Il me prit aux épaules et me dit : « Claudie, jure-moi que tu n'en feras pas autant ! » Tout Paris vint, tout Saint-Germain-des-Prés, tous les acteurs avec qui elle avait travaillé, tous les amoureux, tous les amants, les anciens, les récents, à l'exception notoire de Deleuze et Rezvani, venaient de jour comme de nuit, dans une veillée funèbre ininterrompue et chaleureuse. Sartre et le Castor passaient là chaque soir plusieurs heures, sirotant leur Chivas, les amis innombrables d'Évelyne étant heureux de les voir là, de leur parler en simplicité, chacun évoquant ses souvenirs personnels de la vivante. De temps en temps, l'un ou l'autre quittait le groupe bavard et allait s'asseoir sur le lit d'Évelyne, lui caressant les cheveux ou baisant son front froid. J'étais changé à mon corps défendant en chef du protocole, maître des cérémonies, car venaient là des gens qui ne se seraient pas rencontrés dans la vie ordinaire ou dont la rencontre ne pouvait être qu'explosive. Paulette, saccagée autant par la façon dont sa fille était morte que par sa mort même, déchaînait ses dons de limier, ses talents d'investigatrice, ne lâchant pas sa proie, et demandait publiquement des raisons et des comptes. Elle s'en prenait à moi, à Sartre, et j'étais obligé d'inventer des ruses pour qu'elle ne vînt pas ou pour que la confrontation n'eût pas lieu. Mais à tout suicide il faut un coupable, un bouc émissaire. Le plus évident était Claude Roy : j'avais découvert ses lettres dans l'appartement, l'idée qu'il parût à l'enterrement m'était insupportable, elle nous l'était à tous et Sartre lui envoya une dure lettre, dont j'ai oublié les termes, lui disant que sa présence n'était pas souhaitée. Claude ne vint pas, mais j'ai retenu par contre les premiers mots de sa réponse à Sartre : « Sartre, votre douleur devait être atroce, votre lettre l'était. » Nous reconnûmes qu'il savait écrire. Nous gardâmes Évelyne bien trop longtemps chez elle, près de dix jours, l'odeur douceâtre de son cadavre flottait dans la pièce, l'enterrement, ne pouvant pas avoir lieu en fin de semaine, fut repoussé au début de la suivante et les pompes funèbres durent armurer son corps d'un gilet et de jambières de glace. La cour aux grands arbres, la cour d'honneur du 26, la rue Jacob elle-même débordaient d'une foule silencieuse, consternée, recueillie, lorsque nous descendîmes son cercueil pour la conduire au cimetière du Montparnasse. Tous ceux qui l'accompagnèrent avaient vécu la mort d'Évelyne Rey comme un séisme.

D'année en année, j'ai trouvé plus injuste la désignation de Claude Roy comme bouc émissaire. Si faute il y a, elle est partagée et nous sommes nombreux à en porter la responsabilité. Il ne faut pas jouer à ce jeu-là. J'ai rencontré Claude un jour au Festival d'Avignon, je lui ai dit mes regrets et proposé la paix. Nous l'avons conclue.

« Beya ou ces femmes de Tunisie », l'émission de télévision à laquelle Évelyne avec raison tenait tant, fut diffusée deux ans après son suicide, le 3 janvier 1968, elle durait cinquante minutes et fut unanimement saluée comme un comble d'intelligence et d'humanité. C'est Robert Morris qui tenait la caméra. Ma sœur, belle, très jeune, svelte, la chevelure nattée, est à l'image en compagnie de Beya au tendre visage, pendant presque toute la durée du film. Et, écrivant ces lignes, plus de quarante ans après ce tournage, je reçois aujourd'hui — quel étonnement ! — le journal que m'adresse une intellectuelle tunisienne inconnue de moi, Jelila Hafsia, intitulé *Instants de vie, chronique familière*, dont la première entrée date du 1er juin 1964. Elle m'apprend qu'elle a servi d'interprète à Évelyne dans ses conversations avec Beya et me recommande de lire les passages qui la concernent. J'en cite quelques-uns : « Lundi 21 novembre 1966. Par un coup de fil de Moncef, j'apprends la mort d'Évelyne Rey. C'est affreux. J'ai peine à le croire. J'avais reçu une lettre d'elle il y a trois jours. Elle voulait que nous passions quelques jours ensemble dans le Sud. Si jeune, si belle, si généreuse… Ces journées passées ensemble elle et moi… Pourquoi ce suicide ? Elle a quitté la Tunisie il y a quinze jours, gaie, heureuse de vivre… L'angoisse avait pris du recul… Elle était si contente de son film. J'achète *Le Monde*. Lu avec une tristesse horrible : "Mort de la comédienne Évelyne Rey. Cette dernière a mis fin à ses jours dans la nuit de jeudi à vendredi en avalant le contenu d'un tube de barbituriques." Le monde entier me semble vide de sens. » « Mercredi 23 novembre 1966. Hier soir j'ai été prise d'une soudaine envie de voir Évelyne et j'ai eu mal, très mal. Je n'ai pas pu dormir. Sa jeunesse, sa beauté, sa gentillesse. Pourquoi ? Ce tournage du film avait été important pour elle — ses rencontres avec Beya… Comment l'apprendre à Beya ? » « Vendredi 25 novembre. Je suis allée à Mellassine voir Beya. Je dois lui parler… Lui dire qu'Évelyne ne reviendra plus… Beya s'est évanouie… »

Le suicide de ma sœur m'avait ravagé, je pensais que j'aurais à vivre désormais et de façon permanente sous l'ombre de sa mort. Ce serait la seule forme de la fidélité. Une amie de Sartre, Claude Day, que je connaissais peu, à qui je m'étais confié et qui avait elle-même subi de grands malheurs, m'avait répondu : « Vous vous trompez, vous oublierez, la vie l'emporte toujours. » Elle avait raison. Et tort. Je n'ai rien oublié, j'ai vécu. Mais les novembre ne me valent rien, c'est le mois de la mort d'Évelyne, c'est aussi celui de ma naissance.

CHAPITRE X

« *Voglio morire, voglio morire* », à intervalles presque réguliers ce cri déchirait la nuit torride de la gare de Florence. Orgueilleuse architecture mussolinienne, quais en marbre de Carrare désertés de trains, un wagon cellulaire occupé par des détenus de droit commun attendait en bout de ligne une improbable locomotive et les prisonniers souffraient le martyre de l'ignorance, de l'impuissance, de la soif, de la promiscuité. Nous-mêmes, allongés sur le sol qui retenait quelque fraîcheur, épuisés d'avoir arpenté depuis des heures les voies à la recherche d'un convoi vers le sud dont nul, dans le formidable chaos des chemins de fer italiens en cet été 1946, n'était capable de dire quand il se formerait s'il se formait jamais, si ses wagons seraient de passagers ou de marchandises comme dans une déportation, nous sentions proches de cet homme et de sa supplication désespérée. Nous étions cinq khâgneux, Cau tout nouveau secrétaire avait adopté une posture de chef de bande car Sartre lui avait donné un mot pour son éditeur à Milan, recommandant de lui verser les lires dont nous avions besoin et qu'il était très

263

difficile de se procurer en France tant les règlements de change étaient tatillons et erratiques. Nous avions chacun remis à Cau notre pécule, il s'était institué trésorier-payeur général. C'était notre premier voyage à l'étranger, je me trouvais dans une grande exaltation, la rencontre des noms et des lieux, noms de gares aperçus fugitivement dans la nuit, Brig, Simplon, Domodossola, Stresa, attestait la vérité du monde, scellait l'identité des mots et du réel, dévoilait le vrai de la plus poignante façon. Je me dis aujourd'hui que notre jeunesse et la jeunesse du monde se conjuguaient alors et il est certain que la première fois a une saveur unique. Il m'arrive pourtant encore maintenant d'éprouver à pleine force ce que je ressentais à vingt ans, à la réflexion cela n'a rien à voir avec le jeune ou le grand âge. Remontant seul il n'y a pas si longtemps, à partir de Río Gallegos, aux confins de la Terre de Feu et au volant d'une voiture de location, la plaine immense de la Patagonie argentine vers la frontière du Chili et le fabuleux glacier du Perito Moreno, je me répétais, joyeux comme dans ce premier train vers Milan : « Je suis en Patagonie, je suis en Patagonie. » Mais ce n'était pas *vrai*, j'avais beau avoir aperçu quelques troupeaux de blancs lamas, la Patagonie ne s'incarnait pas en moi. Elle s'incarna tout à coup, au crépuscule, sur le dernier tronçon de route non asphalté après le village d'El Calafate, dans le balayement de mes phares, quand un lièvre haut sur pattes bondit comme une flèche et traversa la route devant moi. Je venais de voir un lièvre patagon, animal magique, et la Patagonie tout entière me transperçait soudain le cœur de la certitude de notre commune présence. Je ne suis ni blasé ni fatigué du monde, cent vies, je le sais, ne me lasseraient pas.

Milan, dont je me suis convaincu au fil du temps et des séjours qu'elle est une lourde cité lombarde, plutôt laide et sans charme, m'éblouit quand nous y arrivâmes au matin. Elle était la première ville colorée que je découvrais : le rouge, le jaune, l'ocre de ses murs, de ses toits me poignardaient de nouveauté. Nous y restâmes peu de temps, juste celui qui allait permettre à notre chef de bande de toucher notre argent, car les étapes de ce voyage initiatique avaient été décidées par lui et votées par les autres : Venise, Florence et Naples avec impasse sur Rome et toute l'Italie. Mais je sais par cœur les phrases inaugurales de très nombreux livres et je déambulais seul autour du Dôme, me répétant sans fin, là encore pour que Milan et moi devenions vrais ensemble, le début de *La Chartreuse* : « Le 15 mai 1796, le général Bonaparte fit son entrée dans Milan à la tête de cette jeune armée qui venait de passer le pont de Lodi, et d'apprendre au monde qu'après tant de siècles César et Alexandre avaient un successeur. »

Venise donc sans perdre une heure. Le trésorier-payeur général, ébloui par l'épaisseur de la liasse de lires qu'on venait de lui remettre et par la taille alors spectaculaire des billets italiens, garda tout notre argent dans la poche revolver de son pantalon gonflée à bloc, se sentant invulnérable. Je le prévins : « Fais attention, on devrait partager. — On partagera ce soir », me répondit-il, plaquant périodiquement une main sur sa fesse pour s'assurer de la présence du magot sans comprendre qu'il le dési-gnait en même temps à des pickpockets de génie et surentraînés. Cela advint dès le premier jour sur un vaporetto du Grand Canal : la poche du secrétaire fut découpée au rasoir et vidée de tout sans qu'il se fût aperçu de rien. Le voyage prenait fin à peine commencé et la catastrophe était si radicale qu'elle découragea toute colère, tout reproche. À nous cinq, fouillant nos tréfonds, nous réussîmes à réunir de quoi tenir une journée. Cau prétendait appeler Sartre au secours, mais ignorait où il se trouvait. Je me sou-vins que Toni Gaggio, le mari de ma tante Sophie, le circoncis de Venise champion de belote à Clichy, m'avait dit, avant le départ, avoir un parent proche propriétaire d'une verrerie dans l'île de Murano. Ma mère, prudente et inquiète, avait insisté pour que je prisse ses coordonnées. J'appelai en latino-italien, la voix qui me répondit au téléphone était cassante et autoritaire, une voix de commandement, mais le nom de Toni Gaggio fut un sésame et j'obtins un rendez-vous pour le lendemain. J'ai beau sommer ma mémoire, je ne retrouve pas le nom du capitaine d'industrie. Son usine était vaste, les souffleurs de verre liquide dessinaient dans l'espace des arabes-ques compliquées et nous fûmes conduits tous les cinq à l'étage supérieur, dans un immense bureau, ouvert par toutes ses baies sur la lagune, où le Duce nous attendait. Il était bien plus petit que Mussolini, mais il se cambrait comme lui de toute sa taille, avait la même façon de refermer sa mâchoire, rejetant la tête en arrière, dilatant ses narines, bref donnant du menton comme s'il attendait la salve d'applaudissements fascistes qui scandait les discours du dictateur lorsqu'il s'adressait, à Rome, aux foules assemblées devant le balcon du Palais de Venise, précisément. Quinze mois plus tôt, Benito Mussolini avait été exécuté par un partisan communiste, son cadavre lynché puis pendu par les pieds, dans une rue de Milan, avec celui de sa jeune maîtresse Clara Petacci, mais il ressuscitait dans ce bureau où le parent de Toni nous accueillait : photographies d'accolades entre lui et le Duce, défilés de Chemises noires où il paradait au premier rang, jouxtant le Chef, émouvants clichés de la « marche sur Rome » en 1922, à laquelle il avait pris part très jeune encore. C'était un vrai fasciste, fier de l'être, et, malgré *Paisa* ou *Rome, ville ouverte*, l'empreinte mussolinienne en Vénétie, en Toscane, dans les Abruzzes, en Romagne, en Campanie, fut et demeure bien plus profonde que l'histoire ultérieure de la gauche et du communisme italiens n'a voulu le faire croire. Cau, très mal à l'aise, furetait des yeux et des oreilles, Maurice Bouvet, René Guyonnet, René Bray, les autres condisciples, se taisaient. Je parlais seul et cela m'était d'autant plus facile que ce fasciste parodique et vrai m'inspirait étrangement une sorte de sympathie. Je racontai tout, m'engageai à rembourser après le retour en France, il me demanda combien nous avions perdu et ne lésina pas. Il donna un ordre, appela un contremaître à qui il commanda de nous faire visiter l'usine. Il me convoqua ensuite, seul, et me remit avec panache la somme entière volée à Cau. C'était une affaire de famille entre Gaggio, lui et moi.

J'ai parlé à dessein de la profondeur de l'empreinte mussolinienne. Il y a un an, j'ai voulu revoir les temples de Paestum, au sud de Salerne, et la fresque du sublime plongeur. Ce sont les plus purs des temples doriques périptères et j'aime aussi plonger, je le fais encore. Paestum est le cœur de la Campanie, j'ai dîné le soir, à la lisière du site des temples, dans un restaurant où je savais trouver la mozzarella royale, inoubliable *mozzarella di bufala*, fleuron de toute la région de Paestum. Je n'avais pas observé au cours de mes précédents passages que le restaurant est adossé à une grande demeure patricienne où, cherchant à me laver les mains, j'entrai presque par inadvertance, revivant, soixante ans plus tard, avec la même stupéfaction, ce que j'avais éprouvé à Venise dans le vaste bureau de notre bienfaiteur : je me laissai conduire d'étage en étage, de pièce en pièce, par les photographies des propriétaires du lieu, en compagnie de Mussolini, de son gendre le comte Ciano, les mêmes en chemise noire, bras tendu dans un vibrant salut fasciste. Rien n'était caché, nulle honte, nul crime, c'était l'histoire de l'Italie et pour moi comme une exhumation.

L'argent fut partagé, mais les larrons transalpins étaient bien plus malins, surprenants, inventifs que mes sages camarades. Tous furent dépouillés derechef et tour à tour, je fus le seul dont la vigilance ne fut jamais trompée. Le sommet fut atteint à Naples, la veille de notre retour en France. Nous vivions à cinq dans la même grande chambre d'une pension douteuse, il nous restait juste de quoi payer les billets de train et la crainte des vols avait crû exponentiellement, superstitieusement, jusqu'à se changer en terreur. Il avait été décidé, pour la dernière journée napolitaine, que chacun vivrait sa vie car nous nous supportions de plus en plus difficilement, mais que l'argent du voyage serait serré dans une inexpugnable cassette et laissé dans la chambre. Nous rentrâmes au soir, Guyonnet, futur rédacteur en chef de *L'Express*, n'était pas encore là. Quelqu'un eut l'idée de vérifier, l'argent lui aussi avait disparu ! Guyonnet revint tard, l'air affairé, le nez chaussé des lunettes noires de l'incognito qu'il portait de nuit comme de jour, les bras lourdement chargés d'un long paquet très ficelé qu'il déposa comme un trésor sur la table en entreprenant de le défaire : « Qu'est-ce que vous pensez de cela ? » demanda-t-il. Outre l'incognito et, sur le visage, la totale absence d'émotivité d'un joueur de poker qu'il s'astreignait à garder en toute occurrence, le khâgneux Guyonnet donc, natif de Luçon (Vendée), avait une autre marotte : l'américain. Il avait déjà traduit pour Gallimard une des premières « Série noire ». Abordé dans le port de Naples au cours de son ultime virée par un faux marin américain qui lui proposa une pièce de pur cashmere valant son pesant d'or, l'affaire devant être traitée sans délai car son bateau allait reprendre la mer, le Vendéen était revenu en grande hâte fébrile à la pension, avait pris sur lui de dérober dans la cassette les sous du retour afin de réaliser le *deal* du siècle. « Qu'est-ce que vous pensez de cela ? » : le cashmere n'était rien d'autre que du papier qui s'effritait dès qu'on le touchait, des lambeaux, des brindilles, des confettis, du vent ! J'ai haï ce soir-là mon cher ami autant que Bagelman qui n'osait pas tirer sur le milicien. Nous allâmes au matin supplier le consul de France à Naples d'organiser notre rapatriement, il gémissait avec raison sur la stupidité de ses compatriotes et seul le nom de Sartre le poussa à l'action. Pendant les quarante heures que dura le voyage Naples-Nice, Guyonnet fut mis en rigoureuse quarantaine, nul ne lui adressa la parole. Quarante heures debout, sans aucune possibilité de s'asseoir, j'arrivai à Nice les chevilles ayant quintuplé de volume, il me fallut trois jours avant de pouvoir remarcher.

Je m'inscrivis en Sorbonne à la rentrée, préparai sans difficulté plusieurs certificats de licence, butinai les cours de philosophie de Jean Wahl, Martial Gueroult qui incarnait pour moi un idéal d'humanité, Gaston Bachelard et son formidable accent bourguignon, Georges Canguilhem et Jean Laporte qui accepta de diriger mon diplôme d'études supérieures. J'ai déjà dit que je choisis Leibniz et la monadologie, plus décisivement « Les possibles et les incompossibles » dans la philosophie de cet immense esprit, qui ne cesse, maintenant encore, de m'éclairer si je veux penser et de me surprendre par sa modernité. Michel Tournier me persuada de le rejoindre en Allemagne, à l'université de Tübingen, située dans la zone d'occupation française. Avec un ordre de mission du gouvernement militaire, des étudiants français pouvaient obtenir une sorte de bourse, soixante repas par mois à prendre à la Maison de France, confortable propriété d'où l'on dominait la vallée du Neckar et de jeunes Allemands musclés qui y faisaient de l'aviron comme, à Cambridge ou Oxford, les Anglais. La bourse donnait encore le droit à une chambre chez l'habitant. Tournier m'avait précédé de plusieurs mois, il vint m'attendre à la gare et alors qu'il vivait, lui, sur les hauteurs, du côté du Schloss, il m'annonça que la chambre qui m'avait été allouée se trouvait Hegelstrasse, une rue parallèle à la voie ferrée, d'où je voyais et entendais, vingt-quatre heures sur vingt-quatre, le passage des trains. Le propriétaire de ce logis sans prestige était un Souabe petit et bedonnant, au caractère heureux. Il s'appelait Riese, qui veut dire « géant ». Sa femme était une matrone allemande à la voix douce, déterminée à se mettre en quatre pour moi. Outre ma chambre-bureau, j'avais aussi la jouissance du salon. Je lisais donc Leibniz rue Hegel plusieurs heures par jour, me convainquant de la profonde vérité de la monadologie, chaque monade étant à elle seule la totalité du monde, mais fermée sur elle-même, sans porte ni fenêtre — je disais à Tournier, qui travaillait sur Platon : « Je ne connaîtrai jamais le goût de ta vie, celui de la mienne te restera à jamais étranger » —, un peu plus sceptique sur le grand détour systémique par l'harmonie préétablie, qui faisait fonctionner tout cela. La correspondance de Leibniz avec Christine de Suède m'enchantait : « Je viens encore vous parler, Madame, de mes unités favorites… » « Pourquoi y a-t-il quelque chose plutôt que rien ? », façon d'affronter la radicalité de la contingence, la théorie des petites perceptions qui annonce Freud et l'inconscient, le principe des indiscernables m'occupèrent pendant tout l'hiver 1947. Deleuze, qui écrivit lui aussi bien plus tard sur Leibniz — les possibles et les incompossibles furent également son souci majeur —, vint nous voir, Tournier et moi, à deux reprises : l'Allemagne demeurait pour lui comme pour nous la patrie de la philosophie et nous n'envisageâmes jamais son bannissement, comme le voulait par exemple Vladimir Jankélévitch. Mais c'est avec le futur auteur de *Vendredi ou les limbes du Pacifique*, du *Roi des aulnes* et des *Météores* que je passais le plus clair de mes loisirs. Tournier, d'une famille de germanistes, parlait un allemand parfait, il avait fait des séjours, enfant, dans l'Allemagne hitlérienne. Il montait à cheval et m'exhorta à en faire autant. Il y avait à Tübingen un club équestre de l'armée dirigé par un colonel du nom de Whitechurch, j'en devins membre et sous la gouverne d'un ancien instructeur de la Wehrmacht, qui aboyait ordres et insultes, j'appris les figures du manège, monter à cru, descendre d'un cheval au galop en courant dans la sciure au flanc de la bête, remonter à la course. J'étais plutôt bon et je m'améliorais à chaque leçon. Le bonheur, c'était de partir avec le club pour de longues équipées en plaine et en forêt : je montais une haute jument nommée Ténébreuse qui m'emportait parfois dans des galops fous, effrayants sous les arbres, où, pour ne pas risquer de me fracasser un genou contre un tronc, je lui sciais la bouche de toutes mes forces afin de l'arrêter, naseaux fumants, cabrée et tremblante. Avec Ténébreuse, j'ai appris aussi à sauter des obstacles de concours hippique. Il y avait chez Tournier un côté bon copain, joyeux drille, camarade de chambrée aux idées courtes et claires qui, soudain, et sans que rien le laissât pressentir, s'absentait littéralement, happé par on ne sait quels abysses. C'était un autre Tournier, en proie à un sombre enfermement qui pouvait durer des heures ou des jours, creuset où se forgeaient sans nul doute les inversions malignes des noirs et tournoyants chefs-d'œuvre du grand écrivain qu'il allait devenir. Il fut à Tübingen l'ami de Thomas Harlan, le fils de Veit Harlan, metteur en scène du *Juif Süss*, le film antisémite commandé par Goebbels, adapté, de la manière la plus perverse et jusqu'à en faire son contraire, du splendide roman de Lion Feuchtwanger, hymne aux Juifs de cour du Moyen Âge allemand qui ne peut se lire sans larmes. Je trouvais bien roulée une secrétaire française du gouvernement militaire ou plutôt de la section des renseignements généraux de ce même gouvernement, elle consentit à venir une ou deux fois dans mon salon de la rue Hegel, m'allumant de ses belles jambes et de ses hauts talons. Elle me stoppa net à l'instant où j'entrepris de pousser ce que j'avais cru être mon avantage : « Je ne pourrai jamais faire l'amour avec un Juif », m'asséna-t-elle abruptement. Je demandai pourquoi. C'était simple : les Juifs avaient ruiné sa famille, et, des éclairs dans ses yeux appelant vengeance, elle se lança dans une histoire délirante digne des procès pour *Rassenschande* (honte raciale) intentés par les nazis à ceux ou celles qui souillaient la race en fréquentant Juives ou Juifs. Le Juif la poussa dehors, elle sortit pétulante, et dès le lendemain je reçus la visite menaçante de son patron, commissaire violacé et alcoolique des RG, qui devait être aussi son amant, accompagné d'un sbire. Il me fut impérativement conseillé de cesser mon harcèlement obscène et de faire « très attention » car je pouvais tomber « sous le coup d'une expulsion ». Le poison antisémite convulsait les traits de ces bons Français ! Mes relations avec les étudiantes allemandes étaient heureusement plus harmonieuses et moins frustrantes.

Wendi von Neurath, que j'avais connue par Tournier, m'invita un jour à passer le week-end dans la propriété de sa famille, près de Stuttgart, à une centaine de kilomètres de Tübingen. Elle était avenante, de taille moyenne, un peu ronde, et exhalait de tout son être la volonté bonne, la moralité en acte. Son oncle, Konstantin von Neurath, diplomate de carrière, aristocrate de vieille souche, ambassadeur, ministre des Affaires étrangères du gouvernement von Papen, qui ouvrit à Hitler le chemin du pouvoir, puis ministre des Affaires étrangères de Hitler lui-même jusqu'en 1938, plus tard « protecteur de Bohême-Moravie », destitué pour inefficacité en 1941 — c'est Reinhard Heydrich lui-même qui lui succéda, avant d'être abattu par des partisans tchèques —, nommé ensuite ambassadeur à Ankara, fut l'un des accusés du grand procès de Nuremberg. On le condamna à quinze ans de prison, dont il ne purgea que huit puisqu'il sortit en 1954, sept ans donc après mon passage dans le domaine familial. La mère de Wendi était la sœur de Konstantin et le domaine tout autre chose qu'une grande propriété à la française : ce que les Allemands appellent un

« *Gut* », c'est-à-dire, à la lettre, un « *bien* », qui s'étendait sur des milliers d'hectares, où prévalaient encore des relations de type féodal, avec des centaines de paysans et paysannes, fermiers ou métayers, s'agenouillant sous mes yeux incrédules devant la baronne von Neurath, une longue femme sèche et maigre dont les certitudes et habitudes semblaient ne pouvoir être ébranlées par les tumultes de l'Histoire. Je me disais que l'Allemagne n'avait pas du tout été détruite, comme on le prétendait, que le tissu profond de la terre allemande était demeuré intact. Tübingen, cent autres villes moyennes de Souabe, partout des gros villages sans nombre l'étaient restés. Des décennies plus tard, tandis que je labourais l'Allemagne de mes marches et contremarches pour réaliser *Shoah*, j'arrivai dans la belle petite ville moyenâgeuse de Günzburg, presque caricaturale tant elle ressemblait à sa propre idéalité, fief des usines Mengele et lieu de naissance du fils de la famille, le Dr Josef Mengele, l'« ange de la mort » d'Auschwitz. Des dizaines de kilomètres avant et autour de Günzburg, dans les champs et les prairies, les tracteurs, les moissonneuses, les machines agricoles portaient fièrement, en larges lettres blanches, sur leurs toits et parois le nom de MENGELE, répété *ad nauseam*.

Le *Gut* des von Neurath était sis à Vaihingen, j'y arrivai le samedi soir, je dormis d'un sommeil agité dans une chambre à la virginale blancheur, sous une lourde couette, mais c'est le grand déjeuner du lendemain dimanche qui s'est inscrit à jamais dans mon souvenir. Au moins quinze généraux et officiers généraux de la Wehrmacht avaient pris place autour d'une longue table de bois massif, taciturnes et quasi muets, presque tous revêtus d'une vareuse d'uniforme. Ils étaient reliés à la famille par la caste ou la parentèle, sortaient de prison ou de camps de prisonniers. La baronne, pour m'honorer, m'avait placé à sa droite et je me mis à parler du voyage en Italie. Un des convives de haut grade se réveilla soudain de son profond sommeil dogmatique, éructant d'une voix puissante : « *Ich hasse die Italiener* » (« je hais les Italiens »), désignant clairement ces derniers comme les boucs émissaires de la défaite d'une armée invincible, puis il replongea dans le silence. L'après-midi de cette journée, Wendi m'entraîna à travers le domaine et, sans que rien, nulle frontière, nulle marque, nul signe, ne l'eût annoncé, je me trouvai au cœur d'un camp de concentration, avec châlits de bois superposés, enfilades de latrines, une potence, des fouets, des vêtements rayés, des sabots de bois, un désordre immense mais encore lisible. C'était le camp de concentration de Stuttgart-Vaihingen, le premier que je rencontrais, bien connu aujourd'hui des historiens, qui ne le cédait en rien à d'autres plus célèbres, par la dureté et la cruauté des conditions de vie des détenus. Wendi pleurait, le camp était partie intégrante du *Gut* von Neurath et la famille n'avait pu bien sûr l'ignorer. J'appris bien plus tard que Wendi, à l'instar d'un certain nombre de jeunes Allemands qui voulaient expier la faute de leurs pères, s'était engagée dans une organisation créée à cette fin, l'Aktion Sühnezeichen : elle était partie pour Israël, après la fondation de l'État, qui eut lieu un an plus tard, et s'était mise au service des Juifs rescapés. Quelques Allemands allèrent très loin dans le processus de la réparation : j'ai connu en Israël un autre fils de noble famille, Dieter von Schwarze, qui refusait le compromis et trouvait qu'aider les Juifs n'était pas assez. Il fallait se faire Juif : lui et sa femme entreprirent de se convertir selon la plus radicale orthodoxie juive, passant une à une toutes les épreuves impossibles imposées à ceux qui s'obstinent — pour les décourager, car le judaïsme, on le sait, refuse tout prosélytisme. Dieter et son épouse tinrent bon, réussirent leur conversion, apprirent l'hébreu, s'installèrent à Jérusalem, choisirent un patronyme hébraïque, il porta la barbe et elle la perruque des femmes orthodoxes, qui doit dissuader le désir. Deux de leurs fils devinrent de brillants officiers de Tsahal. Aujourd'hui, Dieter et sa femme sont retournés vivre en Allemagne où ils ont repris leur nom d'origine, leurs enfants ont fait souche en Israël.

J'avais revu Wendi avant de quitter Tübingen pour Berlin, elle m'avait prêté 100 marks, 100 marks d'après la Währungsreform — la réforme monétaire voulue par les Américains et Adenauer pour refaire du mark une devise forte —, j'avais promis de les lui rembourser, je ne le fis jamais, les chemins de la vie m'avaient fait perdre sa trace, puis j'oubliai. En 1986, après la sortie de *Shoah*, me trouvant à Washington, j'appris qu'elle était l'épouse de l'ambassadeur d'Allemagne : son héritage et sa destinée l'avaient rattrapée. Je lui téléphonai, elle avait entendu parler de *Shoah*, présenté la même année au Festival de Berlin, mais semblait s'en soucier comme d'une guigne. Nous prîmes rendez-vous à la résidence privée, elle me parut complètement adéquate à son état, me parlant avec superficialité et feu des fêtes quotidiennes de la vie d'ambassade. Elle aurait aimé dîner avec moi, mais son agenda était surchargé et son mari allait arriver d'un instant à l'autre pour l'entraîner dans je ne sais quelle réception. Je lui dis me rappeler parfaitement ma dette à son endroit et mon intention jamais démentie de l'honorer. Elle hocha la tête d'un air grave et approbateur mais ne m'en libéra pas. « Je rembourserai en dollars », ajoutai-je, « il faudra faire le calcul après tant d'années. » La survenue de l'ambassadeur, lui-même aristocrate de la plus belle eau et stupéfiante gueule cassée de la bataille du saillant de Koursk, œil bleu acier dans un visage écartelé, aussi grand et mince que la mère de Wendi, mit fin à la rencontre. Je n'ai toujours pas remboursé.

Lorsque le directeur de la Maison de France de Tübingen, qui dépendait tout à la fois du gouvernement militaire et du ministère des Affaires étrangères, annonça à la fin de l'année scolaire qu'un poste de lecteur à l'Université libre de Berlin nouvellement créée était vacant, je fis acte de candidature. Elle fut acceptée : je serais donc lecteur de philosophie et de littérature, mais j'aurais à m'occuper en même temps du Centre culturel français qui existait depuis un an et ne donnait pas, disait-on, entière satisfaction. Je n'avais encore jamais enseigné, Berlin signifiait la guerre froide à son plus chaud, le pont aérien, le blocus, ma nature, malgré de légitimes craintes et angoisses, me commandait de ne pas refuser, j'atterris à Tempelhof au début novembre, je n'avais pas encore vingt-trois ans. Cette double appartenance ou, si l'on préfère, double casquette, m'autorisait une bien plus grande liberté que si j'avais été membre d'un organisme unique, mais elle redoublait aussi — et je m'en aperçus bientôt — les contraintes. Je ne pouvais, dans ce Berlin informe et immense, avec des centres dévastés par la guerre et des quartiers résidentiels bourgeois ou aristocratiques comme Grünewald, Dahlem, Zehlendorf, Wannsee, Frohnau, tous aussi intouchés que Günzburg ou Tübingen, habiter où j'aurais voulu. La Freie Universität Berlin se trouvait à Dahlem, dans le secteur américain de la ville, je devais, moi, impérativement, loger à Frohnau, dans le secteur français, à l'extrême nord de la capitale, à trente kilomètres de l'université, à trente-cinq du Centre culturel situé en bas du Kurfürstendamm. Je dus me présenter, présenter mes lettres de créance au gouvernement militaire dont j'allais dépendre pour une bonne part de mon existence matérielle, à l'ambassade de France, puisque j'étais enrôlé sans l'avoir voulu dans le personnel des Affaires étrangères, à l'administration purement allemande de l'université, qui me salariait et retenait d'ailleurs, sur mes émoluments, la *Kirchensteuer*, taxe ou impôt d'Église que devaient payer tous les citoyens berlinois, auxquels je me trouvais assimilé, ce dont, d'une certaine façon, je n'étais pas peu fier. Le général Ganeval était commandant en chef, il fut plus tard attaché militaire de René Coty, président de la République, le « bon Monsieur Coty » qui céda au lobby policier et laissa partir Jacques Fesch, devenu un saint dans le couloir de la mort, à la guillotine. Mais il y avait aussi les diplomates français, des aristocrates là encore, François Seydoux de Clausonne et un certain marquis de Noblet d'Anglures, chargé des questions culturelles. Homme charmant, au visage fin, qui me donnait audience dans sa chambre à son petit lever, comme Louis XIV. J'étais un très jeune lecteur, il portait un bonnet de nuit et, de temps en temps, impassible et impavide, il lâchait devant moi un pet sonore puis odorant. Il était marquis, pour lui je n'étais rien qu'un roturier, et juif de surcroît, c'était sa façon de me le signifier.

On m'assigna, à Frohnau, une grande villa cossue, dont les propriétaires — ainsi le voulait la loi des vainqueurs — étaient tenus de vivre à l'entresol et à la cave. Mais la maison était tout de même un peu trop vaste pour un seul homme, on m'adjoignit un cohabitant, un journaliste français, juif aussi mais d'origine roumaine, Benno Sternberg, petit, mince, myope, curieux de tout, bien plus âgé que moi et riche d'une formidable expérience politique, un vrai trotskiste — il avait d'ailleurs connu personnellement Lev Davidovitch (nom de famille Bronstein), qu'il révérait. Benno, avec qui je nouai très vite une amitié qui dura jusqu'à sa mort, bien trop tôt advenue, avait été de toutes les factions, fractions du trotskisme. Il était fractionniste dans l'âme, préférait la rupture au compromis, ne craignait pas d'être seul de son avis. Je pense à lui chaque fois que je relis *Nekrassov*, chef-d'œuvre du comique sartrien. Le soir de la première, au Théâtre Antoine, Jean Le Poulain, merveilleux acteur un peu enrobé, jouait le rôle d'un trotskiste précisément, à qui un tiers annonce vouloir adhérer à sa fraction. Rêveur et incrédule, Le Poulain s'exclamait : « Quoi, mon parti aurait deux membres ! » Benno occupait un étage de la grande maison, moi l'autre, mais nous donnions des fêtes, des réceptions communes. La Freie Universität de l'époque était un repaire de nazis, la dénazification qu'on prétendait partout à l'ordre du jour n'y avait été qu'une plaisanterie. Je n'ai pas pris immédiatement conscience de cet état de choses, mais au bout de plusieurs semaines ma conviction était faite et, au cours de l'année entière que j'ai passée à Berlin, je n'ai pas cessé d'en avoir des preuves éclatantes. J'étais épié, surveillé de fort près par une Fräulein Doktor Margass, espionne du recteur, grasse et laide, dont le visage s'encadrait parfois dans un œil-de-bœuf dominant la salle bondée où j'enseignais. Je compris vite que j'aimais ce métier et les étudiants me le rendaient par leur assiduité à mes cours. Je les donnais en français, selon une combinatoire que j'avais forgée et dont j'ai parlé dans un autre chapitre, où je tressais en une torsade unique *Le Rouge et le Noir* et *L'Être et le Néant*. Les filles étaient assises dans les premiers rangs, les garçons au fond, assis ou debout, car il n'y avait pas assez de place pour tout le monde. Les filles avaient l'âge normal des étudiantes, quant aux garçons, ils étaient tous mes aînés, revenant pour la plupart des camps de prisonniers. Je me souviens qu'à l'instant où je citais la phrase de Sartre : « ... et sa main repose inerte entre les mains de son partenaire, une chose », j'avais, emporté par mon élan et ma fougue démonstrative, saisi la main de l'étudiante la plus proche qui était aussi une des plus jolies, geste qui n'échappa point à l'œil acéré de l'affreuse Margass, qui avait ouvert sa lucarne à ce moment précis.

Un jour — j'enseignais déjà depuis plusieurs mois —, une délégation d'étudiants et d'étudiantes voulut me voir. Ils me savaient juif. Nous n'en parlions pas, mais je ne l'avais pas caché du tout. Ils m'aimaient bien, j'entretenais avec eux de très bons rapports, des rapports de liberté. J'étais sûrement le seul de mon espèce à l'université. Ils me demandèrent, à ma surprise, si j'accepterais de conduire pour eux et avec eux un séminaire sur l'antisémitisme. J'étais étonné, ému, je ne me croyais pas qualifié. J'ai pourtant accepté, nous avons commencé, j'ai procédé de façon très maïeutique, socratique — je fais cela plutôt bien. C'était très enrichissant, leurs questions m'aidaient beaucoup et je les aidais moi-même. Ce n'était pas un exposé *ex cathedra*, mais au contraire un échange constant et égalitaire entre gens du même âge. Je leur parlais de ce qui s'était passé pour moi, pour ma famille, de la guerre, de la Résistance, de la Shoah ou du moins de ce que j'en savais alors — pas grand-chose en vérité, des résultats, des abstractions — , mais surtout des *Réflexions sur la question juive* de Sartre. Je leur ai essentiellement parlé de ce livre, au premier chef du « portrait de l'antisémite », qui les illuminait littéralement et dont je leur lisais des passages entiers. Oui, les *Réflexions* furent le socle de ce séminaire. J'ai dit souvent, et ici même, quel rôle capital ce livre avait joué pour moi. J'étais exactement le Juif des *Réflexions*, élevé hors de toute religion, de toute tradition, de toute culture proprement juive, de toute transmission, manifeste en tout cas. Est d'ailleurs profondément lié à ce séminaire sur l'antisémitisme le fait que j'ai voulu, trois ans plus tard, en 1952, partir pour Israël : je savais que je devais dépasser les *Réflexions*, qu'il y avait bien autre chose à découvrir et à penser — j'en ai parlé par la suite avec Sartre lui-même, qui m'approuvait. Le séminaire se tenait une fois par semaine, il nous passionnait également, les étudiants et moi.

Pour mes déplacements, le gouvernement militaire m'avait attribué une voiture de fonction, une Coccinelle, une Volkswagen, la « voiture du peuple » qu'avait voulue Hitler en 1934. Mais je n'en avais pas la jouissance complète puisqu'on m'avait imposé, avec elle, un chauffeur. Il portait sans complexe une petite moustache hitlérienne et était tout le temps au garde-à-vous devant moi. En m'ouvrant la portière, il ôtait sa casquette, joignait et claquait militairement les talons en hurlant un « *Zu Befehl, Herr Lanzmann* ». Il avait été chauffeur de je ne sais quel général sur le front de l'Est, il espionnait tout à la fois pour le gouvernement militaire français et pour l'administration de l'université. Or, après les cours, il m'arrivait — Berlin est tellement étendu — de ramener chez eux un étudiant ou une étudiante et même d'en entasser plusieurs dans la Coccinelle, ce qui ne plaisait pas du tout au chauffeur, qui se voulait de maître et non pas de taxi. Il rapportait tout

Je n'avais évidemment qu'une idée en tête : prendre moi-même le volant. J'étais en relation conflictuelle permanente avec le conducteur attitré de la voiture. J'ai fini par obtenir gain de cause, il dut me laisser les clés, c'était un plaisir absolu de circuler seul avec la Coccinelle du peuple dans Berlin dévasté. Il ne m'a jamais pardonné.

Un beau matin, il m'apporta avec le sourire une convocation du général Ganeval, dont j'ai déjà parlé. Le général était un homme de belle prestance, chevelure blanche, la cinquantaine. Je ne l'avais encore jamais rencontré. Il me reçut dans un luxueux bureau et me dit d'emblée : « Jeune homme, j'apprends que vous faites de la politique. » Je tombai sincèrement des nues : « Quelle politique, mon général ? — Vous faites bien un séminaire sur l'antisémitisme avec les étudiants allemands ? — Oui, mon général, c'est la vérité même, mais je le fais à leur demande et je ne vois pas en quoi, après ce qui s'est passé, on peut considérer un séminaire sur l'antisémitisme à l'université de Berlin comme de la politique, ni pourquoi j'ai tort de faire cela. » Il me répondit sèchement : « C'EST de la politique, vous n'avez pas le droit de faire de la politique. Berlin est une ville sensible, à la confluence de cinq nationalités : Russes, Anglais, Américains, Français, Allemands. » Je protestai vivement, en disant que je ne comprenais pas, que je ne voyais pas comment je pourrais justifier cette censure devant mes étudiants. Il le prit de très haut, presque hostile, refusant la discussion et réitérant son interdiction. Je partis, démonté et atterré, sans ajouter un mot. Puis je décidai de lui écrire pour lui redire à quel point je trouvais son attitude inadmissible et l'avertir que je ne pourrais pas garder le silence là-dessus. Ma lettre l'impressionna sûrement car il me convoqua à nouveau, m'accueillant cette fois avec aménité : « Jeune homme, comme le disait Barrès — le recours à cette référence était incongru pour moi —, je plaindrais celui qui ne serait pas révolté à vingt ans », mais me réitérant l'ordre militaire et formel d'arrêter. Le disciple de Barrès ne céda pas, il continua clandestinement, avec l'accord des étudiants, à tenir le séminaire dans un local extérieur à l'université. Là encore, mon indiscipline fut très vite rapportée et je fus convoqué un dimanche matin au petit lever du marquis : après un premier pet d'ouverture, il me dit, tout sourire, que bien sûr il me comprenait, mais que si je m'obstinais, j'allais perdre mon poste. La mort dans l'âme, les étudiants et moi mîmes fin au séminaire. L'un d'eux — je n'ai jamais oublié son nom, Heinz Elfeld —, un grand type aux sourcils épais, au regard charbonneux, aux yeux profondément enfoncés dans les orbites, toujours silencieux, mais qui n'avait manqué aucune des séances du séminaire, vint me dire un jour qu'il voulait quitter l'Allemagne, qu'il ne supportait plus d'y vivre. Je l'interrogeai et appris qu'il avait servi dans la Waffen SS (unités de combat de la SS) sur le front russe. Sa façon de me parler avait quelque chose de vrai et d'authentique, je me suis arrangé pour lui faire obtenir une bourse à Paris, où il partit. Des années plus tard, sur le boulevard Saint-Michel, j'entendis quelqu'un me héler : « Monsieur, monsieur ! » C'était lui, complètement métamorphosé, d'une grande gaieté, il me confia être amoureux d'une jeune fille juive.

J'aimais, j'aime toujours Berlin et je n'en aurai jamais fini avec l'énigme que l'ex-capitale du Reich, capitale aujourd'hui de l'Allemagne réunifiée, représente pour moi Je peux passer des heures au Paris Bar ou au Café Einstein, où inlassablement je confronte le spectacle de ces couples de jeunes Allemands, avenants, libres, sérieux, à toutes les images de ma mémoire ancienne. Depuis 1948, je suis revenu bien des fois à Berlin, mais quelques années après la chute du Mur, au cours d'une croisière sur la Spree, la rivière de la ville, j'avais été saisi par l'architecture du nouveau Berlin, légère, aérienne, inventive, qui défiait le Berlin en ruine que j'avais connu autrefois et sa première reconstruction dont j'avais été le témoin, comme si l'Histoire imposait à cette métropole un recommencement perpétuel. Bien plus tôt, dès 1989, j'avais découvert le Bauhaus-Archiv, le long du Landwehrkanal dans lequel fut jeté le corps de Rosa Luxemburg après son assassinat (mon ami Marc Sagnol, grand chasseur de traces juives en Allemagne, en Europe de l'Est, en Russie, en Ukraine ou en Moldavie, a été le premier à me montrer l'endroit où flottait entre deux eaux son cadavre, je m'y rends maintenant, sans en saisir toute la raison, à chacun de mes séjours, c'est comme une obligation intérieure à laquelle je ne puis me soustraire), et d'autres lieux non construits, de vastes espaces abandonnés au cœur de Berlin de part et d'autre du tracé du Mur. J'étais allé à maintes reprises à Berlin-Est pendant les interminables années de la guerre froide, avec un laissez-passer, mais je n'avais jamais vu ces endroits-là, car, jouxtant le Mur, ils étaient interdits. Or ces lieux vagues et vides étaient précisément — c'est ce dont je prenais conscience — ceux de l'institution nazie. Si je les avais vus avant d'avoir réalisé *Shoah*, je n'aurais sûrement pas été capable de les lire et de les décrypter. À cause de *Shoah*, mon regard était devenu perçant et sensible. Le nom de la Prinz-Albrecht-Strasse me parlait, c'était là et dans les environs immédiats que se trouvaient les édifices de la terreur nazie, le Reichssicherheitshauptamt, le Auswärtiges Amt, la Gestapo, le centre du totalitarisme hitlérien. Dans un de ces terrains vagues, si on descendait quelques marches, on accédait à une petite exposition souterraine, une enfilade de quelques salles, pas grandes du tout, avec des photographies, certaines connues, d'autres moins, légendées de textes sobres et forts. Le lieu était nommé : « Topographie de la terreur ». Je m'étais demandé quels Allemands avaient eu l'idée de cela et j'éprouvais pour eux, sans les connaître, une sympathie vive. Le passé revivait par ces quelques salles ouvertes dans ce *no man's land* que personne ne revendiquait, où tout semblait possible. Je compris alors que Berlin était une ville sans pareille, car on pouvait à travers ce paysage urbain déchiffrer tout le passé de notre temps, appréhender, comme dans des coupes géologiques, ses différentes strates — le Berlin impérial, le Berlin wilhelminien, le Berlin nazi, le Berlin allié, le Berlin rouge, communiste — qui coexistent, se conjuguent, se fondent en quelque chose d'unique pour l'Histoire du xxe siècle. Pour moi, il y avait là une sorte de miracle mémoriel, un fragile miracle qu'il fallait préserver à tout prix. Je pensais que si les concepteurs et les architectes du nouveau Berlin voulaient assumer leur responsabilité devant l'Histoire, ils ne devraient pas toucher à cela, mais garder au contraire un vide au cœur de la ville, ce trou que, par-devers moi, j'appelais « trou de mémoire ». Je me souviens avoir discouru là-dessus au cours d'un colloque, sans aucun espoir, car les promoteurs immobiliers ont le dernier mot et le plein l'emporte toujours. Mon « trou » rêvé n'existe plus aujourd'hui, c'est la nouvelle Potsdamer Platz, avec son architecture futuriste, souvent admirable.

En vérité j'ai aimé Berlin dès la première année, j'avais surmonté ma peur de l'Est. L'effondrement du IIIe Reich, la capitulation avaient généré chez les Berlinois une sorte de liberté débridée et sauvage, alliée à une discipline et à un courage inouïs. Jour et nuit, des groupes de femmes, qu'on appelait les *Trümmerfrauen*, déblayaient les briques des bâtiments en ruine qu'elles entassaient en hautes pyramides aux carrefours. Les immeubles du Kurfürstendamm semblaient intacts, mais ce n'était qu'un décor ; derrière les façades, on trouvait le plus souvent des étais qui les maintenaient verticales, mais quelquefois, à certains étages, d'immenses appartements très profonds, quasiment intouchés ou déjà reconstruits. Je me souviens de celui d'un consul de Grèce, plus allemand que nature, du nom de Papaïannou, qui me conviait à de grands festins, avec des chirurgiens autoritaires, des avocats, des promoteurs immobiliers nouveaux riches — ils pullulaient et, dans les encoignures ou les toilettes, tandis qu'ils péroraient, leurs femmes élégantes écrasaient sur mes lèvres une bouche rouge et vorace en me remettant leur numéro de téléphone inscrit à la hâte sur un billet. J'ai connu ainsi la comtesse von B., une altière beauté, qui se révéla être une putain — elle me demanda de l'argent la première fois que nous nous trouvâmes dans un lit. Le comte, son mari, avait un air misérable de chien battu et il était difficile de savoir s'il avait épousé une putain en connaissance de cause ou si elle l'était devenue à cause de la faillite de l'Allemagne et de la destruction des usines von B., reconstruites depuis. L'industrie ressuscite toujours. Dans certaines rues enneigées de Berlin-Ouest, on pouvait voir des rassemblements d'hommes en casquette, bottés, à l'habillement hétéroclite, qui parlaient en toutes langues et souvent en yiddish. C'étaient des gens sortis des camps de déportés en 1945, ceux qu'on appelait les DP, *displaced persons*, personnes déplacées. Il y avait beaucoup de Juifs parmi eux, ils étaient là depuis trois ans, en attente d'Amérique, d'Australie ou d'Israël. La vérité est qu'ils se trouvaient bien à Berlin car ils y étaient intouchables. Après ce qu'ils avaient vécu, ils étaient au-dessus de la loi, elle ne pouvait les atteindre et d'ailleurs on ne savait plus très bien ce qu'était la loi. Ils trafiquaient de tout, de cartouches de cigarettes américaines, de matières premières, d'actions d'usines, même japonaises, à leur cours le plus bas, dont ils savaient qu'elles reprendraient de la valeur. Quelques-uns devinrent extrêmement riches, Yossele Rosensaft, baptisé « *the king of Belsen* » parce qu'il avait survécu à tous les sévices qui lui furent infligés dans les camps nazis avant sa libération par les Alliés à Bergen-Belsen, petit homme d'acier d'une haute intelligence, édifia ainsi une fortune. Je le rencontrai, tandis que je préparais *Shoah*, dans son appartement new-yorkais de la 71ᵉ Rue, au coin de Madison, où il me montra sa collection rarissime d'impressionnistes français. Nous convînmes que nous avions été à Berlin des contemporains. Il se suicida plus tard dans une suite de l'hôtel Savoy à Londres. On ne trouvait pas les DP à Berlin seulement, mais aussi dans d'autres grandes villes allemandes, comme Francfort, Hambourg ou Munich. Certains refirent étrangement leur vie en Allemagne, où ils formèrent le noyau de la future communauté juive organisée. Le premier à oser briser le tabou qui interdisait que dans l'Allemagne posthitlérienne on s'en prenne aux Juifs fut Fassbinder, dans sa pièce intitulée *Les Ordures, la ville et la mort*. Il y attaquait honteusement les promoteurs immobiliers juifs de Francfort, dont plusieurs étaient d'anciens DP. Alors qu'ils avaient acheté à prix d'or à leurs propriétaires des terrains sans valeur pour y construire le Francfort de l'avenir, Fassbinder faisait du personnage principal de sa pièce un homme sans foi ni nom, présenté comme « *der reiche Jude* », le Juif riche, taxé de rapacité consubstantielle à sa nature. Elle fut adaptée au cinéma en 1977 par un réalisateur suisse, Daniel Schmid, sous le titre *L'Ombre des anges*[1].

Après les vacances de l'été 1949, je revins à Berlin pour une deuxième année et retrouvai mes étudiants. L'arrêt du séminaire les avait poussés à enquêter de leur côté sur l'existence d'une bureaucratie nazie à l'intérieur de l'université et, quant à moi, je ne supportais pas la contradiction entre la propagande officielle alliée sur la nécessaire dénazification et l'interdiction prononcée par le gouverneur militaire français de Berlin. Je décidai alors de dire ce qu'était véritablement la Freie Universität. Je rédigeai un long article très documenté que je proposai naturellement au quotidien du secteur français de Berlin, *Der Kurier*, dont les textes devaient être approuvés par la censure française. Le général Ganeval fut immédiatement alerté. Pas question de publier cela, refus absolu et tentatives de m'intimider. Même fin de non-recevoir chez les Anglais, circonvenus par leurs homologues français. Surtout, pas de scandale. Les Américains, eux, voulaient le faire paraître parce que l'université se trouvait dans leur secteur et les concernait directement, mais ils ont, pour finir, manqué de courage. Restait une seule possibilité, la presse de Berlin-Est, en secteur soviétique, mais aussi capitale depuis octobre de la République démocratique allemande nouvellement créée.

---

1. Deleuze, appelé à la rescousse pour défendre et soutenir ce film révoltant, écrivit qu'il avait beau « écarquiller les yeux », il ne voyait pas l'ombre de l'ombre d'un antisémitisme dans *L'Ombre des anges*. Je lui répondis dans *Le Monde* — j'étais alors en train de travailler à *Shoah* — par un long article, d'une page entière, intitulé « Nuit et Brouillard ».

On pouvait encore passer librement de l'Ouest à l'Est, le Mur n'était pas construit, une fois dans la ville, il suffisait de prendre le S-Bahn, le métro de Berlin, le plus souvent aérien, et l'on arrivait très facilement à l'Est en descendant à la station Friedrichstrasse. Les Russes et les communistes allemands tenaient d'ailleurs beaucoup à cette liberté de circulation : le bloc soviétique était alors au zénith de son rayonnement, des Fêtes mondiales de la jeunesse étaient organisées à Berlin-Est, ils souhaitaient rassembler le plus de monde possible et il y avait, qu'on le veuille ou non, quelque chose de puissant et fraternel dans ces grandes communions rouges. La *Berliner Zeitung*, le principal journal de Berlin-Est, qui existe encore aujourd'hui, accepta immédiatement mon article. Ils le publièrent en deux livraisons consécutives, chaque fois deux pleines pages. Mais la *Berliner Zeitung* avait en outre découvert des sonnets courtisans écrits par le recteur de la Freie Universität — il s'appelait Edwin Redslob — et dédiés à Emmy Goering, la femme du maréchal, l'actrice Emmy Sonnemann. Il y vantait la grâce de ses coudes lorsqu'elle servait le thé aux dignitaires nazis. Voilà donc mon article au vitriol sur la Freie Universität, le séminaire censuré et, en encadré, au centre des pages et en caractères gras, les poèmes du recteur à l'épouse du maréchal du Reich, récemment condamné à Nuremberg, qui préféra le cyanure à la corde. Ils ne m'en avaient rien dit avant la publication. Quel scandale ! Double scandale : le recteur fut immédiatement destitué et pas mal d'autres avec lui. La carrière du général

Ganeval ne sortit pas grandie de mes révélations, il songea sérieusement, m'a-t-on rapporté, à me faire mettre aux arrêts de rigueur. J'avais prévu cela et quitté mon domicile pendant quelques jours. Je n'habitais d'ailleurs plus Frohnau, mais Zehlendorf, un appartement que je payais de mes deniers, situé non loin de l'université, complètement émancipé de la tutelle du gouvernement militaire. Je suis resté pendant plusieurs années, paraît-il, sur une sorte de liste noire du Quai d'Orsay. Je ne regrette rien.

De retour en France, la question de gagner ma vie se posa urgemment. J'appris par Cau que Suzanne Blum, une avocate célèbre, s'était mis en tête d'apprendre la philosophie. Elle habitait rue de Varenne un appartement qui me parut somptueux, son frère, André Blumel, avait été secrétaire de Léon Blum et demeurait proche de lui. Suzanne Blum avait passé la guerre en Angleterre et aux États-Unis avec Pierre Lazareff et les fondateurs de *France-Soir* et des autres journaux du groupe. C'était une grande femme intelligente et attentive, à qui je transmettais mon savoir à raison de trois leçons par semaine, vraie « philosophie dans le boudoir » puisque son boudoir était ma salle de classe. Elle progressait vite, m'aimait beaucoup et prétendit m'aider à embrasser une carrière. Elle envisagea même très sérieusement de me marier avec une Rothschild — je n'ai jamais su laquelle —, ce qui aurait sûrement entraîné de fastes conséquences dans ma vie ultérieure. Elle me recommanda chaleureusement à Pierre Lazareff et Charles Gombault, et je fus engagé sans difficulté comme « nègre » ou encore « rewriter » dans le groupe Lazareff, la presse populaire et à grand tirage de l'époque. Ce travail anonyme m'amusait, me laissait une extrême liberté, j'y ai appris beaucoup et l'équipe, dirigée d'une main douce et ferme par Roger Grenier, future étoile des Éditions Gallimard, était composée de gens qui se voulaient pour la plupart écrivains et considéraient le fait de ne pas s'aliéner à un métier et de garder du temps pour soi comme le bien le plus précieux. Grenier me stupéfiait par sa rapidité et sa capacité à tout réécrire sans effort apparent : il s'installait devant sa machine et pouvait taper pendant des heures, totalement étranger à l'angoisse de la page blanche.

Mais l'Allemagne m'habitait toujours, je proposai à Lazareff de partir au cours de l'été dans la nouvelle République démocratique allemande et de réaliser pour *France-Soir* un reportage. Je pensais que les contacts noués avec la *Berliner Zeitung* me seraient utiles. Il accepta et je repartis pour Berlin dans un avion militaire français chargé de sénateurs qui se ruaient périodiquement aux toilettes, tant l'appareil, pris dans un orage, fut durement secoué pendant tout le vol. Les sénateurs vomissaient l'un après l'autre, une terrible odeur redoublait la nausée et on entendait des « reposez-vous, cher ami, reposez-vous ». Pour pénétrer en RDA, il me fallait un visa des autorités soviétiques. Je me rendis au quartier général russe, à Berlin-Pankow, où j'exposai mon dessein. L'officier traitant me demanda pour quel journal je voulais écrire. Je n'avais alors ni carte de presse ni accréditation, je répondis que j'étais *free lance* et lui présentai, pour preuve de ma bonne foi, mes articles de la *Berliner Zeitung* sur la Freie Universität. Rien n'y fit, le seul organe de presse qui l'eût mobilisé en ma faveur aurait été *L'Humanité.* Je ne prononçai pas le nom de *France-Soir,* mais osai celui du *Monde.* Il me répondit que c'était un journal du capitalisme et qu'à ce titre je ne pourrais jamais y publier la vérité sur la RDA. La guerre froide était à prendre au sérieux, la guerre de Corée n'allait pas tarder à éclater et, en France, les manifestations organisées par le Parti communiste se concluaient le plus souvent par des affrontements très violents avec les forces dites « de l'ordre ». Je profitai de la Leipziger Messe, la fameuse foire de Leipzig, où il était possible de se rendre, pour pénétrer clandestinement en RDA. Je me dis aujourd'hui, repensant au jeune homme d'alors, que j'étais d'une grande inconscience : j'ai risqué très gros, ce voyage fut une odyssée. J'avais obtenu par le pasteur Casalis, que j'avais connu à Frohnau pendant mon premier séjour et qui m'avait fait découvrir, étonné et d'abord émerveillé, l'allant et l'optimisme protestants, des adresses de collègues est-allemands, formés en un réseau qui fut connu sous le nom d'« Église confessante ». « Ils vous aideront », m'avait-il dit avant ma plongée dans l'inconnu. Ce fut le contraire qui advint : chaque fois que je me présentais, les luthériens blêmissaient, verdissaient, me faisaient comprendre sans politesse que je les mettais en danger, nul ne m'assista. Sans visa, il m'était impossible d'aller à l'hôtel. Je dormais dans les squares, dans les buissons des parcs, à Weimar, à Dresde, à Iéna. Je me souviens d'une nuit infernale à

Halle, la VOPO, police populaire, ratissait la ville et je fuyais sans trêve. J'ai pourtant réussi à descendre l'Elbe en bateau, à partir de Dresde, vers ce qu'on appelle la Suisse saxonne. À mon retour — malgré les difficultés, j'avais pourtant beaucoup vu, beaucoup lu et parlé aussi, à des amis que je m'étais faits à Berlin-Est également —, je rédigeai une dizaine d'articles que je soumis à la direction de *France-Soir*. Ils les refusèrent après beaucoup d'hésitations. Ce que j'avais écrit n'était pas assez grand public et jugé trop favorable au bloc de l'Est. J'adressai alors par la poste mon reportage au *Monde*, où je ne connaissais absolument personne. Je reçus une réponse quatre jours plus tard : le rédacteur en chef me faisait savoir qu'il serait très heureux de me publier car le ton de mes articles était neuf comme ce qu'on y apprenait. Ils parurent rapidement, jour après jour, avec un début en première page, sous le titre général : « L'Allemagne derrière le rideau de fer ». Si j'avais été pris, j'aurais peut-être passé des années en prison. Malgré cela, mes textes étaient, je le crois, objectifs et dépourvus de manichéisme.

J'appris, par Cau, que Sartre avait lu mes articles et qu'ils l'avaient intéressé. Je rencontrai d'ailleurs ce dernier peu de temps après, à la fin d'une éblouissante conférence sur Kafka, et je me présentai à lui. Il me dit « Ah ! C'est vous, Lanzmann » et il me suggéra de participer aux réunions des *Temps modernes*, qui se tenaient dans son petit bureau enfumé du quatrième étage du 42 rue Bonaparte, d'où l'on dominait l'église et la place Saint-Germain-des-Prés. On a tant parlé de ces réunions que je ne m'y appesantirai pas. Mais je ne repense jamais sans émotion à la confiance unique que Sartre faisait à de très jeunes gens, parfaitement ou presque inconnus. Il distribuait les sujets de sa belle voix de métal, tellement chaleureuse qu'elle persuadait chacun de sa capacité à les traiter, même s'ils semblaient difficiles. Sartre, c'était vraiment l'intelligence en acte et au travail, la générosité enracinée dans l'intelligence, une égalité vivante, vécue par lui en profondeur et qui, par une miraculeuse contagion, nous gagnait tous. Nous sortions de chez lui gonflés à bloc, l'esprit alerte, entreprenants, capables de batailles et de solitude. Ce qu'il écrit de lui, à la fin des *Mots* : « Si je range l'impossible Salut au magasin des accessoires, que reste-t-il? Tout un homme, fait de tous les hommes et qui les vaut tous et que vaut n'importe qui », j'en ai compris d'emblée l'authenticité, dès ces rencontres des *Temps modernes*, même si ma sœur se moquait en lui disant : « Oui, mais tu te prends pour le premier des n'importe qui. » Merleau-Ponty intervenait peu, se tenait toujours en retrait, statue du Commandeur philosophique, qui regardait et écoutait, amusé, étonné, dubitatif, son camarade parler des derniers films qu'il avait vus et assigner aux volontaires empressés la tâche d'en rendre compte en de brèves chroniques ou en notules plus brèves encore, mais souvent féroces. Cinématographique ou littéraire, la critique aux *TM* était tournante, les rentes de situation n'y existaient pas. Cau, Jean Pouillon, Jacques-Laurent Bost, tous deux anciens élèves de Sartre au lycée du Havre, Francis Jeanson, François Erval, au redoutable accent hongrois, précieux par sa connaissance des maisons d'édition et des livres à paraître — les revues publiaient alors en « bonnes feuilles » des chapitres entiers de grands romans —, Roger Stéphane, flamboyant libérateur de Paris, qui commérait sur tout, J.-H. Roy qui faisait en train le voyage Châtellerault-Paris pour assister aux réunions. J'en passe, j'en oublie.

Et Simone de Beauvoir. Nous y voilà. J'ai aimé aussitôt le voile de sa voix, ses yeux bleus, la pureté de son visage et plus encore celle de ses narines. Quelque chose dans ma façon de la regarder, dans mon attention lorsqu'elle prenait la parole ou interrompait Sartre en l'appelant « vous autre » devait lui signifier l'attrait qu'elle exerçait sur moi. Le premier article que je rédigeai pour la revue dans ma chambre de bonne de la rue Alexandre-Cabanel me coûta sang et eau, j'y travaillai d'arrache-pied plusieurs semaines. Je l'avais intitulé « La presse de la liberté » en jouant sur les mots, pensant à un titre du jeune Marx, « La liberté de la presse », publié dans *La Gazette rhénane*. Ce long texte était une réflexion sur la nature de la presse, inspirée par mon expérience dans le groupe Lazareff. Je disais en substance que la presse — on ne parlait pas de médias alors —, étant par essence publicité (non pas au sens de réclame, mais à celui de « rendre public »), ne pouvait être que publicité du vrai, que la vérité et la publicité étaient consubstantielles. Le contraire de la publicité n'était pas le mensonge, mais le silence, la censure. Pourquoi publier le faux ? Et c'est la raison pour laquelle la presse — c'est le pire des crimes qu'elle puisse commettre, un attentat contre sa propre essence — peut mentir impunément. Même s'il sait que tout y est mensonge, le sujet du tyran lit la presse du tyran. Parce que c'est écrit. Je terminais sur les possibilités vertigineuses de la propagande. Mon texte fut loué par Sartre et Simone de Beauvoir et publié aussitôt dans les *TM* en avril 1952, mais il était signé d'un autre nom que le mien : David Gruber, patronyme que j'avais forgé d'après le nom de jeune fille de ma mère, Grobermann. J'étais rewriter à *France-Soir*, je souhaitais le rester. La revue *Esprit* fit de cet article un compte rendu enthousiaste. Mon deuxième texte parut en juillet de la même année, il était plus bref, s'intitulait « Il fallait que ça saigne » et témoignait de ce qu'avait été la violente manifestation du 28 mai, à laquelle j'avais assisté. Je me la rappelle comme si c'était hier, je n'ai jamais oublié le nom de l'ouvrier algérien tué boulevard de Magenta par les gardes mobiles : Hocine Belaïd. La guerre de Corée avait commencé et les communistes accusaient le général Ridgway, commandant en chef américain, d'utiliser des armes bactériologiques. Les manifestants scandaient « Ridgway la peste », le préfet Baylot et le ministre de l'Intérieur Brune avaient inventé un « complot des pigeons voyageurs » pour arrêter Jacques Duclos, grand orateur rouge à la voix rocailleuse et au ventre de barrique, numéro deux du Parti communiste, et l'inculper d'imaginaires menées contre la sûreté de l'État, tandis que Sartre, réfléchissant de son côté à cette manifestation, s'attelait à son roman-fleuve politique, à la fois coléreux et théorique, « Les communistes et la paix », dont on ne peut pas se débarrasser à la légère comme on le fait aujourd'hui sans l'avoir lu, en l'imputant aux sempiternelles « erreurs » dudit. Texte en vérité beaucoup plus théorique qu'idéologique, gros déjà de la *Critique de la raison dialectique*. Avec Deleuze, nous avions défini la manifestation comme une « fuite en public devant la police ». Elles étaient alors d'une violence extrême, l'une d'elles avait été montée contre *Le Figaro* dont le siège se trouvait alors rond-point des Champs-Élysées. Les slogans criés par les manifestants étaient : « *Figaro* SS, *Figaro* nazi ». Nul alors, d'un côté comme de l'autre, ne faisait dans la nuance. Je n'y participais pas, j'étais là comme observateur, je fus pris soudain, sur un trottoir des Champs-Élysées, dans une charge policière : casqués, matraque haute, ils étaient déchaînés et ne se préoccupaient pas de savoir si leurs coups tombaient juste. Fuyant donc en public devant la police, selon la belle théorie que nous avions élaborée, je tentai de me fondre dans la queue d'un cinéma. Voyant les flics arriver, une vraie donneuse se mit à glapir en me désignant : « Le voilà ! Il est là, il est là. » Un coup de matraque m'ouvrit le front, suivi de coups de bottes dans le ventre, et je fus arraché à la file pour être entraîné dans un car de police. Ce fut ma fête, gifles, coups de poing, insultes qui prirent un tour antisémite après qu'ils eurent examiné mes papiers, crachats au visage. Je fus traité de « gueule de raie » et de « lotte pourrie », je suis depuis totalement allergique à ces poissons, délicieux me dit-on, mais dont la simple évocation suffit à déclencher chez moi un début de nausée. On me garda toute la nuit dans le car de police, je fus libéré ou plutôt expulsé à l'aube, en très mauvais état, et j'errai dans Paris des heures sans savoir où aller, sans même vouloir aller quelque part. Je me sentais humilié, brisé, défait.

Simone de Beauvoir a raconté notre rencontre amoureuse. Elle l'a fait à sa façon, je le ferai à la mienne. Nous n'avons pas, c'est normal, les mêmes souvenirs. En juillet 1952, après la parution de mon deuxième article dans les *TM*, j'avais résolu de partir pour Israël, d'y passer du temps et de réaliser un reportage comme je l'avais fait en Allemagne de l'Est. Étrangement, tandis qu'Israël se créait et que la guerre d'Indépendance faisait rage, c'est l'Allemagne qui m'occupait, ma vie allait à un autre train que celui de l'Histoire et de l'actualité. Elle avait sûrement à vagabonder, à emprunter des traverses qui formeraient plus tard sa cohérence et concourraient à d'autres accomplissements. Après une fête rue de la Bûcherie, qui célébrait un départ pour le Brésil de Cau et de Jacques-Laurent Bost, j'avais eu au matin le courage ou l'audace d'appeler Simone de Beauvoir pour l'inviter le soir au cinéma. Je devais quitter le lendemain Paris pour Marseille, où j'allais m'embarquer à destination d'Israël. Sérieuse, apparemment pas disposée à perdre son temps, elle me demanda : « Pour voir quel film ? » Je répondis : « N'importe lequel », ce qui était une façon de lui signifier que le cinématographe n'était pas du tout le but de ma requête. Elle m'entendit. Nous ne vîmes aucun film, mais toute la soirée, depuis la pièce unique, entièrement tapissée de rouge, qu'elle occupait au dernier étage du 11 rue de la Bûcherie, nous contemplâmes Notre-Dame nocturne et irréelle. Je ne sais plus si nous dînâmes, ce qui advint après a occulté le reste. Je la pris dans mes bras, nous étions aussi émus et intimidés l'un que l'autre. Nous restâmes longtemps enlacés après avoir fait l'amour. Elle posa sa tête sur ma poitrine et me dit : « Oh ! ton cœur, comme il bat ! », j'en fus bouleversé. Et soudain, avec précipitation, comme si elle me devait absolument et sans attendre cette vérité, alors que je ne demandais rien : « Il faut que je te dise, il y a eu cinq hommes dans ma vie », et elle me les nomma. Elle ajouta aussi, là encore sans que j'eusse rien demandé, qu'elle n'avait plus, depuis longtemps, de relation amoureuse et sexuelle avec Sartre. Mon bouleversement redoubla : ce ne serait pas la passade d'une nuit, elle instaurait entre nous une autre relation, infiniment plus grave. Je serais le sixième homme, elle en avait décidé ainsi, la fierté et l'effroi se combattaient en moi. Elle partit le lendemain rejoindre Sartre en Italie, au volant d'une Aronde, sa première voiture qu'elle conduisait pour la première fois. J'allai prendre le train pour Marseille.

CHAPITRE XI

Peut-être jouai-je à me faire peur, mais je vécus l'embarquement des Juifs sur le SS *Kedmah* dans le port de Marseille comme le départ d'une déportation. Pourquoi cette double haie de gardes mobiles — les CRS d'alors —, casqués, armés, sur le pied de guerre, qui nous encadraient à droite et à gauche, nous contraignant à piétiner sous le dur soleil de début août avant d'atteindre la passerelle du navire ? Les immigrants, parvenus à Marseille après un long voyage, en provenance de Roumanie, de Bulgarie, du Maroc, de Tunisie, d'Égypte, d'Irak, d'Iran, empruntant pour beaucoup les routes et filières audacieusement ouvertes depuis 1947 par l'Agence juive et les hommes du Mossad pour forcer le blocus britannique, étaient animés d'une seule idée : quitter l'Europe ou leurs anciennes patries, refaire leur vie là-bas, au loin, en Eretz Israel. Ils attendaient leur tour par familles entières, pacifiques, angoissés par l'exil, et ce brutal déploiement policier m'était incompréhensible. Pourquoi aussi — alors que j'avais très peu d'argent — m'assigna-t-on une cabine de première classe que je partageais avec un rabbin, un grand rabbin en vérité, de Marrakech me semble-t-il, qui partait pour Israël dans un voyage de reconnaissance ? Il était de toute façon — honte sur moi — le premier rabbin que je rencontrais. Dans la force de l'âge, il m'étonna par sa haute taille, sa minceur, sa barbe d'argent, ses yeux extraordinairement bleus, pas du tout africains, et les grosses chaussettes de laine tricotées à la main, d'un blanc immaculé, qu'il portait de jour comme de nuit. Il ne parlait qu'arabe et hébreu, langues qui m'étaient inintelligibles, et pointa sur moi, dès qu'il me vit pénétrer dans notre cabine, un doigt accusateur et méchamment interrogatif : « *Yehudi ?* » Je compris qu'il était pour lui de première importance d'en avoir le cœur net sur mon appartenance et je répondis, d'un des seuls mots hébreux que je connusse, « *ken* », qui veut dire « oui ». Il me regarda, ses yeux bleus aiguisés comme des lames, décidant que je n'étais pas seulement un menteur, mais un imposteur. Il répondit à mon « *ken* » par un « *lo* » furibond : non, je n'étais pas juif, je ne pouvais pas l'être. Le « c'est l'antisémite qui crée le Juif » des *Réflexions* sartriennes ou encore « La condition réflexive de l'homme juif » de mon ami Robert Misrahi, qui s'échinait à générer l'identité juive dans un vacuum conceptuel, en prirent un rude coup avant même que le *Kedmah* n'eût levé l'ancre. Après trois journées de haute mer, mon grand rabbin — son nom me revient en mémoire, mais je ne garantis rien : Makhlouf Abyssirar — eut l'occasion de prendre la pleine mesure de ma mécréance. Je quittai notre cabine un vendredi après-midi avant le début de shabbat — j'ignorais d'ailleurs tout de ce rite ancestral et fondateur, qui n'avait jamais été observé dans ma famille — en laissant la lumière allumée. J'avais passé la nuit sur le pont, sous les astres qui émaillaient le ciel profond et sombre, à discuter avec les Israéliens dont je venais de faire la connaissance, Dahlia Kaufmann, qui me subjuguait par sa gravité et le récit qu'elle me faisait de sa vie, Yigal Allon, un des chefs du Palmach, unité d'élite de l'armée israélienne à sa fondation, futur ministre des Affaires étrangères d'Israël, qui revenait avec sa femme d'une année sabbatique à Oxford avant de rejoindre son kibboutz Guinossar, sur la rive occidentale de la mer de Galilée, Julius Ebenstein, le mozartien, natif de Vienne, qu'il avait réussi à fuir juste après l'Anschluss et dont il gardait une impérissable nostalgie. Je regagnai ma cabine vers quatre heures du matin, peu avant l'aube et je trouvai mon grand rabbin étendu en chaussettes sur son lit, les yeux largement ouverts, toutes lumières allumées. La Loi d'airain de notre religion lui avait interdit de toucher à l'électricité et il n'y avait pas, sur ce navire d'une jeune nation, de *shabbes goys*, de goys du shabbat, comme on en trouve aujourd'hui dans les hôtels israéliens, pour faire fonctionner les ascenseurs dont les touristes juifs américains ne sauraient se passer. Je fus donc, dès cette aurore, excommunié et maudit, en hébreu comme en arabe.

Le deuxième jour de navigation, premier matin en mer, une femme de ménage était entrée dans la cabine, armée d'un seau, d'un balai, d'une serpillière, et elle s'était agenouillée pour nettoyer le sol. Ce fut plus fort que moi, je ne supportai pas cette posture : une Israélienne — il était clair pour moi qu'elle l'était — ne pouvait pas être ma domestique. Je la relevai, lui expliquai en anglais que j'allais le faire moi-même, pris à sa place le seau et la serpillière et entrepris d'achever ce qu'elle avait commencé. Elle me regardait, incrédule, blessée sûrement, me considérant à juste titre comme dérangé, et elle fit en sorte, les jours suivants, d'accomplir sa tâche en mon absence. J'imaginais fort bien des femmes de ménage juives en France ou n'importe où ailleurs, mais en Israël c'était impossible. Je savais très peu de ce pays, mais ce qui prévalait dans mon imaginaire, ce que j'escomptais trouver là-bas — et la plupart des immigrants du *Kedmah* à qui je parlai au cours de la traversée partageaient cet idéal —, c'était le *désert*. Israël devait être un désert, une terre vierge à conquérir, où chacun serait le premier homme et recommencerait le monde à mains nues, dans une fraternité et une égalité encore inconnues. Je ne pouvais envisager Israël comme une société constituée, avec des classes, des dominants et des dominés, des anciens et des nouveaux, toute l'inertie et la pesanteur du réel. J'avais tort bien sûr, mais raison aussi. Je le compris lorsque Dahlia commença à me narrer sa vie, sous le ciel étoilé, à la proue du *Kedmah* dont j'entendais l'étrave fendre la mer avec le bruissement régulier et puissant d'une soie qu'on déchire. Elle était juive allemande et avait fait partie de ce célèbre groupe d'enfants de l'Aliyat Hanoar, que l'Agence juive avait réussi à faire sortir d'Allemagne en 1938, peu avant la Kristallnacht. Élevés dans l'idéologie sioniste, animés, une fois adolescents, d'un ardent esprit pionnier, ils avaient fondé le kibboutz Beit Ha'arava au bord de la mer Morte, à 400 mètres sous le niveau des mers vives, dans la plaine tourmentée, lunaire et torride qui s'étend, le long de la vallée du Jourdain, de Jéricho à Qumran, où furent plus tard découverts dans une grotte les fameux manuscrits. Elle me racontait comment, avec des seaux et des brouettes, ils allaient, en des navettes sans fin, puiser l'eau douce du Jourdain pour arroser la terre désertique qui leur avait été allouée et faire descendre en profondeur la croûte de sel qui la recouvrait, la rendant stérile. Le verdoiement des premiers plants de tomates, le rouge éblouissant de leurs fruits furent célébrés comme une grande victoire de la culture sur la nature. Elle me confia la dureté et la rudesse de la vie sans compromis des premiers kibboutzim, entièrement communautaire et égalitaire, l'usure prématurée des corps, la rigueur des lois qu'ils s'étaient imposées — la première femme qui osa farder ses lèvres fut regardée comme une héroïne par certaines, comme une dépravée par les autres ! Dahlia avait épousé à Beit Ha'arava Hoshea Kaufmann. La création de l'État, la guerre d'Indépendance, les traités non pas de paix, mais d'armistice entre Israël et ses ennemis arabes, aux termes desquels Beit Ha'arava fut attribué à la Transjordanie furent pour ses fondateurs une tragédie. Ils y perdirent non seulement leur terre, mais le sens de leur vie, les liens qui les unissaient se brisèrent. Leur kibboutz perdu, ils se séparèrent, les couples se défirent, Dahlia rejoignit dans l'extrême nord d'Israël, en bord de mer, à la frontière libanaise, un autre kibboutz « pionnier », Gesher Haziv, récemment fondé par des Juifs argentins et brésiliens, tandis qu'Hoshea partait enseigner dans un grand kibboutz très politisé de Hachomer Hatzaïr, Mishmar Ha'emek, dans la vallée de Jezreel. Je devais, par Dahlia, le rencontrer plus tard, il me sembla inconsolable de tout. Une autre nuit, sur le bateau, Julius Ebenstein relaya Dahlia, il me parlait des jeunes Israéliens — il avait lui-même deux enfants en bas âge qui l'attendaient à Tel-Aviv —, de leur dévouement, de leur abnégation, de leur idéalisme illimité. Le croissant, fin et clair, brillait à l'occident, Julius pointait vers le ciel un doigt aussi péremptoire que celui du grand rabbin : « Vous pouvez leur demander l'impossible, ils iront. » Il m'invita à venir le voir lorsque je serais à Tel-Aviv. Je ne pouvais pas savoir alors combien il se montrerait généreux avec moi.

La côte israélienne approchait, nous entrâmes dans la belle rade d'Haïfa, on pouvait voir les différentes strates de l'immigration juive s'étager sur les pentes du mont Carmel, percevoir clairement que les plus anciennes, au sommet de la montagne, étaient les plus riches et qu'Israël, terre sans nul doute promise, n'était pas le désert virginal de notre imagination. Dahlia voulait guider mes premiers pas à Haïfa, m'aider à trouver un hôtel ou peut-être m'emmener encore plus au nord dans son kibboutz, où nous pourrions prendre un bain de minuit sur ma première plage de Méditerranée orientale. Elle me dit : « Pour toi qui es un étranger, les formalités de douane seront très rapides, pour nous Israéliens qui rentrons au pays, elles sont au contraire longues, minutieuses, tatillonnes, ils fouillent chacun de nos bagages, tu en auras terminé bien avant moi, alors va m'attendre au café Éden, juste à la sortie du port, je te retrouverai là-bas. » Elle ne se trompait pas, cela alla très vite, je descendis la passerelle avec ma valise, qui me parut fort lourde. À quatre heures de l'après-midi, la chaleur était accablante, je décidai de prendre un des taxis qui attendaient des passagers. Je lui donnai l'adresse : café Éden. Il fit exactement trois cent cinquante mètres, passa la grille du port et s'arrêta presque aussitôt sur une place blanche et vide, écrasée de soleil, qui me faisait penser à celle d'Argos dans *Les Mouches* de Sartre. Il me désigna le café Éden, dont l'entrée était masquée par un rideau de perles qui pendaient comme de longs chapelets. Je demandai à mon chauffeur combien je lui devais, le montant qu'il m'annonça me cloua de stupeur. Je payai, résolu à ne plus jamais prendre un taxi : à un tarif aussi exorbitant, je n'avais pas de quoi. Aveuglé par la violente lumière, j'écartai les pendeloques ambrées du rideau et me trouvai soudain dans la nuit. Je ne voyais plus rien, il me fallut du temps pour accommoder. Mais j'entendais, dans la profondeur de la salle, des voix de femmes, vulgaires, discutant dans une langue qui me semblait étrangère, où je saisissais pourtant des bribes d'un français à la lettre inouï pour moi, encore jamais entendu. Je compris que des paires de bas se négociaient âprement contre du rouge à lèvres. Je distinguai à ma gauche un comptoir en forme de bar et un petit homme qui officiait derrière. Il me demanda si je débarquais du *Kedmah*, j'acquiesçai et, à mon tour, je l'interrogeai : « Mais dites-moi, monsieur, les taxis, c'est très cher en Israël ? — Combien vous a-t-il pris? » Cet échange se fit en anglais, mais à peine eus-je répondu que mon barman fut secoué d'un rire homérique et se mit à conter dans un hébreu rauque ma mésaventure aux silhouettes que je devinais maintenant dans l'opacité de la salle. Tous et toutes furent saisis du même rire aux larmes, qui croissait en écho au lieu de s'apaiser, comme s'ils tiraient fierté de la facilité avec laquelle ma naïveté avait été abusée. Et soudain une silhouette hurlante se dressa devant moi, proche à me toucher : « Mort aux Juifs! Mort aux Juifs! Mort aux Juifs! » Je restai pétrifié et incrédule, il reprit : « Ah ah, monsieur, vous vous êtes fait rouler par les Juifs. Mort aux Juifs, mort aux Juifs! » Nul, à l'intérieur du café Éden, ne protestait, le rire moqueur redoublait à mon endroit, je ne savais que penser, me dis que ces Juifs étaient d'une remarquable largesse d'esprit, que l'imprécateur était probablement un « habitué » arabe du bistrot, un peu fou, mais toléré, comme s'il faisait partie des meubles. Et timidement, d'une voix faible, j'osai interroger : « Mais… vous n'êtes pas juif, monsieur? » Il tonna : « Si, je suis juif, je suis juif, mais juif de cœur. J'aime mieux être traité de "sale Juif" à Casablanca ou à Marrakech que de "sale *Schwarze*" ici. » Ce fut mon baptême d'Israël, peu ordinaire, je le concède.

J'étais jeté brutalement dans une problématique que j'eus le loisir d'explorer durant tout mon voyage. Les femmes qui marchandaient entre elles tubes de rouge à lèvres et bas à jarretelles étaient des putains juives originaires du Maghreb, outrageusement maquillées, et l'imprécateur leur maquereau. Je le revis pendant les quelques jours que je passai à Haïfa et nous sympathisâmes. J'appris beaucoup de lui. Les *Schwarze* étaient les « Noirs », Juifs sépharades des récentes aliyas, de la nouvelle immigration de masse qu'Israël cherchait à attirer par n'importe quel moyen, sans lésiner sur les mensonges et les fausses promesses quant aux conditions de vie. Comme le dirait vingt ans plus tard dans mon film *Pourquoi Israël* Léon Rouach, conservateur du musée de Dimona : « Mentir, ce n'est pas bien, mais le pays, qui venait lui-même de naître, était gravement menacé. Pour le construire, il fallait le remplir et pour le remplir, il fallait mentir ! » Et il ne faut voir dans ces paroles aucune naïveté, aucun cynisme, nul ressentiment, mais au contraire la bouleversante franchise de ceux qui approuvèrent, parce qu'ils les firent leurs dans la souffrance même qu'elles leur infligèrent, les raisons des trompeurs.

Du nord au sud et de l'est à l'ouest, de la Galilée au Néguev, le pays était constellé de maabaroth, immenses camps de tentes, dans lesquels les immigrants pauvres attendaient ce qu'on appelait leur « intégration ». Camps de réfugiés en vérité, où ils pouvaient demeurer des mois ou des années avant que leur soit trouvé un travail et qu'un logement en dur leur soit construit. Accompagné d'un bureaucrate ashkénaze trentenaire, fonctionnaire de l'Agence juive à laquelle incombait tout ce qui avait trait à la klita — « l'intégration » —, que j'ai retrouvé, après beaucoup d'années, ambassadeur d'Israël à l'ONU, puis président d'une université, je visitai plusieurs de ces maabaroth. Je n'aimais pas du tout la façon dont il jaugeait, avec une supériorité stupide, ceux dont il avait la charge. Des Roumains, il me disait : « Ils sont un bon matériel » ; les Bulgares, les Irakiens et les Iraniens occupaient aussi les degrés supérieurs de son échelle de valeurs. Les Juifs marocains étaient pour lui la lie du peuple élu. Arrivant avec lui dans une maabaroth de la vallée de Beit She'an, qui me parut gigantesque, avec ses centaines de tentes pour familles entières, et qu'il devait inspecter, j'avisai soudain sur la route, près de l'entrée, des groupes d'hommes pas rasés qui bayaient aux corneilles et nous dévisageaient d'un air mauvais. Mon guide me dit : « Vous allez voir, ils sont très mécontents parce qu'on leur a attribué deux rabbins ashkénazes. Entre eux et l'Agence juive, c'est la guerre. » Mais les oisifs avaient l'oreille fine et entendirent que je parlais français. Ils se ruèrent vers nous, nous entourèrent et se mirent tous à m'interroger : « Monsieur, monsieur, vous êtes *froncé* ? » Je répondis « oui ». « Ah ! la France, monsieur, la Fronce… » Et ils continuèrent : « Israël, monsieur, c'est pire que la Gestapo ! » Mon guide évaluateur de matériel humain riait jaune, mais n'était pas fâché que ses propos sur le dernier degré de l'échelle soient ainsi confirmés. Je demandai : « Vous avez connu la Gestapo ? — Non, monsieur, mais on sait. » Ils se plaignaient de tout, de l'oppression ashkénaze, de la chaleur, du peu d'argent qu'on leur allouait, du travail, indigne de leur talent et de leur condition ancienne, qui leur était proposé. Les kibboutzim, je le savais, déploraient le manque de membres, de volontaires et de main-d'œuvre. Je questionnai : « Pourquoi n'allez-vous pas dans les kibboutzim ? Ils n'attendent que vous. »

Avec un bel ensemble, ils s'écrièrent : « Ah ça, jamais ! Pour vivre cette vie-là, il faut une conscience de mulet ! » Et l'un d'eux soudain, qui faisait figure de chef, m'apostropha : « Un seul homme peut nous sauver, monsieur, vous ne voyez pas qui ? » Je ne voyais vraiment pas et je répondis : « Je doute qu'un seul homme puisse vous sauver, il en faudrait beaucoup et surtout vous allez vous sauver vous-mêmes. » J'expliquai aussi — tout ce que je suis en train de raconter se passe bien sûr à la fin de mon séjour — les difficultés énormes et de tous ordres auxquelles ce petit pays à peine né était confronté et me changeai moi-même, sans l'avoir voulu, en propagandiste quasi officiel. Ils ne démordirent pas de leur devinette sur le sauveur suprême : « Un seul homme, monsieur, un seul homme, vous ne voyez vraiment pas qui ? » Je donnai ma langue au chat. « Rothschild, monsieur, seul Rothschild peut nous sortir de là. » Ils ne faisaient pas partie de la riche nomenklatura juive des pays arabes, mais des communautés pauvres qui vivaient dans les mellahs, les ghettos du Maroc, et avaient l'habitude de recevoir régulièrement des dons de Juifs fortunés de l'étranger, dont les Rothschild étaient les plus notoires, leur réputation de donateurs étant bien établie. Rien ne les avait préparés à ce qu'Israël requérait d'eux. Quand je leur demandais ce qu'ils faisaient dans leur existence antérieure, ils me répondaient avec un bel ensemble : « Chauffeur. » De taxi ou de camion, je ne sais, mais je n'aurais jamais imaginé que le peuple du Livre ait pu engendrer pareil nombre d'automédons. En vérité ils étaient boutiquiers, barbiers ou mendiants. Cela se répéta vingt ans plus tard, au cours du tournage de *Pourquoi Israël*, avec un autre immigrant, russe cette fois. Lui aussi prétendait conduire des poids lourds de fort tonnage à Kiev (l'Ukraine n'était pas encore un pays indépendant). De même que les Marocains ne supportaient pas d'avoir dû échanger leur volant imaginaire contre la pioche, de même lui se sentait déchu de devoir travailler dans une usine de soja au lieu de brinquebaler sur de mauvaises routes bessarabiennes. Il y avait pour eux tous, c'est clair, une noblesse du métier de chauffeur, dévorateur de grands espaces, être d'ici et d'ailleurs, ubiquitaire et souverain.

L'appel messianique a toujours été si puissant que, depuis la destruction du deuxième Temple, les vagues d'immigration juive n'ont jamais cessé, le pouvoir d'aimantation de Sion n'a pas attendu le sionisme politique pour exercer son attraction sur des fous de Dieu, des déçus du réel, des aventuriers errants, des persécutés n'en pouvant plus de l'être. C'était, non pas au cours de ce premier voyage, mais d'un autre plus tardif, à Rehavia, le si paisible quartier des Juifs allemands de Jérusalem : dans sa bibliothèque, fabuleux repaire et inestimable trésor, milliers de livres accumulés au fil de toute une vie d'étude, bataillons serrés des dos hauts et noirs d'innombrables volumes talmudiques, Gershom Scholem, Berlinois de naissance, maître de tous les savoirs kabbalistiques, sioniste intransigeant et ouvert, l'ami de Walter Benjamin et le mien, me lisait des lettres désespérées d'immigrants du XVIIIe siècle qui, de Tibériade, sur la rive occidentale du lac de Galilée, essayaient de décrire pour leurs familles demeurées en Pologne la dureté intolérable de la vie qu'ils menaient dans ce climat inhumain — chaleur de 250 mètres sous le niveau des mers, moustiques tueurs, malaria indomptable. Certains, dans ces lettres, annonçaient qu'ils allaient mettre fin à leurs jours et il est vrai qu'on trouve encore aujourd'hui, parmi les stèles noircies du vieux cimetière de Tibériade, un excentrique cercle des suicidés, compromis entre la pitié fraternelle et l'interdiction juive d'attenter à sa vie. À Berlin, dans l'immense cimetière de Weissensee, que je visitai en préparant le tournage de *Shoah*, les tombes de ceux qui se donnèrent la mort, car ils s'éprouvaient trop vieux et trop découragés pour tenter de fuir le nazisme, sont toutes disposées en lisière des carrés juifs de cette nécropole. Joachim Prinz, que j'ai connu aux États-Unis, à la tête d'une florissante congrégation du New Jersey, m'a raconté combien sa renommée était grande dans la riche bourgeoisie juive de Berlin. Il était réputé en effet pour sa splendide voix de baryton et la beauté lyrique de ses oraisons funèbres : on s'arrachait ce Bossuet juif et certains eussent été prêts à devancer l'appel pour s'assurer que ce serait bien Prinz, et non pas un autre, qui prononcerait l'ultime éloge. Un jour de 1936, Prinz reçut d'Amérique un affidavit qui allait lui permettre de quitter l'Allemagne avec sa famille après un délai d'attente de six mois. À Berlin, lorsqu'il annonça la sinistre nouvelle, ce fut la panique. Joachim, homme bon, plein de vitalité et d'humour, m'assura qu'entre l'annonce de son émigration et son départ effectif le nombre des suicides de Juifs dans la capitale allemande crût significativement et que, pendant les dernières semaines, il était corvéable à merci, ne quittant pas la synagogue pendant des matinées entières.

Avant de gagner Tel-Aviv, Juif parmi les Juifs, perdu et sans repères, j'allai rejoindre Dahlia dans son kibboutz de la frontière libanaise, à l'extrême occident de la ligne de démarcation, juste en face des hauteurs de Rosh Hanikra — en arabe Ras el-Nakura —, siège de l'état-major de l'ONU, celui qui supporte mal, on l'a vu, d'être survolé par la chasse israélienne. Gesher Haziv fut mon premier kibboutz et je fus invité à partager la frugale pitance de ses membres, chaleureux Sud-Américains, heureux, comme la plupart des kibboutznikim, de vivre en sentinelles aux changeantes frontières d'Israël, jamais vraiment sûres ni reconnues, justification épique des sacrifices qu'ils consentaient. Dahlia m'expliqua que le pays entier, villes et campagnes, traversait une période terrible, appelée *tsena*, qui se traduit par « austérité ». En d'autres termes, il n'y avait pratiquement rien à manger en Israël, on y crevait de faim et, pendant tout mon séjour, j'ai plus souffert là-bas des maux de l'inanition que sous l'Occupation allemande en France. Dahlia m'entraîna vers la plage de sable qui borde les oliveraies du kibboutz et je me mis à courir, nu, le ventre vide, vers la Méditerranée orientale pour m'y jeter et prendre, sous le croissant, un premier bain initiatique. Elle courut à mes côtés, me sommant de m'arrêter et, comme je n'obtempérais pas, m'enlaça de ses bras et de tout son corps en me disant : « Cette mer est dangereuse et souvent mortelle, on ne se baigne pas ici, il faut aller plus au sud. » Nous fîmes l'amour cette nuit-là, nous nous baignâmes à l'aube et bien plus loin en effet. Du nord au sud d'Israël, sur toute la longueur de la côte, les noyades ne sont pas rares. Aujourd'hui, le développement du tourisme est tel que des mesures de sauvegarde efficaces ont été prises et que les plages surveillées sont nombreuses.

Ce n'était pas le cas en 1952, pas non plus vingt-cinq ans plus tard, en 1977, où seul un miracle me sauva la vie. C'était une période sombre de mon existence et, ce qui est la même chose, de la réalisation de *Shoah*. Le film, auquel je travaillais depuis presque quatre ans, était en panne, je n'avais plus d'argent pour continuer et les Israéliens qui, après avoir vu *Pourquoi Israël*, tenu par eux comme le meilleur film jamais réalisé sur leur pays, m'avaient proposé de réaliser un film sur la Shoah, en avaient initié et financé les premières recherches, venaient de m'annoncer qu'ils ne soutiendraient pas plus avant un travail dont ils ne voyaient pas la fin. Un dimanche de printemps, peu après que j'eus été informé de cette décision, Deborah, la jeune chatte persane d'Angelika, ma deuxième épouse, sauta, flèche noire, par une fenêtre dans le jardin de notre immeuble parisien, je me précipitai dans les escaliers, manquai une marche biseautée. Fracture du pied, souffrance, urgences hospitalières, soins inappropriés, mauvais plâtrage, replâtrage, béquilles, il fallut douze semaines avant qu'on prononçât ma guérison. Et ceci fut fait non pas à Paris, mais à Jérusalem, par un professeur plein d'expertise, qui me conseilla la natation comme meilleur moyen de réapprendre à marcher et de remuscler ma jambe. Pourquoi Jérusalem et non pas

317

l'hôpital Cochin, où le premier plâtre avait été posé ? Parce que Menahem Begin venait cet été-là de gagner les élections et d'accéder à la charge de Premier ministre. C'étaient les travaillistes battus qui avaient renoncé à me soutenir et j'avais, allongé, plâtré, résolu d'écrire à Begin, leur vainqueur, que je ne connaissais pas, mais dont un vieux souvenir datant de mon premier passage à Jérusalem, en 1952 précisément, me disait qu'il m'entendrait. Un matin — quelques jours seulement après la nuit sous les astres avec Dahlia —, je débouche dans une placette de Jérusalem : juché sur un tonneau, comme Sartre à Billancourt, la voix mal amplifiée par un mauvais mégaphone, un homme au visage masqué par les verres épais de ses lunettes harangue un maigre attroupement. Mon guide me dit : « C'est Begin », et il me traduit ses paroles de feu. De tout son souffle, de toutes ses forces, Begin adjure le gouvernement d'Israël et chaque Israélien de ne pas accepter les « réparations » allemandes. Israël y perdrait son âme et sa raison d'être. Discours magnifique et désespéré, car il sait qu'Israël a déjà dit « oui », que Nahum Goldman, flamboyant président du Congrès juif mondial, a tout organisé, tout planifié avec le chancelier Adenauer. Mais Begin n'en était alors qu'au début de sa campagne : quelque temps plus tard, il réussit à organiser une manifestation massive et mémorable devant la Knesset, qui rassembla des dizaines de milliers de personnes. Pourtant, la première prise de parole à laquelle je viens de faire allusion était si neuve pour moi et Begin si impressionnant que je traiterais en plusieurs séquences cette question centrale des réparations, du *Wiedergutmachung,* dans *Pourquoi Israël.*

Le nouveau Premier ministre répondit rapidement à ma requête et un rendez-vous fut fixé avec lui dans son bureau de Jérusalem. Il était d'ailleurs convenu que le médecin israélien me déplâtrerait au soir de ce jour. Begin ne me déçut en rien, tout avec lui se passa comme je l'attendais, comme je l'espérais, et ma gratitude lui est à jamais acquise. Mais les détails et les modalités de cette nouvelle aide durent être réglés avec ses conseillers, en particulier avec Éliahou Ben Élissar, homme secret et sans émotions, ancien du Mossad, premier ambassadeur d'Israël en Égypte, plus tard à Paris où il fut emporté par une mort subite. Pour l'aide qu'Israël était disposé à m'apporter, je devais m'engager à avoir terminé le film dans les dix-huit mois à venir et à ce que sa durée n'excède pas deux heures. C'était si loin de ce que je savais être la réalité que je restai comme assommé, promis et signai tout ce qu'on voulait. La somme qu'on m'allouait me permettrait de poursuivre les recherches mais pas d'entreprendre le tournage, j'avais la certitude intérieure qu'il me faudrait encore des années avant de mettre le point final à mon travail et que le film serait au moins quatre fois plus long que ce qui m'était prescrit. En vérité je vivais ce concours qu'on me consentait comme une condamnation à mort du film et je me disais, ainsi que je l'avais déjà pensé plusieurs fois auparavant, qu'il ne servait à rien de m'obstiner, que je ferais mieux de tout abandonner. J'étais seul à pressentir ce que serait cette œuvre et je m'épuisais à tenter de convaincre des bureaucrates ignorants du cinéma autant que de la Shoah à vouloir leur faire partager, comme si elles étaient claires, des idées encore opaques pour moi-même. La trame de *Shoah* se dessinait en creux, mais un pareil film est une aventure, qui déborde par essence les limites qu'on veut lui assigner.

J'étais au plus mal, Angelika, qui m'avait accompagné en Israël, me persuada de prendre quelque repos pour me donner le temps de la réflexion et retrouver d'abord l'usage de mon pied. Nous partîmes pour Césarée et sa magnifique plage au sable dur, longée par un aqueduc romain à travers les arches duquel la mer s'offrait, scintillante et tentatrice. Çà et là, entre les arches, des poteaux surmontés d'une tête de mort ou de tibias croisés, légendés en hébreu, semblaient indiquer un danger vague et incompréhensible. Malgré ce que je savais depuis la première nuit de Gesher Haziv, je n'y prêtai pas attention. Le temps était radieux, la mer ce jour-là presque dépourvue de clapot, alors que les plages de la Méditerranée orientale sont réputées être un paradis pour surfeurs. J'entrai avec précaution dans l'eau, ménageant mon pied sans force, et me mis dès que je le pus à nager vers le large de plus en plus vigoureusement. Foncer au large, perpendiculairement à la côte, ne pas la longer, a toujours été ma façon de faire et eût été ma devise si la naissance m'avait gratifié d'un blason où la buriner. Je suis un bon nageur, ma brasse coulée était efficace et je me disais que le médecin israélien avait raison : par un tel traitement, je retrouverais bientôt ma musculature. Pourtant m'éloigner du rivage comme je le faisais était follement imprudent, j'ai dû nager cinquante brasses, vingt déjà eussent été de trop. J'entrepris de revenir, le soleil était à son zénith, la plage brillante, clairement découpée, je brassais, il me sembla qu'elle ne se rapprochait pas. Je brassai plus fort, plus fermement, et basculai soudain dans l'évidence que c'était justement le contraire qui advenait : la plage s'éloignait. À cet instant de la prise de conscience, tout s'accomplit et se cristallise en un éclair : la silhouette d'Angelika, debout au bord de l'eau, qui me regarde, déjà raisonnablement inquiète, le soleil qui m'aveugle par moments, des vaguelettes ou de vraies vagues qui me masquent la plage de façon intermittente et, par-dessus tout, ramassant en un seul sens ces signes encore disparates, la fatigue. Elle me submerge. Je n'en puis plus, mon pied me fait souffrir, je comprends que je ne vais pas réussir à atteindre la plage, à revenir. Je commence à crier, j'appelle au secours, je fais des gestes des deux bras pour qu'Angelika, très lointaine et petite maintenant, m'aperçoive et je la devine courant éperdument vers la droite, vers la gauche, sur cette plage déserte. Je me souviens qu'il n'y avait pas âme qui vive lorsque je suis entré dans la mer, elle nage mal et ne peut rien pour moi, il faudrait un bateau. C'est l'irruption de la tragédie au grand soleil, je continue à nager faiblement, j'avale de l'eau très salée qui m'étouffe. Et soudain une voix proche, à tribord, m'apostrophe en anglais. Celui qui me parle, que j'aperçois à travers un rideau d'embruns, est un grand blond, alerté par Angelika. Mais ma joie est de courte durée, il me paraît déjà lui-même à bout de souffle et de forces, il me dit : « *I am not a good swimmer, but I will try to help you.* » Il passe derrière moi et se met à me donner des bourrades dans le dos pour me faire avancer. Je sais que ce n'est pas la bonne méthode, il le comprend lui-même et aussi qu'il se fatigue plus encore, il abandonne presque aussitôt : « *I am very sorry, but I have to leave you, I have my wife and my little son on the beach, I am not even sure to succeed to return. Good bye, forgive me.* » Il disparaît comme il était apparu.

Il n'y a plus de plage, plus de soleil, je suis à moitié aveuglé par le sel, je m'étouffe souvent, j'ai cessé de me battre, il faut mourir. Étrangement je m'apaise et j'envisage la mort par asphyxie non pas comme une fin, mais comme un passage, un sale moment, un très sale moment à passer, après lequel je pourrai à nouveau respirer à pleins poumons, librement, à grandes lampées d'air pur ; un détroit, un défilé, le chas d'une aiguille : de l'autre côté, la vie reprendrait. J'attends donc la mort, je ne bouge plus, je ne nage plus, je flotte sur le dos, je fais la planche, je me laisse aller, je n'ai pas perdu conscience. Mais une voix encore, une autre voix, voix claire, accent anglais parfait, m'interpelle brusquement sur mon arrière : « *What is your name ?* » Je réponds, puis : « *What is your first name ?* »… « *Claude, I will try to rescue you. Can you help me ?* » Je réponds : « *Yes, I think so.* » « *Move your legs... Move your arms... OK, you will help me with your legs.* » Je me sentis alors fermement saisi aux aisselles, emporté non pas vers la plage, mais vers la haute mer. Sa voix impérieuse de professionnel me commanda de l'aider en faisant avec mes jambes le mouvement de la brasse sur le dos. Yossi — c'était le prénom de mon sauveur — nous fit décrire un très grand arc, remontée au large, puis retour vers le rivage, mais beaucoup plus loin, là où les courants traîtres n'existent pas, là où j'aurais dû nager si j'avais connu Césarée. Il lui fallut presque deux heures pour me tirer jusqu'à la plage. Si je n'avais pas pu l'aider, il m'aurait assommé, me confia-t-il plus tard : il est plus facile de haler un corps inerte qu'un vivant paniqué. Étudiant en droit à Tel-Aviv, natif d'un moshav proche fondé par des Juifs marocains, où il passait le week-end auprès de ses parents, Yossi Ben Shettrit, sauveteur professionnel diplômé, était, avec le grand blond, le seul promeneur sur la plage de Césarée ce jour-là et le miracle est qu'Angelika l'ait rencontré. Un an plus tôt, au même endroit exactement, l'ambassadeur d'Angleterre en Israël s'était noyé et Yossi, appelé trop tard, n'avait réussi à ramener que son cadavre. Six employés de l'hôtel Dan Cesarea avaient péri là en l'espace de six mois. Yossi me fit transporter, dès que nous touchâmes terre, dans une infirmerie, afin qu'on s'assure que je n'avais pas d'eau dans les poumons. Tout allait bien et le grand blond — qu'il me pardonne de ne pas l'appeler autrement, je n'ai jamais pu retenir son nom —, après un long détour, avait retrouvé, exténué, sa femme et son petit garçon.

J'invitai mes deux sauveurs à dîner le lendemain soir et je leur manifestai une gratitude que je n'éprouvais pas vraiment. Vivre ne me faisait pas bondir de joie et, repensant aujourd'hui à cet étrange épisode, je me dis que j'avais volontairement flirté avec la mort tant les engagements pris envers Ben Élissar et Israël me semblaient impossibles à tenir. Nous étions en 1977, *Shoah* ne serait terminé que huit ans plus tard et je savais que j'aurais à mentir année après année à ceux qui m'aideraient, Israéliens, Français, gouvernements ou particuliers, riches, moins riches, pauvres même. À me mentir aussi, me mentir à moi-même, car j'avais besoin d'espoir pour continuer : je me disais « l'année prochaine », comme on dit, dans l'attente messianique, « l'an prochain à Jérusalem », tout en étant parfaitement conscient que je nous racontais des balivernes, que je serais intraitable et n'obéirais qu'à ma loi. *Shoah* fut une interminable course de relais : ceux qui me soutenaient pour un temps abandonnaient ensuite, je devais en convaincre d'autres, qui reprenaient le flambeau, puis d'autres encore, jusqu'à la fin — après la fin, même, puisque, le film terminé, il n'y avait pas de quoi payer une première copie. Lorsqu'on me questionne sur la façon dont *Shoah* a été réalisé, il m'arrive de répondre : « Si l'on m'avait dit "le film doit être prêt à telle date ou vous aurez la tête tranchée", j'eusse été décapité », malgré l'horreur que m'inspire, on l'a vu, cette forme de mise à mort. Mais en vérité, c'est ce qui s'était passé dans le bureau de Ben Élissar. Même si nulle allusion n'y fut faite à la guillotine, c'est du moins ainsi que je l'ai vécu. Pourtant je n'ai cédé à rien ni à personne, ma seule règle a été l'exigence interne du film, ce qu'il me commandait. J'ai été le maître du temps et c'est là sans doute ce dont je suis le plus fier. Je me relis : ces deux dernières phrases sonnent bellement et paisiblement aujourd'hui, mais je suis seul à avoir porté ce fardeau d'angoisse, seul à savoir ce que m'ont coûté ces mensonges, serments et fausses promesses. J'étais comme l'État d'Israël avec ses immigrants. Combien de fois, pendant la gésine du film, m'est-il arrivé de mesurer avec un incrédule effroi, comme réveillé soudain et rappelé à l'ordre, que deux années, quatre, cinq, sept, neuf, dix années déjà s'étaient enfuies ? Au bout du compte, et chacun le sait, je n'ai trahi personne : *Shoah* existe comme il le devait. *Ein brera*, c'est encore une formule israélienne pour signifier qu'il n'y a pas d'autre choix.

La générosité et la fraternité avec lesquelles je fus accueilli par Julius Ebenstein et sa femme lorsque je me présentai un matin, sans avoir prévenu, à la porte de leur appartement de Tel-Aviv, au 19 rue Mapu, furent insignes. Ils me demandèrent combien de jours je comptais rester, je répondis : « Une nuit », je restai trois mois. Ils étaient locataires d'un logis de quatre pièces, donnant sur un jardinet, au rez-de-chaussée d'un immeuble de trois étages, construit sur pilotis comme la plupart de ceux qui furent érigés dans les années vingt, et déjà considérablement délabré par la chaleur et le mauvais matériau. Chacun de leurs deux enfants, Sivit et Gaby, avait sa chambre, ils les réunirent dans une seule, me donnèrent l'autre. Quand il m'arrivait de quitter Tel-Aviv pour visiter l'intérieur du pays, ils me la gardaient. Ils m'avaient remis dès le deuxième jour, avec une confiance qui me sidéra, la clé de la maison et je pouvais revenir à toute heure du jour ou de la nuit, certain de retrouver ma chambre et mon lit fait. Les deux enfants étaient d'une émouvante beauté, Julius avait la quarantaine et sa femme, viennoise elle aussi, un classique visage d'intellectuelle juive, lunettes et fort nez droit. Ils étaient, dans la scansion de leur vie, comme la quintessence d'Israël. Fuyant le nazisme, ils avaient d'abord travaillé au kibboutz, s'étaient formés aux rigueurs de la vie communautaire, au complet renoncement à la propriété privée. Mais ils gardaient en leur cœur, elle comme lui, une invincible nostalgie de la grande ville et, même si Tel-Aviv ne pouvait en rien s'égaler à Vienne, ils avaient, après plusieurs années, quitté le kibboutz pour la rue Mapu. Ce n'était qu'un leurre car la nostalgie qui les habitait véritablement, malgré leurs deux merveilleux petits *sabras*, restait celle de Vienne, et Julius, qui, pour gagner sa vie, composait de la musique, était obsédé par le projet de fonder à Tel-Aviv un Mozarteum qui le relierait institutionnellement à son Prater natal et lui permettrait de faire plusieurs fois l'an l'aller-retour entre sa nouvelle et son ancienne patrie. Le Mozarteum était son idée fixe, il passait le plus clair de son temps à échafauder d'improbables combinatoires de sources de financement et s'était d'ailleurs mis en tête que je pourrais lui apporter de l'aide puisque je connaissais Sartre et Simone de Beauvoir. C'est rue Mapu que je reçus les premières lettres du Castor, de plus en plus longues et quasi quotidiennes dès qu'elle eut l'assurance que ses missives me parvenaient. Les Ebenstein, avec toutes leurs contradictions et déchirements, étaient ma famille, ma boussole dans les étrangetés auxquelles j'avais à faire face. La nostalgie de l'Europe est une des lignes de force de mon film *Pourquoi Israël*, c'est le souvenir de Julius qui me guidait lorsque je l'ai réalisé et c'est Gert Granach, le chanteur spartakiste, qui, dans les inspirations et expirations des soufflets de son accordéon, a la charge d'incarner, dès les premières images, cette bouleversante *Sehnsucht* des Juifs de langue allemande, évoquant de sa belle voix triste et ironique Karl Liebknecht et Rosa Luxemburg, que je ne manque pas, on le sait, d'honorer moi aussi chaque fois que je suis à Berlin, en me recueillant au bord du Landwehrkanal, à l'endroit même où les assassins jetèrent son cadavre. La rue Mapu, ce lieu de repos, de réflexion et d'hospitalité, reste également pour moi associée à une disette dévorante, permanente, nocturne comme diurne, la pire que j'aie jamais connue. Les Ebenstein avaient peu d'argent, moi presque rien, les lieux de marché noir nous étaient inconnus et en fait je crois qu'ils n'existaient pas : tout Israël souffrait. Je me rappelle de lointaines courses éperdues et des supplications pour rapporter un saucisson de bœuf, délice rarissime et suprême. J'ai dit plus haut que le *souvenir* de Julius m'a guidé. Pourquoi le *souvenir* ? La nostalgie, la *Sehnsucht*, fut finalement la plus forte : il quitta Israël et repartit en Autriche ; sa femme, refusant d'assumer cette défaite, allait le voir tous les trois mois avant d'opter, elle aussi, définitivement, pour Vienne et ses valses ; Gaby, le merveilleux enfant *sabra*, devint chef de rang dans un hôtel de Carinthie. Seule Sivit resta en Israël : elle est psychanalyste, de la gauche extrême, entretient avec son pays des relations compliquées.

La nouvelle du retour de Julius à Vienne m'assomma, quelque part je me sentais trahi, mais les humains, je le sais aujourd'hui, ne devraient jamais se demander à eux-mêmes des choses trop difficiles. Bien d'autres de mes amis d'Israël ont regretté « l'Europe aux anciens parapets », et « la flache noire et froide » du *Bateau ivre* peut être un remède aux excès d'une implacable lumière, à la constance sans merci de la menace et de la violence.

Dès qu'il me vit, Ben Gourion n'y alla pas par quatre chemins ; il me toucha au sternum d'un doigt roide de reproche et me dit : « Alors, qu'attendez-vous ? Quand venez-vous ? Nous avons besoin d'hommes comme vous ici. » Le guide de l'Agence juive qui m'accompagnait presque partout et avait dû organiser mon rendez-vous avec le mythique Premier ministre et sa femme, la charmante Paula, l'avait probablement informé que j'étais « un bon matériel ». Ben Gourion était impressionnant, comme Begin, mais le premier était le vainqueur de l'autre puisqu'il n'avait pas hésité à faire tirer sur l'*Altalena*, le navire qui, l'Indépendance à peine prononcée, amena sur les côtes d'Israël, outre des passagers, des armes pour l'Irgoun. Ben Gourion ne pouvait tolérer un double pouvoir et s'était résolu à ce que des Juifs en tuent d'autres, acte fondateur de la naissance d'un État véritable. Menahem Begin dut attendre presque trente ans, comme on l'a vu, avant de devenir à son tour, à son heure, Premier ministre, au grand scandale de l'establishment bourgeois ashkénaze de Jérusalem ou de Haïfa, qui voyait déjà la plèbe envahir ses salons. Ben Gourion était aussi d'un charisme évident, on lui résistait mal, pourtant je balbutiai, à son déplaisir, que j'avais besoin de voir le pays et d'y réfléchir, il eût préféré de l'emportement. Je ne sais ce qui serait advenu si je n'avais pas reçu de Simone de Beauvoir ces immenses lettres d'amour, qui proposaient un avenir et m'engageaient, même si je n'y répondais pas à un rythme aussi soutenu que le sien. Je me sentais bien en Israël et ce voyage inaugural aurait pu durer beaucoup plus longtemps.

En un sens, je suis un vieux Français, d'une francité ancienne, bien plus ancienne en tout cas que celle de beaucoup de Juifs français. Mon père est né à Paris le 14 juillet 1900, ma famille est en France depuis la fin du XIXᵉ siècle, je m'éprouve si solidement français, oserais-je dire, qu'Israël n'a jamais été un problème pour moi, comme il a pu l'être pour des Juifs d'assimilation plus récente, arrivés en France entre les deux guerres ou après la Seconde Guerre mondiale. Ceux-ci vécurent la création d'Israël plus comme une inquiétude personnelle que comme un atout pour le peuple juif. Le choix qu'ils avaient fait de la France leur apparut fragile, révocable, un autre possible mettait en question ou démentait leur difficile et initiale option, les rejetant dans un univers juif dont ils étaient sortis, quelquefois à grand-peine. Certains participèrent à la guerre d'Indépendance, revinrent et s'endurcirent au fil des ans dans un antisionisme qu'ils ne cessèrent pas de théoriser. Israël m'importait et me concernait tout autrement : j'étais peut-être français d'ancienne francité, par la langue, l'éducation, la culture, etc., mais ces Juifs de Lituanie, de Bulgarie, d'Allemagne ou de

Tchécoslovaquie, que je ne connaissais ni d'Ève ni d'Adam, me renvoyaient à la contingence de mon appartenance nationale. J'aurais pu naître comme eux à Berlin, à Prague ou à Vilna, ma naissance parisienne n'était rien d'autre qu'un aléa géographique. La rencontre avec Israël me dévoilait d'un même mouvement irréductiblement Français et Français de hasard, pas du tout « de souche ».

Je me souviens de deux frères qui tenaient l'hôtel où je m'étais arrêté pour une nuit, dans la ville sainte de Safed, en Galilée, deux grands types maigres et bottés, au visage fermé, taciturnes comme la pierre miroitante de l'escalier sur lequel ils restaient assis des heures au soleil sans échanger un mot, Safed, la ville des mystiques célèbres de la Kabbale, celle d'où, est-il écrit, le Messie se mettra en route pour Jérusalem, et qui, pendant vingt siècles de diaspora, ne fut jamais désertée par ses Juifs, kabbalistes ou épiciers, kabbalistes *et* épiciers. Comme Hébron, elle avait été un épicentre de la révolte arabe de 1929, révolte planifiée au cours de laquelle de nombreux Juifs avaient été massacrés. En 1948, dès la proclamation de l'Indépendance, les Arabes attaquèrent de nouveau, sûrs de la victoire, les Juifs de Safed prirent les armes et, avec l'aide de renforts de la Haganah, gardèrent la cité à Israël. Avec une attention fascinée, j'observais longuement ces deux frères propriétaires qui avaient à l'évidence défendu leur bien sans état d'âme et s'étaient tellement enracinés à cette terre que la parole semblait leur être devenue inutile. Entre eux et moi, la distance était infinie, je ne suis même pas sûr qu'ils se fussent aperçus de ma présence, rien de ce que je pouvais penser ne leur importait. Ces taciturnes étaient véritablement des Israéliens « de souche », ils avaient leur pays, sa longue ou récente histoire, dans les os et le sang. Comparé à eux, j'étais un elfe, je ne pesais rien : ni Jeanne d'Arc, ni le vase de Soissons, ni Bertrand Du Guesclin ne coulaient dans mes veines, et les symboles des gloires françaises qui exaltaient tant de Gaulle enfant, « nuit descendant sur Notre-Dame, majesté du soir à Versailles, Arc de triomphe dans le soleil, drapeaux conquis frissonnant à la voûte des Invalides », ne me lestaient pas, ne m'assujettissaient pas. J'étais dedans et dehors en France, dehors et dedans en Israël, qui me fut d'emblée étranger et fraternel. Si les drapeaux conquis frissonnant à la voûte des Invalides ne me frappaient pas comme ils frappaient le futur général, du moins les connaissais-je. Mais d'Israël j'ignorais tout, tout du langage, de l'histoire, des règles, des mœurs, de la religion, de l'emprise qu'elle exerçait.

La tombée du jour en Israël m'angoissait particulièrement, le crépuscule était très bref, la nuit survenait par surprise, sans s'être vraiment annoncée. Ignorant que toute vie s'arrêtait comme par enchantement avant même le début du shabbat, je m'étais laissé prendre à Afoula, triste petite ville de peuplement de basse Galilée, dans la vallée de Jezreel. J'avais prévu de rentrer ce soir-là à Tel-Aviv, mais cela s'avéra impossible : plus un autobus jusqu'au lendemain soir, aucun moyen de transport, pas un café, pas un restaurant ouverts, personne dans l'unique hôtel du lieu pour accueillir le voyageur égaré, rues désertes, pas une voiture, pas un piéton, une ville morte, pétrifiée comme après l'éruption d'un Vésuve. Je voudrais ne jamais revivre cette nuit d'Afoula, intacte dans ma mémoire comme un comble d'hostilité et d'effroi, un cauchemar tel que je voulais quitter le pays. Aujourd'hui encore, lorsque je voyage en Israël, j'appréhende le retour hebdomadaire du shabbat et le malaise dans lequel je suis chaque fois, où que je me trouve, plongé. Toute la vie d'Afoula s'était réfugiée, concentrée, sans déviance ni exception, dans les synagogues et, si je voulais voir des humains, c'est à la synagogue que je devais me rendre. Je rôdais donc comme un voleur intimidé autour des lieux de prière, n'osant pas entrer, ne comprenant rien à ce qui se disait, se lisait, se passait, me sentant rejeté, repoussé, exclu par ceux que je m'obstinais follement à considérer comme les miens parce que les hasards de l'errance et de la géographie eussent pu faire que je fusse à leur place et eux à la mienne. Mais ils étaient des Juifs véritables, ils avaient le savoir, connaissaient les prières, la liturgie, certains d'entre eux, sans nul doute, le Talmud. Je mesurai en tout cas cette nuit-là la puissance de la religion, la force de la stricte observance. Je n'avais encore rien vu.

À Jérusalem, pour Simhat Torah — « la Joie de la Torah » —, on célèbre dans toutes les synagogues et les rues alentour la fin de la lecture de la Torah et son recommencement. Cette fête d'éternité a lieu une fois l'an, et à Me'a She'arim, quartier où se vit un judaïsme radical et sans compromis, je ne pouvais m'arracher au spectacle stupéfiant dont j'étais le témoin : dans la chaleur d'une nuit d'octobre, vêtus

de leurs lourds caftans faits pour les climats de Pologne, chapeautés de schtreimel, sorte de chapka, capables de danser toute une nuit sans trêve ni repos, avec
une ardeur que le sublime de la circonstance exige
toujours renouvelée, serrant du bras droit contre la
poitrine leur dernier-né depuis longtemps endormi
par l'infatigable galop paternel et du gauche le rou-
leau sacré de la Torah dont la lecture reprendra à
l'aube, extatiques et ruisselants de sueur, les orthodoxes hassidiques attestent la formidable dimension
mystique du judaïsme extrême. Celui aussi des rabbins miraculeux, rabbins révérés vers lesquels accou-
rent comme des suppliants les étudiants talmudiques,
qui ne veulent tenir leur savoir que de pareils maîtres, qui le tiennent eux-mêmes d'un autre grand
maître, qui, à son tour... Telle est la sainteté de la
tradition, cœur brûlant du judaïsme. On m'entraîna,
le lendemain de Simhat Torah, dans la yeshiva du
maître le plus vénéré alors, descendant d'une fondatrice lignée lituanienne — très vieux, il avait, par une
chance extraordinaire, survécu à la Shoah. Au haut
bout d'une longue table, il présidait, entouré d'autres
hommes en noir, enseignants de sa congrégation, et
les étudiants, tous coiffés du chapeau noir à large
bord, semblaient s'être disposés de chaque côté de la
table et jusqu'à son bas bout par ordre d'âge et
d'importance décroissant. Devant chacun des convives, une assiette, et plus l'on s'éloignait du maître,
plus la turbulence était grande. Déjà, sans que j'en
comprisse la raison, ils se poussaient, se bousculaient les uns les autres, cherchant à s'approcher au
plus près de la table, qui faisait bien dix mètres de

long. Et soudain un immense silence palpable et admiratif immobilisa chacun, fit taire les conversations, tous les regards, brillants d'envie, convergèrent vers plusieurs plats de harengs qu'on venait de déposer devant le maître. Il commença à manger avec onction et appétit, attrapant de temps en temps un hareng pour l'offrir à un de ses proches, qui se confondait en remerciements, exprimant tout à la fois sa reconnaissance pour la nourriture et sa dévotion pour la transsubstantiation dont le toucher magistral avait affecté l'ordinaire d'un repas juif. Cependant les affamés, nourris tout le jour d'études talmudiques, épuisés par les basculements et torsions interminables de leur tronc, piaffaient de plus en plus à l'autre bout. Alors, avec la prestesse et la précision quasi diaboliques d'un lanceur de couteaux ou de javelot, le vieux rabbin se saisissait d'un hareng qu'il projetait à toute volée vers telle assiette de son choix, sans pratiquement jamais manquer sa cible. Le désigné, tout rouge de son élection, devait aussitôt défendre son bien contre les avides bouches voisines. Mais le vieux maître du Talmud était aussi un maître stratège, il y en aurait assez pour tout le monde : lorsque le lancer le fatiguait par trop, ses assistants le relayaient, avec, regrettablement, une exactitude moindre, qui déclenchait de voraces cafouillages. Pour moi, il s'agissait d'une scène primitive, initiatique, parfaitement bouleversante, pas du tout pittoresque. Ces mangeurs de harengs saurs, au mitan de la *tsena*, ces intrépides, ces intraitables étaient mon peuple, le peuple juif plus fort que mille morts, et je ne les renierais pas. J'aurais souhaité que Sartre, l'auteur des *Réflexions*, mon ami, fût auprès de moi ce soir-là. Je lui raconterais ce que je venais de voir.

Il y a, dans *Pourquoi Israël*, deux leitmotive métaphysiques qui circulent tout au long du film et lui confèrent puissance et *vis comica* : celui de la normalité et de l'anormalité, et l'autre, qui tourne, sans fin ni réponse peut-être, autour de la question : « Qui est juif? *Who is a Jew?* » Le célèbre mot de Ben Gourion : « Israël sera un pays normal le jour où nous aurons nos prostituées, nos gangsters, notre police, nos prisons », avait, on l'a vu, été pour moi la réalité même, dès que j'eus posé le pied sur cette terre promise, à mon arrivée à Haïfa. Pourtant, Ben Gourion, grand architecte de la construction d'un État, était un peu court : il était incapable de porter sur Israël le regard qui fut le mien et celui de tant d'autres nouveaux arrivants. Pour moi, je l'ai montré dans de multiples scènes, c'est cette normalité qui était l'anormalité même et qui crée ce que j'ai appelé le caractère ludique de l'État juif. Dans une séquence désopilante, un groupe de touristes juifs américains visite à Jérusalem un supermarché qui ressemble à tous les supermarchés du monde. Et c'est de cela précisément qu'ils s'extasient, c'est la banalité qui les éblouit : « *Jewish bread! Jewish tuna! In pure oil! It is very amazing!* », etc. Ils n'en reviennent pas : tant qu'il y aura un premier et vierge regard diasporique pour s'étonner, dans une dialectique infinie du même et de l'autre, du dehors et du dedans, avec ses tourniquets vertigineux, de l'existence d'un État juif, d'une armée juive, d'une police juive, de grévistes juifs ou d'une union sacrée entre riches et pauvres, le pays aura encore — et plus encore s'il demeure environné d'ennemis — un très long chemin à parcourir avant d'atteindre cette normalité non paradoxale que Ben Gourion assignait comme idéal, en d'autres termes la prose du monde. Ce n'est pas pour demain.

« *"Who is a Jew?"* Le problème le plus important d'Israël, le seul problème digne d'attention, n'est pas la pauvreté, l'éducation, le manque d'argent pour acheter des chasseurs bombardiers ou la défense du pays en général, c'est de savoir qui est juif. Les premiers sont des problèmes techniques, ils seront résolus, nul doute là-dessus. Tandis que "Qui est juif?" interroge le sens même d'une nation juive. » Ces déclarations sont celles que m'adresse Zushy Posner, tandis que nous nous frayons lui et moi un passage parmi des orangers surchargés de lourds fruits presque mûrs, dans une autre scène de *Pourquoi Israël*. Hassid, membre du mouvement Loubavitch, Zushy a pour mission de répandre le judaïsme parmi les Juifs. Les Hassidim, las des duretés et de l'intransigeance de la Loi, procédèrent par l'exemplarité et la contagion de la Joie. Ils sont toujours de bonne humeur, abordent les inconnus le sourire aux lèvres, offrent immédiatement la pose des tefillin, qu'ils enroulent autour des bras avec une agilité de prestidigitateur. Le prosélytisme leur est étranger, la conversion des gentils ne les intéresse pas. La question centrale, la seule importante de leur point de vue, est celle-ci : à quoi bon un État juif, si ceux qui le peuplent sont des ignorants, des mécréants ? Il a compris que j'étais évidemment une proie idéale. Pourtant, sous le feu roulant de mes questions, Zushy Posner se prend lui aussi dans les tourniquets identitaires, mais la conjonction d'un pessimisme radical quant à la nature humaine, de la bonne humeur et de l'humour lui permet de se tirer de tout avec indulgence et intelligence. Je lui demande donc : « Vous pourriez faire de moi un bon Juif ? », il me répond : « Vous êtes un bon Juif. Tout Juif est un bon Juif. Mais certains pourraient être meilleurs. » Je rétorque qu'il y a dans ses propos une grande injustice : « Vous me préférez donc, moi qui suis un ignorant en judaïsme, à un non-Juif qui a beaucoup travaillé, étudié, a surmonté tous les obstacles qu'impose le décourageant processus de conversion, simplement parce que j'ai une mère juive ? — Mettez-vous à l'étude », me répond-il, avec l'œil pétillant et désabusé de celui qui sait que je n'en ferai rien.

Je ne l'ai pas fait en effet. *Je ne pouvais pas* le faire. Ce n'était pas paresse, mais bien plutôt un choix originel, un acte de conscience non thétique qui engageait mon existence entière. Je n'aurais jamais réalisé *Pourquoi Israël* ou *Tsahal* si j'avais choisi de vivre là-bas, si j'avais appris l'hébreu, si je m'étais mis à « l'étude », en un mot, si l'intégration avait été mon but. De même, je n'aurais jamais pu consacrer douze années de ma vie à accomplir une œuvre comme *Shoah* si j'avais été moi-même déporté. Ce sont là des mystères, ce n'en sont peut-être pas. Il n'y a pas de création véritable sans opacité, le créateur n'a pas à être transparent à soi-même. Une chose est certaine, la posture de témoin qui a été mienne dès mon premier voyage en Israël, et n'a cessé de se confirmer et s'engrosser au fil du temps et des œuvres, requérait que je sois à la fois dedans et dehors, comme si un inflexible mandat m'avait été assigné.

Pourquoi Israël fut présenté pour la première fois au Festival de New York le 7 octobre 1973. Le matin qui précédait la projection, je me rasais dans la salle de bains de ma chambre de l'hôtel Algonquin, 44ᵉ Rue Ouest, quand j'entendis un hurlement. C'était Angelika, que j'épouserais un an plus tard à Jérusalem : elle voyait sur un petit poste de télévision les troupes égyptiennes traversant le canal de Suez et détruisant les bunkers de la ligne Bar-Lev. La projection eut donc lieu dans des conditions singulières et angoissantes. Au cours de la conférence de presse qui suivit, une journaliste américaine, juive peut-être, m'interpella : « Mais enfin, monsieur, quelle est votre patrie ? Est-ce la France ? Est-ce Israël ? » Avec vivacité et sans prendre le temps d'aucune réflexion, je répondis, et cela éclaire peut-être le mystère dont je viens de parler : « Madame, ma patrie, c'est mon film. »

CHAPITRE XII

Mais ce n'est pas du tout à un film que je pensais vingt ans plus tôt, lorsque j'embarquai dans le port de Haïfa, un maussade jour de novembre, pour regagner la France. J'étais assailli de noires pensées, triste de quitter ce pays et sachant au fond de moi, sans avoir besoin de me le formuler clairement, que je n'accomplirais pas le dessein proclamé de mon voyage : écrire un reportage pour *Le Monde*, sur le modèle de celui que j'avais réalisé l'année précédente en République démocratique allemande, publié, on s'en souvient, sous le titre : « L'Allemagne derrière le rideau de fer ». Israël était passé pour moi dans le domaine privé, le plus intime en vérité : les questions que cette jeune nation suscitait, celles qu'elle me contraignait à affronter me regardaient d'abord et j'éprouvais qu'il y aurait quelque chose d'obscène à les exposer au grand jour de la publicité. En aurais-je même été capable ? Je suis certain que non, je n'étais pas armé pour y répondre dans le plan où je me les posais, et produire sur Israël une série d'articles prétendument objectifs et nécessairement superficiels m'apparaissait impossible et indigne. Retrouver à Paris Simone de Beauvoir, que je découvrais par ses lettres de plus en plus amoureuse, déterminée, impatiente et compréhensive, ajoutait à mon angoisse. J'avais passé avec elle une seule nuit et son intrépidité m'engageait peut-être plus loin et plus rapidement que je ne l'eusse souhaité. Une part de ma vie s'achevait, quelque chose d'autre, d'inconnu et de grave, advenait, j'avais le sentiment d'être entraîné à grande allure par la destinée, bref, de n'avoir plus la pleine maîtrise de mes actions, de mes projets et surtout de mon temps intérieur.

La réalité de la nature se chargea de mettre un terme à mes états d'âme et de les faire se découvrir pour ce qu'ils étaient vraiment : un luxe. Cela ne pesait rien face aux éléments déchaînés. La tempête commença en pleine nuit, quelques heures après que nous eûmes quitté Haïfa et, de mémoire d'homme, jusqu'à cette année 1952, jamais navire de haute mer n'essuya en Méditerranée un ouragan aussi prolongé, aussi constant, aussi féroce. Nous plongions dans des creux de dix mètres, il semblait impossible que l'esquif frêle — il n'était rien d'autre entre ces montagnes d'eau — pût remonter la pente dans les gémissements lugubres et désespérés de toutes ses structures et mâtures, avant de dévaler à nouveau jusqu'à la vague prochaine. Outre l'équipage, dont certains des membres étaient mal en point, deux personnes, deux seulement, veillèrent pendant quatre jours et quatre nuits sur ce bateau ivre : le capitaine, Eliezer Hodorov, ancien de la marine marchande soviétique, et moi. Pour rien au monde, même pour m'abriter des torrentiels paquets de mer qui balayaient les ponts, des vents de force 9 ou 10 qui emportaient tout, je n'aurais accepté de pénétrer dans les entrailles du navire : la puanteur aigre et fade des vomissures humaines — on dégueulait dans les cabines, dans les coursives, les latrines n'étaient qu'un cloaque — détruisait toute volonté. Il ne fallait pas y aller, c'est tout. Le vaillant Eliezer avait cédé à ma prière : on m'avait solidement attaché devant la dunette, face à notre route, et, pour tenir et ne pas me laisser aller, je m'imaginais la taillant avec le navire comme si j'étais moi-même une étrave, une figure de proue. À l'heure du dîner, dans le redoublement des vents et des lamentations du steamship de la compagnie israélienne Zim, le capitaine Eliezer et moi nous faisions face, seuls convives de la grande salle à manger des premières classes, buvant un vin de Malvoisie accompagné, pour moi surtout, d'un grand bordeaux. La tempête s'affaiblit puis s'apaisa au bout de quatre jours, les dégâts sur le navire, à l'extérieur comme à l'intérieur, étaient considérables. Nettoyer, purifier aussi s'imposaient. Seul maître à bord, Eliezer décida qu'on ferait relâche à Naples, escale complètement imprévue. Nous y fûmes quarante-huit heures, avant de reprendre la mer, qui demeura calme jusqu'à Marseille.

Les yeux, les bras, la bouche du Castor, ses mains sur mon corps comme pour le reconnaître, la longue étreinte un peu titubante qui nous réunit debout, dès que j'eus pénétré dans la chambre rouge, au dernier étage de la rue de la Bûcherie, dissipèrent en moi toute anxiété. La joie, chez elle, n'excluait pas la gravité, elles se conjuguaient au contraire dans une très rare attention à l'humanité de l'autre. Sans que j'eusse dit un mot, elle avait compris ce que cet étrange retour dans un foyer qui n'était pas le mien agitait en moi après un pareil voyage. Je me mis naturellement à parler, à lui dire mes doutes et hésitations, l'amour entre nous était autre chose qu'un coup de foudre, il devait s'apprendre et prendre son temps. Mais elle avait pressenti tout cela, le savait comme moi-même, et notre entente fut immédiatement intellectuelle autant que charnelle. Elle m'installa chez elle, dans cette pièce unique, meublée, avant que je n'y vinsse, d'une grande table ronde, d'un lit, d'une bibliothèque, de son bureau d'écolière, et je me laissai faire. Cela allait de soi. Le seul changement apporté à l'aménagement de sa chambre fut la mise en place d'un deuxième bureau, identique au sien et qui, au contraire de ce dernier, ne faisait pas face à Notre-Dame, mais à un mur latéral aveugle. Bien que la discipline du Castor, rigoureuse, invariante, forgée de longue date, une deuxième nature de prix d'excellence et d'écrivain de métier, me fût complètement étrangère, je tentai de m'y astreindre. Je rusais avec moi-même, m'asseyant, pour écrire, à mon bureau tout neuf comme il est recommandé aux hommes de peu de foi de s'agenouiller pour croire. Je n'y parvenais guère, bayais aux corneilles, me sentant engoncé et à l'étroit dans des horaires qui n'étaient pas les miens. Je n'étais pas prêt. Me retournant, je voyais le beau visage du Castor, qui m'émouvait par sa concentration, en même temps que j'apercevais sa

342

plume courir, que dis-je, voler sans presque toucher terre, elle travaillait à un roman pour lequel elle n'avait pas encore de titre. J'allais bientôt le lui trouver : *Les Mandarins*. Le rythme des jours ordinaires était immuable : nous passions les matinées ensemble, elle écrivait et je ne faisais pas toujours semblant, elle déjeunait soit avec Sartre, soit avec moi, soit avec quelqu'un d'autre — il arrivait aussi que nous déjeunions à trois. Elle passait tous les après-midi dans le bureau de Sartre, où elle avait sa table. Une soirée sur deux était pour Sartre, l'autre pour moi, nous avions toutes les nuits. Mais nous dînions souvent tous les trois, soit seuls, soit avec de rares amis que Sartre affectionnait particulièrement, comme Giacometti.

Le Castor avait prévu que nous déjeunerions avec Sartre dès le lendemain de mon retour. Nous nous retrouvâmes à La Palette, un restaurant de Montparnasse où il avait ses habitudes, où l'on pouvait parler sans être épiés par les voisins de table et qui, hélas, n'existe plus aujourd'hui. C'était évidemment la première fois que je revoyais Sartre dans mon nouvel état d'amant du Castor. La légère appréhension qui était la mienne n'avait pas lieu d'être : il bénissait cette union, ce « mariage », selon le mot du Castor, qui m'appelait son « mari » dans ses lettres d'amour, signées parfois frontalement « ta femme ». Sartre savait de moi tout ce qu'elle savait elle-même, elle lui avait lu toutes mes lettres, selon la règle de translucidité radicale à laquelle elle s'évertua, plus tard, à me plier en dépit de mes résistances. Il rayonnait du visible bonheur du Castor, me témoignant une amitié allègre et vraie, et tous deux commencèrent à m'interroger sur Israël avec leur sérieux si touchant, ou plutôt à m'écouter, car c'est moi qui parlais, leur révélant un univers complètement ignoré d'eux, dont mes lettres n'avaient pu donner qu'une faible idée. Je démontrai à Sartre que les *Réflexions sur la question juive* étaient à revoir, à reprendre, à compléter, que les Juifs n'avaient pas attendu les antisémites pour exister, que j'avais rencontré là-bas tout un monde, une religion et des traditions séculaires, un peuple à sa façon sujet de l'Histoire, malgré pogroms, persécutions, holocauste. Et surtout que je renonçais à ce reportage pour *Le Monde*, prétexte de mon voyage, tout ce que je venais d'éprouver et de comprendre me mettant moi-même par trop en question pour que j'osasse exposer cela publiquement. Je vérifiai comme jamais l'immense bonne foi intellectuelle de Sartre, son ouverture à autrui, sa capacité à se donner tort. Il me dit : « Vous avez découvert la particularité juive. Oui, vous avez raison de renoncer à ces articles. Faites un livre. » Cela m'illumina. En effet, c'était la solution, je pourrais parler de la condition juive, de moi, d'Israël, d'Israël et de moi, librement, sans obscénité. Mais c'était en vérité bien plus ardu que je ne le pensais. J'étais à vif et je ne le savais pas, il eût fallu pousser très loin le questionnement, me confronter à des réalités que j'ai du mal à nommer aujourd'hui, confesser, à vingt-sept ans, ce que je parviens difficilement à avouer dans ces pages. Je me mis pourtant au travail, écrivant davantage l'après-midi que le matin, quand j'étais seul dans notre pièce unique. Je rédigeai une centaine de pages, malheureusement perdues, le Castor et Sartre qui les lurent les jugèrent excellentes et m'incitèrent à continuer. Mais je ne pouvais plus, ne voulais plus, je remis tout cela à plus tard, conscient que j'aurais à grandir, à vieillir pour résoudre, dans un autre plan que celui où je me les posais alors, les questions qui s'étaient levées en moi. On ne peut pas tout de suite écrire, changer en un livre la matière de sa vie, ce qui est souvent le défaut des professionnels de la littérature. J'étais un homme des mûrissements longs, je n'avais pas peur de l'écoulement du temps, quelque chose m'assurait que mon existence atteindrait sa pleine fécondité quand elle entrerait dans sa deuxième moitié. Ce reportage non réalisé et ce livre avorté sont, vingt ans plus tard, devenus ce film, *Pourquoi Israël*, que j'ai tourné relativement vite parce que je savais avec précision ce que je voulais transmettre. Il est vrai que j'étais retourné là-bas à plusieurs reprises, que le choc du premier séjour avait été suivi d'autres découvertes, pour moi opératoires, comme celle du rôle des Juifs allemands dans la construction du pays, d'autres angoisses, comme les guerres, celle du Sinaï en 1956, la guerre des Six-Jours en 1967, la guerre d'usure en 1968-1969. Ma connaissance d'Israël n'avait cessé de s'approfondir puisque j'y avais passé beaucoup de temps afin de préparer, pour *Les Temps modernes*, un numéro spécial de mille pages, consacré au conflit israélo-arabe, dans lequel les Arabes avaient consenti — et c'était la première fois — non pas à débattre ou à discuter, mais à figurer aux côtés des

Israéliens, dans une même publication. De nombreuses strates de temps confluent dans ce film et ont concouru à sa réalisation, l'événement déclencheur, le dernier en date et sûrement le plus impérieux fut que j'étais tombé amoureux d'Angelika Schrobsdorff à Jérusalem et que faire le film était pour moi le seul moyen de la revoir. Ma rencontre avec Angelika eut lieu dix-sept ans après le début de ma vie commune avec Simone de Beauvoir, à laquelle, si on me pardonne cette digression herniaire dans la chronologie, je reviens maintenant.

Ce fut en effet une véritable vie commune : nous vécûmes ensemble conjugalement, pendant sept ans, de 1952 à 1959. Je suis le seul homme avec qui Simone de Beauvoir mena une existence quasi maritale. Nous réussîmes même à cohabiter pendant plus de deux ans dans une pièce unique de vingt-sept mètres carrés et étions, elle comme moi, quand il nous arrivait d'en prendre conscience et d'en parler, légitimement fiers de notre entente. Je trouvais juste et normal qu'elle partît en voyage ou qu'elle passât une grande part des vacances avec Sartre, il trouvait normal et juste qu'elle en fît autant avec moi. Il m'arrivait d'avoir des tristesses et de trouver le temps long lorsqu'elle quittait Paris pour une lointaine équipée, la Chine ou Cuba, par exemple, mais je n'ai jamais éprouvé l'ombre d'une jalousie. Avant chaque départ, elle poussait la prévenance à mon endroit jusqu'à rédiger de véritables chartes ou tableaux synoptiques, qui listaient les étapes, leur durée, les hôtels, les relais institutionnels tels consulats et ambassades, à appeler le cas échéant. Mais les séparations étaient aussi l'occasion de bombardements épistoliers, avec, certains jours, rafales de lettres incroyablement détaillées, semées de noms inconnus que je déchiffrais à grand-peine. Nous étions tous les trois très faciles à vivre. Elle comme lui — et c'est aussi depuis très longtemps ma conviction — pensaient qu'on ne discute bien qu'avec ceux avec lesquels on est d'accord sur le fond. C'est pourquoi ils détestaient les mondanités et les grandes tablées françaises, privilégiant la relation duelle. Être deux, se parler deux à deux était selon eux — selon moi aussi, ils m'ont appris cela — la seule façon de se comprendre, de s'entendre, d'avancer, de réfléchir. La formule de cette relation était : « Chacun sa réception. »

Au printemps 1953, ou plutôt à l'avant-printemps, nous partîmes tous les trois pour Saint-Tropez, sous le prétexte de prendre du repos, qui consistait en fait pour Sartre en un travail acharné, plus soutenu qu'à Paris parce que plus tranquille. Saint-Tropez était délicieux et vide, nous logions à l'Hôtel la Ponche, Sartre y avait sa chambre, le Castor et moi la nôtre. Seuls deux restaurants étaient ouverts sur le port, ils se jouxtaient, séparés par une toile épaisse, frontière pour les yeux, pas pour les oreilles. Curieux, je me demandais comment l'impératif « chacun sa réception » se pratiquerait dans ces conditions de proximité extrême. Cela se passait, se passa ainsi : le lundi donc, le Castor dînait avec Sartre dans un des deux restaurants et moi dans l'autre. Nous étions généralement les seuls clients de nos cantines respectives. Le Castor a toujours eu la voix forte, savait que je me trouvais à côté et n'avait pas de secret pour moi : j'entendais chacune de ses paroles et rien, de la voix métallique de Sartre, ne m'échappait. Je lisais ou tentais de lire. Quand elle et moi nous retrouvions pour la nuit dans notre chambre, elle me racontait par le menu tout ce que je venais d'entendre. Le mardi soir, c'était au tour de Sartre d'être condamné à la solitude et de ne pas manquer un seul de nos mots, qu'elle lui répéterait fidèlement le lendemain. Le mercredi était plus civilisé : nous dînions à trois, ce qui faisait l'économie d'un récit. Oui, l'entente entre nous était idyllique et les promenades en voiture l'après-midi, dans les Maures ou l'Esterel, avec Sartre lorsque nous parvenions à le débaucher, étaient pour moi, qui avais jusqu'alors peu parcouru la France, un apprentissage du regard et du monde. J'apprenais à voir par leurs yeux et je puis dire qu'ils m'ont formé, mais cela n'allait pas sans réciprocité, nous avions des discussions serrées et intenses, l'admiration que je vouais à l'un et à l'autre n'empêchait pas qu'elles fussent égalitaires. Ils m'ont aidé à penser, je leur donnais à penser.

Elle comme lui, étrangers à tout conformisme, ne voyaient aucune contradiction, aucune rupture de l'unité du moi — moi auquel, d'ailleurs, ils ne croyaient résolument pas — dans le fait que j'écrivisse pour *Les Temps modernes* (j'ai beaucoup écrit ces années-là dans la revue) et que je gagnasse alors ma vie comme nègre à *France Dimanche*. Cela scandalisait certaines belles âmes de la presse noble, qui acceptaient pourtant avec tranquillité que leurs ventes, quand elles baissaient, fussent dopées par des annonces licencieuses, avec adresses et numéros de téléphone. *France Dimanche* avait encore pour moi un autre appréciable avantage : je pouvais prendre de très longues vacances. Ma relation avec le Castor était connue de la direction, la semaine où j'aurais dû recommencer le travail, nous inventions une maladie subite ou un accident et, du fin fond de l'Italie, de l'Estrémadure ou du Péloponnèse, elle envoyait un télégramme expliquant que mon retour devait être impérativement différé. Personne n'y croyait, mais on avait pour moi une sorte d'indulgence et recevoir de Simone de Beauvoir ces messages alarmés flattait l'importance des destinataires. Un de mes corewriters, Gérard Jarlot, qui publia chez Gallimard, dans la collection blanche, un anti-roman intitulé *Un chat qui aboie*, était l'amant de Marguerite Duras, mais leurs explorations ne les emmenaient jamais plus loin que Neauphle-le-Château, il revenait à l'heure. Pierre Lazareff et ses proches collaborateurs étaient juifs, la rédaction en chef de *France Dimanche* comptait pourtant des antisémites bon teint qui, quelques années après la fin de la guerre, assénaient, semaine après semaine, leurs lourdes et grasses plaisanteries antijuives, comme si rien n'avait eu lieu. L'un d'eux, de la proche famille d'un célèbre géographe, auteur d'un manuel obligé pour les écoles, qui avait perdu un bras dans je ne sais quel combat, brandissait comme un fier étendard la manche vide de sa veste et s'ingéniait à faire engager au journal d'anciens miliciens condamnés à la Libération. Soudée, l'équipe du rewriting menaça de démissionner en bloc, j'avais l'impression de revivre ce qui s'était passé à mon entrée à Louis-le-Grand quand les khâgneux avaient voulu baptiser notre salle d'étude du nom de Brasillach. Oui, la France était encore infectée jusqu'à la moelle.

La soif de voyages du Castor était inextinguible, elle portait sur le monde un regard inlassable et revoir avec moi, me faire découvrir ce qu'elle connaissait déjà, en un mot m'instruire, était pour elle une façon de tout appréhender d'un œil neuf, lui redonnant l'émotion des premières fois. Sur nos aventures et pérégrinations, elle a beaucoup écrit dans ses *Mémoires*, sans se tromper sur les dates puisqu'elle tenait un journal de bord. Je l'ai dit, nous n'avons pas les mêmes souvenirs, je lui laisse l'exactitude chronologique et je parle ici, en vrac et dans le désordre, de ce qui demeure en moi ineffaçable. Il faut savoir que Sartre et le Castor prenaient leurs vacances au rythme de l'Éducation nationale, comme les professeurs qu'ils avaient été, deux mois d'interruption estivale, Noël, Pâques, etc. Le Castor au ski, donc, pendant deux semaines en décembre-janvier, au moment du plus grand froid, à la Petite Scheidegg (Kleine Scheidegg), un col battu des vents de l'Oberland bernois, à 2 061 mètres d'altitude, au pied de la Jungfrau, vue sur les terribles faces nord de l'Eiger et du Mönch. Elle a déjà skié, moi jamais. Il fait moins quinze, les pistes sont très raides, entièrement verglacées. On ne songe pas à prendre un moniteur, sur les chemins elle sait pratiquer le chasse-neige et freine à mort sans se laisser entraîner ; si d'aventure elle se trouve dans une pente raide, on dirait qu'elle monte au lieu de descendre tant elle est prudente. Ce n'est pas mon cas, je me laisse emporter sur le verglas, je dévale à toute vitesse, sans savoir ni pouvoir tourner, et c'est un sapin heurté de plein fouet qui arrête ma course en m'ouvrant le front. Je saigne considérablement. On utilisait alors des skis de bois très longs — les miens avaient deux mètres vingt. Le lendemain, nous eûmes un moniteur, je me mis à apprendre sérieusement. Je puis dire que je devins plus tard un bon skieur, sans peur, que les raideurs et verticalités n'effrayaient pas, capable de passer partout. Mais les meilleurs souvenirs de ce séjour dans les chambres modestes de l'hôtel de la Kleine Scheidegg sont les soirées et les jours, fréquents en décembre-janvier, de chutes de neige ininterrompues, qui obligeaient à rester à l'intérieur. Allongés côte à côte sur notre lit, le Castor et moi passions des heures à lire d'immenses romans qu'on eût dits écrits exprès pour ces circonstances, par exemple *Le Chemin des tourments* d'Alexis Tolstoï — rejeton très talentueux d'une branche appauvrie de la dynastie du grand Lev Nikolaïevitch —, que je dévorais avec passion : c'était une fresque épique et palpitante sur la guerre russo-allemande, la révolution bolchevique, les combats sans merci contre les Blancs et leur défaite. Ou encore un grand récit subtil, pas du tout manichéen, par un écrivain d'Allemagne de l'Est, Stefan Heym, sur les prodromes et les conséquences, dans les vies et les cœurs, du putsch communiste de 1948 en Tchécoslovaquie, le « coup de Prague ». Nos longues vacances se partageaient entre marches forcées complètement folles, ratissages systématiques d'un pays, d'une province. d'une ville, et studieuses heures ou journées de lecture. Elle était une fervente lectrice et j'ai moi-même beaucoup lu auprès d'elle, pas seulement par temps de neige, mais sous le dur soleil aussi, en plein midi. Je me souviens avoir lu *Moby Dick* à la terrasse d'un hôtel, sur un éperon rocheux, au sud de Paestum. Le jour prévu pour le départ, je ne pouvais m'arracher à la description par Melville de l'océan Indien : « ... des fauchées infinies de bleu sur la mer jaune... » Rien ne comptait devant ce que je tenais pour la perfection de la métaphore, je voulais poursuivre ma lecture et nous eûmes une vraie scène.

Nos premières vacances d'été furent spectaculaires : malgré la bonne volonté de tous, l'adaptation à cette existence nouvelle et à un cadre de vie contraignant avait été pour moi difficile et je le payais dans mon corps, qui se rebiffait et allait bientôt m'infliger une crise aiguë et très douloureuse de furonculose, comme je n'en avais plus connu depuis le maquis du Cantal. Nous avions prévu un voyage compliqué, les montagnes suisses d'abord, pour que je reprenne force et santé, une brève escale à Milan chez Hélène de Beauvoir, dite Poupette, la sœur du Castor, mariée à un attaché culturel, Lionel de Roulet, dont chacune des paroles était fardée d'une conscience seconde et légèrement pompeuse. L'aventure se poursuivrait par Trieste, la Croatie, la côte dalmate, jusqu'à Dubrovnik, remontée par Sarajevo, toute la grande plaine serbe, Ljubljana et la Slovénie, entrée en Italie à Tarvisio, Suisse derechef, tout dépendrait du temps, le temps qu'il ferait et celui qui nous resterait. C'est moi qui conduisais la Simca Aronde et ma posture au volant, quand nous quittâmes Paris par la nationale 6 en milieu d'après-midi, était entièrement de guingois, car une rougeur que j'avais traitée par le mépris venait de se changer en un énorme anthrax à trois têtes, sur l'omoplate gauche, me faisant cruellement souffrir. Le monstre explosa vers onze heures du soir, juste avant Tournus, où nous nous arrêtâmes. Avec de l'eau bouillie, de la ouate, des compresses, le charmant Castor passa une partie de la nuit à étancher le pus qui sourdait sans fin dès qu'on pressait l'abcès. La douleur devenait supportable, diminuait, et j'avais le loisir d'observer son visage amoureux et pur, qui, par la désolation et la compassion peintes sur chacun de ses traits, me faisait penser irrésistiblement aux femmes de Giotto que j'avais vues à Padoue, sur les fresques de la Cappella degli Scrovegni.

Le jour suivant, quand nous reprîmes la route vers la Suisse, je ne souffrais plus du tout et me crus guéri. La maladie n'était ni dans mes plans ni surtout dans ceux du Castor : carte d'état-major en main, qu'elle était capable de lire comme un breveté du même nom, elle nous mijota le programme du lendemain, une marche de huit heures au moins — et encore, à la condition d'être surentraîné — , de col en col, toujours en altitude, dans le grand cirque dominant Grindelwald, face à l'imposante barrière alpine qui enchaîne des plus de 4 000 mètres, dont le Mönch, l'Eiger et la Jungfrau déjà évoqués. Le but était un refuge isolé dans un paysage grandiose, nous nous enthousiasmions de concert et marchâmes d'un bon pas, chaussés d'espadrilles, sans crèmes ni onguents protecteurs pour les lèvres ou le visage, le crâne nu. L'anthrax à trois têtes n'était qu'un irréel souvenir et je m'émerveillais de mes facultés réparatrices. C'était faire litière de mon mauvais sang et des staphylocoques dorés qui s'y trouvaient embusqués : un autre furoncle se forma brutalement aux deux tiers du parcours et au pire endroit, le genou. La douleur était intense, il grossit et bourgeonna très vite, deux têtes apparurent, nous étions loin de tout, n'avions pas un médicament, aucune trousse d'urgence. Nul recours, c'était « marche ou crève », les coups de soleil m'enfiévraient autant que le furoncle, j'avançais péniblement, en boitant à chaque pas, le Castor, elle-même rouge pivoine, brûlée et transpirante, allait somnambulique, le regard perdu. Nous fûmes pris par l'obscurité, nous nous égarâmes, atteignîmes le refuge vers minuit, où, par miracle, de vrais alpinistes helvètes, bien équipés, nous prirent en pitié, nous tancèrent, nous fournirent en pommades apaisantes, me gavèrent d'antalgiques et nourrirent le Castor. Je ne mangeai rien, ma température était proche de quarante, le terrible abcès malin dont notre calvaire avait peut-être accéléré la maturation explosa, dans un geyser libérateur. À Milan, un médecin lombard me prescrivit un traitement de choc aux antibiotiques, le seul efficace. J'eus pourtant une rechute à Mostar, accompagnée de forte fièvre, fus soigné dans un hôpital de Sarajevo. Après quoi, le grand voyage se déroula calmement : j'étais aguerri, guéri, mon intégration dans la famille sartrienne était accomplie.

C'est la nuit, une mauvaise route étroite, au cœur d'une épaisse et sombre forêt que nous traversons sur des kilomètres, raccourci découvert sur une carte par l'œil exercé du Castor alors que nous nous dirigeons vers le nord de la Yougoslavie. Je conduis. Dans le faisceau des phares, de grands lièvres bondissent des deux rives de la route. Ils me semblent pulluler, je ne veux pas les heurter, je roule lentement, je slalome dangereusement pour les épargner. Je n'en tue que trois et c'est un exploit. Je stoppe la voiture, le Castor et moi partons dans le noir à la recherche des victimes, nous les trouvons chaque fois, l'Aronde est ensanglantée et, dans les rares villages que nous rencontrons, nous les offrons au premier venu. J'aime les lièvres, je les respecte, ce sont des animaux nobles et j'ai appris par cœur le long conte pour enfants de Silvina Ocampo, la poétesse argentine, intitulé *La Liebre dorada*, *Le Lièvre doré*, qui vient en exergue de ce livre. S'il y a une vérité de la métempsycose et si on me donnait le choix, c'est, sans hésitation aucune, en lièvre que je voudrais revivre. Il y a, dans *Shoah*, deux plans rapides mais centraux pour moi, on ne perçoit ce que la caméra montre pourtant clairement qu'après un temps infinitésimal de latence : un lièvre au pelage couleur de terre est arrêté par un rang de barbelés du camp d'extermination de Birkenau ; une voix *off* parle sur cette première image, celle de Rudolf Vrba, un des héros du film, héros sans pareil puisqu'il réussit à s'évader de ce lieu maudit, gorgé de cendres. Mais le lièvre est intelligent et, tandis que Vrba parle, on le voit affaisser son échine, ployer ses hautes pattes et se glisser sous les barbelés. Lui aussi s'évade. À Auschwitz-Birkenau, on ne tue plus, même les animaux, toute chasse est interdite. Nul ne tient le compte des lièvres. La seule chose sûre est qu'ils sont très nombreux et il me plaît de penser que beaucoup des miens ont choisi, comme je le ferais, de se réincarner en eux.

La haute montagne désormais m'habitait et j'en ai, tout le reste de ma vie, rendu grâce au Castor. L'été suivant, nous recommençâmes par la Suisse, mais au lieu de l'Oberland bernois, de la Jungfrau et de l'Eiger, ce furent les Alpes valaisannes, Zermatt, le mont Cervin (Matterhorn), le mont Rose et les sommets aux noms mythologiques, comme Pollux et Castor si on les décline de gauche à droite, blancs jumeaux qui culminent à plus de 4 000 mètres. Nous logions à l'hôtel du Mont Rose précisément, ou encore Monte Rosa puisque les moelleuses cimes neigeuses de ce massif enchanteur et mortel sont italiennes aussi bien que suisses. L'hôtel du Mont Rose est donc rose, grande bâtisse trapue au cœur de Zermatt, dont les chambres nobles ont un balcon qui s'ouvre théâtralement sur la haute pyramide tourmentée du Cervin, roide jet de pierre qui semble vouloir éventrer le ciel, mais dévie de sa ligne et se tord en son dernier tiers, comme si, à l'instar du seppuku japonais dans sa phase ultime, il lui fallait aussi le déchirer d'une griffure terminale. Dès qu'à la suite du Castor je passai le seuil de l'hôtel, je tombai sous le charme, m'émerveillant de son confort codifié de club anglais, avec ses bars intimes aux fauteuils et banquettes tapissés de rouge, ses fumoirs, ses bibliothèques. Je découvris vite qu'il n'y avait là rien de surprenant puisque ce sont les pères — grands-pères, arrière-grands-pères — des pilotes des Spitfire de la bataille d'Angleterre — les « garçons à cheveux longs » — qui inventèrent l'alpinisme au xixe siècle, et l'himalayisme au début du xxe.

Un nom demeure à jamais lié à la légende noire et héroïque de la conquête de l'Everest, celui de George Mallory. Avec son compagnon Andrew Irvine, ils furent aperçus pour la dernière fois à 12 h 50, le 8 juin 1924, progressant fortement vers le sommet. Nul ne sait s'ils l'atteignirent jamais, le corps congelé de Mallory fut retrouvé en 1999, à 8 290 mètres d'altitude, sur la face nord de la plus haute montagne du monde. Mallory, qui était fils de pasteur, en eut assez un jour de répondre à la sempiternelle question : « Pourquoi voulez-vous escalader le mont Everest ? » Il alla au plus simple, au plus vrai, au plus grand : « *Because it is there* » (« Parce qu'il est là »). L'Everest ne fut conquis que vingt-neuf ans après sa mort. Étrangement, son vainqueur s'appelait Hillary — non pas Richard, Edmund ; mais le frère cadet de George Mallory, Trafford Leigh Mallory, combattit dans la Royal Air Force pendant les deux guerres mondiales, participa comme vétéran à la bataille d'Angleterre en 1940 et, en 1944, juste avant le débarquement en Normandie, fut nommé commandant en chef de toutes les forces aériennes du corps expéditionnaire allié. En août 1944, la Normandie libérée, on l'affecta au poste qui allait devenir le plus stratégique : le commandement suprême de l'aviation en Asie du Sud-Est. Malgré les mauvaises conditions atmosphériques, il décida de gagner sans attendre son quartier général en Birmanie, emmenant avec lui sa femme et les officiers de son état-major. Ils n'atteignirent jamais l'Asie. Ironiquement, Trafford rejoignit George dans les neiges éternelles : pris dans la tempête, son avion s'écrasa dans le massif du Mont-Blanc, sur les pentes du mont Maudit, il n'y eut aucun survivant.

Je passais des soirées entières et entièrement heureuses dans la bibliothèque du troisième étage de l'hôtel du Mont Rose, lisant sans désemparer les récits, d'une sécheresse anglaise, des conquêtes ou des tentatives de conquête des plus hauts sommets de la terre, de l'Himalaya, on l'a vu, mais aussi de toutes les Alpes, ceux du Valais et particulièrement le Cervin, avec les attestations, encore plus dépourvues d'émotion, que les narrateurs consentaient à leurs guides locaux, les sherpas suisses, qui risquaient leur vie, et souvent la perdaient, pour ces seigneurs d'Albion, eux-mêmes capables de souffrir et mourir, pionniers sans peur ni reproche, dans des faces où nul, avant eux, nul homme, n'avait osé donner l'assaut. Je peux, encore aujourd'hui, dire la date de la première ascension du Cervin par la face suisse (14 juillet 1865), de la première, trois jours plus tard, par la face italienne, avec les noms de ceux qui y prirent part, y laissèrent la vie ou y survécurent. Mais je sais aussi les dates des victoires dans le massif du Mont-Blanc, dans l'Oberland bernois, dans l'Himalaya, ou même la cordillère des Andes, jusqu'au Fitz Roy argentin, je sais les vainqueurs éponymes qui ont baptisé à jamais les plus périlleuses des voies, les fissures, les éperons, je sais les noms de ceux qui périrent et les circonstances de leur disparition.

De l'hôtel de la Petite Scheidegg, où nous avions séjourné l'hiver précédent, on peut, l'été, suivre à la longue-vue les cordées à la lutte dans la terrible face nord de l'Eiger, hostile, rébarbative, meurtrière — Eiger signifie « ogre ». Au contraire du Cervin qui fascinait les Britanniques, l'Eiger défiait les alpinistes de langue allemande, qui, au terme d'une succession d'impitoyables tragédies, ne parvinrent à le vaincre qu'en 1938, soit soixante-treize ans après que le grand Edward Whymper eut atteint le sommet de la pyramide tourmentée de Zermatt. Pour Whymper aussi, il y eut tragédie, elle suivit immédiatement la victoire, puisque cinq des participants à l'expédition se tuèrent dans la descente et qu'il demeura seul en vie avec les deux guides suisses, Peter Taugwalder père et Peter Taugwalder fils. Sur l'Eiger et sa face nord, j'ai à peu près tout lu, soit à l'hôtel du Mont Rose, soit à celui de la Petite Scheidegg. Le « bivouac de la mort », au sommet du troisième névé, la « traversée Hinterstoisser », la « traversée des dieux », l'« araignée », la « fissure difficile » ou le « trou du voleur » à partir duquel on tenta sans espoir de sauver le Bavarois Toni Kurz, sont familiers à mon esprit.

Mais je ne savais pas, quand je lus auprès du Castor, au début des années cinquante, le récit de la première ascension victorieuse par une double cordée, l'autrichienne de Heinrich Harrer et Fritz Kasparek, l'allemande de Anderl Heckmair et Ludwig Vörg (rivales au départ et s'ignorant l'une l'autre, elles résolurent d'unir leurs efforts lorsqu'elles se rencontrèrent au « bivouac de la mort »), qu'en 1959 je passerais des heures à Paris avec Heinrich Harrer, l'un des quatre conquérants, à l'interroger et l'écouter sur toutes les années qu'il passa plus tard au Tibet en compagnie du jeune dalaï-lama, dont il assura en partie l'éducation. Le dalaï-lama venait de quitter son palais du Potala, à Lhassa, à la faveur d'une tempête de sable, et de prendre la fuite avec des moinillons de douze ans et de vieux lamas au souffle perdu, pour échapper aux troupes du général chinois Tan Kuan-san qui envahissaient le Tibet. Hélène Lazareff, la femme de Pierre, créatrice et directrice de *Elle*, m'avait demandé un article sur cet événement dont elle pressentait qu'il serait majeur et fondateur. C'était la première fois que j'allais écrire pour *Elle*, je ne savais rien du Tibet, rien du bouddhisme, rien du dalaï-lama, mais je lus avec passion *Sept ans d'aventures au Tibet*, que le vainqueur de l'Eiger avait publié cinq ans auparavant. Il n'était pas question de me rendre sur place, ni de rejoindre l'escorte du dalaï-lama qui se frayait durement un chemin dans les jungles du Tibet méridional et les chaînes de l'Himalaya, jouant à cache-cache avec l'aviation chinoise. Il était plus facile de faire venir Heinrich Harrer à Paris et de lui poser toutes les questions qui m'importaient. J'étudiai d'autres ouvrages, plus anciens et très rares, quelques monographies, des photographies et je laissai le reste à mon imagination, qui ne contredisait pas un sourcilleux souci de l'exactitude. L'article, fort long, parut dans le numéro 696 de *Elle*, daté du 27 avril 1959. J'étais, je suis toujours, le relisant aujourd'hui, quarante-huit ans plus tard, fier de ce texte visionnaire, où tout était en même temps inventé et rigoureusement vrai. Je me dis, repensant aux années 1958-1959, cruciales pour moi on le verra, que *Shoah* s'annonçait déjà dans ce récit, très documenté et pas du tout documentaire, si profondément empathique que ce dalaï-lama de vingt-quatre ans se fait vivant et fraternel pour chacun des lecteurs : « Immobile sur son poney blanc, vêtu d'une simple robe violette de moine sans ornements, apparemment insensible à tout, le dalaï-lama, quatorzième réincarnation du Bouddha vivant, regarde pour la dernière fois la Cité sainte et le Potala, son palais. Ce n'est rien, pas même un soupir, à peine une ombre sur son bel œil de dieu, mais quelque chose, un instant, a brisé la prodigieuse impassibilité du visage de Bouddha… L'ombre de soupir de l'homme-dieu de l'Asie, au sommet de la passe Gomptse La, vaut bien, dans le registre occidental des sentiments, le déchirement du cor de Roland à Roncevaux ou les sanglots de femme qui secouaient Boabdil, le jeune roi musulman de Grenade, lorsque Ferdinand le Catholique le chassa de la ville qu'il avait tant aimée. » J'avais quelque raison d'être fier. En 1997, Jean-François Revel et son fils, Matthieu Ricard, devenu bonze tibétain, interprète du dalaï-lama et son intime après avoir été un brillant savant en biologie moléculaire, publièrent ensemble un dialogue d'une grande hauteur intitulé

Le Moine et le Philosophe. Dans leur commune introduction, Jean-François Revel écrivait : « Quoique l'information sur le Tibet fût restée longtemps difficile à obtenir, elle n'était pas inexistante. C'est ainsi que, dès 1959, Claude Lanzmann, le futur réalisateur d'un des chefs-d'œuvre du cinéma et de l'histoire de notre époque, *Shoah*, écrivit dans le magazine *Elle*, alors fleuron de la presse féminine française de qualité, un long article intitulé "La vie secrète du dalaï-lama", l'année même où celui-ci dut recourir à l'exil pour échapper à l'esclavage, voire à la mort. »

À quarante-cinq ans, Simone de Beauvoir était raisonnable, le Castor était encore plus folle que moi. C'est le Castor qui l'emporta. Refusant les solutions douces — ou paresseuses — que je préconisais, elle résolut que nous étions assez acclimatés pour entreprendre une longue course exigeante : montée pédestre de Zermatt au col du Théodule, frontière entre le versant suisse et le versant italien du Cervin, descente par le téléphérique jusqu'à Breuil-Cervinia en Italie, où nous passerions la nuit, retour le lendemain au Théodule par le même téléphérique. Nous aviserions alors selon l'état de nos forces : soit emprunter la benne suisse pour le retour, soit dévaler à pied le glacier du Théodule, les névés, les rudes pentes d'herbe rase par où l'on plonge dans la vallée, jusqu'aux chemins, interminables pour des muscles fatigués, qui conduisent à Zermatt, lointaine apparition sans cesse évanouie. Le temps promis était « grand beau » et le fut en effet. Nous partîmes au lever du soleil en vrais montagnards, mais en espadrilles comme l'année précédente, sans avoir rien appris, sans crèmes ni onguents ni couvre-chefs. Tout alla bien pendant la première partie de l'ascension, je pleurais d'amour devant le courage têtu du Castor, la régularité de sa marche, la formidable majesté du Cervin qui ne cessait de dévoiler de nouveaux traits de sa beauté tandis que le soleil, tournant autour de lui, illuminait ses faces et arêtes, en renvoyant d'autres dans l'ombre. Il commença à faire chaud, je décidai d'exposer aux rayons bienfaisants de l'astre mon dos, ma poitrine, mes bras, mes épaules. Mes jambes déjà étaient nues puisqu'elles n'étaient couvertes que d'un short aussi court que léger. J'oublie de dire que ni Castor ni moi ne portions de lunettes dites de soleil, je ne suis même pas sûr que nous eussions su de quoi il retournait. Toute notre sagesse tenait dans deux gourdes d'aluminium, qui, attachées à ma ceinture, palpitaient vaguement, comme les grelots des troupeaux que nous croisions dans les alpages. Entre Zermatt, à 1 600 mètres d'altitude, et le col du Théodule, à 3 301 mètres, le dénivelé est donc impressionnant. Nous avions prévu de faire halte à la cabane Gandegg (Gandegghütte), à 3 029 mètres, pour y déjeuner. Mais la pente était sévère, la fatigue nous gagnait et, comme il arrive en montagne, l'espoir d'atteindre la cabane, même si on l'avait déjà dix fois aperçue, était toujours déçu. Nous y fûmes enfin, affamés, teint d'écrevisse, trempés de sueur. Quel havre, avec ses jardinières de géraniums sur la terrasse, quelle fête, quel vin blanc au goût exquis, un « fendant des Murettes », appellation non contrôlée dont je me souviendrai jusqu'à l'ultime soupir ! J'exhortai ma chérie, sans peine ni effort, à boire avec moi, et les gouttelettes de sueur qui perlaient sur sa lèvre supérieure m'émouvaient tant que je les aspirai dévotement. Nous bûmes, nous mangeâmes, le soleil tournait, nous nous secouâmes pour repartir sans savoir que nous allions aborder la partie la plus difficile du parcours, une longue marche sur le glacier du Théodule, à plus de 3 000 mètres d'altitude, tandis que lumière et température baissent de concert et rapidement, que la pente du glacier se redresse, que le souffle se fait court, les espadrilles glissantes et humides.

Alors que mon Castor avait été première de cordée jusqu'à la cabane Gandegg, car elle possédait les cartes, savait les lire et ne perdait jamais le nord, c'est moi qui maintenant marchais en tête, passant dans mon corps du chaud au froid, me retournant pour voir si elle me suivait et voyant entre nous la distance croître sans que j'eusse le sentiment d'avoir accéléré mon pas. La vérité est que nous étions en retard, nous n'avions pas cessé de l'être, pas cessé d'en prendre. Nous avions marché trop lentement, nous nous étions arrêtés trop souvent et trop longtemps pour contempler les miracles de la nature, nous étions arrivés trop tard à la cabane, avions trop bu, trop mangé, étions repartis hors délais. Je savais que la dernière benne pour Cervinia quittait la gare du Théodule à dix-sept heures précises et avais sottement calculé que si la cabane Gandegg se trouvait à 3 029 mètres et le col à 3 301, nous ne ferions qu'une bouchée des 272 mètres du dénivelé final ! Imbécile ! Une tragédie de montagne faisait soudain irruption par « grand beau » comme une autre, marine, devait des années plus tard, on l'a vu, manquer me coûter la vie à Césarée. Des ascensionnistes avertis, encordés, équipés de crampons, descendaient en hâte le glacier que nous nous efforcions de remonter, je demandai à l'un d'eux si le col était encore loin, il regarda sa montre et me dit que, de toute façon, nous raterions le téléphérique. Le Castor était à bout de forces, son cœur battait la chamade, elle ne réussirait jamais, même si nous ralentissions fortement notre allure, à atteindre le sommet. Nous tînmes tous deux un bref conseil d'urgence, je la fis allonger sur la neige, au plus près d'une roche encore chaude, et partis, moi-même en mauvais état, chercher du secours. Lorsque j'arrivai enfin, épuisé, la dernière benne italienne était déjà en bas et ne reviendrait plus, la nuit tombait et avec elle la froidure, les Suisses semblaient tous frappés de surdité et ce sont les bersaglieri italiens, auxquels je promis de payer tout ce qu'il faudrait, qui montrèrent leur humanité. Il fallait sauver le soldat Castor, je craignais pour son cœur, j'expliquai, en mauvais italien et m'aidant de dessins, à quel endroit je l'avais laissée, trois bersaglieri chaussèrent des skis, s'armèrent de lampes frontales et foncèrent dans l'obscurité, tirant un traîneau équipé de duvets et de couvertures. Ils étaient gais, sérieux, costauds, aguerris. En attendant leur retour, je parlementai et négociai avec leurs camarades et par téléphone avec leur supérieur, lui expliquant quelle lumière du monde était la signorina Simone de Beauvoir. Je dus être convaincant, car il consentit, fait rarissime, à déroger à la routine et à nous envoyer une benne qui parvint au sommet juste au moment où le charmant Castor, ragaillardie par la gentillesse des gaillards transalpins, la chaleur du traîneau et la régularité retrouvée des battements de son cœur, y touchait elle-même. Nous n'étions pourtant pas près de retrouver l'hôtel du Mont Rose. À Breuil-Cervinia, je dus aussitôt consulter un médecin, mon corps était gravement brûlé, je tremblais de fièvre, il fallut me transporter par ambulance à l'hôpital d'Aoste où je fus admis immédiatement. Je souffrais de brûlures du premier et même deuxième degré. J'y restai trois jours, veillé par un Castor anxieux.

Tant d'images de nos voyages se télescopent dans ma mémoire, sans ordre, mais toujours comme si le temps était aboli. Nous roulons vers Salamanque ou entre Salamanque et Madrid, à travers les hauts plateaux désertiques de la province de León ou de la vieille Castille, commentant sans fin, elle et moi, dans un accord, quelquefois un concours, d'intelligences, les beautés du monde, les cieux immenses, le dégradé infini des jaunes et de l'ocre sur la terre asséchée, elle-même paraissant sans limites. Nous pouvions, moi conduisant, parler sans lassitude, des heures et des heures, de ce que nous avions vu, venions de voir, allions voir, comme des livres lus ensemble ou par chacun. Ma capacité d'étonnement, ma fraîcheur d'enfance ravivaient celles du Castor. Minuit à Tolède, la promenade des Cigarrales qui serpente au-dessus des boucles du Tage, profondément enfoncé dans ses gorges, et la cité, de l'autre côté, se donnant tout entière au regard, maisons blotties, serrées les unes contre les autres, autour de sa cathédrale et de son Alcazar. Nous restions des heures, tentant de comprendre ce qu'était une ville forte, à quelles lois de peur, de défi, de défense obéissaient sa construction et sa croissance, nous revînmes chaque nuit tant que nous y séjournâmes. Mais l'Alcazar, c'était aussi l'histoire récente — nous étions alors en plein franquisme —, c'était, vingt ans plus tôt, en 1936, la geste grandiloquente du colonel Moscardo, son défenseur, assiégé et bombardé dans sa forteresse, pendant soixante-dix jours, par les « Rouges » qui, ayant en leur pouvoir Moscardo fils, un adolescent de dix-sept ans, appelèrent le père au téléphone, lui donnèrent dix minutes pour se rendre sous peine de fusiller son enfant, et, pour le convaincre de leur sérieux, passèrent l'appareil à ce dernier. S'engagea alors un dialogue héroïque, rapporté à sa femme par le colonel en personne dans une lettre qu'il lui fit parvenir et enseigné plus tard, Franco victorieux, dans toutes les écoles d'Espagne : « Je m'excuse de te le dire, notre fils chéri me parla avec calme : "Père, ils disent qu'ils vont me fusiller, mais je ne les crois pas." Je lui répondis : "Pour sauver ta vie, ils veulent me prendre l'honneur. Non, je ne livrerai pas l'Alcazar." Je ne fis rien d'autre que lui dire de recommander son âme à Dieu si le pire arrivait et de crier très haut devant les fusils : "¡ Viva España !" » Luis fut en effet exécuté un mois plus tard, son père, lorsque les « nationaux » franquistes délivrèrent la place forte en ruines, accueillit celui qui les commandait par ces paroles d'anthologie : « Rien à signaler à l'Alcazar, mon général. » Francisco Franco y Bahamonde, le Généralissime, le fit lui aussi général, c'était bien le moins. Un autre fusillé, Robert Brasillach, qui, on s'en souvient, m'avait précédé sur les bancs du lycée Louis-le-Grand, écrivit un livre à la gloire de Moscardo, intitulé *Les Cadets de l'Alcazar*.

La Catalogne, Barcelone, le Barrio Chino, dédale d'étroites ruelles, parallèles aux Ramblas, au cœur de la ville, qui descendent en douceur vers la mer. Barrio Chino, le « quartier chinois », Barrio Chino et ses sombres venelles, très fréquentées aux nocturnes heures de pointe, ses bousculades de solitaires affamés au seuil des bordels, avec leurs lanternes rouges qui se jouxtaient fronton après fronton. Il y a toujours, lorsqu'on aborde une ville étrangère inconnue, une idée et une quête du centre, qui n'est jamais l'endroit où l'on se trouve. Le centre est ailleurs, du moins l'était-il dans notre jeunesse, non point les musées, les universités, les monuments, les édifices institutionnels, tout ce qui s'offrait, mais au contraire ce qui se cachait, se dérobait, les quartiers chauds. Le vrai centre était celui du sexe, de la vie du sexe, comme, pour des étrangers et touristes sans nombre, celui de Paris demeure cette succession de stations du métropolitain : Clichy, Blanche, Pigalle, Anvers, avec aujourd'hui, tout au long de ce même boulevard aux noms changeants, le morne alignement, la sinistre enfilade de sex-shops et de peep-shows néonisés, aux ombres artificielles. Intrépide, Castor voulait tout voir, ne manqua rien du Barrio Chino, qui la fascinait comme moi. La seule différence entre nous est qu'il lui était interdit de monter, même pour regarder, comme je le fis à quelques reprises. J'ai bien dit « pour regarder » et jamais le commerce du sexe ne m'apparut dans une aussi terrifiante absence de fard, sauf peut-être une fois à Mexico. Il faut, si l'on veut bien m'entendre, avoir vu les photographies prises par Cartier-Bresson jeune dans un bordel d'Alicante. Au moins nous arriva-t-il de demeurer dans la ruelle, à la porte des maisons closes les plus courues et d'observer la file montante et la descendante se croisant dans le même escalier, les sortants, à peine rajustés, guettés par d'étranges infirmiers en blouses blanches éclaboussées de taches violacées, ayant à la main de lourdes seringues débordantes de permanganate de potassium qu'ils brandissaient comme une obscène invite redoublée en faisant signe de les suivre dans l'officine sise au rez-de-chaussée de chaque claque et baptisée « *enfermería* ». Avec la syphilis, la chaude-pisse était alors la MST ordinaire. Les « infirmiers » à fines moustaches gominées plongeaient l'aiguille de leur seringue dans l'urètre du pécheur, lui injectant, d'une seule poussée douloureuse et salvatrice, dix centilitres du mauve liquide. Le Barrio Chino aujourd'hui n'existe plus. Plus du tout. Ni ruelles, ni venelles, ni *enfermerías*, ni permanganate, ni bordels, tout est clair, rénové, le mystère est ailleurs. Est-il ?

Non contents de ne pas nous interdire l'Espagne de Franco, nous basculions en voiture dans la même journée, en une véritable diagonale de fous, de Huelva sur la côte atlantique andalouse, près de la frontière portugaise, à Valence, sur la façade méditerranéenne et bien plus au nord. Honte sur nous, honte sur le Castor et sur moi bien sûr, puisqu'en ma qualité de « mari » j'épousai d'emblée, sans discutailler, mais avec une enthousiaste volonté d'apprendre, la passion que la grande Simone de Beauvoir nourrissait pour la tauromachie et les corridas. Passion si réelle qu'elle se moquait du politiquement correct de l'époque, lequel, on le devine, jetait l'anathème sur le tourisme en pays fasciste, l'assassinat de masse des cornus étant en outre regardé comme emblématique de la barbarie franquiste. À Louis-le-Grand, Cau, natif de Carcassonne, qui s'échappait vers la Catalogne dès qu'il le pouvait, m'avait déjà instruit sur la corrida et transmis le désir d'y assister. J'avais lu aussi *Mort dans l'après-midi*, de Hemingway, j'étais préparé. Pourquoi cette éreintante journée, dans la grande chaleur d'août, par des routes mauvaises et dangereuses ? Parce que le Castor avait décidé que nous suivrions pendant plusieurs semaines, dans leur campagne estivale qu'on appelle « *temporada* », les plus grands toreros d'alors. *A las cinco de la tarde* (à cinq heures du soir), Miguel Báez « Litri » et Julio Aparicio avaient toréé dans la plaza paysanne de Huelva, à la fois contre de noirs Miura, fauves surpuissants redoutés entre tous, et contre les alizés marins qui compliquaient périlleusement le travail de la muleta avant l'estocade. Malgré les rafales de vent qui, soulevant le leurre rouge, découvrent brusquement aux yeux du taureau le corps brodé d'or du torero, Litri et Aparicio avaient été éblouissants de fluidité et de courage, suprêmes vertus de ce métier, saluées par les oreilles et la queue du monstre, brandies par eux à l'adresse du public en cinq tours de piste, sous les ovations et les jets de fleurs. *Les Oreilles et la Queue*, c'est le titre précisément d'un autre grand livre à la gloire de la tauromachie, livre adoré des Espagnols pour sa drôlerie, sa poésie et son exactitude technique. Cau, mon ami, en est l'auteur, il l'écrivit dans les années soixante.

Nous fîmes donc halte à Albacete, la ville des couteaux, une Laguiole de la basse Castille, mais associée aussi pour moi au nom d'André Marty, du Parti communiste français, commissaire politique durant la guerre civile et surnommé par les anarchistes de la CNT et les trotskistes du POUM « le boucher d'Albacete », car il y fit régner contre eux, sans regarder au sang versé, l'ordre stalinien. Nous roulions, roulions entre des champs moissonnés, jaunis de chaleur, avant de plonger soudain, littéralement car la route tombait en pente raide vers la Méditerranée, dans la huerta verdoyante de Valence comme dans une bienfaisante oasis. Mais Valence, où Aparicio, Litri et Chaves Flores devaient toréer six autres Miura le lendemain à la fin du jour, souffrait d'un autre mal. Tandis que la huerta exhalait des parfums subtils, Valence puait. La ville entière était privée d'eau, les canalisations hors d'âge rompues, il était impossible de se laver, de se rafraîchir, de tirer une chasse. Valence, sous le franquisme, avait été laissée à vau-l'eau, l'odeur, dans l'hôtel où nous avions réservé parce que les toreros et leurs *cuadrillas* devaient y loger, était si suffocante que les *apoderados* déménagèrent en hâte leurs gladiateurs vers des maisons de maître dans la huerta, épargnées par la peste. Le Castor et moi marchâmes des heures, épuisés du long voyage, nous gorgeant, pour oublier et ne pas sentir, de lourds vins d'Espagne, le seul liquide qu'on pût se procurer. Ce fut une chance, nous nous jetâmes sur notre lit, ivres morts donc insensibles à la pestilence. L'eau revint dans la matinée du lendemain, évitant à la cité les malédictions du choléra ou du typhus, la corrida eut lieu. Elle est sûrement restée inoubliable pour ceux qui y assistèrent : là encore, Litri et Aparicio toréèrent au sommet de leur art, enroulant en des torsades millimétrées les cornes affûtées des Miura qui frôlaient leur ventre, leurs cuisses, les artères vitales toujours menacées par le long cou très mobile de la bête. Mais Chaves Flores fut, lui, encorné par son deuxième taureau qui, relevant brusquement le mufle, le transperça à l'aine, tenta de s'en débarrasser en le jetant en l'air sans y parvenir, ne réussissant qu'à agrandir la blessure, « très grave », selon le rapport médical publié dans la soirée depuis l'infirmerie des arènes.

En espagnol, la passion taurine se nomme « *afición* » et les passionnés « *aficionados* ». J'ai relaté sûrement ici les vacances de l'été 1955. Notre *afición* à tous deux était devenue telle que le seul spectacle ne nous suffisait plus : il fallait en garder des preuves matérielles qui nous permettraient de rêver durant les mois d'hiver, nous achetions les affiches de la *temporada* partout où nous la suivions et les emportions en France. On devait en effet tapisser les hauts murs de l'atelier que le Castor venait d'acheter au 11 *bis* de la rue Schœlcher avec l'argent que le prix Goncourt 1954, à elle attribué pour *Les Mandarins*, lui avait fait gagner et nous n'imaginions pas ornement plus adéquat pour meubler les vastes parois uniformes de cette nouvelle demeure. Plus tard, à mon retour de Corée du Nord et de Chine, je rapporterais au Castor, en précieuse offrande, des tambours coréens, formés de deux cônes opposés par leurs pointes, avec, à leurs bases, des peaux symétriques sur lesquelles cascadent les baguettes du tambourineur. Mais aussi, plus rare, pour moi plus émouvant encore, un tambour de guerre des volontaires populaires chinois, ceux qui s'étaient battus comme diables et lions dans les assauts sanglants de la colline 1211, dix fois prise, dix fois reperdue. Il est peint de rouge, d'un rouge marqué de blanches zébrures, trace de la mitraille, il est rond, renflé en son centre, des anneaux permettaient qu'on le ceigne afin qu'il repose sur le ventre de son porteur et, sur ses deux faces latérales, les peaux sont assujetties par un triple rang de clous dorés, à la façon des fauteuils ou canapés de cuir anglais. L'atelier du 11 *bis* en vérité était également une pièce unique, mais bien plus grande, très haute de plafond, surmontée dans un de ses angles d'une mezzanine étroite où le lit et les placards occupaient tout l'espace et qui recevait chichement la lumière du jour par deux petites fenêtres de décor de théâtre donnant sur l'atelier proprement dit. On y accédait par un escalier en limaçon, conduisant à un balcon suspendu. À gauche était la chambre, à droite une petite salle de bains dont la fenêtre ouvrait sur la rue, mais à une hauteur telle qu'on apercevait, par-delà leur mur d'enceinte, les grands carrés de tombes du cimetière du Montparnasse. Le Castor et moi étions entrés ensemble, cœur battant, dans ce logis — le premier et le seul dont elle fut jamais propriétaire — et y avions fait une très amoureuse pendaison de crémaillère, explorant les possibilités neuves offertes conjointement par l'horizontalité et la verticalité du lieu. À l'instant où j'écris, le 11 *bis* dont beaucoup eussent souhaité faire un « Musée Simone de Beauvoir » est passé de main en main, plusieurs fois vendu et revendu, mais une plaque mémorielle a été il y a peu apposée sur le mur de la façade de l'immeuble, indiquant que « Simone de Beauvoir, écrivain et philosophe, vécut dans cette maison de 1955 à 1986, année de sa mort ». J'en avais passé le seuil avec elle, j'y avais vécu cinq années cruciales de mon existence et, même après notre séparation, je le franchissais au moins deux soirs par semaine, car nous restâmes, jusqu'à la fin, unis par une indestructible amitié, relation égalitaire, nouée d'amour, d'admiration réciproque, de complicité, de travail et de luttes communes.

Pendant les douze années très difficiles qu'a duré la réalisation de *Shoah*, je venais vers elle chaque fois que je le pouvais, j'avais besoin de lui parler, de lui dire mes certitudes, mes doutes, mes angoisses, mes découragements. Je sortais toujours des soirées que nous passions ensemble, sinon rasséréné, du moins fortifié. Cela ne tenait pas tant à ce qu'elle savait et que nous pouvions partager — comment eût-elle pu connaître toutes les horreurs que je découvrais ? C'est moi qui les lui apprenais — qu'à sa façon unique et toujours pour moi bouleversante d'écouter, sérieuse, grave, ouverte, totalement con-

374

fiante. L'écoute la transfigurait, son visage se faisait humanité pure, comme si sa capacité à se concentrer sur les problèmes de l'autre la délivrait de son souci, de sa propre angoisse et de la fatigue de vivre qui ne la quitta plus après la mort de Sartre. Plusieurs fois, je l'emmenai à Saint-Cloud, au laboratoire LTC où se trouvaient les salles de montage de *Shoah*, et lui montrai des séquences du film en train de se faire. Elle souhaitait assister à toutes les projections que j'étais contraint d'organiser au fur et à mesure de l'avancement du travail. Elle vint à l'Élysée en 1982 quand François Mitterrand voulut voir, dans la salle de projection privée du palais, les trois premières heures du film, je ne pouvais montrer au président qu'une copie de travail en noir et blanc, usée jusqu'à la corde et non sous-titrée. C'est moi qui, dans une travée, lançais ma voix pour traduire. On sait qu'après la sortie de *Shoah*, en avril 1985, Simone de Beauvoir écrivit, en première page du journal *Le Monde*, un article décisif pour la carrière de cette œuvre, texte admirable qui sert aujourd'hui de préface au livre *Shoah*, publié dans le monde entier. Mais six mois auparavant, j'avais dû projeter les neuf heures trente du film intégral dans une salle privée de Paris. Il n'était pas encore sous-titré. Il me fallut donc le traduire moi-même à voix haute et forte pour les deux cents personnes, dont le Castor, qui se trouvaient là. Connaissant *Shoah* par cœur, chaque silence, chaque soupir, chaque plage de repos, je savais exactement à quel moment intervenir et il m'arrivait même de mimer, sans l'avoir voulu, la scansion des paroles et les intonations des protagonistes. La question était celle de ma voix. Comment résisterait-elle aussi longtemps sans se briser ? Mes assistantes avaient préparé des bouteilles de citron pur avec du sucre et m'en tendaient une chaque fois qu'elles sentaient mes cordes vocales défaillir. Je tins jusqu'au bout, il me fut dit que ma présence, ma voix, l'évidence que j'étais entièrement habité par le film, étaient un plus pour la représentation. Je reçus le lendemain un appel du Castor : « Je ne sais pas, me dit-elle, si je vivrai encore quand ton film sortira, je veux qu'on sache ce que j'en pensais, ce que j'en aurais pensé, ce que j'en pense. J'ai écrit quelques lignes, je te les envoie. » C'est la première fois que je parle de cela, les voici : « Je tiens le film de Claude Lanzmann pour une grande œuvre ; je dirais même : un authentique chef-d'œuvre. Je n'ai jamais rien lu, ni vu, qui m'ait fait toucher de manière aussi saisissante l'horreur de la "solution finale" ; ni qui en ait mis au jour avec une telle évidence les mécanismes infernaux. Se situant du côté des victimes, du côté des bourreaux, du côté des témoins et complices plus ou moins innocents, plus ou moins criminels, Lanzmann nous fait vivre, sous ses innombrables aspects, une expérience qui jusqu'ici m'avait paru incommunicable. Il s'agit d'un monument qui pendant des générations permettra aux hommes de comprendre un des moments les plus sinistres et les plus énigmatiques de leur histoire. Parmi ceux qui sont encore vivants aujourd'hui, il faut que le plus grand nombre possible participe à cette découverte. » Au côté du président de la République, au théâtre de l'Empire, le Castor assista à la première de *Shoah*. Je n'ai pas été invité au dévoilement de la plaque mémorielle au 11 *bis* de la rue Schœlcher.

Comme rue de la Bûcherie, nous y avions chacun notre bureau, mais ils étaient plus grands, plus fonctionnels et le vaste espace de l'atelier me délivrait de toute culpabilité quand je ne travaillais pas. En vérité, j'ai beaucoup travaillé, beaucoup écrit rue Schœlcher, aussi bien pour *Les Temps modernes* que pour *France Dimanche*. J'étais le lien entre ces deux activités apparemment contradictoires, c'était le même homme qui écrivait, et la même angoisse, au commencement d'un article, le même sérieux, le même scrupule, le même souci du détail assuraient la fameuse unité du moi. Nous pouvions rester sans parler la main à la plume quatre ou cinq heures d'affilée, mais je n'hésitais pas à interrompre le Castor pour lui lire un passage d'un texte que j'étais en train de rédiger pour *France Dimanche* et lui demander son avis. Car, outre le rewriting, on m'avait proposé de faire des reportages difficiles sur des faits divers criminels et j'avais à plusieurs reprises accepté. Cela m'amusait, m'intéressait, j'ai beaucoup appris, à questionner, à ruser, à prendre des risques, je faisais mes classes, apprentissage qui me fut rendu au centuple quand je réalisai *Shoah*, que l'on peut regarder, à maints égards, comme une investigation criminelle. Un certain Bobine, barricadé dans une ferme des Cévennes transformée en fort Chabrol, menaçait furieusement de me tirer dessus tandis que je parlementais avec lui. Courant d'une fenêtre à l'autre, il braquait sur moi le canon d'un fusil de chasse chargé à balles et soudain il tira, me manquant par miracle. Le projectile lacéra l'épaulette de mon anorak. On soupçonnait Bobine d'avoir déjà assassiné trois personnes. Une autre fois — le Castor et Sartre se trouvaient en Suisse, première étape de leur voyage d'été —, je fus expédié avec un jeune photographe dans la région de Villeneuve-sur-Lot pour enquêter sur un autre meurtre. Nous y arrivâmes après une éprouvante nuit de train et je louai à la gare de Villeneuve une quatre chevaux Renault, avec toit ouvrant, pour nous rendre sur les lieux du crime, à une cinquantaine de kilomètres, par une route sinueuse aux virages incessants. À trois heures de l'après-midi, j'avais bouclé mon enquête et, ayant hâte de rentrer à Paris, nous prîmes le chemin du retour. La quatre chevaux était la petite voiture française universelle de l'époque, quatre places, étroite, haute sur pattes, nerveuse, pas chère. Les pneus de celle que j'avais louée étaient lisses, j'avais omis de vérifier au départ et je roulais peut-être un peu vite sur cette route tournoyante. La voiture se mit soudain en dérapage, ce n'était pas grave, il suffisait de laisser aller et de rattraper sans brutalité, j'avais déjà expérimenté cela. Mon passager, le photographe, saisi de panique, fit la pire chose qui se puisse imaginer : il se coucha littéralement sur moi, s'empara du volant, en donna un coup brutal pour contrecarrer la glissade. L'étroit véhicule se mit à faire une série de tonneaux, rebondissant sur le toit, sur les roues, sur le toit encore, jusqu'à son arrêt, comme dans une cascade de cinéma. Les ceintures de sécurité n'existaient pas alors, je fus éjecté par le toit et perdis conscience. Revenu à moi, je souffrais atrocement, de tout mon corps, j'étais allongé face contre terre, les pieds, les jambes et le ventre dans un profond fossé de la rive, le torse et la tête sur la route. Des gens s'étaient agglutinés autour de moi, j'apercevais ce fou de photographe — je ne donne pas son nom que je n'oublierai jamais —, bondissant de côté et d'autre autour de moi, son appareil à la main et me photographiant sous tous les angles, sans qu'on pût deviner s'il le faisait par conscience et jouissance professionnelles ou pour se couvrir en cas d'enquête. Peut-être pour toutes ces raisons à la fois. Curieuse de l'accident, une vraie foule se formait et j'entendais, dans ma croissante douleur, des voix autoritaires dire : « Surtout, ne le touchez pas, ne le bougez pas, ne le retournez pas, il doit avoir la colonne vertébrale brisée. » D'autres : « Ne lui donnez pas à boire. Surtout pas. » C'était la fête à Villeneuve-sur-Lot, la grande fête annuelle, un dimanche de liesse qui mobilisait pompiers, ambulances, police. Je restai quatre heures pleines dans ce fossé car les secours, une fois avertis, ne pouvaient me rejoindre, leurs sirènes et gyrophares se trouvant absolument inaptes à débouchonner les accès qui les eussent conduits à moi. Tard le soir seulement, je fus admis dans un hôpital religieux de Cahors et ce n'est qu'au matin que je fus examiné. Je n'avais rien de cassé, ni colonne, ni côtes, ni main ni pied, ni bras ni jambe, ni crâne, mais le corps entier était spectaculairement meurtri de profondes contusions, qui me feraient longtemps souffrir et qui ne disparaîtraient pas avant plusieurs semaines. La douleur était telle que les médecins ordonnèrent le Palfium, autre nom de la morphine. J'ai heureuse souvenance de sœur Apollonie approchant un thermomètre, car j'avais beaucoup de fièvre, du moribond que j'étais, inclinant vers moi sa grande coiffe bleu et blanc et son frais visage, me disant : « Allez-y, enfoncez la baïonnette. » Elle m'administrait le Palfium à l'heure des corridas, vers cinq heures de l'après-midi. Commençait alors le bonheur, le plus grand bonheur que j'aie jamais connu au cours de ma vie. Toute douleur abolie, allongé, jouissance pure du temps, nuit heureuse, angoisse légère au fur et à mesure qu'elle s'avançait, légère, puis grandissante, car tout à coup, à l'aube, les tortures reviendraient, d'autant plus dures à supporter que la mémoire de la grande paix qui les avait précédées ne s'effacerait pas. Je sonnais, j'appelais mon amie Apollonie qui jamais ne s'esquiva, je suppliais : Palfium encore. Elle tentait de me faire entendre que je ne devais pas devenir dépendant, on me donnait des calmants sans effet, des placebos que je déjouais comme tels, tout entier mobilisé dans l'attente du retour de l'extase, de l'heure bénie de ma drogue.

Comme il avait été convenu que je rejoindrais le Castor et Sartre à Bâle, je fis prévenir par l'hôpital qu'un cas de force majeure m'empêcherait d'être au rendez-vous. Le Castor s'affola et je les vis bientôt tous deux débarquer à mon chevet, ils avaient interrompu leurs vacances et changé leurs plans pour rester avec moi. Le Castor passait l'après-midi dans ma chambre, emportant son tricot, c'est-à-dire un livre, tandis que je maudissais et insultais sœur Apollonie, inflexible sur l'heure de l'administration du Palfium. Apollonie et le Castor, ancienne catholique, élevée comme on sait au Cours Désir, s'entendaient contre moi comme larronnes en foire. Sartre nous rejoignait quand je baignais déjà dans la félicité. J'étais ému de l'affection qu'il me témoignait et j'eus beau tout faire pour les convaincre de reprendre leur voyage tel qu'ils l'avaient prévu, ils demeurèrent à Cahors jusqu'à ce que les douleurs disparussent et que je fusse autorisé à quitter l'hôpital. Les plans de route se trouvèrent sérieusement modifiés, le Castor avait décidé avec son ardeur toujours neuve que nous explorerions tous les trois le Lot, le Limousin, en passant par Gordes et la grotte de Lascaux. Toulouse serait le terme de cette parenthèse imprévue, nous nous séparerions là-bas.

J'ai souvent voyagé avec Sartre aussi bien en France qu'à l'étranger. Je me souviens d'un Paris-Athènes, départ de La Coupole boulevard du Montparnasse, de bon matin après le petit déjeuner, dans une humeur exploratoire et joyeuse de Paris-Dakar, Sartre pépiant comme un oiseau, avec au moins six à huit étapes obligatoires et même quelques « spéciales » envisagées par le Castor qui tenait absolument à se détourner du plus court chemin pour ne pas passer au large de telle merveille de la nature ou de l'art. Turin ou Milan, Venise, Trieste, Belgrade où il devait être longuement reçu par les écrivains serbo-croates, par Tito peut-être, Skopje et les écrivains macédoniens, telles étaient les escales prévues, enfin le Parthénon comme gratification ultime. C'était un long trajet, qui n'empruntait pas d'autoroutes, quasi inexistantes alors, sauf un tronçon volontariste entre la Croatie et Belgrade, baptisé « *autoput* », décidé par Josip Broz Tito, et construit sur trois cents kilomètres par de chantantes brigades de jeunes volontaires, afin de relier les peuples divers de la Fédération yougoslave, unis dans la guerre de partisans livrée contre les nazis et appelés à s'entre-massacrer cinquante ans plus tard de la façon que l'on sait. L'*autoput* n'avait rien à voir avec nos lisses rubans balisés d'aujourd'hui, les chants n'avaient pas suppléé l'expertise. Les arrivées nocturnes, moi conduisant, dans des villes étrangères inconnues, en compagnie du Castor et de Sartre, ressortissaient au vaudeville, ou encore à la *disputatio* scolastique, qui tournait parfois à la dispute violente, à la bouderie prolongée. La loi d'airain qui régissait le cœur et les actions de Sartre commandait en effet qu'il ne dépendît de personne, qu'il tînt tout de lui-même, dans une extraordinaire suspicion ontologique à l'égard d'autrui. « L'enfer, c'est les autres », la célèbre réplique de *Huis clos*, était, par lui, je l'atteste, vécue et incarnée au quotidien. Pour trouver l'hôtel, dans des rues aux plaques illisibles et peu éclairées, le Castor, armée d'un plan, sur le siège du passager, et Sartre, d'un autre, sur le siège arrière, inventaient chacun l'itinéraire et la coïncidence de leurs trouvailles était rare. Le ton montait, chacun voulait avoir raison, je conduisais, obéissant à des injonctions contradictoires, nous tournions, tournions sans fin, en perdition si près du but, dans une fatigue grandissante qui rendait Sartre particulièrement hargneux. Au cours des premiers voyages, je lui disais naïvement : « Je vais demander », cette seule idée le mettait hors de lui. Je m'abstins donc pendant un temps, puis décidai de passer outre, fermement soutenu par le Castor. Je baissais la vitre et prononçais le mot magique, compréhensible en toute langue : « *centrum* ». La réponse mettait bientôt un terme à notre errance et Sartre se renfrognait, affichant alors une laideur et une humeur de bouledogue.

Sa folie cornélienne de la non-dépendance l'entraînait à des extrêmes : je l'ai vu souffrir pendant des jours de terribles rages de dents qui culminaient en abcès et fluxions et continuant pourtant à écrire, car il se prétendait capable de dompter la douleur et il était exclu qu'il recourût à l'assistance d'autrui, fût-il dentiste. Imputant les mésaventures du corps à sa souveraine liberté, il était logique que la guérison, elle aussi, soit de son seul fait. En voyage, il portait toujours dans la poche arrière de son pantalon une somme énorme, viatique de toutes les vacances et garante de son autonomie. Cela ne doit être confondu ni avec l'avarice ni avec un quelconque penchant pour la thésaurisation. C'était exactement le contraire : il s'est toujours montré le plus généreux des hommes, jetant ses sous (« le sou », on l'a vu, était sa litote favorite) à tout vent et à tous ceux qui le sollicitaient. Il n'a jamais rien possédé, ne fut propriétaire de rien et mourut locataire d'un deux-pièces spartiate. Il ne faut pas croire qu'il lui fut si facile de refuser le Nobel, il avait un besoin criant d'argent et eût été soulagé pendant quelque temps par la manne que ce prix lui aurait rapportée. Sachant à quel point cela l'aiderait, je le poussai moi-même à accepter puisque, lui disais-je, le Nobel lui collait à la peau de toute façon, qu'il le refusât ou y consentît. Mais il ne cédait pas à mes sophismes tentateurs. « J'aurais accepté à la rigueur, me dit-il, le prix Nobel de la paix pour mon action en faveur des Algériens. »

Je passai avec eux deux journées à Toulouse, à la fin de l'étrange escapade due à mon accident. Sartre était dans un état épouvantable, je ne l'avais jamais vu ainsi et le Castor elle-même semblait saisie d'effroi. Il restait des heures, seul à une table d'un café de la place du Capitole, son œil unique presque aussi mort que l'autre, absent au monde, aux autres, à lui-même, contemplant fixement un pied de table comme Roquentin, dans *La Nausée*, la racine d'un marronnier, quand la contingence se dévoile brutalement à lui, seule vérité de l'existence. La gaieté et l'optimisme hyperactif dont Sartre faisait le plus souvent preuve tombaient soudain dans le gouffre du non-sens, de l'évidence sans échappatoire que « l'homme est une passion inutile ». L'angoisse existentielle, quoi que Sartre ait pu en dire par crânerie — « Je n'ai jamais eu la nausée », soutint-il dans son journal de guerre —, n'était pas seulement un concept philosophique, mais bel et bien une réalité. Tandis que chez Sartre cette angoisse se manifestait par le morne et l'immobile, la même, chez le Castor — car ils l'avaient tous deux en partage et cela ne compta pas pour peu dans leur relation unique —, se traduisait par une explosion totalement imprévisible. Assise, debout, couchée, en voiture ou à pied, en public ou en privé, elle fondait brusquement en violentes larmes de convulsionnaire, secouée de hoquets, de sanglots déchirants entrecoupés de longs hululements d'intransmissible désespoir. Je ne me souviens plus de la première fois, cela arriva à maintes reprises pendant les sept années où nous vécûmes ensemble, mais, y repensant à l'instant où j'écris, ce n'était jamais lié à du mal qu'on pouvait lui faire, qui lui avait été fait, ni à une quelconque adversité. Au contraire, le Castor semblait se briser contre le bonheur ou être défaite par lui. Lorsque j'étais le témoin de ces crises, qui la cuirassaient, la verrouillaient entièrement, je m'éprouvais absolument impuissant : nulle parole, nul geste ne réussissaient à la secourir ou à l'apaiser. Maladroit, terrifié, je tentais de l'enserrer de mes bras, d'imposer mes mains sur ses tempes, de l'embrasser, de baiser ses lèvres, de lui parler. Rien n'y faisait, la crise d'insurmontable angoisse devait passer par toutes ses phases, elle se calmait seule, cela avait pu durer de longues minutes, mais il s'agissait toujours d'une prise de conscience suraiguë, intolérable, de la fragilité du bonheur humain, du destin mortel de ce que les mortels appellent précisément « *le bonheur* », dont la nature est d'être toujours compromis. La seule pensée de la mort de Sartre, qu'il mourrait avant elle, ou encore qu'il y aurait une fin à notre relation d'amour, ce dont elle s'était pourtant dite certaine dès son début, pouvait déclencher la plus violente crise. Violence telle qu'elle impliquait et modifiait le corps entier et ses fonctions : le Castor, dans l'ordinaire de la vie, avait une douce haleine, qui, comme le dit

Rimbaud dans *Les Chercheuses de poux*, fleurait « de longs miels végétaux et rosés », elle se mettait soudainement à empester et je devais, pour l'approcher, me violenter moi-même. L'angoisse se manifestait encore chez elle d'une autre façon : elle était habitée par la croyance compulsive que la narration des faits, ceux d'une journée, d'un dîner, d'une semaine, était toujours, à tout moment, possible. Il convenait de tout se dire, de tout se raconter, tout de suite, dans une précipitation presque haletante, comme si se taire ou vouloir parler à son heure renvoyait au néant ce qui ne lui était pas rapporté sur-le-champ. Il s'agissait véritablement d'un rapport inaugural et quasi militaire d'activités, sa volonté de tout savoir ou sa crainte d'oublier ce qui restait à passer en revue interdisant qu'on s'attardât sur tel ou tel événement saillant. Elle était si pressée d'aller au point suivant qu'à la lettre elle n'entendait pas ce qu'on lui disait alors ou mélangeait tout. Les relations, orales ou épistolaires, qu'elle faisait plus tard, à Sartre par exemple, car, comme dans le miroitement tropézien que j'ai évoqué, le récit premier devenait toujours récit du récit du récit…, témoignent de cette confusion, symptôme névrotique par excellence. Tant que nous vécûmes ensemble, cela n'était pas pour moi manifeste, l'existence commune m'exemptant d'une bonne part du rapport. C'est plus tard, après notre séparation, quand, la voyant deux soirées par semaine, je venais la chercher pour l'emmener au restaurant, que sa hâte avide dès les retrouvailles me fut souvent insupportable, parce que ayant des choses importantes ou difficiles à formuler, j'avais besoin d'installer entre nous mon propre temps afin de pouvoir lui parler, ce à quoi je tenais plus que tout. Les scènes naissaient toujours au début des rencontres, j'étais incapable de l'exposé à la course et à froid qu'elle attendait, je le lui disais, elle se fermait, prenait son visage offensé et sa moue boudeuse, seul le vin appariait nos temporalités, nous pouvions alors passer de longues heures heureuses où, son angoisse dissipée, la merveilleuse capacité d'écoute dont j'ai parlé se donnait libre carrière.

CHAPITRE XIII

1958, j'ai trente-trois ans. C'est pour moi l'année du « Curé d'Uruffe », du retour au pouvoir du général de Gaulle, de mon voyage en Corée du Nord et en Chine, du pressentiment, bientôt devenu évidence, que ma relation avec le Castor devrait prendre un autre tour. Ce qui relie ces moments de ma vie est bien plus profond que la simple confluence chronologique. À Uruffe, ordinaire paroisse de Lorraine, le curé avait tué d'une balle dans la nuque Régine Fays, une de ses ouailles, jeune fille de vingt ans grosse de lui et proche de la délivrance, puis, le meurtre accompli, l'avait accouchée par éventration avant de crever les yeux du bébé avec un petit couteau de scout, non sans lui avoir administré préalablement, dans un fulgurant raccourci liturgique, baptême et extrême-onction. C'était un fait divers comme il en arrive peu dans la suite des âges et *France Dimanche* me demanda de « couvrir » le procès, qui s'ouvrit devant la cour d'assises de Meurthe-et-Moselle le 24 janvier 1958, un matin de froidure où la neige et la glace recouvraient Nancy. Je ne raconterai pas ici la vie affolante qui fut celle de Guy Desnoyers, « l'assassin d'Uruffe » comme osa le nommer *Le Figaro* dans son édition du jour, réalisant une opération difficile et de style magique qui consistait à expulser le prêtre de l'Église et l'Église du prêtre. J'ai suivi l'intégralité des débats, y compris les sessions où le huis clos avait été décidé, et j'ai assisté au prononcé du verdict d'indulgence, qui permit au curé doublement meurtrier et mille fois pécheur d'échapper à la peine de mort, les circonstances atténuantes lui ayant été accordées sans qu'elles aient jamais été évoquées pendant les deux journées d'un procès conduit au pas de charge par un président soucieux avant tout d'éviter que les vraies questions ne soient posées.

J'ai écrit pour *France Dimanche* un article que j'aimerais relire aujourd'hui, satisfaisant à mes yeux par tout ce que j'y disais, insatisfaisant par manque de place et impossibilité d'une analyse en profondeur. *France Dimanche* — l'unité du moi se retrouve ici — était comme un poisson-pilote, comme le premier étage d'une fusée, je décidai que je ne pouvais en rester là et que j'allais écrire un autre texte, libre de toute contrainte, pour *Les Temps modernes*, revue qui par ailleurs avait donné au fait divers un statut et une dignité ne le cédant en rien à ceux de la littérature ou de la philosophie. Sartre et le Castor dévoraient dans les journaux ce qui avait trait aux passions humaines, lisaient des romans policiers, et la revue ne recula jamais devant la publication du récit des pires déviances, lorsque nous les jugions dévoilantes. Je me mis donc au travail à mon bureau de la rue Schœlcher dès le début février, mais le Castor n'entendait pas déroger aux sacro-saintes vacances d'hiver et avait décidé que nous irions skier à Courchevel. Je lui remontrai que je ne pourrais mener de front le ski et mon article, qui me mobilisait entièrement. C'est au ski que je renonçai et je m'en étonne aujourd'hui encore, car je ne m'en croyais pas capable, tant j'aimais foncer sur les pistes : pendant les quinze jours de grand beau temps ininterrompu que nous passâmes à Courchevel, je n'ai pas skié une heure. Castor dévalait seule, je ne quittais pas la chambre sombre, écrivant du matin au soir, ne sortant même pas pour respirer l'air raréfié et pur des cimes et lui donnant à lire, le soir, ce que j'avais écrit. Je me dopais légèrement aux amphétamines, un comprimé de Corydrane installait, selon la formule de Sartre, « un soleil dans ma tête ». À lui un comprimé ne suffisait pas, il voulait un très grand soleil et mâchait par poignées la Corydrane qu'il réduisait en une bouillie acide, se détruisant la santé en toute conscience au nom de ce qu'il appelait le « plein emploi » de son cerveau. La Corydrane m'a aidé quand j'écrivais de nombreux articles, mais il fallait savoir la doser, son effet était bref et on ne pouvait éviter ni la tétanisation de la mâchoire inférieure ni l'état dépressif qui survenait lorsqu'elle cessait d'agir. J'y ai renoncé il y a bien longtemps, avant même que les amphétamines, sous toutes leurs formes et appellations (les pilotes de bombardiers de la Royal Air Force, qui avaient une longue route à parcourir pour atteindre leur cible sur la terre allemande et en revenir, se tenaient éveillés grâce à la *Benzédrine*), ne soient interdites. Mon article fut publié dans le numéro 146 des *Temps modernes* d'avril 1958, sous le titre « Le curé d'Uruf-

fe et la raison d'Église », « raison d'Église » au sens
où l'on parle de « raison d'État ». J'étais formidablement fier de ce long texte, qui fut d'emblée reconnu
par tous ceux qui le lurent, et qui est resté comme
une balise inoubliée dans leur mémoire, j'en ai souvent des échos. Ce qu'on nomme le bouche à oreille
joua à plein, l'article n'atteignit pas que le public des
Temps modernes, mais toucha la magistrature, le bar-
reau et, en samizdat, c'est sûr, l'Église. De grands
avocats comme Georges Kiejman, qui plaidèrent des
affaires célèbres, me supplièrent de recommencer
pour eux ce que j'avais fait pour le procès d'Uruffe.
Un dimanche après-midi où je me trouvais seul dans
l'atelier de la rue Schœlcher, on sonna à la porte sans
avoir prévenu. J'ouvris, c'étaient Jean-Jacques Servan-Schreiber et Françoise Giroud, les patrons de
L'Express. Je le voyais, lui, pour la première fois.
Par contre, j'avais souvent croisé Françoise dans les
bureaux de *France Dimanche*, dont elle était une star
et où elle tint pendant des années une rubrique hebdomadaire de portraits de personnalités qui, parties
de peu ou de rien, avaient « réussi leur vie ». Jacques-
Laurent Bost s'était gaussé d'elle avec férocité dans
un article des *Temps modernes*, intitulé « Du hareng
saur au caviar », dont la paternité me fut attribuée
bien à tort et qui fut décisif dans la carrière et la vie
de Françoise. Elle en fut si blessée en effet qu'elle
renonça à sa rubrique et rejoignit rapidement la presse
noble, en l'occurrence *L'Express*, dont elle devint la
brillante directrice à la prière de Jean-Jacques Servan-Schreiber. Ils ne connaissaient ni dimanches ni
fêtes, leur hebdomadaire, sa percée foudroyante dans

l'univers médiatique, était leur préoccupation unique. Mauriac, Sartre y publiaient et Françoise se vengea plus tard de Bost en l'embauchant. Ils avaient donc lu « Le curé d'Uruffe » et venaient tout de go et seigneurialement me proposer d'intégrer l'équipe de *L'Express* en m'offrant des conditions difficiles à refuser. Au lieu de bondir de joie, je demandai à réfléchir, ce qui sembla les surprendre et presque les vexer. Leur offre était flatteuse et tentante, mais finalement ce fut « non ». Quelque chose de très profond en moi me commandait de refuser, je ne voulais ni aliéner ma liberté ni devenir journaliste professionnel. Je n'aurais jamais pu écrire « Le curé d'Uruffe » pour *L'Express* comme je l'avais fait pour *Les Temps modernes*. J'étais un solitaire, voulais le demeurer, et rétrécir le champ des possibles me devenait de plus en plus impossible.

Il y a dix ans, en 1998, Philippe Sollers, qui n'avait pas lu « Le curé d'Uruffe » à sa parution, le découvrit. Il me fit l'immense plaisir de le republier dans sa revue, *L'Infini*. Mon texte eut de nouveaux lecteurs, qui en furent frappés à leur tour et à quarante ans de distance, comme si je venais de l'écrire, comme si la chose venait de se produire. Il n'a pas plus vieilli que mes films, par exemple *Shoah* ou *Pourquoi Israël*. Je ne suis pas un éventreur de femmes, je ne crève pas les yeux des nouveau-nés, et ne crois pas être, de quelque façon qu'on prenne la chose, un homme d'Église. Mais je me souviens être resté pendant toute la durée du procès au plus près du curé d'Uruffe, deux mètres derrière lui, mon regard intensément fixé sur sa maigre nuque, promise, on pouvait à peine en douter, au biseau d'acier de la guillotine. Je ne faisais pas que voir, j'écoutais, j'entendais, chacune de ses rares paroles, toujours convenues, et, évidemment, les témoignages, des parents de la victime, des paroissiennes d'Uruffe, mais aussi de Blâmont, de Rehon, autres villages lorrains où il avait auparavant officié comme vicaire ou curé, les rapports des policiers et des commissaires qui l'interrogèrent. Je puis affirmer — mais cela ne peut se comprendre que par la lecture de l'article — que je me suis véritablement glissé dans la peau, le ventre, le cœur et l'esprit du curé assassin. Mon texte terminé, comme le Castor se déclarait stupéfaite de la façon dont j'avais pénétré l'âme noire de ce desservant surmené et modèle, capable de se jeter avec emportement dans ses œuvres de prêtre après s'être fait masturber, soutane haut levée, par des fillettes de treize ans et avoir joui à toute vitesse sous le regard de Dieu, ou de sonner le tocsin après son double crime, sacristain fou pendu à la corde de son clocher, orientant vers le pire l'inquiétude encore raisonnable des villageois d'Uruffe, je lui avais répondu en riant, parodiant le « Madame Bovary, c'est moi » de Flaubert : « Le curé d'Uruffe, c'est moi. » Ce n'est pas moi du tout, mais cette boutade a pourtant un sens. Un an plus tard, j'écrirais, pour *Elle* cette fois, le très long texte sur la fuite du dalaï-lama dont j'ai déjà parlé. J'ai travaillé à ces articles ou à mes films de la même façon : enquêter à fond, me mettre entre parenthèses, m'oublier entièrement, entrer dans les raisons et déraisons, dans les mensonges et les silences de ceux que je veux peindre ou que j'interroge, jusqu'à atteindre un état d'hypervigilance hallucinée et précise qui est pour moi la formule même de l'imaginaire. C'est la seule loi qui me permette de dévoiler leur vérité — s'il le faut, de la débusquer —, de les rendre vivants et présents à jamais. C'est ma loi en tout cas. Je me tiens pour un voyant et j'ai recommandé à ceux qui font profession d'écrire sur le cinéma d'intégrer le concept de « voyance » à leur arsenal critique.

Un soir de janvier, peu avant le procès d'Uruffe, Armand Gatti, que je connaissais mal mais aimais beaucoup, pour sa façon de rouler ses yeux à la Harpo Marx, pour ses étonnantes et multiples aptitudes créatrices d'auteur de théâtre, de cinéaste, de poète, pour son passé de militant antifasciste et les souffrances qu'il avait endurées, pour son talent unique d'entraîneur d'hommes qu'il réunissait autour d'immenses projets mobilisateurs, théoriques et pratiques, sociaux, révolutionnaires et littéraires tout à la fois, inventant dans les banlieues de Paris ou de Marseille des lieux propices à toutes les Iliades et Odyssées qui sourdaient de son grand cerveau d'enfant, pour sa capacité infinie d'étonnement et la croyance en soi qui l'autorisaient à ignorer les institutions culturelles ou à s'en servir en les subvertissant, Armand Gatti donc m'appela pour me demander si j'accepterais de faire partie de la première délégation occidentale invitée par la Corée du Nord, cinq ans après la fin de la guerre. J'acceptai avec enthousiasme parce que c'était un voyage lointain, parce que je n'avais jamais été en Asie, parce que, après la Corée, nous passerions un mois en Chine, parce que c'était une occasion inespérée de mieux comprendre ce qu'avait été cette guerre. Le départ était prévu pour la fin mai, un mois après la parution du « Curé d'Uruffe ». Il y aurait dans la délégation, outre des cinéastes, comme Gatti, qui, avec Bonnardeau, projetait de réaliser là-bas un long film de fiction, et Chris Marker, qui s'était déjà rendu en Chine un an auparavant en compagnie de Gatti et en avait rapporté un court métrage intitulé *Dimanche à Pékin*, un chanteur, Francis Lemarque, tendre Juif d'origine polonaise à la gouaille parisienne, d'abord célèbre dans tous les bastringues des banlieues rouges, qui écrivait lui-même ses chansons, en composait la musique, et les accompagnait à la guitare. La délégation était conduite par un journaliste de *L'Humanité*, Raymond Lavigne, elle comprenait encore un pigiste du *Figaro* et trois représentants de la presse provinciale de gauche, je ne me souviens du nom que d'un seul journal : le *Courrier picard*. C'était un ensemble baroque et hétéroclite, qui conjuguait les foucades de Gatti avec une politique de souplesse et d'ouverture du PCF — ni Gatti, ni Chris, ni Lemarque, ni Bonnardeau, ni moi, n'étions membres du Parti. Nous eûmes deux réunions préparatoires au cours desquelles les vétérans du voyage en Chine, Gatti et Chris Marker, nous donnèrent comme consigne d'emporter des cadeaux. L'échange de présents était une coutume impérative dans toutes les usines, secrétariats du Parti, régiments militaires, universités, écoles, théâtres qui seraient inscrits à notre programme. Je demandai quel genre de cadeaux. Il me fut répondu : grandes cartes postales rectangulaires des monuments de Paris, Arc de triomphe, tour Eiffel, Notre-

Dame, la Concorde, le Louvre, et aussi des petits livres sur la peinture française, les impressionnistes surtout. Je n'aimais pas beaucoup cela, c'était un peu selon moi de la verroterie pour nègres. Il est vrai que la mondialisation était encore lointaine. Chris Marker, je ne m'en aperçus qu'une fois parvenu à destination, avait résolu la question autrement. Ayant commis aux Éditions du Seuil, dans la collection « Écrivains de toujours », un *Giraudoux par lui-même*, il s'était chargé d'une centaine d'exemplaires de cette anthologie commentée, qu'il distribuait généreusement à des secrétaires d'usine, après chacune de nos visites. De toute façon, les rudes ouvriers coréens ne pouvaient lire un seul mot de français et, l'eussent-ils pu, il n'est pas certain qu'ils eussent goûté les préciosités giralduciennes !

Nous faillîmes ne pas partir. Les généraux français, en Algérie, étaient en pleine révolte contre le gouvernement Pflimlin, un putsch militaire semblait inévitable et, à la faveur de cette menace, de Gaulle entreprit de revenir au pouvoir : « J'ai entamé le processus… », telle était la formulation inaugurale de la reconquête, première phrase d'un discours radiodiffusé. De Gaulle soudain semblait basculer du côté des putschistes. Nous avions nous-mêmes les nerfs à vif, la guerre d'Algérie durait depuis quatre ans déjà, *Les Temps modernes* étaient un des fers de lance de la lutte pour l'indépendance et du soutien aux Algériens, Francis Jeanson, qui faisait partie de notre équipe, avait plongé dans la clandestinité et fondé un réseau d'aide aux militants du FLN extraordinairement efficace, la revue avait été à plusieurs reprises censurée et au moins une fois saisie. Le putsch ramenait de Gaulle, qui se prétendait en même temps le recours contre lui, c'était l'ambivalence de la situation. J'assistai à la fameuse conférence de presse que le Général, battant l'espace de ses grands bras, donna au Palais d'Orsay. C'était moins de Gaulle qui effrayait que ceux qui pullulaient autour de lui dans la salle, avec des mines arrogantes de triomphateurs sachant leur heure venue après une longue traversée du désert, les gens du SAC par exemple, Service d'action civique du RPF, appellation civilisée qui désignait en vérité un service d'ordre musclé. Je me souviens de Claude Bourdet demandant abruptement au Général comment il conciliait ses protestations de démocratie avec son retour, objectivement dû à l'imminence d'un putsch, et de la réponse élusive de ce dernier : « Monsieur, ce n'est pas mon univers. » C'était aussi vrai et aussi profondément politique, de la part de De Gaulle, que le « Je vous ai compris » qu'il lança quelques semaines plus tard à la foule des pieds-noirs algériens assemblés devant lui, qui, eux, comprirent seulement ce qu'ils voulaient entendre. Mais le Castor, moi et beaucoup d'autres pensions alors que le fascisme s'installerait dans le sillage de De Gaulle et, quoi qu'il en eût, le déborderait, serait plus fort que lui. Le dernier dimanche avant mon départ pour l'Asie, nous allâmes, elle et moi, en voiture, faire une promenade dans la campagne. C'était un somptueux jour de mai et nous pensions que la beauté du monde ne serait plus jamais la même, le vert des prairies jamais aussi poignant, les frais parfums des pommiers en fleur jamais aussi délicats. Nous avions décidé qu'il n'y avait pas de raison de renoncer à ce voyage, ma présence à Paris n'empêcherait rien. Notre réaction atteste d'abord la violence de l'époque, notre haine des guerres coloniales, qui avait commencé avec l'Indochine et même bien avant, avec le massacre de Sétif en 1945 ou la répression sans pitié de Madagascar. De Gaulle n'était pas un fasciste, ne le fut jamais, il fut plus fort que les généraux putschistes et les mit au pas. Je le tiens absolument pour un grand homme, grand homme d'État, grand politique et grand écrivain je l'ai dit, j'ai lu et je relis tous ses livres. Mais nous étions en mai 58 et la guerre d'Algérie allait durer encore quatre années.

Nous embarquâmes à la fin du jour sur un Tupolev de l'Aeroflot, nous devions nous poser à Prague, y passer la nuit, en repartir le lendemain pour Moscou où nous resterions huit jours avant le grand bond en avant pour l'extrême Est. Je crus que mes tympans allaient exploser quand nous atterrîmes à Prague. Les pilotes soviétiques, tous militaires, n'avaient pas comme aujourd'hui à l'Ouest de longues procédures d'atterrissage en douceur, ils fondaient en piqué sur les aéroports, insoucieux des variations brutales de pression dues à la très rapide perte d'altitude, qui faisaient littéralement hurler de douleur. Dans leur cockpit, pilote et copilote portaient en permanence un noir masque à oxygène : en cas d'accident de pressurisation dans la carlingue des passagers, eux, en tout cas, pouvaient, grâce à leur propre oxygène, rétablir la situation en chutant inhumainement jusqu'à une altitude humaine. Les accidents de pressurisation étaient fréquents dans les Tupolev et c'est sans doute ce qui avait induit les pilotes à se comporter avec une pareille sauvagerie. À Cheremetievo, l'Orly de Moscou, deuxième piqué foudroyant. Je ne connaissais pas la ville, le temps était très beau et très chaud, nous étions en juin. La veille du départ pour la Corée, nos guides avaient prévu une visite à l'Exposition agro-industrielle de l'URSS, immenses zones asphaltées, bâtiments gigantesques regorgeant de tracteurs, de bulldozers, de toutes sortes de machines, témoignant de la puissance et de l'invention soviétiques. Cela dura longtemps. À la fin, fatigué des diagrammes, des explications des guides et des stations debout, j'eus besoin, quand nous nous retrouvâmes à l'air libre, de faire quelque chose avec le sang vif et brimé qui courait dans mes artères et je dis soudain à Gatti : « Allez, on fait la course. » Il n'était pas homme à refuser, ses gros yeux roulèrent dans leurs orbites et nous nous mîmes à courir, au coude à coude et à toutes jambes, sur l'asphalte stalinien. Je voulais gagner, lui aussi, nous nous bousculâmes l'un l'autre, il tomba, se fracturant l'avant-bras gauche. J'étais désolé, consterné, il eût fallu l'emmener à l'hôpital et le plâtrer, il refusa catégoriquement, craignant qu'on ne lui interdise de partir le lendemain à l'aube, comme il était prévu. Les guides nous conduisirent chez des pharmaciens, chez un médecin, qui lui posa une attelle, lui mit le bras en écharpe et lui donna des antalgiques.

Le grand voyage commença enfin, j'étais assis auprès de Gatti, que je surveillais comme une mère, rongé de remords, me maudissant, lui exprimant un désespoir sincère. Il souffrait mais était dur au mal, je me promettais de l'emmener à l'hôpital dès que nous parviendrions à Pyongyang. Il faisait trente degrés à Moscou, nous fîmes à Omsk, en Sibérie occidentale, une escale technique et descendîmes nous dégourdir en chemise légère. La température était de dix degrés sous zéro, nous étions en bout de piste, loin des bâtiments de l'aéroport, une vieille baba très emmitouflée vendait sous les ailes de l'avion, tandis qu'on faisait le plein de kérosène, de la vodka au gramme et je découvris alors, comme je devais le vérifier si souvent plus tard, pendant les tournages hivernaux de *Shoah* en Pologne, les vertus de lutte contre le froid de ce divin alcool de grain. Tournant par temps de neige et par grand froid au milieu des pierres levées de Treblinka, mal chaussé de bottes prenant l'eau, trop peu vêtu, dans l'impossibilité, car les jours étaient courts et les heures de lumière précieuses, de rebrousser chemin vers les voitures où j'eusse pu trouver des vêtements de rechange, je fus, une première fois, sauvé de la pneumonie par Pavel, mon ingénieur du son polonais, grand barbu antisémite et sympathique, chasseur d'ours en Mazurie, qui me tendit un litre entier d'un mélange de deux tiers de vodka et un tiers de cognac, dont je buvais au goulot une longue gorgée dès que j'étais repris par les frissons, résistant ainsi jusqu'à la tombée de la nuit, ayant utilisé, pour le cinéma, chaque minute de clarté utile, sans perdre l'esprit ni tituber un seul instant.

Après Omsk, les escales rapides furent Irkoutsk, au bord du lac Baïkal, Oulan-Oudé et Tchita, à la frontière de la Mongolie. Un avion de la République populaire de Corée nous y attendait déjà, un petit appareil de couleur jaune, d'une douzaine de places, avec la faucille et le marteau fièrement peints sur le gouvernail de direction. Nous fûmes salués par deux jeunes pilotes militaires aux yeux très bridés, qui allaient nous faire survoler le désert de Gobi et la Mandchourie. Ils escomptaient que nous atterririons à Pyongyang au crépuscule, c'était vraiment un voyage des lointains, je comprenais que Gatti souffrait de plus en plus, j'essayais d'assujettir son attelle, je le faisais boire et lui donnais des comprimés. J'étais convaincu qu'il ne faudrait pas perdre une minute avant de le conduire à l'hôpital. Lorsque l'avion s'immobilisa sur le tarmac de l'aéroport de Pyongyang, je vis, par le hublot, qu'une foule nous attendait, occupant tout l'espace qui nous séparait du bâtiment central. Multitude enfantine et adolescente, filles et garçons, formés par rangs d'âge en cercles concentriques, pionniers, pionnières, foulards rouges, longues nattes tressées jusqu'aux reins, jeunes seins uniformément écrasés par le sarrau du costume national. Nous descendîmes, titubants, hagards de fatigue et de surprise, l'étroite échelle de coupée, je la descendais, moi, à reculons, protégeant Gatti de tout mon corps pour l'empêcher de tomber. Une douzaine de beautés, la braise de leur regard avivée par la fente étroite de leurs sombres yeux, nous attendaient là, les bras chargés de fleurs, et tous éclatèrent en applaudissements. Il y avait aussi des officiels en chapeau, au large visage brachycéphale, des silhouettes à casquette, qui semblaient glisser plus que marcher lorsqu'elles se déplaçaient, des photographes, des flashes, de grosses caméras. Notre venue était clairement un événement, voulu et regardé comme tel. Un petit homme, fluet, souriant, chapeauté, vêtu de clair, se présenta à nous : « Ok Tonmou. Je serai votre interprète », nous dit-il. Ok était son nom, *tonmou* signifie « camarade ». Ok n'allait jamais sans *tonmou*, on disait toujours « camarade Ok ». Il parlait un français musical et vétuste qui m'enchanta d'emblée. Nous partîmes en empruntant des artères dévastées par les bombardements, ruines, blocs de pierre, débris de toute nature soigneusement empilés sur les bas-côtés, qui me rappelaient les monceaux de briques entassées par les *Trümmerfrauen*, à Berlin, dix ans auparavant, jusqu'à atteindre, parallèle au Taedong, le grand fleuve qui traverse la ville de part en part, une large avenue nouvellement reconstruite, où se trouvait notre hôtel, le seul propre à loger des étrangers de qualité, l'hôtel Taedong-gang précisément. À peine arrivé, je ne pris pas le temps de m'installer, mais expliquai à Ok qu'il fallait absolument et tout de suite emmener Gatti à l'hôpital. On verra, dans la suite de ce récit, quelle importance eut pour moi cet itinéraire initiatique vers l'hôpital de la capitale de la République populaire de Corée, en ma première nuit d'Extrême-Orient, franchissant l'immense pont aux arches de métal récemment inauguré, puis découvrant, bouleversé, une foule d'Asie, qui semblait se former et se reformer sans cesse au fur et à mesure de notre avancée. Bien que le parcourant pour la première fois, je photographiais mentalement le chemin qui conduisait de l'hôtel à l'hôpital. Celui-ci aussi était surpeuplé, mais Ok fit merveille, Gatti fut plâtré comme il convenait. Le séjour pouvait commencer.

Nous étions logés à deux par chambre, je partageais la mienne avec le journaliste du *Figaro*, qui dut, me semble-t-il, partir avant la date prévue pour notre retour, ce qui me permit de rester seul. Chris Marker et Francis Lemarque cohabitaient, mais Chris avait imposé sa loi et son univers en tapissant tous les murs et même le plafond de leur chambre commune de pages arrachées aux comics américains, qu'il affectionnait. C'était peut-être une provocation envers nos hôtes ou sa façon à lui de refuser le dépaysement, de se placer au centre du monde. Je pus m'en assurer plus tard, à Pékin : tandis que, pour recevoir du courrier de France, nous communiquions à nos correspondants des adresses aux intitulés pompeux et interminables, il se contentait, lui, de « Chris Marker, Pékin » et jamais ne perdit une missive. Entre lui et moi, c'était alors la haine la plus cordiale, nous n'échangions jamais un mot. Un prognathisme de la mâchoire inférieure l'empêchait d'articuler, il parlait dents serrées et compensait la rareté de sa parole par un port de tête orgueilleux et ironique, qui changeait en énigmatique maxime chacune de ses proférations. Je dis tout cela le cœur apaisé car Chris et moi sommes plus tard, au cours du même voyage, devenus amis, j'admire ses films et il y a à Tokyo, dans le quartier des yakuzas, les mafieux japonais, une boîte de nuit étroite et sombre qui s'appelle « La Jetée », en hommage au film de Chris, où m'attend, sur une étagère du bar, une bouteille de Chivas Regal, marquée à mon nom. J'ai dû, un soir, l'acheter à la tenancière, elle fait désormais partie du décor.

Le programme du voyage en Corée était intéressant, effrayant quelquefois, fatigant, éreintant même. Visites de deux ou trois usines par jour, plusieurs exposés, discours d'accueil, discours d'adieux, réponse, échange de cadeaux, dont le *Giraudoux par lui-même* de Chris, mère de tous les présents. Les réponses, au nom de la délégation, étaient faites soit en français par le journaliste de *L'Humanité*, Raymond Lavigne, baptisé Sur Chung, qui en coréen veut dire « Printemps fertile », et traduites par Ok, soit, et le plus souvent, en anglais, par moi-même — car un certain nombre de cadres coréens entendaient cette langue. Il m'arrivait de prendre la parole trois fois par jour. Comme la Chine à la même époque, la Corée du Nord prétendait à l'autarcie complète, entendait se doter d'aciéries géantes en même temps que de hauts-fourneaux de campagne et je crois avoir pressenti alors que Kim Il-sung, avec qui nous dînâmes à deux reprises en sacrifiant au cérémonial des réceptions d'État, pensait déjà à l'arsenal nucléaire. Nous fûmes emmenés, loin de Pyongyang, en des lieux qui n'existent pas sur les cartes, dans des sites souterrains, gardés par des militaires, où tout semblait marqué du sceau du secret. J'osai, au cours d'un des dîners avec le Grand Leader entouré de ses ministres, tous anciens des maquis antijaponais, évoquer le cas de plusieurs dissidents escamotés de la scène publique, dont la disparition m'avait été signalée à Paris. Les larges visages rieurs de Kim et de sa garde rapprochée se fermèrent avec un bel ensemble, à peine eus-je prononcé les noms. Une dureté de pierre passa dans leurs yeux, je m'ingérais dans les affaires intérieures de la République populaire, me désignais moi-même comme dissident, le Grand Leader n'eut qu'un seul mot, traduit par Ok dans un balbutiement : « Ce sont des ennemis du peuple », insister ou discuter était hors de question. Nos distractions étaient le Théâtre national, l'Opéra avec les artistes d'État et les athlètes acrobates nord-coréens, les meilleurs du monde, qui performaient toujours devant des salles bondées, de soldats surtout, accompagnées derechef de discours au foyer des acteurs et de cadeaux échangés. On ne voyait jamais dans les rues, les trains ou les autobus de femmes coréennes en compagnie d'un Européen, c'était simplement inimaginable et les seuls « longs nez » qui se pussent rencontrer étaient les « experts » des démocraties populaires, essentiellement polonais, est-allemands, tchécoslovaques, venus pour soutenir le pays frère, sentinelle avancée. On ne les voyait que seuls ou flanqués de leurs épouses, lourdes et grasses créatures du bloc soviétique, ils vivaient tous d'ailleurs dans un quartier fermé. Au registre des plaisirs — et ce n'était pas le moindre — , il faut encore compter le plat national, dit « marmite des fées », complexe fondue aux mélanges et parfums subtils, nappée de ginseng des anciens rois de Corée, supposée faire croître exponentiellement la puissance et l'appétence sexuelles, contre-indication dirimante à l'existence ascétique qui nous était dévolue. Au cours de ces dîners, la prétendue impassibilité asiatique volait en éclats. Je faisais raconter la guerre, terminée depuis moins de cinq ans, à des jeunes hommes, officiers ou soldats, de vingt-cinq ou trente ans. Chacun s'animait sous mes questions précises, puis fondait bientôt en larmes. Des héros décorés pour leur bravoure étaient secoués d'impénétrables et déchirants sanglots en évoquant les terribles boucheries qui venaient d'inonder de sang l'étroite péninsule séparant l'énorme Chine de l'archipel nippon.

J'avais quitté Paris déjà fatigué, après le dur travail sur le curé d'Uruffe, et comme je n'étais âgé, je l'ai dit, que de trente-trois ans, je croyais à la santé. Il y a en médecine des modes. La mode alors, celle qui me plaisait le plus, parce que je me fiais à son action régénératrice, était aux piqûres intramusculaires, dans le fessier, de vitamine B12 1000 gammas. C'est mon ami Louis Cournot qui, dans son cabinet de la rue de Varenne, face au musée Rodin, m'avait prescrit cette cure. « Si, là-bas, tu te sens faible, n'hésite pas. » J'avais emporté avec moi sept ampoules et la prescription médicale. Au bout d'un mois de stakhanovisme nord-coréen et une dizaine de jours avant le départ pour la Chine (la délégation en fait se scindait en deux : Gatti et d'autres restaient à Pyongyang, je partais pour Pékin, via la Mandchourie, avec mon ennemi Chris), je décidai qu'il fallait me fortifier et m'en ouvris à mon cher Ok, lui disant que, souhaitant éviter toute complication, je me rendrais moi-même à l'hôpital pourvu qu'on m'indiquât à quel service m'adresser. Il n'en était pas question, me dit-il, on viendrait m'administrer l'injection dans ma chambre. Je fus solennellement averti que l'opération commencerait dès le lendemain, lundi, à huit heures du matin. On frappa donc, j'étais levé, en pyjama, fenêtre ouverte, il faisait chaud, c'était l'été. J'ouvris : ce n'était pas un infirmier, mais une infirmière, ravissante, en costume traditionnel, les seins bridés mais non abolis par le sarrau, la noire chevelure qui tombait bas en deux nattes, les yeux, bridés eux aussi, mais de feu, bien qu'elle les tînt baissés. Je m'efface, incrédule, lui faisant signe d'entrer en une sorte de révérence grand siècle. Derrière elle, Ok, qui pénètre à son tour, derrière Ok, un homme à casquette, derrière l'homme à casquette, un deuxième homme à casquette, puis un troisième, un quatrième, un cinquième. Ils sont six en tout, tous au centre de ma chambre, prêts à observer sourcilleusement chaque moment, chaque détail de l'action. Je remets à Ok la boîte aux ampoules magiques et la prescription simplissime de Louis Cournot, qu'il traduit pour la soignante aux yeux baissés. Elle ne dit mot, sort de sa trousse seringue, aiguille, alcool, lime, observe dans un rayon de soleil la lente aspiration de la B12 1000 gammas. Je me tiens à son flanc, prêt à faire glisser légèrement mon pantalon de pyjama sur une fesse jusqu'à en découvrir le gras, mais Ok et les cinq hommes à casquette — repérés par nous depuis longtemps comme membres du KGB coréen, fantômes silencieux présents dans tous les couloirs de l'hôtel et attachés à nos pas partout où nous allions — ne bougent pas, ne font pas mine de se retirer, font cercle autour de nous, nous surveillent, me glacent. Je dis à Ok : « Je vous prie de vous retirer, dites-leur de sortir. En France, on ne se fait pas piquer en public. » Il paraît très ennuyé, dit quelques mots, tous reculent, mais d'un mètre, pas plus. J'élève la voix, commence à feindre la colère, à me plaindre de la suspicion dans laquelle on semble me tenir, moi, invité officiel du gouvernement et hôte du Grand Leader. Reflux général cette fois, mais pas plus loin que le seuil de ma chambre, ils se tiennent tous dans l'encadrement de la porte. Je saisis mon infirmière par le bras et l'entraîne dans un angle mort, je ne les vois plus, ils ne me voient pas, je présente alors ma chair nue à l'impassible beauté. Son geste est parfait, précis, net, sans brutalité, je n'éprouve aucune douleur à l'instant où l'aiguille pénètre et elle procède à l'injection, d'ordinaire peu agréable, avec toute la lenteur requise, m'évitant ainsi l'ombre d'une peine. Il faut imaginer la scène, la chambre est spacieuse, la porte ouverte sur le couloir, on entend les bruits de la vie de l'hôtel, les casquettes et Ok sont agglutinés en attente, formant un groupe d'intervention compact et frustré, une souterraine intimité forcée par la transgression même — le déplacement vers l'angle mort — s'établit entre l'infirmière et moi sans qu'un seul regard, un seul battement de cils, le moindre signe de connivence aient été échangés. Mon pantalon rajusté et tandis qu'elle range ses instruments, je surgis bien en vue au centre de la pièce et je lance : « Vous pouvez maintenant entrer, messieurs. » Ils le font, avec un peu moins d'assurance qu'à leur arrivée. Rendez-vous est pris pour le lendemain à la même heure. À l'infirmière, je n'ai dit rien d'autre que « Merci, mademoiselle », à Ok, qui se rengorge et traduit pour les casquettes : « C'est une grande professionnelle, nous n'en avons pas beaucoup de pareilles à l'Ouest ! »

Tout se répéta identiquement le jour suivant, à un

détail près : les casquettes cette fois n'étaient pas cinq, mais quatre. Et je n'eus pas besoin de leur demander de se retirer, d'eux-mêmes ils ne dépassèrent pas le seuil. Elle et moi gagnâmes l'angle mort comme si c'était la chose la plus naturelle, notre havre dans l'espace, à l'instar de la *querencia* dans une arène pour les taureaux de combat. Je n'entendis jamais la voix de mon infirmière. Comment eût-elle pu me parler puisque nous n'avions aucune langue commune et que de toute façon les casquettes avaient l'ouïe fine ? Celles-ci, le troisième jour, avaient encore perdu un membre. Rien ne changea jusqu'au sixième jour, où ils ne se présentèrent qu'à trois : une seule casquette, Ok et l'infirmière. L'injection ultime devait avoir lieu le lendemain, dimanche. Je demandai s'il serait possible que l'heure en fût reculée, dix heures du matin par exemple au lieu de huit, car je souhaitais profiter du jour du Seigneur pour dormir un peu plus longtemps. Ok me fit observer qu'un pique-nique à la campagne, passe-temps favori des Coréens, était prévu pour la délégation, avec départ entre huit heures et demie et neuf heures. Je répliquai que je renonçais au pique-nique. Ayant vu trop de gens et trop parlé depuis un mois, j'avais décidé de rester seul, ce qui serait la meilleure façon de me reposer, il fallait me comprendre. Par ailleurs je n'aimais pas beaucoup les lacs au bord desquels on nous emmenait pique-niquer, étendues d'eau artificielles avec des rochers qui émergent çà et là comme dans les paysages mièvres et sans grandeur des estampes japonaises. Rendez-vous fut donc pris pour dix heures. Je me disais que l'infirmière, en l'absence d'Ok, serait flanquée d'une ou plusieurs casquettes. Rien ne se produisit comme je l'escomptais. À dix heures pile, on frappe, j'ouvre, nulle casquette, mais elle, elle seule, elle métamorphosée, méconnaissable, elle une autre, vêtue à l'européenne d'une jupe légère et colorée, les seins débridés saillants sous le corsage, nattes escamotées, ramassées en chignon, cheveux bouclés sur le front, la bouche rouge très maquillée, d'une insolente et insolite beauté. J'embrasse tout cela d'un seul regard, ma stupéfaction est telle que je reste pétrifié à mon seuil, ne songeant même pas à la faire entrer, indifférent aux casquettes qui ne vont pas manquer de surgir. Ses yeux, cette fois, ne sont pas baissés, elle me regarde frontalement. La situation commande, j'agis alors rapidement, réflexe et réflexion ne font plus qu'un. Je l'entraîne dans l'angle mort et laisse la porte grande ouverte comme tous les autres jours. Un sentiment d'imminence presque insupportable m'habite. Quelque chose va arriver, ne peut pas ne pas arriver, je ne sais pas quoi, pas quand. Intérieurement, je tremble, je n'ai pas touché une femme depuis Paris, il fait très chaud à Pyongyang ce matin-là, des gouttelettes de transpiration perlent sur sa lèvre supérieure, accentuant plus encore la sensualité de sa bouche et l'appel sexuel irrésistible qui émane de toute sa personne, corps et visage confondus. Pour me faire la piqûre, elle procède avec une lenteur extrême, décomposant chacun de ses gestes et le temps lui-même comme si cela ne devait pas, ne pouvait pas finir. L'injection administrée et tandis qu'elle range sa trousse, elle invente des moyens de ralentissement et de retardement de tous ses mouvements. La porte est toujours ouverte, je ne peux croire que les casquettes ne surviendront pas, ce qui redouble l'imminence et l'anxiété. Tout est fini, je ne sais comment prendre congé d'elle, je me dis qu'elle s'attend peut-être à ce que je la paye et je me souviens que je possède d'énormes liasses neuves et craquantes de won, la devise coréenne, qui ont été remises le lendemain de notre arrivée à chacun des membres de la délégation pour nos menus plaisirs et dépenses. Hormis les tambours que je rapporterais à Simone de Beauvoir, il n'y a rien à acheter ici. Je lui fais signe d'attendre, je prends dans un placard une des liasses que je lui tends. Elle refuse avec violence, d'un air scandalisé. Je me rue alors vers ma valise, j'ai acheté avant de quitter Paris de jolies chemises encore dans leur papier de soie, je pense qu'elles peuvent être seyantes sur elle ou qu'elle pourra en faire quelque chose et je les lui présente. Refus catégorique. Nous avions quitté l'angle mort, nous nous trouvions au centre de ma chambre, dans l'axe de la porte, les casquettes oubliées, devenues sans importance par rapport à ce qui allait se jouer, à la puissance dévastatrice de l'inéluctable. Je ne sais pas qui s'inclina le premier, je ne l'ai jamais su, nous tombons littéralement l'un sur l'autre, nous nous embrassons à pleine bouche, nos langues luttant avec une passion, une force, une avidité, une férocité sans contrôle ni mesure. Nous sommes en vue, nous ne nous cachons pas, mais il est impossible d'en rester là, je veux plus, je veux tout, nous voulons tout, j'agis alors avec une décision extraordinaire : je la ramène dans l'angle mort, je prends ma montre et je tourne les aiguilles jusqu'à atteindre sur le cadran deux heures de l'après-midi. Je martèle plusieurs fois de l'ongle le verre de montre, pour m'assurer qu'elle comprend. Ce n'est pas une demande d'accord, mais une injonction, un ordre. Je l'entraîne vers la fenêtre, qui ouvre sur la large avenue de Pyongyang, je la fais se pencher avec moi au-dehors et lui indique, sur la gauche, à deux cents mètres environ, l'extrémité du grand pont métallique, à la confluence de notre avenue et du fleuve. J'ai la montre dans la main, qui marque déjà un peu plus de quatorze heures, d'un doigt impérieux sur le cadran, je réitère l'heure du rendez-vous, tandis que du bras, tendu à plusieurs reprises, en rafale, vers le début du pont, j'assigne, impérieusement encore, le lieu de la rencontre. La panique maintenant s'empare de moi, il n'est pas possible que les casquettes n'apparaissent pas. S'ils la voient encore là, ce sera pour elle un désastre. Elle se colle à mon ventre, oublieuse du danger, le visage chaviré, je suis implacable, nous ne nous réembrassons pas, je l'expulse, je la fous dehors sans même vérifier que le passage est libre, je referme ma porte, préférant tout perdre sur l'instant pour tout gagner plus tard.

Je suis seul, je réfléchis, me dis que c'est folie, la pression stalinienne du régime est effrayante, l'embrigadement de tous par tous n'autorise aucune liberté, ou, ce qui est pareil, aucune déviance. Quel est le sens de la métamorphose physique de l'infirmière aux yeux baissés ? Vient-elle de Corée du Sud ? Et je me convaincs qu'elle ne sera pas au rendez-vous, qu'elle ne viendra pas parce que c'est impossible, qu'elle prendra elle-même conscience de l'énormité du risque. Et puis comment faire pour communiquer, elle parle le coréen, le russe, le chinois peut-être, langues pour moi à jamais étrangères ? Si elle est assez folle pour venir jusqu'au pont, nous aurons à inventer une langue commune. Je me procure du papier, deux calepins et des crayons. Je lui ai donné rendez-vous à cet endroit parce que le dimanche précédent on nous a fait suivre un chemin de halage le long du Taedonggang jusqu'à un endroit où l'on peut louer des barques pour canoter sur le fleuve, le canotage étant le sport national des Coréens. Mon idée donc, quand je lui ai indiqué le point de rendez-vous, était de marcher avec elle jusqu'à l'embarcadère, qu'elle devait sûrement connaître, de louer un canot et de le laisser dériver vers l'aval de la ville, jusqu'à en sortir, m'échouer loin dans la campagne et lui faire l'amour n'importe où, hors du regard humain, dans une rizière, asséchée ou inondée, dans l'herbe, dans une maigre forêt, ou dans la barque même.

Je n'eus pas à m'inquiéter, à l'attendre. À mon arrivée, elle était déjà là, adossée au tablier de fer, éclatante, lèvres peintes, dévisagée, déshabillée par la marée endimanchée qui franchissait le pont dans les deux sens. Une ombre de sourire éclaira une seconde ses traits lorsqu'elle me vit. Je ne m'approchai pas d'elle, désignai le chemin de halage et, des deux avant-bras, fis les gestes du canotage. Elle comprit immédiatement, se mit en marche, me précédant, prenant sans hésitation la direction que j'avais indiquée. Elle avançait vite et je pressai le pas pour parvenir à sa hauteur. Elle regardait droit devant elle, accélérait dès qu'elle me sentait proche ou ralentissait ostensiblement si je m'efforçais de me maintenir à son côté. À notre droite, en contrebas, le fleuve, surplombé d'au moins trois mètres par le chemin de halage. À notre gauche, un dévers de deux mètres et, au-delà, à nous toucher, se succédant sans interruption sur toute la longueur du trajet, les chantantes brigades des reconstructeurs. Ils portent des vêtements de travail légers, de couleurs différentes selon les sections auxquelles ils appartiennent, mais uniformément blancs de plâtre car leur tâche commune est le déblaiement véritablement sisyphéen des ruines amoncelées là depuis la fin de la guerre. On n'imagine pas qu'ils puissent en venir à bout. Armé d'un mégaphone, un entraîneur commissaire politique commande la cadence de l'effort comme le chef d'un huit barré d'aviron sur la rivière de Cambridge. Il aboie plutôt de rauques scansions auxquelles obéissent avec ensemble les pionniers rouges de Pyongyang, qui ont sacrifié leur jour de repos afin de rebâtir leur capitale. Pour s'entraîner, pour tenir le dur rythme imposé, ils chantent, à la pleine puissance de leurs voix de jeunes hommes ou de jeunes femmes, des airs vibrants de lendemains radieux, à la gloire de leur Grand Leader, célébrant la victoire sur l'impérialisme ou encore le triomphe, dans chaque cœur, du *Juche*, le dogme maître du PC nord-coréen, produit du prodigieux cerveau de Kim Il-sung, dont on peut tenter d'approcher la subtilité par quelques formulations à la serpe : « L'homme nord-coréen domine absolument sa destinée », « Il saura vaincre tous les obstacles », « Rien d'impossible aux disciples du Grand Leader », etc., version roide du *Petit Livre rouge* chinois. Mais le *Juche* n'interdisait ni la stupéfaction ni le scandale : marcher à dix pas derrière ou devant celle que j'emmenais en promenade m'était insupportable, je ne voulais pas voir quel crime je commettais à ses yeux et à ceux des autres en me tenant près d'elle et en tentant de lui parler, même si elle ne comprenait pas ce que je disais. Je ne pouvais m'imaginer accompagnant ma conquête sur presque quatre kilomètres, sans lui dire un mot, sans esquisser un sourire, sans lui effleurer le bras ou la main, comme nous le faisions Cau et moi sur les Champs-Élysées. Mais dès qu'ils comprenaient que nous étions ensemble, dès que je m'affichais avec elle contre son gré, les chantants et chantantes brigadistes faisaient silence, cessaient à l'instant leur travail, arrêtaient net le geste entamé et, appuyés à leur pelle, à leur pioche, nous dévoraient des yeux pendant tout le temps de notre passage, bientôt relayés par la brigade prochaine. Elle accélérait alors ou décélérait si manifestement que c'était pour moi comme la reconnaissance d'un flagrant délit, qui leur donnait raison, avouait la faute, nous offrait à la sanction. Mais c'est elle qui ne se trompait pas, elle connaissait tout cela de l'intérieur, leurs réactions, leurs pensées, leurs commentaires, elle savait ce qu'elle devait faire et c'est moi qui étais inconvenant, intempestif, gravement compromettant, avec mon schématisme abstrait et pauvre de joli cœur français, obéissant à des règles d'un nombrilisme étriqué. Il ne fallait pas que nous fussions ensemble, c'est tout. Après un kilomètre, nous ne le fûmes plus et je me demandai comment nous pourrions embarquer sur le même canot.

Nous arrivâmes au lieu de la location, une cahute de bois située sur le côté gauche du chemin, en contre-bas. Une queue était formée devant le guichet, elle la prit, je pressai le pas pour la rattraper et me placer derrière elle, ma liasse de won de nouveau riche à la main, car un joli cœur français ne laisse pas payer celle qu'il invite. Elle m'ignora et, parvenue devant le préposé, ouvrit un petit sac à main en toile blanche brodée, de la taille d'un sac de bal, et en sortit un billet contre lequel on lui remit deux tickets. Sans me regarder, elle remonta sur le chemin et redescendit l'autre versant, en pente raide, vers le fleuve, où se trouvaient amarrées, près d'une berge abrupte, les embarcations vides. Mais avant de procéder à l'embarquement, il convenait d'ôter chaussettes et sou-liers dans une cabane de bois et de les déposer là contre un reçu, on ne pouvait naviguer que pieds nus. J'oublie de dire que cette déclivité était noire de monde, futurs rameurs ou simples curieux car les esquifs étaient instables et il n'était pas rare qu'ils se retournassent, j'en avais été le témoin la semaine précédente, Francis Lemarque ayant fait chavirer son passager qui, dans l'eau, à cet endroit très profonde, hurlait : « L'appareil photo ! L'appareil photo ! » Celui-ci avait été sauvé de justesse. Quand nous em-barquâmes enfin devant des centaines d'yeux éber-lués, elle et moi ne pouvant cette fois faire autrement que nous laisser voir ensemble, j'admirai son cou-rage et étais la proie d'une seule idée, mais fixe : « ne pas chavirer ». Grands types baraqués aux larges joues, vêtus de sombres tabliers de sapeurs, les deux hommes qui nous installèrent et me tendirent les avirons semblaient peu amènes, mais je me déhalai impeccablement, prenant en même temps, sans y avoir jamais pensé, la conscience bouleversante que nos orteils nus et nos plantes de pied se touchaient et pouvaient se parler. Je ramai avec vigueur vers le milieu du fleuve, me dégageant difficilement de l'essaim de tournoyantes et nonchalantes barques. Si je n'avais craint ces mille regards et le naufrage certain, je me serais précipité sur cette bouche, ces cuisses devinées, ces seins, ces yeux, mais il fallait d'abord accomplir la première phase de mon plan, descendre le fleuve, quitter la ville, aller vers la campagne. Je laissai en amont les autres canots, ayant mesuré la force du courant et croyant le descendre rapidement. Un hurlement inhumain explosa dans mon dos et je lus la peur dans les yeux de l'aimée, car elle voyait ce que je ne faisais qu'entendre : « *Tonmou !* » Un seul « *tonmou* » tonitrué, le bateau ne pouvant même plus être manœuvré, une main de fer l'avait saisi à la proue et entreprenait d'inverser son cap, le dirigeant vers l'amont. Pas question d'aller plus loin, j'avais franchi une frontière invisible, tenté de fuir un quartier de haute sécurité. Le garde en sa barque veillait à tout. Adieu, campagne ! Je ne cède pas facilement et recommençai à me battre, mais contre le courant, ne doutant pas qu'un autre « *Tonmou !* » m'arrêterait en amont. Je rejoignis le gentil tournis du plaisir domestiqué — « Ils tournent en rond, me répétais-je, ils tournent en rond », le cercle était pour moi l'image même de la prison, le prisonnier tourne en rond dans sa cour, dans sa cellule, coupé de tout projet, de tout avenir — et je ne mis pas longtemps à vérifier ce que je venais de pressentir. « *Tonmou !* », ce deuxième aboiement était encore plus tonnant que le premier. Le maton de l'amont avait dû suivre de loin ma tentative d'échappée vers l'aval, me voir rebrousser chemin et me guetter pour me prendre dans ses rets. Il n'eut pas, lui, à se saisir de ma proue, d'un grand coup d'aviron très sec, j'inversai la direction de l'esquif, que je laissai filer dans le courant, pour aller nous fondre — elle tremblant sous la violence de l'interdit, moi découvrant et maudissant l'immensité de ma naïveté — parmi les autres canoteurs et tournicoter sagement avec eux afin de prendre le temps de la réflexion.

J'avisai soudain au milieu du fleuve, proche mais extérieure au cercle qu'ils décrivaient, une langue de sable qui avait échappé à ma fougue première, je glissai vers elle, agrandissant en catimini le rayon de ma circonférence, et m'y échouai carrément, l'étrave ainsi fermement maintenue. Le langage amoureux des orteils entrelacés, les regards, les haussements d'épaules et de sourcils, les mimiques, les soupirs ne suffisaient plus. Je sortis les calepins et les crayons que j'avais emportés, je dessinai alors, tout en lui parlant en français, à la fois pour donner le change à quelques curieux qui passaient à nous longer et pour m'encourager moi-même, une grossière carte de la péninsule coréenne, coupée en son centre d'une ligne censée figurer le 38e parallèle. J'écrivis d'ailleurs le chiffre 38. D'un gros point noir, je situai Pyong-gyang, prononçant le mot et panoramiquant d'un ample mouvement du bras sur tout ce qui nous entou-rait. Un autre point noir, de l'autre côté de la ligne, tout en bas, désignait Séoul. Comme je ne comprenais pas sa métamorphose, son maquillage, sa coiffure, la façon dont elle était vêtue, j'imaginais, je l'ai dit, que, peut-être originaire de Corée du Sud, elle en avait gardé de nostalgiques coutumes : de mon crayon, je visai à plusieurs reprises Séoul sur ma feuille de papier en même temps que je tendais le doigt vers elle. Ses pieds s'arc-boutèrent fortement, protestant presque, contre les miens, elle se saisit de ma carte, en traça une autre, parfaite, qui épousait véritablement la géographie de son pays, mais qu'elle prolongea jusqu'au Yalu, le fleuve frontière entre la Corée du Nord et la Chine. Elle marqua un point, tout près du fleuve, dessina une maison en se désignant et au ciel plusieurs escadrilles d'avions qui lâchaient des grappes de bombes. Elle jeta alors un vif regard à bâbord, comme pour s'assurer que les rameurs ne verraient pas ce qu'elle avait résolu de faire et, leur tournant le dos, déboutonna son chemisier, offrant à mon regard deux seins hauts, bruns, fermes, et, sous le gauche, une terrible et profonde entaille calcinée qui balafrait son torse, prononçant à la coréenne un seul mot universel : napalm. Balafre spectrale, apparition aussitôt dérobée, car elle se rajustait déjà. Pétrifié, bouleversé, condamné à l'immobilité par la situation, je lui vouai soudain un amour fou, comme de chevalerie, prêt à tout pour prendre sur moi ses souffrances passées et conquérir le saint Graal. Mais pour chevaleresque qu'il fût, mon amour n'était pas devenu platonique, je ne disposais pas de temps pour une longue cour, mon désir charnel ne s'était pas aboli, je voulais l'étreindre, l'embrasser, la posséder et qu'elle me possédât. Sur le calepin, dans une esquisse compliquée, maladroite, mais compréhensible pour elle, je dessinai le chemin qui, partant de l'hôtel Taedong-gang, franchissait le fleuve sur le pont aux arches métalliques et conduisait à l'hôpital où elle travaillait, par les rues que mon esprit avait photographiées le premier soir, lorsque Ok et moi y avions emmené Gatti. Elle sourit, parut surprise de mon exacte connaissance des lieux. Bien que manquant de crayons de couleur, j'avais réussi à ce qu'elle se figurât une croix rouge au fronton de l'hôpital en épousant d'un doigt le carmin de ses lèvres. Je dessinai ensuite une chambre avec un seul lit, deux corps s'y trouvant enlacés, redoublant cet enfantin signifiant par celui, plus viril, de mes deux bras se nouant dans l'espace, sous les yeux de plus en plus voraces des rameurs coréens qui commençaient à pulluler autour de nous sans que nous en eussions pris conscience. Elle rit franchement, reprit mon calepin et dessina une autre chambre, plus grande et plus longue, avec une vingtaine de lits et, au-dessus de chacun, une étagère : un dortoir ! Pas d'espoir. Où me trouver seul avec elle ? Elle était là, consentante, à ma portée et hors d'atteinte, définition nominale du supplice de Tantale.

Je me souvins alors d'un parc visité par la délégation au début de notre séjour, parc légendaire à Pyongyang et dans toute la Corée du Nord parce qu'une salle de théâtre y avait été creusée à cent mètres sous terre et que des représentations y étaient données pendant les plus durs bombardements, pour galvaniser les spectateurs. C'était le *Juche* à son acmé. Je n'avais pu proposer à Gatti plâtré d'être mon compétiteur dans la remontée des 350 marches qui ramenaient à l'air libre, je m'étais lancé le défi à moi-même avant de m'arrêter, souffle perdu, à mi-course. Je croyais me rappeler, dans ce parc, des arbres, des buissons, des bancs.

Quoi qu'il en soit, il fallait bouger, demeurer échoués plus longtemps n'avait aucun sens. Elle comprit comme moi qu'il fallait partir, je ramai doucement, calmement, vers le débarcadère au-dessus duquel, sur la pente raide, des centaines de paires d'yeux nous observaient avec la même absence de bienveillance. J'accostai impeccablement. Elle se leva, les tabliers de sapeurs ne lui tendirent pas la main, elle fit un faux mouvement, glissa, voulut se rattraper, la barque se retourna d'un seul coup imprévisible, imparable, comme cela était déjà arrivé à Francis la semaine précédente. Il y avait au moins quatre mètres d'eau opaque, je vis qu'elle ne remontait pas mais continuait à piquer, je donnai un coup de reins pour plonger plus profond, réussis à me saisir d'elle et à la ramener. On nous aida alors, mais je vis qu'elle était en panique, fixant l'eau, l'air hagard, le petit sac blanc avait disparu. Je replongeai, bloquant mes poumons, et aperçus par miracle, dans la vase, quelque chose de clair. J'avais sauvé le sac, je le lui tendis et vis un fugitif éclair de plaisir dans la détresse de son visage. On nous poussa, ruisselants, à tordre, dans la cabane aux chaussures, elle se laissa tomber, immobile, gisante, comme morte. Je compris que je devais agir, que notre seul salut était dans l'action. Je la relevai, l'agrippai avec toute ma force pour lui montrer qu'il n'y avait aucune échappatoire, que c'était moi qui commandais, que je me foutais des Coréens. Je la halai littéralement dans la pente entre une double haie de regards féroces, jusqu'au chemin par lequel nous étions venus. Une voiture militaire se présenta à ce moment-là, roulant lentement, elle dit quelque chose au chauffeur, demandant probablement à ce qu'il nous prenne à son bord, il nous regarda, cracha dans notre direction et accéléra de dégoût.

Je ne me sentais pas capable de refaire avec elle le parcours de l'aller, stigmatisés par les chantantes brigades. Je choisis la solution la plus folle, mais qui avait l'avantage de la solitude : passer par les ruines de la ville jusqu'à rejoindre l'avenue de mon hôtel. Commença alors une sorte de marche au calvaire, elle et moi — moi la tirant lorsqu'elle refusait d'avancer — escaladant des monceaux de pierres, des collines de plâtre, dévalant gravats et éboulis, une poussière blanche et grise cuirassant nos vêtements trempés, nos visages changés en masques de pierrots, ses beaux cheveux devenus informes. Il y eut aussi chutes, blessures, filets de sang sur la craie des cuisses et des chevilles. Ce fut long, épuisant, décourageant, mais nous ne rencontrâmes personne et mon orientation était bonne, nous parvînmes à l'avenue recherchée. Il était encore tôt en ce dimanche d'été torride, les passants étaient peu nombreux. Je lâchai sa main, la précédai, me retournant de plus en plus souvent au fur et à mesure que nous approchions de l'hôtel Taedong-gang. Ce que je pressentais se produisit en effet : elle pila comme un âne, refusant de faire un pas de plus. Je revins vers elle, mesurai à quel point nous ressemblions à des clowns, on nous regardait de plus en plus, je lui parlai alors de ma voix la plus douce, la plus ferme aussi, articulant le français comme si elle allait pouvoir lire sur mes lèvres. Nous étions à cent mètres de l'hôtel, je lui fis comprendre que je partais en reconnaissance et qu'elle devait m'attendre, j'allais revenir aussitôt. Par miracle, le lobby, d'ordinaire quadrillé de chuchotantes casquettes, était entièrement vide, le grand escalier central jusqu'au palier de l'entresol également, il se divisait ensuite en deux branches parallèles qui accédaient au premier étage, ma chambre se trouvant au second. J'embrassai la situation d'un seul regard, revins immédiatement vers elle, statufiée, les yeux vides. Je pris sa main, tirai à lui déboîter l'épaule, jusqu'à ce qu'enfin l'ânesse me suivît. Je la lâchai dès l'entrée du lobby, filai droit vers l'escalier, constatai qu'elle montait derrière moi tandis que j'étais déjà sur la branche latérale. Je nous croyais sauvés par une chance inouïe, mais, foudroyants, deux terribles « *tonmou* » redoublés nous clouèrent sur place, chacun sur sa marche. Ils provenaient de la loge vitrée des concierges, que j'avais crue à tort inoccupée. Elle obtempéra, résignée au pire, se dirigea vers la loge, et je vis qu'elle tentait de répondre aux questions d'un gardien enragé, qui commençait à téléphoner. Je dégringolai les dernières marches, me précipitai vers la conciergerie en hurlant les pires injures françaises et brandissant le poing devant le cerbère médusé. Je fis alors quelque chose d'encore jamais vu à l'hôtel Taedong-gang, j'enlevai, de toute la puissance de mes bras, décuplée par la colère, la panique, la B12 1000 gammas peut-être, ma princesse inerte, grimpai les escaliers jusqu'au deuxième étage, ouvris la porte de ma chambre dont j'avais encore la clé, la verrouillai, allumai la salle de bains, fis couler une douche chaude, sortis de ma valise les chemises que j'avais voulu lui offrir le matin, un pantalon léger, lui apportai le tout et m'emparai de son petit sac ruiné pour le mettre à sécher sur le rebord de la fenêtre. Je la laissai seule dans la salle de bains.

J'avais à peine eu le temps de reprendre souffle et contenance que j'entendis un piétinement dans le couloir et des coups frappés à ma porte. J'ouvris à la volée : Ok était là, entouré de la délégation retour de pique-nique, interrogative, goguenarde, jalouse, et suivi des casquettes, qui montaient une à une, de plus en plus nombreuses, surgissant de partout comme les rats du charmeur de Hameln. Je racontai à voix forte la fable suivante : j'avais été me promener là où nous avions tous été la semaine précédente, j'avais rencontré mon infirmière par le plus grand des hasards, lui avais proposé une partie de canotage, avais, par mon impardonnable maladresse, fait chavirer la barque, et l'avais ramenée par les ruines tant l'état dans lequel je l'avais mise lui faisait honte. J'en étais là de mon récit, auquel personne n'ajoutait foi, quand, soudain, elle sortit de la salle de bains, apparition inoubliable, Vénus asiatique et botticellienne, ma chemise nouée à l'ombilic, un pantalon neuf, qui lui seyait à ravir, retroussé aux chevilles parce que trop long. Je demandai à Ok de répéter distinctement aux casquettes ce que je venais d'inventer. Il fallait qu'elle entendît afin que nous ne nous coupions pas. Il s'exécuta. Mais il n'y avait rien à faire, les casquettes entraînèrent l'aimée et s'enfermèrent avec elle en compagnie d'Ok dans un bureau de l'étage. Le procès allait être instruit. Je me douchai à mon tour, reprenant peu à peu figure humaine, retrouvant mes traits, rassemblant mon courage car j'étais certain d'en avoir grand besoin. Les membres de la délégation avaient regagné leur chambre, j'étais seul dans le couloir, balançant entre attendre la sortie du tribunal ou intervenir. Cela durait, durait, le temps me paraissait interminable.

J'intervins brutalement, ouvrant là encore la porte à la volée, et c'était vraiment un procès : assise auprès d'Ok d'un côté d'une longue table, elle faisait face à une douzaine de juges installés de l'autre côté. J'interrompis la séance par une déclaration mesurée, grave et politique, priant Ok de traduire pour les casquettes chacune de mes paroles. Ce qui était en train de se passer, disais-je, allait me contraindre à réviser tout ce que je pensais jusqu'alors de la République populaire démocratique de Corée, démentait le jugement que je m'étais forgé, au cours de mon voyage, sur cette fière nation et ce peuple héroïque, sur les réalisations surhumaines accomplies grâce au *Juche*, que je me promettais de rapporter en Europe de l'Ouest, de relater dans mes futurs articles. Mais peut-être le mot « démocratique », pour qualifier ce régime, était-il de trop ! Ce dont j'étais à l'instant le témoin autorisait au moins à se poser la question. Ok traduisait et j'attendais qu'il ait interprété chacune de mes phrases avant de poursuivre. Je le fis en réitérant la version détaillée de ma rencontre avec l'infirmière, dont je ne connaissais même pas le nom, de mon idée de canotage, amicale et innocente, façon de la remercier pour l'excellence de ses soins. S'il y avait un coupable, ce ne pouvait être que moi, mais en même temps, je ne voyais pas quel était mon crime ou le sien, ou le nôtre, en quoi une gentille promenade sur le Taedong justifiait pareille réunion aux allures accusatoires. Je n'étais pas certain que le Grand Leader, dont j'avais apprécié personnellement la largeur de vue et la finesse diplomatique et dont j'étais l'invité, approuverait un tel comportement. Puisque j'étais l'hôte de ce pays, ce sont les coutumes du mien qui devaient prévaloir. En France, lorsqu'un homme fait du tort, même involontaire, à une personne de l'autre sexe, il répare. C'est ce que j'allais faire sur l'heure en reconduisant la jeune femme dans son hôpital. Nous passerions par ma chambre où se trouvaient ses chaussures et son sac, dont j'espérais qu'ils seraient secs, ses vêtements aussi, dont je ferais un paquet.

À peine Ok eut-il traduit ma dernière parole que je pris l'infirmière par la main, elle me suivit docilement, nous allâmes vers ma chambre dont je laissai la porte ouverte, descendîmes posément les marches devant les casquettes, qui nous emboîtèrent le pas, sous les yeux sidérés des membres de ma délégation, alertés je ne sais comment. Parvenus sur l'avenue, je pris en direction du pont, la tenant toujours par la main que je serrais fort pour lui témoigner d'impossibles sentiments. Après un peu plus de cent mètres, elle me fit bifurquer soudainement vers la gauche, où se trouvait un immeuble d'une douzaine d'étages, nouvellement construit, avec un étroit escalier en forme de limaçon. Elle me précédait, nous montions lentement, car les degrés étaient raides, et, me penchant à chaque palier dans la cage d'escalier, j'apercevais les silencieuses casquettes qui grimpaient derrière nous, du même pas inexorable. Elle stoppa au huitième étage, frappa à une porte qu'une femme ouvrit immédiatement, se retourna vers moi, me fit face d'un air tout à la fois désespéré et suppliant, qui m'implorait de la laisser tranquille. Je demeurai un instant sur le palier, observant les casquettes qui, ayant suspendu leur marche, ressemblaient à des hérons unijambistes et guetteurs, puis j'entrepris, le cœur lourd et meurtri, de regagner l'hôtel.

D'Ok, j'appris au cours du dîner, tandis que nous dégustions l'ultime « marmite des fées » de notre séjour, pour moi insupportablement aphrodisiaque, le nom de l'aimée : Kim, non pas Il-sung, mais Kum-sun, Kim Kum-sun. Je demandai à Ok de m'écrire son nom en caractères coréens. Je dis que je voulais lui laisser une lettre pour m'excuser encore. Je craignais en effet qu'elle ne fût happée, par ma faute, dans un engrenage d'ennuis sans fin, aux graves conséquences. J'étais sinistre, entièrement muré, je n'adressai la parole à personne et nul n'osa m'interroger sur la journée ou mettre en doute ma version des faits. Je devais quitter Pyongyang avec Chris le surlendemain pour Shenyang, anciennement Moukden, capitale de la Mandchourie, l'immense province de Chine du Nord. C'était, par le train, un long voyage, qui empruntait un tronçon du Transsibérien sur une partie du trajet. Je ne dormis pratiquement pas cette nuit-là : partir sans la revoir, sur un pareil échec, sur un fiasco d'amour, m'était odieux, me faisait prendre en haine ce totalitarisme rouge que j'expérimentais à l'état pur. Je ne supportais pas qu'elle dût souffrir par moi, à cause de moi. Et même s'il ne s'agissait que d'une brève rencontre, je l'aimais, je l'aurais aimée, l'infini des possibles nous était ouvert. Mon désarroi était grand, je fomentai toute la nuit, pour la revoir, les plans les plus échevelés et les plus précis. Je suis ainsi fait, il est difficile de me faire renoncer. J'avais appris, pendant les années de Résistance, diverses techniques de rupture de filature, je les utiliserais, je la reverrais le lendemain, je ne partirais pas sans l'étreindre une fois encore. Je déjouerais la vigilance des casquettes, tromperais tous les suiveurs.

Le lendemain, vers midi, je parvenais à l'hôpital central de Pyongyang, sans m'être trompé une seule fois de chemin, sans hésitation aucune. Je pénétrai au rez-de-chaussée dans un long couloir encombré de civières, on entendait des gémissements et des plaintes. J'avisai une femme âgée, en blouse blanche, pleine d'autorité, un stéthoscope sur la poitrine, médecin visiblement. Je lui montrai le papier sur lequel Ok avait inscrit le nom de Kim Kum-sun et je lui demandai, en anglais, où je pourrais la trouver. Elle ne parut pas surprise, ne me posa aucune question, me désignant simplement une porte proche. J'ai frappé, j'ai ouvert, je l'ai vue, elle était avec deux autres infirmières entourant un blessé à la main ensanglantée qu'elles étaient en train de panser. Toutes les trois portaient le costume national de nos premières rencontres, le sarrau et les nattes. Elle leva les yeux, se précipita vers moi, me prit par la main, m'entraîna vers la cour et, dans une encoignure, alors que des gens allaient et venaient de tous côtés, m'étreignit avec une violence qui fut aussitôt la mienne : nous reprîmes le baiser fou de la veille, langues à la lutte, bouches écrasées, souffles coupés, pendant un temps encore plus menacé. C'est elle, cette fois, qui me chassa, elle me repoussa des deux bras, me regardant éperdument avant de repartir sans se retourner vers le bâtiment où elle travaillait.

Nous étions à la fin août 1958. En décembre, je reçus un matin à Paris une grande enveloppe en papier kraft qui me parvint par la poste ordinaire. À l'intérieur, une large carte postale représentant un temple à demi caché par de neigeuses branches d'arbres en fleurs. Au verso, en idéogrammes coréens, d'une noire et ferme écriture manuscrite, une missive qui occupait la page entière. L'accompagnant, sur une feuille de papier très fin, à en-tête du ministère des Affaires étrangères de la République populaire démocratique de Corée, la traduction, manuscrite elle aussi, de la lettre coréenne. La voici :

Cher monsieur Lanzmann
J'ai lu avec un grand plaisir la lettre que vous m'avez envoyée en quittant notre pays. À vous, qui devez vous trouver en ce moment dans votre pays, je vous envoie mes amitiés les plus sincères. Je souhaite de tout cœur une grande victoire des mères et des enfants qui luttent contre la guerre et pour la paix
Je me rappelle de ce que vous étiez navré de mon

친애하는 끌로라. 란다라 ○○○께
(Sarang laurra Clearita)

동지께서 우리나라를 방문하면서 보내주신
편지를 저는 실로 충만 깊게 받어 보았습니다
지금 많은 이가 고국에 계셨을 동지에게 진정
성○을 인사를 보냅니다. 또한 저 나라에서
전쟁을 반대하여 평화를 위해 투쟁하는 전체
○○들과 어린이들에게 ○○이 ○○고 뜨거운
심정으로 높은 ○○를 축복합니다. 동지는 지난날
우리나라 평양 대공장 ○○장에서 저에 ○에 빼
진것에 대하여 ○○니다 ○지요. 아니요 그것은
우리들에게 그 ○○니 ○해진 ○○으로 ○○습니까!
저는 동지와 인상깊은 ○○와 함께 그날 일을
○○는 ○○을 ○장 가장 ○○○에 ○○○○
합니다. 평화를 위하여 투쟁 하시는 ○○
한 ○. 끌로라. 란다라 동지! 부디 건강
하여 ○○에서 높은 성○를 거두세요. 비록
저 나라와 이곳과는 ○○리 ○○○지만 전세
계 ○○○와 함께 반드시 ○○한 ○○○○상봉
하리라는 ○○ 저의 신○을 ○○○해 주시며
— ○○ ○○지 ○○ ○○ 진○○ 강 ○님 —

accident, d'ailleurs comique, en tombant dans le Taedong au cours d'une partie de canotage. Mais non, c'est pour nous un souvenir amusant qui nous restera longtemps dans notre mémoire. Quant à moi je veux le garder avec le souvenir de votre noble silhouette au plus profond de mon cœur.

Cher monsieur et noble ami, vous qui luttez pour la paix, je vous souhaite une bonne santé et de grandes réussites dans vos travaux. La France est loin de mon pays, mais avec la paix mondiale une fois consolidée, toutes les personnes qui aiment la paix se rencontreront, j'en suis sûre.

Kim Kum-sun
Hôpital de la Croix-Rouge coréenne

CHAPITRE XIV

Les quelques jours de flânerie hasardeuse que je passai à Shenyang furent pour moi un éblouissement, même si les hauts lieux du séjour devaient être Pékin et Shanghai. Après la Corée du Nord, où tout était inhumaine tension, rigidité, discipline, soumission, triomphe des impossibilités, et le vide couleur de la vie, ma première ville chinoise m'apparaissait comme le paradigme de la liberté, de l'invention humaine, de la gaieté, de la joie des possibles. Je me souvenais d'une formule de Sartre qui, avec le Castor, avait fait, trois ans avant moi, en 1955, le voyage de Chine, la Chine sans la Corée. Parlant des Chinois, il avait écrit : « industrieux faute d'industrie ». Sur la question de l'industrie, je reviendrai, mais industrieux, cela ne souffrait pas le doute : les cahiers, les crayons, les encres, les plumes faisaient des papeteries de Shenyang des lieux de magie pure. Je voulais tout acheter, tout rapporter en France, même si Chris me recommandait d'attendre Pékin, la métropole, qui me proposerait au centuple ce qui me ravissait dans la capitale mandchoue, sans rien dire de la haute stature des Chinois du Nord et des grandes dents que leurs pouffements de rire — d'ordre culturel, c'était une politesse — laissaient à découvert. Sartre ne fut pas le seul à écrire, le Castor, capitalisant sans traîner les six semaines qu'elle venait de vivre dans l'Empire du Milieu, s'était jetée dans un livre de presque cinq cents pages, dont je lui avais, là encore, trouvé le titre : *La Longue Marche*. Car je n'arrivais pas vierge en Chine. Les communistes y avaient pris le pouvoir dix ans plus tôt, contraignant Tchang Kaï-chek et le Kuomintang à l'exil de Formose, tout de suite changée par la fureur de la guerre froide en bastion de l'autre camp. Avec la même passion que j'avais mise à lire Richard Hillary et la bataille d'Angleterre, j'avais dévoré les livres qui retraçaient l'épopée légendaire d'une retraite devenue victoire, celle de la VIIIe armée de route, du sud au nord de la Chine avec un large détour par l'ouest, connue précisément sous le nom de « Longue Marche ». C'étaient les ouvrages de très grands reporters, comme seuls savaient l'être les Américains, ceux de Jack Belden, *La Chine ébranle le monde*, et d'Edgar Snow, *Red Star Over China* (*Étoile rouge sur la Chine*), particulièrement. Le plus beau selon moi est celui de Belden, moins idéologique. Mais tous deux avaient paru aux Éditions Gallimard, sous une belle couverture écarlate qui n'existe plus aujourd'hui et dont personne, dans cette maison, ne semble avoir gardé la mémoire. Un autre livre, dans la même collection, palpitant chef-d'œuvre de cinq cents pages encore, intitulé *Diplomate et franc-tireur*, dû à la plume cette fois d'un secrétaire d'ambassade britannique, Fitzroy MacLean, occupa à la même époque mes nuits. Fitzroy alliait la plus brillante intelligence à une audace inimaginable, qui le conduisit de Paris à Moscou, de Moscou jusqu'en Asie centrale soviétique, où personne n'avait réussi avant lui à se rendre. Sa relation des procès de Moscou, en particulier celui de Boukharine, sa compréhension profonde de l'accusé, le portrait tellement juste qu'il brosse de celui-ci tenant tête à ses juges et au procureur Vychinski, sa description du visage du moustachu géorgien, Iossif Vissarionovitch Djougachvili, dit Staline, s'encadrant dans une lucarne qui surplombait la salle du tribunal, en disent bien plus, si on les relit aujourd'hui encore, sur l'horreur du régime soviétique que maints livres d'histoire ou élaborations de l'après-coup, même dites philosophiques. Mais à l'intelligence et à l'audace, Fitzroy MacLean ajoutait un formidable courage, un humour et un goût de l'aventure également ravageurs. On le retrouve, la guerre venue, dans les déserts de Libye et de Cyrénaïque, parmi les raiders de la VIIIe armée anglaise qui opèrent loin derrière les lignes ennemies du maréchal Rommel, avec souvent des pertes de camarades très proches, saluées à jamais d'inoubliables litotes. Et le même Fitzroy, trompe-la-mort impavide, est envoyé par Churchill en Yougoslavie pour représenter auprès de Tito (Josip Broz de son vrai nom) l'Empire britannique, dans sa stratégie obstinée et minutieuse d'encerclement des armées hitlériennes. Là encore, les portraits dressés par cet aventurier diplomate casse-cou, un colonel Lawrence des Balkans avec l'humour en plus, sont signés par un écrivain de race et on comprend pourquoi ils furent publiés dans cette collection rouge qu'il faudrait ressusciter afin de rééditer ces trésors enfouis et sans rides.

La Chine ébranle le monde était le scrupuleux et empathique récit des douze mille kilomètres et des douze mois de cette geste épique et meurtrière que fut la Longue Marche, dont Jack Belden avait été le témoin quotidien, puisqu'il accompagna, durant tout le périple et toutes les traverses de la remontée vers les grottes de Yenan, les paysans-soldats déguenillés et analphabètes de Mao Tsé-toung. Moins d'un quart des 130 000 hommes qui avaient pris le départ survécurent. Ce qui m'avait tant ému dans la lecture de ce livre était justement l'alphabétisation de ces illettrés pendant les interminables marches d'été dans les périodes calmes : au dos des charrettes, sur d'impossibles pistes, s'affichait un idéogramme, dans une calligraphie énorme, le même durant tout le jour, afin que les hommes qui les suivaient s'imprégnassent de sa forme unique et de toutes ses branches. On le remplaçait le lendemain par un autre et ainsi de suite, jusqu'à ce que les troupes, au cours de séances communes pendant les haltes, fussent capables de les identifier et de les reproduire.

Chris avait emporté avec lui *Dimanche à Pékin*, le film qu'il avait tourné l'année précédente, au cours de son premier voyage. Il voulait le montrer aux officiels chinois, il espérait en effet obtenir leur concours, leur soutien financier et logistique pour la réalisation de son grand projet, un long métrage élaboré à partir de la très populaire légende du Roi des Singes. À Shenyang, dans le lobby de notre hôtel, il organisa une première projection devant les autorités de la ville et du Parti. *Dimanche à Pékin* est un film d'une trentaine de minutes, assorti d'un commentaire de Chris et consacré essentiellement à ce qui restait alors du Pékin d'avant la révolution, du Pékin éternel, honni par les nouveaux maîtres, habités, eux, par l'idée fixe de le détruire. Il fit une brève présentation, traduite par un interprète, et la séance se déroula dans un silence de mort. Ils ne comprenaient pas ce qu'ils voyaient, le blâmaient de toute façon, se levèrent sans un applaudissement et disparurent sans avoir dit un seul mot. Nous partions le lendemain pour Pékin où il était prévu que le film serait projeté dans la grande salle des Amitiés sino-soviétiques, cinq cents places au moins. Je dis à Chris que s'il voulait réellement l'aide du ministère des Industries légères dont dépendait le cinéma, il ferait mieux d'annuler la séance pékinoise. Défait par l'accueil de Shenyang, il continuait à espérer et ne suivit pas mon conseil — l'inimitié entre nous n'avait pas encore disparu, mais sa tristesse me faisait mal et j'avais envie de l'aider. Ce que je craignais advint pourtant : même silence de plomb, même débandade, nul bravo, mais tout cela dans la capitale de l'Empire et à la puissance vingt. Chris n'obtint jamais son entrevue avec la section en charge du cinéma et la légende du Roi des Singes ne fut jamais tournée par lui. Il me fendit le cœur un ou deux jours plus tard, au crépuscule. Assis côte à côte sur le siège arrière d'une grosse Zim soviétique, nous revenions d'une émouvante visite à la Grande Muraille et j'entendis soudain la voix de Chris qui, mâchoires bloquées, rompait notre silence : « Moi, disait-il, j'adore la complicité. » Je lui serrai le bras et ce fut le début d'une amitié véritable, jamais démentie, jamais ébranlée, toujours nourrie au contraire par l'admiration que nous nous portâmes à travers nos entreprises et notre travail.

Je ne vais pas raconter ici pour la énième fois le voyage de Chine comme c'était la mode à l'époque pour les très rares qui le faisaient. Quelques jalons seulement : ce qu'ils appelaient la « campagne de rectification » battait son plein. Après les Cent Fleurs, où beaucoup s'étaient imprudemment démasqués, croyant à cette incroyable liberté de parler en vérité, était venu le temps de la critique impitoyable, féroce, chacun accusant chacun, mise en examen de tous par tous, annonciatrice de la folie des gardes rouges et des communes populaires, de la déportation rééducative, du triomphe de la pureté campagnarde sur la pourriture urbaine. Dans toutes les usines ou universités qui étaient à notre programme, les murs se couvraient, des sols aux plafonds, de dazibaos, grands placards manuscrits, exposés d'amertumes ou de haines qui suintaient la terreur, auxquels personne n'échappait, n'échapperait. Une question shakespearienne, d'une mortelle gravité, revenait centralement dans la majorité des dazibaos : celle des « experts rouges ». Que fallait-il privilégier dans tous les domaines, l'expertise ou l'adhésion ardente à la ligne du Parti — plutôt en dents de scie d'ailleurs au cours de ces années-là. Rouge ou expert, rouge et expert, c'était la question. Je me souviens du recteur du département des langues romanes de l'université de

Pékin, dont le bureau personnel était envahi d'affiches, d'étudiants et d'étudiantes pétant le feu, colleurs et colleuses de dazibaos rédigés contre sa personne, qu'il n'avait pas le pouvoir d'empêcher d'entrer et de le narguer sous mes yeux avec une violence qui m'emplissait d'effroi. Une de ses jeunes collègues avait placardé un dazibao, qui me fut ainsi traduit : « Je serai rouge de tout mon cœur et experte de tout mon esprit. » On sait que le rouge sang allait l'emporter haut la main sur l'expertise. Comme je demandais au recteur, en français, ce qui lui était reproché, il se mit à pouffer, dents découvertes comme le grand Chinois du Nord qu'il était, me répondant dans un inaudible filet de voix : « Oh ! L'orgueil, l'orgueil ! » Cet orgueil devait, l'année suivante, l'expédier dans une très reculée et primitive retraite forcée, où il resta dix années qui les brisèrent à jamais, son orgueil, son expertise et lui. Aujourd'hui, les dirigeants du Parti communiste chinois, aussi bien du Comité central que du Bureau politique, sont très nombreux à avoir une formation d'ingénieur — ingénieur hydraulicien comme Hu Jintao, l'actuel numéro un. On ne fait pas plus expert, mais la dichotomie la plus radicale est opérée : à l'abri précisément de cette expertise, le rouge ancien, du plus vif au plus pâle, continue à gouverner, main de fer dans un gant de velours, les âmes et les cœurs d'un milliard et demi d'humains.

Les relations entre les peuples frères de Chine et d'Union soviétique étaient alors de plus en plus tendues et laissaient augurer leur rupture. Au contraire de ce qu'écrivait Sartre, la Chine entreprenait à grande allure de se doter d'une industrie : dans l'énorme atelier d'une usine de fabrication de machines-outils, long de deux cents mètres, aux murs entièrement recouverts de dazibaos noirs ou rouge sang, toutes les machines de la chaîne étaient soviétiques, mais au bout de la chaîne, c'était une machine-outil chinoise qui naissait sous les vivats patriotiques, hostiles à l'URSS, immédiatement estampillée, scellée du drapeau rouge national et de fiers idéogrammes. D'autres usines, sur tout le territoire, seraient équipées de ce matériel flambant neuf. Comme en Corée du Nord — mais c'était plutôt Kim Il-sung qui imitait les camarades chinois —, l'idée avait germé que les grands complexes industriels, les aciéries mandchoues par exemple, ne suffiraient jamais, à eux seuls, aux besoins de l'immense pays. Il convenait de les relayer par des hauts-fourneaux de campagne, inaptes à produire des aciers spéciaux ou de haute qualité, mais assez bons pour la fabrication d'une ferraille moins bien trempée, suffisante pour la camelote quotidienne. Avec le dazibao universel, l'émulation et les défis que les hauts-fourneaux campagnards se lançaient de village en village, clamant les chiffres de production atteints, promettant d'autres performances pour les mois à venir, furent le deuxième ressort de l'effervescence inouïe qui galvanisa alors la Chine rouge. On sait aujourd'hui que les hauts-fourneaux de campagne ont été une stupidité et se sont avérés une catastrophe. Mais ils étaient comme une oriflamme pour les communes populaires et un enjeu décisif entre les mains de Mao, dans la guerre civile sans précédent, le remuement généralisé, le tohu-bohu qu'il avait résolu de déclencher afin d'assurer son pouvoir et de régner sans partage, après avoir éliminé les suspects innombrables, proches et lointains, à tous les niveaux de la société. La campagne de rectification, dont j'étais le témoin, était le prodrome de ce sinistre chambardement.

À notre arrivée à Pékin, on s'était enquis de nos desiderata. J'avais répondu que je souhaitais rencontrer le président Mao en personne ou encore le Premier ministre Chou En-lai. Chaque soir, on me disait de patienter, me laissant pressentir que quelque chose allait arriver. En attendant, je découvrais Pékin, sans avoir jamais pu visiter la Cité interdite, les palais des empereurs ou le temple du Ciel. La Cité interdite l'était véritablement. Je prenais la mesure de l'endoctrinement et de la bêtise des petits cadres du Parti, guides ou interprètes. À l'aube, un jour, vers cinq heures du matin, je marche avec ma traductrice, une jeune femme sans grâce, dans un hutong, une de ces rues de Pékin grossièrement pavées où s'alignent de chaque côté des maisons basses, sans étage, avec une cour intérieure. Très loin, avançant vers nous, trois silhouettes, deux femmes, un homme, brandissant un drapeau rouge fermement tenu par la hampe. Rue déserte du petit matin, je demande à mon accompagnatrice : « Qu'est-ce que c'est ? Qui sont-ils ? » Elle me répond, docte et dogmatique : « Ce sont les masses. » À Shanghai, le programme comporte une visite à des capitalistes heureux et soumis, qui se déclarent plus libres dans leurs affaires qu'avant la Révolution, ils pouffent et découvrent leurs dents après chaque phrase. Ces dents-là ne mordent plus, mais peut-être pressentent-ils que le capitalisme a encore de beaux jours devant lui et l'emportera en dernier ressort. C'était il y a cinquante ans. Notre pire obligation fut la visite d'un camp de rééducation de prostituées, entreprise révoltante de domestication de femmes indomptables : cela se voyait à leur regard de défi pendant les séances d'endoctrinement, à leur refus de baisser les yeux tandis que des « instructrices » à l'air mauvais, accompagnées de putains kapos, les passaient lentement en revue, les examinant une à une, à la façon aussi dont elles dévisageaient les visiteurs, mélange de crânerie souveraine et de provocation quasi sexuelle. Certaines restaient d'une fascinante beauté dans ces impossibles circonstances. Le Castor comme Sartre s'étaient enchantés de la souplesse intellectuelle des communistes chinois, qui n'avaient pas interdit la prostitution comme on eût attendu qu'ils le fissent. Les prostituées étaient si nombreuses, argumentaient les dirigeants, que leur mise au chômage aurait posé un problème social bien pire que celui, moral, de l'acceptation du commerce des corps. Mais les temps avaient changé et la « rectification » dans ce domaine était impitoyable : on les rééduquait depuis peu, elles résistaient encore.

Shanghai toujours : je suis seul un après-midi, sur le Bund, le quai du Huangpu, le fleuve de la ville, où, avant la Révolution, s'alignaient les gratte-ciel des banques, des sociétés internationales, les hôtels historiques édifiés à la fin du XIXe siècle par des Juifs irakiens, les Sassoon, les Kadouri, qui sont à l'origine de l'essor capitaliste de cette incroyable cité. Le Bund était célèbre par son luxe ostentatoire, par la densité de la circulation, sur le quai comme sur l'eau. C'était aussi le lieu de tous les trafics. Mais en cet après-midi de 1958, dix ans après l'entrée de l'Armée rouge, le Bund et le fleuve sont entièrement vides. Pas une voiture, pas un bateau, nulle âme qui vive. Les gratte-ciel sont intacts, ni détruits, ni habités, vestiges d'un monde aboli qui ne reviendra pas. Si pourtant, une âme vit. Un homme, un drôle de Chinois à casquette, qui paraît m'observer intensément et fait vers moi des avancées aussitôt suivies de reculs. Je ne veux pas lui prêter attention, j'essaie d'embrasser d'une seule vue le puissant Huangpu, la rive opposée de Pudong en amont, et, sur celle où je me tiens, l'enfilade spectrale des gratte-ciel inutiles. L'homme ne me lâche pas, me sourit, m'encercle, je remarque qu'il semble jongler avec ses mains, faisant passer à toute allure je ne sais quoi de l'une à l'autre. Il y a derrière moi un banc de pierre, un banc d'autrefois, je m'y assois, il s'enhardit, s'approche, recule encore, il me devient clair qu'il a entre les mains un jeu de cartes, qu'il bat, déploie en éventail, referme en regardant de tous côtés, furtivement. Je lui souris, que veut-il me vendre? Des photos pornographiques peut-être? C'est ce que je crois. Imagination minable. Il est là, à me toucher, et ce qu'il fait défiler sous mes yeux à toute vitesse de ses mains prestidigitatrices, c'est le Bund. Des cartes postales du lieu exact où nous nous trouvons, mais jadis! Encombré de voitures et de passants, élégantes, ombrelles, chapeaux melon, redingotes, portiers en uniforme, et sur le fleuve, des bateaux de tout tonnage et de longues péniches chargées à ras bord Pour une pareille action de résistance, pour les risques pris et par peur de l'être, parce qu'il fallait faire vite, j'ai acheté toutes les cartes en couvrant de yuans mon vendeur.

De retour à Pékin, guides et interprètes m'annoncèrent avec des mines gourmandes de conspirateurs que je devais me tenir prêt et ne plus quitter l'hôtel. À tout instant, je pouvais être appelé. Impossible de savoir qui me manderait, Mao, Chou, ils l'ignoraient eux-mêmes, mais le Château, c'était sûr, se manifesterait. J'avais passé une nuit blanche, Pékin était en fièvre depuis quarante-huit heures : les marines américains venaient de débarquer au Liban et les Chinois témoignaient spectaculairement leur soutien aux pays arabes, à Gamal Abdel Nasser, président de l'éphémère République arabe unie (Égypte et Syrie), qui avait, deux ans auparavant, nationalisé le canal de Suez et contraint les Franco-Britanniques, alliés aux Israéliens, à mettre fin à leur expédition militaire. Après les discours officiels prononcés depuis le célèbre balcon de Tiananmen, traduits aussitôt en arabe pour les ambassadeurs et leurs épouses, vint le tour du peuple d'exprimer sa solidarité. Entre Tiananmen et Chienmen, débordant à perte de vue de chaque côté de l'immense avenue qui séparait la ville tartare de la ville chinoise, cinq cent mille Pékinois, un caviar de têtes noires, avaient défilé sous mes yeux pendant des heures, brandissant poings, drapeaux et banderoles, improvisant de brèves, violentes et impressionnantes représentations théâtrales en plein air, sur le thème du débarquement américain. Précédé par la Mort (un Chinois long et maigre, cape noire sur les épaules, corps et visage maquillés en squelette de planche anatomique), le peuple arabe enchaîné s'avance à l'intérieur du cercle formé par les spectateurs. Le peuple arabe : deux femmes vêtues de robes de gitane, maquillées comme ne l'étaient jamais les Chinoises, et deux hommes en haillons, basanés, pattes noires sur les tempes. De lourdes chaînes leur lient les bras. Un Américain en uniforme — lunettes noires, bouche veule — et un cheik arabe à turban les suivent fouet en main. Coup de gong d'Opéra de Pékin, tambours. Le cheik, mimant la haine et la peur, se rue vers le peuple, fouet haut levé. Mais le peuple ne recule pas et, par deux fois, d'un seul coup d'épaule, jette le cheik à terre. L'Américain ordonne alors au cheik de se relever et de frapper. Celui-ci, avec un rictus de terreur, cogne à tour de bras sur un des hommes enchaînés, jusqu'à ce qu'il tombe. Rafale de cymbales : le peuple soudainement se libère de ses chaînes et s'empare de fusils — de vrais fusils — qu'on lui tend par-dessus les spectateurs. Le cheik et l'Américain, blêmes de terreur, se jettent à terre en suppliant, tandis que le peuple marche sur eux, farouche et déterminé. Hurlement rauque de l'Américain. Bruits d'avions, très bien imités au tambour : deux Chinois avec des faux nez et des bérets de marins fendent la foule en poussant devant eux des étraves de navires US en carton-pâte. Le peuple recule sur deux tours de piste. Un des deux Arabes crie alors en chinois : « Américains, quittez le Liban, quittez la

Corée, quittez Taïwan, quittez les Philippines, quittez le Japon. » Les spectateurs reprennent en chœur et il suffit au peuple arabe d'avancer pour que les marines tournent le dos et s'enfuient honteusement à quatre pattes.

Ce ne furent ni Mao ni Chou En-lai, mais Chen Yi, ministre des Affaires étrangères et vice-Premier ministre, un des cinq grands du communisme chinois, héros de la Longue Marche. Il fut, après environ trente années de guerre dans les armées de la Révolution, puis à leur tête, le premier à pénétrer dans Pékin, Nankin et Shanghai. L'interview eut lieu dans un ancien pavillon impérial, sur les bords du lac Zhonghai (« le lac du centre »), où je fus conduit dans une limousine aux rideaux fermés — je ne savais pas alors qu'il me faudrait attendre 2006 pour découvrir les merveilles de la Cité interdite. Chen Yi, à cinquante-huit ans, semblait en pleine forme. Il me dit à mon arrivée : « Nous avons trois heures devant nous, nous pouvons donc parler calmement et peser nos mots. » L'entretien en fait dura cinq heures exactement, je ne le rapporterai pas ici. Chen Yi était entouré d'assistants, de secrétaires qui prenaient fébrilement note de chacune de ses paroles, de chacune de mes questions, et d'interprètes hésitants qu'il corrigeait lui-même. Je m'aperçus qu'il maîtrisait parfaitement le français — comme un certain nombre de hauts cadres du PC chinois, il avait été, très jeune, ouvrier chez Renault à Billancourt — et que nous aurions pu parler sans intermédiaire. Sur les cinq heures que je passai là-bas, un temps non quantifiable, mais qui me parut considérable, fut consacré par mon hôte à la cérémonie du crachat · deux grands crachoirs jaune d'or reposaient sur des tablettes à droite et à gauche de son fauteuil et, selon que le tempo de la conversation le faisait s'incliner d'un côté ou de l'autre, il expédiait dans un des récipients, avec une précision extrême, le produit de ses expectorations, forme chinoise de la réflexion. Dans l'ensemble, ses très longues réponses masquaient son intelligence, que je sentais aiguë, plus qu'elles ne l'exprimaient. Ce fut un tour du monde en langue de bois géostratégique, mais c'était aussi un message à la France et au général de Gaulle, qui avait fait des ouvertures vers la Chine : « Les Chinois, me dit Chen Yi en substance, n'accepteront d'être reconnus que si vous chassez d'abord les diplomates de Tchang Kaï-chek. Même chose pour l'ONU, nous refuserons d'y entrer tant qu'il n'en sera pas exclu. Cela n'empêche en rien le développement des échanges amicaux, commerciaux et culturels avec la France. Nous respectons beaucoup le peuple français et nous admirons sa grande tradition révolutionnaire. » Pour conclure, il ajouta qu'il serait plus lucide de la part de la France de ne pas intervenir au Moyen-Orient.

Ces déclarations ne souffraient pas d'attendre. Je m'enfermai dans ma chambre de l'Hôtel de Pékin, on mit à ma disposition toute la logistique imaginable, secrétaires, dactylos, etc., j'écrivis la nuit entière — ma deuxième nuit blanche — et encore la journée du lendemain, relatant ce que j'avais vu à Tiananmen avant de passer à l'interview proprement dite. Mon texte fut soigneusement relu par Chen Yi lui-même, qui donna son imprimatur. Le seul problème était que je ne savais pas où l'envoyer. *Le Monde* s'imposait, mais je n'y connaissais plus personne. Je l'adressai pourtant, en un immense télex payé par le gouvernement chinois, au rédacteur en chef, avec les explications nécessaires, lui recommandant de le soumettre à *L'Express* s'il ne le publiait pas. C'est ce qui fut fait : *Le Monde* se déroba, *L'Express* le fit paraître intégralement, considérant que les propos de Chen Yi constituaient un « élément d'information indispensable pour comprendre et apprécier la situation actuelle ».

De retour en France, j'ai écrit plusieurs articles théoriques sur la Chine, qui me valurent des appels de toute l'Europe et particulièrement de gauchistes italiens, formidablement excités par les hauts-fourneaux de campagne. Je n'ai rien écrit sur la Corée du Nord, pourtant puissance invitante. Je pensais à Kim Kum-sun, je m'inquiétais à son sujet et, quoique tranquillisé après avoir reçu sa lettre, je n'ai jamais, au cours des cinquante années qui ont suivi, cessé de penser à elle. Je ne l'imaginais pas vieillissante, grisonnante, ma mémoire, lorsque je la faisais surgir, avait véritablement arrêté le temps. J'avais vu autrefois un film anglais de David Lean intitulé *Brief Encounter* (*Brève rencontre*), avec Trevor Howard et Celia Johnson, et je ne pensais jamais à Kim sans l'évoquer. Étonnamment, je revis ce film avec Sartre dans une salle d'art et d'essai, à Montparnasse je crois, et nous sortîmes tous deux en pleurs. Nous étions aussi fleur bleue l'un que l'autre. Une autre fois d'ailleurs, dans la même salle, nous vîmes *Seuls les anges ont des ailes* de Howard Hawks, avec Cary

Grant, Rita Hayworth et surtout Richard Barthel-
mess, film qui conjuguait et comblait ma passion de
l'aviation et mon goût des romans d'amour. Pour
Sartre, il était emblématique, il l'avait vu à plusieurs
reprises et ne s'en lassait pas. Là encore, nous pleu-
râmes d'abondance et de concert. Il m'arriva de raconter à des amis ma brève rencontre avec Kim,
mais cela n'était possible et n'avait du sens que si
j'avais la possibilité de la raconter longuement, cela
ne se résume pas. On me disait, après m'avoir écouté : « Quel film ce serait ! » Quand je me mis à faire
du cinéma, à réaliser moi-même des films, bien sûr
Kim demeurait fichée dans ma tête, mais *Pourquoi
Israël*, *Shoah* et les autres étaient fort éloignés du
Taedong et de la lutte amoureuse des pieds nus.

Au cours de toutes les années qui précédèrent la
très austère retraite imposée par la réalisation de
Shoah, je n'eus jamais le désir de revoir la Chine,
d'autres pays, d'autres continents me sollicitaient. Il
fallut vraiment, pour que j'y retournasse, une occasion majeure : elle se présenta vingt ans après la
sortie de *Shoah*. Au fil du temps, des cinéphiles chinois avaient eu l'occasion de voir le film, dans des
festivals ou dans des salles de cinéma d'Europe,
d'Amérique ou même du Japon que le film, après de
surprenantes péripéties, avait atteint dix ans plus tôt.
Certains s'étaient procuré des cassettes et *Shoah*,
sans jamais avoir été projeté en Chine, jouissait parmi eux d'une grande réputation. En septembre 2004,
je fus invité à le présenter à Pékin, Nankin et Shanghai : un génie de la traduction, Tchang Xien Ming,
en avait établi à lui seul le sous-titrage intégral. Je

l'avais rencontré en mai, au Festival de Cannes, je doutais qu'il puisse terminer pour septembre, mois du premier Festival de films documentaires organisé en Chine, que *Shoah* devait ouvrir. Il le fit. À la perfection sans doute, bien que je n'eusse aucun moyen de vérifier la justesse de son travail : c'est lui qui était mon interprète dans les conférences que je donnai là-bas, interprétation non simultanée mais consécutive. Il prenait des notes, je parlais vingt minutes, il traduisait pendant un temps au moins égal et j'eus le sentiment qu'il n'omettait jamais rien, me repérant à quelques noms propres qu'il était contraint de garder en français. Sa seule faute, mais grave, dont je ne m'avisai pas immédiatement, fut d'avoir traduit en chinois le nom intraduisible et éponyme de « Shoah ». Mais je parlerai plus loin et en détail de cette question centrale. Je confesse que j'étais ému lorsque je voyais les idéogrammes chinois s'inscrire à l'écran sous les paroles de Simon Srebnik, de Filip Müller, d'Abraham Bomba ou de Rudolf Vrba, devant d'immenses salles bondées, de gens de cinéma, de représentantes — la majorité était féminine — des plus lointaines provinces conviées à Pékin, qu'elles découvraient à cette occasion, d'étudiants des deux sexes et de toutes disciplines.

À ceux qui, me parlant des Chinois ou des Japonais, m'avaient répété à satiété qu'ils ne comprendraient jamais rien à un film comme *Shoah*, que ce n'était pas leur expérience ou leur monde, j'avais toujours répondu avec entêtement : « Mais pourquoi? Il n'y a qu'*une* humanité. Si je suis capable, moi, d'être profondément remué par un film d'Ozu, comme *Voyage à Tokyo*, je ne vois pas pourquoi un Japonais ou un Chinois ne pourrait l'être, de la même façon, par *Shoah*. » C'est toujours le plus particulier qui fait accéder à l'universel, cela s'appelle l'universel concret. Je me souviens de mon bouleversement, de mon admiration, devant un film turc, *Yol*, de Yilmaz Güney, qui épouse heure par heure la semaine de permission de détenus d'une prison d'Ankara, retournant chez eux dans les montagnes enneigées et glaciales du Kurdistan. Ces hommes si éloignés de moi m'étaient pourtant proches et fraternels, même s'ils avaient été formés par d'implacables traditions qui ordonnent la tragédie sur laquelle le film se conclut. Jamais je ne compris aussi bien que les humains ne sont humains que parce qu'ils ont la capacité de transformer en valeur ce qui les opprime et de s'y sacrifier. C'est l'humanité même, mais cela peut s'appeler aussi bien tradition, on l'a vu, et plus encore, culture. À Nankin, ancienne capitale impériale à jamais marquée par le grand massacre de 1937 que j'ai évoqué au commencement de ce récit, j'ai répondu jusque tard dans la nuit aux questions des étudiants de cinéma de l'université. Ils avaient vu *Shoah* la veille et l'avant-veille, j'étais saisi par la précision et la subtilité de leurs remarques, par la mémoire exacte qu'ils avaient gardée du film, des lieux et des protagonistes. Ce qui n'est pas toujours le cas ailleurs. Soudain, une étudiante me demanda : « Quel conseil me donneriez-vous si je voulais faire un film sur le massacre commis ici par les Japonais ? » J'ai cru un instant que je ne pourrais lui répondre tant sa demande était générale, mais, la présence d'esprit m'étant revenue, presque du tac au tac, je lui ai répliqué : « Allez au Japon ! » Cela sembla les illuminer tous, nul n'y avait pensé, n'avait pu y penser. Je leur racontai alors longuement, traduit par Tchang, ce qui s'était passé pour moi avec l'Allemagne, et avec la Pologne. Ce sont des jeunes gens amis que je quittai pour gagner Shanghai, où je voulais revoir le Huangpu et le Bund. Presque cinquante ans après, la métamorphose de la Chine me sauta au visage, m'enthousiasma, je n'en dirai rien. Sauf ceci : à Shanghai, j'ai pris un bateau qui descendait le Huangpu jusqu'à sa confluence avec le Yangzi Jiang, où les deux fleuves deviennent une mer sans rivages. Pendant les trois heures de navigation, on éprouve physiquement la puissance de la Chine, la conscience qu'elle a de cette puissance et sa façon orgueilleuse de le montrer. J'ai beau connaître depuis toujours *Le Bateau ivre* de Rimbaud, c'est seulement cet après-midi-là, en descendant le Huangpu, de plus en plus large au fur et à mesure qu'on approche de l'estuaire, dans un extraordinaire concours de navires, civils ou militaires, marchands ou touristiques, de toutes longueurs, tailles et formes, longeant des chantiers navals géants qui semblaient se défier les uns les autres par leurs enseignes rougeoyantes comme des langues de feu, que j'ai vraiment compris pour la première fois les derniers vers du grand poème :

Je ne puis plus, baigné de vos langueurs, ô lames,
Enlever leur sillage aux porteurs de cotons,
Ni traverser l'orgueil des drapeaux et des flammes..

Pékin, ses dix périphériques, ses gratte-ciel qui s'édifient à grande allure, changeant en quelques semaines le paysage urbain au point que les Pékinois eux-mêmes semblent dépaysés dans leur propre ville devenue épicentre de la mondialisation, l'éblouissement absolu de la Cité interdite et du temple du Ciel enfin offerts à tous, Pékin le jour, Pékin la nuit, avec ses restaurants, ses bars, ses prostituées mongoles à la forte stature et terrassante beauté.

Mais c'est à Kim Kum-sun que je pensais, je me disais que s'il y avait une chance, même minime, de gagner la Corée du Nord à partir de Pékin, je ne devais pas la laisser passer. Non, ce n'est pas cela : je ne voulais pas revoir Kim vieille femme, voilà longtemps que j'évite ce genre de confrontation. Et puis je ne parierais pas sur l'espérance de vie nord-coréenne : elle était peut-être morte. On m'avait tellement dit : « Quel film ce serait ! » que j'y avais réfléchi, me disant que si je devais réaliser un jour ce qu'on appelle un film de fiction, je m'attaquerais à ce pan de mon histoire personnelle, entrelacée à la grande Histoire. Il y avait, dans ma propre « brève rencontre », des scènes qui pouvaient être d'une grande puissance proprement cinématographique : la première apparition de l'infirmière avec Ok et les casquettes, la transmutation du dimanche, le baiser vorace, la longue marche sur le chemin de halage, le tournis des barques, le langage des pieds nus, les dessins, le sein napalmisé, le hurlement des *tonmou*, le naufrage, le calvaire du retour à travers les ruines, etc. La perspective d'avoir à tourner de pareilles séquences ne m'effrayait pas, m'excitait au contraire. Le problème difficile et crucial qui se posait à moi était celui de la ville en ruine et en reconstruction, des chantantes brigades, du climat de peur, celui, autrement dit, d'une reconstitution véridique de l'époque, d'un monde totalitaire, des bizarres sympathisants occidentaux que nous étions. Il y faudrait des milliers de figurants, des décors, un budget considérable de film hollywoodien. Je n'étais sûr ni d'être capable de mettre en scène ce qu'impliquait un tel passage à la fiction, ni, plus profondément, de le vouloir. C'est en proie à ces certitudes et à ce doute que, dès mon arrivée à Pékin, je m'informai sur les possibilités d'entrer en Corée du Nord. Seuls, appris-je, des touristes, en très petit nombre, pouvaient obtenir un visa pour quatre jours, une semaine au plus, et à la condition de payer, en devises fortes, un prix exorbitant. Je décidai qu'il me fallait en avoir le cœur net, prendre la mesure des changements survenus depuis 1958, espérant que mon retour vers ce lointain passé m'aiderait à prendre la bonne décision en ce qui concernait mon désir de film. Pensant que les contemporains de mon premier séjour ne devaient plus, depuis longtemps, être aux affaires, je jugeai que nul ne s'en souviendrait, que sa trace était probablement perdue et je déclarai, dans le formulaire de demande de visa, que je n'avais jamais été là-bas. Pour aller de Pékin à Pyongyang, on avait le choix entre la voie ferrée et la voie des airs : la première impliquait un très long voyage de vingt-quatre heures, avec un arrêt d'une imprévisible longueur à la frontière sino-coréenne, une vitesse tortillarde au septentrion de la Corée du Nord, car, on s'en souvient peut-être, une explosion cataclysmique y avait dynamité gares et réseaux, faisant de nombreuses victimes. Je craignais les frontières par-dessus tout, ayant gardé le souvenir terrifié de ce qui m'était arrivé en 2000, quatre ans auparavant, à Brest-Litovsk, quand, pour le tournage de *Sobibor*, je voulus passer, avec mon équipe et tout notre matériel, de Pologne en Biélorussie. L'attente, à l'aller, avait duré huit heures, les caméras, la pellicule confisquées pour examen, sans que je susse auprès de qui protester, renvoyé d'un préposé à l'autre, devant nous plier à leurs heures de casse-croûte sans avoir nous-mêmes la moindre possibilité de manger ou de boire. Le retour, depuis Minsk, avait été pire encore : une nuit entière et une matinée d'immobilisation dans un parking réservé des douanes biélorusses, par très grand froid, qui nous força pour nous chauffer à faire tourner les moteurs jusqu'à la panne d'essence. L'avion en principe évitait ces tortures, mais requérait du passager un fatalisme certain, les appareils étant des Ilyouchine hors d'âge, mille fois rafistolés, qui, disait-on, s'écrasaient parfois. Je choisis bien sûr de voler et me retrouvai à l'aéroport international de Pékin agglutiné à un insolite groupuscule de touristes anglo-saxons — une dizaine de personnes, Écossais, Anglais de Hong Kong, un couple d'Américains avec deux enfants, etc. —, qui avaient décidé cette expédition par évidente sympathie pour le communisme pur et dur qu'ils escomptaient trouver à l'atterrissage. Mes critiques, lorsque j'osai les formuler, ne rencontrèrent jamais le moindre écho auprès d'eux.

À peine eus-je pris place dans l'appareil que l'odeur, la couleur verdâtre et le délabré si caractéristiques des anciennes démocraties populaires m'enveloppèrent, me ramenant, dans un frisson d'effroi, des années en arrière, en RDA, en Bulgarie, en Pologne, en Tchécoslovaquie, à Cuba, avant même que nous ayons quitté le sol.

Je ne reconnus évidemment rien de l'aérogare de Pyongyang. Comme il s'agit d'un bout du monde, d'une voie sans issue, le trafic y est rare et une volière d'uniformes se jetait carnassièrement sur chaque passager, examinant longuement passeport, visa, visage, brandissant de nouveaux formulaires à remplir, prétendant me dépouiller de mon agenda électronique, de mon téléphone cellulaire, de toute façon inutilisable en ces lointains, compter aussi chacun des dollars que j'emportais avec moi, le séjour ayant été d'ailleurs entièrement payé d'avance à Pékin. Les Anglais subissaient cette procédure infernale sans une plainte, avec des sourires extatiques. Après deux heures, nous embarquâmes enfin dans un minibus où deux interprètes, une femme, un homme, jeunes gens rodés et dressés, nous délivrèrent le même discours, elle en anglais pour la majorité, lui en français pour moi seul. Je lui dis que j'entendais l'anglais et qu'il n'avait pas à se fatiguer, mais il obéissait aux ordres reçus. Quoi qu'il en soit, le français comme l'anglais étaient difficilement compréhensibles, vocabulaire pauvre, syntaxe défectueuse. Les Ok de 1958, au délicieux français vétuste, n'étaient plus. Il ressortait de ce sabir que le peuple coréen ne tenait en aucune façon à rencontrer des étrangers, qu'il nous était interdit de nous promener seuls et librement, que l'unique échappée autorisée était le tour de notre hôtel, que nous devions suivre à la lettre le programme prévu pour nous. Celui-ci stipulait qu'on allait immédiatement nous emmener à l'hôtel et que, les formalités d'inscription et d'installation accomplies, nous gagnerions sans perdre un instant le Grand Théâtre de Pyongyang, car le spectacle commençait à l'heure. Après quoi retour à l'hôtel, dîner sur place, dodo. Tandis que nous entrions dans la ville et la traversions, indifférent au babil ininterrompu des interprètes, je regardais de tous mes yeux pour essayer de reconnaître quelque chose, en quête d'un moignon du passé à partir duquel je pourrais me repérer et retrouver le temps perdu. Pyongyang, me semblait-il, était entièrement reconstruite, larges avenues vides de véhicules et même de piétons. Je crus reconnaître celle où j'avais marché avec Kim après le passage par les ruines, mais je ne repérai pas l'hôtel Taedong-gang. Celui où nous logerions se trouvait bien en amont du fleuve, loin du premier pont que j'avais franchi pour conduire Gatti à l'hôpital et où j'avais donné à Kim le rendez-vous fatal. Il fallait emprunter un deuxième pont, qui n'existait pas en 1958, reliant les deux rives en passant au-dessus d'une île à laquelle on accédait par une bretelle. L'hôtel, un gratte-ciel américain de cinquante étages, trônait au milieu du fleuve, au centre de l'île. Entre le pont et l'hôtel, la distance était de presque deux kilomètres, une seule route y menait, l'esplanade de l'entrée était entièrement nue, je demandai à l'interprète s'il y avait des taxis, il me répondit :

« C'est interdit. » L'immense lobby était lui aussi désert, les seuls vivants, debout ou assis, immobiles ou en marche, étaient les casquettes. Je les reconnus infailliblement, bien que leurs casquettes eussent disparu. La fonction demeurait, l'uniforme s'était modifié. Ma chambre, au quarantième étage, n'avait pas vue sur la ville. Je redescendis, demandai à changer, on me fit payer immédiatement la considérable différence de prix pour les quatre nuits. Mais je n'eus pas le temps de jeter même un coup d'œil, les interprètes tempêtaient déjà, le théâtre n'attendrait pas.

Nous arrivâmes à la course dans un énorme hémicycle où toutes les places, des milliers, étaient occupées, à l'instant précis où le noir se faisait. Nos guides nous faufilèrent dans l'obscurité vers nos sièges réservés, les yeux fragiles du public furent ainsi protégés de la contamination étrangère. Pratiquement personne ne nous vit. À quatre-vingt-dix pour cent l'assistance était composée de jeunes soldats en uniforme. Je retrouvai les merveilleux acrobates et trapézistes d'antan, rivalisant d'audace et de sourires, sous les applaudissements un peu mous des troupiers, qui semblaient avoir déjà vu ce spectacle à plusieurs reprises. J'espérais apercevoir des visages au baisser du rideau, mais nous dûmes nous lever quelques secondes avant la fin et gagner en grande hâte les vomitoires à la sortie desquels on nous engouffra dans le minibus. Le dîner, lui aussi, se déroula dans le plus total isolement : une petite salle à manger privée nous avait été réservée, nul ne nous vit, nous ne vîmes personne, sauf deux serveuses muettes, aux lèvres pincées. La nourriture était immangeable, des tranches fines d'une indéfinissable barbaque refroidie baignant dans un liquide violacé et acide qui arrachait l'estomac et que je rejetai dès la première bouchée. La boisson, un pâle pschitt de fabrication locale, ne le cédait en rien au plat de résistance. Tandis que les Anglo-Saxons, probables sectateurs de Chomsky, nettoyaient leurs assiettes avec d'angéliques sourires, je me mis en quête des cuisines, avec l'idée de soudoyer quelqu'un pour avoir une omelette. Il me fallait aussi du vin, de l'eau tout au moins. L'interprète de français se précipita pour me barrer le passage : me tenant l'estomac comme si j'étais en proie à une grande souffrance, je lui expliquai que j'étais malade, qu'il me fallait des œufs. Ma comédie fut efficace, il me les obtint. Je lui fis également observer qu'il devait y avoir, dans un pareil hôtel pour nomenklatura privilégiée, un magasin où, contre des dollars, on pouvait se procurer vin et alcool. Ma longue fréquentation des pays de l'Est me le garantissait. C'était le cas, il me conduisit vers le sous-sol, où on trouvait bars proposant toutes sortes de boissons, mais rigoureusement vides, salles de jeu sans joueurs, salons de massage, etc. J'achetai, à prix d'or, un banal Sangre de Toro espagnol, que je revins déguster sous les yeux interrogatifs et désapprobateurs des camarades du Royaume-Uni. Tandis que tous rejoignaient leurs chambres respectives, je sortis sur l'esplanade pour respirer un peu et décrire quelques cercles, comme cela seul était autorisé. Il m'apparut nettement que l'hôtel était un Alcatraz entouré d'eau, dont on ne s'évadait pas.

Le lendemain après-midi, tandis que le groupuscule chomskyste, entraîné par l'interprète anglophone, se conformait scrupuleusement à l'emploi du temps programmé, je déclarai au mien que j'avais mal à la gorge et que je garderais la chambre jusqu'au soir. Au bout de deux heures, je redescendis, bien décidé à me rendre seul en ville, persuadé que lui-même aurait déserté le lobby. Grave erreur, à peine hors de l'ascenseur, je le vis, assis sur une banquette, me regardant fixement. Il m'attendait, il m'aurait attendu tout le jour, toute la nuit, c'étaient les ordres. Je sortis, il était à mon flanc, un taxi solitaire se trouvait là, je voulus le prendre, il me dit : « Ce n'est pas pour nous. » Je répondis : « Alors, marchons. » Et je pris, à grands pas, la direction du pont, résolu à le crever. Il avait quasiment soixante ans de moins que moi, mais je remarquai qu'il s'essoufflait rapidement, qu'il peinait. Je ne cessais d'accélérer. Après environ un kilomètre, il demanda grâce. Je lui dis · « Le taxi que nous avons vu doit être libre, sinon il nous aurait doublés, il n'y a que cette route. » Il proposa d'aller le quérir, il n'y avait plus d'objection à le prendre. Je lui confiai alors que j'étais, par mon métier, un réalisateur de cinéma et que j'avais besoin de sentir la ville et la Corée du Nord, pour lesquelles j'éprouvais la plus grande sympathie, que je voulais réfléchir à la possibilité de tourner un film à la gloire de son pays et que je serais très heureux qu'il veuille bien m'accompagner Il repartit donc vers l'esplanade d'Alcatraz, j'attendis, couché dans l'herbe, ce fut très long. Incrédule, je les vis soudain arriver, le taxi et lui. Je montai à mon tour et lui expliquai que je voulais longer la rive gauche du Taedong jusqu'au premier pont. Il traduisit pour le chauffeur, qui obtempéra Je reconnus en effet le pont du rendez-vous avec la bien-aimée, demandai à descendre, priai mon gardien de venir avec moi et de dire au taxi de nous attendre. Des choses centrales dans ma brève rencontre avaient disparu : plus de berge, plus de chemin de halage, mais un large quai de pierre qui paraissait s'étirer à l'infini. J'apercevais au loin quelques tournoyantes et maigres embarcations. Là où les chantantes brigades nous avaient épiés, Kim et moi, se dressaient en enfilade de grands immeubles bordant le fleuve. En cinquante ans, la ville avait eu le temps de changer. Pourtant, il me fallait situer l'hôtel Taedong-gang. Nous remontâmes en taxi et j'indiquai quelle avenue je voulais suivre en recommandant au chauffeur de rouler lentement. J'avais beau écarquiller les yeux, je ne voyais pas l'hôtel, ce qui me désarçonnait complètement. Je déclarai à l'interprète que, des décennies auparavant, un mien ami avait habité un hôtel portant le nom du fleuve, qui aurait dû, d'après le récit qu'il m'en avait fait, se situer dans nos parages. Il en ignorait tout, mais interrogea le chauffeur de taxi, qui nous apprit que l'hôtel Taedong-gang se trouvait juste derrière la palissade que nous étions en train de longer et qu'un incendie l'avait détruit de fond en comble quatre ans plus tôt, en 2001. Ce n'était donc pas ma mémoire qui défaillait

La Corée du Nord a arrêté le temps deux fois au moins : en 1955, à la fin de la guerre, et en 1994, à la mort de Kim Il-sung, le Grand Leader. Kim

Il-sung n'est pas mort, ne peut pas l'être, il est présent pour l'éternité. J'ai dû, comme chaque rare visiteur, comme tous les enfants, tous les pionniers, filles et garçons, tous les citoyens et citoyennes de la République populaire ont l'obligation de le faire plusieurs fois dans l'année, lui signifier respect et admiration, participer au culte de son immortelle personnalité. À l'entrée du parc où a été érigée, au sommet d'une colline, la géante statue de bronze de vingt mètres de haut qui le représente, des adolescentes vêtues de blanc vendent aux arrivants de minces bouquets de fleurs, blanches elles aussi, qu'ils devront, parvenus au terme de la montée, déposer aux pieds de l'homme-dieu. Le bronze doré dont il est sculpté reflète les rayons du soleil si insoutenablement qu'il faut cligner des yeux ou les fermer lorsqu'on veut, d'un regard panoramique vertical, le considérer dans toute sa hauteur. La statue de Kim est encadrée, sur sa droite et sur sa gauche, de deux groupes gris acier d'hommes et de femmes, rivés les uns aux autres, armés de fusils, de faucilles, de marteaux, de tous les outils du génie humain, inclinés sur l'avant tant ils sont habités du sublime élan qui les entraîne vers l'avenir radieux. Des statues de Kim Il-sung, des portraits, des photographies, des affiches, il y en a sur tout le territoire, dans tous les villages, multipliés à l'infini. On dirait que son fils, Kim Jong-il, a d'abord assis son propre pouvoir sur l'exaltation de la puissance paternelle avant d'oser le prendre et le revendiquer pour lui-même. Mais la guerre est aussi éternelle que celui qui la déclencha et la conduisit. La guerre de Corée n'est pas terminée, elle a duré cinquante ans et dure encore. Le pays tout entier est corseté dans une mobilisation forcenée, véritable forcerie sans laquelle tout s'effondrerait. Partout, à la télévision, sur les cassettes vendues au sous-sol de l'hôtel, l'armée nord-coréenne ne cesse de défiler sans fin, au pas de l'oie, arme après arme, unité après unité, devant la tribune où se tient le fils Kim aux joues grasses, entouré de ses ministres et de ses généraux, spectres d'époques révolues. Il y a là aussi, sur d'autres tribunes, les anciens combattants, les cadres du Parti, les nantis du régime qui sont son soutien le plus ferme et le perpétuent, malgré les sacrifices imposés en permanence et génération après génération, à toute une jeunesse, à tout un peuple. Comme en 1958, je fus une deuxième fois conduit à Panmunjom, sur le 38e parallèle, là où fut signé l'armistice qui mit fin aux combats, et j'eus droit non seulement aux Coréens du Sud, bravaches à lunettes noires qui nous photographiaient, les féaux de Chomsky et moi, par-delà la fameuse ligne immatérielle, mais aussi aux officiers de l'armée nord-coréenne — képi soviétique à la large visière, épaulettes mastoc — qui répètent exactement le même discours jour après jour depuis cinquante années, montrant et commentant les mêmes photos, les mêmes diagrammes, feignant la colère comme si c'était hier. La lassitude de ces valeureux s'indique d'une seule façon : ils fument comme des sapeurs, enchaînant l'une après l'autre, sans un repos, des cigarettes au goût infâme. Un demi-siècle de mobilisation, un demi-siècle sur pied de guerre sans tirer un coup de feu, cela ne peut être et se poursuivre sans un très puissant dérivatif : le tabac. Malgré défilés, pas de l'oie et rodomontades, l'armée nord-coréenne est à bout de souffle. Cela se vérifie d'ailleurs à la faible amplitude de l'élévation, chez eux, du mollet tendu, dérisoire si on la compare au jeté nazi du même pas de l'oie, grimpant haut, à la perpendiculaire du bassin.

Sur la rive opposée du Taedong, dans l'alignement exact de la statue géante de Kim Il-sung, se dresse, presque aussi haute qu'elle, la flèche du *Juche*, culmination de la théorie, immuable elle aussi, plus nécessaire aujourd'hui que jamais. Il n'y a pas de moyens de transport en Corée du Nord, les trains, comme les bus, sont rares et lents, les voitures, les motos, les vélos, inexistants. Sur un trajet de deux cent cinquante kilomètres, les amis de Noam et moi ne rencontrâmes que trois limousines officielles. Un seul mode de locomotion : la marche. C'est là où le *Juche*, qui fait de l'homme le maître absolu de sa destinée, joue pleinement son rôle. Car, sur les mêmes deux cent cinquante kilomètres, ce sont des marcheurs que nous dépassâmes ou croisâmes. Ils sont au départ pleins d'allant, avancent en balançant les bras, même s'ils sont seuls, chacun s'évertuant à se prendre pour une chantante brigade. Ils se mettent en route pour cinq, dix, vingt ou trente kilomètres, leur souffle, on l'a vu, est court et ils ont faim, très faim. En vérité, ces forcenés du *Juche* s'épuisent et ralentissent vite, font des haltes nombreuses, on les voit au passage accroupis sur les bas-côtés des routes, attendant d'avoir repris quelque force. La circulation en ville est d'une irréelle fluidité, Pyongyang est la cité du « comme si » et il y a quelque chose de profondément ludique à observer, aux carrefours de larges artères sans fin, des jeunes femmes policières, petites, très minces, presque diaphanes sous leur casquette d'officier soviétique, qui, avec des gestes saccadés d'automate d'horlogerie, pivotant sur un socle en forme de tambour placé à l'intersection exacte des branches du croisement, règlent un trafic exclusivement piétonnier. Leur gestuelle robotisée, la gravité inhumaine de leur visage sont plus contraignantes que toutes nos lignes blanches, nos feux rouges ou verts : nul piéton ne s'aventurerait à s'élancer à contretemps, il courrait en effet un seul risque, mais le pire de tous, celui de la désobéissance.

Mon interprète s'ingéniait a exécuter le plan, moi à l'en faire dévier. Je compris que je devais lui céder si je voulais obtenir quelque chose en retour. Un quelque chose qui n'était rien moins qu'un peu de liberté, surveillée certes, ô combien, mais qui me permettrait de remettre mes pas, en sa compagnie, dans les traces d'un passé que je ne pouvais m'empêcher de vouloir retrouver. Je consentis donc au métro de Pyongyang, qui, selon lui — et c'était la vérité —, écrasait ceux de Moscou ou de Pékin, par la vastitude et le luxe de ses stations, son taux de fréquentation et la profondeur inouïe de ses galeries : elles offriraient même une protection en cas de guerre atomique. Les maîtres de la Corée du Nord avaient, en cinquante ans, réussi le tour de force de faire de leur capitale une ville monumentale et vide. Pyongyang était propre, sans taudis ni bidonvilles, mais les vivants y passaient comme des ombres. Chaque jour, je souffrais davantage de la faim, puisque je ne mangeais rien de ce qui nous était proposé, et j'attendais avec impatience le moment de reprendre l'avion. Pourtant, Kim Kum-sun était gravée dans ma mémoire et je ne cessais pas de penser avec entêtement à ce film impossible, que la faim, le dégoût de la nourriture semblaient rendre plus impraticable encore. Mon cerbère, de plus en plus désarçonné par les demandes que je lui faisais — il était en train de comprendre que je connaissais Pyongyang —, consentit à m'emmener en taxi jusqu'au lieu de mon naufrage avec Kim, que je tentai, en arpentant le quai, prenant des repères comme un archéologue, gesticulant et me parlant à moi-même sans raison apparente, de localiser avec précision. Mais l'endroit était méconnaissable : tout avait disparu, le guichet où elle avait pris les billets, la pente roide vers le fleuve, la cabane aux chaussures, et surtout les bateaux. Pour en apercevoir quelques-uns, nous dûmes repasser le pont, suivre la rive opposée, au-delà de la flèche du *Juche*, où quelques barques tournaient au loin tandis qu'une dizaine d'autres demeuraient amarrées en bord de quai, dans l'attente du prochain dimanche. Le Pyongyang d'aujourd'hui, lisse et sans passé, ne me donnait rien à quoi m'accrocher. Puisque nous étions déjà de l'autre côté, je déclarai à mon guide que j'avais besoin d'accomplir un certain parcours et qu'il aurait simplement à traduire pour le chauffeur les instructions que je lui donnerais. Après quoi, c'était promis, nous rejoindrions le reste du groupe, convié à un spectacle de danse dans un restaurant « traditionnel ».

Je m'étais mis en tête de retrouver l'hôpital en une sorte de test ultime. J'indiquai donc sèchement la direction, comme si j'étais sûr de mon fait : « à droite », « à gauche », « continuez », « tout droit », l'étonnement du jeune homme croissant à chacune de mes injonctions, d'autant plus sèches que je n'étais pas du tout certain de ne pas errer. Soudain, j'aboyai, je hurlai presque, « STOP ! » : l'hôpital, au fond de sa grande cour, surgissait devant moi comme une apparition spectrale, inchangé, le seul ensemble de bâtiments à être resté identique à soi dans la ville entière. C'est par cette cour que j'avais accompagné Gatti, c'est elle que j'avais traversée pour revoir Kim avant mon départ, c'est là que nous nous étions avidement embrassés, langues mêlées, oublieux de tout, dans une étreinte désespérée. Je demeurai muet, le regard fixe, puis je m'entendis dire sans l'avoir prémédité : « Je connais bien cette ville. » Je ne pouvais laisser mon guide dans une plus longue attente et, en un sens, je n'étais pas mécontent de dire la vérité. Je lui expliquai que j'avais été soigné dans cet hôpital, que j'étais venu à Pyongyang bien avant sa naissance, avant celle de son père, selon toute probabilité, que j'avais fait partie de la première délégation occidentale invitée en Corée du Nord après la guerre et surtout que j'avais vu à maintes reprises, en chair et en os, le Grand Leader, Kim Il-sung, que j'avais par deux fois dîné à sa table et qu'il suffisait de consulter les journaux de l'époque, qui parlaient de nous quotidiennement et rapportaient nos réflexions ou commentaires, pour vérifier mon dire. Au fur et à mesure que je parlais dans la voiture, toujours immobile devant l'hôpital, je fus le témoin d'une prodigieuse métamorphose : puisque j'avais partagé le riz et le sel avec le Grand Leader, je participais de lui, je compris qu'une véritable transsubstantiation s'opérait *in vivo* et me sacralisait. Le jeune homme fermait les yeux dès qu'il me regardait, me touchait, me palpait, un air d'extase que je ne lui connaissais pas imprégnant ses traits. Il avait si grand-hâte d'annoncer la bonne nouvelle que je ne voulus pas le laisser piaffer davantage et lui dis — mais pourquoi en espagnol ? — : « *Vamos* », ce qu'il entendit parfaitement. Je lui confiai pourtant sur le chemin du retour que si j'avais déclaré n'être jamais venu en Corée du Nord, c'est que je pensais que mon voyage d'il y a cinquante ans n'avait plus de contemporains, que les vérifications bureaucratiques auraient pris un tel temps que j'aurais quitté la Chine bien avant leur aboutissement. J'avais en tête de tourner un film sur la Corée du Nord, à la gloire de ce pays, et je voulais confronter mon passé à l'aujourd'hui objectif avant de me déclarer officiellement. Il me répondit qu'il devait en référer à son chef, qui aimerait sûrement me rencontrer au plus vite, ce que je le suppliai d'arranger, car l'avion du retour pour Pékin décollait le lendemain et je ne pouvais prolonger mon séjour. Je lui tus la vraie raison : j'étais tenaillé par la faim.

Le soir même, après les danseurs, un vice-ministre du Tourisme, d'un grade très élevé dans la hiérarchie du Parti, m'attendait à l'hôtel. C'était un homme dans la quarantaine, élégant, à la taille svelte, au visage avenant, parlant un anglais impeccable : mon interlocuteur avait manifestement vécu à l'étranger. La transsubstantiation joua là aussi : il se montrait plein de déférence tandis que je discourais abondamment sur le Grand Leader, ses manières, son autorité, sa sagesse et son audace politique, l'exquisité de la « marmite des fées » que j'avais une fois dégustée en sa compagnie. Le vice-ministre ne mettait en doute rien de ce que je disais. Ce qui me plut chez lui, c'est qu'il ne renâcla pas devant le whisky que je commandai au bar. Grand seigneur, il en ordonna un deuxième, pour lui comme pour moi, et offrit les quatre. Je ne dis pas un mot des vraies raisons pour lesquelles je souhaitais tourner en Corée, mais lui en donnai d'autres, convaincantes pour lui, comme je l'avais fait autrefois lorsque j'avais réussi à persuader des bureaucrates communistes polonais de m'autoriser à filmer librement en Pologne, sur les lieux mêmes de l'extermination des Juifs, leur déclarant que montrer la vérité serait la meilleure façon de rendre justice à leur pays. Je compris qu'il ne serait pas du tout opposé à un pareil projet, qui, au contraire, semblait l'intéresser et même le séduire. Il n'invoqua pas la nécessité d'en référer à de plus hautes instances, paraissant suffisamment élevé dans la hiérarchie pour décider par lui-même. Je lui dis que je devais de mon côté prendre le temps de réfléchir, que ce travail demanderait une longue préparation et un ou plusieurs retours en Corée. Il me laissa toutes ses adresses et tous les moyens modernes de reprendre contact avec lui. Nous nous quittâmes très amicalement, lui pensant qu'il pouvait me faire confiance et qu'un tel film aiderait la Corée à sortir de son isolement, moi que la situation n'était peut-être pas aussi désespérée que je viens de le conter. Il suffit quelquefois d'un seul homme.

Mon vrai problème, pas encore résolu à ce jour — ma « brève rencontre » ne sera sans doute jamais portée au cinéma —, était : quel film ? Il y avait en moi une répugnance profonde, et comme un scandale, à passer à la fiction. N'importe qui d'autre, à ma place, déciderait de filmer avec des acteurs, en Corée du Sud ou dans un autre pays d'Asie, au bord d'un autre fleuve, sans présence policière permanente, sans avoir à affréter un avion spécial pour la subsistance d'une équipe de tournage. On pourrait aussi imaginer une reconstitution en studio, purement hollywoodienne : Universal, Paramount ou DreamWorks de Spielberg sont faits pour cela, ne reculeraient pas devant l'ampleur des moyens nécessaires et ne seraient pas saisis d'effroi à l'idée de défigurer le réel en le réinventant. Le résultat serait peut-être un film magnifique, ils en sont capables et l'ont prouvé maintes fois. Quant à moi, il n'est pas encore tout à fait impossible que je m'attaque un jour à l'écriture d'un scénario à partir de cette histoire vraie. Mais, quittant Pyongyang et ce que je venais de vivre pendant ces quatre journées, ma pente naturelle et ma loi de cinéaste me commandaient autre chose, de très fou en vérité, qui eût, réussi, fait exploser, voler en éclats la classique dichotomie documentaire/fiction : j'aurais réalisé un film documentaire sur la Corée du Nord aujourd'hui, en donnant à voir, de la façon la plus saisissante, tout ce que j'ai narré plus haut sur la ville, le vide, la monumentalisation, la mobilisation permanente, le tabac et l'essoufflement généralisé, la faim, la terreur, la suspension du temps pendant cinquante ans, montrant que tout a changé, rien n'a changé, tout a empiré. Et, sur des plans du Pyongyang contemporain, une voix *off*, la mienne aujourd'hui, sans un acteur, sans une actrice, sans reconstitution, eût raconté, comme je l'ai fait dans le chapitre précédent, la « brève rencontre » de Claude Lanzmann et Kim Kum-sun. Il s'agirait d'un très minutieux et sensible travail sur l'image et la parole, le silence et les mots, leur distribution dans le film, les points d'insertion du récit du passé dans la présence de la ville, discordance et concordance qui culmineraient en une temporalité unique, où la parole se dévoile comme image et l'image comme parole.

CHAPITRE XV

Jamais septembre parisien ne fut plus glorieux que celui qui suivit mon retour d'Asie. J'aurais dû quitter la ville à peine revenu : le Castor et Sartre m'attendaient impatiemment à Capri, avides de me revoir, avides de récits. Il avait été convenu que nous prolongerions en Italie les vacances jusqu'au début octobre. Mais je ne pouvais pas partir, quelque chose me retenait, j'avais besoin d'être seul, de flâner à ma guise dans Paris, de jouir des forces que je sentais neuves en moi et d'une liberté encore inconnue. Je n'étais plus le même, la folle journée avec Kim Kum-sun m'avait modifié en profondeur et c'est seulement dans l'atelier de la rue Schœlcher que j'en prenais pleinement conscience. À Capri, le Castor se tourmentait, trouvant peu convaincants les motifs que j'inventais pour différer mon départ. J'avais brutalement annulé par télégramme une première date d'arrivée, prétextant une interview sur la Chine. La vérité est que je venais d'être charnellement foudroyé par une rencontre avec une aristocrate à double particule, plus jeune que le Castor, mais moins qu'elle ne l'avouait. Parvenu enfin à Capri, je donnai le change, plutôt mal que bien, je racontai tout, la Chine, la Corée, mais passai sous silence Kim Kum-sun. Nous explorâmes tous les trois la côte amalfitaine jusqu'à Ravello, poussant même vers Paestum au-delà de Salerne, coulant de très heureuses journées.

La rupture avec le Castor fut douloureuse et longue, il nous fallut près d'un an pour nous separer tant sa volonté était bonne, tant elle était compréhensive, tant elle avait prévu ce qui lui apparaissait comme inéluctable. Rentré à Paris, je n'avais pas mis un terme à ma relation avec la belle aristocrate, je la voyais souvent et rentrais rue Schœlcher de plus en plus tard. Une nuit, tandis que je pénétrais à pas de loup dans la mezzanine au plafond bas, notre chambre à coucher, je trouvai le Castor, éveillée, assise, le buste droit, avec la terrible moue boudeuse de son visage de malheur : « Je veux savoir », me dit-elle. Il n'était pas question de lui mentir davantage, je m'assis près d'elle, la serrai dans mes bras et lui confessai tout. Un soulagement immense baigna son visage, la vérité était son affaire — en fait, lui mentir avait été de ma part absurde et criminel – et, immédiatement, l'optimisme de l'action prit chez elle le dessus. Elle commença par m'interroger sur la « rivale », comprenant et admettant parfaitement qu'elle soit amoureuse de moi et moi d'elle, elle souhaitait la connaître et acquiesçait au bien que je disais d'elle. « Il n'y a aucune raison pour qu'elle souffre, continua-t-elle, aucune raison pour que tu coupes ainsi tes nuits », et elle me proposa de me partager trois jours et trois nuits avec l'une, quatre jours et quatre nuits avec l'autre, l'inverse la semaine suivante.

J'étais bouleversé, transi d'amour et d'admiration, je n'étais qu'un puceau, ne connaissant rien aux femmes, convaincu que l'aristocrate allait bondir de joie devant un pareil arrangement. « Arrangement », c'était précisément ce qu'elle refusait de toutes ses forces, elle voulait la victoire, le triomphe, la mise à mort de l'autre, surtout si elle s'appelait Simone de Beauvoir, impitoyablement. Son visage se déforma de fureur muette et de déception lorsque je lui annonçai la nouvelle. Elle n'avait pourtant pas d'autre choix que d'accepter, mais se dérobait chaque fois que j'insistais pour qu'elle consente à la rencontre souhaitée par le Castor, ce que cette dernière interprétait avec raison comme une marque d'hostilité ouverte. Commença alors pour moi une période d'écartèlement infernal. Car le partage implique exactitude et discipline. Si le Castor, après une soirée passée avec Sartre, m'attendait rue Schœlcher à minuit, il n'était pas question d'arriver à une heure du matin, ce que sa rivale s'ingéniait à faire advenir. À l'instant où, pour m'en aller et déjà en retard, je passais son seuil, elle déployait toute une batterie de charmes, me répétant : « Tu n'as pas cinq minutes ? », espérant me faire céder, ce qui arriva. Ces manigances de la passion sont bien connues et je ne m'y appesantirai pas.

Il fallut près d'un an avant que je trouve le courage de mettre fin à cette impossible double vie par une rupture sauvage et au prix, pour la belle aristocrate comme pour moi, d'une vraie souffrance. Je quittai à ce moment-là la rue Schœlcher, ne revis le Castor qu'à la rentrée suivante, nous dûmes construire l'amitié. La situation des *Temps modernes*, objet de poursuites, de censure, de menaces de saisie, de saisies effectives, la violence croissante de la guerre d'Algérie et, en France, la montée d'un climat de soupçon et de pré-guerre civile, l'impossibilité de déchiffrer vers quoi inclinaient vraiment les déclarations contradictoires et pithiatiques du général de Gaulle, firent passer au second plan les litiges privés. Entre le Castor et moi, il n'y eut jamais l'ombre d'une rancune ou d'un ressentiment, nous nous occupâmes de la revue comme auparavant, travaillâmes et militâmes ensemble. Les premiers mois, je louai une chambre dans le vaste logis d'une vieille dame, au premier étage, juste au-dessus du Café de Flore. La vie y était difficile car je ne fermais, nuit après nuit, pratiquement pas l'œil. Je finis par trouver non loin de là, au 38 de la rue des Saints-Pères, un appartement qui appartenait à un acteur allemand, Peter Van Eyck, haut de taille, bien bâti, avec de beaux yeux bleus et une grande mèche blanc d'argent, qui fit une belle et honorable carrière en interprétant principalement des rôles d'officier prussien. C'était un homme pacifique, le plus accommodant des propriétaires, le cancer l'emporta bien trop jeune.

Au printemps 1954, en pleine passion amoureuse, le Castor et moi avions fait un voyage en Algérie-Tunisie, embarquant à Marseille pour Alger, avec notre voiture, une Simca Aronde, sans savoir quel port nous choisirions pour le retour. Ce fut finalement Tunis, tant ce voyage rencontra de traverses. L'Aronde était une ordinaire berline, tout juste bonne pour les routes nationales, nous nous obstinions à lui faire gravir et descendre d'immenses dunes, entre El Oued et Tozeur par exemple. Nos ensablements ne se comptèrent plus, le passage de kilomètres de dunes requiert un doigté qui ne peut s'acquérir que par une longue pratique, des véhicules spécialement équipés, tout un matériel de sauvetage et de survie. Mais nous étions elle et moi aussi inconscients dans le Sud algérien que dans les montagnes suisses et, sans un autochtone qui accepta de nous servir de chauffeur — lui aussi nous ensabla d'ailleurs à plusieurs reprises —, nous serions morts de soif et de chaleur le jour, ou du froid du désert la nuit. Je compris, parlant difficilement avec lui, avec ceux qu'il nous fit rencontrer, que le pays était au bord de l'explosion. J'avais beau connaître la situation du prolétariat algérien en France — il m'arrivait de passer des heures à l'entrée des usines Renault, à Billancourt, observant, fasciné, les cars de ramassage qui amenaient à l'aube, de lointaines banlieues, les ouvriers nord-africains, algériens essentiellement, ou les reprenaient au cœur de la nuit, une fois les trois-huit des équipes terminés : les visages fermés, épuisés, de ces hommes solitaires qui repartaient pour des bidonvilles ou de sinistres dortoirs d'esclaves des temps modernes me pétrifiaient et me révoltaient —, je n'avais aucune idée de ce qu'était l'Algérie réelle. Comme si notre naïveté et notre entêtement de touristes occupés seulement de la beauté du désert et de la grandeur des paysages occultaient la relation entre Billancourt et l'oppression coloniale ou les massacres de Sétif et de Guelma dont l'écho nous était après coup faiblement parvenu.

J'étais quant à moi obsédé par le Sud et prétendais traverser le Sahara au volant de l'Aronde ! Notre intérêt était coupablement folklorique, le Castor tenait absolument à ce que je voie, à Laghouat, les danses du ventre des Ouled Nails, prostituées qui portaient sur leur corps tout ce qu'elles avaient capitalisé au cours de leur vie, en bijoux et pièces d'or, et, poussant plus au sud encore, je demeurais, moi, hébété d'étonnement à Ghardaïa, verrou de la mortelle Transsaharienne, capitale du M'zab, singulière région tant par son architecture que parce qu'elle fournissait toute l'Algérie en commerçants géniaux et aguerris. Dans les rues de Ghardaïa et devant les étals de ses magasins, j'étais taraudé par une question unique : comment chameaux ou dromadaires étaient-ils compossibles avec des empilements de boîtes de sardines ? Je ne songeais pas un instant que celles-ci avaient pu parvenir en ces lieux par des caravanes, qui formaient alors l'essentiel du trafic et des moyens de transport. Les sardines étaient incohérentes, leur trivialité incompatible avec la noblesse d'un chameau en marche et avec l'imaginaire rigoureux qu'il me proposait, très pauvre en vérité. Il m'a fallu des années pour me déprendre des stéréotypes, me faire au concret et à la complexité du monde.

Nous étions au printemps 1954, Ahmed, notre passeur de dunes, informé de tout, nous apprenait pendant les haltes que la bataille de Diên Biên Phu, en Indochine, avait commencé. Les pitons de la cuvette, aux beaux prénoms de femmes, Éliane, Béatrice, Huguette, Dominique, etc., se trouvaient attaqués et investis les uns après les autres. La bataille dura de mars à mai et « Gabrielle », défendu, nous apprit Ahmed, les dents serrées et le visage empreint de douleur, par un valeureux régiment de tirailleurs algériens, fut submergé un des premiers après un combat extrêmement violent, précédé d'un intense et très meurtrier pilonnage d'artillerie. Les pertes étaient considérables. Diên Biên Phu tomba un mois après notre retour à Paris. La guerre, de toute façon, était perdue depuis longtemps pour la France et le maintien de son empire colonial en Asie impliquait un aveuglement criminel, le mensonge, l'illusion, l'absence de courage politique, l'affairisme, la corruption érigés en règles de gouvernement. Diên Biên Phu, une folie stratégique, était la culmination de tout cela. Sa chute prononça la fin de la guerre d'Indochine, de la guerre française tout au moins. Des paras furent encore largués dans cet enfer trois jours avant la défaite : si la France ne pouvait plus vaincre et le savait, des Français firent des démonstrations héroïques et vaines de leur aptitude à mourir pour l'honneur. Le contraste entre les déclarations ronflantes et vides des Premiers ministres ou des commandants en chef qui se succédèrent alors et les sacrifices imposés aux hommes, la mort pour l'honneur marquant et masquant la stupidité et l'incurie coloniales, était si insupportable pour nous et nos camarades que nous sablâmes le champagne lorsque tout fut fini. Nous mîmes nos espoirs d'une autre politique en Pierre Mendès France, le nouveau Premier ministre, seul capable d'assumer la défaite et de s'engager à conclure la paix avec Hô Chi Minh, en trente jours, pas un de plus, à Genève. Ce qu'il fit, qui ne lui fut pas pardonné. Pendant le peu de temps qu'il resta au pouvoir, il accorda l'autonomie interne à la Tunisie. C'est l'Algérie qui allait devenir le vrai champ clos de la bataille : nous ne savions pas, le Castor et moi, au cours de notre voyage, quand et comment cela commencerait. Mais nous avions tout pressenti. C'est de l'assassinat de Guy Monnerot, instituteur métropolitain, le 1er novembre 1954, qu'on date habituellement le début officiel de la guerre d'Algérie (sa femme fut grièvement blessée). Il m'arriva de dire au Castor : « À six mois près, cela aurait pu être nous ! » Mais nous étions protégés peut-être par notre innocence, notre ignorance, parce que nous étions le paradigme du touriste à l'état pur, et jusqu'au ridicule. Peut-être aussi parce que Ahmed, le passeur, avait compris que nous le comprenions, qu'il avait dessillé à jamais nos yeux.

Tout va très vite en vérité. Six ans plus tard, c'est, simultanément, la publication du Manifeste des 121 pour le droit des appelés à l'insoumission et le procès Jeanson. Cela relève de l'Histoire objective, je ne m'y attarderai pas. J'étais l'un des dix inculpés du Manifeste et témoin au procès, qui se tint dans la salle des assises de la prison du Cherche-Midi, à Paris, au coin de la rue du même nom et du boulevard Raspail, aujourd'hui détruite et remplacée par l'École des hautes études en sciences sociales. Je fus deux fois longuement interrogé par le juge d'instruction Braunschweig, un homme d'une courtoisie parfaite, au visage impassible, devant lequel j'exposai les raisons de mon ferme soutien à ceux qui refusaient de servir en Algérie, en essayant d'éviter toute grandiloquence. Au sortir du bureau d'instruction, je rencontrai Jean Pouillon, lui aussi du comité de rédaction des *TM*, lui aussi inculpé, il attendait son tour dans l'antichambre. Au procès Jeanson, j'avais été cité comme témoin de la défense de Jean-Claude Paupert, membre du réseau, que je connaissais à peine. C'était un jeune homme taciturne, qui avait mis sa vie en accord avec ses idées, accomplissant une véritable rupture et un choix moral. Et c'est à ma famille, surtout à ma mère et à Monny, qu'il avait dû de le faire. Son père tenait un bistrot boulevard Garibaldi, au coin de la place Cambronne. Paulette habitait de l'autre côté, dans la partie noble qui était déjà le VIIe arrondissement, mais Monny franchissait chaque matin le boulevard pour aller prendre son café chez Paupert père. L'enfant taciturne se prit à son tour de passion pour le beau langage de Monny et devint bientôt un habitué de l'appartement de la rue Alexandre-Cabanel et comme un autre fils. J'appris tout cela bien plus tard puisque je ne vivais pas à Paris, mais il refusa carrément de succéder à son père derrière le comptoir du café Le Métro, fit des études, conçut une haine farouche de la guerre, se fit « porteur de valises » pour le FLN, devint membre du réseau Jeanson et passa dans la clandestinité jusqu'au jour de l'arrestation, à laquelle Jeanson, on le sait, fut un des rares à échapper. J'attendis des heures dans la salle des témoins, et quand vint mon tour d'être appelé dans le prétoire, je tombai en plein milieu d'une violente bagarre entre les juges et les avocats. Vergès, à la tête de son « collectif » de défenseurs du FLN, menait l'offensive et récusait le tribunal, mais il y avait là aussi Roland Dumas, futur ministre des Affaires étrangères, futur président du Conseil constitutionnel, Dumas, donc, dont Vergès disait, en se frottant les mains à la sortie de l'audience : « Il est notre harki. » Je fus interrogé par le président, puis par les avocats, racontai ce que je savais de la vie de Jean-Claude Paupert et me déclarai entièrement solidaire de lui et de son action. J'ajoutai que, signataire du Manifeste des 121, je considérais que ma véritable place eût été aux côtés de Paupert et de ses camarades dans le box des accusés et non pas à la barre des témoins. Le chroniqueur judiciaire du *Monde*, Jean-Marc Théolleyre, fit un sort à mon témoignage dans l'édition du lendemain.

Sartre, qui se trouvait alors au Brésil, adressa une longue lettre au tribunal, lue, je crois, par Vergès, Roland Dumas peut-être. On dit que sa déclaration fut rédigée par Marcel Péju, alors rédacteur en chef des *TM*, et par moi. Simone de Beauvoir, dans ses *Mémoires*, accrédite cette version. Les choses en vérité se passèrent autrement : je réussis, au prix de grandes difficultés, à téléphoner au Brésil et à expliquer la situation à Sartre qui, avec le Castor, avait quitté Paris depuis longtemps déjà. Bien entendu, il me donna son accord pour que nous nous exprimions en son nom. Mais je n'ai pas écrit un seul mot de cette lettre et n'en ai pas eu connaissance avant qu'elle ne soit rendue publique au tribunal. Péju en est le seul auteur, ne me l'a pas fait lire, il savait qu'il y avait dans son texte un certain nombre de propos que je n'aurais jamais cautionnés. Sartre non plus d'ailleurs, il me le confirma après son retour, mais il n'était pas alors question de laisser filtrer un si profond désaccord. Nous nous tûmes. Péju alliait en des formules d'une creuse rhétorique la victoire de la révolution algérienne à celle d'une prochaine révolution française dont il se faisait l'annonciateur, identifiant la destinée des deux peuples : « La gauche est impuissante et elle le restera si elle n'accepte pas d'unir ses efforts à la seule force qui lutte aujourd'hui réellement contre l'ennemi commun des libertés algériennes et des libertés françaises. Et cette force, c'est le FLN. » Il dénonçait la gauche « enlisée dans une misérable prudence » et concluait avec emphase : « Le pouvoir éphémère qui s'apprête à les [les accusés] juger ne représente déjà plus rien ! » Sartre était capable de soutenir à fond une cause qu'il jugeait juste, mais n'accepta jamais d'aliéner sa liberté en se mettant à son service. Il était radical, mais réaliste, sans naïveté, et ne vaticinait pas. Péju, nous en avions mille signes, devenait, au sein des *Temps modernes*, littéralement un homme du FLN et cela nous fut, à tous, au comité entier, si insupportable qu'au cours d'une réunion fort pénible, qui se tint en présence de Sartre et du Castor immédiatement après l'indépendance de l'Algérie, nous votâmes son exclusion de la revue, après l'avoir interrogé et lui avoir permis de se défendre : les preuves que nous lui opposions étaient accablantes, il n'y a pas à en dire plus. Il partit aussitôt.

Les accusés du réseau avaient été condamnés à de sévères peines de prison. Je retrouvai Paupert bien des années plus tard, chef comptable aux Éditions Odile Jacob et encore plus taciturne. Péju, après le procès, m'avait proposé de l'accompagner à Tunis, où se trouvaient les instances du gouvernement provisoire de la République algérienne, le journal *El Moudjahid*, tous les organismes de la diplomatie et de la propagande du FLN. J'avais accepté et fus frappé d'emblée par la gaieté de ceux qui nous recevaient, leurs plaisanteries, leur savoir étonnamment exact de la situation en France et des acteurs politiques dans la Métropole comme en Algérie même et surtout par leur optimisme, leur conviction qu'ils avaient gagné la guerre, que l'indépendance était à leur portée et qu'après six ans d'une lutte souvent effroyable ils l'obtiendraient, dans un an, dans deux ans, dans quelques mois peut-être. Ils parlaient tous un français impeccable, je me souviens de M'hamed Yazid, avocat issu d'une grande famille de Blida, qui assumait les fonctions de ministre de l'Information, de Rheda Malek, le rondouillard directeur d'*El Moudjahid*, qui deviendrait le premier ambassadeur de la République algérienne à Paris, mais plus encore de Mohamed Ben Yahia, promis à être ministre des Affaires étrangères du nouvel État, petit, mince et frêle, d'une fulgurante intelligence, imaginant toujours des combinatoires de joueur d'échecs plus astucieuses les unes que les autres, qui le pliaient d'incoercibles rires. Il mourut subitement, ce fut un choc pour tous ceux qui le connurent et une perte immense pour l'Algérie.

Mais la rencontre qui m'ébranla, me bouleversa, me subjugua, eut sur ma propre vie des conséquences profondes, fut celle de Frantz Fanon. L'existence de Fanon, Martiniquais né la même année que moi, volontaire pour lutter contre les Allemands en Europe, blessé au combat et décoré de la croix de guerre, fut chamboulée comme la mienne, mais autrement, par le même livre de Sartre, *Réflexions sur la question juive*. C'est à partir des *Réflexions* que Fanon, revenu en Martinique, la guerre terminée, pour y passer son baccalauréat, prend la conscience la plus aiguë de sa condition de Noir. Il repart pour la Métropole, étudie la médecine à Lyon tout en suivant des cours de philosophie, ceux de Merleau-Ponty particulièrement, et de psychologie. Son premier livre, *Peau noire, masques blancs*, peut être regardé comme ses propres « Réflexions sur la question noire », dans lequel, tout en reconnaissant sa dette envers Sartre et le pas de géant que ce dernier lui a fait franchir, il se démarque clairement de lui, dans une tentative radicale de faire tomber tous les masques, à commencer par ceux des Blancs qui, même au comble de la compréhension et de la volonté bonne, n'ont jamais cherché à éprouver le *goût* de la vie d'un Noir : il leur suffisait de croire que l'abolition de l'esclavage et la reconnaissance de la négritude par exemple s'inscrivent comme des étapes nécessaires et sensées dans la marche vers l'humain réconcilié. Fanon est infiniment plus violent et exigeant : de même que les Juifs ne sont pas la création de l'antisémite — comme je l'avais affirmé à Sartre et Simone de Beauvoir au retour de mon premier voyage en Israël —, de même les Noirs ne se débarrasseront de tous les masques blancs qu'on leur a collés à la peau que par la lutte, qu'en se faisant les seuls auteurs de leur libération. En 1953, Fanon fut nommé médecin chef d'un service de l'hôpital psychiatrique de Blida, en Algérie, il y pratiqua, s'attirant l'hostilité de ses collègues et des autorités, une véritable ethnopsychiatrie avant la lettre, refusant de voir les malades comme une collection de symptômes et liant les maladies mentales à l'aliénation coloniale. Dès le début de l'insurrection algérienne, il fut contacté par des officiers de l'ALN (Armée de libération nationale) et la direction politique du FLN. Il s'engagea sans hésiter à leurs côtés, démissionna de son poste de médecin, fut expulsé d'Algérie en janvier 1957 et rejoignit le FLN à Tunis, où il commença par collaborer à *El Moudjahid*.

Ma mémoire de ce premier après-midi passé avec Fanon à El Menzah, un faubourg de Tunis, dans un appartement où il vivait avec sa femme et son fils est d'abord celle d'une nudité absolue des lieux, nudité des murs, pas un meuble, pas un lit, rien. Fanon était allongé sur une sorte de grabat, un matelas posé à même le sol. Ce qui m'a saisi immédiatement, c'étaient ses yeux, très intenses, sombres, noirs de fièvre. Il était atteint d'une leucémie qu'il savait mortelle et souffrait énormément. Il revenait d'Accra, au Ghana, où le GPRA l'avait dépêché comme ambassadeur auprès de N'Krumah. C'est à Accra que la leucémie avait été diagnostiquée, on l'avait rapatrié à Tunis et il était en attente d'un départ pour l'URSS où on devait le soigner. En vérité, il venait d'arriver à Tunis, ce qui expliquait le désert de l'appartement. Avec Péju, je suis resté assis par terre, près du matelas où gisait Fanon, à l'écouter plusieurs heures parler de la révolution algérienne, s'interrompant de souffrance à maintes reprises, pendant un temps plus ou moins long. Je posai ma main sur son front baigné de sueur que j'essayais maladroitement d'étancher ou je le tenais fraternellement par l'épaule comme si le toucher pouvait diminuer la douleur. Mais Fanon parlait avec un lyrisme encore inconnu de moi, déjà tellement traversé par la mort que cela conférait à toutes ses paroles une force à la fois prophétique et testamentaire. Il m'interrogea sur Sartre, sur la santé de Sartre, et on éprouvait l'amitié, l'affection, l'admiration qu'il lui vouait. La *Critique de la raison dialectique* avait été publiée au début avril, Frantz avait réussi à faire venir ce livre au Ghana et avait commencé à le lire là-bas. Il l'avait achevé depuis peu, cela représentait un travail d'attention et de concentration considérable pour un homme en proie à la leucémie, même si la puissance philosophique de son esprit était éclatante.

Il nous parlait de l'ALN, des *djounoud* (combattants), expliquant que les hommes de l'*intérieur* étaient les plus vrais, les plus purs. Cette dialectique entre l'intérieur et l'extérieur, je ne faisais alors que l'entrevoir, je ne l'ai véritablement comprise que beaucoup plus tard, elle a existé dans la plupart des mouvements de libération nationale. Fanon mettait ceux de l'intérieur si haut qu'ils devenaient des hommes universels, qui non seulement combattaient les Français par les armes, avec une abnégation et une pureté totales, mais en plus étudiaient la philosophie. Les hommes, là-bas, nous disait-il d'une voix confidentielle et sans réplique, avaient entrepris de lire la *Critique de la raison dialectique.* Ce n'était pas vrai du tout, on le verra plus loin, mais dans cette chambre d'El Menzah, la fiévreuse parole de Fanon ne permettait pas de mettre en doute l'existence de paysans-guerriers-philosophes... Et il parlait aussi, avec la même conviction et la même puissance d'entraînement, de l'Afrique tout entière, du continent africain, de l'unité africaine, de la fraternité africaine. Avant d'être nommé ambassadeur du GPRA au Ghana, il avait, sous le nom de Dr Omar, participé à Accra, fin 1958, en tant que leader de la délégation du FLN, à la première « Conférence du peuple de toute l'Afrique ». Parmi les autres délégués se trouvaient Patrice Lumumba, du Congo, Holden Roberto, de l'Union des populations de l'Angola, Félix Moumié, de l'UPC (Union des populations du Cameroun), des représentants de l'ANC (African National Congress) d'Afrique du Sud, qui allait lucidement faire le choix de la violence après la parution des *Damnés de la terre*. Lumumba et Moumié, on le sait, furent assassinés respectivement deux et trois ans après la Conférence. L'intervention du Dr Omar avait fait sensation. Contrairement à « l'action positive » préconisée par N'Krumah, Fanon voyait dans le recours général aux armes la seule chance d'émancipation pour un continent africain en proie à toutes les formes du colonialisme, donnant en exemple l'Algérie, fer de lance d'une lutte qui aurait à être sans merci : « Et dans notre combat pour la liberté, concluait-il, nous devons projeter des actions dont l'efficacité nous permettra d'atteindre les impérialistes au cœur — il nous faudra agir par la force et en vérité par la violence. »

J'ai su tout cela plus tard, mais, dans l'appartement d'El Menzah, lorsqu'il se dressait sur un coude, prophétisant comme un voyant que l'Afrique, son Afrique rêvée, ne connaîtrait pas les Moyen Âge européens, on ne pouvait que céder au pouvoir d'entraînement de sa parole, que souscrire à cette utopie, à pareil idéal ! Je sais que lorsque je suis revenu à Paris j'étais littéralement transporté par cet homme qui me semblait le détenteur du vrai et du vrai comme secret. Il y avait un secret de la vérité et il le portait. J'ai raconté tout cela à Sartre et je l'ai fait dans des termes tels qu'il a éprouvé le désir de connaître Fanon, ce qui chez lui était rare.

Après cette première rencontre, j'ai revu, seul, Fanon plusieurs fois, à Tunis toujours, mais pas nécessairement dans l'appartement d'El Menzah. Il allait mieux d'ailleurs, la leucémie lui laissait des périodes de rémission. Un de ses meilleurs amis était Omar Oussedik, un Kabyle, un homme très sympathique, en qui Frantz avait une confiance absolue et devant lequel il s'exprimait librement. Car, en interrogeant davantage Fanon, je me suis rendu compte que sa relation aux Algériens et celle des Algériens à lui étaient moins simples que je ne l'avais cru la première fois. Il était des leurs et il ne l'était pas, car il était martiniquais et noir. Sa loyauté était entière, mais il devait toujours l'affirmer et la prouver plus que les autres. Il connaissait les rivalités, les luttes de clan et de pouvoir, souvent féroces, au sein du FLN et ne me parlait qu'en assortissant ce qu'il me disait du mot « secret », « secret », dix fois répété au cours d'une conversation. J'ai pris conscience que Fanon lui-même connaissait la peur. Abane Ramdane, un des leaders les plus valables du FLN et très proche de Fanon, venait d'être assassiné au Maroc, tombé dans un piège que lui avaient tendu Boussouf, Ben Tobbal et Krim Belkacem, membres du tout-puissant CCE (Comité de coordination et d'exécution). Abane Ramdane voulait maintenir la primauté des politiques sur les militaires et des wilayas de l'intérieur sur l'armée des frontières, ce dont les colonels de l'ALN ne voulaient pour rien au monde. L'image d'un front uni et étroitement soudé, que le FLN cherchait à donner de lui au-dehors, et particulièrement à ceux qui le soutenaient, n'était qu'une apparence, voire une imposture. Il y eut des purges sanglantes, des liquidations sauvages. Amirouche par exemple, le chef de la Wilaya III, intoxiqué par les services secrets français qui lui avaient fait croire qu'il était trahi, avait littéralement décimé ses propres troupes par des tortures épouvantables suivies d'exécutions sommaires — massacre connu sous le nom de « bleuite ». Entre eux ils s'appelaient frères, mais c'était en même temps ce que Sartre, dans la *Critique de la raison dialectique* précisément, appelle la fraternité-terreur : chaque frère est pour les autres un traître en puissance.

Il faut comprendre que l'armée française avait fait, sur un plan strictement militaire, un travail très efficace. La ligne Challe, qui courait tout au long de la frontière tuniso-algérienne, isolait complètement les wilayas de l'intérieur. Même hermétisme à la frontière algéro-marocaine, et toutes les tentatives pour leur faire parvenir des armes ou du ravitaillement à partir de l'extérieur s'étaient soldées par des échecs et des pertes terribles. Quant à l'intérieur proprement dit, il était considérablement infiltré. Beaucoup de gens parlaient et pas seulement sous la torture. Les Français avaient de nombreux informateurs, les raisons de trahir étaient multiples, la peur, la vengeance, le pouvoir, l'argent. Il y avait aussi les rivalités claniques ou ethniques, le conflit entre les Kabyles et les Arabes. Oussedik, l'ami kabyle de Fanon, au teint très clair, chuchotait ou parlait un doigt sur la bouche et dans un langage crypté. Cela m'était égal, je n'étais pas là en tant que journaliste, ce qui m'importait c'était de garder leur confiance et d'entendre ce qu'ils désiraient me dire. C'est à ce moment-là que Fanon a commencé à écrire *Les Damnés de la terre.* Non pas à l'écrire, d'ailleurs, mais à le dicter Il m'en a lu des passages et avait en fait une seule idée en tête : il souhaitait que Sartre lise le livre et le préface.

À chacune de mes visites, il me répétait : « Ce n'est pas à Tunis que tu peux comprendre quelque chose à la révolution algérienne ; ce que tu vois à Tunis, c'est pourri, c'est là-bas qu'il faut aller. » « Là-bas », c'était ce que Fanon appelait « l'intérieur », les hommes qui lisaient la *Critique de la raison dialectique*, les purs, les combattants-philosophes. En vérité ce n'était pas du tout « l'intérieur », c'était l'armée des frontières, que le véritable « intérieur » haïssait, mais je l'ignorais alors. Elle était composée d'anciens combattants de « l'intérieur » qui étaient passés au Maroc d'abord, plus tard en Tunisie, s'était constituée en une puissante organisation détentrice de la force, donc du pouvoir politique effectif, faisant et défaisant les GPRA successifs. La plupart de ses membres avaient rejoint le FLN des années auparavant et étaient des officiers de haut grade. Cette armée des frontières était d'abord une armée politique. « L'intérieur » vraiment intérieur — les wilayas algériennes elles-mêmes — était exsangue et incapable de livrer contre les Français des attaques significatives. L'armée française sans aucun doute avait gagné la bataille sur le plan militaire, cet argument a été souvent utilisé par les généraux putschistes pour justifier leur entrée en dissidence contre de Gaulle.

Fanon a donc organisé mon voyage vers ce qu'il appelait « l'intérieur ». La veille de mon départ, il m'a invité à dîner chez lui, à El Menzah, avec un homme mince et effacé, Benyoucef Ben Khedda, de Blida, pharmacien de son état, qui venait d'être nommé président du GPRA. Il était une solution de compromis et a été démis dès l'indépendance. Au cours de ce dîner, Fanon m'a fait ses dernières recommandations : « Tu dois absolument demander à t'entretenir avec le colonel Houari Boumediene... Ah ! Quelle chance tu as ! Comme je voudrais t'accompagner ! » Il partait le surlendemain pour Moscou où les médecins l'attendaient.

Un chauffeur du FLN est venu me chercher à cinq heures du matin pour m'emmener de Tunis à Ghardimaou, à la frontière algérienne. C'est à Ghardimaou qu'était cantonné l'état-major de l'ALN. Le conducteur prenait un plaisir visible à me terrifier en roulant à toute allure sur des routes impossibles, pour m'épater ou pour me tester, me tuer peut-être. Après quelques heures de voyage, nous arrivâmes enfin dans une grande cour de caserne ensoleillée où des hommes jeunes, vêtus en civil, déambulaient. Plusieurs m'ont aussitôt entouré, très aimables, parlant un très bon français. Ils me conduisirent dans une grande pièce, avec une très longue et large table, vraie table de conférence. On m'assigna une place à un coin de cette immense table et des types ne cessaient d'arriver, qui s'asseyaient nonchalamment, autour de moi, à ma droite, en face de moi. La table se remplissait peu à peu, dans une totale décontraction, la plupart étaient en civil et, tout à fait à la fin, un grand rouquin très pâle, très maigre, vint occuper à ma gauche, au haut bout de la table, la seule place restée vacante. Il ne dit pas un seul mot pendant toute la discussion, gardant du début à la fin un transistor à l'oreille. Ils commencèrent doucement à m'interroger sur les événements les plus récents en France, ils étaient informés de tout — il y avait eu une première ébauche de négociation, à Lugrin, avec des émissaires français, et la négociation venait d'être rompue. Tout en sachant très bien qui j'étais et ce que nous avions fait pour eux, ils accusaient tous les Français en bloc, moi y compris, comme si j'avais une responsabilité là-dedans. Je leur rétorquai qu'ils se trompaient d'interlocuteur, que ce n'était pas à moi qu'il fallait dire cela. Cela dura fort longtemps, ils passèrent très minutieusement en revue toute la situation en France avant de me demander pourquoi j'avais tenu à les voir, pourquoi j'avais voulu être là. Je répondis : « Le Dr Fanon m'a dit que, sans vous avoir rencontrés, je ne pourrais rien comprendre à la révolution algérienne et à la lutte que vous menez. »

Ils continuèrent à me faire subir un véritable interrogatoire et me demandèrent pour finir quels étaient mes souhaits. J'en énonçai un : « Passer quelque temps avec des unités de l'ALN. » Mes interlocuteurs étaient quatre ou cinq, toujours les mêmes, les autres se taisaient. L'un des cinq m'apostropha : « Vous aimez le danger ? » Je répliquai que je n'aimais pas le danger pour le danger, mais qu'il m'était déjà arrivé de me trouver dans des situations dangereuses et de devoir les affronter, que j'avais été moi-même résistant, maquisard et que j'avais connu la guerre. J'ajoutai : « Le Dr Fanon m'a donné la consigne impérative de m'entretenir avec le colonel Boumediene, votre chef. » Ils m'informèrent qu'il était en mission et qu'on ignorait la date de son retour. Ils m'expliquèrent aussi que je n'allais pas rester là, mais que je serais emmené ailleurs l'après-midi même. Mes interlocuteurs me demandèrent si j'avais de la résistance physique. Je dis que oui. Ils me demandèrent encore si je pouvais marcher de longues heures dans la montagne. Je commençais à être un peu inquiet, mais je confirmai : « Je crois que oui. » J'insistai, en quittant la table après un repas frugal auquel j'avais à peine touché tant le questionnaire avait été sans répit : « Vous pensez que j'ai une chance de rencontrer le colonel Boumediene ? — Oh, c'est très difficile, le colonel est actuellement en tournée d'inspection, nous verrons à votre retour, mais il y a peu de chances », me dirent-ils.

Nous partîmes dans l'après-midi. Mon guide était un jeune homme de vingt-cinq ans environ, qui marchait comme une chèvre, sans jamais faire halte, sur des sentiers escarpés. Je l'ai suivi pendant huit heures, dans la montagne, en voyant et en entendant les avions français qui bourdonnaient au-dessus de toute cette zone. Je suis arrivé à la nuit, exténué, et l'on m'a fait descendre dans une casemate profondément enterrée. J'aperçus à la lumière de lampes fuligineuses des visages inquiétants. C'étaient des combattants de l'ALN avec leurs chefs, des vrais baroudeurs aguerris, égorgeurs de moutons ou d'hommes, qui avaient un long passé de lutte contre la France. J'étais le premier Français à parvenir là. Je suis resté huit jours avec eux, huit jours entiers, et j'ai tenu bon sous les bombardements très précis et violents de l'aviation française. Je les ai longuement interrogés. Ils me racontaient les batailles, les embuscades, des histoires atroces aussi sur la cruauté, la barbarie de la répression. Je les faisais parler de leur vie. Avec un ou deux, j'ai réussi à nouer des relations presque amicales. Ils s'étaient battus d'abord dans les wilayas de l'intérieur, plus tard à l'extérieur, ils m'expliquaient à quel point la ligne Morice était infranchissable et combien leurs tentatives de faire passer des armes et du ravitaillement avaient toutes échoué, s'étaient soldées par des pertes insupportables. Ils m'y ont même conduit : embusqué à quelques centaines de mètres, j'ai pu voir le formidable réseau des défenses françaises et leurs systèmes d'alarme sophistiqués. J'ai pris beaucoup de notes. Au moment de mon départ, nous nous sommes quittés avec émotion et j'ai refait tout le chemin du retour avec un autre *djoundi*. À mon arrivée à la caserne, j'ai été très bien accueilli, j'avais fait mes preuves. Un jeune capitaine de l'ALN aux magnifiques yeux bleus, un de ceux qui m'avaient parlé le premier jour, m'a pris en charge, il me racontait presque poétiquement son bouleversement et la beauté de l'aube à l'instant du premier coup de feu d'une embuscade dans le Sud algérien. Sachant que j'étais juif, il avait ajouté « Après l'indépendance, nous devrons envoyer des missions en Israël », et, comme je m'étonnais : « Oui, nous avons énormément à apprendre d'eux. — En quel domaine ? demandai-je. — Oh, les kibboutzim, l'irrigation, l'afforestation, l'amélioration des sols. » Ce capitaine qui n'a pas cessé de me piloter pendant le reste de mon séjour s'appelait Abdelaziz Bouteflika. On sait qu'il est aujourd'hui président de la République algérienne.

J'ai passé environ une semaine à l'état-major, partageant leur vie, mangeant à la même table et discutant jusque très tard dans la nuit. Tous venaient me parler, avec une extrême franchise, chacun me confiant des pensées intimes ou secrètes dont ils osaient à peine s'ouvrir à leurs camarades. J'ai été véritablement un accoucheur. Certains me prenaient à part et m'expliquaient la nécessité absolue de la polygamie, parce que beaucoup de frères avaient été tués au cours de ces sept ou huit années de guerre. « Vous devez comprendre que nous ne pouvons pas laisser nos sœurs dans le besoin, il faudra donc que chacun de nous ait plusieurs femmes. » Quand j'ai raconté cela plus tard à Simone de Beauvoir, elle a été absolument horrifiée. Leur grand espoir à tous était Ben Bella, prisonnier à l'île d'Aix, dont ils escomptaient la libération. Le dernier jour, veille de mon départ, je m'entretins pendant l'après-midi entier avec deux des négociateurs de Lugrin — l'un d'eux devint plus tard, pour un temps bref, ministre des Finances — et un troisième interlocuteur, venu se joindre à nous, le grand rouquin pâle au transistor. Nous discutions sur ce que serait le régime politique de l'Algérie, sur le marxisme, etc. Je compris aussi que l'étude de la *Critique de la raison dialectique* par ces guerriers se résumait à une conférence que Fanon était venu leur faire. Le soir, ils donnèrent une fête pour célébrer mon départ, un banquet en plein air, avec méchoui et agneaux embrochés. Ils étaient trois cents. Évidemment, je ne parle pas un mot d'arabe. Et il y avait un conteur à la mode algérienne qui mimait une grande victoire de l'Armée de libération contre les Français. Chaque fois qu'il jouait les Français, trois cents personnes me regardaient et s'esclaffaient. C'était très violent. Ensuite je me suis retrouvé seul avec Bouteflika qui, voulant établir un bilan de mon séjour, commença ainsi : « Comme vous l'a dit cet après-midi le colonel Boumediene... » Je n'en revenais pas : le grand rouquin au transistor « en tournée d'inspection », c'était lui, il n'avait pas jugé bon de se présenter, je l'avais vu le premier jour, puis midi et soir, à chaque repas, depuis mon retour de la montagne !

J'avais prévu d'écrire une fois revenu à Paris. Je ne sais pas où j'aurais publié cela. Dans *Le Monde* ou dans *Les Temps modernes*. Mais je ne l'ai pas fait. Très vite on a su que j'avais été là-bas. J'ai donné deux conférences à la gloire de l'Armée des frontières, 115, boulevard Saint-Michel, au siège de l'Union des étudiants maghrébins, tenue essentiellement par les Algériens. Il y avait là Ahmed Ghozali, nommé plus tard ministre du Pétrole. Et tout de suite j'ai été contacté par des gens de la Wilaya IV, la wilaya d'Alger, qui avaient eu vent de mon voyage à Ghardimaou. L'un d'eux est arrivé soudainement chez moi, un homme de l'extrême intérieur, jeune, éblouissant, intelligent, sympathique, qui voulait m'ouvrir les yeux : « Vous devez nous entendre, nous avons une autre histoire, un autre récit que le leur. Ils nous ont laissés totalement tomber pour des raisons politiques. Ils veulent le pouvoir pour eux seuls. » Il ne se trompait guère : l'indépendance à peine proclamée, la Wilaya IV s'est d'ailleurs lancée dans une brève aventure insurrectionnelle sans issue contre la toute neuve autorité algérienne. Les événements commençaient à aller beaucoup trop vite, je me suis dit, finalement, que je n'avais pas le droit de prendre parti dans cette guerre civile et que le temps de la réflexion s'imposait. Ils nous avaient présenté un front unifié qui masquait des luttes intestines et des déchirements impitoyables. Il n'y avait rien d'extraordinaire à cela, c'était dû aux conditions de la naissance du FLN, à la façon dont ils avaient lutté eux-mêmes, par la violence, contre le MTLD (Mouvement pour le triomphe des libertés démocratiques) pour devenir les seuls représentants de la cause, aux trahisons, à la répression française. Il n'empêche qu'ils demeuraient à nos yeux les plus malheureux de tous, victimes des ratonnades, des tortures, du véritable massacre d'octobre 1961 à Paris — attendus par les CRS et la police à la sortie des bouches de métro, après leur grande manifestation pour l'indépendance de l'Algérie, démonstration pacifique avec femmes et enfants, ils furent matraqués à mort, embarqués dans des cars de police et jetés dans la Seine. À plusieurs reprises au cours de la nuit j'ai été le témoin de ces horreurs. Il n'était pas étonnant que nous les idéalisions et que nous les regardions comme notre pureté. Mais la révélation de leurs violentes dissensions et de la haine que ces « frères » se portaient m'a brutalement imposé le silence. J'ai donc gardé tout cela pour moi et n'ai rien écrit.

Fanon était revenu d'Union soviétique et son état, au lieu de s'être amélioré, avait empiré. Il était condamné à brève échéance, mais il avait été convenu de le faire admettre à l'hôpital Bethesda, à Washington, où des spécialistes de pointe pensaient faire mieux que les Russes. J'ai facilement convaincu Sartre de voir Fanon et c'est moi qui ai organisé leur rencontre à Rome dans l'été 1961, pendant la réunion à Tripoli d'un CNRA (Conseil national de la révolution algérienne) houleux et historique, puisqu'il s'agissait de se prononcer pour ou contre la poursuite des négociations avec les Français. Simone de Beauvoir et moi sommes allés accueillir Fanon à l'aéroport de Rome, nous lui avions réservé une chambre dans notre hôtel et avons dîné tous les trois avec Sartre dès le premier soir. Quelque chose d'impensable et de jamais vu est alors advenu : Sartre, qui écrivait le matin et l'après-midi quelles que soient les circonstances ou le climat (il écrivait à Gao, au Mali, par cinquante degrés), qui ne transigeait jamais sur son temps de travail — il n'y avait aucune dérogation possible, aucune justification possible à la dérogation —, s'est arrêté de travailler pendant trois jours pour écouter Fanon. Simone de Beauvoir aussi. Ils ont éprouvé exactement la même chose que moi à El Menzah. Fanon donnait à ceux qui l'écoutaient un sentiment d'urgence absolue : parce qu'il était littéralement habité par la mort (la leucémie le vainquit six mois plus tard) et le savait, il y avait chez lui une fièvre du récit, ses paroles incendiaient. C'était en même temps un homme tendre, d'une délicatesse, d'une fraternité contagieuses. Il s'est donc mis à parler de la révolution algérienne et de l'Afrique comme il l'avait fait avec moi et dans les mêmes termes. Je ne le répéterai pas. Il était entraînant, convaincant, on ne pouvait pas lui faire d'objections, toute objection face à lui devenait une petite objection. On ne peut objecter à la transe d'un prophète. Nous savons aujourd'hui que l'Afrique réelle n'a pas été l'Afrique rêvée par Fanon et qu'elle n'a pas du tout évité nos Moyen Âge. La réalité africaine, c'est le Rwanda, le génocide des Tutsis, c'est le Congo, le Liberia, le Sierra Leone, le Darfour, j'en passe. L'horreur semble là-bas gagner de proche en proche, y compris en Algérie. Les Français étaient peut-être devenus constitutifs de l'identité des Algériens. Même s'ils luttaient contre la France. Une fois les Français partis, ils se sont trouvés complètement bancals à l'intérieur d'eux-mêmes. Bancals, boiteux.

Toujours est-il que, pendant trois jours, Sartre n'a pas travaillé. Nous avons écouté Fanon pendant trois jours. Qui parlait de l'Angola, qui parlait de Holden Roberto, le chef de l'Unita, considéré plus tard par tout le monde comme un agent de la CIA, un traître, ennemi juré des Angolais du MPLA (Mouvement populaire de libération de l'Angola) au pouvoir aujourd'hui. Holden Roberto était soutenu par les Américains. Fanon aimait Holden, c'était son copain. Mais il parlait aussi de Césaire, de la littérature de la Caraïbe, de toute son expérience comme médecin chef de l'hôpital psychiatrique de Blida. Ce furent trois journées éreintantes, physiquement et émotionnellement. Je n'ai jamais vu Sartre aussi séduit et bouleversé par un homme. Il allait de soi qu'il écrirait la préface des *Damnés de la terre*, dont Fanon lui avait apporté le manuscrit. Il nous quitta directement pour Washington.

Nous avons correspondu, lui et moi, je comprenais que son état ne s'améliorait pas et j'avais décidé de partir là-bas pour le revoir une fois encore. J'avais parlé au téléphone avec sa femme Josie qui se trouvait auprès de lui. Il semblait aller très mal, on lui faisait transfusion sur transfusion et il souffrait de plus en plus, en proie à des moments de quasi-folie, accusant les médecins de lui transfuser du sang de Blanc pour accélérer sa mort. J'avais mon billet pour Washington, je devais prendre l'avion vers dix heures du matin quand, dans la nuit, j'ai reçu un appel de Josie qui me disait : « Ce n'est plus la peine que tu viennes, il vient de mourir. » C'était le 6 décembre 1961. Je refusais tellement sa mort, je crois, que j'ai décidé de partir quand même. Je suis arrivé à Washington par un froid mémorable, j'ai parlé avec Josie pendant deux jours, deux journées passées à marcher avec elle sur les berges du Potomac entièrement gelé

La dépouille de Fanon fut rapatriée en Tunisie et, six jours après sa mort, il trouvait une sépulture provisoire entre Ghardimaou et la ligne Morice — là où j'avais été —, tandis qu'un peloton de l'ALN lui rendait les honneurs militaires. Tout ensuite alla très vite : les accords d'Évian seraient bientôt signés et il fut possible de rendre visite aux détenus algériens dans leurs prisons mêmes avec l'accord de l'administration. J'ai passé ainsi à Fresnes un après-midi entier avec Mohamed Boudiaf, un des « chefs historiques » kidnappés en plein ciel par les Français, d'une brillante intelligence, assassiné à Bône en 1992 alors qu'après des années d'exil il venait d'être rappelé aux plus hautes fonctions ; un autre avec Ahmed Taleb Ibrahimi, homme d'un grand charme mais islamiste intraitable, futur ministre de l'Éducation nationale, puis des Affaires étrangères. À Fresnes, ils jouissaient à l'intérieur de la prison d'une grande autonomie. Après leur libération, nous les recueillîmes pendant plusieurs jours. Taleb habita, je l'ai écrit, chez ma sœur Évelyne, d'autres chez moi. Simone de Beauvoir tentait de les persuader de renoncer à la polygamie, ils la laissaient dire. Les cérémonies de l'Indépendance se déroulèrent à Rabat, j'étais parmi les invités. Il y avait là toute l'Afrique révolutionnaire, Dos Santos du Mozambique, ceux de l'Angola, Amilcar Cabral, de la Guinée portugaise, Vergès évidemment. Ben Bella et Boumediene passèrent les troupes en revue. Le premier, s'adressant aux *djounoud*, leur tint le plus bref des discours : « Vous êtes notre sang. » Il était clair que, dans cette fraternité éclatée et sourcilleuse, chacun surveillait chacun et Boumediene, le grand rouquin, ne tarderait pas d'ailleurs à éliminer Ben Bella. Celui-ci fut très aimable avec moi, il m'appelait « mon frère ». Mais il suffit de quelques semaines pour que, dans un de ses premiers discours de chef d'État, il annonce soudainement que cette Algérie à peine née allait envoyer au Moyen-Orient non pas des missions comme me l'avait assuré le jeune capitaine Abdelaziz Bouteflika mais cent mille hommes pour libérer la Palestine ! Pour moi c'était fini : je croyais qu'on pouvait vouloir en même temps l'indépendance de l'Algérie et l'existence de l'État d'Israël. Je m'étais trompé.

Avant cette tonitruante annonce de Ben Bella, j'avais voulu revoir Josie Fanon et m'étais, dans ce seul dessein, rendu à Alger. Je ne suis jamais, depuis, retourné dans l'Algérie indépendante. Josie m'accueillit amicalement, elle vivait avec un haut responsable de la sécurité algérienne, jaloux comme un tigre, ce qui semblait tout à la fois lui donner du plaisir et de l'humeur. Elle était devenue sa maîtresse pendant les longs séjours de Fanon dans les hôpitaux : on ne laisse pas les « sœurs » sans homme, comme on me l'avait appris à Ghardimaou. Je restai là-bas trois jours, il me fut impossible d'avoir un aparté avec elle puisqu'il ne quitta pas un instant l'appartement. Il faisait très chaud, la mer proche était tentatrice, je proposai une baignade. Nous nous engouffrâmes dans la voiture du jaloux, qui conduisit dents serrées, les yeux crachant le feu, à une vitesse meurtrière. Parvenus à la plage, tandis que Josie entreprenait de se mettre en maillot, moi prenant grand soin de me détourner ostensiblement, je l'aperçus pourtant du coin de l'œil se dresser devant elle et étendre les bras en paravent comme un homme-oiseau afin d'occulter toute trace de la blanche chair de sa concubine. Rentré à Paris, je racontai mon bref voyage au Castor, lui disant que Josie Fanon était séquestrée par son amant algérois. Naturellement, nos relations ne purent se poursuivre. J'appris pourtant par la suite que le plus haut responsable des services de la sécurité algérienne avait ravi Josie à son subordonné et qu'elle avait fait siennes, sans aucune distance, les vues de son nouvel amant sur la nécessité de la disparition d'Israël. Lorsque Maspero voulut rééditer *Les Damnés de la terre*, elle exigea que la préface de Sartre fût supprimée parce que ce dernier avait, à mon instante prière, signé une pétition de soutien à Israël dans les fiévreuses semaines qui précédèrent le déclenchement de la guerre des Six-Jours en juin 1967. Maspero, bien qu'il partageât largement le revirement anti-israélien d'une grande partie de la gauche, qui avait suivi la victoire éclair de l'armée juive et la vision de soldats égyptiens en fuite, pieds nus, dans le Sinaï, s'en tint à sa déontologie d'éditeur et ne céda pas à l'ultimatum de Josie Fanon : *Les Damnés de la terre* ne furent pas republiés. En tout cas pas par lui et pas alors.

Deux ou trois ans après la sortie de *Shoah* — en 1987 ou 1988 — et à ma totale surprise, je reçus d'Alger une assez longue lettre de Josie, dont chaque ligne était un signal de détresse. Elle ne disait rien sur le passé, mais paraissait enfoncée dans une solitude sans partage et une grande pauvreté confinant à la misère. Elle parlait de Sartre et du Castor avec amitié, me disait qu'elle les relisait ou les lisait, combien aussi elle regrettait de n'avoir pu voir *Shoah* — à Alger, c'était évidemment impossible — et ajoutait que les rares numéros des *Temps modernes* auxquels elle avait accès étaient pour elle comme un « poumon d'acier », me demandant si je pouvais lui assurer gratuitement le service de la revue (ce que j'arrangeai immédiatement). Elle concluait sa lettre par un post-scriptum calmement informatif et d'autant plus angoissant : « Sais-tu que j'ai commis il y a cinq mois une grave tentative de suicide ? » Comment l'aurais-je su ? Je lui répondis en lui proposant de reprendre l'ancienne amitié, en l'assurant que nous ferions le maximum pour l'aider. Je crois avoir reçu encore deux lettres d'elle, dans lesquelles il m'apparut clairement qu'elle ne disait pas tout, utilisant des périphrases car sa liberté d'écrire ne devait pas être entière. En 1990, quatre ans à peine après la mort de Simone de Beauvoir, les lettres de celle-ci à Sartre furent publiées en totalité par sa fille adoptive. Beaucoup d'entre elles parlaient, sans masquer leur nom, de gens encore vivants. Pour cette seule raison, le Castor, je le sais, ne les aurait jamais rendues publiques elle-même, n'aurait jamais permis qu'on le fît. Je le sais parce qu'elle me l'a dit, parce qu'elle l'a écrit dans son introduction aux lettres de Sartre publiées par elle en 1983, parce que j'ai partagé sa vie. Même s'il lui arrivait d'en penser du mal, la simple idée de blesser ses intimes lui était insupportable, je ne l'ai jamais vue manquer un rendez-vous avec sa mère, avec sa sœur, avec des gêneurs lorsqu'elle avait accepté ou avec de très anciennes élèves, par fidélité

507

à un passé même révolu. Je comprends l'incompréhension scandalisée ou la révolte que quelques-uns,
quelques-unes purent éprouver à la lecture de lettres
qui ne leur étaient pas destinées, où, dans la concurrence épistolaire arrogante et complice de leurs jeunes années, le Castor et Sartre déchiraient des proches
à belles dents de plume. Cela n'empêchait ni la délicatesse ni la courtoisie. À cet égard, je souscris entièrement à l'opposition établie par mon ami Michel
Tournier entre « langage efficace » et « langage inefficace » : dire d'un type dans son dos « C'est un
con » est sans conséquence. Lui dire en face « Casse-
toi, sale con » est tout autre chose. Dans une de ses
lettres de 1960, découverte par moi en 1990, à la parution des deux volumes de *Lettres à Sartre*, le Castor, en son commérage ordinaire, rapporte donc à
Sartre le récit que je venais de lui faire de mon bref
séjour chez Josie Fanon et son amant jaloux. Cela
donne : « Pauvre Lanzmann revient d'Alger où il a
été séquestré par femme Fanon » (*sic*) et cela appelle
un triple commentaire. 1) Pour commencer, je l'ai
écrit plus haut, dans sa hâte névrotique de tout dire,
tout entendre, tout raconter d'emblée, le Castor, pressée de passer au point suivant de l'ordre du jour,
n'écoutait pas, entendait de travers ce qu'on lui disait.
Je l'ai prise mille fois en flagrant délit de surdité et de
travestissement. J'avais raconté : « La femme de Fanon est séquestrée par un Arabe jaloux. » Cela donne ·
« Pauvre Lanzmann… a été séquestré par femme
Fanon. » 2) « Pauvre », me dénommant, ressort-il du
langage efficace ou du langage inefficace ? Je ne tran-
che pas. Je fais simplement observer que nous étions

en 1960, que notre rupture venait d'avoir lieu et que tout ce qui pouvait être retenu contre moi s'affectait peut-être d'un cœfficient positif. J'incline à croire que ce « pauvre » était de compassion. Vingt-trois ans plus tard, en 1983, elle me dédierait les deux gros volumes des lettres de Sartre à elle adressées : « À Claude Lanzmann avec tout mon amour. Simone de Beauvoir. » 3) Le désinvolte « femme Fanon » et l'échange des rôles dans la séquestration sont beaucoup plus graves. J'étais au rouet : je connaissais la fragilité de Josie, je savais qu'elle lisait tout ce qui concernait Sartre, Beauvoir, *Les Temps modernes*. Devais-je me taire, pensant que cette petite entrée lui échapperait, ou au contraire l'avertir et désarmer par mes paroles le mal qu'une lettre aberrante, écrite trente ans auparavant, pouvait lui faire ? Dans les deux éventualités, c'était une lourde responsabilité, j'ai balancé. Trop longtemps. Quelques semaines plus tard, un ami, membre du comité de rédaction de la revue, qui revenait d'Algérie, m'a demandé, reprenant presque les termes de la lettre qu'elle-même m'avait envoyée après un si long silence : « Sais-tu que Josie Fanon vient de se suicider ? »

CHAPITRE XVI

Le tournant des années soixante avait été crucial aussi bien dans mon existence privée que dans ma vie professionnelle. Tout en travaillant beaucoup pour *Les Temps modernes*, j'étais devenu une sorte de journaliste vedette dans le groupe de Pierre et Hélène Lazareff, alors le plus important de la presse française. Depuis mon premier article sur le dalaï-lama, Hélène Lazareff m'avait demandé d'écrire chaque mois pour *Elle* un texte de fond sur des événements mondiaux ou de société, des livres, des écrivains, des acteurs. On me laissait une liberté totale, je décidais moi-même quels articles je signerais de mon nom, quels autres d'un pseudonyme et j'avais choisi ce dernier une nuit, au marbre, en coup de vent, dans un emportement brutal de christianisation : Jean-Jacques Delacroix, Jean-Jacques sûrement à cause de Servan-Schreiber, et Delacroix à cause de saint Jean du même nom, ou encore du peintre, Eugène. Mais, Delacroix ou Lanzmann, je travaillais avec le même scrupule et la même conscience : je ne rougis d'aucun des textes signés J.-J. D., dans la plupart des cas j'aurais pu aussi bien

intervertir les signatures, mais certains, généralement des commentaires de rapports psychosocio-
logiques sur l'amour et le sexe — modèle rapport
Kinsey —, ne pouvaient être que, de Delacroix, malgré le travail qu'ils nous avaient coûté, à mon double
et à moi. En revanche, d'autres sujets commandés
par *Elle*, jugés un peu trop *hard* pour la lectrice
moyenne, furent publiés à plus d'une reprise par
France Observateur, où ils occupaient l'intégralité
de la dernière page, après que j'eus consenti des coupures. Je pense par exemple au discours de Malraux
sur l'Acropole. Malgré ma très réelle admiration pour
l'écrivain, j'avais écrit un article assez féroce dans
lequel je me moquais de l'idée saugrenue qui présidait à ce « son et lumière » au Parthénon, de la voix
de pythie trépignante de l'orateur qui alliait dans
une même période le général de Gaulle à Piero Della
Francesca. Hélène Lazareff elle-même m'avait emmené à Athènes par la première Caravelle qu'Air
France mettait en service. Ma surprise, à l'arrivée,
fut grande d'être accueilli par de jolies et accortes
jeunes filles, toutes de la haute aristocratie française,
qui m'entraînèrent incontinent vers le prince dont
elles chuchotaient le titre avec des mines de déférence très Ancien Régime. Prince véritable en effet,
c'était Jean de Broglie, ronde corpulence, clairement
affairiste, le « son et lumière » n'étant que la pointe
émergée d'un louche iceberg mafieux. Quelques
années plus tard, le prince fut assassiné en plein
Paris et au grand jour, le scandale fut considérable.
« Plus jamais Agadir », paru également en dernière
page de *France Observateur*, est un autre exemple

d'obéissance à ma seule loi. Dans la nuit du 29 février 1960, le téléphone sonne vers trois heures du matin. La voix angoissée d'Hélène Lazareff me réveille en sursaut : « Claude, un tremblement de terre épouvantable vient d'avoir lieu à Agadir, les morts, dit-on, se comptent par dizaines de milliers, il faut que vous partiez là-bas par le premier avion. » Je m'envolai dans la matinée pour Casablanca — je n'avais encore jamais été au Maroc —, je louai une voiture et entrepris, en longeant la côte atlantique, de dévorer à tombeau ouvert, par des routes inconnues de moi, les six cents kilomètres qui me séparaient d'Agadir. La terre tremblait encore quand j'arrivai là-bas, le séisme avait des répliques. C'était effrayant en effet, la ville tout entière s'était effondrée et des dizaines de villages environnants étaient changés en monceaux de ruines déjà puantes tant la chaleur était forte pendant le jour. Je me joignis à une patrouille de marins français de l'escorteur *La Baise* qui, à l'aide de grappins et d'outils de fortune, tentaient d'arracher quelques survivants à leurs étaux de pierre. Hassan II, le prince héritier, avait installé une grande tente royale en plein champ, loin de tout bâtiment, et commandait avec une agressive autorité à quelques unités de l'armée marocaine, tandis que les coloniaux français se lamentaient en confondant les deux désastres, le politique qu'était pour eux le retour du sultan de son exil malgache, leur signifiant que les belles années du protectorat français allaient prendre fin, et le naturel, le tremblement de terre proprement dit : « Plus jamais Agadir », tempêtaient-ils, marmonnaient-ils ou criaient-ils comme un défi autour de la tente du prince. Je quittai Agadir après trois jours et, remontant vers le nord, m'arrêtai au bord de l'océan, à une trentaine de kilomètres de la cité écroulée. Je me déshabillai entièrement, ne supportant plus la puanteur de mes vêtements et de mon corps, me précipitai dans la mer où j'essayai vainement de me purifier. Je conduisis presque nu jusqu'à Casablanca, où je trouvai une chambre d'hôtel, un bain, des savons et shampoings, des vêtements à acheter. Rentré à Paris, j'écrivis pour *Elle* « Plus jamais Agadir ». Mais c'est *France Observateur* qui le publia, au vif regret d'Hélène : elle avait cédé à la pusillanimité d'un rédacteur en chef qui jugeait stupidement l'article trop politique.

Sartre et Simone de Beauvoir étaient partis pour Cuba une semaine avant le séisme, à l'invitation de Carlos Franqui, le directeur du quotidien *Revolución*, le plus fort tirage de la presse cubaine. Ils y restèrent jusqu'au 20 mars. Castro et les *barbudos* avaient mis en fuite le dictateur Fulgencio Batista et pris le pouvoir depuis un peu plus d'un an. Il était impossible alors de ne pas aimer Cuba — tous ceux et celles qui firent le voyage, de Kouchner à Ania Francos, manifestèrent leur enthousiasme de la même façon — et Sartre n'échappa pas à la règle commune. Je me souviens de son retour, de sa gravité, de son amitié pour tous les Cubains qu'il avait rencontrés, ministres de vingt-cinq ans ou paysans analphabètes coupeurs de canne à sucre, pour Castro lui-même dont il parlait comme il le ferait quatre ans plus tard, à son propre sujet, à la fin du livre qui allait lui valoir le prix Nobel refusé, *Les Mots* ·

« Tout un homme, fait de tous les hommes et qui les vaut tous et que vaut n'importe qui. » Mais je me souviens plus encore de la lucidité de Sartre : l'amitié et l'admiration, son approbation pour ce qui était entrepris là-bas ne l'aveuglaient pas. Il me rapporta avoir dit à plusieurs reprises à Castro, malgré les dénégations de celui-ci : « La terreur est devant vous. » Sartre, ne l'oublions pas, en cette si importante année 1960 (Manifeste des 121, procès Jeanson, rencontre avec Fanon, voyage au Brésil en août, suivi d'un bref deuxième séjour à Cuba au retour en octobre), publiait également la *Critique de la raison dialectique*, avec ses analyses décisives sur le moment libérateur et éphémère de toute révolution — ce qu'il appelle le « groupe en fusion » — suivi inéluctablement de la fraternité-terreur, qui dégénère à son tour et se fige en bureaucratie du soupçon et en dictature. Pourtant, Sartre voulait aider et faire connaître au plus grand nombre la révolution cubaine. Il décida d'écrire non pas pour sa propre revue ou un hebdomadaire, ou encore une feuille élitiste lue par des intellectuels, mais pour un quotidien populaire, à très fort tirage. Il choisit *France-Soir* et c'est moi qui me chargeai de la négociation avec Pierre Lazareff. Jamais *France-Soir* n'avait envisagé d'accueillir Sartre. Il le fit néanmoins superbement, sans exercer l'ombre d'une censure, se bornant, dans un avertissement liminaire, à dire que le journal ne partageait pas nécessairement toutes les opinions de l'auteur, mais s'enorgueillissant en même temps d'avoir été choisi par « l'illustre écrivain ». Pierre Lazareff, qui connaissait son métier, me dit avoir rarement lu un texte d'une telle force et cela aussi emporta son adhésion. Avec son accord et celui de Sartre, je découpai « Ouragan sur le sucre » (le titre est de Sartre) en seize articles qui parurent chaque jour, du 28 juin au 15 juillet 1960, sur une pleine page et quelquefois deux. Les titres et les intertitres des articles sont de moi, toujours approuvés par Sartre et le rédacteur en chef de *France-Soir*. Je ne sais si pareille courtoisie, pareille collaboration et pareille liberté seraient possibles aujourd'hui. Pour des raisons que j'ai exposées dans le numéro 649-650 des *Temps modernes* (avril-mai-juin 2008), ce reportage de Sartre n'est jamais devenu un livre et est resté enseveli pendant quarante-huit ans, jusqu'à ce qu'un chercheur entreprenne d'en décrypter le microfilm conservé à la Bibliothèque nationale. Le relisant, j'ai été, comme la première fois, frappé par sa beauté littéraire, sa profondeur, son intelligence, son honnêteté et ai pris la décision de le republier.

L'énumération de tous les acteurs et actrices sur lesquels j'écrivis dans *Elle* au cours de ces années serait fastidieuse sauf si j'entrais dans les détails. Le plus simple serait de relire la plupart de ces articles, je les rassemblerai peut-être un jour. Avec Sophia Loren, née Sofia Scicolone, à six heures du matin dans la cuisine de son appartement romain, seule heure de l'aube qui permette d'éviter la jalouse et fureteuse présence de son mentor, Pygmalion, amant, bientôt mari, Carlo Ponti, ou auprès de Lollobrigida et de son éclatant sourire dans sa belle demeure de la Via Appia Antica, ou encore — quel pèlerinage dans les rizières de la plaine du Pô ! —

avec Silvana Mangano qui avait accepté d'y revenir et d'affronter les attaques des plus féroces moustiques de la Péninsule, j'ai célébré les Italiennes. Mais aussi, bien sûr, les Américaines et toutes les Françaises. Chaque dimanche, dans leur vaste propriété de Louveciennes, les Lazareff donnaient un grand déjeuner où ils conviaient jet-set, hommes politiques et quelques collaborateurs des différents journaux du groupe. Hélène comme Pierre étaient véritablement à l'affût du monde et plus d'une fois il fut décidé, au cours du repas, que je devais d'urgence partir pour les plus bizarres missions. Pierre était surnommé « Pierrot les bretelles » car, à table comme au bureau, il portait rarement une veste. Je le revois, les pouces passés sous les bretelles et pianotant des autres doigts sur sa maigre poitrine, les lunettes hautes sur le front dégarni, se levant de sa chaise comme un diable, quittant la table parce qu'on lui chuchotait qu'une information était tombée et revenant, la mine gourmande, son plus grand plaisir étant d'avoir la primeur d'une grande nouvelle et de l'annoncer. Il revint donc un jour, une gravité d'enfant inscrite sur son visage, et asséna, du plus haut de sa voix : « Un Russe tourne autour de la Terre. » Mon voisin de droite lui répliqua sèchement : « C'est de la propagande. » Il s'appelait Georges Pompidou, futur Premier ministre, futur président de la République, il était alors fondé de pouvoir à la Banque Rothschild, on dirait aujourd'hui directeur.

À la fin d'un des déjeuners de Louveciennes, Hélène vint à moi et me dit : « Claude, vous êtes le seul à pouvoir faire quelque chose, partez immédiatement pour Saint-Paul-de-Vence, Simone Signoret est seule là-bas à La Colombe d'Or, elle appelle au secours, il faut allumer des contre-feux et faire savoir qu'à Hollywood, entre Montand et Marilyn, il n'y a rien d'autre qu'une pure amitié et une réciproque admiration professionnelle. » Rude cahier des charges, mission impossible, difficilement compensés par le plaisir que j'avais à retourner à La Colombe d'Or, paradis découvert peu de temps auparavant, toujours missionné par Hélène : tous les tableaux de la prestigieuse auberge, tableaux de maîtres sans prix, les Picasso, les Miró, les Braque, les Léger, avaient été volés en une nuit par des professionnels parfaitement avertis des horaires et usages de la maison. C'était Paul Roux, le fondateur de l'établissement, ami des peintres et peintre lui-même, qui avait créé cette collection unique, par des dons, des achats, des échanges — il donnait l'hospitalité à des génies faméliques encore inconnus qui le remerciaient par des toiles. Je n'ai pas connu Paul Roux, disparu déjà quand j'arrivai pour la première fois, mais je fus accueilli par sa femme Titine, très âgée, toujours vêtue de noir comme une veuve sicilienne, qui se tenait assise dans le chauffoir de l'entrée et surveillait tout. Mais surtout par leur fils, Francis, un bouquet de qualités humaines, intelligent, beau, ouvert et rusé, habité par un formidable sens de la responsabilité dynastique, qui non seulement se montra un négociateur hors pair avec ses voleurs et parvint à récupérer les tableaux, mais réussit à agrandir, développer, moderniser l'auberge sans jamais en altérer le charme originel. La dynastie continue, impassiblement, et c'est son fils, François, qui, ajoutant aux vertus du père les siennes propres, maintient, avec la même gentillesse, la même organisation apparemment décontractée mais parfaitement huilée, main de fer dans un gant de velours, souriant et stoïque quand la famille fut frappée par le malheur. J'ai toujours un plaisir extrême à retourner là-bas, après tant d'années, pour une raison simple et rare : on ne sent nulle différence entre les patrons et le nombreux personnel, la gentillesse de tous est comme un esprit de famille. Je passai deux jours auprès de Signoret qui, le visage ravagé, me mentait avec aplomb, écrivis toute une nuit, expliquant que je tenais de la préposée au téléphone des PTT de Saint-Paul qu'entre le bungalow numéro 20 du Beverly Hills Hotel à Los Angeles et la chambre 3 de La Colombe d'Or, le trafic était une fièvre, pratiquement ininterrompu, de nuit comme de jour à cause du décalage horaire. Bref, j'arrangeai les affaires de Simone autant que je le pus, mentant moi-même comme un arracheur de dents afin qu'elle ne perdît pas la face. Elle en conçut pour moi de l'amitié, je devins sa plume favorite, je dus d'ailleurs à mon retour résister à Hélène, qui formait le projet de m'expédier à Hollywood auprès de Marilyn et Montand. En dix ans, j'ai dû écrire une bonne dizaine d'articles sur Signoret et je n'oublierai jamais la semaine passée en sa compagnie à l'hôtel Savoy de Londres et dans la salle du Royal Court Theatre : Alec Guinness l'avait persuadée de tenir le rôle de Lady Macbeth en langue anglaise devant le public le plus sourcilleux et ritualisé qui soit. Il me fut clair, dès la première répétition à laquelle j'assistai, qu'elle courait à la catastrophe : sans rien dire de son accent français, que ses tentatives pour le corriger rendaient pire encore, elle n'avait tout simplement pas les moyens de jouer Shakespeare. Je ne lui cachai rien de mon pressentiment, la suppliai de renoncer, mais elle était courageuse, s'obstina, le désastre eut lieu, jamais critique ne fut plus dévastatrice, il lui fallut du temps pour s'en relever.

Je les ai toutes et tous vus, tous traités, et je puis dire, sans vanité, que j'ai fait faire à la carrière de certains un saut qualitatif. Bardot me confessant ses passions uniques et définitives pour chaque nouvel élu, Moreau, à Cuernavaca, au Mexique, au bord d'une longue piscine à l'eau verte qu'une lesbienne américaine folle amoureuse faisait joncher chaque jour de pétales de roses frais, Ava Gardner encore sublime et déjà ivrognesse à Madrid, sur le tournage des *55 Jours de Pékin*, Richard Burton et Liz Taylor en Sardaigne, dans un film de Joseph Losey, qui se retiraient la nuit sur un yacht à l'ancre retentissant sur tous ses ponts et jusqu'à l'aube de menaces meurtrières, car ils se poursuivaient, ivres et vraiment shakespeariens ceux-là, chacun promettant à l'autre qu'il n'allait pas vivre plus avant, Gary Cooper dans sa propriété de Bel Air, grand, beau, émouvant, marqué et presque muet, déjà rongé par le cancer. Oublierais-je Martine Carol, Michèle Morgan, Juliette Gréco, Madeleine Renaud, Edwige Feuillère, Delphine Seyrig ? Et les hommes : Piccoli, dont je fus le témoin lorsqu'il épousa Gréco, Sami Frey, François Périer, Curd Jürgens, Lelouch, Aznavour, Gabin, Belmondo, Antoine, Gainsbourg, j'en passe, j'en passe...

Mais j'écrivis sur à peu près tout, le premier voyage d'un pape en Terre sainte, la découverte d'une ville biblique oubliée, Çartan, dans la vallée du Jourdain, par une équipe d'archéologues américano-batave, avec les bijoux et les diadèmes de la reine. Mon article commençait ainsi : « La reine attendait depuis trois mille ans, je m'envolai sans perdre une heure. » J'écrivis sur les énigmes du trésor de Toutankhamon, les tragédies des grandes ascensions alpines, sur le mime Marceau, bavard forcené dès qu'on lui donnait la parole, sur le grand Raymond Devos, à la vaste poitrine essoufflée, qu'il avait développée par l'usage intensif du « fil à couper le beurre » — les mottes de beurre en vérité —, bras rejetés en arrière, soudain déployés et décrivant jusqu'à la motte en attente une large courbe inexorable, gestuelle apprise dans sa profession première, le sait-on, de crémier.

Pierre Lazareff me convoqua un jour dans son grand bureau de la rue Réaumur et me demanda si j'accepterais d'assister le fameux commandant Cousteau dans la rédaction d'un texte sur une expérience de maisons sous-marines qu'il allait tenter au large de Marseille. Bien entendu, seule la signature de Cousteau apparaîtrait, je m'engagerais à la confidentialité absolue, je ne toucherais aucun droit d'auteur. Le travail terminé, une prime serait ajoutée à mon salaire. Je me souviens qu'elle était maigre, mais je consentis à tout. J'embarquai à Marseille sur la *Calypso*, la première *Calypso*, fus accueilli par Mme Cousteau, la première Mme Cousteau, et présenté à des plongeurs professionnels dévoués corps et âme à leur pacha. Ce dernier arriva enfin, suivi d'une meute de photographes et de reporters de télévision. Ceux-ci partis, je me présentai, il fut aimable et froid, m'expliqua que l'expérience commencerait dès le lendemain : une maison expérimentale était déjà immergée par trente mètres de fond, Falco, le plongeur en chef, avait effectué avec ses hommes plusieurs descentes afin d'apporter à la résidence sous-marine le matériel nécessaire à un séjour d'une semaine et peut-être deux, avec bonbonnes d'oxygène permettant une respiration libre de longue durée. Cousteau pour finir me demanda si j'avais déjà plongé. Je répondis : « Non, en apnée seulement », mais montrai un grand désir de le faire. Il me confia à Falco, un Méridional sympathique et râblé, qui avait déjà atteint de grandes profondeurs, testant d'autres gaz que l'oxygène, et même des mélanges très sophistiqués. Nous plongeâmes le lendemain jusqu'à une vingtaine de mètres, il m'avait expliqué avant la mise à l'eau que je devais à tout prix m'arrêter au cours de la remontée et respecter les nécessaires paliers de décompression. Je trouvai la plongée facile, un peu enivrante, capturé peut-être dès mon premier essai par l'appel des abysses. Mais je ne tins pas compte des recommandations de Falco et regagnai la surface comme une flèche, sans une pause. Le résultat fut que je saignai du nez et des oreilles. Cousteau heureusement n'était pas sur le navire et je me mis sérieusement à étudier les tables de décompression. Je passai un jour entier et deux nuits dans la maison sous-marine, Cousteau, grand communicateur, nous fit deux rapides visites, mais surtout, du pont de la *Calypso* où il se trouvait la plupart du temps, cerné de caméras et de microphones, filmé sous tous les angles, il engageait avec Falco des conversations de vulgarisation scientifique, à l'usage du grand public, se montrant également soucieux de notre confort puisque le but de toute l'expérience était de prouver que l'homme pouvait vivre sous pression constante et se déplacer à l'intérieur de la maison, dans laquelle on pénétrait par un système de sas, sans être harnaché de bouteilles d'oxygène. En ce qui me concerne, je dois témoigner que pendant les deux nuits passées dans ce paradis marin je ne réussis pas à fermer l'œil et revins à l'air libre épuisé et souffrant de violents maux de tête. L'expérience terminée, parfaitement concluante d'après Cousteau qui délivra force communiqués et messages de victoire, je dus me mettre à l'écriture. Cousteau m'installa dans une maison qu'il possédait à Sanary. Je m'y trouvais seul. Il m'avait assigné une petite chambre bureau, je travaillais comme un forcené, écrivant du matin au soir, entouré d'ouvrages savants. J'étais devenu imbattable sur les tables de décompression, les paliers, les différents gaz, et comme j'ai naturellement la plume épique, je fis de toute cette histoire, qui ne pouvait déboucher sur rien et était au premier chef un coup publicitaire, une aventure héroïque, exaltante, grosse de promesses. Cousteau, qui habitait une autre de ses propriétés voisines, me surveillait étroitement, venant chaque soir voir où j'en étais et je devais lui lire les pages écrites. « C'est beaucoup trop bien, me disait-il, ce n'est pas mon style. » Je dus le persuader que pareil texte grandirait encore sa renommée. Un soir, ne supportant plus l'enfermement, je fis le mur en passant par une fenêtre du rez-de-chaussée et partis passer la nuit avec Simone de Beauvoir qui m'attendait à Saint-Tropez, m'arrangeant pour être rentré au matin. La relation de l'exploit des maisons sous-marines fut publiée en partenariat avec *France-Soir* et j'oubliai aisément cet épisode de ma vie. Il m'arriva à plusieurs reprises de croiser Cousteau, il ne me salua jamais, son long visage habitué à scruter l'horizon ne me voyait pas. J'ignorais, lorsque j'avais accepté la proposition de Pierre Lazareff, que le commandant était le frère du Cousteau collaborateur des nazis, qui fut jugé à la Libération et échappa de peu au peloton d'exécution. Il avait en tout cas l'esprit de famille. Je le compris il y a quelques années à la fin d'une séance de l'Académie française où j'avais été convié par Erik Orsenna qui, élu au fauteuil du commandant défunt, faisait, selon la coutume, l'éloge de son prédécesseur avant d'être louangé à son tour. L'éloge régna en maître cet après-midi-là, nulle parole de doute ne fut prononcée, personne ne mit les pieds dans le plat. On criait les journaux à ma sortie de l'Académie, j'achetai *France-Soir* qui publiait une ignoble lettre de Cousteau à son épouse, datée du printemps 1942, dans laquelle il lui disait en substance, de la façon la plus crue et la plus vulgaire : « Ne t'en fais pas pour l'appartement, les Juifs sont raflés, nous n'aurons que l'embarras du choix. »

Mais j'écrivis aussi sur les écrivains, Sartre pour commencer, le Sartre des *Mots*, Claire Etcherelli avec *Élise ou la vraie vie*, Sagan plusieurs fois, Albert Cohen pour *Belle du Seigneur*, plus tard pour *Les Valeureux*. Entre Albert et moi se noua une amitié si

524

forte que je prenais l'avion une fois par mois pour Genève où il vivait avec Bella, sa dernière épouse, au numéro 7 de l'avenue Krieg. Son appartement était divisé en deux parties, la sienne et celle de Bella, elles communiquaient par une grande pièce à vivre centrale, salle à manger et salon. J'arrivais donc vers dix heures le matin, il me recevait en robe de chambre, un chapelet d'ambre à la main, qu'il ne cessait d'égrener. Il m'entraînait dans son bureau, une pièce extraordinairement nue, aux meubles et armoires d'acier, dont les grands tiroirs coulissaient sur des glissières et se verrouillaient automatiquement. Il avait alors soixante-quatorze ans et sa première demande était toujours : « Donnez-moi une cigarette. » Il n'en avait pas, il souffrait des bronches, il lui était strictement interdit de fumer et Bella, chaque fois que je m'annonçais, me rappelait pour me dire que le tabac le tuerait. Je commençais donc par refuser avec fermeté, mais je fumais moi-même, il promettait de ne pas inhaler et de s'en tenir à une seule cigarette. Nous fumions donc tandis qu'il entreprenait de me raconter quelles célébrités lui avaient téléphoné ou écrit pour l'assurer de leur admiration. « François Mitterrand veut former un comité pour appuyer ma candidature au prix Nobel », ou « Brigitte Bardot me demande de lui réserver le rôle d'Ariane, mais Catherine Deneuve m'a appelé pour me réclamer la même chose… ». Soudain, au cours de ma première visite, il se mit à trembler, il était clair que je m'étais rendu coupable d'une faute impardonnable et je ne peux, rétrospectivement, que lui donner raison : deux cendriers étaient disposés devant nous, l'un de taille et de forme normales, l'autre à pied et à pression. Le premier était destiné à la cendre, matière noble s'il en fut, et peut-être plus encore, m'expliqua-t-il, pour nous autres Juifs, après ce qui était arrivé à notre peuple. Le mégot, par contre, paradigme de l'ignoble, ne doit pas être écrasé distraitement dans un cendrier, il doit disparaître, s'abolir dans le réceptacle à pression, qui n'a pas d'autre fonction. Je ne commis plus jamais pareil sacrilège, mais chaque fois, dès mon arrivée, il me fallait céder à sa supplication et lui donner la cigarette qui tue. Il faut comprendre qu'Albert Cohen était très seul, ne participait en rien à la vie littéraire parisienne, publiait un livre tous les dix ans et avait besoin de témoignages de réassurance sur son génie : il me lisait ou me faisait lire des textes d'admirateurs, des articles à sa gloire, et je trouvais cela normal, juste et touchant car je le tenais précisément pour un homme de génie. Nous passions ensuite dans la salle à manger où nous attendaient Bella et un déjeuner délicieux, léger, de saumon fumé toujours. Albert alors m'interrogeait sur moi, se souciait de ma vie matérielle, se demandant si j'aurais assez d'argent pour vivre quand le grand âge adviendrait.

Nous repassions ensuite, lui et moi, dans son bureau, les tiroirs d'acier coulissaient, il me donnait à lire des lettres de Freud ou de Haïm Weizmann, le futur premier président de l'État d'Israël, dont il avait été le représentant personnel à Londres auprès de De Gaulle pendant la Seconde Guerre mondiale. Il me raconta un jour avoir obtenu, au prix de grandes difficultés, un rendez-vous pour Weizmann avec de

Gaulle, à Carlton Gardens. Weizmann et lui donc faisaient antichambre, trop longtemps au gré du premier. De Gaulle était en retard, Weizmann, s'impatientant, regardait sa montre et dit soudain à Cohen : « Si dans dix minutes nous ne sommes pas reçus, nous partons ! » Cohen lui remontra les difficultés qu'il avait eues à obtenir ce rendez-vous, mais l'autre fut intraitable, il se leva les dix minutes écoulées, déclarant : « On ne fait pas attendre le peuple juif, il a assez souffert. » Qui, mieux que de Gaulle, aurait pu comprendre pareil orgueil ? Mais Albert se mettait alors à trembler, exactement comme il l'avait fait lorsque je m'étais la première fois trompé de cendrier : il ne supportait pas qu'un document, une lettre, demeurât à l'air libre une seconde de plus que nécessaire, il fallait remettre chaque pièce dans son classeur, à son exacte place, à l'intérieur du grand tiroir d'acier. Il a donné lui-même, dans une phrase de *Belle du Seigneur*, la formule de cette névrose : « Neurasthénie de l'ordre qui remplace le bonheur ». Le reste de l'après-midi, avant que je reprenne le dernier avion pour Paris, se passait de la plus étonnante façon : je lui lisais ses œuvres. Ce n'était pas paresse, nous étions convenus que tout commentaire appauvrissait la perfection, devenait paraphrase et, comme j'ai une forte mémoire, je savais par cœur des passages entiers de ses livres que j'avais appris en les lui lisant. Il rayonnait de plaisir, m'indiquant un morceau d'un autre roman qu'il souhaitait entendre, et les mains de plus en plus vivaces sur le chapelet d'ambre signalaient son bonheur.

Quand il vint à Paris recevoir le Grand Prix du

roman de l'Académie française, qui lui coûta le Goncourt, je n'eus de cesse que Simone de Beauvoir le rencontrât. Je l'avais persuadée de lire *Belle du Seigneur*, qu'elle aima autant que moi-même. Je connaissais à peine Albert, j'avais écrit sur lui quinze jours auparavant, rendez-vous fut pris dans sa chambre de l'hôtel George V, où il était descendu. Il portait une robe de chambre luxueuse, avait son chapelet à la main, Castor le complimenta avec chaleur, il n'avait, visiblement, pas lu une ligne d'un seul de ses livres, nous sablâmes le champagne et à l'instant où nous allions prendre congé, il ouvrit la porte de la salle de bains dans laquelle il avait confiné sa femme Bella avec défense de sortir. Elle apparut pour une brève génuflexion devant Simone de Beauvoir aussi médusée que lorsque les Algériens du FLN revendiquaient la polygamie. Des années plus tard — il allait atteindre quatre-vingts ans —, les Genevois célébrèrent son jubilé dans un fort beau musée appartenant à un milliardaire juif. Cohen, auprès de Bella, était assis au premier rang, caressant les grains du chapelet, se préparant à savourer chacune des paroles que les orateurs allaient lui adresser. C'étaient Marcel Pagnol, son ami d'enfance marseillaise, Jacques de Lacretelle, auteur de *Silbermann*, tous deux académiciens, Jean Starobinski, un puissant critique, Jean Blot, né Alexandre Blok, Juif russe d'origine, romancier, chef des traducteurs de l'Unesco, maîtrisant un nombre impressionnant de langues et d'abord un ami très cher, un Suisse dont j'ai oublié le nom, moi enfin. Pagnol, parlant de leur commune enfance, était drôle et vivant, les autres, plus au fait que moi des mœurs feutrées de la haute société judéo-genevoise et pratiquant à la perfection la langue castrée des colloques, rabotaient tout ce qui dépassait dans l'œuvre d'Albert Cohen et brossaient de lui un portrait où je ne le reconnaissais pas. J'étais le dernier orateur, j'avais préparé un texte écrit, que je rejetai, et annonçai en guise d'exorde le contenu de mon propos : « Je vais vous parler du rôle et de la fonction des toilettes, qu'on appelle encore WC, dans *Belle du Seigneur.* » Frémissement d'effroi dans la salle, pétillement de joie maligne dans les yeux d'Albert assis juste en face de moi. Mais je tenais exactement mon sujet et mon exemplaire était hérissé de nombreux signets qui me permettaient de me reporter aux passages dont je parlais et d'attester mon dire. Entre cent autres exemples : dans les WC des membres B de la Société des Nations, Adrien Deume rêve d'accéder un jour aux pissoirs marmoréens des membres A ; c'est assis sur un trône, dans la maison familiale, qu'il prend la conscience déchirante de son infortune ; c'est toute la fin du livre, pages où une impitoyable cruauté s'allie à la plus grande pitié : les amants, enfermés dans un somptueux palace de la Côte d'Azur et y disposant chacun de leurs chiottes personnelles, se masquent leur matérialité comme une maladie honteuse, chacun cherchant à incarner pour l'autre la perfection de l'idéalisme parfumé. Albert, je le savais, haïssait l'idéalisme plus que tout. Quelques journaux, le lendemain, me nommèrent en criant au scandale, un ou deux m'approuvèrent, Cohen me dit : « Vous êtes le seul à avoir parlé de moi comme je le souhaitais. »

Élise ou la vraie vie, de Claire Etcherelli, me frappa

au cœur. Je me rappelle la première phrase de l'article que je lui consacrai dans *Elle* : « Claire Etcherelli nous vient d'un autre monde. » C'était celui du travail à la chaîne dans une grande usine de fabrication d'automobiles, l'histoire d'un amour impossible entre une ouvrière française et un Algérien, en pleine guerre d'Algérie. Là encore, je fis lire le livre à Simone de Beauvoir, nous en parlâmes partout, militâmes pour lui et elle obtint très rapidement le prix Femina. Etcherelli l'ouvrière était un écrivain de race, elle vivait pauvrement avec ses deux fils dans une chambre de la rue du Château et avait à peine de quoi se chauffer lorsque je lui rendis visite pour la première fois. Michel Drach, un metteur en scène de cinéma, marié à Marie-José Nat, voulut aussitôt faire un film à partir du livre, sa femme tiendrait le rôle de l'héroïne et il me proposa d'en écrire le scénario. Je lui répondis que cela me semblait difficile et que j'avais besoin de réfléchir beaucoup. L'histoire, à n'en pas douter, était très forte, parfaitement construite, et elle arracherait des larmes. Mais la vertu majeure de ce livre était ailleurs à mes yeux : comment une ouvrière, pour dire la monotonie, l'abrutissement du travail à la chaîne, se fait-elle écrivain, comment, pour témoigner en vérité, faut-il, d'une certaine façon, se faire faux témoin, car ses compagnes et compagnons considèrent leur sort comme ressortissant à l'ordre des choses et n'éprouvent pas une identique révolte. C'est ce changement de statut, autant que l'histoire, qui me semblait le vrai sujet du livre et donc du film. Mais Drach était pressé : « La prochaine réunion de la commission d'avances sur recettes du Centre national de la cinématographie a lieu dans un mois, me dit-il, tu as un mois pour écrire le scénario, tu auras tout le temps nécessaire pour le retravailler après. » J'écrivis donc le scénario dans le délai imposé en me tenant au plus près du livre, mais Drach n'avait jamais eu l'intention de tenir parole : le film fut tourné dès l'obtention de l'avance. Il est bon, émouvant, avec une actrice de talent, mais l'essentiel y manque. Après avoir assisté à la projection qu'il avait organisée pour moi la veille de la sortie du film, je demandai à retirer mon nom. Il refusa, nous nous brouillâmes, mon nom je crois figure toujours au générique. Dès que la secrétaire des *Temps modernes* prit sa retraite, nous proposâmes à Claire de lui succéder. Elle occupa avec compétence et diplomatie cette position centrale tout en continuant à écrire ses livres, nous la cooptâmes au comité de rédaction, mais elle avait un peu trop tendance à nous considérer comme des patrons de combat et préféra rejoindre la classe ouvrière en redevenant simple secrétaire des *TM*, va-et-vient qui lui autorisait la plus orgueilleuse des postures puisqu'elle nous connaissait à la fois du dedans et du dehors. Quand sa méfiance tombait, elle était la plus adorable des femmes, mais l'hydre à mille têtes de la suspicion renaissait, nous contraignant à une décapitation sans fin.

Le théâtre aussi fut pour moi comme une drogue au cours de ces années. J'avais toujours aimé le théâtre, mais l'addiction était tout autre chose, elle consistait à voir tous les soirs la même pièce, avec la même actrice principale, pendant toute la durée des représentations, et à ne souhaiter en voir aucune autre. Il me faut donc reparler de Judith Magre, mon premier amour je l'ai dit, perdue pendant quinze ans, retrouvée par hasard sur un trottoir de la rue des Saints-Pères quand je louais l'appartement de l'acteur allemand Peter Van Eyck. J'allais partir pour Madrid, expédié de toute urgence par Hélène Lazareff pour passer quelques jours avec Ava Gardner, et Judith exigea de m'accompagner. Après une semaine de passion espagnole partagée, elle exigea encore — la radicalité et l'ultimatum étaient son mode relationnel — que je misse ma vie en ordre sous huit jours, faute de quoi nous nous reperdrions à jamais. J'obtempérai, ce fut très difficile pour celle que je quittai, pour moi aussi. Mon existence avec Judith se greva ainsi d'un fardeau de remords que j'allégeais en me rendant quotidiennement au théâtre dans lequel elle jouait — à cette époque, essentiellement le TNP —, passant par différents moments d'un rituel très précis : j'accédais à sa loge, dans les entrailles de ce grand vaisseau hostile, par des escaliers et des couloirs compliqués où je rencontrais souvent Georges Wilson, successeur de Jean Vilar, directeur du TNP et metteur en scène, qui maudissait régulièrement l'immensité de la salle comme du plateau et annonçait sa démission imminente, ce qui ne l'empêcha pas de réussir pendant des années de magnifiques spectacles. J'assistais au maquillage de Judith, à son habillage, à la montée du trac et de l'angoisse qui étaient sa façon de se mobiliser pour son entrée en scène, que je guettais, cœur battant, les soirs de générale, dans la salle où les critiques parisiens les plus redoutés allaient se prononcer sur le destin de la pièce, faisant ou détruisant les carrières. J'admirais Judith actrice, son allure nerveuse, sa diction parfaite, ses brusques ruptures de ton et de démarche, l'ironie, la puissance tragique, combinaison unique qui lui valut plus tard d'obtenir par trois fois un « Molière » qui la consacrait meilleure comédienne de France. Je la regardais d'un œil à la fois amoureux et profession- nel car il m'arrivait non seulement de l'aider à ap- prendre ses textes, mais aussi d'en faire pour elle et avec elle l'explication. J'avais adoré en khâgne les explications de texte à la française — avant l'avène- ment de la décérébration structuraliste — et j'ins- truisis Judith de mon propre savoir. Lorsque je la retrouvais dans sa loge les soirs de grand triomphe, après avoir joint mes bravos aux applaudissements qui faisaient crouler la salle, elle m'accueillait, som- bre et péremptoire, d'un « J'ai été à chier, non ? ». Et cette sentence sans appel était toujours prononcée après les représentations où elle avait été véritable- ment sublime, *Maître Puntila et son valet Matti*, *Le Roi Lear*, *Les Troyennes* d'Euripide, que Sartre avait, à ma prière, adapté pour elle, *Turandot*, *Nicomède*, *Les Enfants du soleil*… Mais Judith était pour moi aussi enthousiasmante à la télévision, lorsqu'elle interprétait Roxane dans *Bazajet*, *La Double Incons- tance*, *Antoine et Cléopâtre* ou *Huis clos*.

Je ne sais si j'ai répondu à la question que je me posais : pourquoi l'addiction, pourquoi allais-je la voir tous les soirs, pourquoi bondissais-je à l'entracte si elle avait été moins bonne que la veille, pourquoi la cravachais-je de mes critiques toujours fondées, qui la redressaient quand elle revenait en scène, lui permettant de s'égaler à toute la grandeur dont je la savais capable ? Chaque représentation de la même pièce est différente d'un soir à l'autre, différence dont j'étais quasiment seul, avec les acteurs, à prendre conscience, mais à laquelle j'étais devenu tellement sensible que le plus infinitésimal écart dans un mouvement du corps, dans la hauteur d'un timbre prenait pour moi une importance démesurée, me changeant, tout à la fois à mon insu et au comble de la lucidité, en guetteur implacable et émerveillé. C'est l'addiction même. J'aimais acteurs et actrices, l'univers du théâtre qui m'était chaque jour offert. On s'était tellement habitué à ma présence dans le sillage de Judith, à mes commentaires et réflexions, qu'un échange, une forme d'entraide amicale s'instauraient parfois entre les metteurs en scène et moi. J'apprenais peut-être les balbutiements d'un métier que j'exercerais plus tard, autrement, bien ailleurs… Je garde du Festival d'Avignon des souvenirs d'impérissable bonheur. Judith, qui fut la Cassandre de *L'Orestie* et des *Troyennes*, l'était là encore, mais sous la direction de Jean Vilar, dans *La guerre de Troie n'aura pas lieu* de Giraudoux. La cour d'honneur du palais des Papes sous le ciel étoilé, les loges des actrices que j'allais congratuler à l'entracte, fasciné par la beauté des cuisses de Claudine Auger, les délices des tapenades, anchoïades, rosés provençaux, le mas que nous habitions à Villeneuve, de l'autre côté du Rhône, la cascade allègre des explosions du moteur de la Triumph décapotable que j'avais, sur un coup de folie, achetée pour ce voyage, tout cela ne forme aujourd'hui qu'une seule mémoire dont chacun des éléments appelle et signifie tous les autres, indissolublement.

Mon mariage avec Judith marqua pour moi mon intégration à une vraie famille française. J'avais toujours envié les familles des autres, les familles constituées, où tout me semblait ordre et beauté, luxe, calme et volupté. Judith et moi nous étions unis en catastrophe, presque clandestinement, à la mairie du VIᵉ arrondissement. Il fallut bien que je fusse un jour présenté à ma belle-famille, les Dupuis, des industriels de Haute-Marne, inventeurs de machines agricoles, à la tête d'une importante usine, longue lignée catholique, six enfants, quatre filles deux garçons. Tous, pour accueillir un jeune marié de trente-huit printemps, avaient pris place autour de la table du déjeuner dominical et Clotilde, la mère, longue, mince, pieuse, vivant dans une familiarité presque gaie avec la mort, et aussi cuisinière hors pair, avait préparé un repas de noce fastueux et sans esbroufe. Je jouai mon rôle de gendre, je le tenais d'autant plus facilement que ma sympathie pour chacun croissait d'heure en heure, le naturel chassant la comédie initiale. Montier-en-Der, c'était la grande maison de maître, c'était mon beau-père René, qui me faisait visiter l'usine comme si elle était mienne, semblait prêt à m'ouvrir les comptes, me présentait aux ouvriers et cadres, m'exposait les projets, les difficultés. La maison avait sa salle de billard, René, étourdissant champion, m'instruisait sans m'écraser au cours d'interminables parties, dont je ne me lassais pas. Le billard en toute saison, la chasse en automne et en hiver dans de grands domaines forestiers proches de Colombey-les-Deux-Églises, Chamonix l'été, car il en avait escaladé toutes les aiguilles et continuait à le faire. Outre les leçons de billard, dont je n'ai rien retenu, je lui dois les bonheurs de l'attente et de l'imminence, posté « ventre au bois » sur une sente gelée et verglacée, guettant le déboulé d'une harde de sangliers, m'enchantant du langage infini, précis et poétique de la chasse — ne jamais tirer sur une laie « suitée de marcassins en livrée » —, je lui dois mes premières descentes en rappel à plus de quarante ans et le passage de l'alpinisme livresque dans lequel, on l'a vu, j'excellais à la lutte réelle contre le vide, contre la tétanisation des muscles au moment de franchir, dans les parois des Gaillands — hauts rochers d'apprentissage obligé pour tous les futurs grimpeurs —, des difficultés, considérables pour moi, de degré 5 ou 6. Pendant plusieurs étés, en compagnie de René et de son fils, mon beau-frère, François Dupuis, j'ai moi-même gravi les plus faciles des aiguilles de Chamonix. La première était celle de l'M, avec ses deux sommets : je me souviens de la marche d'approche très tôt le matin à partir de la station intermédiaire du téléphérique vertigineux de l'aiguille du Midi et de mon émotion lorsque j'arrivai au pied de l'M, touchant le roc déjà caressé par le soleil levant et tentant d'apercevoir la pointe que j'aurais à conquérir. Conquête joyeuse en vérité, d'une aisance qui me parut immméritée, mais que, parvenu à un ressaut de l'arête sommitale, René remit à sa juste place en me montrant à quel point ce que je venais de faire était dérisoire, comparé à ce qu'il avait, lui, accompli sur la même inoubliable façade de pierre tourmentée qui domine la vallée et se décline aiguille après aiguille. Alors que j'en prenais du regard la pleine mesure, il m'énumérait, avec le respect de celui qui sait, leurs noms et les problèmes que chacune d'elles posait au grimpeur : Petits Charmoz, Grands Charmoz, le Grépon, la traversée Charmoz-Grépon, le Peigne, etc. Pourtant, cela n'atténua en rien l'exaltation de ma victoire et je m'ouvris sérieusement le front à la redescente . il est normal que le héros saigne. Mon énergie cinétique est très grande, excessive à coup sûr. Quelques mois après cet épisode, Judith m'avait convaincu de lui offrir une robe, chère, dans un magasin de la rue François-Ier. Nous y allâmes. Ne trouvant pas de place pour ma voiture, je me garai en double file. Tandis qu'elle essayait, me demandant conseil et avis afin que j'en aie pour mon argent, j'aperçus du coin de l'œil un fourgon de police piler brutalement et des verbalisateurs se précipiter sur leur proie, ma bagnole, carnet à souches en main. Je marchai vers la porte pour les arrêter, je ne courais pas, je marchais : ce que, dans ma hâte, j'avais pris pour une porte ouverte était l'immense vitre transparente séparant le magasin de la rue, je passai, marchant, à travers la vitre, qui s'effondra, se brisant en mille équerres de verre acérées, l'une d'elles me sectionnant net l'artère iliaque. Mon sang giclait par vives saccades, Judith courait et criait, les flics me garrottèrent, me ruèrent à l'hôpital, sirènes hurlantes. La conjonction du zèle policier, de l'offrande à ma femme et de mon énergie cinétique m'avait coûté un maximum : je demeurai à l'hôpital quarante jours et ma jambe gauche est restée plus faible que la droite.

L'année qui suivit l'ascension de l'M, René Dupuis renonça devant moi à sa passion pour l'alpinisme. Il était parti avec un guide à l'attaque du fameux Peigne, qu'il avait déjà vaincu plusieurs fois et qui présente des passages extrêmement périlleux. On ne peut les franchir que d'un seul élan, en mobilisant audace et résolution musculaire. L'ascension dura bien plus longtemps que prévu : « Sans le guide, nous déclara-t-il au retour, je n'y serais jamais arrivé, il a dû me tirer à plusieurs reprises. L'alpinisme, pour moi, c'est fini, je suis trop vieux. » Il avait pris sa décision calmement, stoïquement, approuvé par les hochements de tête de celui qu'il engageait chaque été depuis des années. Nous fîmes encore, lui et moi, de longues marches jusqu'à des refuges de haute altitude, mais c'était autre chose. Avec Claude Jaccoux, qui fut président du Syndicat national des guides de haute montagne, je me confrontai à de rudes classiques, certaines pour débutants comme l'arête des Cosmiques, d'autres plus sévères comme la Tour ronde ou encore Midi-Plan, cataloguée comme « AD », assez difficile, course exténuante de neige, de glace et de roc, avec franchissement de barrières de séracs qu'il nous faisait dévaler, talons plantés, sans nous autoriser un seul arrêt pour réfléchir ou reprendre souffle, car le soleil déjà haut dans le ciel dardait droit sur les blocs de glace qui, déstabilisés, s'effondraient derrière nous dans un fracas de bombardement, nous contraignant à la fuite en avant. Midi-Plan part de l'aiguille du Midi pour aboutir au refuge du Requin, j'étais arrivé de Paris en voiture tard la veille au soir et j'avais rencontré Jaccoux vers minuit dans un bar de la station. Je l'aimais beaucoup, je l'avais connu plus par la littérature et *Les Temps modernes* que par la montagne : il avait abandonné son métier de professeur de lettres pour se vouer exclusivement au ski l'hiver, à l'alpinisme ou l'himalayisme l'été. Il était d'une grande beauté et ses clientes se le disputaient férocement. La rentrée de Claude à la fin du jour, avec son pur visage, ses boucles blondes, bardé de cordes, de pitons et de mousquetons, était un spectacle auquel se pressaient les amoureuses. Il m'avait dit, dans le bar : « Je pars demain à l'aube avec un Américain faire Midi-Plan. Si tu veux venir, je te prends. » J'avais répondu oui, sans savoir ce que Midi-Plan signifiait, sans lui dire que je n'avais aucun entraînement, pensant surtout au fait que le riche Américain, Jeremy, paierait l'expédition. Il nous fallut sept heures ininterrompues pour parvenir, affamés, au Requin. Jaccoux nous quitta le repas à peine terminé, d'autres clients qui avaient remonté la vallée Blanche depuis le Montenvers venaient d'arriver et il les emmenait pour une escalade de rocher qui les contraindrait à bivouaquer de nuit dans la paroi. C'était la haute saison d'été, donc, pour Jaccoux, le plein emploi. Jeremy et moi quittâmes le refuge pour descendre les kilomètres de la vallée Blanche, grimper la roide pente du Montenvers, prendre le chemin de fer du même nom pour regagner Chamonix s'il n'était pas trop tard ou alors le faire à pied, c'est-à-dire marcher encore près de 7 000 mètres. Nous ne savions pas quel calvaire nous allions endurer : courbaturés, ankylosés par l'arrêt au Requin, nous fûmes pris, tandis que nous commencions à slalomer entre les crevasses de la vallée Blanche, dans un orage épouvantable, colère des dieux, ciel d'enfer, pluie diluvienne, zigzags de foudre qui frappaient de tous côtés, tonnerre déchaîné qui se répercutait en échos assourdissants. Trempé, aveuglé par la densité du déluge, cerné par les éclairs, je pensai soudain à nos piolets qui risquaient d'attirer la foudre et je hurlai à Jeremy : « Alpenstock, alpenstock ! », lançant le mien le plus loin possible afin qu'il comprenne et en fasse autant. Nous n'atteignîmes le Montenvers qu'à la nuit tombante, il nous fallut encore trois heures pour rejoindre l'hôtel Mont Blanc, où je prenais pension. Je ne pus me lever ni le lendemain ni le jour suivant tant les courbatures rendaient tout mouvement intolérablement douloureux, et il fallut bien une semaine entière pour que je retrouve ma mobilité antérieure. Je restais au lit presque tout le jour, le temps était superbe, j'apercevais le mont Blanc étincelant par ma fenêtre ouverte, je lisais et j'ai gardé de ces longues heures de repos forcé le souvenir d'un immense bonheur physique autant que moral — quelle paix dans mes os ! —, gâché seulement par l'annonce de l'invasion de la Tchécoslovaquie, les chars soviétiques à la télévision marquant cruellement la fin du printemps de Prague. Nous étions donc en août 1968.

Juillet 1969, un an plus tard, c'est la nuit, je me trouve dans la petite chambre d'hôtel inconfortable d'un aber de Bretagne, l'Aber-Wrach, et j'écris pour *Elle* un article, sur Jaccoux précisément, que j'ai proposé moi-même. Je dois coûte que coûte avoir terminé à l'aube pour dicter ma copie au journal avant de prendre la route vers Chamonix, où m'attend la famille Dupuis au grand complet, et aussi Jaccoux qui prétend m'entraîner vers d'autres aventures. Mais cette nuit est sans pareille : sur un vieux poste de télévision, petit, crachotant, l'image brouillée la plupart du temps, j'assiste au premier alunissage de l'histoire des hommes. J'oublie *Elle*, Jaccoux et tous les sommets de la terre, le dialogue entièrement sec, technique, dépourvu de pathos, échange de chiffres, de codes, de coordonnées, entre la voix de Neil Armstrong, qui nous parvient incroyablement présente par-delà les espaces infinis, et celle du directeur des vols de la NASA, à Cap Canaveral en Floride, emporte tout, relègue mes tâches terrestres au second plan. Le suspense ne cesse de croître au fur et à mesure que le gallinacé étrange, avec ses quatre guibolles minces comme des fils d'acier flexible, qui transporte deux pionniers humains vers l'inconnu, s'approche d'on ne sait quelle mer de la Tranquillité. La tension se fait palpable, plus insoutenable de minute en minute, l'urgence dément le calme, la quasi-indifférence auxquels semblent s'astreindre les deux seules voix qui se font entendre. Lorsque Armstrong et son copilote déclenchent les réacteurs de ralentissement qui permettront de réduire à presque zéro la faible gravité lunaire afin de poser avec la plus extrême douceur l'engin sur l'astre et qu'ils commencent à décompter les mètres qui les séparent de l'alunissage, c'est l'imminence absolue et le cœur qui s'arrête de battre. Quand, après une attente qui me parut interminable, après un très long plan fixe sur le gallinacé, Armstrong nous apparut dans sa blanche armure et commença à descendre les quelques degrés de la courte échelle de coupée et que, posant son pied droit sur l'écorce du satellite mort, il prononça, de sa claire et distincte voix américaine, la phrase célèbre, préparée et répétée pour qu'il la plantât comme un drapeau de victoire : « un petit pas pour l'homme, un grand pas pour l'humanité », je versai des larmes d'hommage au génie humain. Puis je quittai ma chambre pour le sable blond d'une plage déserte de l'aber et me jetai dans l'océan. Je nageai de toutes mes forces. Mon article sur Jaccoux et la haute montagne fut terminé à temps.

CHAPITRE XVII

Je prends conscience, relisant le chapitre joyeux que je viens d'achever et à l'instant de commencer celui-ci, que, pendant une décennie entière, entre 1952, année de mon premier séjour là-bas, et 1962, qui vit la fin de la guerre d'Algérie, Israël disparut de mes préoccupations ou n'y tint du moins qu'une place très secondaire. La vie avec Simone de Beauvoir, les voyages, la découverte du monde, mon travail alimentaire, les luttes anticoloniales, *Les Temps modernes,* m'avaient requis tout entier. Sans appartenir à un parti — les réunions de comités et les obligations du militantisme professionnel m'ennuyaient à périr —, je me passionnais pourtant pour la politique en France, la politique au sens primordial que je donne à ce terme et qu'on jugerait à coup sûr vieillot et dépassé aujourd'hui où le triomphe de la technocratie et l'expertise généralisée brouillent tout, masquent la réalité inexorable de la matérialité humaine : la lutte des classes existait alors et, éprouvant moi-même depuis l'enfance qu'on peut être lâché par tous ses amis si on perd son rang, qu'arrive un moment où plus personne ne vous viendra en aide, qu'on peut mourir de faim, de froid et de solitude, j'étais extraordinairement sensible à tout ce qui, à mes yeux, ressortissait à la nudité du besoin et au dévoilement de la violence fondatrice des relations entre les hommes. Quand Julien Sorel, quelques heures avant d'être guillotiné, tente de maîtriser sa peur et d'imposer silence à son émotion en raisonnant sans répit sur sa vie et sa mort, il a cette parole d'une sublime simplicité : « Jamais les hommes de salon ne se lèvent le matin avec cette pensée poignante : "Comment dînerai-je ?" » Et Stendhal, quelques lignes plus bas, lui prête ce commentaire : « Il n'y a point de *droit naturel*. […] Il n'y a de *droit* que lorsqu'il y a une loi pour défendre de faire telle chose, sous peine de punition. Avant la loi, il n'y a de *naturel* que la force du lion, ou le besoin de l'être qui a faim, qui a froid, le *besoin* en un mot[1]… »

Il y eut à Saint-Nazaire, aux Chantiers de l'Atlantique, en juin 1955, des émeutes ouvrières durement réprimées, avec des blessés en nombre. Je décidai de m'y rendre et d'écrire pour la revue, j'y restai tout un mois sans revenir à Paris, nouant des rapports chaque jour plus étroits et bientôt fraternels avec les syndicalistes et les ouvriers considérés comme meneurs, que la direction des Chantiers, véritable patronat de choc, avait mis à pied, les laissant sans ressources et les isolant de leurs camarades. Saint-Nazaire était une ville assez sinistre, entièrement détruite durant la guerre, reconstruite en hâte selon un plan tristement rectiligne. Mais je m'y sentais bien, j'aimais ces hommes, je menais une vie ascétique, j'apprenais l'his-

---

1. Les italiques sont de Stendhal.

toire des Chantiers de l'Atlantique, j'interrogeais ouvriers, contremaîtres, ingénieurs, voulant tout connaître de ce qui avait trait à la construction navale, ébloui par la façon dont croissait jour après jour dans une cale géante un grand bâtiment de mer sur les ponts duquel s'affairaient des centaines de travailleurs. On comprenait aussi la précarité de l'emploi, non seulement des manœuvres, mais encore des ouvriers professionnels, orgueilleux de leur métier. Car la raréfaction ou l'absence des commandes, dues déjà alors à la concurrence asiatique, signifiaient licenciements et chômage. Aux Chantiers, les salaires n'avaient pas été revalorisés depuis très longtemps malgré les promesses faites. La base, excédée, avait débordé les organisations syndicales et occupé les bureaux de la direction. Les syndicats avaient suivi le mouvement, proclamant une grève générale unitaire. Après un mois, le gouvernement résolut de la briser impitoyablement. La belle unité syndicale vola en éclats et quelques ouvriers, qui s'étaient héroïquement battus contre les CRS, me recevaient chez eux, avec leurs femmes et leurs gosses, sachant qu'ils étaient stigmatisés à vie, et leur défaite était d'une tristesse infinie, me touchait personnellement au cœur.

Ce départ pour Saint-Nazaire coïncidait avec un numéro spécial que *Les Temps modernes* venaient de publier au mois de mai, intitulé *La Gauche*, dans lequel j'avais donné un très long texte, « L'homme de gauche », précédé d'un article de Simone de Beauvoir sur « La pensée de droite aujourd'hui ». J'avais beaucoup étudié la révolte des canuts lyonnais et les insurrections de 1834. Ce qui m'avait frappé, c'était tout à la fois l'expression bouleversante de la force du besoin humain et la timidité de la revendication, les détours qu'elle prend, toute vitale qu'elle soit, pour oser s'exprimer, le respect inouï des ouvriers en lutte envers leurs oppresseurs ou les représentants de ces derniers. Ils crient « Vive le préfet ! Vive notre père ! » lorsqu'une mince concession leur est accordée pour mieux les démobiliser, pour qu'ils abaissent leur garde avant que les patrons de droit divin ne fassent donner la troupe pour les écraser. La longue marche de la prise de conscience prolétaire et de la constitution des organisations ouvrières était, il y a un demi-siècle, un sujet de réflexion pas du tout abstrait parce qu'il demeurait — Saint-Nazaire en administrait la preuve — notre actualité, même si celle-ci était déjà enceinte du monde étrange et lugubre qui est le nôtre aujourd'hui, où l'inhumaine indifférence de l'homme pour l'homme semble un fait de nature, accepté comme tel, où le rejet des faibles dans les oubliettes de l'Histoire paraît aller de soi.

Malgré tout ce que j'ai su, tout ce que je sais aujourd'hui, de la face noire et sanglante du communisme réel, malgré ma propre expérience du cynisme et de la traîtrise du PCF pendant la Résistance, malgré ma haine des procès de Moscou ou de Prague, l'Union soviétique resta longtemps comme un ciel sur ma tête. Et sur celle de beaucoup d'hommes de ma génération. Cela tient à l'invasion allemande de 1941, aux sacrifices inouïs consentis alors par tous les peuples de l'URSS, à la victoire de l'Armée rouge à Stalingrad, qui marqua un tournant décisif dans le cours de la guerre. Nous devions à l'URSS une large part de notre libération, elle demeurait en outre dans nos esprits, et en dépit de tout, la patrie, la possibilité et le garant de l'émancipation humaine. Nous découvrions Marx, en 1945, avec sérieux et enthousiasme, il fallait que l'Histoire eût un sens, à quoi bon vivre sans cela? Ce que Sartre écrit dans *Les Mots* à propos de son athéisme, « entreprise cruelle et de longue haleine », je puis le reprendre à mon compte s'agissant du « ciel sur la tête » : en finir avec l'utopie m'a pris du temps. Je confesse avoir eu les larmes aux yeux à la mort de Staline, non pas à cause de la disparition du dictateur sanguinaire, qui me laissait froid, mais parce que je lus le récit de ses obsèques dans *France-Soir* et qu'une phrase, dans l'interminable litanie des regrets et de la déploration, m'émut fortement. La voici : « Les marins militaires soviétiques inclinent leurs drapeaux de combat... » Peut-être mon émotion était-elle due à l'allitération, peut-être aux drapeaux de combat, je ne sais. Elle fut réelle et fugitive.

Les déclarations belliqueuses et pour moi stupéfiantes de Ben Bella eurent comme conséquence, non seulement de me faire rompre avec cette Algérie en laquelle j'avais mis tant d'espoir de fraternité et de réconciliation, mais aussi d'amener au premier plan le péril auquel Israël aurait pendant longtemps à faire face. Là où beaucoup ne voulaient voir que langue de bois et rhétorique arabes, je prenais au contraire les mots et les menaces au sérieux, mesurant que la haine et l'irrédentisme n'auraient pas de fin tant que l'objectif proclamé de la destruction de l'État juif ne serait pas atteint. Cette sinistre évidence, à laquelle je m'étais jusqu'alors dérobé et qui, étonnamment, ne m'était pas apparue, dix ans plus tôt, lors de mon premier voyage, tant les questions métaphysiques ou, mieux, ontologiques posées par son improbable existence l'avaient emporté en moi sur tout, me masquant le danger, existentiel précisément, couru par la jeune nation, surgissait maintenant à pleine force. L'idée d'un numéro spécial des *Temps modernes* sur le conflit israélo-arabe me fut suggérée par Simha Flapan, un Israélien de Hachomer Hatzaïr, membre du kibboutz Gan Shmouel, emblématique du sionisme de gauche. Simha, homme d'une intraitable douceur, né en Pologne, arrivé en Palestine avant la Seconde Guerre mondiale, consacrait toutes ses forces à l'entente entre Israéliens et Palestiniens. La fuite des Arabes de Palestine, quand fut proclamée, en mai 1948, la création de l'État d'Israël, l'attaque des pays arabes, la guerre d'indépendance l'avaient marqué profondément, il était incroyablement conscient des raisons et des torts réciproques et, avec cette douceur obstinée qui lui était un entregent, s'employait, par des articles, par son excellence dans le sport national israélien du *fund raising*, à mobiliser bonnes volontés et argent pour parvenir à ses fins. Il venait d'être nommé délégué général de Hachomer Hatzaïr en France, y revitalisait la gauche juive pro-israélienne, par exemple le Cercle Bernard-Lazare, voyageait beaucoup, nouait des relations avec des journalistes arabes. Flapan était véritablement ce qu'on appelle un homme d'influence. Il me fit connaître Ali el Saman, un correspondant de presse égyptien, qui m'enchantait par sa vitalité, son humour tranchant, sa rare intelligence politique, l'amitié expansive qu'il professait pour moi. Nous devînmes très proches. Quand le principe d'un numéro des *TM* fut acquis et approuvé par Sartre, Flapan organisa un voyage exploratoire en Israël afin que j'y choisisse les contributeurs de la partie juive. Si j'avais obéi aux désirs de Flapan, ceux-ci eussent appartenu à la seule gauche israélienne, mieux encore au seul Hachomer Hatzaïr et à son parti, le Mapam, il était aveugle à tout le reste. Je découvrais que Flapan et les siens ne représentaient qu'une minorité dans le pays et que toutes les tendances, même droitières, devaient avoir la possibilité de s'exprimer dans un pareil travail, sur un pareil sujet. J'ai de toute façon toujours été, s'agissant d'Israël, bien plus sensible à ce que les Israéliens ont en commun qu'à ce qui les divise, au consensus plus qu'au dissensus.

Je fis donc un deuxième voyage, découvris un Israël que je ne connaissais pas et réussis à faire admettre à Flapan le bien-fondé de ma position. C'est Ali qui prendrait en charge la partie arabe. Après des négociations longues et tatillonnes, il avait été convenu que la revue serait un pur réceptacle et non pas une tribune de discussion : les Arabes, pour la première fois, consentaient à figurer aux côtés des Israéliens dans une même publication, mais à la condition qu'ils fussent totalement maîtres du choix de leurs auteurs, des thèmes traités, et que personne ne répondît à personne. Il y aurait dans le numéro un bloc arabe et un bloc israélien, entièrement séparés, ce que Sartre, dans son avant-propos, appela « la conti-

guïté passive ». J'expliquai, dans ma propre introduction, que cette contiguïté nous avait pourtant
coûté de la sueur et des larmes. Je n'entrerai pas dans
les détails, mais un auteur algérien, Razak Abdel
Kader, qui m'avait adressé, de son chef, un remarquable article, fut récusé par Ali et la partie arabe
parce qu'il épousait trop le point de vue de l'« ennemi ». C'était à prendre ou à laisser, nous pliâmes
et prîmes. De même, Maxime Rodinson, Juif français d'origine bundiste polonaise, communiste, antisioniste à la fois théorique et viscéral, islamologue
de son métier, offrait à la partie arabe un long pam-
phlet de quatre-vingts pages intitulé : « Israël, fait
colonial ? » Les Arabes revendiquèrent que ce texte
ouvrît leur ensemble, autrement dit le numéro, puisque nous leur avions accordé de tirer les premiers.

Il fallut deux années pour conduire à son terme
cette entreprise sans précédent : à l'exception de quelques articles, le numéro, intitulé sans fioritures *Le
Conflit israélo-arabe*, était pratiquement prêt au début de l'année 1967. Il aurait mille pages et j'avais
réussi à maintenir contre vents et marées un équilibre savant dans le nombre des articles de chaque
partie, sinon dans celui des pages. Sauf Rodinson,
les articles arabes — palestiniens, égyptiens, marocains, algériens — étaient nettement plus brefs que
ceux des Israéliens.

Ce que j'avais pressenti au cours de notre commun
travail se vérifia alors : Ali était lui aussi un homme
d'influence et son implication dans le lancement et
la réalisation du projet était comme l'accomplissement d'une véritable mission d'ordre politique qui

lui avait été confiée par le pouvoir égyptien. Il m'annonça que, pour célébrer la future parution du numéro (son propre article, m'avait-il dit, serait terminé juste avant l'impression), Sartre, Simone de Beauvoir et moi serions invités en Égypte par Mohamed Hassanein Heykal, le directeur d'*Al-Ahram*, le plus grand quotidien du Caire, fidèle et ami personnel du raïs, Gamal Abdel Nasser. Le voyage, de deux semaines, était prévu pour mars. C'était en vérité comme un voyage officiel, il ne pouvait avoir lieu qu'avec l'accord de Nasser en personne, ce qui permettait de mesurer la puissance de l'entremise d'Ali. Mais cette invitation, qui me réjouissait beaucoup, en appelait une autre, celle d'Israël. La différence, c'est qu'il n'y avait pas de Nasser israélien et que Sartre ne consentait à être invité que par la gauche israélienne, c'est-à-dire Flapan et ses amis. Je n'évoque ici du séjour en Égypte — Simone de Beauvoir l'a à coup sûr raconté —, à la fois touristique et politique, que quelques éclats de mémoire : le fouillis sans loi du Musée du Caire, la Cité des morts, l'éblouissement de Louqsor et de la Vallée des Rois, l'ouverture pour Sartre des plus précieuses tombes fermées aux visiteurs ordinaires, Assouan et ses cataractes, le formidable barrage du Nil, conçu et réalisé par les Soviétiques, haute et large muraille de terre et de pierre, « barrage poids » sans beauté mais indestructible, que les spécialistes opposent au « barrage voûte » dont la grâce aérienne peut s'avérer mortelle si la plus infime erreur s'est glissée dans les calculs des ingénieurs qui le dessinèrent. Et, en amont du barrage, le survol, dans un Cessna à quatre places envoyé par le raïs, de l'immense retenue du fleuve, appelée lac Nasser, si miroitante et attirante sous le dur soleil du grand Sud égyptien que je rêvais d'y plonger et d'y nager jusqu'à ce que le pilote m'informât que toute baignade était interdite en ces eaux tant elles étaient infestées par la bilharzie, l'atterrissage enfin à Abou-Simbel, aux portes du Soudan, où, chassées par la construction du barrage, les merveilles d'Assouan avaient été déménagées et se trouvaient en cours de réinstallation. Dans une felouque-restaurant amarrée au Caire sur une rive du Nil, la plus célèbre des danseuses du ventre d'Égypte tournoie autour de la table où nous dînons en compagnie du directeur d'*Al-Ahram*, me prend la main et m'attire au centre de la scène, où je demeure immobile, comme un poteau totémique, sous les yeux de Sartre, du Castor, d'Ali, tandis que ses hanches en folie, les audaces et les brusques reculs de son pubis, me l'offrent et me la dérobent, insupportablement. Cela dura longtemps. Quand elle eut fini, elle s'inclina devant Heykal en l'appelant, poésie pure pour moi, « Effendi ».

Nasser nous reçut pendant plusieurs heures dans un grand branle-bas des services de sécurité, dans l'affairement et les chuchotis déférents de ceux qui nous ouvraient les portes conduisant à son bureau. L'« officier libre » qui avait chassé le roi Farouk, nationalisé le canal de Suez, transformé en victoire politique l'expédition militaire franco-anglo-israélienne de 1956, proclamé avec la Syrie la République arabe unie, contraint la plupart des Juifs d'Égypte à quitter le pays, était très grand, timide, impressionnant par sa voix douce et de beaux yeux d'un noir profond qui semblaient l'ausculter lui-même en même temps qu'ils dévisageaient son interlocuteur. En d'autres termes, il réfléchissait, se consultait en parlant, il n'y avait rien de tout fait et de répétitif dans ses propos. On ne se trompe pas sur les hommes d'État, à l'évidence il en était un. Je me souviens qu'il brossa un tableau général de la situation, envisageant les termes du conflit, ses diverses solutions et l'impossibilité de chacune d'elles. Il termina par la dernière hypothèse, formulée en trois mots sous forme de question : « Alors, la guerre ? », répondant lui-même à son interrogation : « Mais la guerre, c'est très difficile… » Il nous félicita pour le numéro des *Temps modernes*, Ali, au teint naturellement bistre, était rouge de fierté et je compris que sa carrière venait de faire un bond en avant. Le raïs était averti de tout, savait parfaitement qui j'étais, connaissait mes liens avec Israël, et, à plusieurs reprises, sans qu'on pût se méprendre sur ses arrière-pensées, s'adressait à moi seul et me regardait.

Au cours du voyage d'Égypte, Sartre était visiblement en proie à des tensions contradictoires. Il avait un programme très chargé — conférence plénière à l'université du Caire, conférences de presse, interviews, rencontres avec des écrivains, etc. — et se libérait le soir en buvant à l'excès. Nous étions logés à l'hôtel Shepherd, un vieux et célèbre palace britannique, et nous dûmes plus d'une fois, Ali et moi, le ramener titubant dans sa suite. Il souffrait mal de se trouver dans notre dépendance et, une nuit, plus saoul encore qu'à l'accoutumée, tandis que nous le soutenions, il se mit à nous insulter d'une voix pâteuse, nous traitant de « pédés », insinuant que nous étions le meilleur exemple de solution au conflit. Ali, qui ignorait tout du caractère teigneux et des délires d'ivrognerie de Sartre, n'en croyait ni ses yeux ni ses oreilles. J'avais, moi, l'habitude et je lui affirmai qu'il n'en resterait rien le lendemain, que le grand homme n'en garderait nul souvenir. Je n'aimais pourtant pas ce que j'avais entendu, je m'en ouvris au Castor qui, comme moi, avait décelé combien Sartre était écartelé entre son inclination pour ces Égyptiens pleins de charme et de faste qui nous recevaient, plus généralement pour la cause arabe, et l'anxiété inavouée que faisait naître en lui le départ prochain vers Israël. Je compris que j'étais à ses yeux le rappel de ce futur, une sorte de statue du Commandeur, gardien d'Israël, qui lui interdisait de jouir pleinement de la séduction arabique et veillait au maintien d'un minimum d'impartialité.

Le point d'orgue de cette discorde rentrée fut atteint au cours de notre visite à Gaza, alors sous administration égyptienne. Nasser avait mis à notre disposition un avion de ligne, rempli d'officiels et de journalistes accompagnateurs se disposant à noter pointilleusement nos réactions et commentaires devant les horreurs qui étaient la raison de cette étape : les camps de réfugiés palestiniens. L'appareil fit une escale, que rien ne justifiait, à la base militaire d'El Arish, sur la côte méditerranéenne du Sinaï : il avait une autonomie de vol bien suffisante pour relier d'une traite Le Caire à Gaza. Nous restâmes à El Arish environ trente minutes, largement assez pour assister à un entraînement, préparé de toute évidence à notre intention, de Mig 21 de l'armée de l'air égyptienne. Démonstration pleine de panache et de virtuosité. J'étais frappé par la haute taille et l'allure aristocratique des pilotes. Qui eût pu, à cet instant, imaginer que, trois mois plus tard, le même aéroport, les mêmes pistes, les mêmes avions seraient détruits en quelques minutes, avec tous les autres terrains du Sinaï, de la vallée du Nil et la quasi-totalité de la flotte aérienne égyptienne, par l'aviation d'Israël inaugurant ainsi par une attaque éclair une guerre qui durerait six jours, entrerait dans l'Histoire sous ce nom et changerait la face du Moyen-Orient ? Nous fûmes accueillis à Gaza par toute la nomenklatura palestinienne, dont le leader n'était pas encore Yasser Arafat, mais Ahmed Choukeyri, à qui la guerre des Six-Jours allait faire perdre la face comme le pouvoir, puis nous fûmes emmenés dans les ruelles proprettes de deux camps de réfugiés, mitraillés de caméras et de micros, briefés tout à la fois par des commissaires politiques coiffés de chapeaux mous et les youyous des noires matrones palestiniennes hululés sur notre passage. Sartre ne résista pas au banquet qui suivit, aussi étonnant par le nombre des invités égyptiens et palestiniens — les notables, les grands propriétaires, tous les riches Gazaouis y prenaient part — que par l'abondance des mets servis. Ce banquet sans alcool était un vrai festin, qui détonnait avec les youyous du malheur entendus dans la matinée. Il y eut aussi les prises de parole, chaque discours palestinien était un chant de guerre, qui laissait clairement entendre qu'une conflagration, même mondiale, était préférable à tout règlement, à toute solution prosaïque du problème des réfugiés. Sartre osa répondre avec une sincérité extraordinaire, née de l'indignation dans laquelle l'avaient plongé les camps, le festin, les discours. Il parla de l'immensité des territoires arabes, de la richesse extrême de certains pays, ne comprenant pas pourquoi on laissait croupir les gens à Jabaliya ou Dar El Bayla, les abandonnant aux subsides de l'UNRRA (Administration des Nations unies pour les secours et la reconstruction), pur produit, leur disait-il, d'un impérialisme américain qu'ils prétendaient exécrer, au lieu de faire agir matériellement la solidarité arabe et d'en terminer maintenant avec ce cancer, quelle que puisse être l'issue du conflit. Mon accord avec la teneur du discours de Sartre était total, je me gardai pourtant de l'approuver publiquement et même de le lui signifier en privé : je craignais que pareille manifestation de solidarité de ma part ne tendît encore plus nos relations au lieu de les apaiser. Mais les Palestiniens en chapeau mou d'Ahmed Choukeyri tenaient à ce que nous nous approchions au plus près de l'ennemi : banquet et discours achevés, nous fûmes conduits sur la ligne de démarcation de l'armistice de 1948 et on nous montra le poste de garde israélien. J'étais en proie à un drôle de jeu de miroirs car je m'étais trouvé dans ce même poste, peu de temps auparavant, faisant face à Gaza et la regardant de tous mes yeux. J'étais donc le seul à connaître les lieux et je ne résistai pas à décrire et nommer, bras tendu, les kibboutzim de la frontière, qu'on apercevait au loin. J'ai chez moi une précieuse photographie de cette scène, où l'on me voit, auprès d'Ali, juste derrière Sartre et le Castor, eux-mêmes entourés des gens de Choukeyri, jouer avec entrain ce rôle de guide.

Mais il n'y avait aucun moyen de passer cette frontière pour nous rendre à Tel-Aviv, à peine distant d'une soixantaine de kilomètres, où nous étions attendus. Afin de gagner Israël, nous n'avions pas d'autre choix que de faire une escale à Athènes. Arrivés du Caire en fin d'après-midi, nous y dînâmes et y restâmes une nuit. Sur Israël, Sartre n'avait emporté qu'un seul livre, qu'il parcourut avec entêtement pendant tout le repas, malgré les objurgations scandalisées du Castor et les miennes : *Fin du peuple juif ?* du sociologue Georges Friedmann, spécialiste du travail, qui, dix-huit mois auparavant, avait commis ce livre radicalement antisioniste, dont la thèse centrale était qu'Israël abolissait la judéité, celle-ci ne pouvant s'exprimer et s'épanouir qu'en diaspora. Le moins qu'on puisse dire est que Sartre entreprenait la deuxième partie d'un périple en principe réconciliateur avec un préjugé fort défavorable. La balance de ses penchants n'était pas égale. Je le lui dis, le Castor pensait absolument comme moi et c'est alors que je pris la décision de ne passer avec eux en Israël que très peu de jours. Nous fûmes accueillis, dès notre arrivée, par un joyeux, démocratique et sympathique désordre. Les Israéliens qui nous invitaient avaient fait de leur mieux, mais leurs moyens ne pouvaient s'égaler à ceux du pouvoir d'État égyptien. Je me mis ouvertement en colère contre Sartre quand Flapan entreprit de nous exposer le programme du séjour. Cet homme de gauche au-dessus de tout soupçon avait prévu une rencontre avec l'armée, visite d'un camp militaire, discussion avec officiers et soldats. Sartre refusa tout net : pas question d'entrer en contact avec un seul uniforme, même féminin. C'était vraiment ne vouloir rien comprendre à Israël, au rôle crucial que jouait l'armée de conscription d'un tel pays dans l'éducation, le melting-pot d'immigrants venus du monde entier, la formation d'une identité nationale, sans rien dire de sa mission première et vitale : la Défense. C'était accepter de n'avoir qu'une vision très amputée. Je le lui dis, lui demandai quels étaient ses juges et ce qu'il craignait, mais il était fermé comme une huître, il fut impossible, à mon grand désarroi et à la vraie tristesse de beaucoup d'officiers qui étaient en même temps des intellectuels, ses lecteurs, de le faire changer d'avis. Le deuxième jour, le programme prévoyait une visite de l'Institut Weizmann des Sciences et un déjeuner avec des savants de toutes disciplines. Quand nous pénétrâmes dans un grand laboratoire du département de biologie, Michael Feldman, son directeur, reçut Sartre avec ces paroles : « Monsieur Sartre, il y a dans cette salle au moins dix personnes qui n'auraient pas refusé le prix Nobel. » Là encore, le courant ne passa pas : ils n'étaient pas militaires mais, s'exprimant en anglais, ils avaient selon Sartre un accent américain trop parfait, signe manifeste d'impérialisme consubstantiel.

Je rentrai en France, Sartre et le Castor poursuivirent le voyage à leur guise, avec pour guide Ely Ben-Gal, Juif français de Lyon, membre du kibboutz Baram et de Hachomer Hatzaïr, sans moi comme mentor qui ose leur dire quoi penser. Nous étions fin mars 1967, il fallait mettre la dernière main au numéro des *Temps modernes*, les événements en même temps allaient se précipiter, les déclarations se firent de jour en jour plus menaçantes et Nasser, qui s'était interrogé devant nous : « Alors, la guerre ? Mais la guerre, c'est très difficile... », sembla en avoir oublié les difficultés et procéda à une inquiétante escalade, renvoyant soudainement les contingents de l'ONU installés dans le Sinaï, depuis l'expédition de Suez de 1956, comme force d'interposition entre l'Égypte et Israël, puis fermant le détroit de Tiran, acte d'hostilité ouverte contre Israël puisque cette fermeture revenait à lui interdire une de ses voies maritimes essentielles, celle de la mer Rouge. Ayant commencé l'escalade, Nasser était contraint de la poursuivre pour qu'on le prît au sérieux, les étapes semblaient s'enchaîner irrésistiblement comme dans un engrenage que plus personne ne maîtrisait : conclusion d'accords de défense avec la Syrie et la Jordanie, surtout rappel et déploiement de troupes dans le Sinaï presque jusqu'aux frontières d'Israël. Israël était en danger, le tocsin sonnait dans nos cœurs, les nouvelles que nous recevions de là-bas nous alarmaient chaque jour davantage, de nombreux Israéliens parmi nos amis semblaient terrifiés et leurs craintes devenaient les nôtres. La diaspora européenne se mobilisait, en France particulièrement, une union sacrée se formait, rassemblant des mouvements d'ordinaire antagonistes ou des individus entre lesquels l'inimitié était plutôt la règle. Au cours d'un meeting décidé en urgence et qui se tint place Saint-Germain-des-Prés, à Paris, j'eus la surprise de voir arriver Pierre Vidal-Naquet, dont l'amour de Sion n'était pas le fort. Mais il éprouvait comme nous tous qu'Israël courait un péril majeur et il ne le tolérait pas. La politique du gouvernement français accroissait notre anxiété : de Gaulle avait reçu Abba Eban, le ministre des Affaires étrangères israélien, venu lui demander quelle serait la position de notre pays si Israël, qui se considérait en état de légitime défense, prenait les devants pour desserrer l'étreinte, autrement dit, attaquait le premier. Le Général lui rétorqua qu'Israël n'était pas suffisamment « établi » pour résoudre ses problèmes par lui-même, que la recherche d'un dénouement devrait être laissée aux grandes puissances, et lui intima : « En aucun cas, ne tirez la première salve », menaçant de proclamer un embargo sur les armes — la France était alors le principal fournisseur d'Israël. La menace n'était pas vaine : de Gaulle décréta l'embargo le 2 juin 1967, précipitant selon toute vraisemblance le déclenchement de la guerre, trois jours plus tard. Ma prise de parole au meeting de Saint-Germain-des-Prés fut enflammée : je proclamai que, après Auschwitz, la destruction d'Israël était inconcevable et que, si d'aventure elle se produisait, je ne pourrais, pour ma part, supporter de vivre plus longtemps. Je conclus mon intervention en appelant à la formation de véritables « brigades internationales de la juiverie, ou de la juiverie internationale, au choix ! », péroraison qui fut saluée d'applaudissements nourris. Qu'on m'entende : je n'ai jamais tenu Israël pour la rédemption de la Shoah, l'idée que six

560

millions de Juifs auraient donné leur vie pour qu'Israël existe, ce discours téléologique, manifeste ou sous-jacent, est absurde et obscène. Le sionisme politique est bien antérieur à la Seconde Guerre mondiale, même si les dirigeants sionistes réunis en 1942 à l'hôtel Biltmore de New York, ne croyant pas à la possibilité de secourir les Juifs d'Europe, désignaient le Foyer national juif et le futur État d'Israël comme le seul salut : un bien naîtrait d'une catastrophe. La fin de *La Liste de Schindler,* de Steven Spielberg, se passe en Israël où les survivants sauvés par Schindler défilent pour déposer, selon le rituel juif, des petits cailloux sur la tombe de leur bienfaiteur. Au contraire, la dernière séquence de *Shoah* montre un convoi de wagons de marchandises qui roule sans fin, au crépuscule, dans la campagne polonaise. Mais il n'y avait pas besoin de croire à une quelconque rédemption ou finalité salvatrice pour être révulsé par la perspective d'une seconde saignée pratiquée sur le même peuple, à vingt-cinq ans d'intervalle. Car il est également vrai que l'État d'Israël est né de la Shoah, qu'une relation causale complexe et profonde noue ces deux événements clés de l'Histoire du xxe siècle et que la population d'Israël a pour noyau des rescapés et des réfugiés à bout de souffrance. Au cours de ces semaines d'angoisse, je reçus enfin l'article d'Ali, resté en Égypte. Il n'y allait pas par quatre chemins, j'étais furieux, je me sentais trahi par un ami, mais au moins les choses étaient claires, la conclusion de son texte, dans un numéro spécial qui avait la paix pour horizon même très lointain, était une plate imprécation antisioniste qui, en dernier ressort, appelait à la guerre : « Puis-je pour terminer dire combien *je hais ce sionisme qui sépare l'Arabe du Juif* ? » (les italiques sont de lui). Une pétition de soutien à Israël circula et on me demanda de la faire signer par Sartre. Je la lui donnai à lire devant chez lui, sur un trottoir du boulevard Raspail, il accepta, sans enthousiasme je l'ai dit, mais il signa. Le numéro des *TM,* dont il avait lu un certain nombre d'articles, lui plaisait. Il rédigea son introduction juste avant que nous ne missions sous presse, sa dernière phrase commençait par : « Même si le sang coule [...] », et il disait dans le même texte : « N'oublions pas que ces Israéliens sont aussi des Juifs... », Georges Friedmann ne l'avait donc pas entièrement perverti. J'écrivis alors aussitôt mon avant-propos, qu'il approuva avec chaleur. Le numéro parut le 5 juin 1967, premier jour de la guerre. C'est Israël qui avait attaqué. *Le Conflit israélo-arabe* fut un succès de librairie unique dans l'histoire des revues, nous dûmes procéder à des retirages successifs, il se vendit, de ce gros volume de mille pages, plus de cinquante mille exemplaires, il demeure encore aujourd'hui un ouvrage de référence, certains textes gardent toute leur actualité, d'autres permettent de mesurer à quelles très lointaines et obscures profondeurs s'enracine le conflit et combien le chemin de la paix, si elle advient jamais, est rude et escarpé.

La guerre des Six-Jours, contrairement à ce qui se ressasse depuis quarante ans, ne fut pas une promenade militaire fleur au fusil. Les pertes de Tsahal, en tués et blessés, furent considérables et très douloureusement ressenties par un peuple contraint à la guerre. L'ampleur de la victoire ne les compensait pas. Mais les généraux d'Israël avaient fait preuve d'un génie stratégique inégalé et les Juifs combattants d'un courage et d'un esprit de sacrifice que seule la conscience aiguë, aux tréfonds de chacun, du danger mortel couru par le pays était capable d'inspirer. La conquête de toute la péninsule du Sinaï par trois divisions lancées sans trêve à l'attaque des verrous égyptiens, les chefs de char, droits hors de leur tourelle, se faisant décapiter par les obus ennemis, l'assaut des hauteurs du Golan truffées de mines par des bulldozers blindés qui les faisaient exploser sous leurs chenilles, frayant ainsi un passage aux unités de première ligne, lesquelles lutteraient au corps à corps avec l'infanterie syrienne jusqu'à la mettre en déroute, la prise de Jérusalem, très difficile et coûteuse, car il fallait l'emporter sur la Légion arabe de Glubb Pacha — son commandant et fondateur, un Britannique converti à l'islam —, surentraînée et embusquée derrière les murailles crénelées de Soliman le Magnifique, tous ces théâtres de la guerre furent en même temps ceux d'une geste héroïque qui allait métamorphoser, durablement, en bien ou en mal, pour le mieux ou pour le pire, la perception que le monde se ferait désormais d'une étroite bande de terre de la Méditerranée orientale connue sous le nom d'Israël. Chez les Juifs de France, l'inquiétude des cœurs maintenue jusqu'au dernier jour par le secret rigoureux dont Israël entoura les opérations se changea, lorsque la victoire fut certaine et sa magnitude connue, en une explosion de soulagement, de joie, de fierté qu'on a peine à imaginer aujourd'hui. Ceux qui jusqu'alors étaient plutôt indifférents à Israël ou ne voulaient rien en savoir devinrent formidablement curieux de ce pays, envisageant, selon les cas, de s'y établir, de le servir, d'étudier ou d'enseigner dans les universités israéliennes. Je me souviens d'un déjeuner chez Pierre Nora, où lui-même et François Furet, qui étaient alors mes amis très proches, résolurent devant moi de partir là-bas en voyage de reconnaissance. Je les écoutais, sceptique, convaincu qu'ils seraient bien plus heurtés que séduits par mille aspects de la réalité israélienne et qu'au bout du compte la loi implacable de leur cursus académique l'emporterait. Je ne me trompais guère, ils revinrent de leur rapide exploration confits en bons sentiments, mais jugeant que les études supérieures, là-bas, n'étaient pas du niveau français et que Paris demeurait le siège de l'excellence.

Quoi qu'il en soit, le temps de se réjouir et celui de l'insouciance née d'une écrasante victoire, dont témoignait, en couverture du magazine américain *Life,* le sourire radieux du jeune officier Yossi Ben Hanan, le premier à avoir atteint le canal de Suez près du pont El Firdan et à s'y être jeté tout habillé, fou d'allégresse parce qu'il croyait la guerre finie, ce temps ne dura pas. Ni l'orgueil national égyptien ni, en pleine guerre froide, celui de l'allié soviétique ne pouvaient supporter pareille défaite. Le pays du Nil fut très rapidement réarmé, par un véritable pont aérien qui doublait les convois maritimes. L'Armée rouge envoya ses instructeurs, ses batteries de missiles, des systèmes d'armes entièrement nouveaux qui révéleraient leur efficacité au cours de la guerre d'octobre en 1973. Mais l'Égypte n'attendit pas six ans pour reprendre les hostilités. Dès 1968, à peine un an après l'établissement d'Israël sur toute la longueur du canal de Suez, les batteries égyptiennes de la rive opposée ouvrirent le feu sur les maozim (bunkers) israéliens édifiés à la hâte, tous les dix ou vingt kilomètres, pour protéger les unités qui stationnaient là. C'était le début de ce qu'on appela plus tard « la guerre d'usure », qui allait se poursuivre pendant près de deux années et se révéla incroyablement meurtrière. J'arrivai là, envoyé pour un programme de la télévision française intitulé « Panorama » et dirigé par Olivier Todd, après avoir, avec une équipe légère, traversé tout le Sinaï d'est en ouest. À un kilomètre du canal, dans une sorte de camp de rassemblement qui me sembla en grand désordre, un officier de Tsahal, surprenant de jeunesse, de calme et d'élégance, se présenta à moi : « Je suis le lieutenant Ami Federman. » Son nom est resté gravé dans ma mémoire parce qu'à l'instant même où il le prononçait trois noirs Tupolev de l'aviation égyptienne surgirent à très basse altitude et commencèrent à mitrailler la zone du camp en lâchant également des bombes. La défense antiaérienne israélienne, installée sur une hauteur, était composée uniquement de réservistes et équipée d'armes obsolètes. Les bombardiers ne risquaient rien et Ami Federman me dit : « C'est toujours comme cela, ils nous prennent par surprise, font un seul passage et ne reviennent pas. » Mais c'était assez pour qu'il y eût des blessés et des morts. Des camions-ambulances survinrent bientôt, conduits par des chauffeurs casqués uniquement de kip-

pas, impressionnants eux aussi d'impavidité. Federman — j'ai su plus tard qu'il était l'héritier d'une
illustre famille — m'expliqua que ces religieux, qui
savaient leur sort entre les mains du Tout-Puissant,
avaient le singulier courage de la fatalité. Nous partîmes pour les bunkers du canal, faits de murailles
concentriques d'énormes pierres liées de torsades
barbelées, empilées sur une grande hauteur autour
d'une cour centrale, elle-même creusée de tranchées
qui donnaient accès à des chambres souterraines profondément enfouies, capables en principe de résister
à d'intenses pilonnages. Les bunkers, conçus et construits grossièrement dès qu'il apparut que les Égyptiens ne laisseraient pas les Israéliens faire les
touristes au bord du canal et s'y baigner en paix,
furent perfectionnés au fil du temps jusqu'à devenir
de modernes châteaux forts, surmontés du drapeau
d'Israël flottant au vent comme un défi et percés
d'ouvertures par où il était possible d'arroser la rive
adverse. Je restai plusieurs jours, allant d'un bunker
à l'autre, et passai chaque nuit dans les casemates, à
plusieurs mètres sous la terre qui tremblait quand un
obus de gros calibre explosait dans la cour du maoz,
la dévastant. Le bruit sourd du bombardement accompagne presque toutes les interviews que je fis
alors. Mais les Israéliens ne demeuraient pas passifs,
ils ripostaient : un jour, par la meurtrière d'un bunker, j'assistai à une réplique de leur aviation, composée alors de Vautour, appareils français démodés,
lents et très vulnérables, qui lâchèrent, à très basse
altitude eux aussi, leurs grappes de bombes sur les
fortifications égyptiennes. Le canal, là où j'étais,

n'avait pas cent mètres de largeur et on avait l'impression de se trouver soi-même sous un marmitage infernal. Certains vétérans de l'armée d'Israël tiennent cette guerre d'usure pour la plus dure de toutes celles qu'ils eurent à livrer car il fallait être sur le qui-vive à tout instant et ne jamais baisser sa garde : celui qui, rendu claustrophobe par le confinement du bunker, sortait respirer à l'air libre avait de grandes chances d'être abattu par un sniper égyptien. Pendant le temps, relativement bref, de ma présence là-bas, j'ai vu plusieurs soldats se faire tuer ainsi. J'y ai fait allusion dans un autre chapitre : chaque matin, les quotidiens publiaient les photographies des tués du jour précédent, entretenant dans le pays un climat oppressant et funèbre, que le film tourné pour « Panorama », combinant les interviews des hommes sur le canal avec ceux des mères, des épouses, des enfants, à l'arrière, reflétait avec une poignante justesse. Dov Sion, l'attaché militaire israélien à Paris, mari de Yael Dayan, la fille du général, me fit envoyer une énorme caisse d'oranges de Jaffa. Ma décision de faire un jour du cinéma est sûrement liée à la réalisation de ce film. J'aurais souhaité, revenu à Paris, en assurer moi-même la construction et le montage, mais ce ne sont pas les mœurs pressées de la télévision : je sus qu'il eût été encore plus réussi si je l'avais dirigé dans toutes ses phases, du début à la fin.

J'avais déjà éprouvé cela auparavant sans en prendre la pleine conscience. Car je n'étais pas novice en matière de télévision. Il y avait durant ces années, sur la première chaîne de TV — seules deux chaînes existaient alors —, un très bon programme intitulé « Dim Dam Dom », qui faisait appel aux meilleurs journalistes et réalisateurs et dont la productrice était Daisy de Galard, rédactrice en chef de *Elle*. Je réalisai pour « Dim Dam Dom » des interviews mémorables : par exemple, cinq bonnes sœurs qui s'étaient prêtées à mes questions avec bonne grâce et intelligence, cinq policiers réunis avec l'accord de la préfecture de police, du simple agent de ville à un haut gradé dans la hiérarchie, que ma maïeutique avait déstabilisés et excités déraisonnablement, les amenant à des déclarations qui faillirent entraîner l'interdiction de la séquence. Celle-ci fut vue et examinée trois fois à la loupe par les plus hautes autorités du ministère de l'Intérieur. On demanda des coupes, auxquelles je refusai de souscrire, soutenu à fond par Daisy, une aristocrate pleine de courage. Cette interview fit grand bruit. Pour « Dim Dam Dom », j'interrogeai aussi des actrices, des sportifs, des chanteurs, les célébrités du temps, mais chaque fois, je regrettais de ne pas assumer moi-même la totalité des opérations qui concourent à la naissance d'une œuvre filmée. Je réalisai aussi un long et assez féroce entretien avec un grand couturier, Pierre Cardin, sur le thème de « la griffe ». Comment avait-il fait fortune ? Il se trouvait de plus en plus mal à l'aise sous mes questions têtues, je le contraignis à parler de ses origines, de son enfance, de ses activités sous Vichy. La fin de notre tête-à-tête, qui se déroula dans son hôtel particulier du quai Voltaire, fut pour lui un visible soulagement. L'émission, qu'il n'avait pas visionnée, que je n'avais pas vue moi-même, fut programmée pour la soirée du 10 mai 1968. Cardin eut le bon goût de nous inviter à dîner quai Anatole-France, Daisy de Galard, le réalisateur Guy Seligmann et moi. Il y avait là également Nicole Alphand, directrice de ses boutiques, et son mari ambassadeur de France. Je trouvai quant à moi l'émission très acerbe pour Cardin, j'eusse préféré ne pas être là, mais comme ses amis lui faisaient les compliments les plus chauds, il choisit de manifester un vif contentement et alla jusqu'à me remercier, me félicitant pour mon talent. J'avais une autre raison de vouloir n'être pas là : nous étions le 10 mai 1968 et, avant la diffusion du programme, la télévision annonça que de très importantes forces de police et des manifestants innombrables se faisaient face place Edmond-Rostand, sur le boulevard Saint-Michel et tous les pourtours du jardin du Luxembourg, apparemment prêts à en découdre. Je quittai le dîner dès que je le pus et courus jusqu'au Sénat (j'habitais avec Judith rue de Tournon). La grande nuit de mai 68 commençait.

Je participai à beaucoup de manifestations, fus matraqué, accompagnai Sartre au grand amphithéâtre de la Sorbonne quand il comparut devant l'assemblée du peuple étudiant, interpellé et tutoyé, à son ravissement, par des Fouquier-Tinville de vingt ans. J'eus beau ne jamais me dérober, me trouver presque toujours dans les lieux les plus chauds, passer des journées dans la Sorbonne occupée, écouter pendant des heures les orateurs prolixes du Théâtre de l'Odéon, compatir à la mort de Gilles Tautin dans les prairies avoisinant les usines Renault de Flins, détester d'une façon générale et quasi génétiquement la vision de cohortes cuirassées, matraque haute, noyant Paris d'une brume lacrymogène à coups de grenades tirées quelquefois presque à bout portant, la vérité m'oblige à dire que j'ai vécu mai 68 de l'extérieur, comme un spectateur curieux et détaché, sans croire à l'accomplissement de la parousie inouïe dans l'histoire des hommes promise par des slogans inventifs, poétiques, bouleversants parfois, auxquels j'adhérais le plus souvent. J'étais d'une autre génération, je m'étais investi corps et âme bien plus jeune dans d'autres combats et, adulte, j'avais milité pour d'autres causes, je n'étais, dans mon métier, encadré par personne, j'étais très profondément un solitaire, peu concerné par la lutte anti-institutionnelle qui fut le détonateur de la révolte. Mais surtout, malgré la coïncidence temporelle, quelque chose advenait en moi qui faisait passer tout le reste au second plan. Mes relations privées avec Judith étaient en question et on me demandait de réaliser moi-même un film sur Israël. Une fille de milliardaire s'était proclamée productrice de cinéma et, depuis qu'elle avait vu ce que j'avais tourné sur le canal de Suez, me bombardait de messages comminatoires pour que je passe à l'acte.

Ce fut pour moi l'occasion d'une sombre plongée dans les eaux turbulentes de ma vie : de Marseille et en bateau, comme dix-huit ans auparavant, j'embarquai pour Israël par une triste soirée du début novembre 1970. J'avais besoin de réfléchir, de savoir si j'avais véritablement le désir de ce film et également si je me sentais capable de faire du cinéma sans avoir fréquenté aucune école, sans avoir suivi un seul cours. Par ailleurs et sans que je consentisse à me l'avouer pleinement tant cela me peinait, je me sentais moins proche de Sartre. Je lui ai gardé, intactes jusqu'à sa mort dix ans plus tard, mon affection, mon admiration et, je le crois, une très réelle fidélité, surtout après avoir pris la direction des *Temps modernes* — maintenant dans la revue ce que j'ai appelé « un cap de non-infidélité » — , mais, à partir de 1968, je ne me tiens plus pour un témoin fiable de sa vie. La période « mao » n'a jamais été la mienne, je ne connaissais pas ses nouveaux amis ou n'avais fait que les entrevoir et je supportais mal de voir Sartre et le Castor vendre à la criée *La Cause du peuple*, se faire embarquer sous les flashes dans des paniers à salade, encore plus mal le résultat vestimentaire de la *tabula rasa* à laquelle Sartre se livrait — costume et cravate jetés aux orties, cardigan défraîchi ou blouson obligatoires qui autorisaient les plus brutales interpellations à lui adressées par des minots de quinze ans.

Sartre, directeur de *La Cause du peuple* et de *Libération,* devenait de plus en plus indifférent à sa propre revue ou cherchait à l'utiliser comme un outil de propagande au service de ses nouvelles amours. Il voulut absolument que les *TM* publiassent, sur l'affaire de Bruay-en-Artois, un interminable article de Philippe Gavi qui instruisait à charge, armé du seul viatique idéologique « classe contre classe », imputant sans l'ombre d'une preuve le meurtre d'une fille de mineur, Brigitte Dewèvre, au notaire nanti Pierre Leroy et à sa maîtresse. Cela se passait en 1972, je consacrais alors la quasi-totalité de mon temps au montage de *Pourquoi Israël*, mais nous assurions à deux, par roulement, Jean Pouillon et moi, le fonctionnement des *Temps modernes*. C'était mon tour. Je lus donc Gavi avec effarement : son texte, intitulé « Seul un bourgeois aurait pu faire ça ? », recélait vingt motifs de procès, que nous aurions tous perdus. J'en fis part à Sartre, lui indiquant les passages litigieux, texte en main. Il me donna raison, me disant avec son insouciance ordinaire : « Corrigez-le vous-même. » Je le fis, Gavi tempêta, intervint auprès de Sartre qui ne se laissa pas ébranler. Nul ne sut jamais, nul ne sait aujourd'hui qui assassina la fille du mineur, le crime est prescrit. En 1974 parut un livre à trois mains et trois têtes, *On a raison de se révolter* : les auteurs en étaient le même Gavi, Pierre Victor et Jean-Paul Sartre. Sartre se laissait mettre à la question par Gavi et Victor, qui ne comprenaient pas qu'il perdît son temps à poursuivre son travail sur Flaubert — un livre sur un bourgeois écrit pour les bourgeois. Sartre commençait par acquiescer à toutes les objections qu'on lui faisait, mais avec entêtement, ruse et une drôlerie que ses contradicteurs, peu portés à l'humour, ne percevaient pas, revenait sournoisement à la charge, leur disant en substance : « Mais laissez-moi faire la seule chose dont je sois capable, je ne peux même plus marcher dans les manifs, vous voulez quoi ? Me transporter comme une potiche ? Je suis vieux, trop vieux pour changer. Si je me mettais à un roman révolutionnaire, il serait mauvais », etc. Grâce à Sartre tenant tête à ses juvéniles procureurs, *On a raison de se révolter* n'est pas seulement un livre drôle, mais aussi un drôle de livre dans lequel la résistance de l'écrivain à la cure maoïste de jouvence qu'on veut lui imposer me fait penser irrésistiblement à la posture de refus incrédule du vieux Booz — dans *Booz endormi* de Victor Hugo — visité par un songe qui lui prédit jeunesse et descendance : « Je suis veuf, je suis seul, et sur moi le soir tombe, / Et je courbe, ô mon Dieu ! mon âme vers la tombe, / Comme un bœuf ayant soif penche son front vers l'eau. » Sartre luttait donc pied à pied pour la rédaction du quatrième tome de *L'Idiot de la famille,* consacré à *Madame Bovary,* jusqu'à ce que sa vision soit attaquée au point de le contraindre à renoncer, de lui interdire l'écriture solitaire.

De mon côté, j'étais entièrement absorbé par *Pourquoi Israël* et la découverte bouleversante des possibilités que m'offrait le cinéma, puis immédiatement après par l'immense travail préparatoire à *Shoah.* Je ne lisais pas *La Cause du peuple* et nombre d'interviews multipliées alors par Sartre, qui tentait de compenser par la parole son impuissance à écrire, m'échappèrent. Je n'ai donc pas lu, quand elles furent publiées, ses déclarations au sujet du massacre des athlètes israéliens à Munich : « Dans cette guerre, la seule arme dont disposent les Palestiniens est le terrorisme. C'est une arme terrible mais les opprimés pauvres n'en ont pas d'autre. [...] Le principe du terrorisme, c'est qu'il faut tuer. » Personne ne m'en dit un mot et pas même le Castor, qui me confia plus tard en avoir été si scandalisée qu'elle les avait perdues dans un trou de sa mémoire. À la réflexion et y repensant aujourd'hui, les propos de Sartre ne sont pas surprenants : la guerre d'Algérie commença ainsi, par une attaque contre des civils, et s'il nous arriva de le déplorer, nous ne manifestâmes pas notre indignation devant le terrorisme algérien. Pour nous, c'était une réponse à une séculaire oppression coloniale, à la torture institutionnalisée, aux « corvées de bois », à la mort du mathématicien Maurice Audin, aux souffrances inhumaines endurées par Henri Alleg, relatées dans son livre *La Question,* à la guillotine, qui trancha furieusement les têtes dans les cours des prisons métropolitaines et algériennes. C'est Sartre, précisément, qui, dans un texte d'un grand courage, splendide et incontestable, « Une victoire », préfaça *La Question* en 1958.

Je me sens en partie responsable d'une autre préface, celle des *Damnés de la terre*, puisque j'avais été l'instigateur de la rencontre entre Fanon et Sartre. Lorsque Fanon se présenta devant lui, Sartre s'était déjà moralement engagé à accepter. J'ai auparavant raconté les trois jours que nous passâmes ensemble, Sartre, Fanon, Simone de Beauvoir et moi, et l'irrésistible subjugation exercée par Fanon, en proie à la fièvre et à une mort annoncée. On a beaucoup reproché cette préface à Sartre. Mon sentiment, la relisant à quarante-cinq ans de distance, est que l'écrire ne fut pas chez Sartre une décision libre. Il eut la main forcée pour toutes les raisons que j'ai dites et comme chaque fois qu'il devait s'astreindre à un travail qui n'avait pas sa source en lui, il se laissa aller au plus facile, la rhétorique : le texte est trop long, emphatique parfois, parfois fastidieux, l'appel à la violence et son exaltation sonnent faux, il veut visiblement complaire à Fanon par des formules comme « la patience du couteau » ou d'autres, insupportablement excessives et irresponsables, si on les relit à la lumière de toutes les nuits des longs couteaux qui baignent encore l'Algérie indépendante dans le sang des innocents. Je n'ai pu en discuter avec Fanon, mais je ne suis pas sûr qu'il ait été enthousiaste de la préface de Sartre. Il avait voulu celle-ci parce qu'il avait lu la *Critique de la raison dialectique* avec l'analyse magistrale que Sartre, à la toute fin du livre, faisait du colonialisme : merveilleux chapitre de philosophie concrète, lumineux et sans outrance, où tous les concepts élaborés au long de cette œuvre immense deviennent opératoires, attestant leur vérité profonde.

Mais la plume, chez Sartre, remplaça le couteau quand il le fallut : c'est largement à lui que la France doit de n'avoir pas connu le passage à la violence des groupuscules les plus extrémistes, prêts à imiter les modèles italien ou allemand. Sartre fut tout à la fois leur soutien et leur modérateur, Alain Geismar me l'a rapporté lui-même : « Je suis avec vous, mais jusqu'à un certain point. Ne déconnez pas, il y a une frontière, ne la franchissez pas. » Il est vrai, Sartre céda à l'avocat Klaus Croissant et rendit visite, dans sa prison de Stuttgart-Stammheim, à Andreas Baader, l'instigateur du terrorisme allemand. Il justifia cet acte par des raisons humanitaires, considérant la claustration, le silence et l'implacable lumière blanche de la cellule comme la torture même, mais ajouta, au cours de la conférence de presse qui suivit, que sa présence ne valait pas approbation des exploits sanglants de Baader et de sa bande. Il n'en reste pas moins qu'emporté par la même logique qui présidait à sa préface des *Damnés de la terre* il cautionna le terrorisme palestinien, la prise en otages des athlètes israéliens et leur assassinat n'étant que le prodrome d'une première et longue série d'actions meurtrières — détournements et destructions d'avions de ligne, dont Entebbe, avec la ségrégation des passagers juifs accomplie parodiquement par des Allemands enrôlés sous la bannière palestinienne, fut une culmination sinistre. Je ne sais pas ce que j'aurais fait si j'avais connu les déclarations de Sartre au moment où elles furent publiées. Je prie qu'on me croie, j'ai su tout cela bien plus tard, trop tard pour que ma réaction ait un sens, j'étais de toute façon complètement ailleurs. Je me reproche mon irénisme : je n'aurais jamais dû permettre que le numéro des *Temps modernes* sur le conflit israélo-arabe fût inauguré par l'article de Rodinson : « Israël, fait colonial? » Ce n'est pas cela du tout, ne l'a jamais été, je me suis employé, par mes films et par des écrits, à dévoiler inlassablement la complexe réalité israélienne. Les simplifications de Rodinson, même sous couverture « scientifique », ont fait beaucoup de mal, pour commencer à Sartre lui-même — cela affleurait déjà au cours du voyage en Égypte —, et quelquefois justifié le pire.

Mais en novembre 1970, sur le bateau qui reliait Marseille à Haïfa, et malgré la sombre humeur qui était la mienne, je n'imaginais ni Munich ni Entebbe. Et pas même *Pourquoi Israël,* puisque j'ignorais si je réussirais à le tourner. Je ne parlai à personne pendant toute la traversée, les passagers étaient très peu nombreux et j'appris par la radio la mort de De Gaulle, grand chêne qu'on abat, foudroyé à Colombey par une rupture d'anévrisme. Je l'avais admiré, combattu, méconnu, sa disparition marquait la fin d'un monde, la fin d'un temps, et, voguant vers le pays qui abritait « un peuple d'élite, sûr de lui-même et dominateur », comme il l'avait déclaré trois ans plus tôt au cours d'une conférence de presse, je ressentis une très réelle tristesse. Elle se teinta de gaieté lorsque j'évoquai en haute mer, pour moi seul, le fameux dessin de Tim paru dans *L'Express* et qui figurait précisément un membre du peuple d'élite, en pyjama rayé d'Auschwitz, coiffé du calot assorti, prenant crânement la pose, accoudé aux barbelés du camp. Je pensai aussi aux vedettes de Cherbourg, dont nous avions rejoint la route que nous suivions désormais, et qui, moins d'un an auparavant, le soir de Noël 1969, avaient ridiculisé la France en brisant avec une astuce et une audace sans égales l'embargo décrété par le même de Gaulle juste avant la guerre des Six-Jours. Douze vedettes avaient été payées comptant et d'avance par Israël, sept seulement avaient été livrées avant l'embargo, les autres étaient retenues en rade de Cherbourg avec leur équipage de maintenance israélien. Il faut dire que les marins hébreux, qui conduisirent les vedettes, en six jours et six nuits, à pleine vitesse, de Cherbourg à Haïfa, observant un silence radio absolu qui leur permit d'échapper aux recherches de la Marine nationale, n'auraient pu réussir pareil coup d'éclat sans l'aide de militaires français. De Gaulle, pour venger l'affront, avait déclaré aussitôt *persona non grata* l'amiral Mordechaï Limon, chargé des achats d'armes et resté en France après l'embargo. Invité par l'amiral à la fête qu'il donna chez lui la veille de son départ, je croisai là des hauts gradés de l'armée française et des industriels échangeant des sourires de connivence : on sabla le champagne et le départ de Limon fut fort joyeux en vérité.

Jérusalem était à son pire quand j'y arrivai un soir de novembre : lourds nuages noirs au ras des toits, pluie glaciale pénétrant les os, vent, froid dehors et dedans. Je m'installai à l'American Colony, dans la partie arabe de la ville, l'hôtel était triste comme mon âme et je me demandai ce que j'étais venu faire là, quel sens cela avait de réfléchir à la possibilité d'un film, prétexte de ce voyage. Je tombai malade dès le deuxième jour, toux, rhume et fièvre, sans aucun espoir de lumière ou d'un coin de ciel bleu hivernal. Je résolus de ne pas garder le lit et d'aller dîner, dans la ville juive, chez Fink, un bar-restaurant de quelques tables, aux murs tapissés de dictons et proverbes en langue allemande, salaces, vulgaires, frôlant l'obscénité — « seuls les pets joyeux (*fröhlicher Furz*) sont acceptés ici » —, où l'on trouvait du vin, des pommes de terre sautées et de la viande rouge. Le propriétaire, un Juif de Westphalie, arrivé tout enfant en Israël, était de haute taille, se prénommait Dave et, sans avoir aucune parentèle avec les banquiers de Francfort, portait le patronyme de Rothschild, dont il était fier. On m'avait emmené là une fois, au cours d'un de mes passages pendant la préparation du numéro des *Temps modernes*, et j'eus le plus grand mal à retrouver le lieu tant l'entrée en était discrète. Je poussai la porte, une seule table était occupée et je reconnus Uri Avnery, député à la Knesset, le directeur de l'hebdomadaire *Haolam Hazeh*, que j'avais connu dès 1952, Juif allemand lui-même, blessé lors de la guerre d'Indépendance, militant farouche et constant de la réconciliation israélo-arabe, opposant systématique à tous les gouvernements israéliens, un des contributeurs de notre numéro spécial. Avnery n'était pas seul, une femme l'accompagnait, il me présenta à elle en allemand, mais nous passâmes immédiatement à l'anglais. Il me proposa de prendre place à leur table, j'acceptai malgré mon nez rouge, mon rhume et ma toux. Je n'avais pas retenu le nom de celle que j'imaginais être la maîtresse d'Avnery, il l'avait chuinté inaudiblement, mais peu m'importait, elle me fascina dès le premier regard, sa présence chez Fink, à Jérusalem, en Israël, était pour moi un absolu mystère. Pareille beauté n'existe pas là-bas, mais pas davantage en France ou ailleurs. Je ne pouvais la relier à rien, ni aux Juives les plus belles que j'avais pu connaître, qui ne suscitaient en moi aucun sentiment d'estrangement, ni à toutes celles que j'avais croisées dans d'autres contrées. Face à cette femme parfaitement énigmatique, pour moi sans nom, sans origine, sans biographie, je me trouvai véritablement en *terra incognita*, dépourvu d'un seul repère qui me permît d'accéder à elle. Elle parlait peu, laissant de temps en temps tomber un mot allemand d'une voix rauque qui m'électrisait ou témoignant d'une maîtrise impeccable de la langue anglaise. Je n'étais pas en état de soutenir une conversation avec Avnery, que j'estimais beaucoup, mais dont la critique sarcastique qui lui servait à démolir son propre pays, n'en laissant pas pierre sur pierre, m'avait toujours agacé. C'était pour lui comme une ruse existentielle, lui permettant de continuer à y vivre, expression paroxystique de la « conscience malheureuse » hégélienne, heureuse de son propre malheur. Les Israéliens sont de grands spécialistes de ce tourniquet, Uri, même s'il y excellait, n'était pas pour moi le premier du genre, j'en avais connu d'autres, et ce n'était pas, à l'instant où je me préparais à réaliser un film sur Israël, ce dont j'avais le plus besoin. Je les quittai, me jurant de percer le mystère de cette femme inconnue, dont le noble et dur visage et ce que j'avais entrevu chez Fink de son corps sans lourdeur me tourmentèrent toute la nuit. Je voulais à toute force la revoir, et le seul indice qui avait échappé au cours du dîner était qu'elle habitait pour le moment Jérusalem. Je me demandais comment pousser plus avant mon investigation, mais retrouver une femme dont j'ignorais jusqu'au nom était une gageure et je dus me rendre à l'évidence que seul Avnery pouvait m'aider. Je lui téléphonai, le remerciai pour le dîner, lui avouai carrément que la mystérieuse me hantait et que je voulais la revoir. Il eut le bon goût de me donner aussitôt son nom, son numéro de téléphone et quelques informations sur elle. Elle était berlinoise, d'une mère juive et d'un père de la haute bourgeoisie prussienne, elle venait d'épouser par lassitude le baron bavarois, architecte de son état, avec lequel elle vivait depuis plusieurs années, mais l'avait quitté pour Jérusalem dès le lendemain du mariage, Jérusalem où elle retrouvait des amis de sa mère, qui l'avaient connue enfant et avaient réussi à fuir l'Allemagne en 1936 ou 1938. Angelika Schrobsdorff était écrivain, elle avait publié un livre impitoyable sur les hommes, *Die Herren* (*Ces messieurs*), qui avait connu un grand succès, et elle passait pour la plus belle femme d'Allemagne. Je guéris de mon rhume, l'appelai, nous nous vîmes, je l'enlevai à la hussarde tant la sincérité et l'intensité de la passion que je nourris pour elle dès le premier instant emportèrent ses défenses. Ce fut un coup de foudre violent et partagé, je crois que, peu disposée au bonheur, elle fut, au début de notre amour, heureuse comme elle ne l'avait jamais été. À peine mariée avec le baron, elle lui signifia que l'officialisation de leur liaison était une erreur et qu'elle voulait divorcer.

La question de réfléchir à la possibilité d'un film ne se posa plus, il allait de soi que je le ferais. Je restai près d'un mois en Israël, parcourant le pays, tantôt seul, tantôt avec elle, seul le moins souvent possible. Elle me fit faire la découverte sans prix de ses amis, Juifs berlinois, amis de sa mère en vérité, qui la regardaient et la traitaient comme leur propre fille, l'admirant aussi pour sa beauté et parce qu'elle représentait pour eux l'excellence de la langue allemande, la liberté critique, l'invention et la causticité de l'Allemagne pré-hitlérienne, dont ils avaient gardé l'inguérissable nostalgie. Les *Sämtliche Werke* (Œuvres complètes) de Goethe, de Schiller, de Hölderlin, de Hegel ou de Kant, beaux volumes reliés qui emplissaient les rayonnages des appartements des *Yekke*

— c'est ainsi qu'on nommait, en Israël, les Juifs allemands —, dans le calme et ombreux quartier de Rehavia dont j'ai déjà parlé, faisaient monter à mes yeux d'irrésistibles larmes sans que j'en comprisse vraiment les raisons. Israël, l'Allemagne, les deux années que j'y avais passées, la Shoah, Angelika se nouaient en moi à d'insoupçonnables profondeurs. Et je concevais, pour ces banquiers, médecins, avocats, professeurs, juristes pointilleux, qui formaient la majorité des membres de la Cour suprême d'Israël, un préjugé d'emblée favorable, une affection admirative qui reléguait au second plan l'amitié que je portais aux kibboutznikim de Hachomer Hatzaïr, les camarades de Flapan. J'ai déjà dit à quel point la bibliothèque de Gershom Scholem, fabuleuse caverne d'Ali Baba de la grande culture juive, m'avait émerveillé, mais j'aimai Scholem lui-même dès le premier dîner auquel, avec sa femme Fania, il nous avait conviés, Angelika et moi. Ce grand savant était dépourvu de cuistrerie, généreux de sa science à la condition d'être persuadé de l'authentique intérêt de son interlocuteur, il était pionnier, défricheur, curieux de tout, penseur, philosophe, polémiste, libre dans ses propos et d'une drôlerie souveraine. Je l'aimais aussi pour son visage, son grand nez puissant, ses yeux bleu clair où demeurait une lueur d'enfance. Berlinois comme Angelika avec laquelle il entretenait une relation complice, il nous prit tous les deux sous son aile protectrice et fut le témoin de nos épousailles juives lorsque le rabbin Gotthold nous unit quatre ans plus tard à Jérusalem, sous la houppa, à la fin d'un jour d'octobre encore très chaud. Le mariage civil, on le sait, n'existe pas en Israël, mais la guerre de Kippour avait eu lieu en octobre de l'année précédente, et nous unir ainsi était, pour Angelika comme pour moi, un tribut à ce pays que nous avions cru perdre et que nous aimions tous les deux.

Je repartis pour Paris annoncer à la productrice que j'acceptais de réaliser le film, habité par une idée fixe : revoir Angelika, revenir vers elle au plus vite. Mais Mlle C.W. n'entendait pas brûler les étapes. Malgré sa fortune, elle n'avait aucunement l'intention de financer elle-même le projet. Les producteurs, c'est bien connu, risquent très rarement leur argent personnel. Puisque Mlle C.W. voulait jouer à la productrice, elle devait se prouver l'être en agissant comme les autres et me demanda en conséquence d'écrire un synopsis — mot et activité haïssables entre tous — d'une centaine de pages, grâce auquel elle pourrait trouver les fonds nécessaires. Cela allait retarder le moment des retrouvailles avec Angelika, elle en fut aussi malheureuse que moi. Nous nous écrivions chaque jour de longues lettres en anglais (ce fut notre langue commune pendant plusieurs années, jusqu'à ce qu'elle apprenne le français), j'aimais son style, cynique et désespéré, elle ne se racontait jamais d'histoires, le pire, pour elle, était sûr. L'idée de rédiger un scénario, scène par scène, avec dialogues, mentions « extérieur jour » ou « extérieur nuit », etc., me faisait horreur. Je m'appliquai pourtant, produisis soixante-dix pages, qui comprenaient mes idées essentielles sur la normalité d'Israël vue par moi comme l'anormalité même, avec des indications de plans et de séquences. Mlle C.W. et son assistante se déclarèrent enchantées et m'informèrent quelques jours plus tard que, selon leurs calculs, j'aurais à tourner pendant quarante-huit jours, huit nuits, quatre aubes et trois crépuscules. Je compris que j'avais affaire à des amatrices caricaturales et que je n'arriverais à rien de concret avec elles. J'acceptai pourtant de repartir pour Israël avec C.W. qui, armée de mon script, prétendait lever là-bas l'argent du film, mon seul but étant de me précipiter dans les bras d'Angelika et de passer avec elle toutes les nuits où nous resterions là-bas. Mais les velléités et atermoiements de C.W. finirent par me lasser, je rompis avec elle et entrepris de trouver moi-même des moyens autres de financer le film. Maigres moyens, le budget de *Pourquoi Israël* était très modeste, j'obtins de plusieurs sources de modiques sommes que j'apportai en dot à une maison de production professionnelle, qui me fut recommandée par Claude Berri. Si je semble m'appesantir ici, c'est pour rendre clair que l'amour d'une femme a été le ressort décisif d'une œuvre. *Pourquoi Israël* est d'ailleurs dédié à Angelika Schrobsdorff, les Juifs allemands, que j'ai tous connus par elle, sont les protagonistes de scènes capitales, Gert Granach, qui ouvre, conclut et, à plusieurs reprises, scande le film de bouleversantes chansons spartakistes qu'il accompagne à l'accordéon, est un ami intime d'Angelika. On l'aperçoit elle-même fugitivement à la fin d'un long panoramique droite-gauche, mais il y a aussi — façon plus secrète de marquer sa présence —, sur le rebord d'un balcon de pierre de Jérusalem, sa belle chatte persane écaille de tortue, Bonnie, remplacée à sa mort par Deborah, à la poursuite de laquelle je me fracturerais le pied dans le jardin de notre immeuble parisien.

Lorsque je la rencontrai, Angelika avait cessé d'écrire depuis plusieurs années, en proie au passé douloureux de sa famille, qu'elle savait devoir affronter et revivre si elle voulait retrouver sa liberté créatrice. Je lui arrachai, par bribes, son histoire qu'elle a, depuis, racontée dans ses livres puisque j'ai vraiment réussi, réciprocité de l'amour, à la remettre au travail, à la persuader qu'elle ne surmonterait les moments de dépression qui la terrassaient qu'en allant au plus difficile. Mais c'est seulement lorsqu'elle me donna à lire les lettres déchirantes et sublimes adressées à leur mère commune par son demi-frère, Peter Schwiefert, que ces lambeaux de récit s'organisèrent pour moi en un tout cohérent et que je pris la pleine mesure de la singularité tragique de ces destinées traversées par l'Histoire. C'était la seule réponse à l'énigme qu'avait été pour moi Angelika dès le premier jour, l'énigme était sa vie même. Ayant lu les lettres de Peter Schwiefert, je sus quelles questions poser et comment les poser. Dans le Berlin effervescent et libre des années vingt, Else, la mère juive, belle, frivole, à la fois insouciante et tourmentée, vivait à sa guise, elle eut trois enfants, de trois hommes différents, tous non-juifs, dont elle n'épousa que le dernier. Du premier naquit Bettina, Peter était le fils du deuxième, un auteur dramatique en vogue, Fritz Schwiefert. La benjamine, Angelika, avait pour père Eric Schrobsdorff, fils de grands propriétaires, possesseurs de nombreux immeubles à Berlin et promoteurs immobiliers. Eric épousa Else malgré l'hostilité radicale de sa famille. Sa mère, une fois Hitler maître de l'Allemagne, s'inscrivit au parti nazi et contraignit Eric à divorcer : son mariage avec une Juive faisait scandale. Mais Else aimait Berlin, n'envisageait pas de vivre ailleurs et se refusait à prendre le nazisme au sérieux. Au lieu de fuir ou de partir pour la Palestine quand il en était encore temps et comme l'avaient fait ses amis, qui étaient, quand je la connus, la raison de la présence d'Angelika à Jérusalem, elle attendit l'ultime moment. Il était déjà trop tard. Eric, qui lui gardait son affection et la soutenait matériellement, trouva un Bulgare qui accepta, moyennant finances, de conclure un mariage blanc accompagné d'une conversion à la religion orthodoxe. Avec ses deux filles, Bettina et Angelika, Else s'installa à Sofia, où elle resta sans être inquiétée pendant toute la guerre, la Bulgarie étant un des rares pays balkaniques alliés de l'Axe à ne pas avoir versé dans l'antisémitisme et, grâce au roi Boris, à protéger plutôt ses Juifs. Il est juste de dire qu'Eric Schrobsdorff, dans son uniforme de la Wehrmacht, rendait visite à sa femme et à sa fille et qu'il les aida durant ces années d'exil.

Mais Peter, le fils ? Le nazisme lui fit horreur : malgré son père dont la qualité de non-Juif lui aurait assuré protection, malgré sa mère qui le suppliait de rester — il n'avait pas vingt ans —, il quitta Berlin et l'Allemagne quelques jours avant la Nuit de cristal (9-10 novembre 1938) et partit sans un sou pour le Portugal, où il vécut dans une grande pauvreté, apprenant la langue, donnant des leçons, et commençant une extraordinaire correspondance avec sa mère ; tandis qu'elle s'entête à ne pas quitter ce qu'elle continue à appeler sa patrie, il choisit délibérément la part juive de lui-même, se rend au consulat d'Allemagne à Lisbonne, s'y déclare Juif, se fait interdire désormais tout retour en territoire allemand. Et c'est ce fils, demi-juif, qui, lettre après lettre, et souvent dans un langage codé, supplie sa mère juive d'assumer sa condition et l'exhorte à en tirer les conséquences. Il lui ordonne d'agir, d'être à la hauteur du judaïsme de ses pères, mais il comprend en même temps les difficultés et contradictions dans lesquelles elle se débat, et son indulgence l'emporte toujours sur son intransigeance. Car il aime passionnément cette mère et lorsqu'il la sait à Sofia, en sécurité relative, il invente, pour la rejoindre à partir de la Grèce où il réside désormais, les combinaisons les plus folles, échafaude des rendez-vous audacieux qui échouent toujours. La correspondance cesse brusquement en 1941 : Peter Schwiefert a rejoint l'Égypte où il s'engage dans les Forces françaises libres du général de Gaulle. Il combat en Syrie contre les troupes de Vichy, en Cyrénaïque, en Libye avec la VIIIe armée anglaise, il est un des héros de Bir Hakeim, il remonte toute la péninsule italienne, du sud au nord, est blessé à Monte Cassino, une deuxième fois au nord de Rome, débarque à Saint-Tropez et continue à se battre jusque dans les Vosges, où, pour la première fois depuis trois ans et demi, il réécrit à sa mère après avoir appris la libération de Sofia par l'Armée rouge, lui expliquant que depuis tant de temps il a désappris à écrire et même à parler : « Aujourd'hui, l'oiseau n'a plus d'ailes », écrit-il. Longue lettre proprement admirable, acte d'accusation sans merci contre les Allemands qui ont soutenu Hitler jusqu'au bout et lui obéissent encore. Il se promet d'entrer dans Berlin, de régler ses comptes avec l'Allemagne et sa propre famille. C'est lui qui apprend à sa mère et à ses sœurs l'immensité des crimes commis par leur pays. Cette lettre, comme sa correspondance tout entière, atteste une lucidité, une droiture, une élévation de pensée, une délicatesse de sentiments uniques, elle ne peut se lire que les larmes aux yeux et suscite l'admiration. Mais Peter Schwiefert n'arriva jamais à Berlin, il fut tué le 5 janvier 1945, au cours de la dernière contre-offensive allemande du maréchal von Rundstedt, connue sous le nom d'« offensive des Ardennes ». Lorsque sa mère Else reçut à Sofia sa dernière lettre, il était déjà mort depuis six mois. Il est inhumé au cimetière militaire de Strasbourg-Kronenbourg et sa tombe, lorsque je m'y suis rendu en compagnie d'Angelika, était surmontée d'une croix. Il fallait réparer cela. Je l'ai fait. Sous le titre *L'oiseau n'a plus d'ailes,* les lettres de Peter ont été publiées en 1974 aux Éditions Gallimard, dans la belle collection « Témoins » dirigée par mon ami Pierre Nora. Je les ai préfacées, j'ai établi les textes de liaison, j'en ai corrigé ou réécrit la traduction. *L'oiseau n'a plus d'ailes* fut salué comme un grand livre par une critique unanime et connut le succès qu'il méritait. C'était mon cadeau de mariage à Angelika. Voilà un an déjà que je travaillais à *Shoah*.

CHAPITRE XVIII

Pourquoi Israël connut un destin étrange. Le tournage en fut interrompu brutalement un beau jour par une productrice intraitable, qui considérait que j'avais réuni assez de « matériel » pour monter le film et me refusa l'achat de la pellicule supplémentaire dont je savais avoir besoin. Mon chef opérateur, William Lubtchansky, qui approfondit et affina mon éducation cinématographique, était aussi désespéré que moi. La même productrice récidiva en cours de montage, après une projection de travail qui avait emballé les quelques personnes invitées, lesquelles justifiaient leurs applaudissements par une catégorie de pensée nouvelle pour moi : « C'est un film d'auteur, c'est un film d'auteur. » Le lendemain matin, alors qu'accompagné des deux monteuses, Françoise Beloux et Ziva Postec, j'arrivais plein d'enthousiasme au fin fond de Neuilly, où se trouvait l'étouffant cagibi qui nous servait de salle de montage, je fus interdit d'entrée. On m'informa que la production n'avait plus d'argent et que le montage était arrêté *sine die*. En clair, cela signifiait que j'aurais à me débrouiller moi-même : la productrice jouait sur l'or, elle savait que c'était mon premier film, que j'étais prêt à tous les sacrifices pour le mener à son terme. Elle ne se trompait pas, je trouvai l'argent, le lui apportai, la salle de montage fut rouverte. Afin de me consacrer à *Pourquoi Israël,* qui me coûta près de trois ans de travail, j'avais demandé un congé sans solde à Pierre Lazareff, il me l'avait accordé. Comme j'étais novice, fou de désir du film et d'Angelika, j'avais signé le contrat qu'on m'imposait sans en discuter les termes, j'aurais signé n'importe quoi. Je fus payé au minimum alors que j'avais trouvé une partie de l'argent et que j'avais permis au film de s'achever. Par rapport au salaire qui était auparavant le mien, la régression était considérable. Je terminai *Pourquoi Israël* dans une très réelle pauvreté qui teintait d'une interrogation anxieuse sur mon avenir la joie puissante d'avoir réalisé ce film.

Il fut, on le sait, choisi par le Festival de New York d'octobre 1973, à la condition, décréta Richard Roud, le directeur sélectionneur, que je réduisisse sa longueur de dix minutes, pas une de moins. Façon sans doute de me montrer et d'exercer son omnipotence. Honnêtement, j'essayai et ne parvins pas à le raccourcir, même d'une minute, au grand désespoir de la productrice. Je déclarai à Roud que je m'étais plié à sa volonté, que la réduction était accomplie, convaincu qu'il ne s'apercevrait de rien. J'avais raison. En Israël, le seul titre du film faisait fuir les distributeurs professionnels qui ne voyaient aucune raison de poser ce qui n'était même pas une question — il n'y a pas de point d'interrogation à *Pourquoi Israël* — et encore moins qu'on y répondît. Sa longueur lui portait le coup de grâce. J'organisai donc quelques projections privées, hors des balbutiants circuits commerciaux et du public ordinaire des cinémas israéliens. Mes spectateurs, des intellectuels, des écrivains, des artistes, des journalistes, des hommes politiques, des responsables de grandes directions ministérielles, accueillirent tous le film avec une extrême faveur. Me trouver tout au fond de la salle, en éprouver le silence attentif, guetter les rires qui la secouaient au moment précis où je les attendais, ou encore sentir l'inquiétude qui s'emparait des officiels devant certaines scènes — car *Pourquoi Israël* n'est en rien une œuvre de propagande —, leur soulagement après qu'une dure séquence eut été pour ainsi dire « corrigée » par une autre qui la complexifiait et attestait l'empathie qui baigne le film entier, était pour moi une expérience neuve et exaltante. Une exclamation de Gershom Scholem, qui se leva et se tourna vers le public après les trois heures vingt de projection, l'apostrophant ainsi : « On n'a jamais rien vu de tel ! », fut pour moi comme une récompense suprême et une culmination de joie. La même chose fut dite d'une façon plus circonstanciée dans un très long article du journal *Maariv*, dû à la plume de son critique de cinéma, Moshe Nathan, écrasé quelques mois plus tard par un autobus sur une avenue de Tel-Aviv.

L'aventure de *Shoah* commence ici : mon ami Alouf Hareven, directeur de département au ministère des Affaires étrangères israélien, me convoqua un jour et me parla avec une gravité et une solennité que je ne lui connaissais pas. Après m'avoir congratulé à propos de *Pourquoi Israël*, il me dit en substance ceci : « Il n'y a pas de film sur la Shoah, pas un film qui embrasse l'événement dans sa totalité et sa magnitude, pas un film qui le donne à voir de notre point de vue, du point de vue des Juifs. Il ne s'agit pas de réaliser un film *sur* la Shoah, mais un film qui *soit* la Shoah. Nous pensons que toi seul es capable de le faire. Réfléchis. Nous connaissons toutes les difficultés que tu as rencontrées pour mener à bien *Pourquoi Israël*. Si tu acceptes, nous t'aiderons autant que nous le pourrons. » L'idée de *Shoah* n'est donc pas de moi, je n'y songeais pas du tout. Même si la Shoah est centrale dans *Pourquoi Israël,* je n'avais jamais envisagé de m'attaquer frontalement à un pareil sujet. Je quittai Alouf abasourdi et tremblant — cette conversation dut avoir lieu au début de l'année 1973 — et rentrai à Paris, ne sachant quoi décider, mesurant l'immensité de la tâche, ses impossibilités qui me paraissaient innombrables, craignant de ne pas pouvoir relever ce défi incroyable. Cependant, quelque chose de très fort et même de violent en moi me poussait à accepter : je ne me voyais pas reprendre mon ancien métier de journaliste, cette période de ma vie était révolue. Mais dire oui signifiait renoncer à toutes les prudences et sécurités, m'engager dans une entreprise dont je ne savais ni le terme ni le temps qu'elle allait requérir, c'était choisir l'inconnu, le péril peut-être, je me sentais au pied d'une terrifiante face Nord inexplorée, dont le sommet demeurait invisible, enténébré de nuages opaques. Je marchai dans Paris toute une nuit, une nuit de feu, j'affermissais ma résolution en me disant qu'une chance unique m'était offerte, qu'elle exigeait le plus grand courage, qu'il serait indigne et lâche de ne pas la saisir. En même temps, je m'interrogeais, me demandant ce que je savais de la Shoah. Rien en vérité, mon savoir était nul, rien d'autre qu'un résultat, un chiffre abstrait : six millions des nôtres avaient été assassinés. Mais comme la plupart des Juifs de ma génération, je croyais en posséder la connaissance innée, l'avoir dans le sang, ce qui dispensait de l'effort d'apprendre, du tête-à-tête sans échappatoire avec la plus effrayante réalité. J'avais été absolument le contemporain de la Shoah, j'aurais pu en être la victime, mais l'épouvante qu'elle m'inspirait chaque fois que j'osais y penser l'avait reléguée dans un autre temps, un autre monde presque, à une distance stellaire, hors de la durée humaine, en un *illo tempore* quasi légendaire. Cela n'avait pas pu se passer de mon temps, l'épouvante commandait l'éloignement. Je clarifie aujourd'hui, et je regrette de le faire, les pensées bien plus confuses qui se combattaient en moi au cours de cette nuit pascalienne. Au matin, à bout de forces, avant de plonger dans un calme et noir sommeil, je téléphonai à Alouf Hareven pour lui dire mon consentement.

Il me fallut du temps pour cerner mon sujet. En attendant le Festival de New York et la projection là-bas de *Pourquoi Israël,* je passai à Jérusalem tout l'été 1973 avec Angelika. Nous habitions Mishkenot Sha'ananim, une fondation pour des intellectuels et des artistes du monde entier, face aux murailles de la vieille ville, où un appartement m'avait été alloué. Je partageais mon temps entre la lecture de Reitlinger et de Hilberg, que j'annotais follement sans savoir où cela me menait, les archives et la bibliothèque de Yad Vashem, le Yad Vashem modeste, simple, émouvant que j'ai montré dans *Pourquoi Israël* — la plupart de ses membres étaient des survivants —, qui n'était pas la gigantesque ville de pierre américanisée d'aujourd'hui, triomphe muséal, produit de compétitions orgueilleuses entre architectes mondialisés, orchestration multimédia d'une émotion qui institue l'oubli bien plus que la mémoire. J'avais engagé, pour m'assister, Irène Steinfeldt, une jeune étudiante, fille d'une amie d'Angelika, qui parlait à la perfection, outre l'hébreu, l'allemand, l'anglais et le français. Elle révéla un talent unique d'interprétation simultanée, qui me fut très utile au cours du travail exploratoire de *Shoah* et surtout pendant mes équipées allemandes. Je ne savais pas du tout où j'allais, donnant des coups d'épée désordonnés, procédant à des sondages dans toutes les directions. Dans le petit bureau que Yad Vashem avait mis à ma disposition et au fur et à mesure qu'avançait ma lecture de *La Destruction des Juifs d'Europe* de Hilberg, dans sa première édition américaine, d'une aridité sans concession — mille pages, à l'impression très serrée, deux colonnes par page, plongées verticales épousant, de 1933 à la fin, mais en une rigoureuse déconstruction structurale de la chronologie, chacune des phases de la Solution finale (définition, marquage, ségrégation, expulsion, ghettoïsation, mise à mort), avec une multitude de notes très importantes à mes yeux car elles recélaient toutes des noms de protagonistes nazis —, j'élaborais, faisais et défaisais inlassablement, sur des tableaux blancs, des chartes qui, je le pensais, m'aideraient à articuler cette inimaginable « chose » que je découvrais et dont, croyant tout connaître, j'avais tout ignoré. Les sources de Hilberg étaient essentiellement allemandes et je savais déjà, je le sus très tôt, que je ne ferais pas ce film sans que les tueurs y figurassent.

J'ignorais absolument comment je procéderais, quel culot insensé je devrais mobiliser, à quels dangers il faudrait s'exposer. Je sus très vite aussi que je ne me servirais pas d'images d'archives. La raison la plus forte et la plus lumineuse de ce refus ne m'apparut pas immédiatement, elle ne devint évidente que lorsque je compris pour quel film j'étais mandaté. Mais j'avais déjà vu des films composés à partir d'images d'archives, par exemple *Le Temps du ghetto*, de Frédéric Rossif, qui m'avait heurté car il ne citait pas ses sources, ne disait rien sur la provenance des documents qu'il utilisait, tournés pour beaucoup par les PK — Propaganda Kompanien, les Compagnies de propagande de la Wehrmacht —, filmés au ghetto de Varsovie pour faire savoir au monde, et à l'Allemagne, combien la vie y était belle : les « metteurs en scène » des PK organisaient de fausses séances de cabaret, avec danses, flonflons et maquillage outrancier des Juives choisies pour cette simulation de la fête. Nul ne nie qu'il y ait eu dans les ghettos, surtout à leurs débuts, une structure de classe — je l'ai montré dans *Shoah* —, mais on peut s'interroger sur ce que pense le spectateur non averti confronté à de pareilles images, qui semblent incontestables par leur statut de documents. Je me souviens de trois jours de folie à Londres, passés en compagnie d'un Juif halluciné, obsédé et poignant, qui avait véritablement arrêté le temps du ghetto, l'horloge de ce temps, et dont toutes les pièces de l'appartement qu'il habitait étaient jonchées de photographies en noir et blanc, de toute taille, prises essentiellement au ghetto de Varsovie. Éparpillées sur les planchers, sur les tables, les fauteuils, les lits, empilées dans de grandes caisses ou collées aux murs, on trouvait non seulement les photos truquées de la vie heureuse, mais d'autres, atroces, car les PK filmaient tout, cadavres dans les rues recouverts de journaux, charrettes de corps tirées par des squelettes, morgues où bombinaient d'énormes mouches noires, témoignant de la fascination que la mort et le malheur juifs exerçaient sur ces professionnels talentueux formés dans les écoles de Joseph Goebbels. Dans ce précieux foutoir macabre, Kissel se retrouvait sans une hésitation, soigneux curateur d'un monde enseveli, courant de caisse en caisse, d'une pièce à l'autre, compagnon obstiné de l'agonie des siens et ce d'autant plus qu'approchait, il me l'avait dit, l'heure de sa propre disparition — il souffrait d'un cancer des cordes vocales —, capable de suggérer ce à quoi je ne pouvais penser, d'aller chercher tel ou tel tirage d'une même série de photographies qu'il faisait reproduire sans trêve, car c'était aussi son métier, il en vivait, et les innombrables films d'archives réalisés dans le monde entier sur les ghettos l'avaient été à partir de ses images à lui, avec des commentaires chaque fois différents. On m'avait parlé de Kissel à Jérusalem et, ne sachant où donner de la tête, j'avais décidé d'aller le voir : « C'est très important pour ton film », m'avait-on dit. On ne se trompait pas : les trois jours passés auprès de lui me guérirent à jamais des images d'archives. Par contre, et puisqu'il s'agissait d'un film, que j'étais à la recherche de personnages, je me disais que Kissel pourrait être l'un d'eux, que lui et tout son fatras pourraient être l'occasion d'une scène inaugurale. C'était une mauvaise idée. Sa mort me délivra d'avoir à le vérifier.

De lecture en lecture, de mois en mois, mon film, si je puis dire, se construisait négativement, par essais et erreurs. Le déclenchement de la guerre de Kippour le 6 octobre 1973, la projection simultanée de *Pourquoi Israël* à New York, sa sortie à Paris le 11 octobre interrompirent mon travail pour un temps assez long. Les Israéliens me firent comprendre que ce qui avait failli être pour la nation une catastrophe, entraînant un changement de gouvernement et la démission d'un Premier ministre aussi inamovible que Golda Meir, ne pouvait que reléguer au second plan l'intérêt qu'ils avaient manifesté quelques mois plus tôt pour un film sur la Shoah. Cela signifiait que j'aurais un jour à continuer seul et que les difficultés qu'on avait voulu m'éviter ne me seraient au bout du compte pas épargnées. Angelika, dès le lendemain de la projection new-yorkaise, avait pris le premier avion pour Tel-Aviv, tant elle ne supportait pas d'être ailleurs quand Israël était en péril. Je la rejoignis une semaine après la sortie française du film, les combats se poursuivaient avec acharnement même si l'étau mortel des commencements avait desserré sa prise. Quelques heures après le cessez-le-feu, Sharon, grand vainqueur de la guerre, qui avait imaginé, après la terrible bataille de la « ferme chinoise », de lancer vers l'Égypte des unités blindées, leur faisant franchir le canal de Suez, en dépit d'un bombardement intense, sur des barges mobiles jetées d'une rive à l'autre par les pontonniers israéliens, m'emmena avec lui en avion, nous atterrîmes sur une piste improvisée au bord du canal et passâmes un des ponts qu'avaient empruntés les chars pour foncer vers la ville de Suez et plus loin en direction du Caire où l'armistice demandé en toute hâte par l'Égypte les immobilisa au kilomètre 101. Coup de génie proprement napoléonien, retournement complet de la situation, avec la IIIe armée égyptienne entièrement coupée de ses arrières et prisonnière, dans le Sinaï, des Israéliens qui lui interdisaient toute retraite. Un des termes du cessez-le-feu était qu'Israël devait permettre le ravitaillement de la IIIe armée ennemie et il y avait quelque chose de comique à observer la navette incessante de petites embarcations occupées par des officiers et soldats égyptiens venant recevoir sur leur propre rive du canal eau et vivres de mains israéliennes à la fois ironiques et fraternelles.

Au contraire de ce qui s'était passé avec le numéro spécial des *Temps modernes* paru le premier jour de la guerre des Six-Jours, la coïncidence du déclenchement de celle de Kippour avec la projection de *Pourquoi Israël* au Festival de New York ne porta pas chance au film. Malgré une critique fort élogieuse, c'était un très mauvais moment pour qu'il soit distribué aux États-Unis : sur toutes les chaînes de télévision, Israël occupait la place centrale, de jour comme de nuit. Quelques distributeurs étaient pourtant prêts à prendre le risque de le programmer, mais la productrice exigeait un à-valoir sur les recettes qu'ils jugeaient excessif en cette occurrence, et moi avec eux. En France par contre, malgré d'identiques circonstances et mon départ précipité pour Israël, le film connut un succès critique et public unanime. Outre les articles des chroniqueurs de cinéma réguliers dans les quotidiens et hebdomadaires, Claude Roy, François Furet, Pierre Nora, Philippe Labro écrivirent dans la presse des textes magnifiques. En vérité, le film était prêt depuis le printemps et sa sortie fut retardée à cause de sa sélection par le Festival de New York, qui se tient en octobre. Quelques projections privées avaient eu lieu à Paris. Philippe Labro m'appela après l'une d'elles pour me dire qu'il avait donné mon numéro de téléphone à Jean-Pierre Melville, enthousiaste du film et qui tenait absolument à me rencontrer. Melville, de son nom d'origine, s'appelait Grumbach, il était juif, je l'ignorais et je n'avais pas vu tous ses films. Ce fut le début d'une amitié très forte et trop brève puisque la mort emporta Jean-Pierre assez vite. Il habitait dans le XIIIᵉ arrondissement une étonnante et sombre bâtisse, changée en hôtel particulier, où il avait installé des tables de montage et une salle de cinéma privée ultramoderne pour une centaine de spectateurs. Il me reçut la première fois, assis, massif, immobile, un Stetson sur le crâne nu de son énorme tête, le regard insaisissable parce que caché par de très noires lunettes, la pièce elle-même étant à peine éclairée. Il parlait peu, sauf du film dont il m'entretint superbement, son œil de grand cinéaste avait tout perçu. Je compris qu'il avait une sensibilité juive à fleur de peau, ce qui explique peut-être les raisons de ses masques. *Pourquoi Israël*, j'en suis sûr, le libérait et il s'illuminait lorsque nous parlions de Jérusalem. À chacune de mes visites, c'était le même rituel : dialogues fraternels coupés de longs silences dans le sombre bureau — mais dans ses films aussi on ne parle guère —, puis descente cérémonielle au sous-sol où se trouvait un vaste garage, écrin d'une Rolls-Royce Silver Shadow rutilante et sobre, bijou de grand prix qui m'impressionnait au plus haut point. Melville se mettait au volant, sans jamais quitter ses lunettes noires, même de nuit, nous remontions la pente du garage et rejoignions l'autoroute du Sud par la Porte d'Italie. Nous parcourions une vingtaine de kilomètres dans l'admirable silence feutré de la Rolls, sans échanger un mot, puis retour à la maison. Il m'invitait alors à dîner dans une brasserie des Gobelins, où il était connu et révéré, et il est le premier homme que j'aie vu payer avec une carte de crédit, American Express, je crois, ce qui m'impressionna autant que la Silver Shadow. L'apogée du bonheur commençait après le dîner, dans sa salle de cinéma, où nous nous trouvions toujours seuls. J'ai vu et revu près de lui tous ses films, quelquefois deux par soir — il dormait très peu — et aussi *Pourquoi Israël*, il l'avait voulu et ce fut pour moi un plaisir inouï. Je lui expliquai dans quelle aventure j'avais résolu de m'engager, il m'approuva, me demandant de lui en parler souvent. Sa mort brutale empêcha tout. On m'apprit qu'il était pratiquement ruiné, que la Silver Shadow avait été achetée en leasing...

La guerre de Kippour terminée, et avant de me remettre à mon travail, j'avais voulu tenter moi-même de faire sortir *Pourquoi Israël* aux États-Unis. Arthur Krim, le président de United Artists, organisa une projection dans la salle privée de sa somptueuse propriété, au bord du Long Island Sound. Krim voulait le film, mais la productrice eut là encore les dents trop longues. Une deuxième projection se tint dans une autre demeure princière de Long Island, chez un tycoon new-yorkais, Larry Tisch, propriétaire du célèbre gratte-ciel 666, le Tischman Building, sur la Cinquième Avenue. Larry était un rouquin de haute taille, à la peau très blanche, on les voyait, lui et sa femme, sur de multiples photos encadrées, serrer la main de présidents, ministres, américains ou israéliens, attestant qu'ils étaient de sérieux donateurs et des sionistes fervents. Un couple d'amis se joignit à eux, un en-cas remarquablement frugal et non alcoolisé fut servi, et nous pénétrâmes dans la salle privée : les divans et fauteuils étaient si moelleux et profonds qu'on y disparaissait en s'asseyant, il fallait vraiment se pencher très en avant et se déhancher pour apercevoir le visage de son voisin. La projection commença avec les chants spartakistes de Gert Granach et je sus à l'instant, en m'efforçant de disparaître plus encore dans mon sofa, que ce n'était ni le lieu ni les gens pour mon film et que j'allais vivre un supplice. Le premier ronflement, sonore de bonne conscience, survint après une dizaine de minutes, je me retournai, Larry pionçait bouche ouverte, bientôt suivi par son épouse. Seuls les amis ne ronflèrent ni ne dormirent, leurs yeux étaient vifs et brillants lorsque la salle se ralluma trois heures plus tard, ils m'adressèrent des sourires de connivence ponctués de haussements d'épaules en regardant M. et Mme Tisch. Larry dut éprouver quelque remords car il me donna rendez-vous trois jours plus tard dans son bureau au soixante-sixième étage du 666, d'où la vue panoramique à 360 degrés coupait le souffle. Mais lui se foutait du spectacle, il voyait autre chose et je l'observai pendant quarante-cinq minutes sans qu'il prît conscience de ma présence tant il était absorbé par des dizaines d'écrans d'ordinateurs et de téléviseurs où s'inscrivaient les cours des bourses du monde entier et par des machines sonores, téléphones ou gadgets trop modernes pour que j'en susse le nom, dans lesquels il aboyait sans discontinuer des ordres de vente ou d'achat. Ces moments me payèrent de tout, je lui pardonnai du fond du cœur, le génie était de son côté. Il me vit enfin, me sourit, me remercia et me félicita pour mon film, comme s'il n'en avait pas manqué une seconde. Il téléphona devant moi à un de ses collaborateurs, me recommanda à lui et fixa le lieu et l'heure d'une rencontre prochaine entre nous. Car Larry — ce que j'ignorais — possédait dans tout le pays des chaînes de cinéma. Je compris, à ma stupéfaction, qu'il était prêt à distribuer *Pourquoi Israël*. Mais la même histoire se répéta avec la productrice. J'en eus assez, j'abandonnai, décidai de rentrer en Europe et de me remettre au travail.

J'avais vu *Nuit et Brouillard*, lu Primo Levi, Antelme, Rousset, cent autres livres ou monographies, je passai des heures avec des survivants, des rescapés, certains connus de moi, d'autres dont on me disait : « Il faut absolument que tu l'entendes », je les faisais parler plutôt en me mettant en posture d'écoute attentive qu'en les questionnant. J'apprendrais plus tard qu'il faut déjà posséder un grand savoir pour être capable d'interroger, je n'en savais alors vraiment pas assez. Tous les récits, les témoignages que je recueillais, même les plus déchirants, s'arrêtaient autour de quelque chose de central que j'avais du mal à appréhender. Les commencements — l'arrestation, les rafles, le piège, le « transport », la promiscuité, la puanteur, la soif, la faim, la tromperie, la violence, la sélection à l'arrivée au camp — se ressemblaient tous et on était très vite dans la routine atroce de la vie concentrationnaire. Il n'était pas question que mon film négligeât tout cela, mais l'essentiel manquait : les chambres à gaz, la mort dans les chambres à gaz, dont personne n'était jamais revenu pour en donner la relation. Le jour où je le compris, je sus que le sujet de mon film serait la mort même, la mort et non pas la survie, contradiction radicale puisqu'elle attestait en un sens l'impossibilité de l'entreprise dans laquelle je me lançais, les morts ne pouvant pas parler pour les morts. Mais ce fut aussi une illumination d'une puissance telle que je sus aussitôt, lorsque cette évidence s'imposa à moi, que j'irais jusqu'au bout, que rien ne me ferait abandonner. Mon film devrait relever le défi ultime : remplacer les images inexistantes de la mort dans les chambres à gaz. Tout était à construire : il n'y a pas une photographie du camp d'extermination de Belzec où 800 000 Juifs périrent asphyxiés, pas une de Sobibor (250 000 morts), pas une de Chelmno (400 000 victimes des camions à gaz). De Treblinka (600 000), on possède seulement l'image lointaine d'un bulldozer. Le cas d'Auschwitz, l'immense usine, à la fois camp de concentration et d'extermination, n'est pas fondamentalement différent : il y a de nombreuses photographies d'avant la mort, prises sur la rampe par les SS, essentiellement des convois de Juifs de Hongrie attendant la sélection, mais aucune des luttes atroces pour gagner un peu d'air et respirer quelques secondes de plus qui se déroulaient dans les grandes chambres à gaz de Birkenau où 3 000 personnes, hommes, femmes et enfants, étaient étouffés ensemble.

Deux lectures furent pour moi d'importance : celle des actes du procès de Treblinka, qui s'était tenu à Francfort en 1960, où je découvris les témoignages de deux protagonistes de mon film, le SS Suchomel et Richard Glazar, Juif tchèque qui survécut à la révolte du camp, et aussi le procureur allemand du procès, Alfred Spiess, qui, plus tard, accepta très amicalement de me recevoir et devint lui-même un des personnages de *Shoah* ; je lus également, dans la même période, *Au fond des ténèbres,* de Gitta Sereny, journaliste anglaise d'origine hongroise qui, outre Suchomel et Glazar, interrogea longuement dans sa prison Franz Stangl, le deuxième commandant de Treblinka. Le sujet de Sereny était bien la mort, mais son approche restait à mes yeux purement psychologique, elle voulait penser sur le mal, savoir comment des pères de famille peuvent tranquillement assassiner en masse, tarte à la crème de toute une postérité historico-littéraire. Dès le début de ma recherche, au contraire, l'étonnement nu fut si grand que je me suis arc-bouté de toutes mes forces au refus de comprendre. Sereny commit plus tard un autre livre consacré à Albert Speer, l'architecte en chef de Hitler et en pleine guerre son ministre de l'Armement, un des accusés du procès de Nuremberg, condamné à vingt ans de prison. Une fois libéré, il publia ses Mémoires, qui furent un best-seller. Sereny tomba sous son charme et celui de toute sa famille, épouse, filles, et, entraînée par le raffinement propre à la psychologie comme mode d'enquête, rédigea un livre énorme à leur gloire. Elle comprenait tout. Elle comprenait trop. J'avais moi-même rencontré Speer après la parution de ses Mémoires, il m'avait reçu dans sa demeure seigneuriale de Heidelberg, à côté du Schloss, sur la hauteur qui domine la vallée du Neckar. La conversation avait commencé à trois heures de l'après-midi et, malgré les longues années de réclusion qui eussent dû le libérer pour la vérité, il me sembla d'emblée incroyablement fuyant et figé, plus soucieux de poses et postures que de réponses honnêtes à mes questions. Je l'avais interrogé sur l'architecture, sur les talents d'architecte du Führer et sur les monuments d'une géométrie glacée qu'il édifiait pour le Reich millénaire. Je me souvenais de l'Exposition universelle de 1937 à Paris, où les pavillons hitlérien et soviétique se faisaient face : c'était la première fois que je revoyais ma mère après son départ de la maison, elle m'avait montré le couple marmoréen formé par une géante et un géant aryens, qui défiait le couple soviétique, aussi gigantesque, la femme balayant l'espace de sa faucille et l'homme brandissant un formidable marteau d'acier. Speer n'était pas l'auteur de la merveille allemande dont je lui parlai, mais il alla quérir des cartons à dessins et je dus m'astreindre à regarder sa production, lui m'indiquant à chaque fois les cotes et les échelles des réalisations accomplies. Le crépuscule était venu tandis que nous parlions, il s'était rassis dans un large fauteuil, moi dans un autre. Il n'allumait pas, n'esquissa pas un geste pour le faire, nous poursuivîmes dans le noir absolu, il ne m'offrit ni à boire ni à manger, je le quittai à minuit, sans aucun désir de le revoir.

Un comité scientifique, présidé par Yehuda Bauer, professeur d'histoire juive à l'université hébraïque de Jérusalem, avait été fondé, devant lequel je devais exposer les grandes lignes de mon travail et rendre compte de son avancement. Après quelques mois, ce comité espaça ses réunions, je discutais des problèmes qui étaient les miens avec le seul Yehuda Bauer. Il était clair désormais pour moi que les protagonistes juifs de mon film devaient être, soit des membres des Sonderkommandos, « commandos spéciaux » selon la terminologie nazie, ceux qui se trouvaient à la dernière station du processus de destruction et qui donc avaient été, avec les tueurs, les seuls témoins de la mort de leur peuple, des derniers moments de vie de ceux qui allaient la perdre, asphyxiés dans les chambres à gaz — j'ai déjà longuement parlé, au chapitre II de ce livre, de Filip Müller, membre du Sonderkommando d'Auschwitz pendant près de trois ans, survivant miraculeux des cinq liquidations du commando spécial —, soit des hommes qui, ayant passé un long temps dans les camps, avaient fini par y occuper des positions centrales, les rendant particulièrement aptes à décrire dans le plus grand détail le fonctionnement de la machinerie de mort. Bauer comprenait parfaitement ce que je voulais faire et me donnait raison, il était d'origine tchèque et connaissait à fond les prodromes et les divers moments de la Solution finale en Tchécoslovaquie : parmi les Juifs d'Europe, sans doute à cause de la proximité géographique d'Auschwitz, les Tchèques et les Slovaques furent les premiers déportés. Il n'est pas étonnant que trois des protagonistes les plus importants de *Shoah* soient tchèques, comme Glazar et Filip Müller, ou slovaque, comme Rudolf Vrba : c'est par Yehuda Bauer que j'ai connu l'existence des deux derniers. Les retrouver, les convaincre d'apparaître dans le film fut une autre affaire. Mais il y avait encore une raison à la nécessité pour moi de leur présence : outre le fait qu'ils étaient tous trois des personnalités d'exception, à la fois par leur intelligence, leur survie miraculeuse, leur héroïsme, leur capacité à articuler leur expérience, je ne pouvais leur parler qu'en une langue étrangère et l'estrangement, autre nom de l'éloignement que j'ai évoqué plus haut, m'était paradoxalement une condition d'approche de l'horreur. La question de savoir ce que j'aurais fait si un Filip Müller français avait existé ne se posa pas, ne le pouvait pas, il n'y aurait jamais deux Filip Müller, jamais cette voix de bronze et la réverbération, la vibration de son timbre, qui se poursuit longtemps après que ses justes et dramatiques paroles ont été proférées, jamais cette profondeur de pensée, cette haute réflexion sur la vie et la mort, forgées par trois années d'enfer.

J'ai connu presque tous les membres du commando spécial d'Auschwitz, m'étant mis à leur recherche dès que j'eus compris à quel point ils étaient essentiels à mon entreprise. Aucun n'égala Filip Müller et je sus qu'ils ne seraient pas dans le film. Sauf Dov Paisikovitch, boucher à Hadera, une petite ville israélienne. Il était l'homme le plus silencieux que j'aie jamais connu. Un bloc de silence. Originaire de Transylvanie, il avait été déporté à Birkenau avec sa famille au moment où l'extermination des Juifs de Hongrie était à son comble, en mai 1944, où, les fours ne suffisant pas à réduire en cendres les milliers de cadavres que les chambres à gaz produisaient quotidiennement, des fosses avaient été creusées à la hâte pour qu'y soient brûlés ceux qui ne trouvaient pas place dans les gueuloirs incandescents des crématoires IV et V. Matraqué, assommé à la descente du train, séparé des siens, Dov, qui n'avait pas dix-huit ans, avait été conduit à la course, sous les coups de massue et les morsures des chiens, jusqu'à une des fosses, où il avait dû, avec d'autres, arroser les corps d'essence, écraser avec des dames de bois ou de béton les gros os qui n'avaient pas brûlé et recueillir dans des seaux la graisse juive en fusion. Il accomplit tant qu'il le fallut cette effrayante besogne, et survécut à Auschwitz par un concours de chance et d'extraordinaire courage. On ne pouvait le comparer en rien à Filip Müller, mais il me plaisait et je lui rendis visite plusieurs fois dans sa boucherie, convaincu que sa jeunesse et son absolu mutisme avaient leur place éminente dans la tragédie que le film aurait à incarner. Le silence est aussi un mode authentique du langage. La seule chose que j'avais réussi à apprendre de sa bouche était qu'il aimait pêcher en Méditerranée, non loin de Césarée, en lançant, au crépuscule, à partir de lourdes gaules qu'il assujettissait dans le sable de la plage, des lignes de fond et qu'il attendait avec une infinie patience la crécelle du moulinet lui indiquant qu'une proie avait mordu. Comme j'aime moi-même la pêche, l'attente, l'imminence, je m'étais dit : « On ne parlera pas, on pêchera ensemble et je raconterai son histoire en voix *off*. » Dov avait accepté ma proposition, il mourut malheureusement d'une crise cardiaque avant que je pusse tourner. J'eus beaucoup de regret. Et de peine.

De même que *Shoah* est un film immaîtrisable et qu'il y a, pour y entrer, mille chemins, de même il y a peu de sens à tenter de raconter dans l'ordre comment, jour après jour, année après année, il s'est édifié. À partir du moment où je me convainquis qu'il n'y aurait ni archives ni histoires individuelles, que les vivants s'effaceraient devant les morts pour s'en faire les porte-parole, qu'il n'y aurait pas de « je », si fantastique, si attirant, si aberrant par rapport à la règle que pût être tel ou tel destin personnel, mais qu'au contraire le film serait une forme rigoureuse — en allemand une *Gestalt* — qui dirait le sort du peuple tout entier et que ses hérauts, oublieux d'eux-mêmes, suprêmement conscients de ce que le devoir de transmission requérait d'eux, s'exprimeraient naturellement au nom de tous, considérant comme dépourvue d'intérêt, pauvrement anecdotique, la question de leur survie, car ils auraient dû eux aussi mourir — et c'est pourquoi je les tiens pour des « revenants » plus que pour des survivants —, je me mis à me battre, non pas dans le désordre, mais comme il le fallait, sur tous les fronts. Quelques lignes encore à propos de l'oubli de soi, de la rigueur trop implacable que nous nous étions, les « revenants » et moi, imposée, car c'est un de mes remords d'avoir tu cela dans le film. On se souvient des deux rescapés de Vilna, Motke Zaidl et Itzhak Dugin, membres d'un commando de jeunes Juifs contraints d'ouvrir les immenses fosses communes de la forêt de Ponari et d'exhumer, de leurs propres mains nues, sans outils, les milliers de cadavres enterrés là-bas, parmi lesquels ils reconnaissent leurs plus proches, et qu'ils ne peuvent nommer qu'en les qualifiant de *Figuren* ou de *Schmattes*, ce qui signifie « marionnettes » ou « chiffons ». S'ils osaient les mots « morts » ou « victimes », ils étaient roués de coups. Ce que je n'ai pas raconté dans *Shoah,* c'est l'incroyable évasion tentée par certains des jeunes hommes de ce commando, dont Zaidl et Dugin : ils creusèrent dans le sable un long, profond et irrespirable tunnel, qui débouchait dans la forêt au-delà des barbelés. Dugin et Zaidl réussirent pourtant et parvinrent à l'air libre. Les SS qui s'avisèrent de l'évasion lancèrent leurs molosses. C'est Dugin qui parle : « Nous étions tellement à bout de forces que les chiens nous rattrapèrent, nous étions sûrs de mourir sous leurs crocs. Mais soudain ils se mirent à gémir en tournant en rond autour de nous, d'un gémissement de terreur, à trembler et à se coucher. Nous sentions si fort la mort, puisque nous pataugions depuis des semaines dans les fosses, que notre puanteur arrêtait même les chiens. »

Quand j'y repense aujourd'hui, des procédures dans ma recherche me paraissent obscures, voire incompréhensibles. J'étais obsédé par les derniers moments des condamnés ou, ce qui pour la plupart a été la même chose, par les premiers moments de l'arrivée dans un camp de la mort, par la soif, par le froid — que signifiait par exemple attendre nu, par moins vingt degrés, son tour d'entrer pour y mourir dans une des chambres à gaz de Treblinka ou de Sobibor ? Je me posais sans fin ces questions, elles me taraudaient, mais je ne songeais pas un instant à me rendre sur les lieux de l'extermination, alors que la logique eût commandé que je le fisse, que je commençasse par là. Je ne voulais pour rien au monde aller en Pologne, un refus profond m'interdisait d'entreprendre ce voyage. Je pensais qu'il n'y avait là-bas rien à voir, rien à apprendre, que la Pologne était un non-lieu et que si l'Holocauste — c'était le mot alors — existait quelque part, c'était dans les consciences et les mémoires, celles des survivants, celles des tueurs, qu'on pouvait en parler aussi bien de Jérusalem que de Berlin, de Paris, de New York, d'Australie ou d'Amérique du Sud.

Retrouver les membres des Sonderkommandos n'était pas en soi tellement difficile. Ils étaient peu nombreux et connus, quelques-uns avaient témoigné au procès Eichmann. Le problème n'était pas de savoir comment les joindre, mais de les convaincre de parler, surtout de parler devant une caméra et une équipe de cinéma. Si d'aventure ils acceptaient, ils ne pouvaient le faire qu'en payant le prix le plus haut, c'est-à-dire en revivant tout. Et il s'agissait là d'une tâche quasiment impossible. Le procès Eichmann ne pouvait m'être d'aucune aide. Je me convainquis, à la lecture de ses actes, que c'était un procès d'ignorants : les historiens avaient encore trop peu travaillé, le président et les juges étaient mal informés, le procureur Hausner pensait que les envolées morales et pompeuses suppléeraient son défaut de savoir — il confondait Chelm et Chelmno, entre cent autres erreurs —, les témoins en larmes faisaient une sorte de tour de piste qui ne permettait aucune recréation de ce qu'ils avaient vécu et la directivité scandaleuse du procès faisait porter injustement une grande part de la responsabilité et de la culpabilité aux Conseils juifs. Ce fut l'origine d'une violente polémique entre Gershom Scholem et Hannah Arendt, qui avait suivi le procès et, dans son livre *Eichmann à Jérusalem*, montrait une partialité, une absence de compassion, une arrogance, une incompréhension de la situation dont il lui fit à bon droit le reproche.

Abraham Bomba, le coiffeur de Treblinka et un des héros de mon film, ne témoigna pas au procès Eichmann. Mais on m'avait parlé de lui à Yad Vashem, je savais qu'il avait été membre du Sonderkommando de Treblinka, qu'il avait coupé les cheveux des femmes juives à l'intérieur même des chambres à gaz, qu'il avait réussi une extraordinaire évasion et que, après son retour au ghetto de Czestochowa, la ville polonaise dont il était originaire et d'où il avait été déporté, on n'avait pas voulu croire l'incroyable qu'il rapportait à ses frères, qu'on l'avait accusé d'être un semeur de panique et que certains, pour le faire taire, avaient voulu le livrer à la police. Évadé au printemps 1943, Bomba n'avait pas eu d'autre choix que de revenir dans le ghetto de sa ville natale car, paradoxalement, c'était pour lui le seul refuge possible, il n'avait aucune chance de survie seul parmi les Polonais. Il faut savoir aussi que les Allemands ne vidaient jamais un ghetto en une seule fois. La liquidation du ghetto de Czestochowa prit des mois et Bomba échappa par miracle à un autre « transport » pour Treblinka. Un tel homme était central pour moi, je savais seulement qu'il vivait à New York où il exerçait son métier de coiffeur, mais nul ne connaissait son adresse. J'avais tenté déjà une fois de le situer, au cours d'un bref séjour là-bas, où, à ma demande, j'avais assisté, en tant qu'auditeur muet non participant, à un colloque d'historiens spécialistes de l'Holocauste. Je n'avais trouvé mention de son nom nulle part, dans aucun annuaire téléphonique privé ou professionnel des boroughs de Manhattan.

Ce colloque international dut se tenir au début de 1975 et c'est à cette occasion que je fis la connaissance de Raul Hilberg. Il tranchait sur ses collègues par la sécheresse de sa voix, sa totale absence d'emphase et de pathos, son ironie parfois mordante. Yehuda Bauer m'avait recommandé à lui, je le vis un soir en tête à tête, lui parlai de son livre que j'avais entièrement lu et assimilé, mais aussi de mon projet cinématographique, lui demandant s'il consentirait à être un de mes personnages. Je le revis à plusieurs reprises chez lui, à l'université de Burlington, dans le Vermont, nous devînmes proches, il accepta. Les intervenants du colloque, beaucoup d'entre eux reconnus dans leur domaine de recherche, me frappèrent par leur gaieté. Ce symposium explosait de vie, on se congratulait, on riait, ce qui me semblait très contradictoire avec le sujet de cette réunion. J'étais quant à moi tellement habité et hanté par la mort que je comprenais mal l'insouciance manifeste de la posture académique. J'en parlai un jour à Yehuda Bauer, qui me conseilla de me distraire : « On ne peut pas penser à cela vingt-quatre heures sur vingt-quatre, on deviendrait fou. » C'était peut-être ce qui m'arrivait, j'y pensais de plus en plus, cela allait très loin, jusqu'au point où j'imaginais que tout le monde était mort, les victimes mais aussi les tueurs. Chaque fois que je découvrais un vivant, mon étonnement était absolu, je l'éprouvais à la façon d'une exhumation d'ordre archéologique, ma trouvaille m'apparaissant indissociablement comme un signe et un vestige de l'immensité de la catastrophe.

J'avais fini par me procurer une très ancienne adresse d'Abraham Bomba, dans un quartier du Bronx. Au cours d'un de mes passages à New York, après avoir une fois de plus dépouillé en vain tous les annuaires téléphoniques, je décidai de me rendre sur place. C'était un immeuble délabré, sans ascenseur, aux murs noircis par la suie d'un incendie récent, comme beaucoup d'autres dans le voisinage. Il arrivait que les propriétaires, qui vivaient dans des lieux plus huppés et renâclaient devant les travaux de réfection indispensables, fussent eux-mêmes les auteurs des incendies, ce qui leur permettait de toucher les primes d'assurance. Bomba avait peut-être habité là, mais en des temps très lointains, les locataires que je rencontrai, puisque, n'ayant trouvé le nom que je cherchais sur aucune boîte aux lettres, je m'astreignis à grimper jusqu'au dernier étage en frappant à toutes les portes, étaient tous d'origine hispanique, pour l'essentiel portoricains. Désemparé, résistant à l'idée que Bomba, si vital pour le film, était perdu à jamais, je me mis à marcher, à errer, à tourner en rond pendant des heures dans ces tristes parages, examinant chacune des boutiques où me conduisaient mes pas. Je m'arrêtai net devant une improbable échoppe de savetier. J'apercevais à travers la vitrine sale un homme qui clouait une semelle au marteau, je ne doutai pas un instant, à la fois par l'antique métier qu'il exerçait et par les traits de son visage, que ce savetier, ce cordonnier fût juif. Je me trompe rarement, j'aurais excellé dans la chasse au faciès. Il n'était pas seulement juif, mais juif polonais, à l'accent yiddish prononcé, îlot perdu, sentinelle avancée de Sion et de l'Europe orientale dans ce monde hispanique. Il avait en outre, cela allait de soi, été lui-même déporté. Bien sûr, il avait connu Bomba, mais ce dernier, m'apprit-il, avait déménagé vingt ans auparavant pour une autre partie du Bronx, petite-bourgeoise et peuplée majoritairement de Juifs, Pelham Parkway. Je me ruai là-bas, recommençai à éplucher les *telephone directories* de Pelham Parkway, Bomba n'y figurait pas. Puisqu'il était coiffeur, pensais-je, j'aurais peut-être plus de chance en interrogeant ses confrères. J'allai donc d'un *hair-dressing salon* à l'autre et n'évitai pas non plus les *barber shops* pour hommes que je trouvai sur mon chemin. Cela arriva autour de mon quinzième interrogatoire, dans un salon pour femmes ; je ne sais comment elle parvint à m'entendre, mais une cliente sortit tout à coup, comme une tortue, sa tête hérissée de rouleaux et d'épingles du casque sous lequel on lui faisait ce qu'on appelle, je crois, une permanente, et s'écria à mon intention : « *I know him, I know where he lives, it is not far.* » Ce n'était pas loin en effet, Bomba habitait une sorte de pavillon de banlieue, pareil à mille autres. Je sonnai. Nulle réponse. Je décidai de rester. La nuit tombait quand arriva une adolescente, je la rejoignis, demandai si Bomba vivait bien là. Elle me répondit : « C'est mon père, que lui voulez-vous ? » Quand je prononçai le mot film, les yeux de la jeune fille chavirèrent : « Hollywood… », murmura-t-elle interrogativement. J'appris que ses parents rentreraient ensemble, mais pas avant neuf heures du soir — il y avait donc encore au moins deux heures à attendre. Bomba, me dit-elle, était coiffeur dans les sous-sols de Grand Central Station, la grande gare de New York, mais même en faisant très vite, je ne réussirais pas à l'attraper avant la fermeture. Je résolus donc de demeurer sur place et la charmante enfant me proposa d'entrer avec elle. La sympathie immédiate et extrême que j'éprouvai pour Bomba dès que je le vis n'eut d'égale que l'agacement d'abord puis l'exaspération inspirés chez moi par l'attitude de sa femme : elle ne pensait sûrement pas à mal, mais ne le laissait pas placer un mot. Elle

616

devançait toutes ses réponses, rendant la conversation impossible. Très énervé, je pris Abraham par le bras, lui dis : « Sortons quelques instants, j'ai besoin de marcher. » Dans la rue, je lui expliquai que je le cherchais depuis des années, exposai les grandes lignes du film sur lequel je travaillais, pourquoi ce qu'il avait vécu à Treblinka était si fondamental pour mon projet. J'avais besoin de m'entretenir longuement et seul à seul avec lui, nous devions trouver le moyen d'y parvenir. Il comprit très bien, me confia qu'il possédait une cabane de vacances dans les montagnes de l'État de New York et qu'il pouvait se rendre libre le samedi et le dimanche suivants à la condition que je trouve une voiture, il n'en avait pas.

Ainsi fut fait, je louai un véhicule, l'arrachai à sa terrible épouse tôt le matin, nous franchîmes l'Hudson River et ses berges de commencement du monde sur le pont de Tarrytown et grimpâmes loin *upstate New York* en direction d'Albany. Je n'avais avec moi aucun outil d'enregistrement, pas de caméra, pas même un magnétophone, à peine de quoi prendre des notes. Mes mains étaient nues, j'avais l'intuition qu'il le fallait. Je passai avec Bomba tout l'après-midi du samedi, une partie de la nuit et la journée du dimanche tout entière, le ramenant tard chez lui à Pelham Parkway. Ce furent deux journées cruciales, non seulement par ce qu'il m'apprenait, que j'ignorais, que tous ignoraient et qui faisait de lui un témoin unique, mais encore parce qu'elles me livrèrent la clé de ce que devait être ma posture face aux protagonistes juifs de mon film. Dans son mauvais anglais rocailleux, Bomba le coiffeur était un orateur magnifique et je crois qu'il me parla, pendant ces quarante-huit heures, comme s'il n'avait jamais parlé devant personne, comme s'il le faisait pour la première fois. Jamais quelqu'un d'autre ne l'avait écouté en lui témoignant une aussi fraternelle et sourcilleuse attention, qui le contraignait, par tous les détails avec lesquels je lui demandais de fouiller sa mémoire, à se réimmerger de plus en plus profondément dans les indescriptibles moments qu'il avait passés à l'intérieur de la chambre à gaz. Je compris qu'afin d'être capable de le filmer, lui et ses pareils, je devais à l'avance tout savoir sur eux ou du moins en savoir le plus possible, on ne sait jamais tout. Car obtenir semblable reviviscence requérait que je pusse leur apporter à tout instant mon aide, aide ne signifiant pas ici je ne sais quel secours compassionnel, mais d'abord la possession de la connaissance nécessaire pour oser interroger ou interrompre ou remettre dans le droit-fil, pour poser les bonnes questions à leur heure. Entre Bomba et moi, lorsque je le quittai, l'une d'elles en tout cas était résolue : la question de confiance, il savait pouvoir compter sur moi et à qui il parlerait. Sur la route du retour, je lui demandai s'il acceptait de tourner dans mon film, mais j'étais incapable de lui dire quand cela aurait lieu, dans un an, deux, ou peut-être trois, les problèmes d'argent n'étant pas du tout réglés. Il consentit avec gravité, et joie je crois, car la nécessité absolue de porter témoignage lui était apparue. Je lui dis aussi que je reprendrais contact avec lui dès que je pourrais fixer une date.

Je le pus deux ans plus tard, je téléphonai pendant des jours sans jamais obtenir de réponse, j'écrivis, les lettres furent retournées à l'expéditeur. Mais je ne pouvais reculer le tournage américain, des rendez-vous étaient pris avec d'autres comme Vrba ou Karski. Une fois à New York, je décidai, pour en avoir le cœur net, de retourner à Pelham Parkway. Quand je sonnai, quelqu'un qui n'était pas Bomba m'ouvrit la porte, nouveau locataire ou propriétaire, je ne sais. Je m'enquis, cet homme ne savait qu'une chose : Bomba et sa famille, qu'il n'avait pas connus, avaient quitté les États-Unis pour Israël, où ils vivaient désormais. Parti donc sans laisser d'adresse, sans m'avertir alors que je lui avais donné en le quittant les moyens de m'atteindre, s'il en était besoin. Mais sans doute était-ce ma faute, je l'avais laissé trop longtemps sans nouvelles, il avait pu penser que le film ne se ferait pas. J'arrivai en Israël à l'automne 1979, un programme de tournage était prévu là-bas, mais ma préoccupation prioritaire fut de retrouver Bomba. J'allai au plus simple, au plus évident : toutes les villes de Pologne ont là-bas leurs associations de survivants, Abraham étant natif de Czestochowa, sanctuaire, on le sait, de la fameuse Vierge noire caressée par tant de papes, je m'adressai à l'association des anciens de la ville. Bomba s'y était récemment inscrit. Je le retrouvai donc, il avait cru en effet que le film était un mirage. Que je l'aie cherché ainsi à travers le monde était pour lui un gage supplémentaire de mon sérieux et de l'importance que je lui attachais. Il vivait à Holon, une banlieue de Tel-Aviv où je revis sa fille et sa femme, plus calme. Mais ayant trop peur qu'il ne disparût une fois encore et redoutant moi-même les difficultés du tournage avec lui, je décidai de chambouler mon plan de travail et de commencer par lui sans plus attendre. Je le filmai face à la Méditerranée, sur la belle terrasse d'un appartement de Jaffa que m'avait prêté Théo Klein, et une fois encore, Abraham, décrivant sa déportation de Czestochowa, les souffrances infernales de la soif endurées au cours du voyage par son bébé et sa première femme, tous deux gazés dès leur arrivée à Treblinka, déploya le talent oratoire, la capacité à incarner son récit qui m'avaient tant impressionné et séduit dans les montagnes de l'État de New York. La nuit allait tomber brutalement comme elle le fait toujours en Méditerranée orientale et Dominique Chapuis, mon chef opérateur, me dit : « Il faut arrêter, je n'ai plus de lumière. » Mais je me moquais de la lumière, j'étais tellement pris par l'ampleur et la magie de la parole du coiffeur que je répondis à Chapuis : « Non, on continue, on verra son visage s'estomper, il parlera dans le noir. » C'était idiot de ma part, inutilisable, et ne fut d'ailleurs pas utilisé. Je mentionne ceci pour montrer à quel point l'équipe tout entière était fascinée par cet homme.

Mais au fur et à mesure de l'avancée du tournage, je sentais Bomba gagné par une nervosité à laquelle répondait ma propre anxiété. Nous savions lui et moi que le plus difficile était devant nous, qu'il faudrait bientôt en venir à la coupe des cheveux des femmes juives à l'intérieur de la chambre à gaz, point d'orgue du pire, raison essentielle de notre commune entreprise. À plusieurs reprises, à la fin des journées précédentes, il m'avait pris à part : « Cela va être très difficile, je ne sais pas si je pourrai le faire », m'avertissait-il. Je voulais l'aider, m'aider moi-même, il n'était pas question de continuer à le faire parler sur la terrasse, face à la mer bleue. C'est moi qui eus l'idée du salon de coiffure. Bomba n'était plus coiffeur, il était retraité et sa retraite était le motif majeur de sa « montée » en Israël, de son aliyah. Mais ma proposition lui agréa, il se chargea de trouver lui-même le salon. Un problème d'ordre éthique se posa immédiatement : il ne pouvait en aucun cas s'agir d'un salon de coiffure pour femmes, nous eûmes tous deux l'évidence que ce serait insupportable et obscène. Il choisit donc une vraie boutique de coiffeur pour hommes, avec un patron entouré de plusieurs garçons qui officiaient sans un mot et des clients qui entraient librement, non prévenus de ce qui se passait à l'intérieur. Abraham revêtit la blouse jaune vif qu'il avait portée pendant des années à Grand Central Station, orgueilleuse relique d'un métier qu'il aimait, tandis que les coiffeurs israéliens, travaillant autour de lui sans un seul regard pour la scène dont il était le centre, sans comprendre un mot de ce qui se disait, avaient leur uniforme ordinaire, une chemise à damier bleu et blanc. C'est Abraham aussi qui choisit son client, un ami à lui, de Czestochowa probablement, à qui il coupa les cheveux, maniant presque sans interruption les ciseaux pendant toute la durée de la séquence, c'est-à-dire au moins vingt minutes. Ou plutôt, à qui il fit semblant de couper les cheveux : l'eût-il fait vraiment, son « patient » eût terminé pratiquement tondu. Mais Abraham, de lui-même et sans que je lui aie donné une autre indication que celle-ci : « Vous faites *comme si* vous lui coupiez les cheveux », se changea en acteur, réussissant à donner l'illusion d'une coupe réelle, ne cessant pas de faire entendre le crissement d'une lame contre l'autre, élaguant effectivement de temps en temps un cheveu, se reculant pour considérer son œuvre, la reprenant, la perfectionnant tout en continuant à raconter l'enfer, sous mes questions qui le contraignaient à le décrire au plus près. Pourquoi le salon de coiffure ? Les mêmes gestes, pensais-je, pourraient être le support, la béquille des sentiments, lui faciliteraient peut-être le travail de parole et de monstration qu'il aurait à accomplir devant la caméra. Bien sûr, ce n'étaient pas les mêmes gestes ; un salon de coiffure n'est pas une chambre à gaz, faire semblant de couper les cheveux d'un homme seul n'a rien à voir avec le récit que j'avais entendu dans la montagne américaine : nues, affolées par les coups de fouet des gardes ukrainiens, les femmes juives pénétraient, par fournées de soixante-dix, dans la chambre à gaz où les attendaient dix-sept coiffeurs professionnels qui les faisaient asseoir sur des bancs de bois disposés à cet effet et les dépouillaient de leur chevelure entière en quatre coups de ciseaux. Quand, durant le tournage, je demande à Abraham de refaire les gestes d'alors, il empoigne, ciseaux brandis, la tête de son ami, son faux client, et montre comment il procédait et à quelle vitesse, faisant le tour de son crâne : « On coupait comme ça, ici… là… et là… ce côté… ce côté, *and it was all finished.* » Deux minutes par femme, pas plus. Sans les ciseaux, la scène eût été cent fois moins évocatrice, cent fois moins forte. Mais peut-être n'aurait-elle même pas pu avoir lieu .

les ciseaux lui permettent à la fois d'incarner son récit et de le poursuivre, de reprendre souffle et force tant ce qu'il a à dire est impossible et épuisant.

Il y a véritablement deux moments dans cette longue séquence : au commencement de son récit, Abraham adopte un ton neutre, objectif, détaché, comme si tout ce qu'il doit raconter ne le concernait pas, comme si l'horreur allait pouvoir s'engendrer sans son implication, harmonieusement presque. Mes questions ne lui permettent pas de continuer comme il le voudrait, elles sont d'abord topographiques, réclament des précisions d'espace et de temps. J'en pose une, incongrue, absurde : « Est-ce qu'il y avait des miroirs dans la chambre à gaz ? », sachant parfaitement — j'ai vu des chambres à gaz à Auschwitz et à Maïdanek — qu'il n'y avait rien d'autre que des murs nus. Par contre, le salon de coiffure où nous tournons est tapissé de miroirs et les gestes s'y reflètent à l'infini. Ces questions permettent la recréation la plus exacte possible des lieux et de la situation, mais elles m'autorisent aussi à oser aborder l'interrogation la plus difficile, qui ouvre le deuxième moment de la séquence : « Qu'avez-vous éprouvé la première fois que vous avez vu déferler dans la chambre à gaz toutes ces femmes nues et ces enfants, nus également ? » Abraham esquive, répond à côté, la conversation se poursuit par d'autres précisions sur la coupe de cheveux, destinée à leurrer les femmes aux derniers instants de leur vie, en leur faisant croire, à cause de l'utilisation de ciseaux et de peignes et non d'une tondeuse, qu'il s'agit d'une coupe normale, comme la pratiquent les coiffeurs pour hommes. À cet instant, quelque chose sur le visage de Bomba, dans le timbre de sa voix, dans les silences qui espaçaient ses paroles, m'alerta. Une tension visible, palpable, montait dans la pièce, j'ignorais quoi, quand, je n'en étais pas sûr, mais j'eus le sentiment qu'un événement essentiel allait, pouvait se produire.

J'étais placé juste derrière le cameraman et je pouvais lire sur le compteur de la caméra combien de minutes de pellicule vierge restaient dans le magasin : cinq minutes. C'est beaucoup, c'est peu, j'obéis à une intuition brutale, je dis à voix basse à Chapuis : « On coupe et on recharge immédiatement. » Avec la caméra 16 mm Aaton que j'utilisais, il faut changer de magasin toutes les onze minutes. Des magasins pleins étaient prêts, le changement s'opéra en un éclair et la conversation se poursuivit comme s'il n'y avait eu aucune interruption, Bomba ne s'en avisa pas. Après un temps, je reposai la question laissée sans réponse. Celle-ci fut magnifique et bouleversante, il ne biaisa pas : « Oh, vous savez, "ressentir", là-bas… C'était très dur de ressentir quoi que ce soit : imaginez, travailler jour et nuit parmi les morts, les cadavres, vos sentiments disparaissaient, vous étiez mort au sentiment, mort à tout. » Puis il ajouta : « Je vais vous raconter quelque chose qui s'est produit pendant que je travaillais à la chambre à gaz quand sont arrivées des femmes de ma ville natale que je connaissais, qui me connaissaient… » À cet instant précis, ce mort au sentiment fut submergé par le sentiment avec une violence telle qu'il ne put aller plus loin, faisant de la main un petit geste qui signifiait à la fois la futilité et l'impossibilité de continuer à raconter et aussi, ce qui est la même chose, l'impossibilité, la vanité de comprendre. La scène est célèbre, Abraham efface d'un coin de serviette les larmes qui perlent à ses yeux, se mure dans le silence tout en continuant à tourner ciseaux en main autour de la tête de son ami et, tandis qu'il tente de se ressourcer, parlant à ce dernier en yiddish d'une voix confidentielle, s'instaure alors entre lui et moi le dialogue de deux suppliants, lui me pressant d'arrêter, moi l'exhortant fraternellement à poursuivre parce que je considère qu'il s'agit de notre tâche commune, de notre devoir partagé. Tout ceci advint au moment où il n'y aurait plus eu de pellicule dans la caméra si je n'avais pas donné l'ordre de recharger. C'eût été une irréparable perte car je n'aurais jamais pu demander à Bomba, comme cela se peut dans une répétition de théâtre, de recommencer à pleurer. La caméra ne s'est pas arrêtée de tourner, les larmes d'Abraham étaient pour moi précieuses comme du sang, le sceau du vrai, l'incarnation même. Certains ont voulu voir dans cette scène périlleuse la manifestation de je ne sais quel sadisme en moi, alors que je la tiens au contraire pour le paradigme de la piété, qui ne consiste pas à se retirer sur la pointe des pieds face à la douleur, mais qui obéit d'abord à l'impératif catégorique de la recherche et de la transmission de la vérité. Bomba m'étreignit longuement après le tournage et plus encore après avoir vu le film : nous passâmes plusieurs jours ensemble à Paris, il savait qu'il resterait comme un héros inoubliable.

De Chelmno, où 400 000 Juifs furent assassinés

par l'oxyde de carbone des moteurs de camions Saurer, on comptait deux « revenants » : Michael Podchlebnik et Simon Srebnik. Tous deux habitaient en Israël, le premier à Tel-Aviv, le second à Ness Ziona, près de Rehovot et de l'Institut Weizmann. Ils sont eux aussi des protagonistes de *Shoah,* également inoubliables, chacun à sa façon. C'est Srebnik, le plus jeune, le survivant de la deuxième période de l'extermination à Chelmno (celle-ci eut lieu en effet en deux temps, de janvier 1941 à l'été 1942, puis, après une morte-saison, de juillet 1944 à janvier 1945), que j'allai voir en premier. Il était âgé de quarante-quatre ans — il en avait treize et demi à Chelmno. Nous parlâmes ou plutôt tentâmes de le faire car je ne compris à peu près rien de ce qu'il me disait. Chaque fois qu'il prononçait devant moi le nom d'un SS de Chelmno, il le faisait précéder du qualificatif de *Meister*, qui signifie « maître ». Il me sembla qu'il était resté, à plus de quarante ans, l'enfant terrorisé qu'il avait dû être là-bas. J'oublie de dire que son père avait été abattu sous ses yeux au ghetto de Lodz, que sa mère, avec laquelle il avait été déporté à Chelmno — à quatre-vingts kilomètres au nord-est de Lodz —, avait été gazée dès son arrivée et que lui-même avait été exécuté d'une balle dans la nuque dans la nuit du 18 janvier 1945, deux jours avant l'arrivée de l'Armée rouge et la délivrance de cette région de la Pologne. La balle, par miracle, n'avait pas touché les centres vitaux, il survécut. Nous nous entretînmes en mauvais allemand, j'attrapai au vol des mots comme *Kirche* (église), *Schloss* (château), des noms propres comme *Narva* (la Ner), dont je ne saisissais pas le sens et que j'étais incapable de mettre en relation. Je quittai Srebnik plein de doutes sur ma manière de procéder, je manquais de la connaissance objective nécessaire pour l'interroger. Et par ailleurs il m'apparaissait très léger de prétendre comprendre ce qu'avait été l'extermination par les camions à gaz de Chelmno sans avoir rien vu de l'endroit. L'obligation du voyage en Pologne s'imposait de plus en plus à mon esprit : je ne pourrais comprendre Srebnik et me faire comprendre de lui que si j'avais vu Chelmno. Quand Bomba, dans sa cabane, me parlait de Treblinka, j'entendais pleinement tout ce qu'il me disait, l'idée de confronter son récit au lieu ne m'effleurerait pas, il le faisait revivre par sa parole. Les bribes que je recueillais avec Srebnik étaient les souvenirs fragmentés d'un monde éclaté, à la fois dans la réalité et par la terreur qu'il lui avait inspirée. C'est bien plus tard seulement que je vérifiai combien cette intuition d'éclatement était juste : rien n'est plus difficile à filmer que Chelmno, avec les deux périodes de la mort et la dispersion des lieux où elle advint. Mais il n'était pas question d'abandonner Srebnik, de le laisser de côté : il aurait dans mon film un rôle crucial, c'était à moi de travailler et de m'adapter à lui afin de le comprendre.

Avec le premier « revenant », Michael Podchlebnik, le problème ne se posait pas ainsi : tout est dans son visage, merveilleux visage de sourire et de larmes, ce visage est le lieu même de la Shoah. Et chaque fois que je le revois sur l'écran, devinant ma main qui lui presse et masse l'épaule pour l'aider à accoucher le plus difficile des récits — la découverte par lui de sa femme et de ses enfants parmi les cadavres à l'ouverture des portes de son premier camion à gaz — , instant où il passe soudain de son courageux sourire à de pudiques sanglots, je ne peux que l'accompagner de mes propres pleurs. Héroïque et rigoureux Michael Podchlebnik, qui, dès sa première intervention dans le film, dit : « Il ne faut pas parler de cela », alors que Srebnik l'a précédé d'un « On ne peut pas se représenter cela », héroïque Podchlebnik qui ne raconte rien de sa fantastique évasion car son histoire personnelle était selon lui sans importance. Rien non plus de la force et des ruses qu'il sut mobiliser, des souffrances subies : il s'évada en effet dès le début de la première période de l'extermination à Chelmno et il lui fallut survivre en Pologne, sous les Allemands, pendant presque quatre années.

Je dirai plus loin la Pologne, mais on peut savoir d'ores et déjà que je me suis instruit avant d'aller à Chelmno, et qu'une fois là-bas j'ai arpenté la maigre route nationale qui traverse le village, les chemins qui mènent à la Ner, en contrebas les berges de cette rivière d'aspect idyllique mais puante, j'ai vu l'église, intacte, celle de la procession du 15 août dans le film, j'ai vu le « château », devenu dépôt à charbon, j'ai refait le trajet qui conduit de l'église aux longues fosses communes de la forêt de Rzuszow à la vitesse d'un camion à gaz, c'est-à-dire lentement, me demandant avec anxiété comment filmer la pluralité de ces anciens lieux de mort. Puis, sans avoir trouvé la solution, je suis reparti en Israël pour revoir Srebnik. Je lui ai immédiatement annoncé que je revenais de Chelmno, j'avais pris soin de me munir de papier et de crayons, afin que nous pussions, lui et moi, dessiner chacun notre mémoire des lieux. Comme je l'avais fait vingt ans auparavant avec Kim Kum-sun, la Nord-Coréenne, nous inventâmes, Srebnik et moi, un commun langage. Il me corrigeait, je le corrigeais. En un sens, j'en savais plus long que lui car j'avais été partout en homme libre tandis que lui marchait les chevilles entravées, souffrant de la faim, des coups, de l'humiliation, et de la peur de la mort à tout instant possible. Pourtant le partage, la confrontation et l'échange, par le dessin, du savoir de chacun furent une joie puissante et neuve, nous nous mîmes à parler, je sus l'interroger, il voulut raconter. C'est au cours de cette conversation que j'appris qu'il chantait sur la rivière, dans une barque à fond plat, pour son garde SS. Je lui demandai aussitôt de chanter comme il le faisait alors et sa voix mélodieuse monta sous la charmille de son jardin de Ness Ziona : « *Mały biały domek w mej pamięci tkwi...* » Puis, à ma prière, il reprit le refrain de la rengaine militaire prussienne dont le vieux SS à son tour l'instruisait : « *Wenn die Soldaten durch die Stadt marschieren, öffnen die Mädchen die Fenster und die Türen... Hey Warum, hey Darum...* » (« Quand les soldats marchent à travers la ville, les jeunes filles ouvrent les portes et les fenêtres... ») Telles sont les voies imprévues et obscures de la création : dans ce jardin de Ness Ziona, à cette minute précise, je sus, de science certaine, que l'homme qui chantait là reviendrait avec moi à Chelmno, que je le filmerais chantant sur la Ner et que ce serait là l'ouverture, la séquence inaugurale de *Shoah.* Cela ne souffrait aucun doute, de nombreux obstacles restaient à franchir avant d'y parvenir, convaincre Srebnik et sa femme n'étant pas les moindres, mais mon désir, ce fut une fulgurante évidence, triompherait de tous et de tout.

Bien plus tard, pendant les années de montage, quelqu'un m'avait offert une cassette audio de Marlene Dietrich, dont j'aimais la voix, la vie, et toutes les chansons. Conduisant vers Saint-Cloud et les salles de montage de LTC, je l'insérai dans le lecteur de ma voiture et, à ma stupéfaction émerveillée, j'entendis Marlene chanter la rengaine que le SS de Chelmno avait apprise à Srebnik. Cela me donna pendant plusieurs jours un courage formidable. Beaucoup plus tard encore, il y a quelques années seulement, invité à une projection de *Shoah,* suivie d'une discussion, dans la fameuse école de cinéma de Lodz, je tombai dans un étonnant guet-apens. J'avais beau, s'agissant de *Shoah,* avoir expérimenté de la part des Polonais les coups les plus tordus, je n'aurais jamais imaginé qu'une énorme poissarde à la chevelure rouge, dégoulinante de maquillage, accompagnée d'un avocat, se lèverait à la fin de la séance afin de me réclamer en hurlant le paiement de droits d'auteur pour *Mały biały domek* (« Ma petite maison blanche »), la chanson polonaise du début du film que Srebnik, enchaîné, chantait sur la Ner en 1944 pour son garde SS. Le père de ce monstre en était, paraît-il, le parolier !

C'est pendant le tournage sur la Ner par un pluvieux après-midi, regardant et écoutant l'enfant chanteur de quarante-sept ans, que je trouvai la solution au problème que je me posais et qui me paraissait insoluble : comment filmer Chelmno, ce long village paysan sans aucune beauté aux maisons basses étirées de chaque côté de la route ? J'eus l'idée de le parcourir en voiture à cheval, la caméra embrassant dans un même champ la route mouillée, les maisons, l'église, la croupe et la queue de la bête qui balaie l'espace tel un balancier de métronome, le claquement régulier des sabots sur l'asphalte rendant encore plus effroyables les paroles de Frau Michelson, la femme de l'instituteur nazi de Chelmno, celle qui avait assisté à la navette sans fin des camions à gaz et ne savait plus combien de Juifs y avaient été asphyxiés, 4 000, 40 000 ou 400 000. Elle commente ainsi ma réponse, 400 000 : « Oui, je savais bien qu'il y avait un 4. »

CHAPITRE XIX

Je me présentai le cœur battant à Ludwigsburg, ville voisine de Stuttgart, devant Adalbert Rückerl, directeur de la Zentrale Stelle der Landesjustizverwaltungen, organisme du gouvernement fédéral allemand chargé de localiser, retrouver, poursuivre et, le cas échéant, traduire en justice les criminels de guerre nazis et les responsables de crimes contre l'humanité. Le rendez-vous avec cet homme courtois et très savant avait été pris depuis Jérusalem. J'avais avec moi une liste de cent cinquante noms établie à partir de mes lectures, qui me semblaient essentiels à mon entreprise. Rückerl et son adjoint n'avaient aucune obligation légale de m'apporter leur concours, ils le firent pourtant, mais tombèrent tous deux du haut mal lorsqu'ils prirent conscience du nombre de gens que je recherchais. Ils commencèrent par me dire que pas mal d'entre eux étaient morts, d'autres disparus sans laisser de traces et que je devais leur donner du temps pour retrouver les adresses, à coup sûr toutes anciennes, de ceux de ma liste auxquels leur administration avait effectivement eu affaire. Quand je les revis, l'écrémage avait été très sérieux : sur les cent cinquante noms, ils n'étaient en mesure de me donner qu'une trentaine de pistes. Et encore sans la moindre garantie, car les coordonnées qu'ils possédaient dataient toutes soit de poursuites, soit de procès qui avaient eu lieu à la fin des années quarante ou au début des années cinquante, après le grand procès de Nuremberg, ceux qu'on a appelés les « procès ultérieurs », comme celui des Einsatzgruppen. En me les remettant, ils me souhaitèrent bonne chance, mais ils me regardaient avec la gentillesse, l'étonnement, et même la commisération qu'on peut éprouver face à une naïveté confinant à la bêtise. Rückerl prit congé en me disant : « Je crains hélas que vous n'arriviez pas à grand-chose. » Je ne savais pas, lorsque je les quittai, que ce premier voyage en Allemagne allait être suivi de beaucoup d'autres et que c'était là le début de ce que, certains soirs, dans des bars et des chambres d'hôtel de multiples villes ou gros villages, saisi d'un profond découragement devant les échecs accumulés, je tiendrais pour un calvaire dépourvu de sens, me sentant prêt à abandonner.

Pour commencer, pas une seule adresse n'était valable. Je tenais beaucoup par exemple à retrouver un certain Wetzel, de l'Ostministerium, bureaucrate de haut rang qui, dans une lettre affreuse, suggère l'emploi des gaz pour la liquidation rapide des Juifs des pays Baltes. Il s'en était tiré avec quelques années de prison et, selon le renseignement qui m'avait été communiqué, il vivait en Allemagne du Sud, à Augsbourg. J'arrivai un jour là-bas, avec Irène, et des voisins de l'immeuble où il avait vécu m'informèrent qu'il avait quitté Augsbourg quinze ans auparavant, ils ignoraient pour quelle destination. Par chance, il existe en Allemagne une institution unique en son genre, le Einwohnermeldeamt, qui oblige ceux qui changent de domicile à lui signaler l'adresse du nouveau. Le Einwohnermeldeamt d'Augsbourg m'indiqua que Wetzel était parti vivre en Allemagne du Nord, dans une petite ville du Schleswig-Holstein dont j'ai oublié le nom. Augsbourg-Lübeck, principale cité du Schleswig-Holstein, c'est un long voyage, coûteux, je comprenais que l'organisation du travail allait être très difficile. Lorsque j'arrivai là où je pensais trouver Wetzel, je fus accueilli avec froideur et suspicion — beaucoup d'anciens nazis ont choisi l'Allemagne du Nord comme refuge — mais on m'apprit que Wetzel avait quitté ce paradis presque dix ans plus tôt. Ma seule ressource donc : l'Einwohnermeldeamt de Lübeck. Wetzel semblait avoir la bougeotte, il était parti pour une autre ville d'Allemagne du Sud, Darmstadt cette fois. Il me fut clair que ces parcours d'obstacles, d'un Einwohnermeldeamt à l'autre, et de l'autre à l'un, allaient entraîner la ruine du film avant même qu'il ne fût commencé. L'autre possibilité était d'écrire à l'Einwohnermeldeamt, mais cela prenait beaucoup de temps, s'accompagnait d'un questionnement bureaucratique décourageant et on n'obtenait pas toujours de réponse. Je choisis alors, par force, de me rendre sur place ou d'envoyer une de mes assistantes, Irène, puis Corinna Coulmas, une brillante et courageuse jeune femme, née d'un père d'origine grecque et d'une mère députée au Bundestag,

Corinna qui, voulant se convertir au judaïsme, possédait une étonnante maîtrise de l'hébreu, de la Torah, et à qui rien du Talmud n'était étranger.

Il m'arriva de retrouver un nazi, mais un jour trop tard, et d'assister aux funérailles. Ce ne fut pas, heureusement, le cas général. Au début, dans la pitoyable naïveté de mon inexpérience et de mon honnêteté, je procédais ainsi : je téléphonais, donnais mon nom et la raison de mon appel, à savoir que j'entreprenais un film sur l'extermination des Juifs. Je n'avais pas souvent la chance d'en dire plus long. Car ou bien l'on raccrochait immédiatement, ou bien si l'homme me répondait et quels que soient la douceur de ma voix ou le bredouillis de mon allemand que je rendais volontairement encore plus mauvais qu'il ne l'est en réalité, il donnait des réponses dilatoires, disait que je me trompais de numéro ou de personne, tandis que j'entendais en arrière-fond des viragos hurlant : « Ne parle pas. *Ruf die Polizei an !* » (« Appelle la police ! ») Les anciens nazis, ceux qui ont vraiment trempé dans le crime, sont, je l'ai presque toujours vérifié, des agneaux devant leur femme. Parce qu'elles ont assuré la maintenance de la famille quand l'homme était en fuite ou en prison, elles font la loi et portent la culotte. Si, au téléphone, au lieu du mari, je tombais sur l'une d'elles, je subissais toujours un interrogatoire, suivi, après que j'eus exposé les raisons de mon appel, d'une bordée d'injures grossières et de menaces. Je décidai alors, après des échecs répétés, de ne plus téléphoner, mais de me rendre directement, les mains nues, soit seul, soit accompagné de Corinna ou d'Irène, au domicile de ceux que je recherchais. Il fallait non seulement, on peut l'imaginer aisément, beaucoup de courage pour oser cela, mais le problème qui s'était préalablement posé avec l'Einwohnermeldeamt se reproduisait, démultiplié, par le choix de cette nouvelle procédure. Lorsque je trouvais porte close, je ne pouvais jamais savoir si ma cible s'était absentée pour aller en courses ou avait pris un mois de vacances. Je n'avais donc pas d'autre alternative qu'attendre et si j'avais la fantaisie de créer une rubrique « planque » pour comptabiliser les heures passées en attente et en guet au cours de la réalisation de ce film, je parviendrais à un chiffre exorbitant. Le caractère aléatoire, la quasi-impossibilité de me tenir à un plan de travail rendaient ces tournées allemandes épuisantes. Mais il arrivait parfois que, toute difficulté vaincue, la porte s'ouvrît sur celui pour lequel j'étais venu. Après que je me fus présenté, la conversation, dans la plupart des cas, tournait court très rapidement, je n'étais pas invité à franchir le seuil. Pour les Allemands, la connotation juive de mon nom était manifeste et cela ne facilitait pas les choses.

Deux exceptions pourtant : Perry Broad et Franz Suchomel, déjà mentionné. Perry Broad était un SS d'Auschwitz, très intelligent, né au Brésil d'un père anglais et d'une mère allemande, qui l'avait ramené avec elle à Berlin à l'âge de cinq ans. En 1941, à vingt ans, il s'enrôla dans les Waffen SS en tant que volontaire étranger. Détaché plus tard à Auschwitz, il devint membre de la Politische Abteilung, la sinistre « Section politique » qui officiait au bloc 11 (connu sous le nom de « bloc de la mort »), qui interrogeait, torturait, prononçait presque toujours la peine capitale et faisait immédiatement exécuter les condamnés, d'un *Genickschuss* [1] dans la cour du bloc. Filip Müller y fut prisonnier, cellule numéro 13, et raconte tout cela lors de sa première apparition dans *Shoah*. Capturé par l'armée britannique à la fin de la guerre, Perry Broad rédigea de sa propre initiative un impressionnant rapport sur son expérience à Auschwitz et sur les techniques des gazages, dont il fut le témoin. Relâché en 1947, il fut à nouveau arrêté en 1959 par la justice allemande, libéré un an plus tard sous une caution de 50 000 marks et interpellé encore une fois en 1964, à l'ouverture du procès d'Auschwitz, qui se tint à Francfort, où il comparut en tant qu'accusé. Il fut prouvé qu'il avait supervisé les sélections sur la rampe de Birkenau et qu'il avait lui-même participé aux interrogatoires, tortures et exécutions à la Section politique. Il fut condamné à quatre ans d'internement, peine qu'il ne purgea pas jusqu'au bout : il avait quarante-quatre ans. Lorsque je sonnai à la porte de son appartement de Düsseldorf sans m'être préalablement annoncé, c'est lui qui m'ouvrit. Il me reçut poliment, me fit entrer, asseoir, je lui expliquai que j'avais lu son rapport de 1945, j'en vantai la sincérité, les qualités littéraires et sa très considérable importance historique. Il était grand, mince, mesuré dans sa parole, l'allure encore très jeune, voyageait beaucoup à l'intérieur de l'Allemagne, car il était représentant de commerce. Je tentai de le

1. Balle dans la nuque.

convaincre de témoigner dans mon film, d'y figurer en tant qu'auteur du rapport et de répéter devant ma caméra ce qu'il avait spontanément écrit. Il me répondit que ce rapport, dont il ne niait ni la réalité ni le contenu, était le regret de sa vie. Aux yeux de ses camarades SS, il avait passé pour un traître, on l'avait stigmatisé au moment du procès et plus tard en prison, il n'était pas question pour lui de récidiver. Sa femme, bien plus jeune que lui, très jolie et visiblement fort amoureuse, arriva sur ces entrefaites. Je me présentai et renouvelai devant elle ma requête, soulignant que s'il acceptait ma proposition, il ferait montre d'un héroïque courage, que les temps avaient changé et que l'humanité tout entière lui en saurait gré. J'ajoutai que je ferais savoir quelle force morale il aurait fallu à son mari pour se montrer et dire la vérité à visage découvert. Elle ne fut pas insensible à mes arguments et j'eus le sentiment que je pourrais m'en faire une alliée. Car je n'avais pas l'intention de lâcher Perry Broad, je n'étais pas prêt à renoncer facilement. Je lui téléphonai et le revis plusieurs fois au cours des mois qui suivirent. Je les invitai à dîner et, à deux reprises, vers quatre heures du matin, après libations d'alcools variés, je crus toucher au but. Elle prenait au sérieux ce que je leur disais : la vérité serait rédemptrice et la pleine lumière leur apporterait plus de bénéfices que leur vie de passe-muraille. Il avait les larmes aux yeux, me dit « oui », mais un quart d'heure plus tard, c'était « non ». J'avais tant essayé, j'avais fait tout ce que je pouvais, je me persuadai que les pleurs de Perry étaient d'ivrognerie, il faudrait trouver autre chose.

Franz Suchomel habitait Altötting, en basse Bavière, à la frontière germano-autrichienne, sur la rive allemande de l'Inn. J'arrivai un matin avec Corinna, sans avoir averti comme c'était désormais ma règle. Je lui dis avoir lu ses dépositions au procès de Treblinka et ses réponses aux questions de Gitta Sereny. Ma présence, ajoutai-je, n'était pas motivée par un intérêt d'ordre psychologique, je n'étais par ailleurs ni un juge, ni un procureur, ni un chasseur de nazis, il n'avait rien à craindre de moi. Mais je considérais que *nous* avions un besoin absolu de son aide, sans lui préciser ce que j'entendais par ce « nous ». « *Nous* ne savons pas, continuai-je, comment élever *nos* enfants. Les jeunes générations juives ne comprennent pas comment cette catastrophe sans mesure a pu se produire, comment six millions des nôtres se sont laissé massacrer sans réaction. Sont-ils morts vraiment comme des moutons à l'abattoir ? » Je demandais donc à Suchomel d'occuper la place et la posture du pédagogue, je me mettais face à lui en position d'élève et je lui faisais valoir l'importance du rôle historique qui serait le sien s'il acceptait de me décrire les divers moments du processus de la mise à mort de masse à Treblinka. Je savais Suchomel originaire de la région des Sudètes, une des marges de l'Allemagne, aux lisières de la Tchécoslovaquie, je savais aussi qu'il avait participé au programme ultrasecret T-4, abréviation cryptée pour Tiergartenstrasse 4, adresse des bureaux berlinois où fut planifiée, sous la direction d'un certain Brack, l'euthanasie des handicapés allemands, mentaux et physiques, dans cinq châteaux-hôpitaux de diverses régions du Reich, Schloss Hartheim, Schloss Sonnensteim, dit « Die Sonne » (Le Soleil), Schloss Grafeneck, Schloss Hadamar, Schloss Brandenburg. Les plus âgés des civils de Hartheim, que j'interrogeai, avaient encore les yeux emplis d'effroi lorsqu'ils évoquaient les longues camionnettes grises, pilotées par des SS, qui franchissaient les portes du château. Personne n'osait parler, mais la rumeur de la mise à mort d'enfants dans des salles de bains transformées en « infirmeries » courait en Allemagne et elle était fondée. C'est dans ces salles de bains que les opérations de gazage furent expérimentées, prélude à l'extermination massive de la vermine juive. Suchomel, qui était un menteur plein d'aplomb (« à force de mentir, me dit-il dans *Shoah*, on finit par croire à ses propres mensonges »), prétendait n'avoir jamais eu dans T-4 d'autre activité que celle de photographe ! Mais les catholiques allemands étaient attachés à leurs goitreux, leurs mongoliens, leurs pieds-bots, leurs enfants à bec-de-lièvre. En août 1941, l'évêque de Münster, le comte von Galen, monta en chaire dans sa cathédrale et dénonça avec courage et force le crime qui s'accomplissait contre les plus faibles, les plus malheureux, les plus démunis. Hitler, qui ne voulait pas d'un front intérieur, céda immédiatement et donna l'ordre de mettre fin à T-4. Suchomel et ses collègues devinrent pour un temps des demi-solde inoccupés. Entre le printemps et l'été 1942, ils furent rappelés au service actif et assignés, sans qu'ils manifestent d'états d'âme, aux camps d'extermination de Belzec, Sobibor, Treblinka, Maïdanek, où ils allaient pouvoir donner la pleine mesure de leur expertise. Suchomel se rengorgeait quand je lui parlais. Le rôle de grand témoin que je lui offrais l'alléchait. Et pour le rendre plus alléchant encore, je lui proposai de l'argent, trouvant normal, disais-je, qu'il fût dédommagé pour son temps et sa peine. Commença alors entre lui et moi, entre Paris et Altötting, toute une correspondance épistolaire, un va-et-vient de trains et d'avions. Je le visitai à plusieurs reprises, passai de longues heures avec lui, tentai d'arracher son consentement, crus par deux fois y parvenir, exactement comme cela se passait au même moment avec Perry Broad. La différence est que je n'avais pas proposé d'argent à ce dernier, convaincu que ce ne serait jamais pour lui un motif d'acceptation. Suchomel par contre tenait à l'argent par-dessus tout, et la somme dont j'avais parlé, en ayant le sentiment de me poignarder au cœur, était considérable, 2 000 euros si on fait la conversion. Une nuit donc, ayant veillé avec moi jusqu'à trois heures du matin malgré l'angine de poitrine qu'il évoquait à tout moment, il me lança : « *Jawohl, ich werde es machen.* » (« Oui, je vais le faire. ») Je ne demeurai pas une seconde de plus, sachant que le temps, comme le disait Jankélévitch, est « l'organe du démenti », lui annonçai mon retour très prochain, dès que j'aurais formé une équipe de tournage. Je rentrai à Munich en voiture, pris le premier avion pour Paris et trouvai à mon arrivée un télégramme qui m'avait précédé : Suchomel se dédisait, son gendre menaçant sa fille de divorce si ce tournage avait lieu. Mon sang ne fit qu'un tour, je me ruai à l'aéroport, embarquai pour Munich dans un appareil de la

Lufthansa, louai une Mercedes et fonçai vers Altötting. Quand je sonnai à sa porte, c'était le crépuscule. Il ne m'attendait pas, ouvrit, eut un mouvement de recul terrifié, porta un doigt à ses lèvres. Mais c'était trop tard, j'entendis une dégringolade furibonde dans l'escalier et un énergumène bavarois, trentenaire et costaud, se jeta sur moi, me bouscula en hurlant : « *Raus, weg*, foutez-nous la paix avec ces vieilleries… » Il me poussait vers la porte, je hurlais moi-même en français et lui rentrai dedans, le contraignant à reculer. La femme de Suchomel et leur fille glapirent sur le palier du premier étage, rappelant le gendre tandis que Suchomel s'employait à nous séparer comme un arbitre de boxe, tout en m'imposant une assez ignoble complicité puisqu'il me disait : « Laissez, laissez, il ne peut pas comprendre… » Je restai quelques instants avec lui dans une pièce du rez-de-chaussée, il me suppliait de partir, je lui rétorquai que j'avais besoin de réfléchir, que je ne renonçais pas et que je lui téléphonerais. Il me répondit : « Pas vous, surtout pas vous ! Faites téléphoner par votre assistante, qu'elle dise qu'elle est Fräulein Diessler, de Francfort, et qu'elle appelle de là-bas. »

Je lui fis, par l'intermédiaire de Corinna, une dernière proposition : il avait mon accord, je ne le filmerais pas, mais je voulais son témoignage oral, aussi complet que possible. Je ne revenais pas sur la somme proposée, il faudrait fixer une date et un lieu puisque cela ne pourrait se faire chez lui. Je possède toutes les lettres de Suchomel, j'en reçus pendant un an à peu près une par mois. Chaque fois, une nouvelle suggestion était faite pour un rendez-vous, chaque fois quelque empêchement de santé ou de famille lui interdisait d'honorer son engagement. Ses lettres mêlent la peur, l'impossibilité du passage à l'acte à une incroyable obséquiosité. Il voulait l'argent de toutes ses forces, mais il m'arrivait, à moi, de ne plus avoir un sou et de craindre ne pouvoir continuer le film. Dans une de ses lettres, il se plaint de ce que j'ai annulé un rendez-vous à cause d'un voyage aux États-Unis. C'était la vérité : le gouvernement d'Israël, ayant renoncé à me financer, organisa pour moi plusieurs tournées de *fund raising* auprès de riches Juifs américains. Ce fut là encore un échec total, je volai de Baltimore à Chicago, de Chicago à Los Angeles, je parlai devant des hommes d'affaires, des Larry Tisch locaux, à Boston, à El Paso, à Miami, à Denver, et chaque fois, c'était le même désespérant dialogue. J'exposais avec conviction toutes les raisons de faire exister un pareil film, je leur montrais toute l'étendue de mon savoir et du travail déjà accompli. À la fin de mes interventions, les questions commençaient et la même revenait dans toutes les villes où je passais, partout, proférée par cent bouches, qui signifiait : nous vous avons écouté, maintenant venons-en au fait : « *Mister Lanzmann, what is your message ?* » Je demeurais coi, j'étais incapable de répondre à pareille demande, je le suis toujours. Je ne sais pas quel est le « message » de *Shoah*. Les choses pour moi ne se sont jamais posées dans ces termes. Si j'avais dit : « Mon message est : "Plus jamais ça !" » ou encore : « Aimez-vous les uns les autres », les portefeuilles se seraient sans doute ouverts, mais j'étais un piètre *fund raiser* : il n'y a pas un dollar américain dans le budget de *Shoah*.

La proposition que j'avais faite à Suchomel — avoir son témoignage oral — était sérieuse. Je ne savais pas alors comment je procéderais, je pensais que je devrais me contenter d'un pis-aller en montant sa voix sur des images de Treblinka aujourd'hui. Ce n'était guère satisfaisant, mais ce qu'il avait à dire était si important que les questions de forme passaient au second plan. La correspondance s'était d'ailleurs poursuivie entre nous, il avait une deuxième requête que j'étais bien décidé à ne pas respecter tout en lui déclarant mon acceptation : je ne donnerais pas son nom.

L'humanité, disait Marx, ne se pose que les problèmes qu'elle peut résoudre. Tandis que je me débattais, moi, dans des impossibilités de tous ordres, un ingénieur grenoblois, Jean-Pierre Beauviala, inventeur de la caméra Aaton, avait créé une petite merveille qui allait modifier radicalement mes conditions de tournage en Allemagne, me faire choisir la tromperie, le subterfuge, la clandestinité, le risque maximum. Adalbert Rückerl avait eu raison de me regarder avec commisération. La franchise et l'honnêteté s'étaient payées d'une retentissante faillite, il fallait apprendre à tromper les trompeurs, c'était un devoir impérieux. La « paluche » était une caméra cylindrique, d'une trentaine de centimètres de long, d'un faible diamètre, qui pouvait se tenir à la main (d'où son nom), sans qu'il fût nécessaire d'avoir un œil dans le viseur. Elle fonctionnait selon un système vidéo de haute fréquence, il n'y avait pas de pellicule à l'intérieur, mais un émetteur qui envoyait un signal pouvant être reçu dans un périmètre peu éloigné et capté par un magnétoscope, qui enregistrait et stockait les images. J'ai montré dans *Shoah* comment celles-ci étaient réceptionnées dans un minibus, qui se garait généralement dans la rue, à proximité du domicile — maison ou immeuble — de la personne que je filmais à son insu. Nous fîmes à Paris des essais, à partir d'étages élevés de hauts bâtiments, le véhicule récepteur étant stationné au pied de l'immeuble. Quand cela marchait, c'était véritablement miraculeux et ouvrait considérablement le champ des possibles. Mais c'était loin d'être toujours le cas. Si une station de télévision se trouvait dans les parages, si les appareils électriques étaient nombreux ou puissants dans l'appartement où je devais filmer, l'image reçue était brouillée et inutilisable. Par ailleurs, il importait que la paluche fût en relation directe avec le minibus : si ce dernier était garé côté cour et qu'on me recevait côté jardin, l'image ne passait pas. Il m'arriva d'entrer dans des appartements ou des maisons parfaitement inconnus de moi, dont j'ignorais la topographie, et qu'on me fît passer au salon, sur l'arrière, alors que le minibus était garé dans la rue, côté cuisine. Je devais alors en toute hâte improviser une mise en scène après avoir repéré d'un œil d'aigle la disposition des lieux, prenant fermement par le bras mon interlocuteur et l'entraînant vers la cuisine comme si je voulais une rapide discussion à la bonne franquette et surtout ne pas déranger. Cela réussit parfois. Pas toujours.

Quand je fus certain de la paluche et de pouvoir l'utiliser, je changeai complètement mon fusil d'épaule et recommençai tout à zéro. Le plus urgent était de me doter d'une autre identité. On me pardonnera de ne pas ici tout dévoiler, car j'ai promis le secret, mais j'obtins un vrai faux passeport, que je m'engageai à restituer une fois mon film terminé. Je m'appelais Claude-Marie Sorel, né à Caen — toutes les archives de l'état civil de cette capitale normande ayant été détruites par les bombardements. Ma deuxième démarche, décisive, consista en la création d'un « Centre d'études et de recherches sur l'histoire contemporaine », dépendant de l'université de Paris. Je domiciliai mon institut au 26 rue de Condé, qui était alors, et est toujours, l'adresse de la revue *Les Temps modernes*. Je pouvais donc sans difficulté recevoir du courrier. Un imprimeur d'Évreux me fabriqua du papier et des enveloppes à en-tête, qui en imposaient par la qualité de leur grain et la densité de leur grammage, signes irréfragables d'authenticité. Outre Suchomel et Perry Broad, j'établis une liste d'une trentaine de personnes bien vivantes, mixte de criminels et de bureaucrates nazis, que je savais pouvoir interroger et aussi comment le faire, parce que j'avais beaucoup lu et travaillé à leur sujet. Le Pr Laborde, directeur du Centre d'études et de recherches sur l'histoire contemporaine, écrivait par exemple une longue lettre à Walter Stier, chef du Bureau 33 de la Reichsbahn (Chemins de fer du Reich), chargé spécifiquement de l'acheminement des « transports » de Juifs vers les camps de la mort. Stier avait été l'objet de plusieurs tentatives de mise en accusation, mais avait toujours réussi à se faire oublier en s'enfuyant chez sa fille mariée à un Syrien et habitant Damas. Quand je le localisai, il avait élu domicile à Francfort, on ne l'inquiétait plus. J'avais lu un certain nombre de gros ouvrages à la gloire des Chemins de fer du Reich, qui avaient en effet de quoi être fiers de leurs accomplissements : malgré bombardements, destruction des voies, des gares et des installations, la Reichsbahn achemina sans faiblir troupes et matériel sur tous les fronts, réparant, remettant en état avec discipline et abnégation. Non seulement les troupes, mais aussi les civils. Parmi les motifs d'orgueil, les livres sont muets sur les transports de Juifs. C'est une injustice, car ceux-ci eurent souvent, même dans les périodes militairement les plus difficiles, priorité sur les autres tâches auxquelles la Reichsbahn devait faire face. Il faut dire que, dans le cas des Juifs, celle-ci faisait des bénéfices puisqu'ils étaient transportés comme des vacanciers ordinaires, selon un « tarif de groupe », et qu'ils payaient eux-mêmes leur dernier voyage. Le Pr Laborde informait donc Stier qu'un chercheur de son institut, le docteur en histoire Claude-Marie Sorel, se trouverait en Allemagne entre tel et tel mois et qu'il se permettrait de lui téléphoner afin d'obtenir un rendez-vous. La raison de cette demande : le Dr Sorel faisait une étude sur la façon extraordinaire dont la Reichsbahn s'était acquittée de ses missions au cours de la guerre, sujet dont on ne savait presque rien en France. Le Pr Laborde exposait les hypothèses de travail du Dr Sorel dans un langage qu'un nazi gonflé d'importance pouvait parfaitement entendre, ajoutant que Walter Stier, haut fonctionnaire retraité et honoré de la Reichsbahn, paraissait au Dr Sorel le plus qualifié pour l'aider dans sa recherche, offrait enfin une somme d'argent conséquente, juste rétribution du temps qu'il lui consacrerait. Le mot « Juif » n'apparaissait évidemment pas dans cette missive.

Sur les trente lettres que j'envoyai, qui me coûtèrent beaucoup d'efforts, de lectures, de contorsions mentales et de contention d'esprit, j'obtins dix réponses, cinq positives, cinq négatives. Stier, on le voit dans *Shoah,* fut un des cinq premiers. Parmi les vingt qui ignorèrent ma requête, la perte la plus grave pour moi fut celle des membres des Einsatzgruppen que j'avais sollicités. Sur eux, je savais tout, j'avais tout lu, les chartes et les organigrammes très détaillés publiés par Hilberg, avec leurs noms, leur biographie, leurs appartenances et les théâtres de leurs exploits meurtriers. J'avais lu aussi tous les actes du procès des Einsatzgruppen, qui se tint lui aussi à Nuremberg après le grand procès du même nom. Trois d'entre eux avaient été condamnés à mort, Otto Ohlendorf, leur chef, Paul Blobel qui, dans les ravins de Babi Yar, fit mitrailler en trois jours les 50 000 Juifs de Kiev et Heinz Schubert, de la famille du compositeur, responsable des grands massacres de Crimée. Ohlendorf et Blobel avaient été pendus, Schubert, gracié *in extremis* par le haut commissaire américain en Allemagne, John McCloy. Nahum Goldman, président du Congrès juif mondial, m'avait obtenu un rendez-vous avec ce dernier au cours de mes investigations américaines. Il m'accueillit au dernier étage d'un gratte-ciel de Wall Street, où il avait son bureau, par ces paroles d'une rare élégance : « *Ah ! You come for this Jewish business !* » Je n'avais pu qu'acquiescer. Aujourd'hui, on appelle étrangement les tueries commises par les Einsatzgruppen en Ukraine, en Biélorussie et dans les pays Baltes « la Shoah par balles » et on « découvre » ce qui était archiconnu depuis plus de soixante ans.

Au cours des voyages que j'avais effectués en Allemagne avant de disposer de la paluche, dans ma période d'innocence, j'avais réussi à entrer en contact avec trois acteurs des Einsatzgruppen, avec aussi Bruno Streckenbach, qui en avait formé à Pretzsch et à Düben les premiers commandos, prêts à agir dès le début de l'opération Barbarossa et l'invasion à grande échelle du territoire soviétique, en juin 1941. Ils avaient consenti à me parler, appâtés par l'étendue de mes connaissances et la précision de mes informations les concernant, mais se verrouillaient dès que le mot « film » était prononcé. Ceux à qui le Pr Laborde avait écrit n'étaient pas, bien sûr, ceux que Claude Lanzmann avait rencontrés. Une longue lettre avait été adressée à Schubert, le condamné à mort gracié, elle était restée sans réponse.

La paluche fut étrennée avec Suchomel à la fin mars 1976, deux ans avant que ne commençât le tournage proprement dit du film. Il était prêt, nous avions échangé je ne sais combien de lettres, je ne voulais pas qu'il se dédît une fois de plus. Il se plaignait aussi de souffrir du cœur et je craignais qu'il ne trépassât si j'attendais trop. Il mourut d'ailleurs

quatre ans avant la sortie de *Shoah*. Il eut l'idée étonnante de me fixer un rendez-vous non pas en Allemagne, mais en Autriche, sur l'autre rive de l'Inn,
pour être plus précis à Braunau am Inn, la ville natale
d'un certain Adolf Hitler ! J'avais obtenu d'Alfred
Spiess, le procureur du procès de Treblinka, un plan
du camp d'extermination, que j'avais fait agrandir
à Paris, dans une maison spécialisée, aux dimensions
d'un tableau noir d'école. William Lubtchansky,
mon chef opérateur, passerait pour l'ingénieur du
son, nous avions fait fabriquer un grand sac de cuir
avec des poches latérales, qui dévoilait, quand on
l'ouvrait, un Nagra, appareil de prise de son professionnel. La paluche reposait dans l'une des poches,
dont le cuir était découpé à la place de l'objectif.
William avait ceint ce dernier d'une bonnette poilue
pour faire croire qu'il s'agissait d'un micro. Et, dans
la poche opposée, un très petit moniteur vidéo lui
permettait de contrôler son cadre. Nous partîmes
pour Braunau deux jours avant le rendez-vous, je
louai des chambres à l'hôtel Post, nous transformâ-
mes l'une d'elles en studio d'enregistrement, punai
sant au mur le plan de Treblinka, choisissant l'endroit
où se tiendrait William, assez loin de celui que j'assi-
gnais à Suchomel afin qu'il ne soupçonnât rien. Dans
sa dernière lettre, il m'avait annoncé qu'il arriverait
avec sa femme à neuf heures du matin à la gare de
Simbach, la petite ville frontière allemande, juste en
face de Braunau, il suffisait de traverser la rivière. Il
ajoutait : « Cela me réjouit beaucoup que vous ne
reveniez pas sur la somme promise de *l'argent des
douleurs (Schmerzensgeld)*. J'ai encore une prière :

qu'il me soit versé en devises allemandes. Pardon-
nez-moi pour cette demande. Je ne fais pas cela
volontiers du tout. » La veille de leur venue, j'achetai une canne à pêche, que je sciai pour la transformer en baguette de magister, de maître d'école.

Quand Suchomel, que j'avais été chercher à la
gare de Simbach, pénétra dans notre studio, se trouvant aussitôt face au grand plan de Treblinka, découvrant Willy et toute l'installation à l'autre bout de la
pièce, il eut un mouvement de recul. Je le calmai en
lui mettant en main la baguette, je lui dis : « Je suis
votre élève, vous êtes mon maître, vous allez m'instruire. » Nous nous interrompîmes pour le déjeuner
auquel j'avais également invité son épouse, je me
souviens qu'ils se goinfrèrent de canard et de crème
fouettée, tandis que William, dont le père avait été
gazé à Auschwitz, m'assassinait de son noir regard.
Quand nous reprîmes, mon « maître » était en pleine
confiance, je lui fis chanter par deux fois le chant de
Treblinka que les Juifs du Sonderkommando devaient
apprendre dès leur arrivée, et la dureté soudaine
de ses yeux manifeste qu'il est à cet instant entièrement ressaisi par son passé d'Unterscharführer SS et
quel homme impitoyable il était lorsqu'il avait pouvoir de vie et de mort. Ce fut une journée éprouvante
et éreintante. J'étais horrifié par ce que j'apprenais,
je savais en même temps qu'il s'agissait d'un témoignage extraordinaire, car personne n'avait jamais
décrit, avec un tel luxe de détails, généré par mes
questions précises et d'allure purement technique,
dépourvues de toute connotation morale, le processus de la mise à mort dans le camp d'extermination

de Treblinka. Et pendant ces longues heures, d'un tournage dense et très concentré, je ne cessais de craindre qu'il ne découvrît le subterfuge, qu'il s'avisât, comme je le faisais, que les rayons du soleil se reflétaient sur l'objectif de la paluche. Quand nous eûmes terminé, je comptai très lentement devant lui et Frau Suchomel les billets de 100 deutsche Mark, prix de ses « douleurs ». Il était si content, si sûr de lui, et de moi désormais, qu'il me proposa de remettre ça une autre fois : il avait encore, prétendait-il, beaucoup de choses à révéler. Je dis oui, mais ne donnai pas suite, ce fut lui qui me harcela par de nouvelles lettres, mon argent l'intéressait vraiment. À Treblinka, il était le chef des Goldjuden (les « Juifs de l'or »), un commando chargé de récupérer l'argent et les bijoux cachés dans les vêtements ou d'extirper les dents en or des mâchoires de ceux qu'on venait de gazer. Le même soir, dans un restaurant de Munich, William et moi eûmes une dispute violente. Il était à bout, aussi sonné que moi par les risques encourus et les horreurs que nous avions entendues, mais il n'avait pas supporté que j'invitasse Suchomel à déjeuner, mon impavidité et ma posture technique, encore moins que je le payasse. Je comprenais William, il avait raison, mais sans la discipline de fer que je me suis imposée, il n'y aurait pas eu un seul nazi dans le film. Ma froideur et mon calme étaient partie intégrante du dispositif de tromperie.

Comme Suchomel, Perry Broad ne connaissait pas le Dr Sorel, puisque je m'étais présenté à lui sous mon nom au temps de la confiance en l'homme.

Disposant désormais de la paluche, je lui téléphonai un jour de 1979, pendant une folle campagne de tournage en Allemagne, et lui annonçai ma visite accompagné de Corinna, mon assistante allemande. Je voulais, lui dis-je, tenter encore une fois de le persuader. Le système cette fois était différent. William, retenu sur un autre film, n'était plus mon chef opérateur, Dominique Chapuis le remplaçait et nous avions mis au point un mode d'utilisation de la paluche plus allégé et moins voyant. Celui dont je m'étais servi pour Suchomel était de toute façon impossible avec Perry Broad, puisque je ne pouvais même pas dire à ce dernier que j'allais simplement enregistrer ses paroles. Rien ne pouvait justifier la présence auprès de moi d'un soi-disant ingénieur du son. J'entreprenais là un véritable saut qualitatif dans l'escalade du mensonge. Nous achetâmes donc un banal sac de toile, comme peuvent en porter les femmes. Nous l'avions décoré sur ses deux grandes faces et sur les deux petites d'étoiles et de rondelles de papier argenté. Il avait en outre deux pochettes, une sur chaque grande face, dans lesquelles étaient disposés des paquets de cigarettes ouverts, les cigarettes prêtes à être fumées. La paluche reposait au fond du sac sur un berceau de mousse et, à l'endroit où se trouvait l'objectif, la toile du sac d'une des petites faces avait été découpée et remplacée par une rondelle de papier argenté, celui-ci ayant la particularité de laisser passer la lumière. En plus de la paluche, de l'émetteur et de l'antenne, on avait chargé le sac de divers documents, journaux, livres, bien visibles. Nous pénétrâmes donc dans l'appartement de

Perry Broad, je connaissais les lieux, savais dans quel fauteuil il avait coutume de s'asseoir, et aussi qu'un canapé lui faisait face, dans lequel Corinna et moi pourrions nous tenir. Je me souvenais également d'une table basse entre le canapé et le fauteuil, sur laquelle Corinna pourrait poser son sac, l'objectif de la paluche dirigé vers Perry Broad. La prise de son se faisait comme pour un enregistrement de télévision classique : je portais dans une poche de ma veste un émetteur son haute fréquence et sous ma cravate un microphone ultrasensible, ce qui me contraignait à me vêtir toujours d'un costume-cravate et d'une chemise épaisse, même par grosse chaleur. Mais il était nécessaire de s'assurer du bon fonctionnement de ce dispositif, c'est-à-dire de vérifier que le minibus récepteur recevait bien l'image et le son. Je faisais, très peu de temps après notre arrivée, semblant de chercher un document dans le sac, je ne le trouvais pas et disais à Corinna : « J'ai dû l'oublier dans la voiture, va le chercher. » Les vitres du minibus étaient opacifiées afin qu'on ne pût pas voir de l'extérieur tout le matériel d'enregistrement qui se trouvait à l'intérieur et les techniciens s'affairant sur les écrans récepteurs et les magnétophones pendant que se déroulait dans un immeuble voisin l'interview clandestine. Mais nous étions convenus d'un code : un bout de carton vert sur le pare-brise de la cabine de pilotage voulait dire qu'on nous recevait cinq sur cinq, un rouge que ça ne marchait pas. Elle remonta, me signifia d'un clin d'œil que tout allait bien et je m'adressai à Perry sur le mode conditionnel : « Si vous me permettez un jour de vous filmer, voici ce que je vous demanderais. » Je lisais devant lui des extraits de son célèbre rapport, formulant des objections, demandant des précisions, exprimant mon étonnement. Il me répondait avec réticence, mais il répondait, à cent lieues de soupçonner le piège que je lui tendais. J'insistai, mais n'eus pas le loisir de me réjouir longtemps : pour faire naturel, le sac, je l'ai dit, avait été bourré de paperasse et de dossiers. Trop, manifestement, car soudain, tandis que Perry Broad me parlait, une fumée blanche commença à sourdre du sac et à s'élever comme dans un conte de fées ou lors de l'élection d'un pape. Perry voyait lui aussi la fumée, mais sa stupéfaction et sa lenteur germanique ne lui permirent pas d'avoir les mêmes réflexes que moi. Je bondis, arrachai le sac de la table où il était posé, criai à Corinna : « Viens ! », l'attrapai par la main et l'entraînai dans une furieuse dégringolade qui nous fit arriver les premiers au rez-de-chaussée. Il ne nous rattrapa jamais, nous bondîmes dans le minibus, qui démarra en faisant hurler ses pneus comme dans un film policier. Mais la paluche avait grillé entièrement C'était une perte catastrophique, tout le programme de tournage en Allemagne était compromis. C'était aussi financièrement très lourd puisque la paluche était un outil fort coûteux. Je réussis pourtant à en obtenir quinze jours plus tard une deuxième, flambant neuve. Le Dr Sorel allait enfin pouvoir commencer à travailler.

Nous utilisâmes selon l'humeur et le pressentiment des difficultés que je pourrais rencontrer soit le système du sac de cuir avec « ingénieur du son », tel que je l'avais expérimenté trois ans auparavant pour Suchomel, soit celui du sac de toile, mais beaucoup moins empli qu'il ne l'avait été chez Perry Broad : la paluche avait besoin de respirer. Il fallait par ailleurs à Corinna un formidable sang-froid pour consentir à se trouver seule à mon côté devant des « cibles » très soupçonneuses par nature. Ce qui ne se voit pas dans le film, c'est qu'elles étaient toujours entourées d'une parentèle agressivement fouineuse. Le tournage avec Stier, « le pur bureaucrate », comme il se qualifie lui-même, et que je tiens, moi, pour le plus méprisable des nazis qui figurent dans *Shoah*, en apporte la meilleure illustration. On se souvient peut-être que l'image du visage de Stier semble devenir folle, filmée par une caméra en délire. Ce fut le cas en effet : Dominique Chapuis, le chef opérateur « ingénieur du son », sentit la femme de Stier et deux amies présentes reluquer de trop près son matériel, il redouta qu'elles n'aperçussent, dans une des poches latérales, le moniteur vidéo et il se mit à remuer le sac en tous sens. Il est vrai aussi que je me sentais moi-même plus confiant lorsque j'avais près de moi un homme au lieu d'une fragile jeune femme. Armés de la paluche numéro deux, nous devînmes comme un cirque ou un Illustre Théâtre, sillonnant, écumant jour après jour villes et Länder d'Allemagne, nous attaquant quotidiennement à une nouvelle proie. Ce fut un temps de vraie folie car cela réussissait toujours, mes interviews duraient chaque fois plusieurs heures, nous étions tous vidés quand elles prenaient fin, mais je remplissais coûte que coûte mon programme — j'y avais inclus, outre ceux qui avaient répondu oui au Dr Sorel, certains des autres qui avaient répondu non, ou même n'avaient pas répondu du tout — et le soir, dans les hôtels Steinberger, seule une bouteille de bon vin rouge avait le pouvoir de ranimer les énergies, permettant de tenter à nouveau le diable le lendemain. L'euphorie et un sentiment de toute-puissance me gagnaient, gagnaient la troupe entière de l'Illustre Théâtre, je baissais ma garde, ma vigilance s'émoussait.

J'eus pourtant le pressentiment ce matin-là que quelque chose de grave allait se produire. Au lieu de tenir compte de ma prescience, je m'obstinai, comme cela m'est arrivé tant de fois dans ma vie quand je relève des défis simplement pour ne pas avoir l'air de me dégonfler. La veille, Chapuis et moi avions tourné à Mölln jusque tard le soir chez Hans Gewecke, ex-Gebietskommissar de Shavli, nommée encore Siauliai ou Schaulen, la deuxième ville de Lituanie. « Gebietskommissar » correspond à peu près à ce que nous appellerions « gouverneur ». Gewecke ne fut pas le pire des Gebietskommissar, son collègue de Slonim, en Biélorussie, avait mérité le surnom de *blutiger Gebietskommissar* (« le sanglant gouverneur » de Slonim). Gewecke ressemblait plus à un bénévolent aïeul qu'à un tueur, nous nous quittâmes, de sa part du moins, presque à regret. J'avais résolu, pour des raisons géographiques — nous nous trouvions en Allemagne du Nord et avions élu Hambourg comme notre base arrière — et surtout parce que je voulais avoir à tout prix un des chefs des Einsatzgruppen dans mon film, d'affronter le lendemain Heinz Schubert, le condamné à mort gracié par McCloy, responsable de l'immense tuerie de Simferopol, en Crimée. Il n'avait pas jugé utile de répondre au Pr Laborde qui annonçait la visite du Dr Sorel. Sur lui, sur ses actions passées, son système de défense durant son procès, je savais beaucoup de choses. Il habitait Ahrensburg, une petite ville prospère, cossue, hygiénique et ordonnée d'Allemagne du Nord. La façon de procéder s'imposait · ce ne pouvait être que Corinna, le sac de toile et moi. Nous disposions ce jour-là, un jour d'été caniculaire, de quatre véhicules. Outre le minibus et la voiture que je conduisais moi-même, il y en avait deux autres. La raison en est que nous avions beaucoup de matériel déjà tourné qui ne pourrait être expédié à Paris avant le lendemain, et que par ailleurs une assistante américaine était venue nous rejoindre pour préparer avec moi une campagne supplémentaire aux États-Unis. Parvenus à Ahrensburg, nous garâmes toutes les voitures sur un parking public au centre-ville, j'emmenai Chapuis et Corinna avec moi pour une reconnaissance des lieux. La maison de Schubert, une grosse villa, était située sur un étroit boulevard dont le trottoir opposé comportait une piste cyclable et ce que je découvris m'inquiéta beaucoup : il n'y avait aucune possibilité de stationnement dans cette artère, ni du côté Schubert, ni de l'autre. C'était un quartier résidentiel chic et chaque demeure avait son ou ses garages. Peu de vélos circulaient car nous étions en plein mois d'août, mais des panneaux répétés indiquaient clairement l'interdiction absolue de se parquer. Le minibus, pour une bonne réception, devait impérativement être posté devant la maison Schubert, non pas le long du même trottoir car il eût été trop voyant, mais légèrement décalé par rapport à elle, le long du trottoir d'en face. Chapuis me fit observer que la seule solution était de mordre sur la piste cyclable. Mais où laisserais-je, moi, ma propre voiture, le minibus étant trop exigu pour nous contenir tous ? Par ailleurs, je ne voulais pas prendre le risque que quelqu'un de la villa nous vît sortir, Corinna et moi, de cet étrange véhicule aux vitres opaques et en infraction manifeste. À un deuxième passage devant la maison, j'avisai cent mètres plus loin une voie sans issue, perpendiculaire au boulevard, où il semblait qu'on pût stationner. Aucun de nous trois n'en menait large : la sagesse eût commandé de renoncer, je savais qu'il y avait quelqu'un chez Schubert, puisque Corinna avait téléphoné le matin même en faisant comme si elle se trompait de numéro. Revenus au parking, je me prêtai, sans enthousiasme aucun, aux procédures de camouflage de l'émetteur et du microphone dans la cravate auxquelles s'appliquait Bernard Aubouy, le véritable ingénieur du son. J'avais l'habitude de plaisanter sur cette singulière cérémonie de harnachement, mais cette fois le cœur n'y était pas du tout : plus venait l'heure d'agir, plus le pire me semblait sûr. Je donnai pourtant mes consignes, des consignes dont je n'allais pas tarder à me repentir : personne, à aucun prix, ne devait se montrer dans la cabine du minibus. Tous devraient rester à l'intérieur, sans sortir, en faisant le moins de bruit possible, en réduisant au maximum le volume du son qui allait leur parvenir. Si jamais quoi que ce soit de fâcheux devait se passer, ils avaient ordre de quitter immédiatement le lieu et de sauver le matériel tourné les jours précédents, en attente d'être expédié à Paris. On se retrouverait tous plus tard à Hambourg. Ils partirent donc en premier pour se poster là où nous l'avions décidé. J'arrivai avec Corinna une quinzaine de minutes plus tard, fis un lent passage devant le minibus, observai que tout allait bien, rebroussai chemin et me garai dans l'impasse que j'avais choisie. Corinna, son sac, la paluche, les étoiles d'argent et moi rejoignîmes l'avenue, dépassâmes le minibus et la maison Schubert, je transpirais, de chaleur et d'angoisse, et voulais, avant de sonner, apaiser les battements de mon cœur.

La porte s'ouvrit presque aussitôt sur une imposante matrone. Je demandai : « Frau Schubert ? » Elle acquiesça. Je me présentai : « Doktor Sorel, une lettre a été envoyée à Herr Schubert, mais est restée sans réponse. Comme je me trouve dans les parages, que j'ai votre adresse, mais pas votre numéro de téléphone, je me permets de passer sans avoir prévenu. » Elle était parfaitement au courant de ma lettre, ne semblait pas surprise, elle me dit : « Vous avez de la chance de nous trouver, nous partons demain en vacances. » Je demandai : « Où ? » Elle me répondit : « *Südtirol* », un lieu de villégiature très prisé, je le savais, par les anciens nazis. Je m'extasiai : « Ah ! Bolzano, Misurina, les Tre Cime di Lavaredo, vous avez beaucoup de chance, j'aime énormément moi aussi les Tyrol, l'italien et l'autrichien. » Corinna souriait de toutes ses dents, le

Dr Sorel poursuivit en disant que ce serait un grand honneur et une grande aide pour son travail si M. Schubert acceptait de répondre à quelques questions. Elle me répondit qu'il allait revenir et nous fit entrer dans un salon qui donnait sur le jardin ensoleillé. Elle nous proposa de nous asseoir sur deux fauteuils à bras, qui faisaient face à un divan. Entre les fauteuils et le divan, pas un meuble, pas une table, même basse.

Schubert arriva, il avait sans doute été occupé à quelque besogne de jardinage, car il portait des sabots et un pantalon poussiéreux. C'était un homme à la silhouette mince, l'allure encore jeune, ressemblant aux photographies que j'avais vues de lui en examinant les archives du procès des Einsatzgruppen. Il disparut quelques instants et réapparut, chaussé de souliers de ville et ayant changé de pantalon. Il prit place sur le divan, face à nous, et Corinna n'eut d'autre possibilité que de tenir fermement sur ses genoux le sac à la paluche, l'objectif visant Schubert. Mais avant toute chose, il était nécessaire de s'assurer que le minibus nous recevait, ce qui n'était pas certain car nous nous trouvions côté jardin. Je priai Corinna d'aller à la voiture me chercher l'organigramme des Einsatzgruppen établi par Hilberg. Elle partit, laissant le sac sur la chaise, je vis Frau Schubert le considérer d'un air plus qu'attentif. Corinna rentra, la pièce à la main, m'indiqua d'une œillade que tout allait bien, se rassit, reprit le sac sur ses genoux et Frau Schubert lui demanda abruptement ce que signifiait cette étrange décoration de rondelles et d'étoiles. Corinna répondit sans se démonter : « C'est une mode récente qui vient d'être lancée à Paris et fait fureur, on trouve ces sacs bon marché dans tous les grands magasins. » La conversation s'anima alors entre Schubert et moi, il semblait sidéré par l'ampleur de mon savoir. Comme beaucoup de ses pairs, il avait arrêté le temps et c'est moi qui lui rafraîchissais la mémoire en lui exposant à quel point, depuis ces tragiques événements, les historiens professionnels avaient travaillé, que nous disposions désormais d'outils de compréhension autorisant de nouvelles perspectives, et qu'il était temps peut-être de reconsidérer les faits en se montrant, par exemple avec les Einsatzgruppen, moins injustes et moins vengeurs qu'au moment des procès, qui, de toute façon, avaient été décidés et conduits par les vainqueurs. Frau Schubert tout à coup se saisit avec autorité du sac de Corinna et le posa par terre. Nous ne filmions plus désormais que des pieds et des mollets. Impassible, je continuai, divisant pour régner, expliquant à Schubert que l'amalgame entre une brute assoiffée de sang comme Blobel. auteur des massacres de Babi Yar, et lui qui, à Simferopol, s'était trouvé là non pas au titre de participant mais en visiteur de hasard (ce fut son système de défense au procès) ne serait plus recevable aujourd'hui et que j'avais bien l'intention de remettre les choses au point dans mon étude. Et d'ailleurs — à cet instant, je demandai à Corinna de chercher dans son sac le précieux document que je voulais produire, ce qui allait permettre à la paluche de remonter des mollets au visage —, Schubert n'avait jamais utilisé que le mot *besichtigen*, qui veut dire « visiter en touriste » :

il opina alors vigoureusement, si vigoureusement qu'il se coupa et accommoda le verbe *besichtigen* d'un deuxième préfixe, le changeant en *beaufsichtigen*, qui signifie « surveiller » et entraîna, presque par réflexe conditionné, un hurlement de sa femme : « Tais-toi, idiot, c'est à cause de ce *"auf"* que tu as été condamné à mort », son bras se détendant à cet instant comme un ressort, s'emparant du sac et le reposant à terre. Les choses tournaient mal. Le téléphone sonna soudain dans l'entrée, elle se leva pour aller répondre, revint s'asseoir après un temps bref, se saisit encore une fois du sac, qu'elle laissa au sol parce que le téléphone sonnait de nouveau. Le dialogue fut cette fois un peu plus long, je continuai mécaniquement à m'adresser à Schubert, Corinna ne tentait même plus de se réapproprier le sac, Frau Schubert rentra, reprit sa place auprès de Corinna, l'écume aux lèvres, des flammes aux yeux, dans un sens à peine figuré. Et tout à coup firent irruption derrière moi quatre colosses dans la force de l'âge, le premier d'entre eux aboyant un ordre : « Ouvrez ce sac ! » Corinna, avec son exemplaire sang-froid, en profita pour le reprendre, le serra contre son ventre genoux fermés, tandis que le géant informait Schubert qui était visiblement son père et semblait médusé : « On entend ta voix dans un minibus de l'autre côté de la rue, tout ce que tu dis est enregistré. » Je me levai, hurlant : « Je ne sais pas de quoi vous parlez, je suis venu seul ici dans ma voiture avec Mademoiselle », je dis à Corinna : « Viens, on s'en va, filons », elle s'agrippait de toutes ses forces à son sac qu'ils tentaient de lui arracher, je la tenais avec la même force par la main et l'entraînai vers la sortie, coups de poing au visage et dans la poitrine, gifles, coups de pied commencèrent à pleuvoir. Nous fûmes rapidement, elle et moi, en sang, et je n'eus pas — honte sur moi ! — la présence d'esprit d'appeler à l'aide ceux du minibus, qui, même n'entendant pas l'allemand, ne pouvaient pas ne pas s'inquiéter du piétinement sauvage qui leur parvenait depuis l'autre côté de l'avenue. Comme Charlemagne qui, dans « Aymerillot » de *La Légende des siècles*, appelle : « Eustache, à moi ! », j'aurais dû crier : « Bernard, Dominique, à moi ! » Mais j'avais donné des ordres et ils obéissaient aveuglément, à l'allemande. Au moment où Corinna et moi, ensanglantés, réussîmes à atteindre la rue poursuivis par la meute, j'aperçus le minibus qui se déhalait du trottoir d'en face et prenait la poudre d'escampette. Je courus vers l'impasse, tirant Corinna qui se battait pour le sac, ils allaient nous atteindre, ils ne savaient pas ce que le sac recélait, il fallait fuir, éviter la police, j'arrachai à mon tour le sac des mains de Corinna et le balançai de toutes mes forces sur nos poursuivants. Cela les arrêta net un instant, il leur importait de s'en emparer, je traînai Corinna en sang dans l'impasse, nous bondîmes dans la voiture garée dans le mauvais sens. Je fis deux terribles et brutales manœuvres, marche arrière, marche avant, je fonçai pied au plancher vers la sortie de l'impasse bloquée par une muraille humaine, des voisins s'étaient agglutinés à nos agresseurs et je n'avais qu'une unique possibilité de leur échapper, d'échapper à la police avec toutes les conséquences désastreuses qui se seraient ensuivies : ne pas ralentir, passer en force, rentrer dedans. Ils comprirent que je préférais blesser ou tuer plutôt que d'être pris, ma détermination était si claire que le mur s'ouvrit comme les eaux de la mer Rouge devant Moïse. Je passai, ils cognèrent des mains, des pieds sur la voiture, crachèrent, je tournai dans l'avenue sur les chapeaux de roue, me perdis dans Ahrensburg, ne réussissant pas à retrouver l'autoroute de Hambourg, suppliant Corinna de trouver des chiffons pour étancher le sang de nos visages, qui n'allait pas manquer de nous faire repérer.

Cette deuxième perte de la paluche était irréparable, je ne savais pas comment continuer. Il était clair par ailleurs que le numéro d'immatriculation français du minibus avait été relevé, celui de ma voiture de location également. Il fallait la restituer au plus tôt, gagner la police de vitesse. L'autoroute de Hambourg une fois retrouvée, je conduisis à tombeau ouvert jusqu'à l'hôtel où nous avions dormi la nuit précédente, qui était aussi comme notre quartier général. Mais ni le minibus ni les autres voitures n'étaient là : nous étions les premiers, il y avait tout lieu de craindre qu'ils n'aient été pris en chasse et arrêtés par une voiture de police. Et j'étais anxieux de comprendre ce qui s'était passé, comment les colosses avaient été avertis. Une chose était claire, il fallait quitter Hambourg le plus rapidement possible Corinna, dont le père habitait Cologne, où il possédait une très grande maison, me suggéra de partir là-bas, quitte à rouler toute la nuit, et d'y rester le temps nécessaire pour panser nos plaies et réfléchir à la suite : tous mes plans devaient être changés. Ils arrivèrent enfin, nous virent tuméfiés et blessés, eux, m'expliquèrent-ils, avaient sauvé leur vie comme ils le pouvaient. L'ordre que je leur avais donné de rester enfermés à l'intérieur du minibus était criminel et inapplicable : il faisait si chaud qu'ils allaient mourir étouffés, l'ingénieur du son, n'y tenant plus, avait ouvert la porte à glissière du minibus, qu'il n'avait pas refermée entièrement, et s'était installé avec son Nagra dans la cabine de pilotage, à côté du volant. Les voix de Schubert, de sa femme et la mienne avaient été entendues très distinctement par passants et voisins, qui venaient tournicoter autour de ce véhicule suspect. Les appels téléphoniques que j'avais entendus chez Schubert provenaient de là et la matrone avait alerté ses fils. Ne voulant pas apparaître à l'agence de location avec mes coquards et mes bosses, je donnai les papiers à Chapuis et lui demandai de rendre la voiture. Nous payâmes l'hôtel et prîmes en convoi la route de Cologne, le minibus ouvrait le chemin.

Évidemment, les choses n'en restèrent pas là. Les Schubert avaient appelé la police, lui avaient remis le sac et la paluche, pris un avocat et, sur les conseils de celui-ci, porté plainte. J'avais un passeport au nom du Dr Sorel, mais pas de permis de conduire. Sorel était un fantôme et c'est Lanzmann qui avait loué la voiture. Nous avions changé nos plans et poursuivions courageusement le tournage à visage découvert, arrivant chez les gens, par exemple à Munich chez Grassler, l'adjoint au commissaire nazi du ghetto de Varsovie, avec de bons sourires, lui expliquant que je ne venais pas du tout pour parler de lui, que cela irait très vite, bref, exerçant une irrésistible force douce à laquelle il ne pouvait que céder. L'enquête de la police allemande prit du temps, il leur en fallut pour comprendre que la paluche était une caméra. Nous tournions à Berlin quand je fus avisé que des convocations me parvenaient à Paris et que des poursuites étaient engagées contre moi. J'appelai alors Spiess, le procureur du procès de Treblinka, pour lui demander conseil, je ne lui cachai pas la façon dont j'avais procédé. Il ne me blâma en rien, se déclara prêt à m'aider, mais me recommanda de ne pas fuir la justice et de prendre moi aussi un avocat. Je le fis, en choisis un au hasard dans un annuaire professionnel de Hambourg, et sollicitai un rendez-vous. Je l'obtins, je fis le voyage Berlin-Hambourg, exposai les faits sans pouvoir décider si mon défenseur avait de la sympathie pour moi et de l'indulgence pour mon action ou si je lui faisais horreur. Le plus grave des chefs d'accusation était que j'avais utilisé sans autorisation *die deutsche Luft*, l'espace aérien allemand, les ondes allemandes, l'air allemand. Je risquais, me dit mon conseil, une condamnation non symbolique, mais sérieuse. Je dépensai à me battre beaucoup de temps et d'énergie. Finalement, je décidai, après une intervention de Spiess, d'écrire une longue lettre au procureur du Schleswig-Holstein. Je lui expliquai que je travaillais pour l'Histoire et la vérité, que, moi-même Juif et réalisant un film sur l'extermination de mon peuple, je ne pouvais pas me passer du témoignage des nazis, j'exposai combien j'avais été franc et honnête pendant des années et que seule leur lâcheté profonde m'avait contraint à utiliser à mon tour la tromperie et le subterfuge pour briser le mur épais de silence qui empoisonnait l'Allemagne. C'était une très belle lettre, je regrette de n'en avoir pas conservé un double, mais je ne pensais pas à cela. Elle fut en tout cas d'une grande efficacité car le procureur, un homme d'une droiture véritable, me répondit que mes arguments l'avaient convaincu et qu'il renonçait à me poursuivre. Plus encore, il m'annonça qu'après un laps de temps de quelques mois imposé par la loi, la paluche, le sac et les étoiles me seraient restitués. Ce qui fut fait, Corinna se chargea de les récupérer.

Il y a dans *Shoah* six nazis. Parmi eux, trois ont été filmés à leur insu et les trois autres avec une caméra classique. Mais j'ai tourné effectivement avec cinq autres, qui n'apparaissent pas dans le film pour des raisons d'architecture et de construction. Ce qu'ils avaient à dire est en sécurité. La perte la plus grave de l'affaire Schubert est qu'il n'y a pas de membres des Einsatzgruppen dans *Shoah*. C'était pour moi essentiel. Avec les bourreaux EG, j'ai tout tenté, j'ai échoué. Le matériel obtenu en violant l'espace aérien d'Ahrensburg était inutilisable, à la fois parce que cela me fut interdit aux termes de mon accord avec le procureur et parce que la paluche avait surtout filmé des pieds et des mollets. Quant au contenu de l'entretien, nous n'en étions encore qu'aux préliminaires, j'avais à peine eu le temps d'apprivoiser Schubert. Ne voulant pas abdiquer entièrement, j'ai espéré pouvoir filmer au moins une victime des EG. Je l'avais trouvée en Israël, elle s'appelait Rivka Yossilevska. C'était une longue femme, très mince, au visage incroyablement douloureux, elle était tout entière douleur. Avec plusieurs balles dans le corps, elle s'était retrouvée vivante, sous un amas de cadavres ensanglantés, abattus avec elle à Liepaja, en Lettonie, et avait réussi à s'extraire de la fosse à peine recouverte de terre. Elle ne voulut pour rien au monde raconter son histoire devant ma caméra, elle n'en avait pas la force et ne céda pas à mes supplications.

Une des raisons pour lesquelles, malgré mes réserves, j'ai été bienveillant envers *Les Bienveillantes*, le livre de Jonathan Littell, est que, dans toute sa première partie au moins, il ne met en scène que les Einsatzgruppen, avec une exactitude dont le travail que j'ai accompli me permet de prendre la mesure. J'ai rencontré en chair et en os beaucoup de ceux dont il parle et qu'il n'a jamais vus, nous avons eu, pour les autres, les mêmes lectures, Hilberg principalement, et je trouve parfaits sa recréation romanesque de Babi Yar par exemple, de la marche des Juifs de Kiev vers les ravins de la mort, comme les monologues, imaginés par lui, qu'il prête à Paul Blobel, un des deux pendus du procès, Blobel qui, passant un jour en voiture près d'une fosse où la terre ondulait encore sous les gaz dégagés par les corps, déclarait avec fierté à son voisin : « *Hier sind meine Juden begraben* » (« Ici sont enterrés mes Juifs »). J'avais dit, après avoir lu les passages des *Bienveillantes* consacrés aux EG : « Seules deux personnes sont capables de les comprendre *de part en part*, Hilberg et moi. » Cela, évidemment, n'a pas été compris, a été sottement imputé à je ne sais quel accès de vanité. Ce qui comptait était le « de part en part » : les noms de Streckenbach, ceux de Pretzsch ou Düben dont j'ai parlé plus haut et qu'on rencontre dans le livre, ne sont pas, pour Hilberg et moi, des noms inventés et remplaçables ou des noms réels mais abstraits, ils font écho à un immense travail objectif qui les fonde et leur donne vie.

Ce ne fut pas, loin de là, le seul cas de malveillance et d'incompréhension. L'image photographique est semble-t-il devenue la nouvelle idole, il faut des images, il en faut de tout et partout, elle est la seule mesure, l'attestation de la vérité. Il était communément admis qu'il n'y avait pas d'images des chambres à gaz, c'est-à-dire des hommes, des femmes et des enfants juifs en train d'y être asphyxiés. Quelques esprits forts prétendaient pourtant qu'avec le temps et un bon investigateur ils finiraient par en débusquer. Pourquoi pas ? Le fait est que les gens mouraient dans le noir et que jusqu'à présent, soixante-cinq ans après les événements, aucune n'est apparue. Il y a quelques années, une exposition de photographies fut organisée et promue avec fracas à l'hôtel de Sully au cœur du Marais. Exposition qui prétendait tout rassembler, tout réunir de ce qu'avaient été les « camps » et intitulée précisément « Mémoire des camps ». Exposition subsumée par un gros catalogue d'images et de textes dus aux plumes d'un « historien de la photographie », d'un « directeur du patrimoine photographique », d'un photographe, d'un « historien de l'art », d'un « historien » tout court. L'exposition proprement dite était un fourre-tout confondant, se voulant exhaustif — dont chaque photographie avait déjà été vue mille fois —, mêlant en désordre les époques du nazisme, les bourreaux et les victimes, les cadavres par monceaux et les vivants. On pouvait voir, côte à côte, deux visages tuméfiés de coups, l'un d'un détenu frappé par un SS, l'autre d'un bourreau aux coquards administrés, après l'ouverture d'un camp, par un prisonnier juste libéré. Évidemment, rien des camps d'extermination de Pologne, Treblinka, Belzec, Sobibor ou Chelmno : nulle image là-bas. Même si on consent à accorder aux concepteurs de l'exposition que leurs intentions étaient pures, il y avait dans le principe de cette collection quelque chose de profondément choquant, qui plongeait dans le malaise et rendait palpable toute la jouissance inconsciente ayant présidé à la décision, au choix, à la distribution des clichés dans les salles. La révolte gronda et explosa, chez moi comme chez beaucoup, lorsque je découvris que le fourre-tout servait à enchâsser, comme des pierres précieuses, « quatre photographies, arrachées à l'enfer », mises en scène dans une salle spéciale et terminale, avec jeux de projecteurs, lumières contrariées, lents mouvements d'éclairage panoramiquant sur les sujets, tentative immorale de déconstruction à prétention pédagogique, comme un « son et lumière » muet à Birkenau, ayant pour dessein de marquer au cœur le chaland, à la fin de son parcours. Les quatre photographies sont elles aussi connues depuis fort longtemps, non seulement des spécialistes, mais de bien d'autres, puisqu'elles ont été si souvent montrées et remontrées. Elles sont dues à des membres du

Sonderkommando d'Auschwitz-Birkenau et représentent, dans la forte chaleur du printemps 1944, des Juifs en bras de chemise et portant casquette affairés à brûler à l'extérieur du crématoire V les cadavres de ceux qui venaient d'être gazés, parce que les fours seuls ne suffisaient pas à réduire en cendres toutes les victimes tant elles étaient nombreuses. On voit aussi, sur une autre photographie, dans le maigre bois de bouleaux de Birkenau, des femmes nues attendant leur tour d'entrer dans la chambre à gaz. Les panoramiques de lumière s'en donnent ici à cœur joie. Ces photographies furent prises à grands risques par quelques hommes du commando spécial : j'en ai connu plusieurs, dont David Szmulewski, qui travaillait comme *Dachdecker*, c'est-à-dire couvreur, ce qui, à Birkenau, était, avec celle de serrurier, une fonction éminente, parce qu'elle permettait de se déplacer dans une relative liberté. Dans le catalogue de l'exposition, le novice extralucide qui s'est chargé de commenter ces photographies assène, sans l'ombre d'une preuve, qu'elles ont été prises de l'intérieur de la chambre à gaz du crématoire V. Cette affirmation se veut l'annonciation d'une formidable découverte : il y a des images de la mort dans les chambres à gaz ! Finissons-en d'abord avec la fantasmagorie de photographies prises depuis l'intérieur de la chambre à gaz du crématoire V, véritable raison de l'exposition de l'hôtel de Sully, il suffit de se reporter au récit radicalement précis de Filip Müller dans *Shoah*[1] : cette chambre à gaz

1. *Shoah, le livre*, Gallimard, « Folio », n° 3026, p. 224.

n'ouvrait pas sur le dehors, il fallait pour y accéder passer obligatoirement par le grand *Auskleideraum* (le vestiaire), où les victimes se dévêtaient avant d'entrer dans la chambre de mort, et qui était utilisée après les gazages, comme morgue ou entrepôt à cadavres, en attendant leur incinération. Les photos n'ont pu être prises que d'une porte de ce vestiaire ouvrant sur la prairie où les corps étaient brûlés. Ou, pour celle des femmes nues, l'appareil à la hanche, à partir du toit du même bâtiment. Mais notre commentateur est un truqueur : si les quatre clichés ont été pris de l'intérieur de la chambre à gaz, on peut, en se jouant de la vérité et en étourdissant les lecteurs, par contiguïté, dérive, confusion et glissement de sens, laisser imaginer qu'il existe des photographies de la mort dans les chambres à gaz, ce que suggère le titre donné à son propos : « Images malgré tout ».

Ils ne sont pas peu à vouloir, comme lui, des images. J'avais dit un jour, après la sortie du film de Spielberg, *La Liste de Schindler*, et pour attester par l'absurde la posture inclémente de *Shoah*, que si j'avais trouvé un hypothétique film muet de quelques minutes, tourné en secret par un SS et montrant la mort de trois mille personnes dans une chambre à gaz, je ne l'aurais non seulement pas intégré à mon film, mais je l'aurais détruit. Scandale, attaques tous azimuts : « Il veut détruire les preuves ! » Ceux qui me stigmatisaient ainsi insinuaient-ils par là, à leur insu peut-être, qu'elles seraient nécessaires ? Je n'ai pas réalisé *Shoah* pour répondre aux révisionnistes ou négationnistes : on ne discute pas avec ces gens-là, je n'ai jamais envisagé de le faire. Un chœur immense de voix dans mon film — juives, polonaises, allemandes — témoigne, dans une véritable construction de la mémoire, de ce qui a été perpétré.

CHAPITRE XX

J'arrivai enfin à Varsovie après quatre ans de travail, cédant à des nécessités plus fortes que tous mes refus. Marina Ochab m'attendait à l'aéroport. Ce n'était pas une blonde Polonaise, athlétiquement bâtie, comme j'avais voulu me le figurer dans mon imaginaire simpliste. Elle était petite, ses yeux incroyablement noirs, perçants d'intelligence, et, à l'instar de ma mère, son nez la désignait immanquablement comme Juive. Les Juifs polonais n'avaient donc pas tous péri. La mère de Marina était juive en effet, son père, Edward Ochab, avait été président du Conseil d'État, la plus haute instance de la République populaire de Pologne au temps de Gomulka, jusqu'à la grande crise antisémite déclenchée par ce dernier en mars 1968, quelques mois après la victoire d'Israël dans la guerre des Six-Jours et avant que les chars soviétiques ne mettent fin au printemps de Prague, en août de la même année. Des intellectuels polonais étaient alors entrés en dissidence, abandonnant leur pays, imités par la plupart des derniers Juifs de Pologne, ceux qui étaient revenus sur leur lieu de naissance dans les fourgons de l'Armée rouge apres avoir eu la chance d'échapper aux nazis en réussissant à fuir, dès octobre 1939, vers la portion du territoire qui venait d'être envahie par l'URSS. La majorité de la nomenklatura communiste polonaise avait passé tout ou partie de la guerre en Union soviétique, Ochab inclus, mais ce dernier entra en conflit avec Gomulka lorsque les Juifs redevinrent des boucs émissaires et démissionna. Marina, délicieusement aimable, parlant le français à la perfection, n'était pas capable de m'apporter une grande aide tant elle était ignorante du sort des trois millions de Juifs polonais qui, eux, n'avaient pas pu, comme sa mère, survivre à Moscou ou en Ouzbékistan. Lorsque je lui confiai, dès les premières minutes de notre conversation, que je comptais me rendre au plus tôt à Treblinka, je compris qu'elle n'y avait jamais mis les pieds, n'avait pas songé à le faire, jamais vraiment su ce qui s'y était passé. Même chose pour Sobibor, Belzec, Chelmno, les hauts lieux de la mort juive en Pologne. Elle connaissait quelque chose d'Auschwitz (Oswiecim, disait-elle), car, dans les écoles et les manuels d'histoire qui l'avaient instruite, Auschwitz subsumait tout sous la catégorie générale, très prisée dans le monde communiste, de « victimes du fascisme ».

Je louai dès le lendemain une guimbarde russe et nous partîmes pour Treblinka, c'est-à-dire pour le site de ce qui avait été le camp. Il faisait froid, il y avait encore de la neige, plus sale que blanche, et pas un seul humain errant parmi les pierres levées et les stèles commémoratives qui portent les noms des shtetls ou des communautés anéanties, ou encore,

burinés sur des rocs plus imposants, d'allure pré-
historique, ceux des pays ravagés par l'ouragan de
l'extermination. Nous nous promenâmes, Marina et
moi, entre ces symboliques sépultures, je n'éprouvais rien et guettais, l'esprit et l'âme en alerte, une
réaction à ce lieu et à ces vestiges de désastre qui,
voulais-je croire, ne pourrait manquer de m'advenir.
Ce que je voyais demeurait complètement étranger à
ce que j'avais appris, non seulement par les livres,
mais surtout par les témoignages de Suchomel,
quand j'avais tourné avec lui, et d'Abraham Bomba,
pendant les quarante-huit heures passées en sa compagnie dans les montagnes de l'État de New York.
Désemparé, imputant mon absence d'émotion à ma
sécheresse de cœur, je regagnai la voiture après deux
heures environ et me mis à rouler très doucement,
au hasard, tentant de me maintenir au plus près des
limites du camp, marquées par des pierres en forme
de triangle isocèle disposées tous les trois cents ou
quatre cents mètres. Mais la route n'épousait pas ces
lisières et me conduisit à des villages voisins dont
les noms, depuis ce premier jour, sont restés inscrits
dans ma mémoire : Prostyn, Poniatowo, Wolka-Okraglik. Des enfants, des adolescents, des hommes et
des femmes de tous âges habitaient là, et, arrêtant
ma voiture pour réfléchir et observer, plus observé
en vérité qu'observant car ils me regardaient tous
plus encore que je ne le faisais moi-même, je ne
pouvais m'empêcher de me dire : « Mais de juillet
1942 à août 1943, pendant toute la durée de l'activité du camp de Treblinka, alors que 600 000 Juifs y
étaient assassinés, ces villages existaient ! » Leur

ancienneté était évidente, se lisait dans les chemins boueux, l'architecture des fermes, la noire et massive présence d'une ou plusieurs églises dominant chacun d'eux. Je me disais aussi qu'un homme de soixante ans en 1978 en avait vingt-quatre en 1942 et qu'un autre de soixante-dix était alors dans la force de l'âge. Un gamin de quinze ans en 1942 atteignait aujourd'hui la cinquantaine. Il y avait là pour moi une découverte bouleversante, comme un scandale logique : je l'ai dit, la terreur et l'horreur que la Shoah m'inspirait m'avaient fait rejeter l'événement hors de la durée humaine, en un autre temps que le mien, et je prenais tout à coup conscience que ces paysans de la Pologne profonde en avaient été au plus proche les contemporains. À Prostyn, à Poniatowo, à Wolka-Okraglik, je n'adressai la parole à personne, reculant le moment de comprendre. Je repris la route, continuant à conduire très lentement, et soudain j'aperçus une pancarte avec des lettres noires sur fond jaune qui indiquaient, comme si de rien n'était, le nom du village dans lequel nous entrions : « TREBLINKA ». Autant j'étais resté insensible devant la douce pente enneigée du camp, ses stèles et son blockhaus central qui prétendait marquer l'emplacement des chambres à gaz, autant ce simple panneau d'ordinaire signalisation routière me mit en émoi. Treblinka existait ! Un village nommé Treblinka existait. Osait exister. Cela me semblait impossible, cela ne se pouvait. J'avais beau avoir voulu tout savoir, tout apprendre de ce qui s'était passé ici, n'avoir jamais douté de l'existence de Treblinka, la malédiction pour moi attachée à ce nom portait en même temps sur lui un interdit absolu, d'ordre quasi ontologique, et je m'apercevais que je l'avais relégué sur le versant du mythe ou de la légende. La confrontation entre la persévérance dans l'être de ce village maudit, têtue comme les millénaires, entre sa plate réalité d'aujourd'hui et sa signification effrayante dans la mémoire des hommes, ne pouvait être qu'explosive. L'explosion se produisit quelques instants plus tard lorsque, toujours au volant de la voiture, je tombai, sans m'y attendre, sur un très long convoi immobile de wagons de marchandises accrochés les uns aux autres au bord d'un quai de terre battue sur lequel je m'engageai avant de stopper net. J'étais à la gare. À la gare de Treblinka. Je descendis, commençai à marcher, traversai les voies, parvins sur le quai principal où se trouvait le bâtiment de la station, avec son panonceau aux grandes lettres orgueilleuses, « TRE-BLINKA ». Au-dessous, une banderole où on pouvait lire en polonais « plus jamais ça », seul rappel de ce qui avait eu lieu. Et au bout du quai, à la perpendiculaire des rails, assujettie à deux pieux fichés dans le ciment, une large pancarte affichait recto verso le même nom, Treblinka, afin qu'il pût également être lu par les voyageurs en provenance de l'amont ou de l'aval. Treblinka n'est pas à l'écart du trafic : tandis que, pétrifié sur le quai, je tentais de prendre la mesure vertigineuse de ce dont j'étais le témoin, des trains passaient, certains sans s'arrêter, d'autres au contraire déchargeant et chargeant leurs passagers. Quant aux wagons de marchandises, ils n'étaient pas là dans je ne sais quel dessein commémoratif, mais se trouvaient sur une voie de garage, attendant leur tour de reprendre du service.

Ainsi, je ne voulais pas aller en Pologne. J'y débarquai plein d'arrogance, sûr que je consentais à ce voyage pour vérifier que je pouvais m'en passer et de revenir rapidement à mes anciens tricots. En vérité, j'étais arrivé là-bas chargé à bloc, bondé du savoir accumulé au cours des quatre années de lectures, d'enquêtes, de tournage même (Suchomel), qui avaient précédé, j'étais une bombe, mais une bombe inoffensive : le détonateur manquait. Treblinka fut la mise à feu, j'explosai cet après-midi-là avec une violence insoupçonnée et dévastatrice. Comment le dire autrement ? Treblinka devint vrai, le passage du mythe au réel s'opéra en un fulgurant éclair, la rencontre d'un nom et d'un lieu fit de mon savoir table rase, me contraignant à tout reprendre à zéro, à envisager d'une façon radicalement autre ce qui m'avait occupé jusque-là, à bousculer ce qui m'était apparu le plus certain et par-dessus tout à assigner à la Pologne, centre géographique de l'extermination, la place qui lui revenait, primordiale. Treblinka devint si vrai qu'il ne souffrit plus d'attendre, une urgence extrême, sous laquelle je ne cesserais désormais de vivre, s'empara de moi, il fallait tourner, tourner au plus tôt, j'en reçus, ce jour-là, le mandat.

Il était déjà tard dans l'après-midi. À pied, Marina et moi parcourûmes de long en large le village dont la gare et les voies ferrées étaient véritablement le centre. J'entrai dans une ferme où, de la cour, on avait une vue imprenable sur les trains qui passaient.

C'était celle du paysan en chemise rougeâtre, à la bedaine spectaculaire et heureuse, inoubliable pour ceux qui ont vu *Shoah*. Il faisait froid, il nous fit entrer chez lui et je compris, à la façon dont il regardait Marina, qu'il l'avait identifiée comme juive, elle me le confirma plus tard. L'odeur de la pièce très sombre dans laquelle il vivait, mélange de lait caillé, de chou, de purin, de remugles indéfinissables, donnait d'emblée la nausée. Mais le plus effrayant était le monstre, son fils, paralytique, attardé mental, agité sur sa chaise d'incontrôlables mouvements spasmo diques, la tête toujours oblique, la langue pendante. Czeslaw Borowi et sa femme l'avaient conçu dans la puanteur d'août 1942, quand les convois des Juifs de Varsovie attendaient à la gare leur tour d'être envoyés sur la rampe du camp. Borowi qui, à en juger par celle qui régnait chez lui, eût dû être blindé en matière d'odeurs, se mit pourtant, dès cette première rencontre, à me parler lyriquement des vains efforts et des procédures que les habitants de Treblinka déployèrent contre cette puanteur qui pendant des mois enveloppa nuit et jour chaque maison du village. Comme le dit Suchomel, « c'était selon le vent » : pinçant leurs narines, fermant portes et fenêtres, calfeutrant bordures, fentes et issues, les paysans qui vivaient à proximité des camps luttèrent héroïquement pour ne pas sentir. Ils mangèrent et firent l'amour dans la pestilence insoutenable de la chair brûlée, celle des corps qu'on incinérait dans les fosses pour effacer les traces de l'extermination et dans celle, peut-être plus insupportable encore, des charniers en décomposition. Au crépuscule et à l'aube, me raconta Borowi, à l'heure de la rosée du soir ou du matin, c'était le pire. Car l'odeur alors ne montait pas, ne s'échappait pas vers le ciel, mais demeurait à ras de terre, s'insinuant partout au-dedans des maisons et des narines les moins délicates. En matière d'odeur, Borowi semblait un expert, il atteignait dans la remémoration olfactive à un raffinement véritablement poétique. L'écoutant avec bien plus que de l'attention, je fulminais intérieurement, me sermonnant, m'insultant, me condamnant, m'apostrophant moi-même. Comment avais-je pu un seul instant envisager de réaliser ce film sans l'homme qui se trouvait en face de moi, sans tous les autres que j'avais aperçus le même jour, sans ces lieux qui me paraissaient identiques à ce qu'ils avaient dû être trente-cinq ans auparavant, sans la permanence qui se lisait sur la pierre des bâtiments, l'acier des rails, sans la formidable plongée au cœur du passé que je découvrais dans ces vieilles fermes ?

Le voyage en Pologne m'apparaissait au premier chef comme un voyage dans le temps : s'il était déjà difficile en 1978 de se faire une idée, en Europe occidentale, de ce qu'avaient pu être les campagnes et la vie dans les campagnes au XIXe siècle, les mutations socio-économiques ayant été si profondes qu'elles avaient tout balayé, ce n'était pas du tout le cas en Pologne. Le XIXe siècle existait là-bas, on pouvait le toucher. Permanence et défiguration des lieux se jouxtaient, se combattaient, s'engrossaient l'une l'autre, ciselant la présence de ce qui subsistait d'hier d'une façon peut-être encore plus aiguë et déchirante. L'urgence soudain me pressait incroyablement. Comme si je voulais rattraper toutes ces années perdues, ces années sans Pologne, je questionnai, insensible à la nuit qui tombait, à la faim dont nous ne pouvions pas ne pas souffrir, car nous n'avions rien mangé depuis Varsovie, mais j'étais dans un état second, halluciné, subjugué par la vérité qui se révélait à moi. Je quittai Borowi, parlai dans la boue et l'obscurité à des gens dont je distinguais à peine les visages, me rendant compte qu'eux aussi paraissaient contents de trouver un étranger curieux qui les interrogeait sur un passé dont ils se souvenaient avec une précision extrême, mais qu'ils évoquaient en même temps sur un ton de légende, que je comprenais ô combien, un passé à la fois très lointain et très proche, un passé-présent gravé à jamais en eux. Marina, qui entendait pour la première fois les récits du massacre, me regardait interloquée par mon acharnement, pensant qu'il aurait mieux valu ne pas exhumer tout cela, mais traduisait fidèlement, sans se plaindre, questions et réponses. J'appris qu'un chauffeur de locomotive, qui avait conduit les trains de la mort pendant toute la durée de l'existence du camp, habitait le bourg de Malkinia, à environ dix kilomètres de Treblinka. Je décidai de m'y rendre sur-le-champ, insoucieux de l'heure tardive et du respect humain, je ne pouvais attendre. Nous quittâmes Treblinka par l'étroite route qui rejoint la voie ferrée et franchit le Bug parallèlement à elle, sur le même pont. Tous les trains chargés des futures victimes avaient emprunté en sens contraire ce pont, jeté sur le large fleuve dont je devinai dans la nuit les eaux musculeuses, sans savoir que, quelques mois plus tard, par un splendide coucher de soleil, je le sillonnerais avec mon cameraman sur une barque à moteur et que ce serait là le premier tour de manivelle du tournage en Pologne.

À onze heures du soir, Malkinia dormait, j'eus le plus grand mal à trouver l'adresse de la petite ferme d'Henrik Gawkowski, et quand je frappai, minuit sonnait au carillon de l'église vaste comme une cathédrale. On ne répondit d'abord pas, je frappai plus fort, il y eut une descente d'escalier précipitée et la conversation s'engagea entre Marina et une voix de femme. La porte s'ouvrit, c'était en effet une petite femme au bon visage rond, la chevelure serrée dans un fichu, elle alluma, nous fit asseoir et monta réveiller son mari, qui descendit en se frottant les yeux. Je l'aimai tout de suite, j'aimai ses yeux bleus d'enfant encore ensommeillés, son air d'innocence et de loyauté, les nervures de souffrance qui creusaient son front, sa gentillesse manifeste. J'eus beau m'excuser pour cette arrivée nocturne, l'urgence dont elle témoignait l'étonna si peu qu'il semblait la partager. Il n'était ni oublieux ni guéri du passé atroce dont il avait été l'acteur et trouvait juste de répondre à tout moment aux sommations qu'on pouvait lui adresser. Mais en vérité j'étais le premier homme à l'interroger, je survenais nuitamment comme un fantôme, personne avant moi ne s'était soucié de ce qu'il avait à dire. Il alla quérir une bouteille de cette merveilleuse vodka des paysans polonais, tord-boyaux sauveur et sacré, et j'osai lui dire, après le premier cul sec, que nous mourions de faim. Elle et lui se mirent en quatre, vidèrent leur garde-manger grillagé semblable à celui de ma grand-mère Anna et ce fut une débauche de victuailles, de cochonnaille, de pain, de beurre et de vodka ouvreuse d'esprit et de mémoire. Je sus, écoutant Henrik, que les enquêtes exploratoires étaient terminées, qu'il fallait maintenant passer à l'acte, tourner au plus tôt, comme je l'avais pressenti dans l'après-midi chez Borowi. Non seulement tourner, mais arrêter d'abord cette déferlante de paroles capitales que je libérais par mes questions, ces souvenirs, précieux comme de l'or et du sang, que je ravivais. Nous parlions de la façon dont s'opérait, sur la rampe, le déchargement, à la course, à la matraque et dans les hurlements, de ceux et celles qui, une ou deux heures plus tard, auraient cessé de vivre, et je lui demandai : « Quand vous tiriez les wagons jusqu'au bout de la rampe... » Il m'interrompit net : « Non, non, ce n'est pas ça, je ne les tirais pas, je les poussais », esquissant de son poing fermé un geste de poussée. Je fus, par ce détail, terrassé de vérité, je veux dire que cette confirmation triviale m'en disait plus, m'aidait davantage à imaginer et à comprendre que toutes les pompes d'une réflexion sur le Mal, condamnée à ne réfléchir qu'elle-même. Il me fut clair que je devais absolument cesser d'interroger Gawkowski : contrairement aux protagonistes juifs, sur lesquels je voulais, avant le tournage, et pour les raisons que j'ai dites, en savoir le plus possible, il fallait ici ne rien déflorer. Oui, j'étais le premier homme à revenir sur les lieux du crime et eux, qui n'avaient jamais parlé, souhaitaient, j'en prenais conscience, torrentiellement le faire. Maintenir cette virginité, cette spontanéité, était un impératif catégorique, cette Pologne était un trésor à ne pas dilapider. Je savais, après une seule journée et une folle nuit, qu'au cours de ce voyage il me faudrait voir les lieux, les arpenter, comme j'allais le faire à Chelmno, mais parler et questionner le moins possible ; rester à la surface, effleurer le pays de l'extermination, mais, pour oser aller en profondeur, attendre le tournage proprement dit, donc y procéder au plus vite. Ce détail, pour moi bouleversant dans tous les sens du terme, selon lequel Henrik Gawkowski poussait les wagons avec sa locomotive au lieu de les tirer, est à l'origine d'une faute morale que j'ai commise au cours du tournage, dont je me reconnais coupable et qui me fait honte chaque fois que j'y repense. Je lui ai, devant la caméra, posé la question alors que j'en connaissais déjà la réponse et j'ai feint, comme un acteur, l'étonnement. Je l'ai fait parce que je jugeais très important à la fois que les spectateurs sussent eux aussi comment cela se passait et prissent conscience du caractère de révélation opératoire que pareille découverte impliquait pour moi. Je me blâme pourtant d'avoir consenti à faire semblant de l'apprendre pour la première fois.

Quelle nuit ai-je passée en compagnie d'Henrik ! Il se montra d'une honnêteté poignante, pleurant d'émotion, et de vodka sans doute, j'avais moi-même les larmes aux yeux et nous nous étreignîmes à plusieurs reprises. Je n'ai rien rapporté de cela dans *Shoah,* mais le tableau qu'il me brossa de Treblinka et des villages alentour pendant les treize mois des gazages défaIt le récit. Les putains les plus voraces de Varsovie s'étaient installées à demeure et un trafic intense, régulé par leurs maquereaux, s'instaura entre elles, les mercenaires du camp, gardes ukrainiens ou lettons, les paysans, avec la connaissance et la complicité de certains SS. L'enjeu de ces échanges, qui ne cessèrent pas un seul jour, était l'argent des Juifs assassinés : ne sachant pas pour la plupart qu'ils étaient promis à la mort, mais se tenant depuis la nuit des temps prêts pour le pire, ceux-ci l'emportaient avec eux, cousu dans les doublures de leurs vêtements, où ils étaient contraints de l'abandonner lorsqu'ils devaient se dénuder à la porte des chambres à gaz. S'ils ne se sont pas souciés de tenir le compte exact du nombre des Juifs gazés là-bas, les statisticiens de l'Aktion Reinhardt (nom de code donné par les nazis au plan d'extermination dans les trois camps de Treblinka, Belzec et Sobibor) ont par contre calculé au centime près les sommes — en dollars, en drachmes, en florins, en francs, en devises de toutes sortes — que les commandos, dont Suchomel avait la charge, trouvaient en décousant les manteaux, les vestes, les corsets des victimes ou en faisant sauter les talons de leurs chaussures. Mais bien sûr une partie de cet argent échappait aux comptables du WVHA (Wirtschaftsverwaltungshauptamt, organisme administratif des affaires économiques de la SS) pour aller dans les poches des préposés à la mort, SS, Ukrainiens, Lettons, ou bien encore être enfouie dans le sol par les membres juifs des Sonderkommandos, afin de servir dans le cas infiniment improbable d'une évasion. C'est cet argent que villageois et prostituées recevaient contre de la vodka, du porc ou du plaisir. Henrik, dans les larmes, me confessa au cours de la nuit avoir perdu au poker, jouant entre deux convois, 50 000 dollars, pactole alors fantastique. Il avait ajouté : « Bien mal acquis ne profite jamais. » Je le vis plus tard, quand je revins pour tourner, chanter de toute son âme et de toute la puissance de sa voix dans la chorale de l'église. Quelquefois même l'argent ou les bijoux étaient des signes trop abstraits : là encore je n'ai rien dit de cela dans *Shoah,* mais Jan Piwonski, colonel de l'armée polonaise, ex-aide-aiguilleur à la gare de Sobibor, m'a raconté que, tandis qu'il assurait une garde nocturne, on frappa violemment à la fenêtre, un Ukrainien qui lui sembla immense exigea un litre de vodka, lui offrant en paiement un paquet lourd et puant, grossièrement enveloppé de papier journal. Il ne put, me dit-il, faire autrement qu'accepter et se mit à vomir en déballant le prix de sa bouteille : une mâchoire sanguinolente, avec des dents en or, arrachée à un cadavre fraîchement gazé.

Lorsque je quittai Henrik, à l'aube, ma décision était prise, irrévocablement. Je devais tourner cette année même, dès l'été si possible — nous étions alors en février —, mais il me fallait auparavant obtenir les autorisations du gouvernement communiste. De retour à Varsovie et avant de poursuivre ce premier voyage, pour lequel j'avais prévu tout un mois (je voulais absolument passer du temps à Chelmno, à Auschwitz et dans chacun des camps, aucun dans mon esprit ne pouvant se substituer aux autres), je pris contact avec les autorités concernées, aptes à m'accorder la permission de filmer en Pologne. On me demanda de rédiger un mémorandum dans lequel j'exposerais mes intentions, les lieux où je voulais me rendre, le temps de tournage que je prévoyais, etc. Le grand commis auquel j'avais affaire ne m'était pas antipathique et je connaissais le discours officiel : une fois morts, les trois millions de Juifs polonais redevenaient citoyens polonais de plein exercice, ce qui portait à six millions le nombre total de leurs victimes. La fantasmatique polonaise recherchait alors toujours l'égalité de sacrifice avec les Juifs. Et s'il est vrai que les pertes polonaises, dues à l'invasion nazie, aux déportations et liquidations commises par les Soviétiques, comme celle de Katyn, à la résistance antiallemande de l'Armia Krajowa (Armée de l'intérieur), et à l'insurrection de Varsovie en 1944, furent très importantes, elles n'atteignirent jamais les trois millions revendiqués par l'imaginaire patriotique[1]. À la racine de cette comptabilité étonnante et macabre, il y avait d'abord une volonté d'effacement de la singularité et de l'énormité de l'assassinat des Juifs : six millions contre six millions, cela s'annule ! Je n'avais pas pris à ce moment-là toute la mesure de l'antisémitisme polonais. Il y avait à Varsovie une grande avenue portant le nom de Mordechai Anielewicz, le chef de l'Organisation juive de combat et héros de la révolte du ghetto, un célèbre monument, sur une des vastes places de la ville, édifié à la gloire des combattants du ghetto, une plaque commémorative au 18 de la nouvelle rue Mila, où s'était trouvé, profondément

1. Aujourd'hui, un certain nombre d'historiens polonais ont révisé ce chiffre à la baisse : 1 500 000 victimes des nazis, et 500 000 des Soviétiques.

enfoui sous terre, l'état-major de l'OJC, etc. J'insistai donc sur tous ces points dans le mémorandum que je rédigeai fébrilement sur le bureau de ma chambre d'hôtel avant de reprendre mon périple polonais. Je me rappelle qu'il commençait ainsi : « La Pologne est le seul pays où l'on peut voir sur les routes des pancartes fléchées indiquant : *"Obuz zaglady"* », ce qui signifie « camp d'extermination ». Bref, mon film serait à la gloire de la Pologne et ferait justice des mauvaises images et des préjugés antipolonais. Je mentis quand il le fallait, comme il le fallait. Je fus autorisé à tourner en Pologne, sous surveillance : une sorte de délégué espion du ministère de la Sécurité intérieure assistait à tout. Au début tout au moins, car il se découragea assez vite, supportant mal les fatigues du tournage et les horaires fantasques ou nocturnes que j'imposais. Je pris en outre conscience qu'il ne détestait pas les alcools forts et inventai pour lui des occasions de célébration, m'en faisant un allié. Il ne surgit plus que rarement et inopinément.

L'autre problème que je dus régler à la hâte fut celui de Marina. Elle me plaisait beaucoup, mais je pressentais qu'elle serait un obstacle dans ma recherche du vrai, qui entraînerait inévitablement de ma part un questionnement obstiné, parfois agressif ou provocant. Je lui exposai avec une brutale franchise que son beau visage était trop sémite pour que les Polonais parlassent librement devant elle. Elle acquiesça. Je la remplaçai par Barbara Janicka, de vraie souche catholique, merveilleuse interprète, qui me posa pourtant d'autres problèmes. À plusieurs reprises, elle voulut quitter le tournage, à la fois parce qu'elle comprenait ce qui se jouait, parce que ce qu'elle entendait l'emplissait d'effroi et aussi parce que, ne travaillant pour moi qu'avec l'assentiment du gouvernement, elle était obligée de rendre des comptes et était trop honnête pour mentir. Je la rattrapais chaque fois *in extremis*, l'assurant de la pureté de mes intentions. Elle prit alors le parti de tout adoucir, autant la droiture de mes questions que la violence, quelquefois incroyable, qui s'exprimait dans les réponses polonaises. Lorsqu'ils parlaient des Juifs, les Polonais disaient presque toujours « *Jydki* », à connotation péjorative, qui signifie à peu près « petit youpin ». Elle traduisait par « Juif », qui se dit « *Jydzi* » et qui n'était quasiment jamais utilisé. J'organisai un jour, dans l'église de Chelmno, une discussion entre le curé au fort tarin tourmenté, Srebnik, l'enfant chanteur, et moi. Le gauchissement par Barbara de tout ce qui se disait, mes questions, les paroles hypocrites du prêtre, celles de Srebnik, reflet de sa timidité et de sa peur viscérale, rendit la scène inintelligiblement comique, à coup sûr inutilisable. Certaines fois — à force d'entendre du polonais pendant des heures entières, je finissais par le comprendre un peu et j'étais également sensible aux mimiques de mes interlocuteurs —, je la prenais en flagrant délit d'édulcoration et le lui faisais instantanément observer. Alors elle ne trichait plus et se laissait elle-même emporter par la violence de l'exactitude avec une sorte de joie mauvaise, qui semblait affecter chacun des propos qu'elle traduisait d'un « Tu l'as voulu, eh bien, voici ! », y ajoutant comme un coefficient d'adhésion personnelle. C'est un travers constant des interprètes, même des meilleures, surtout des meilleures, elles cèdent à leurs craintes, à leurs émotions.

Lorsque je réussis en Israël le véritable tour de force de faire dire quelques mots à Antek, Itzhak Zuckerman, le commandant en second de l'insurrection du ghetto de Varsovie, la beauté tragique de ses phrases fut passée à la trappe par Francine Kaufmann, mon interprète d'hébreu pourtant renommée, et je ne m'en aperçus que bien plus tard, au montage. C'était en Galilée, au kibboutz Lohamé Haghettaot (« kibboutz des Combattants du Ghetto »), où on ne voulait ni que je rencontrasse Antek, ni que je le fisse parler. Antek, le héros, buvait et son visage était bouffi d'alcool. Je respectais cet homme, j'aimais ses traits, je comprenais qu'il aimât boire et je détestais les bureaucrates du kibboutz qui, voulant maintenir, contre la vérité, leur vision irénique de ce que devait être un combattant du ghetto, faisaient tout pour cacher l'existence d'Antek, pour ne pas le montrer. Je négociai pied à pied avec eux, leur promettant que je ne le ferais pas parler, mais insistant pour qu'il soit présent, même en retrait, dans le champ de la caméra tandis que Simha Rotsem, dit Kazik, raconterait sa sortie du ghetto et son retour par les égouts. Mais je n'avais pas l'intention de tenir parole, je savais que je ferais tout pour qu'Antek se manifestât et qu'il serait difficile de bâillonner sa parole une fois qu'il aurait commencé. Il y avait dehors un orage épouvantable, l'électricité fut coupée à plusieurs reprises, c'était la fin d'un après-midi de début du shabbat et Francine, Juive très observante, voulait rentrer chez elle avant le commencement de la fête. Antek était déjà intervenu une fois pour me dire : « Claude, si vous pouviez lécher mon cœur, vous seriez empoisonné. » Après un silence, il avait repris et j'entendis la voix de l'interprète, qui traduisait : « J'ai commencé à boire après la guerre… *C'était très difficile…* » Mais lui avait dit tout autre chose et je ne me suis jamais consolé que cela ne figurât pas dans *Shoah* : « J'ai commencé à boire après la guerre *lorsque je suis monté sur cette tombe immense*! » Cela a en effet une autre allure : je me suis longuement interrogé au montage pour savoir si je ne sous-titrerais pas en français ces derniers mots d'Antek, quitte à paraître désavouer la traductrice puisqu'on entendrait aussi le « c'était très difficile » qu'il était impossible de supprimer sans couper en même temps dans l'image. Finalement, je ne l'ai pas fait, par souci déontologique, de même que j'ai laissé Barbara multiplier les traductions de « *Jydki* » par « Juifs », ce qui m'est reproché sans faillir par chaque Juif polonais spectateur de *Shoah*.

Mon premier voyage en Pologne avait eu lieu en février 1978. Je fis, à mon retour, un bref séjour en Israël pour revoir Srebnik après m'être rendu à Chelmno, puis me lançai dans la préparation très complexe d'un tournage qui se déroulerait dans plusieurs pays. Le premier tour de manivelle eut lieu six mois plus tard à Treblinka, autour du 15 juillet, et, à partir de là, gagné par la même urgence, j'enchaînai les campagnes, à Corfou, aux États-Unis, en

Israël, en Allemagne, en Suisse, en Autriche, etc., pendant trois années, jusqu'à la fin 1981. Je revins quatre fois tourner en Pologne. Il m'arrive encore de me demander ce qu'aurait été *Shoah* si j'avais commencé mes explorations par ce pays, comme la logique commandait de le faire, au lieu de vagabonder d'abord partout ailleurs dans le monde. Je sais que j'ai obéi à une loi toute différente, contraignante, opaque à mes propres yeux et d'un autre ordre, celle de la création. La Pologne, j'en suis sûr, serait restée un décor, jamais je n'aurais connu la déflagration qui m'incendia dès le premier jour et qui me fit concevoir d'emblée les scènes à tourner, effectuer avec entêtement, conviction, invention, les démarches les plus difficiles qui me permettraient de les réaliser. Je sus que Gawkowski, qui n'avait plus conduit un train depuis la fin de la guerre, remonterait sur une locomotive identique à celle avec laquelle il emmenait à Treblinka les Juifs de Varsovie ou de Bialystok, affolé par les supplications qu'il entendait monter des wagons derrière lui et ne parvenant à les supporter que par des triples rations, officiellement allouées, de vodka. Les locomotives étaient encore à vapeur en 1978, elles n'avaient pas changé depuis 1942. Il ne fallait pas seulement le convaincre lui, je savais que j'y parviendrais, mais persuader — et c'était autrement ardu — les Chemins de fer polonais de me louer (cher) l'engin cracheur d'escarbilles rouges, de me laisser en disposer pendant tout le temps nécessaire, de l'insérer dans le trafic ferroviaire et de filmer autant d'arrivées en gare de Treblinka que j'en aurais besoin. L'hallucination vraie dont j'étais la proie gagnait par contagion les protagonistes. De même que Bomba, dans les miroirs du salon de coiffure d'Israël, allait se revoir coupant les cheveux des femmes à l'intérieur d'une chambre à gaz de Treblinka, de même Henrik Gawkowski, qui a peut-être effectivement transporté, dans un des wagons qu'il amenait jusqu'à la gare, Bomba, sa femme et son bébé, hallucine lui aussi complètement lorsque, penché de tout son buste à la fenêtre de sa locomotive, il regarde sous l'œil de la caméra les cinquante wagons imaginaires qu'il conduit à la mort. Il n'y a en effet aucun wagon, rien d'autre que la locomotive : louer un train entier eût été impossible, d'un coût exorbitant et inutile. C'est Henrik, son corps accablé de remords, ses yeux fous, la réitération du geste mimant l'égorgement, son visage hagard et concentré de détresse, qui donnent vie et réalité au train fantôme, qui le font exister pour chacun des témoins de cette scène stupéfiante.

De l'intérieur d'un wagon de marchandises en attente à la gare de Treblinka, par la lucarne autrefois grillagée, j'ai filmé, en un lent zoom avant, la pancarte au nom pour moi terrifiant, mais qui ne signifiait rien pour les malheureux pressés depuis des heures ou des jours les uns contre les autres, telle que je m'imaginais qu'ils la découvraient dans le soupçon et l'angoisse. À l'intérieur du wagon immobilisé sur une voie, ils attendaient, parfois très longtemps. Gawkowski était en vérité l'homme à tout faire : de Varsovie, de Bialystok, de Kielce, il conduisait les trains à la gare de Treblinka, où ils étaient divisés en tronçons de dix wagons, puis il poussait chacun de ces tronçons jusqu'à la rampe du camp et c'était la fin du voyage. Nous tournâmes à Treblinka en toutes saisons, les quatre saisons de la mort (il y eut même à Treblinka, selon Richard Glazar, ce que les détenus appelèrent « la morte-saison », « *die Flaute* », quand les convois pour un temps n'arrivèrent pas), et je fis recommencer vingt fois ce zoom avant, tellement je voulais habiter le regard de ceux qui allaient mourir. Au camp même, j'ai filmé pendant des jours, sans pouvoir m'arrêter et selon tous les angles, les stèles et les rocs, courant de l'un à l'autre, cherchant des perspectives, m'installant avec mon chef opérateur, Dominique Chapuis, sur le sommet de pierre glissant du haut blockhaus symbolisant la chambre à gaz, pour tenter un panoramique à 360 degrés qui permît une vue générale du site dans le soleil couchant, sans prendre garde que l'ombre portée de nos deux silhouettes et celle de la caméra étaient dans le champ. Elles y sont toujours, je n'ai rien coupé. Chapuis, avant lui Lubtchansky ou Glasberg me disaient toujours : « Mais pourquoi continuer à filmer ces pierres ? Tu en as déjà dix fois trop. » Je n'en ai jamais eu trop, je ne les ai pas filmées assez et j'ai dû, pour le faire, retourner à Treblinka. Je les ai filmées parce qu'il n'y avait rien d'autre à filmer, parce que je ne pouvais pas inventer, parce que j'en aurais besoin quand Bomba, quand Glazar ou les paysans ou même Suchomel parleraient. Ces stèles et ces pierres devenaient pour moi humaines, seule trace des centaines de milliers qui moururent là. Ma sécheresse de cœur des premières heures du premier jour avait cédé devant le travail de la vérité.

La gare de Sobibor n'est pas celle de Treblinka, elle fait pratiquement partie du camp, et chaque fois qu'il m'arrive de revoir les séquences tournées là bas, je me dis que c'est la même urgence hallucinée qui me pousse, pour comprendre et faire comprendre, à l'étrange démarche d'arpenteur que j'effectue, traversant les voies, en compagnie de Piwonski, l'aide-aiguilleur de 1942. Je me vois et m'entends lui dire : « Donc, ici, c'est encore la vie. Je fais un seul pas et je suis déjà du côté de la mort. » Disant cela, je fais en effet le pas, je saute le pas, et il m'approuve. Vingt mètres plus loin, je monte sur un talus herbeux, il m'informe, de sa voix un peu sentencieuse de colonel communiste : « Ici, vous vous trouvez sur la rampe où étaient déchargées les victimes destinées à l'extermination. » Bordant cette rampe sur toute sa longueur, deux rails d'acier bleui, imperméable au passage du temps. Je demande : « Et ce sont les mêmes rails ? — *Da, da* », me répond-il. Il fait très beau, une beauté du jour qui me désarçonne et me plonge dans le désarroi. J'interroge : « Et il y avait des beaux jours comme aujourd'hui, j'imagine ? » Il murmure : « Il y avait des jours encore bien plus beaux qu'aujourd'hui. » Je pense en effet, on peut penser, que la folie, une folie pas douce du tout, m'avait saisi : sur chacun des lieux de mort, j'ai voulu refaire le dernier chemin, descendant avec Chapuis caméra au poing les degrés des salles souterraines des grands crématoires II et III de Birkenau, incapable de marcher droit parmi les blocs ruinés recouverts de neige, nous cassant tous les deux la gueule en protégeant l'appareil autant que nous le pouvions, mais il était bon de se casser la gueule, il était juste de souffrir, d'avoir, par moins vingt degrés, à réchauffer le moteur de la caméra pour pouvoir continuer, absurdement, à faire de lents panoramiques gauche droite et droite gauche, reliant ce qui restait du vestiaire, nommé dans le récit de Filip Müller « centre international d'informations », à l'immense chambre à gaz et vice versa. Toujours à Birkenau, mais avec Lubtchansky cette fois, Lubtchansky assisté de Caroline Champetier, nous passâmes par un froid pénétrant presque une nuit entière à décrire en un panoramique requérant une sûreté absolue, interdisant le moindre tremblement, la moindre modification de son rythme, la maquette qui montre trois mille silhouettes de plâtre descendant vers les chambres de mort, se dévêtant et, après le long et inévitable temps mort qui, dans le panoramique, sépare le vestiaire de la chambre à gaz, les découvrir, agglutinées les unes aux autres, masse informe sens dessus dessous et inerte. Qu'y avait-il d'autre à filmer sinon à Treblinka des pierres et à Birkenau des maquettes ? À Chelmno, refaisant avec Chapuis, à vitesse mesurée et constante, les sept kilomètres parcourus entre l'église et la forêt par les camions à gaz qui asphyxiaient leurs victimes pendant le trajet, terminant ce travelling halluciné par la sente boueuse, crevée de flaques de pluie que je m'interdisais de contourner, je parvenais au lieu des fosses et des bûchers, là où Srebnik raconte que les flammes montaient jusqu'au ciel. Oui, jusqu'au ciel.

C'était le dernier jour du dernier tournage en Pologne, en décembre 1981, quatre jours avant que le général Jaruzelski décrétât l'« état de guerre », formulation polonaise pour « état de siège ». Nous étions trois, Chapuis, moi-même et Pavel, l'ingénieur du son, qui n'avait nulle voix humaine à enregistrer puisque je n'interviewais personne, mais simplement le chant des forêts, du vent et des rivières, j'aurais besoin de cela aussi. Avant Chelmno, nous étions restés quatre jours à Treblinka pour filmer encore et encore les pierres du camp et des locomotives trouant la nuit de leurs phares après avoir franchi le Bug sur le pont dont j'ai parlé. Chapuis s'allongeait, caméra braquée, le long du ballast, presque au ras des roues, et je lui enserrais le dos de mes bras pour qu'il ne bouge ni ne tombe. Pavel enregistrait sur son Nagra le tonnerre du train. La Pologne ne fonctionnait plus, des centaines de voitures faisaient la queue pendant des heures aux rares stations d'essence, nous logions à Malkinia, dans l'unique hôtel, éclairé par des lumignons et des cierges d'église car les coupures d'électricité s'enchaînaient. Chapuis et moi partagions une chambre étroite et longue, dans laquelle il était impossible de se déplacer parce que tout le matériel nécessaire au tournage y était également entreposé. En décembre, dans l'est de la Pologne, les jours sont très courts et les heures de lumière comptées. À quatre heures de l'après-midi, nous étions sur nos lits, attendant le dîner, mot aussi creux que nos estomacs, car il n'y avait à peu près rien à manger, les paysans affamant sciemment les succursales de l'Intourist, dont dépendait notre hôtel. Chapuis, sur sa couche, avait la ressource d'écouter de la musique dans son walkman, je n'avais même pas un livre, je broyais du noir. Cela eût été bien pire si j'avais eu la prescience que Dominique — le travail partagé nous rendait si proches — serait, vingt ans plus tard, emporté par un cancer. Il était un grand opérateur, un cinéaste dans l'âme. La majorité des protagonistes de *Shoah* ne sont plus aujourd'hui. La mort ne désempare pas. Outre Chapuis, je dois dire le chagrin que j'ai éprouvé lorsque la merveilleuse Sabine Mamou, qui monta le son de *Shoah* et fut de bout en bout la monteuse de *Tsahal*, pour une grande part celle de *Sobibor, 14 octobre 1943, 16 heures,* fut brutalement tuée par la même maladie.

Un arrivage de bière était annoncé à l'hôtel de Malkinia et une centaine de paysans avaient envahi le rez-de-chaussée dans la fébrile attente des cannettes. Ce n'était pas un bobard, la livraison eut lieu et je fus le témoin, à la chiche lueur des cierges, d'une incroyable séance d'enivrement collectif, chacun sifflant coup sur coup au moins dix bouteilles, jusqu'à tituber ou s'affaler sur place. La nourriture servie pour le dîner était un bortsch immonde et j'eus l'idée de faire miroiter à la serveuse un billet de dix dollars. Cela ne traîna pas, elle m'emmena près d'une fenêtre, me montra une maison proche, de l'autre côté de la rue, échangeant quelques mots avec Pavel. La disette organisée se changea en festin fabuleux : ceux d'en face, retraités paraît-il, venaient de tuer le cochon, nous eûmes droit, contre de trébuchants dollars, aux boudin, saucisses, jambon, lard et saindoux que nous engouffrâmes avec la voracité imprévoyante des buveurs de bière. Mais nous fûmes invités le lendemain matin à prendre là notre petit déjeuner avant de rejoindre notre lieu de travail, Treblinka, emportant avec nous un copieux casse-croûte porcin. Le Dieu des Juifs, je le sais, nous a pardonné. Face à la grande adversité, la stricte observance souffre des accommodements.

À Chelmno, dans la forêt de Rzuszow, nous tournions par grand froid un dernier plan. La nuit tombait, j'avais la fièvre et hâte d'en finir, un gamin, une estafette, arriva en courant et parla à Pavel, qui traduisit . le maire avait tué le cochon et, pour célébrer notre départ, nous conviait à dîner. Je remerciai, j'acceptai, trouvant pourtant cette générosité étonnante, car j'avais déjà eu affaire au maire. Ceux qui ont vu *Shoah* ne peuvent pas ne pas se souvenir de lui, dans la scène de l'église de Chelmno, après la procession. Je demande, m'adressant au groupe de villageois rassemblés sur le parvis : « À votre avis, pourquoi toute cette histoire est-elle arrivée aux Juifs ? » On voit alors un visage au menton pointu qui s'avance, se détachant des autres, et qui donne sa réponse : « Parce qu'ils étaient les plus riches », approuvé par les hochements de tête de tous. C'était le maire. Il nous offrit en effet un vrai et bon dîner, arrosé de vodka. Je me levai pour remercier et prendre congé assez vite, puisque nous devions repartir par de mauvais chemins verglacés pour Lodz, où nous passerions la nuit avant de reprendre la route vers Auschwitz et la Tchécoslovaquie. L'invitation à dîner n'en était pas une, l'addition me fut présentée, non pas en zlotys mais en dollars, et ce n'était pas rien : 150 dollars. Je payai, maudissant sans mot dire, mais la colère me prit dans la voiture, assis à l'arrière à côté de Pavel, le chasseur d'ours en Mazurie. Il avait été ingénieur du son de Wajda, dans *La Terre de la grande promesse,* un film sur la ville de Lodz précisément et la grande famille juive de l'industrie textile, les Poznanski, qui comporte des passages insupportablement antisémites. Pavel convenait de tout, de l'antisémitisme du film et de celui du maire, il n'y avait pas d'autre explication à sa fausse invitation : je faisais partie des « plus riches », il était normal qu'on se livrât sur ma personne à l'extorsion de fonds. Pavel eut alors, tandis que la voiture roulait dans la nuit, ce mot grandiose : « Heureusement qu'il n'y a plus de Juifs en Pologne, sinon, il y aurait un antisémitisme épouvantable ! »

J'avais déjà tourné plusieurs fois à Auschwitz et, au cours de mon premier voyage exploratoire, j'en avais arpenté seul tous les rails, baraques, blocs, crématoires, lac de cendres, rampes, musée, j'avais vu les miradors, les amoncellements de valises, cuillers, lunettes, lorgnons, pots de chambre, l'arbre solitaire et calciné qui se tord contre le ciel blanc du côté de la Petite Ferme, transformée en chambre à gaz expérimentale, j'avais laissé tout cela entrer lentement en moi et s'y imprimer. Cette fois, c'est Auschwitz, la ville, que je voulais revoir, c'est l'ancien cimetière juif que je voulais filmer, avec ses hautes stèles gravées de caractères hébraïques, le cimetière où, avant la guerre, avant Hitler, les citoyens juifs d'Oswiecim, qui avaient eu la chance de périr chez eux d'une mort naturelle, se faisaient inhumer. Auschwitz en effet, je ne le savais pas, mais je l'avais appris dès ma première visite en Pologne, était une ville juive à quatre-vingts pour cent. J'ignorais à quel point ces quelques tombes ayant survécu à l'écoulement du temps et au vandalisme éradicateur de toute trace de présence juive en Pologne me seraient précieuses au cours du montage. Étant donné le parti que j'avais pris d'une absence totale de commentaire, c'est la construction du film qui est la clé et le moteur de son intelligibilité, qui permet au récit d'avancer et d'être compréhensible pour le spectateur. Il n'y a aucune voix *off* pour indiquer ce qui va arriver, pour dire quoi penser, pour relier de l'extérieur les scènes entre elles. Ces facilités propres à ce qu'on appelle classiquement un documentaire ne sont pas autorisées dans *Shoah*. C'est une des raisons pour lesquelles le film échappe à la catégorisation documentaire/fiction. Le montage fut une opération longue, grave, délicate, subtile. Il m'arriva en plusieurs occurrences d'être complètement bloqué, de ne pas découvrir, comme pendant une ascension, le passage qui allait me permettre de continuer, d'aller plus haut. Généralement, il y en a un seul, pas deux, un seul bon. Je refusais de poursuivre tant que je n'avais pas trouvé, cela pouvait durer plusieurs heures, plusieurs jours, une fois trois semaines même, je ne suis pas près de l'oublier : c'était après environ trente-cinq minutes de film, je cherchais le moyen de faire apparaître pour la première fois à l'écran Birkenau, le grand porche de Birkenau, sinistre oiseau de mort sous lequel pénétraient les convois destinés au gaz. Mais j'avais commencé par montrer Oswiecim, la ville autrefois juive à quatre-vingts pour cent, et je ne savais pas comment engendrer Birkenau à partir de plans tournés dans la cité, comment le faire surgir à la fois comme un scandale et comme une fatalité, comme une surprenante évidence, le faire advenir de soi-même, si j'ose dire ainsi. Toutes les tentatives effectuées étaient insatisfaisantes, la solution s'imposa à moi d'un seul coup, lumineuse : pour faire apparaître ce cimetière sans sépultures ni squelettes qu'est Birkenau, il fallait passer par les sépultures anciennes, celles des Juifs ayant vécu à Auschwitz, morts et enterrés là avant le désastre. Je parle donc avec Mme Pietyra, une Polonaise née à Auschwitz et qui ne l'a jamais quitté. Je lui demande : « Y avait-il un cimetière juif à Auschwitz ? » Elle opine vigoureusement, heureuse de m'apprendre quelque chose. Je pousse ma question : « Ce cimetière existe toujours ? » Elle opine derechef et, sur les images des belles pierres tombales, de guingois mais fières encore, on entend Mme Pietyra, qui poursuit : « Maintenant, il est fermé. — Il est fermé, ça veut dire quoi ? — On n'enterre plus là-bas ! » Quelques instants plus tard, j'interroge à nouveau : « Est-ce que Madame sait ce qui est arrivé aux Juifs d'Auschwitz ? — Ils ont été déportés », me répond-elle avec un sourire de quasi-commisération devant le saugrenu de ma question. « En quelle année ? — En 1940, puisque je me suis installée dans cet appartement en 1940 et qu'il appartenait à des Juifs. — Ils ont été déportés où ? » Elle dit d'abord ne pas savoir et je lui fais observer : « D'après les informations que nous avons, ils ont été déportés pas loin d'ici, à Bedzin, à Sosnowiec. — Oui, oui, c'est ça, parce que c'étaient aussi des villes juives, en Haute-Silésie également. — Alors, est-ce que Madame sait ce qui est arrivé plus tard aux Juifs d'Auschwitz ? » Deuxième sourire apitoyé par tant de naïveté : « Je pense qu'ils ont fini au camp, tous. — C'est-à-dire qu'ils sont revenus à Auschwitz ? » Sur le « oui » conclusif de ce dialogue survient tout naturellement, harmonieusement pour ainsi dire, le premier travelling qui nous emmène vers le porche du camp. Je me rappelle que je poussais sur le rail unique de la fin du voyage la plate-forme mobile où était installé Lubtchansky derrière la caméra. Et tandis qu'on s'approche de l'entrée maudite, on entend encore la voix, *off* cette fois, de Mme Pietyra, qui déplore : « Ici, il y avait toutes sortes de gens, de tous les côtés du monde, qui sont venus ici, qui ont été dirigés ici... Tous les Juifs sont venus ici. Pour mourir. »

Pendant les cinq années qu'a duré le montage du film, je n'ai obéi qu'à ma seule loi, ne cédant ni au temps, ni à l'argent, ni à ceux qui me pressaient de finir, ne comprenaient pas que je misse si longtemps et désespéraient de me voir l'achever. Mais j'étais ainsi. J'avais tourné avec Jan Karski aux États-Unis en 1979, avec le grand Karski. Il était professeur de sciences politiques à l'université de Georgetown, à Washington, et je l'avais cru, lui aussi, mort. Le retrouver vivant, ô combien, après des péripéties qu'il est inutile de rapporter, m'avait mis dans un état d'excitation considérable et j'avais accepté ce que Karski me demandait : selon la coutume américaine, il voulait être payé. Nous signâmes donc un contrat aux termes duquel il s'engageait à ne paraître dans aucun film (ni aucune émission de télévision) tant que le mien ne serait pas sorti. Il avait en revanche le droit de délivrer autant d'interviews orales qu'il le souhaiterait, d'écrire tous les articles ou livres dont il aurait le désir.

Puis, j'oubliai Karski, mobilisé par d'autres urgences, l'essentiel pour moi étant d'avoir tourné avec lui, même si je ne savais pas encore comment il apparaîtrait dans le film, comment je l'utiliserais. C'est lui qui se rappela à moi après environ deux années par une longue lettre très polie et dubitative. Il s'étonnait que le film ne soit pas achevé, alors qu'il m'avait, selon lui, laissé tout le temps pour y parvenir. Ma lenteur l'étonnait d'autant plus que d'autres personnes étaient maintenant au fait de son existence, piaffaient d'impatience de l'entendre et ne comprenaient pas pourquoi il s'était soumis à un contrat léonin, sans échéance précise. Les lettres dont il me faisait parvenir des photocopies provenaient d'institutions prestigieuses comme la BBC, Channel Four, ou de puissantes chaînes américaines. Je répondis dans le plus grand détail, d'une façon aussi civilisée que je le pouvais, lui expliquant, pour la première fois, je crois, la dimension unique que je voulais donner à mon travail, tentant de lui faire éprouver ce qu'il pouvait y avoir de hors normes et même de révolutionnaire dans un pareil projet, qui prétendait tout embrasser et montrer ce qu'avait été, du point de vue des Juifs eux-mêmes, le désastre. Je répétais à quel point sa présence dans le film serait irremplaçable et lui demandai, avec toute la puissance de conviction dont j'étais capable, de me faire confiance. J'aimais Karski, je savais de quel courage il avait fait montre sous la torture et je lui garantissais que, quel que soit le temps qu'il me faudrait pour terminer, et si long qu'il le trouvât, il ne le regretterait pas. Au bout du compte, le film serait gagnant, j'avais plus de foi en moi qu'en tous les professionnels de l'audiovisuel et, d'abord, pour une très puissante raison : j'avais la force de prendre mon temps.

Je dois dire, à la décharge de Karski, ce qui est encore une façon de manifester le respect absolu que je lui porte, qu'il se sentait tenu par le contrat qu'il avait signé et qu'il n'envisagea aucun accommodement avec la parole donnée. Je me battais jour après jour pour avancer, résolvant les problèmes que le film me posait, les uns après les autres. Cinq heures étaient prêtes, auxquelles je savais que je ne changerais rien, mais Karski n'était pas apparu, demeurait encore loin de mes préoccupations et j'étais incapable de me dire à moi-même où, comment et à quel moment il apparaîtrait. Au bout de deux ans — et la panique qui me gagna alors était telle que je n'osai pas en ouvrir une seule — je reçus de lui non pas une lettre, mais une véritable brassée, comportant les échanges qu'il entretenait avec ceux qui le persuadaient d'en finir avec moi, le tout classé par ordre chronologique et selon l'importance objective de ses interlocuteurs. Je dois dire qu'il se battait héroïquement pour ne pas m'abandonner et que les sommes qui lui étaient proposées auraient fait fléchir des âmes moins trempées. Il me posait, pour terminer, la seule question à laquelle je ne pusse répondre : quand le film sera-t-il terminé, le sera-t-il jamais, avez-vous le droit de nous entraîner dans une aventure sans fin ? C'était la vieille question de la guillotine qui revenait, je ne pouvais obéir à rien d'autre qu'à ma loi, n'ayant à offrir au couteau que mon pauvre cou tant de fois menacé. J'explosai et répondis à Karski par une lettre excédée et ironique, doutant qu'il pût en saisir toutes les implications, les mauvaises et les bonnes. « Cher Jan Karski, écrivais-je, cinq heures du film sont prêtes, c'est-à-dire plus de la moitié. De l'aveu de tous, elles sont très bonnes, et vous n'êtes pas encore là. Selon les calculs les plus honnêtes auxquels je puisse actuellement me livrer, j'ai planifié que vous n'apparaîtriez que dans deux heures trente-sept minutes vingt-deux secondes. C'est le mieux que je puisse faire et vous promettre pour l'instant. J'ajoute aussi que votre rôle sera long et d'une importance décisive pour le film et pour l'histoire. Mais je vous en supplie, ne m'importunez plus, laissez-moi travailler comme je l'entends. Ou alors, le film sera fait, mais sans vous. Je me rends compte qu'il a besoin de tous ses protagonistes, mais qu'il peut en même temps se passer de chacun. C'est sans doute le propre des grandes œuvres. »

La première projection à laquelle Karski assista,

dans un cinéma de Washington, l'enthousiasma au point qu'il m'écrivit dix lettres de coulpe battue, il fut mon plus fervent supporter et je me souviens avec une émotion que j'ai encore du mal à contrôler des trois jours que nous passâmes ensemble pour la première du film à Jérusalem.

Tous les Polonais ne sont pas Karski. La sortie de *Shoah* à Paris, en avril 1985, déchaîna à Varsovie un tsunami de première grandeur. Le chargé d'affaires français en Pologne fut immédiatement convoqué par le ministre des Affaires étrangères, Olchowski — il n'y avait alors ni ambassadeur ni relations diplomatiques proprement dites —, qui, au nom du gouvernement polonais tout entier et du maréchal Jaruzelski, demandait l'interdiction immédiate du film et l'interruption de sa diffusion partout où elle était prévue. L'honneur national était atteint au cœur, la seule réparation possible étant le renvoi au néant d'une œuvre perverse, antipolonaise, et visant la Pologne dans ce qu'elle avait de plus sacré. J'étais bien trop occupé, quant à moi, par les difficultés que me posait l'achat d'une deuxième copie de *Shoah* au coût exorbitant, pour prêter attention aux tombereaux de calomnies qui, me disait-on, paraissaient tous les jours dans la presse polonaise, les injures s'engrossant les unes les autres puisque personne n'avait vu le film. Et pour tout dire, cette grande explosion dont *Shoah* était l'occasion m'amusait plutôt. Je n'avais jamais considéré *Shoah* comme un film antipolonais, il y avait, parmi les paysans protagonistes du film, des hommes que j'aimais et respectais, même si d'autres étaient de franches crapules. Quant à l'antisémitisme polonais, je ne l'avais pas inventé, les paroles proférées par certains villageois de Treblinka ou de Chelmno avaient de quoi faire frémir, mais je ne les avais pas sollicitées, ils s'exprimaient avec le plus grand naturel et j'avais beaucoup de mal à croire à ce que j'entendais. Pourtant, le lobby polonais disposait, sans que, dans ma frivolité, je m'en sois avisé, d'une artillerie lourde. Comparé à cette puissance de feu, le lobby juif ne semblait capable que d'escarmouches. À ma stupéfaction, certains défenseurs de *Shoah* en France, essentiellement parmi les intellectuels, reconnaissaient au film toutes les grandeurs, gâchées hélas par une partialité antipolonaise qui semblait réitérer l'abandon de la Pologne par l'Europe occidentale à des moments cruciaux de l'histoire de ce pays. À la prière de François Furet, président de la Fondation Saint-Simon, j'avais organisé la première projection intégrale du film dans la grande et belle salle de cinéma du laboratoire LTC, où, jour après jour, j'avais monté *Shoah* pendant cinq ans. J'étais fort ému : première projection, première copie toute neuve, jamais encore montrée, et cet aréopage de grosses pointures de la Fondation, que je ne connaissais pas. Simone de Beauvoir était présente et également Jean Daniel, le directeur du *Nouvel Observateur*. Nous n'étions pas intimes mais j'avais pour lui le plus grand respect, il l'ignorait peut-être. Commencée à neuf heures du matin, la projection dura toute la journée, coupée seulement par un déjeuner rapide au restaurant de LTC. À la fin du film, les spectateurs, assommés et bouleversés, passèrent devant moi et, bien qu'il soit difficile de parler quand *Shoah* se termine, chacun me dit un mot. Je me souviens des paroles de Jean Daniel, il serra ma main avec force et me dit d'une voix pleine d'onction : « Cela justifie une vie. » Pourtant, dès le lendemain matin, tôt dans mon souvenir d'une nuit écourtée, le téléphone se mit à sonner. C'étaient mes spectateurs de la veille, Furet, Jean Daniel, quelques autres, qui commençaient par me réitérer leur admiration, mais basculaient vite dans la critique : mon film était injuste envers les Polonais, ne montrait pas ce qu'ils avaient fait pour sauver les Juifs, et j'éprouvai qu'ils avaient passé beaucoup de temps à se concerter et à consulter leurs amis de Varsovie. Le lobby polonais agissait rapidement. Je n'avais pas envie de discuter et renvoyai mes interlocuteurs à toutes les scènes de *Shoah* qui démentaient leurs dires. « Vous pensez trop vite, leur répondais-je, revoyez le film, nous en reparlerons. » La contre-épreuve internationale de cette projection française devait avoir lieu à Oxford, quelques mois plus tard, en septembre.

Mais, en même temps, des Polonais s'étaient mis à voyager, étaient venus à Paris dans le seul dessein de voir *Shoah* et, rentrés à Varsovie, avaient entrepris de combattre eux-mêmes la calomnie, écrivant pour dire que le film ne mentait pas, et commençant à mener, dans la solitude, un examen de conscience à l'échelle de la Pologne tout entière, qui allait durer des années, avec des péripéties dont je dirai un mot. Ils ajoutaient que la Pologne n'était pas le sujet du film et se montraient bouleversés devant ce qu'ils reconnaissaient tous comme une nouveauté absolue, un événement majeur.

Un matin, un mois et demi environ après la sortie de *Shoah*, je reçus, à mon grand étonnement, un appel téléphonique en provenance de Varsovie. Une claire et rieuse voix de jeune fille, pleine de trilles, demandait à me parler, dans un anglais d'une cristalline pureté. Elle s'assura de mon identité, puis s'introduisit : « Je suis la représentante de l'Agence Pol Tel — Polish Television — et nous voulons savoir si les droits du film *Shoah* sont libres. » Incrédule et moi-même rieur, croyant à quelque farce, je répondis : « Ils le sont en effet, mais en quoi cela vous importe-t-il ? — Nous envisageons d'acheter le film et de le diffuser à la télévision polonaise ! » Je luttais pour ne pas éclater de rire et lui rétorquai : « Chère mademoiselle, je ne vous comprends pas, comment envisagez-vous d'acheter et de diffuser un film que la Pologne entière — presse, radio, gouvernement et toutes ses instances officielles — bombarde nuit et jour de ses orgues de Staline ? » Elle rit : « Nous pensons que ce sont des gens qui n'ont pas vu le film. » Elle ajouta aussitôt : « Si vous le voulez, je vais vous passer mon chef, le directeur de l'Agence, M. Lew Rywin. » Ce dernier parlait un américain impeccable. Il me dit : « Est-il possible de recevoir une cassette vidéo de *Shoah* ? — Je regrette, mais je n'en ai pas, je n'en ai pas fait tirer, ne me suis pas soucié de le faire et je ne vois pas en quoi cela est important pour vous. — J'ai l'intention de faire visionner votre film par tous les organismes gouvernementaux et militaires concernés. Comme ce sont des gens très occupés, qui ne disposent que de peu de temps, il importe qu'ils puissent voir le film à leur rythme, sinon nous n'arriverons à rien. » La voix de Lew Rywin avait des douceurs de crooner auxquelles je ne résistais pas. Je promis d'envoyer les cassettes, que je ferais hélas établir à mes frais. « Vous aurez de mes nouvelles », conclut-il. Nous en restâmes là. J'accomplis ma part du contrat, envoyai les cassettes et, deux mois plus tard, n'ayant toujours reçu aucun signe de Varsovie, j'appelai moi-même Lew. Il me prit aussitôt : « Je sais que c'est très long, mais patience, je vous appellerai bientôt. » Toutes ces années avaient été très dures, j'étais à bout de forces et décidai de prendre des vacances en Corse. Sur mon lieu de villégiature, je reçus de ma secrétaire un coup de téléphone auquel je ne compris rien : « Quelqu'un vous a appelé ce matin, je n'ai malheureusement pu retenir le nom. » (J'avais l'habitude, elle était sourde aux patronymes étrangers.) Je fus le premier à penser à Rywin, nous balbutiâmes de Rywin en Rewan, Rowan, Ravon. Je décidai qu'il s'agissait de Rywin. Je devais appeler de toute urgence en Grèce du Nord (Macédoine), composer une séquence compliquée de numéros. C'était Rywin en personne : « Monsieur Lanzmann, vous trouverez-vous à Paris entre le 25 juillet et le 1er août ? — Oui, s'il le faut. — Pouvez-vous me retenir une chambre pas loin de chez vous ? » Il m'indiqua une fourchette de prix. « Pouvez-vous me donner votre parole que nul, excepté vous et moi, ne sera averti de ce rendez-vous ? » Je m'engageai. « Surtout pas l'ambassade de Pologne ? — Le risque

est faible, je ne connais personne à l'ambassade. »
Ma secrétaire trouva près de chez moi un hôtel
répondant aux réquisits de Lew. Elle fut informée de
l'heure d'arrivée du courrier de la Vistule, rendez-
vous fut donc formellement pris à son hôtel. Pendant toute la semaine qui le précéda, la secrétaire
polonaise rieuse téléphona chaque jour à la mienne
pour s'assurer que tous les accords seraient respectés à la lettre, et surtout, surtout, qu'il n'y aurait nulle
fuite vers la Pologne officielle.

À dix heures du matin, quand je me présentai à
l'hôtel, mon bonhomme m'attendait déjà. Il n'était
pas très grand, la quarantaine, moustachu, bien char-
penté et bien en chair, les yeux noirs extraordinairement malins et brillants d'intelligence. Je compris
d'emblée à qui j'avais affaire, ma longue carrière de
chasseur au faciès m'assurait que je ne pouvais pas
me tromper : Lew était juif. Tandis que je l'emmenais au restaurant, je lui fis subir un rapide et habile
interrogatoire, il m'apprit qu'il était né en Union
soviétique, d'une mère juive et d'un père russe bon
teint. Tout cela, si je puis dire, confirma la sympathie immédiate que son visage m'avait inspirée. Le
restaurant était le Balzar, rue des Écoles, et sa première parole, chuchotée à voix très basse, fut pour
me demander si je disposais d'un magnétoscope.
Ma réponse fut « non ». S'il le fallait absolument,
je pourrais peut-être trouver une solution. « J'ai un
film à vous montrer », me dit-il. D'emblée, le ton
et le climat qu'il instaura entre nous furent ceux de
la conspiration, ce qui, dans le brouhaha du Balzar,
rendait les échanges difficiles. Il commença avec

une grande solennité : « Monsieur Lanzmann, quelle que soit l'issue de notre rencontre, je vous demande votre parole de n'en faire état devant personne. Je suis ici, poursuivit-il, en mission officielle-officieuse et je représente personnellement le général Jaruzelski. J'ai montré *Shoah*, comme je vous l'avais dit, à toutes les instances du pouvoir polonais : M. Olchowski, ministre des Affaires étrangères (celui qui déchaînait la campagne contre moi), est prêt à vous faire fusiller immédiatement sans jugement. Certains, parmi nos généraux les plus importants, sont du même avis et ont ordonné une enquête pour savoir comment on a pu permettre à un homme tel que vous d'aller fouiller librement dans nos *back alleys* et de donner une image aussi négative des Polonais dans leur relation aux Juifs. Un seul, parmi nos responsables, vous soutient : c'est le général Jaruzelski. Il n'a pas vu le film dans sa totalité, mais lui a consacré plusieurs heures de la plus sérieuse attention : "*Shoah* ne ment pas, dit le général, c'est un miroir promené sur les routes de Pologne et il réfléchit la vérité." » Après quoi, Lew m'expliqua longuement quelles luttes pour le pouvoir et quels conflits se jouaient dans les hautes sphères gouvernementales et comment, malgré tout le désir qu'il aurait eu de le faire, il était impossible au général d'autoriser actuellement la diffusion de *Shoah*. Un comité central devait se tenir en octobre, Jaruzelski risquait son poste, ce serait lui ou Olchowski, j'entendais difficilement les subtilités déployées par Lew pour me convaincre de je n'avais pas encore compris quoi, mais il apparaissait que le sort de la

Pologne était entre mes mains. Tout me deviendrait évident dès que j'aurais vu le film qu'il avait préparé pour moi avec l'approbation du général Wojciech Witold Jaruzelski. La Pologne, si j'acceptais, aurait envers moi une gratitude éternelle.

Le film, entièrement concocté par l'esprit tordu et sans foi ni loi de Lew, était proprement scandaleux. Qu'ils aient imaginé qu'un créateur puisse consentir à pareil trucage de son œuvre montrait à quels abîmes de déchéance et de compromission le communisme « réel » était parvenu. Le film, qui portait le titre de *Shoah*, durait environ deux heures, il était question de l'Allemagne pendant cinq minutes : on apercevait Suchomel parlant un allemand incompréhensible. Ce qu'il avait à dire était résumé en une phrase : « Un SS de Treblinka raconte ses expériences. » Mais Suchomel n'était pas le seul : chacun des protagonistes de *Shoah*, Juif ou SS, faisait son tour de piste de présentation pour quelques secondes. Aux Polonais, surtout dans les scènes de groupes, on n'avait pas coupé la parole et en outre la question de la traduction ne se posait pas. Lech Walesa, le président de Solidarnosc et futur président de la République de Pologne, déclara à la presse, après avoir visionné quelques minutes de la séquence mutilée de l'église de Chelmno . « On ne fait pas un meeting devant une église ! » Je compris, témoin du massacre auquel s'était livré Rywin, qu'ils avaient dû tirer un grand nombre de copies semblables à celle que j'avais sous les yeux, j'entrai dans une franche colère, lui dis que toute poursuite d'une discussion avec lui était sans objet, que je

718

n'autoriserais jamais pareil saccage et que nous en resterions là. Il prit congé, me disant simplement : « Ce n'est pas notre dernier mot. »

Deux mois plus tard, je me trouvais en province, quand je reçus un appel angoissé d'Angelika : « Tu dois téléphoner à Varsovie de toute urgence, ils ont des propositions à te faire. » J'avais à peine raccroché, on m'appela à nouveau : ce n'était pas Varsovie, mais le chef du service « étranger » du journal *Le Monde*, à Paris. « Monsieur Lanzmann, nous voudrions une confirmation, Jerzy Urban, porte-parole du gouvernement polonais, vient de tenir une conférence de presse, selon laquelle vous seriez parvenus à un accord. » Je répondis : « Je vous prie de démentir de la façon la plus énergique, il n'y a aucun accord, j'ai rompu toute relation avec les Polonais. » Ce n'etait qu'un début. Le porte-parole du gouvernement de Jaruzelski ne pouvait être démenti, notre accord avait été annoncé *urbi et orbi*, j'appris enfin ce qu'on me proposait : *Shoah* serait projeté intégralement dans deux salles de la périphérie varsovienne. En échange de quoi, j'autoriserais la diffusion du film de Lew Rywin à la télévision polonaise, pour une date à discuter. Mais de toute façon, *Le Monde*, dans son édition du même jour, avait déjà annoncé la conclusion de l'accord : le lobby polonais était si puissant et actif qu'on ne tenait aucun compte des objections et reserves de la partie adverse. Tout ceci posait des problèmes considérables : comment contrôler que la projection du film serait intégrale, que la traduction et le sous-titrage seraient fidèles ? Je n'avais pas les moyens de m'affronter à ces questions, il eût fallu une société de production établie, capable de payer des enquêteurs et des avocats. Ce n'était pas du tout mon cas, je devais m'occuper de mille autres problèmes auxquels je découvrais soudain avoir à faire face et que je n'avais pas du tout pressentis, comme ceux, par exemple, qu'allait engendrer la sortie américaine du film. *Shoah,* telle fut ma décision, aurait à se défendre par ses seules forces comme il avait d'ailleurs déjà commencé à le faire, j'avais quant à moi besoin de ma liberté intérieure, c'est ce qui comptait plus que tout.

Si j'avais décidé d'oublier Varsovie, Varsovie ne m'oubliait pas : au début de septembre 1985, je reçus, en provenance d'Oxford, une invitation à une projection intégrale de *Shoah,* suivie, le lendemain, par un débat auquel participeraient les meilleurs spécialistes mondiaux de l'événement, polonais, américains, anglais, israéliens. La puissance invitante était un institut d'études judéo-polonaises et son journal, *Polin,* organisme pionnier composé de deux solides sections, l'une à Oxford, l'autre en Pologne même. Celle-ci semblait avoir fait l'union sacrée autour de *Shoah* et abandonné les anciennes querelles. Car parmi les invités de poids se trouvaient des membres du Parti communiste, des hommes de Jaruzelski, mais aussi les journalistes et écrivains catholiques les plus réputés de Pologne, comme Jerzy Turowicz, rédacteur en chef du *Tygodnik Powszechny* de Cracovie, le Pr Jozef Gierowski, recteur de l'université Jagellon, de Cracovie aussi. Le plus étonnant dans cette réconciliatrice nuit du 4 août, c'est que participaient également les intellectuels de la dissidence polonaise, ceux qui avaient décidé de fuir leur pays quand Gomulka avait déclenché la grande crise d'antisémitisme officiel, comme le philosophe Leszek Kolakowski et le Pr Peter Pulzer.

J'arrivai à Oxford dans l'après-midi, un peu nerveux, combatif, n'ayant aucune idée de ce qui allait se passer et des raisons pour lesquelles j'allais comparaître comme devant un tribunal. La projection durait déjà depuis le matin, je passai ma tête, la salle était bondée, le silence d'une formidable présence, et je décidai, plutôt que de prendre part au dîner collectif auquel j'étais convié, de manger seul dans un restaurant d'Oxford. Je voulais éviter de perdre forces et nerfs en mondanités et demeurer mobilisé pour le débat du lendemain où, je le savais, j'aurais à faire face seul contre tous. Il est impossible et ce n'est pas le lieu d'entrer ici dans le détail de la discussion qui dura en vérité plus de sept heures, mais celle-ci commença par un *mea culpa* unanime, tous les participants s'excusant envers moi de l'attaque vicieuse et officielle qui avait été menée contre *Shoah* en Pologne et continuait d'ailleurs à l'être. Même s'ils avaient des critiques à formuler contre le film, ils tombèrent tous d'accord pour déclarer qu'il s'agissait d'une œuvre d'art, obéissant à ses propres lois, et non pas du tout d'un reportage sur la façon dont les Polonais avaient été les plus proches témoins de l'extermination de leurs concitoyens juifs. Il faut se référer aux nombreux et substantiels articles qui parurent au lendemain du colloque d'Oxford, un peu partout aux États-Unis, en Angleterre, en Israël, en Pologne même, par exemple celui de Timothy Garton Ash qui occupait vingt pages de la *New York Review of Books*, de Neal Ascherson dans *The Observer* ou d'Abraham Brumberg dans *The New Republic*. Tous étaient un salut à *Shoah* et à la façon dont mon savoir historique et le travail préalable qui y avait conduit avaient littéralement mis en déroute ceux qui, au début, prétendaient se présenter comme les plus acharnés de mes adversaires, auxquels j'avais montré que leurs poches étaient vides et leurs munitions creuses. Un certain nombre, comme le philosophe Leszek Kolakowski, m'écrivirent après la projection pour me dire que leur éblouissement l'emportait largement sur leurs objections et que si *Shoah* ne disait pas tout, il submergeait par sa puissance de suggestion et son originalité, dévoilant la vérité comme cela n'avait jamais été fait.

En Pologne, les réactions qui suivirent Oxford furent, comme on pouvait le prévoir, un tissu de contradictions, mais *Shoah* commençait une longue route et il faudrait encore quinze ans, après des accords et des contrats brutalement annulés au dernier moment, sans qu'aucune raison soit donnée, avant que le film ne soit diffusé, sur une chaîne cryptée en octobre 1997 et sur une chaîne nationale en février 2003 !

Pendant tout ce temps, un homme prospérait. Voyant dans une salle privée parisienne la première projection de *La Liste de Schindler*, je découvris que le coproducteur polonais — avec lettres et crédits majuscules — n'était autre que Lew Rywin ! Il avait vraiment fait du chemin et les voies de la providence sont impénétrables. En 1996, je fus invité, grâce à Brigitte Jacques, à un colloque en Lituanie, à Vilna. Une projection intégrale de *Shoah* devait être pour la première fois organisée là-bas et il était prévu que je répondisse par un discours à l'adresse que ferait le président de la République lituanienne dans la grande aula de l'université. J'arrivai là-bas le cœur peu calme, car sur Vilna, la forêt de Ponari, l'épouvantable pogrome du garage Lietukis, à Kovno (Kaunas), où les pogromistes lituaniens en chemises blanches rougies de sang — c'était dans la pleine chaleur de juin 1941 — assommaient à mort femmes et enfants juifs sous les regards rigolards de la soldatesque allemande, j'avais tout lu et relu jusqu'à m'en ôter pendant des nuits le sommeil. D'ailleurs, Vilna et les deux héros de l'exhumation des fosses de Ponari, Motke Zaidl et Itzhak Dugin, apparaissent dès les premières minutes de *Shoah*. Puisqu'on me demandait de prendre la parole, je n'avais pas l'intention de taire cela, me demandant comment le dire au mieux. J'embrassai du regard l'immense amphithéâtre et découvris soudain, trônant au centre, entouré d'une cour empressée, Lew Rywin. Il avait considérablement grossi, des bajoues, du ventre et de la moustache plus noire que jamais. Mon sang ne fit qu'un tour, je gravis les marches et parvins jusqu'à lui. Je ne lui dis qu'un mot, à voix forte : « Vous me devez réparation. » Il acquiesça et me proposa de s'y employer dès la semaine suivante : « Je suis, me dit-il, président de Canal+ Pologne et je vais diffuser *Shoah* sur ma chaîne. » Canal+ savait choisir ses hommes, je lui dis : « Comment vous croire ?

— Je serai, me dit-il, à Paris la semaine prochaine. Un de mes adjoints vous téléphonera pour fixer un rendez-vous et nous allons établir ensemble les modalités du passage à l'antenne. » Je ne savais si je devais me fier ou non à la nouvelle proposition de ce bandit. Quelque chose me disait que oui. Je fus en effet appelé à Paris la semaine suivante par un Français très courtois et rendez-vous fut pris avec le nabab du cinéma polonais. Il était fermement décidé à diffuser *Shoah* dans les meilleurs délais, un contrat en bonne et due forme fut établi et je ne posai qu'une seule condition : qu'on organise à Varsovie une conférence de presse précédant la projection afin que je puisse m'expliquer devant tous les Polonais qui le souhaiteraient et répondre à leurs questions. J'en faisais une condition *sine qua non*. Deux jours avant la projection, le Français courtois m'expliqua que la conférence de presse ne pouvait se tenir et que le film passerait sur Canal sans annonce spéciale, comme un programme ordinaire.

Conter les péripéties ultérieures de la lutte de *Shoah* pour exister en Pologne serait lassant. Un épisode pourtant mérite d'être signalé. Je reçus quatre ou cinq ans plus tard une lettre très officielle et charmeuse de la Télévision polonaise, m'annonçant que leur conseil des programmes avait enfin pris la décision de diffuser *Shoah* sur une des deux grandes chaînes nationales. On m'envoyait une équipe avec un journaliste chargé de m'interroger et les techniciens les plus compétents, afin que chacune des quatre émissions prévues (le film devait être présenté en quatre soirées consécutives) soit précédée d'une discussion dans laquelle les Polonais pourraient exposer toutes les raisons de leur longue hostilité à *Shoah*. Je pourrais, moi, faire valoir dans une déclaration inaugurale ce que j'avais voulu réaliser et à quel point je trouvais injuste de considérer mon œuvre comme antipolonaise. J'acceptai tout.

Le journaliste s'appelait Ludwig Stomma : j'ouvris ma porte et, dès qu'il me vit, il fondit en larmes, m'étreignant sans fin avec une force peu commune, me répétant à quel point *Shoah* l'avait bouleversé et ne cessait de le faire chaque fois qu'il le revoyait. Comparés à lui, les techniciens et le réalisateur avaient un classique visage polonais un peu pincé, mais le travail fut sérieusement accompli pendant une journée entière. Tout se passa ensuite avec une fluidité presque magique, le jour de la première diffusion fut fixé, la presse polonaise annonçait le film comme un événement. Quelques heures avant la projection, avec une brutalité inouïe, je fus avisé qu'elle ne pourrait avoir lieu. J'appelai Varsovie, ne réussissant à joindre aucun de mes interlocuteurs, j'obtins simplement la méchante voix d'une femme bureaucrate, me disant : « Une chaîne de télévision n'est jamais obligée de passer un programme, même si elle l'a payé. » J'oublie de dire que le film n'avait pas été payé cher, cela m'était égal.

Je n'ai aucune preuve de ce que je vais avancer, mais à l'époque un autre scandale battait son plein : un historien polono-américain, du nom de Gross, avait mis au jour l'existence du pogrome de Jedwabne, dans lequel la population polonaise avait massacré ses concitoyens juifs en 1941. Grand émoi en Pologne, philo- et antisémites se déchaînant, le maire de Jedwabne s'agenouillant en signe de repentir, les plaies demeuraient vives et profondes. La circonstance eût été favorable au passage de *Shoah*. Toutes mes requêtes restaient ignorées, je m'adressai finalement à mon ami Adam Michnik, le directeur du meilleur journal polonais, *Gazeta Wyborcza,* juif lui-même, que j'allai voir, profitant du tournage de *Sobibor*, en 2001. Selon Michnik, la communauté organisée juive de Pologne était intervenue auprès de la télévision pour demander la déprogrammation de *Shoah*. Ils craignaient une nouvelle montée de l'antisémitisme et faisaient preuve d'un piètre courage. Je pense que Michnik ne mentait pas. Parce que *Shoah* ne transige jamais avec la vérité, il est en un sens la transgression même.

En 1986, j'avais déjà vécu cela sans en percevoir toutes les implications, lors des quatre présentations de *Shoah* au Festival de Berlin. Les autorités de la communauté juive avaient été officiellement invitées non seulement aux projections, mais aux rencontres avec le maire de Berlin et des membres du gouvernement. Nul ne se présenta. La boîte aux lettres de mon hôtel débordait de messages de spectateurs allemands, souvent profonds et quelquefois à briser le cœur, je n'eus pas un mot d'excuse des dignitaires représentant le peuple juif. Évidemment, s'il y a eu la Shoah, il ne peut pas y avoir de Juifs en Allemagne, et s'il y a des Juifs en Allemagne, la Shoah ne peut pas avoir existé. Les choses, heureusement, ont changé depuis, mais telle était la réalité honteuse qui prévalait alors.

CHAPITRE XXI

La question du titre que je donnerais au film se posa à la toute fin de ces douze ans de travail, en avril 1985, quelques semaines seulement avant la première qui eut lieu dans l'immense théâtre de l'Empire, avenue de Wagram, et à laquelle le président de la République, François Mitterrand, assista, on le sait. Pendant toutes ces années, je n'avais pas eu de titre, remettant toujours à plus tard le moment d'y penser sérieusement. « Holocauste », par sa connotation sacrificielle, était irrecevable, il avait en outre déjà été utilisé. La vérité est qu'il n'y avait pas de nom pour ce que je n'osais même pas alors appeler « l'événement ». Par-devers moi et comme en secret, je disais « la Chose ». C'était une façon de nommer l'innommable. Comment aurait-il pu y avoir un nom pour ce qui était absolument sans précédent dans l'histoire des hommes ? Si j'avais pu ne pas nommer mon film, je l'aurais fait. Le mot « Shoah » se révéla à moi une nuit comme une évidence, parce que, n'entendant pas l'hébreu, je n'en comprenais pas le sens, ce qui était encore une façon de ne pas nommer. Mais pour ceux qui parlent l'hébreu, « Shoah » est tout aussi inadéquat. Le terme apparaît dans la Bible à plusieurs reprises. Il signifie « catastrophe », « destruction », « anéantissement », il peut s'agir d'un tremblement de terre, d'un déluge, d'un ouragan. Des rabbins ont arbitrairement décrété après la guerre qu'il désignerait « la Chose ». Pour moi, « Shoah » était un signifiant sans signifié, une profération brève, opaque, un mot impénétrable, infracassable. Quand Georges Cravenne, qui avait pris sur lui l'organisation de la première du film, voulant faire imprimer les bristols d'invitation, me demanda quel était son titre, je répondis : « *Shoah*. — Qu'est-ce que cela veut dire ? — Je ne sais pas, cela veut dire "Shoah". — Mais il faut traduire, personne ne comprendra. — C'est précisément ce que je veux, que personne ne comprenne. » Je me suis battu pour imposer « Shoah » sans savoir que je procédais ainsi à un acte radical de nomination, puisque presque aussitôt le titre du film est devenu, en de nombreuses langues et pas seulement en hébreu, le nom même de l'événement dans son absolue singularité. Le film a été d'emblée éponyme, on s'est mis partout à dire « la Shoah », ce nom a supplanté « Holocauste », « génocide », « Solution finale », j'en passe. Ils sont tous des noms communs. « Shoah » est maintenant un nom propre, le seul donc, et comme tel intraduisible.

La projection au théâtre de l'Empire, qui, avec les arrêts obligatoires, dura de treize heures à deux heures et demie du matin, me paya de tout. Pas un spectateur, même tard dans la nuit, ne quitta la salle comble, comme si tous souhaitaient s'épauler et vivre ensemble jusqu'au bout le terrible voyage que je leur avais annoncé au début par quelques paroles tremblantes d'émotion. Je me trompe : à la fin de la « Première époque », le grand rabbin René-Samuel Sirat se leva d'un bond, m'aperçut, me lança : « C'est épouvantable », et prit la fuite. Je me souviens de son chapeau à large bord volant à tire-d'aile vers la sortie. Je me demandai : « Reviendra-t-il pour assister à la deuxième époque ? » Il ne réapparut pas, ne la vit jamais : *Shoah*, la Shoah, c'était fini pour lui. J'ai depuis longtemps pour le rabbin Sirat, né en Algérie, estime et respect. C'est un savant, très engagé dans les relations institutionnelles judéo-chrétiennes. Je compris très vite que je m'étais rendu coupable, pour lui comme pour beaucoup d'autres, d'une transgression majeure. Ce film sans cadavres, sans aventure individuelle, dont le sujet unique est la mise à mort d'un peuple et non pas la survie, est probablement un scandale. La Shoah doit demeurer pour l'éternité enterrée dans un silence de mort. Même si on commémore sans répit, on ne fait pas parler la mort. Peu après la sortie de *Shoah* à Paris, de solennels symposiums furent organisés, auxquels je fus invité. J'allai au premier, l'âme tranquille et pure, sans pressentir dans quel traquenard je me jetais : des barbus intellectuels, trentenaires à kippa, se débarrassaient — parce que j'étais là —, en un hommage obligé, de *Shoah,* puis, au prétexte que c'était de l'art, passaient à l'essentiel. Il fallait en finir avec ce ressassement malsain, oublier ces Juifs de la négativité, obsédés du malheur parmi lesquels ils me comptaient assurément, et passer à ce qui importait vraiment : l'étude, la culture juive, l'observance. Leur jabot se gonflait d'orgueilleuse certitude, ils attaquaient sec, sans respecter le délai de décence élémentaire. Je n'assistai qu'à l'agression initiale. Quoique irréligieux, ce dont je ne suis ni fier ni honteux — c'est ainsi, c'est le tour qu'a pris ma vie —, j'ai toujours éprouvé un étonnement d'ordre philosophique et une admiration jamais démentie pour la religion juive. Je comprends l'épouvante qui saisit le rabbin Sirat, je lui sais gré d'avoir, contrairement à d'autres, osé affronter *Shoah*, et je connais des gens qui craignent tant la douleur dans laquelle le film les plongerait qu'ils ont décidé une fois pour toutes de ne jamais le voir. L'histoire que je conte du rabbin Sirat ne doit pas être généralisée. D'autres réactions ont existé. Après avoir regardé avec incrédulité la queue interminable qui se formait au carrefour de Broadway et de la 68e Rue pour pénétrer au Cinéma Studio, la salle dans laquelle *Shoah* fut présenté pendant des mois à New York, j'entrai moi-même au cinéma et Dan Talbot, le distributeur du film aux États-Unis et propriétaire des lieux, me demanda de rester avec lui dans le hall jusqu'à la sortie du public et à la séance suivante. Tous, venus non seulement de Manhattan mais de très lointaines banlieues du New Jersey ou de l'État de New York — où ils n'avaient pas de chance que le film arrive jusqu'à eux —, se précipitaient sur moi dès qu'ils me reconnaissaient, m'étreignant, m'embrassant. Mais soudain, tandis qu'on nettoyait la salle, un grand escogriffe, rabbin d'une florissante congrégation d'Orange County, adressa à Dan la plus étrange des requêtes, qu'il était impossible de refuser. Il retourna dans la salle avec quelques-uns des membres de sa communauté et ils commencèrent à dire le kaddish, transformant le cinéma en maison de prière.

À Paris, j'avais été appelé un jour par Radio Notre-Dame — dont j'ignorais alors l'existence — pour une interview. J'acceptai volontiers et demandai : « Avez-vous vu *Shoah* ? — Ah non… — Voyez-le, m'interviewer sans avoir vu le film n'a pas de sens. — Nous vous rappellerons. » Ils le firent une semaine plus tard et le dialogue fut l'exacte réplique du premier. Je me fâchai un peu, leur disant : « Ne m'appelez que si vous avez assisté à une projection, sinon c'est inutile. » Obstinés — c'était une autre voix —, ils téléphonèrent une fois encore et je compris que voir *Shoah* était pour eux une impossibilité. Ils obéissaient à leurs supérieurs. Le cardinal archevêque de Paris, nouvellement promu, était Mgr Jean-Marie Lustiger, Juif lui-même, dont on connaît l'histoire. Je l'avais rencontré par deux fois, invité à déjeuner en sa compagnie chez Théo Klein, avocat célèbre et alors président du CRIF, inventeur de l'échange institutionnel de discours avec le Premier ministre, au cours d'un dîner annuel qui convoque le gouvernement au complet et tous les notables juifs de ce pays. Théo rayonnait, exalté d'avoir à sa table un cardinal juif, archevêque de Paris, le voyait bientôt pape dans le secret de son cœur, et lui-même cardinal secrétaire d'État ou peut-être camerlingue au Vatican. C'est un homme adorable, qui a toujours adoré la gloire et la politique. J'aimais beaucoup, quant à moi, le visage du cardinal, nous étions proches par l'âge et nous avions en commun pas mal de souvenirs de l'histoire de France, récente et ancienne, de celles d'Allemagne et de Pologne. Je lui dis un mot de *Shoah,* au montage duquel je travaillais, et que je l'inviterais à la première, s'il me faisait le plaisir d'y assister. Nous nous promîmes de nous revoir.

La clé de la contradiction de Radio Notre-Dame me fut donnée en 1987, dans un livre d'entretiens du cardinal, intitulé *Le Choix de Dieu*, passionnant à maints égards. Je reçus l'ouvrage ainsi dédicacé par la sage écriture de Monseigneur :

> *À Claude Lanzmann*
> *fraternellement*
> *† Jean-Marie card Lustiger.*

À la question de Jean-Louis Missika, un des interviewers : « Même le film de Lanzmann, *Shoah*, vous ne voulez pas le voir? — Je ne peux pas le voir! Lanzmann m'en a parlé alors qu'il achevait son travail. Il m'a invité à la première… Je me suis dérobé. Ce n'est pas possible. Non, je ne peux pas. Et pourtant, je lui ai promis un jour de le voir. — Ce travail est-il nécessaire? — Il l'a fait. Il est bien que quelqu'un l'ait fait. Oui, il fallait que quelqu'un le fasse. Je ne sais pas s'il l'a bien fait, si c'est juste, si c'est partisan, je n'en sais rien… » Jean-Paul II, ne l'oublions pas, était polonais. Mais Jean-Marie, étonnamment, tint sa promesse. Il me téléphona un jour, des années plus tard, m'invitant à dîner rue

Barbet-de-Jouy, a l'archevêché. Je m'y rendis le cœur un peu battant, une jeune Annamite me fit passer sous une voûte sombre où un adolescent noir la relaya, me conduisit au premier étage, m'ouvrit la porte d'un petit salon et me dit : « Le cardinal s'excuse, il aura un peu de retard. » La raison du retard annoncé sauta d'un seul coup à mes yeux, que je ne crus pas : le sol, les tables, les deux divans étaient jonchés littéralement de cassettes de *Shoah*, disposées dans un furieux désordre qui signifiait tout à la fois la voracité du spectateur et son incapacité à s'y retrouver. J'étais en train de tenter de recomposer dans ma tête l'ordre du film, quand la porte fut ouverte à la volée par le cardinal, pointant le doigt avec une telle violence sur le *corpus delicti* que je ne pus même pas baiser son anneau, comme on m'avait recommandé de le faire. « Je l'ai vu, vous voyez ! Je l'ai vu ! », ne cessait-il de répéter dans la plus grande agitation. Je ne pouvais que le croire et nous descendîmes au sous-sol, précédés cette fois par une jeune fille noire, vers une petite salle à manger où nos couverts étaient dressés. La conversation fut facile, puisque nous avions des choses en commun, nous nous trouvâmes d'accord sur beaucoup de sujets. Un moment, nous discutions sur la différence, qui pour lui semblait essentielle, entre l'antisémitisme chrétien dont il niait la perversité et la capacité de nuire, et l'antijudaïsme nazi, produit, selon lui, des Lumières. Je lui répliquai alors : « Tout de même, la scène de l'église, dans *Shoah*... » Il ne savait pas de quoi je parlais. J'osai insister et malgré la jonchée folle de cassettes du premier étage, je compris qu'il n avait rien vu de *Shoah* et il passa à confesse . « Je ne peux pas, me dit-il, je ne peux pas, je réussis à en voir une minute par jour, pas plus. Je vous demande pardon. » Je le lui accordai. Plus tard, quand Sollers republia dans *L'Infini* mon article paru en 1958 dans *Les Temps modernes,* « Le curé d'Uruffe et la raison d'Église », histoire atroce dont le futur cardinal savait tout, puisque c'était « son temps », je décidai de le lui adresser, avec un mot très gentil. Il me répondit, et c'était la même inlassable et lassante réponse : « Je ne peux pas lire cela. » Quelle est la relation entre la foi et la vérité? La réaction du rabbin Sirat et celle du cardinal se ressemblent étrangement · le mal n'existe pas.

Mille questions, on le voit, se posèrent à moi quand *Shoah* commença sa carrière, je n'y avais pas songé et je n'avais pas pensé non plus qu'un pareil film, forcément rassembleur à mes yeux, se susciterait des ennemis au sein même de ceux pour qui je l'avais au premier chef réalisé : les Juifs, mon peuple. Certains déportés se précipitaient sur moi avec violence : « Je n'ai pas besoin de voir votre film, je sais tout ça par cœur, j'ai fait sept camps, moi, monsieur! » Ce à quoi je répondais : « Bravo, c'est votre chance. Si vous n'en aviez fait qu'un seul, vous ne seriez pas là pour me le dire. » D'autres, des jeunes, se lamentaient publiquement dans la presse. Je me souviens d'un certain Pierre-Oscar Lévy, expliquant dans *Libération* : « Lanzmann a tout dit, tout montré, ne nous a rien laissé. Que pouvons-nous faire? », avec autant de ressentiment que d'admiration. Il se trompait, je suis loin d'avoir tout fait, mais il est vrai qu'il n'y aura pas deux *Shoah*. Heureusement — et c'est la loi du temps — Pierre-Oscar Levy finit par accoucher d'un film en oubliant l'existence de *Shoah*, ce qui était la meilleure façon de procéder. Je lui reconnais un courage pionnier La légende imbécile et tenace de Lanzmann se considérant comme propriétaire unique de la Shoah n'a pas d'autre origine. Je me souviens de Michel Polac me demandant l'autorisation de diffuser, dans un de ses programmes de télévision, dix minutes de *Shoah* à côté de *Nuit et Brouillard*, qu'il se disposait à montrer intégralement. Polac, qui avait perdu un de ses parents dans la catastrophe, réagissait comme le cardinal, il eut l'honnêteté de me dire : « Je n'ai pas vu *Shoah*, je ne le verrai jamais, cela m'est impossible. » *Nuit et Brouillard* est un film très important, Resnais un grand cinéaste, très beau le commentaire de Jean Cayrol. Mais je n'ai jamais compris que ceux qui, comme Polac, versent de chaudes larmes cathartiques après avoir vu pendant trente-cinq minutes les charrois de cadavres de *Nuit et Brouillard*, les alignements de latrines de Birkenau, se proclament, avec bonne conscience, incapables de se laisser regarder par *Shoah*. Est-ce un mystère, suis-je inapte à réfléchir sur le mal et à le penser ? Il y a des monceaux de cadavres à Bergen-Belsen, où furent filmés par les actualités alliées, à l'ouverture des camps, les plans des morts du typhus montrés dans *Nuit et Brouillard*, mais il n'y avait pas de chambre à gaz à Bergen-Belsen, pas à Dachau, à Sachsenhausen, à Buchenwald. *Nuit et Brouillard* est un beau film idéaliste sur la déportation, le mot « juif » y est prononcé une fois dans une litanie énumérative et les pleurs qu'il ne cesse de faire couler sont le signe de son formidable pouvoir de consolation. Oui, *Nuit et Brouillard*, malgré ses cadavres et l'horreur de la condition de déporté suggérée par ses images, est un film sur les vivants, les survivants, un film qui permet à la vie de continuer, comme après les plus grandes peines, une fois les yeux redevenus secs. J'ai dit cela a plus d'une reprise et j'ai de la gratitude envers Alain Resnais, qui, lorsque a été réalisé, il n'y a pas si longtemps, le premier DVD de *Nuit et Brouillard*, a demandé que mes propos y soient inclus.

Au cours d'une conférence à Paris, organisée pour célébrer le grand livre de Rachel Ertel, consacré à la poésie yiddish écrite durant la Shoah, une femme m'interpella avec une violence tellement haineuse que je restai coi : « Il nous faudrait, lança-t-elle à la salle, un *Shoah* français ! » Que voulait-elle dire, qu'était donc *Shoah* ? Il suffit de se rendre au Mémorial de la Shoah, rue Geoffroy-l'Asnier, et de longer lentement les murs qui portent les noms des 76 000 gazés déportés de France pieusement gravés dans la pierre par l'inlassable volonté de Serge Klarsfeld. À quatre-vingt-quinze pour cent, ce sont tous des Juifs polonais aux noms difficilement prononçables. La plupart n'étaient pas français. À la réflexion, elle me reprochait de ne pas avoir parlé de Drancy, de Compiègne, du rôle des Français dans la déportation. Ce qu'elle souhaitait, ce n'était pas un film, mais un procès, comme les procès Barbie ou Papon, auxquels leurs partisans imputaient une vertu pédagogique bien supérieure à celle de n'importe quel film, *Shoah* en premier. Je me dis plus tard, avec l'esprit de l'escalier, que j'aurais dû lui répondre : « Il vous faudrait un Le Pen pour le réaliser. » De toute façon, c'était commettre un véritable contresens sur ce que j'avais voulu faire : le sujet de *Shoah*, ce ne sont ni les rafles, ni les arrestations (je n'ai parlé ni de la Belgique, ni de la Hollande, ni de Westerbork, ni de Prague, ni de Berlin et des villes allemandes), pas les lieux d'origine, mais au contraire le dernier rail, la dernière bifurcation, quand il est absolument trop tard, quand l'irrémédiable va s'accomplir. Je comprends que ceux qui ont subi des pertes au sein de leur famille enragent qu'un sort ne leur soit pas fait dans *Shoah*. Ils ont tort et n'entendent rien : *Shoah*, d'une certaine façon, ne parle que d'eux, même si la responsabilité des flics qui les arrêtèrent n'est pas mentionnée. Je n'ai rien dit non plus des quelques bonnes sœurs polonaises qui cachèrent des Juifs au fond de leurs couvents, c'étaient les paysans se trouvant au plus près des lieux de l'extermination qui me permettaient de comprendre et faire comprendre ce qui était advenu.

Mais d'autres, qui eussent dû se réjouir, se sentirent au contraire menacés dans leurs prérogatives mandarinales et leur statut : un certain nombre d'historiens professionnels. Au terme d'un colloque tenu à la Sorbonne en 1992, Pierre Vidal-Naquet scandalisa ses collègues présents en disant que l'histoire était « chose trop sérieuse pour être laissée aux historiens ». Selon Lucette Valensi, elle-même historienne, qui rapporte son propos dans la revue

Annales, Vidal-Naquet, pour illustrer son dire, « citait trois œuvres majeures qui ont plus fait pour la connaissance de l'extermination des Juifs que le travail des historiens de métier : l'œuvre de Primo Levi, celle de Raul Hilberg (initialement politologue), et *Shoah* de Claude Lanzmann ». Comiquement, à peine les a-t-elle prononcés que Mme Valensi écrit : « Ne nous arrêtons pas sur ces noms... » Ce colloque, étonnamment, créa la panique chez certains historiens, comme si pareilles œuvres disqualifiaient les professionnels : « Nous avons été près de l'éprouver devant la force des témoins, la vérité et l'autorité de leurs témoignages. » Un certain Michael Marrus se crut chassé de son royaume. Heureusement, il se rattrapa par la méchanceté : c'est moi qui, à Burlington, dans le Vermont, fis le discours de célébration du jubilée de Raul Hilberg, qui prenait sa retraite. Marrus était à ma table au cours du déjeuner : ses petits yeux noirs ne cessèrent de me fusiller vipérinement. Un autre historien, un Français, Henry Rousso, publia en 1987 un livre bruyant, tout animé du feu d'un jeune agrégé aux dents longues, dans lequel il expédiait *Shoah* en quelques lignes pressées, truffées d'erreurs de fait, visant à démolir ce qu'il tenait pour la sacralisation injuste d'une œuvre, qui, si on n'y mettait le holà, allait faire de l'ombre à toutes les autres et particulièrement à son livre : *Le Syndrome de Vichy*. Il pensait porter ainsi un coup d'arrêt à la réputation de *Shoah*. Quelques-uns de ses maîtres, Vidal-Naquet, François Bédarida lui reprochèrent vertement son aveuglement. Je l'attaquai, moi, chaque fois que l'occasion m'en était donnée. Le 30 janvier 1990, trois ans donc après la parution du *Syndrome*, je reçus de l'auteur une lettre d'excuses, m'annonçant la prochaine sortie d'une édition de poche, corrigeant les sottises de l'originale. Il me disait en substance avoir porté sur *Shoah* un jugement de valeur dont il avait réalisé après coup l'inanité. Ses critiques, reconnaissait-il, n'étaient ni explicitées ni étayées. Il se reprochait de ne pas avoir tenté de prendre du recul par rapport à la réaction négative qu'il avait eue à la première vision du film. Il ajoutait, et c'était l'essentiel, avoir été plus irrité par la sacralisation dont le film avait été l'objet lors de sa sortie que par celui-ci proprement dit. Réédition ou pas, le mal était pourtant fait et même si la démarche d'excuse n'était pas antipathique, ce Rousso têtu avait beau me donner raison sur le fond, il continuait à se battre pied à pied sur le risque qu'il y avait, selon lui, à confondre la Shoah avec une représentation unique, même s'il en reconnaissait, cette fois, la grandeur. Je lui répondis avec gentillesse, et sept ans plus tard, il m'écrivit à nouveau pour affiner ses réticences. Il me disait n'avoir pas compris réellement, dans sa lettre précédente, où se situait le malaise qu'il avait éprouvé lors de la première vision de *Shoah* : le film lui avait fait comprendre combien il était étranger à cette tragédie, alors même qu'à l'époque il se sentait partie prenante de cette « mémoire », et ce à un double titre, comme historien et comme Juif. *Shoah* lui avait donné le sentiment d'être « nié » dans ce qui comptait le plus pour lui. Il terminait en m'assurant que, en fait, *Shoah*, avec le recul, a été une formidable occasion pour lui de réfléchir — et pas seulement comme historien —, à la mémoire, à la transmission, au poids du passé, un passé, disait-il, qu'il faudrait accepter, assumer, y compris dans sa dimension de souffrance. Même s'il n'avait pas toujours été d'accord avec moi sur l'accessoire, il l'était sur l'essentiel. Il concluait en affirmant avoir beaucoup appris de moi.

J'ai de la reconnaissance envers Henry Rousso pour m'avoir adressé ces lettres, surtout la dernière, que je ne peux, hélas, citer entièrement. Nous sommes là au centre des choses, nous touchons à un élément très important, capital. Rousso, Juif d'Égypte qui n'a jamais été déporté, pas plus qu'un seul membre de sa famille, s'est donc senti « nié » par *Shoah*. Il n'est pas le seul : d'autres qui, eux, furent déportés ont éprouvé aussi ce sentiment identique de négation. Ils n'y sont pas, ils ne sont pas dans le film, pas comme ils pensent qu'ils devraient ou voudraient y être. Pourtant, comme je l'ai dit plus haut, *Shoah* ne parle que d'eux. Je ne dis rien ici de Belzec, de Treblinka, de Sobibor ou de Chelmno. Dans ces camps-là, la question du choix entre ceux qui vivraient et ceux qui mourraient ne se posait pas : chacun était condamné, le savait, les quelques rescapés, ceux que dans mon film j'appelle les « revenants », ayant survécu par miracle, étaient eux-mêmes des morts en sursis. Non, c'est d'Auschwitz que je parle, ce camp immense, unique et assigné à une double fonction, à la fois camp d'extermination et camp de concentration. À Auschwitz, à l'arrivée des convois, se tenait un Ange de la Mort, le

Dr Mengele ou un autre, qui décidait sur la rampe lesquels seraient gazés aussitôt, lesquels seraient dirigés vers le camp de concentration où, tout en souffrant la condition extrême de déportés, ils gardaient une chance, même faible, de survivre. Il m'est arrivé de dire, cela n'a pas toujours été compris et a choqué un certain nombre d'esprits tout d'une pièce et peu nuancés : « Personne n'a été à Auschwitz ! » Il est vrai, la phrase est provocatrice et impossible à entendre. Elle attestait pourtant une vérité profonde et s'inscrivait au cœur paradoxal de l'impitoyable tragédie qui s'est jouée là-bas. Il suffit de regarder, les larmes aux yeux — cela ne se peut pas autrement —, ce qu'on appelle « l'album d'Auschwitz », constitué par les Allemands eux-mêmes, qui montre l'arrivée et le débarquement sur la rampe de Birkenau des convois de Juifs photographiés au printemps 1944 et arrivant essentiellement de Hongrie et de Transylvanie. Après des jours et des nuits du plus éprouvant des voyages, on les fait descendre des wagons à coups de trique et dans les hurlements, on les aligne en attendant qu'il soit statué sur leur sort, les visages des femmes, des enfants, des quelques hommes qui les accompagnent sont éperdus de peur et d'incrédulité. Ils pressentent le pire, ignorent tout du lieu où ils se trouvent, comprennent qu'ils vont mourir, n'imaginent pas comment et se refusent à le croire. Quelques instants plus tard, sous les fouets des kapos, escortés d'Allemands lourdement armes et de chiens policiers accélérant la marche de leurs crocs, ils se bousculent pour descendre dans les chambres souterraines des crématoires II et III, on les contraint à se dévêtir et à entrer nus dans la pièce immense où on les presse à 3 000 les uns contre les autres, et dans laquelle les cristaux verdâtres de gaz Zyklon seront jetés une fois les portes refermées. L'électricité est coupée : dans le noir se livre ce que Filip Müller appelle « le combat de la vie, le combat de la mort », chacun tentant d'attraper un peu d'air pour respirer une seconde de plus. Ces scènes se répétèrent jour après jour pendant des années et les malheureux qui en furent les victimes n'eurent aucun savoir, aucune connaissance de leur propre fin : jusqu'au dernier instant, jusqu'à ce qu'on les précipitât à coups de fouet, de matraque, de massue, à l'intérieur de la chambre de mort et même, pour beaucoup, animés des plus sombres pressentiments, ils ne connurent rien d'Auschwitz, ni le nom ni le lieu, ni même la façon dont on leur ôtait la vie. Ils ont terminé leurs jours dans le noir, entre quatre murailles de pierre lisse, dans un véritable « non-lieu » de la mort.

Mais les autres, ceux du camp de concentration, qui assistaient eux aussi à l'arrivée des convois, à leur marche vers les crématoires, et qui voyaient pendant des heures les volutes de lourde fumée noire sortir de la cheminée trapue du bâtiment où se perpétrait le meurtre de masse ? Nul doute, ils ont été à Auschwitz, ils en ont tout connu. Tout sauf les chambres à gaz. Anne-Lise Stern, déportée de Paris à Auschwitz au printemps 1944, qui compta, dès le début, parmi les plus ardentes et les plus subtiles amies de *Shoah*, qui jamais ne se sentit exclue par le film, comprenait ce que je voulais dire quand j'osais avancer le paradoxe quasiment impensable de ce camp où elle avait survécu un an et dont Rudolf Vrba, dans la « deuxième époque » de *Shoah*, a implacablement livré les formules : « Plus les conditions de vie s'amélioraient à l'intérieur du camp de concentration, plus grand était le nombre de ceux qui, parmi les nouveaux arrivants, étaient immédiatement envoyés à la chambre à gaz. » Il faut revoir et réentendre Vrba. Anne-Lise était trop intelligente pour ne pas être d'accord avec ce qu'il disait et que je faisais mien, à ma façon, peut-être brutale. Au fil des années, il m'arriva d'éprouver qu'Anne-Lise s'éloignait, revenait, se rapprochait, s'éloignait encore. Le paradoxe d'Auschwitz devenait trop abstrait et théorique sans doute, ne rendant pas compte de sa propre expérience, qui réclamait sa parole. Elle la lui donna magnifiquement en 2004, en publiant un livre pour lequel elle inventa un titre splendide : *Le Savoir-Déporté*. Je l'ai lu, admiratif, souvent très ému, et certains passages sont inscrits à jamais en moi. La revendication vitale qui s'y exprime, l'expérience qui s'y énonce sont irremplaçables. Je n'ai pas connu, moi, le « savoir-déporté ». J'ai tenté, pendant douze ans, de regarder sans échappatoire le noir soleil de la Shoah, je me suis efforcé d'aller au plus près. C'est une autre démarche, je ne les tiens pas pour antagonistes, Anne-Lise non plus, je le sais.

Shoah m'a apporté, m'apporte encore tant d'amis non juifs comme juifs, devenus pour quelques-uns des très proches, des intimes. En dresser la liste est impossible, serait fastidieux et blesserait ceux que j'oublierais nécessairement de citer. Je songe à

Didier Sicard, qui, en 1985, m'adressa une longue lettre, qui commençait ainsi : « Monsieur, vous avez fait le plus beau film que j'aie jamais vu. » Comment ne pas devenir amis et le rester ? Michel Deguy, qui, dans sa collection « L'extrême contemporain » (Belin), publia en 1990 un recueil des textes les plus forts, dont le sien, parus jusqu'alors dans le monde sur *Shoah*, sous le titre *Au sujet de* Shoah, *le film de Claude Lanzmann.* Et je ne peux bien sûr m'empêcher d'évoquer le magistral texte de cent pages que Shoshana Felman consacra à *Shoah*, que j'ai traduit moi-même pendant tout un été, et les séminaires qu'elle me demanda de diriger à Yale, où elle professait. Je ne puis ne pas évoquer les pages profondes et subtiles consacrées à *Shoah* par Gérard Wajcman dans son livre *L'Objet du siècle,* où je me trouve étrangement et flatteusement en compagnie de Marcel Duchamp et de Malevitch, Wajcman, pour lequel, en dépit de sa nature volage, j'éprouve une indestructible amitié. Et aussi pour Arnaud Desplechin, une grande figure du jeune cinéma, qui publia dans *L'Infini* un admirable article sur *Shoah* et tous mes autres films, et sur l'ébranlement produit en lui dès leur première vision. Lorsqu'il fut, pour la seconde fois, ministre de l'Éducation nationale, Jack Lang me demanda si j'accepterais qu'il existe un DVD destiné aux établissements scolaires, non pas une version courte de *Shoah*, mais un recueil d'extraits d'une durée de trois heures environ, qui serait envoyé gratuitement dans les lycées et collèges. Je dis oui. Ce DVD comprendrait six séquences — chacune séparée de la suivante par un écran noir — et serait accompagné d'un « livret pédagogique » exposant pour les élèves à la fois le film dans sa totalité et chacune des séquences choisies, commentées plan par plan. C'est Jean-François Forges, professeur d'histoire à Lyon, qui fut chargé de ce travail, magnifiquement accompli et dont j'eus à maintes reprises l'occasion d'éprouver la force lorsqu'on me demandait de présenter moi-même devant des classes un des morceaux choisis du DVD.

J'ai omis de dire que, de tous les hommages qu'on me fit, un des premiers, le plus phénoménal et le plus aventureux sans conteste fut celui de Max Gallo, directeur en 1985 du *Matin de Paris*, journal défunt aujourd'hui, qui décida d'offrir quotidiennement à ses lecteurs, comme feuilleton d'été, de plage ou de montagne, le texte intégral du film, tandis que les publications rivales leur proposaient des bluettes policières ou amoureuses. Il fut dit que Max Gallo était fou. C'est vrai qu'il aimait *Shoah* à la folie.

C'est par *Shoah* encore que j'ai connu Bernard Cuau. Je le fis entrer au comité de rédaction des *Temps modernes* et sa mort en 1995 me laisse inconsolé. Il ne dormait jamais, je pouvais l'appeler à toute heure de la nuit. Dans les moments d'angoisse, je ne me privais pas de le faire. Sa douce voix m'était une drogue, elle me manque à jamais. Bernard enseignait le cinéma à l'université de Paris-VII, il dirigea pendant des mois un séminaire sur *Shoah*. Son œuvre, écrite comme cinématographique ou théâtrale, s'inscrit parmi celles, si rares, qui se paient au prix du sang et dont on dit qu'elles ne sont pas de la littérature parce qu'elles sont la littérature même.

Quand je dis « œuvre », j'entends aussi bien les textes publiés pendant dix ans par *Les Temps modernes* que ses livres de combat antérieurs — *La Politique de la folie*, implacable dénonciation de la violence psychiatrique, *L'Affaire Mirval,* préfacé par Michel Foucault et Pierre Vidal-Naquet —, son théâtre ou sa dizaine de films, d'une force et d'une subtilité poignantes. Ceux-ci sont surtout connus de ses étudiants, parce qu'ils ont été réalisés à travers et pour les circuits universitaires, Bernard se souciant peu d'atteindre un plus large public. Les stratégies de pouvoir, les manigances médiatiques lui étaient étrangères, l'effacement sa loi. Ses travaux multiformes se sont ordonnés et distribués tout au long de sa vie, à partir d'un unique foyer d'incandescence ; vigile des souffrances sans partage, Bernard se situait et se voulait tout entier sur le versant de l'irréparable, de l'irrémédiable. seul lieu de sa parole et de son action : folie, exclusion, prisons. Il donnait chaque semaine des cours à la Santé, à Melun, à Fresnes. Un jour, il eut l'idée inouïe de proposer aux détenus de la Santé une projection de *Shoah*, suivie d'un séminaire qu'il conduirait avec eux. Sa suggestion fut accueillie par des sifflets, des lazzis, des insultes, un refus général et brutal. Ses élèves étaient arabes ou noirs et ne voulaient pas entendre parler des Juifs. Mais Bernard, avec son inflexible douceur, ne céda pas et au fil des semaines les gagna à son idée. Il fit pendant six mois à la prison de la Santé un cours sur *Shoah* et me demanda, à la prière de sa classe, de passer une journée là-bas. J'arrivai à neuf heures du matin, la discussion fut si intense, la connaissance du film par chacun si exacte, les questions surprenantes et intelligentes, que les élèves demandèrent aux surveillants d'oublier le déjeuner pour continuer à parler. Cela fut accepté et la discussion dura jusqu'à cinq heures de l'après-midi. J'ai rarement vu, chez d'autres spectateurs, une pareille connaissance de *Shoah*, une pareille compréhension des enjeux du film. Certains continuèrent à m'écrire pendant longtemps encore.

L'amitié que me témoigna Bernard-Henri Lévy, m'offrant, pour que je puisse écrire tranquille, ses chaumières et palais, doit être ici dite et redite. Mais on ne se sort pas en trois lignes d'un pareil bonhomme, doué de tant de talents, il mérite bien plus, j'en parlerai un jour. On oublie toujours de dire son courage, sa folie, sa sagesse, son intelligence extrême, c'est ce qui chez lui me plaît et m'importe le plus.

Plus j'avançais dans la réalisation de *Shoah*, plus les difficultés de son financement, qui n'avaient jamais cessé de croître, s'aplanissaient. J'avais la possibilité de montrer des scènes déjà tournées et même une partie du montage. J'ai dit ce que je dois au gouvernement d'Israël. L'aide que m'apporta, surtout à la fin, le gouvernement français, grâce à François Mitterrand et à Jack Lang, me fut également très précieuse. Mais ce sont des particuliers — certains étaient des amis, d'autres ne l'étaient pas encore — qui me permirent de tenir pendant les terribles périodes de vaches maigres, quand je mesurais l'immensité de ce qui restait à accomplir et la quasi-détresse dans laquelle je me trouvais. Le film fut alors sauvé plusieurs fois par mon très cher André Wormser, que j'avais connu au lycée Blaise-Pascal à Clermont-Ferrand, et par ses deux frères, banquiers comme lui, Marcel et Jean-Louis. André, à l'instant où j'écris ces lignes, a disparu depuis quelques mois. Il y eut aussi Alain Gaston-Dreyfus et sa femme Marianne, que j'avais convaincus de la nécessité d'un tel film, qui réunirent autour d'eux des donateurs dont beaucoup souhaitaient rester anonymes. Alain mourut à ma grande peine emporté par un cancer des os. Le relais fut pris — et de quelle façon ! — par Thérèse, André et Daniel Harari, ces deux derniers brillants polytechniciens, créateurs d'innovations high tech mondialement renommées, aussi dépourvus de vanité que capables de la plus rare générosité, ils ne sauront jamais assez ma gratitude. Charles Corrin, lui-même ancien déporté, rassembla des commerçants du Sentier — il m'arrive de rencontrer des gens que je n'ai jamais vus et qui me disent : « Je vous ai aidé pour votre film » —, mais son cœur qui connut tant d'épreuves cessa soudain de battre, il avait soixante-huit ans. Un autre encore, Rémy Dreyfus, fit de véritables quêtes auprès d'amis fauchés qui lui donnaient dix francs, cinquante ou cent, c'était le record, cela permettait d'acheter un peu de pellicule. Je n'oublie ni l'historienne Georgette Elgey, ni mes chers amis Gilberte et Adolphe Steg, qui me soutinrent dès le début de ma folle entreprise. Pas plus que ceux et celles qui intervinrent à la fin, le film terminé. Car son achèvement ne signifiait pas que j'en avais fini avec les difficultés : avec conviction et générosité, Simone

Veil, à la tête d'un petit groupe, se mobilisa pour m'aider à sortir de la mauvaise passe dont je vais dire un mot.

Nahum Goldman, premier président du Congrès juif mondial, homme d'État et de culture qui négocia les réparations allemandes avec le chancelier Adenauer, n'ignorait rien des difficultés financières énormes auxquelles je me heurtais pour mener le film à son terme et promit de m'aider. Il l'aurait fait s'il était demeuré à son poste. Il fut malheureusement contraint de le quitter et remplacé par Edgar Bronfman, de la célèbre famille canadienne des alcools et spiritueux, dont les fondateurs avaient eu une grande réputation de bootleggers durant la prohibition. La famille Bronfman était infiniment respectable, mais Edgar, trop occupé par ses affaires innombrables, avait choisi pour second, qui se chargerait spécifiquement des affaires juives, le rabbin Israël Singer, intéressé essentiellement par la haute politique. C'était un homme jeune, sinueux, s'avançant comme par glissades, les yeux toujours masqués, même la nuit, par des verres fumés, qui ajoutaient à son incognito, accroissant ainsi sa déjà considérable puissance. Les amis de Nahum Goldman au Congrès juif mondial avaient supplié Singer de voir la première heure de *Shoah*. Je me trouvais alors dans une phase critique de la réalisation du film : Parafrance, le distributeur, venait de faire faillite, j'avais besoin d'argent pour tous les travaux terminaux, qui requéraient des sommes très importantes, le gouvernement français m'avait aidé autant qu'il avait pu et je n'osais plus rien demander aux amis très chers dont j'ai dit les noms, qui avaient déjà fait preuve de leur générosité. Un organisme aussi puissant et riche que le Congrès juif mondial devait concourir décisivement à ce qu'un film consacré à la destruction des Juifs européens vît le jour. C'était son devoir. Rendez-vous fut pris, je louai le Club 13, avenue Hoche, pour que Singer voie une projection de qualité. Cela me coûtait très cher, mais j'étais plein d'espoir et j'avais invité, outre les vieux compagnons de Nahum Goldman, d'autres personnalités. À l'heure prévue pour la projection, Singer n'apparut pas. Je fis attendre. À vingt heures trente, il n'était toujours pas là, il était impossible de persévérer dans l'impolitesse envers ceux que j'avais invités, et ce d'autant plus que la salle était louée pour une heure et devait être libérée à vingt et une heures pour une autre projection. Il arriva à vingt heures quarante-cinq, glissant dans une travée comme un fantôme, le regard totalement occulté. Il s'affala dans le fauteuil qui lui était réservé et ne cessa pas de ployer et déployer ses jambes impatientes pendant les quinze minutes qu'il passa devant l'écran. Échec, humiliation, une brève rencontre entre lui et moi fut arrangée deux jours plus tard dans un bar d'hôtel. Il ne me dit qu'un mot : « C'est trop long. Ce n'est pas pour les Américains. » Tandis que je passais une semaine avec Dan Talbot dans son accueillante maison de Watermill à Long Island, au cours de l'été 1985, et que, nous réunissant tous les deux chaque matin dans son bureau, animés d'une joyeuse humeur quasi guerrière, tentant d'établir une stratégie de lancement américain pour cet étrange objet non identifié qui s'appelait *Shoah*, j'appris par Dan que Singer, l'auguste représentant du Congrès juif mondial, négociait à mort avec le lobby polonais avant même la sortie du film — tapes dans le dos, effusions, banquets casher, organisations de voyages, résurrection du théâtre yiddish de Varsovie, etc. Il pratiqua à grande échelle, avec une habileté diplomatique professionnelle, une véritable politique de réconciliation envers les pays de l'Est, et *Shoah,* paradoxalement — qu'il n'aida jamais, c'était au-dessous de sa condition —, en est un peu responsable. Le triomphe d'Israël Singer était encore à venir : il devint à lui seul comme une puissance mondiale et réussit à faire plier les banques suisses, d'autres aussi, les contraignant à payer aux organisations juives des réparations considérables et méritées, durement marchandées. Il n'est plus rien aujourd'hui au Congrès juif mondial, Edgar Bronfman et lui sont brouillés. Pour longtemps, semble-t-il.

Tout ne peut se dire à la fois et je n'ai pu en parler jusqu'à présent, mais les cinq dernières années de bataille — 1980-1985 — qui conduisirent *Shoah* à son terme furent profondément endeuillées par la mort de Sartre. Le chagrin du Castor était immaîtrisable et spectaculaire, on se souvient sûrement des photographies qui furent prises au cimetière du Montparnasse : il faut la retenir afin qu'elle ne défaille pas dans la tombe. L'événement de la mort est toujours un affairement et c'est moi qui dus prendre en main les négociations avec la police pour déterminer le parcours du cortège. Ils ne voulaient pas d'un long trajet, pas de dépouille de Sartre au centre de Paris et tenaient absolument à le cantonner dans le sud de la capitale, au cœur du XIVe arrondissement, où il avait vécu, où il était mort à l'hôpital Broussais. Le parcours sur lequel je ne pus faire autrement que me mettre d'accord était relativement bref : de la rue Didot au boulevard Brune, lisière de Paris, Porte d'Orléans, Denfert-Rochereau, haut du boulevard Raspail, boulevard du Montparnasse — du carrefour Raspail à la gare, que je fus contraint de marchander furieusement, car ils craignaient je ne sais quel débordement de foule, si Sartre passait au long de ces trottoirs qu'il avait tant de fois arpentés —, le boulevard Edgar-Quinet enfin, puis le cimetière du Montparnasse. C'était très court, en vérité, pourtant les Parisiens bouleversés, sachant qu'avec Sartre ils perdaient bien plus qu'un grand homme, mais toute une époque, étaient accourus en une foule telle que le cortège n'avançait que par saccades, arrêté à l'avant et même latéralement par des gens qui ne savaient comment témoigner de leur solidarité et de leur désespoir. Un bref conflit s'était produit entre les proches la veille des obsèques : Giscard d'Estaing, président de la République, demandait à pouvoir s'incliner sur la dépouille de Sartre. Certains y étaient radicalement hostiles. Pas moi. Il vint.

Sartre mort, personne ne donnait cher de la santé et de la capacité de résistance du Castor. Les médecins jugèrent qu'il fallait l'hospitaliser et elle entra à Cochin, où elle fut soignée pendant des semaines et guérie. Elle regagna la rue Schœlcher et le cours des choses reprit. Nous rédigeâmes un éditorial expliquant que *Les Temps modernes* continuaient. C'était la volonté du Castor, la nôtre, et une revue appartient à ses lecteurs autant qu'à ceux qui la font. J'ai déjà dit combien je fus proche d'elle pendant les dernières années de sa vie, les soirées que je passais à lui parler de *Shoah* et toutes les projections auxquelles elle assista. Je me souviens de ce temps qui précéda sa mort, en 1986, comme d'une période presque heureuse, elle faisait encore des projets de voyage dans le Grand Nord et se montrait triste lorsque cela lui était refusé. En 1986, les médecins ordonnèrent qu'elle soit d'urgence transportée à l'hôpital Cochin, dans un service de réanimation, où elle demeura jusqu'à la fin. Son corps était trop faible, on la maintenait en vie artificiellement et c'était une grande pitié que d'être assis près d'elle, lui tenant la main, alors qu'elle ne pouvait ni parler ni bouger la tête, car elle était intubée. Un gros tuyau pénétrait son corps par la bouche, seuls ses yeux vivaient, mais ils étaient fixes et la tenir au courant de la rumeur du monde n'avait pour moi aucun sens : son mutisme forcé me rendait muet moi-même. Je ne pouvais lui exprimer mes sentiments que par des pressions de la main ou des touchers de son corps. Selon les médecins, elle était irrémédiablement condamnée, il n'y avait aucune chance de la sauver, mais ils n'étaient pas capables de dire jusqu'à quand ils la maintiendraient en vie : il suffisait de la désintuber pour qu'elle meure. J'étais au rouet : *Shoah* était un considérable événement aux États-Unis et on me réclamait dans un grand nombre de villes et universités. J'avais demandé à Dan de tout refuser, il m'était impossible de quitter Paris. Mais à Los Angeles, une cérémonie, pour les Américains d'une grande solennité et importance, avait été prévue et organisée depuis des mois : le B'nai B'rith (sa Ligue antidiffamation est la plus puissante et la plus combative des organisations antiracistes des États-Unis) devait me remettre la Torch of Liberty Award, et la date ne pouvait être changée. Pour ne pas laisser le Castor trop longtemps, j'avais prévu un vol direct Paris-Los Angeles, la cérémonie dès l'arrivée, avec un discours que j'écrirais dans l'avion, et départ dès le lendemain matin. Les médecins m'avaient dit : « Elle sera encore là à votre retour. » À l'aéroport international de Los Angeles, ceux qui m'accueillaient avaient une mine consternée, un télégramme venait d'arriver, annonçant le décès du Castor. J'étais au plus mal, rempli de remords, je participai à l'immense banquet la mort dans l'âme, les organisateurs eurent la gentillesse d'expliquer aux participants quel sacrifice je leur avais consenti et pourquoi je ne pouvais, malgré mille demandes, rester davantage. Je lus le discours que j'avais écrit en vol, passai une nuit blanche, incapable de dormir, repris l'avion, arrivai à Paris à l'aube pour prendre en main aussitôt, comme je l'avais fait pour Sartre, l'organisation des obsèques du Castor. Elle ne se trouvait plus dans l'unité de soins intensifs, mais à la morgue de l'hôpital Cochin.

Une nouvelle fois, *Les Temps modernes* se demandèrent s'ils devaient se saborder ou persévérer dans l'être. Si nous options pour la persévérance, il nous fallait un directeur et cette charge ne pouvait échoir qu'aux plus anciens. C'était Jean Pouillon, quasi-fondateur de la revue, ou moi. J'étais de dix ans plus jeune que lui. Pouillon plaida pour moi : dix ans, disait-il, ce n'est pas rien. Nous votâmes, je fus élu, et bien que n'ayant aucune vocation à diriger une revue, à y consacrer tout le temps que cela requérait, j'acceptai. Une de mes raisons inavouées était que la réputation acquise grâce à *Shoah* m'aiderait à protéger la revue et à faire en sorte que son éditeur, Claude Gallimard, qui avait lancé six ans plus tôt, au moment de la mort de Sartre, la revue *Le Débat* voulue par Pierre Nora et soutenue par toute la puissance des Éditions Gallimard, auprès de laquelle *Les Temps modernes*, sans publicité ni outillage moderne, faisaient figure de publication moyenâgeuse, vouée à la disparition prochaine, nous apporte son soutien. Je ne le connaissais pas, sollicitai un rendez-vous qu'il m'accorda : il me promit qu'il maintiendrait *Les Temps modernes*. Je les dirige depuis vingt-deux ans, ils se sont maintenus, ils se maintiennent fort bien, et Antoine, le fils de Claude, considère aujourd'hui les *TM* comme une revue majeure de sa maison.

*
* *

Pourquoi ai-je soudainement décidé de donner à mon livre ce titre insolite, *Le Lièvre de Patagonie* ? J'avais pensé longtemps l'appeler *La Jeunesse du monde*, sans opposition aucune entre le monde et moi, ma propre jeunesse ou mon âge aujourd'hui. Je n'ai jamais songé, au fil des années accumulées, à me dissocier de l'époque présente, à dire, par exemple : « De mon temps… » Mon temps est absolument celui dans lequel je vis et même si le monde me plaît de moins en moins — il y a de quoi —, c'est le mien, absolument. Ni retraite ni retrait, je ne sais pas ce que c'est que vieillir et c'est d'abord ma jeunesse qui est garante de celle du monde. Le temps, un jour, et dans des circonstances dont je ne saurai rien, a pour moi interrompu son cours. Cette suspension du temps a été d'une rigueur implacable pendant les douze années de la réalisation de *Shoah* Ou, dit autrement, le temps n'a jamais cessé *de ne pas passer*. Comment pourrait-on, s'il s'écoulait, travailler douze ans à produire une œuvre ? Cette formulation, « le temps n'a jamais cessé *de ne pas passer* », indique à la fois l'écoulement inexorable de ce qu'Emmanuel Kant appelait « le sens interne » et son interruption. Et bien qu'il se soit remis très lentement, convalescent, à passer, j'ai toujours le plus grand mal à m'en persuader.

Avec la peine capitale, l'incarnation — mais y a-t-il contradiction ? — aura été la grande affaire de ma vie. Même si je sais voir, même si je suis doué d'une rare mémoire visuelle, le spectacle du monde ou le monde comme spectacle renvoie toujours pour moi à une dissociation appauvrissante, à une séparation abstraite qui interdisent l'étonnement, l'enthousiasme, déréalisent à la fois l'objet et le sujet. À vingt ans, je l'ai dit dans ce livre, Milan n'est devenue vraie que lorsque, traversant la piazza del

Duomo, je me suis mis à réciter pour moi-même à voix haute les premières lignes de *La Chartreuse de Parme*. C'est un exemple parmi des milliers. Il y a eu, à Treblinka, l'ébranlement hallucinant, aux conséquences sans fin, déclenché par la rencontre d'un nom et d'un lieu, la découverte d'un nom maudit sur les panneaux ordinaires des routes et de la gare, comme si rien, là-bas, ne s'était passé. Il y a eu les larmes retenues d'Abraham Bomba dans le salon de coiffure de Tel-Aviv. Les lièvres, j'y ai pensé chaque jour tout au long de la rédaction de ce livre, ceux du camp d'extermination de Birkenau, qui se glissaient sous les barbelés infranchissables pour l'homme, ceux qui proliféraient dans les grandes forêts de Serbie tandis que je conduisais dans la nuit, prenant garde à ne pas les tuer. Enfin, l'animal mythique qui surgit dans le faisceau de mes phares après le village patagon d'El Calafate, me poignardant littéralement le cœur de l'évidence que j'étais en Patagonie, qu'à cet instant la Patagonie et moi *étions vrais ensemble*. C'est cela, l'incarnation. J'avais près de soixante-dix ans, mais tout mon être bondissait d'une joie sauvage, comme à vingt ans.

DU MÊME AUTEUR

Aux Éditions Gallimard

LE LIÈVRE DE PATAGONIE, 2009 (Folio n° 5113)

Chez d'autres éditeurs

SHOAH, *Fayard* (Folio n° 3026)

COLLECTION FOLIO

Composition Firmin Didot.
Impression CPI Bussière
à Saint-Amand (Cher), le 16 août 2010.
Dépôt légal : août 2010.
Numéro d'imprimeur : 102338/1.
ISBN 978-2-07-043778-8./Imprimé en France.